KB249227

'시인'의 발견, 윤동주

‘시인’의 발견, 윤동주

정우택

서문

시인을 만나다

2008년 12월 30일, 중국 연변조선족자치구 연길延吉 황금성호텔 1005호에서 모아산으로 떠오르는 해를 바라보고 있었다. 사람들은 한겨울의 강바람에 몸을 한껏 움츠리고 꽁꽁 언 부르하통하布林哈通河를 가로질러 도강하고 있었다. 새떼가 부연 하늘로 날아오른다.

1980년대, 내게 '북간도'를 환기시키고 가슴 설레게 한 것은 황지우의 다음 시였다.

> 일간지에 콩나물을 싸들고
> 아내가 우리 생애의 막다른 골목으로 돌아온다
> 가난한 거주지의 긴 주소를 찾아
> (그래 그래 주소가 길면 가난한 사람이다)
> 일기예보를 보는 식구들에게
> 길림성 옛 갈대밭에서
> 입에 손 모으고 호명하는 사람이 있다
> 그곳에도 사람이 있다고
> 그곳에도 흰 깃발이 오르고
> 다가갈 수 없는 대안對岸으로
> 물은 흘러도 영원히 닿지 않는

연해주에서 신림 산6동까지
보이지 않는 눈·비·바람의
보이는 선을 따라
흰 깃발이 펄럭인다

- 황지우, 「수기手旗를 흔들며」 부분

나는 오랫동안 "길림성 옛 갈대밭에서 / 입에 손 모으고 호명하는 사람이 있다"는 이 구절이 황지우의 또 다른 시 「새들도 세상을 뜨는구나」의 한 부분이라고 착각하고 있었다. '길림성의 옛 갈대밭'과 「새들도 세상을 뜨는구나」의 '갈대숲'이 중첩되어 혼란을 일으켰던 것 같다.

갈대숲을 이룩하는 흰 새떼들이
자기들끼리 끼룩거리면서
자기들끼리 낄낄대면서
일렬 이렬 삼렬 횡대로 자기들의 세상을
이 세상에서 떼어 메고
이 세상 밖 어디론가 날아간다

- 황지우, 「새들도 세상을 뜨는구나」 부분

이 시를 읽을 당시, 우리는 "일렬 이렬 삼렬 횡대"와 '종대'로 발을 맞추며 제식훈련식 생활을 내면화하도록 강요받으며 시대를 건너고 있었다. "자기들의 세상을 / 이 세상에서 떼어 메고 / 이 세상 밖 어디론가 날아"가는 '갈대숲의 흰 새떼'들처럼 버거운 80년대의 상황적 실존을 떼어 메고 "이 세상 밖 어디론가 날아가"고 싶었다. 탈주에의 열망 때문이었는지 "길림성 갈대밭에서 입에 손을 모으고 호명하는 사람"이 나를 부른다는 환각을 갖게 했다. 오랜 시간이 지나서 실제로, 나는 그 길림성 근처의 벌판에서 있었다. 일기예보 등고선의 지점이기만 했던 북간도의 갈대숲에서 내가 흰 깃발을 펄럭이고, 입에 손을 모으고 누군가를 호명하고 있었다.

나는 한기형 교수와 함께 연변대학 도서관의 조선어 텍스트의 현황을 살피고 연변의 조선족 문화인들을 만나 인터뷰하며 중국 동북지역 조선어 문학장의 현주소를 탐색하고 있었다. 1980년대 조선족 문학장은 실로 대단한 것이었다. 한창때 『연변문학』은 8만 3천 부를 발간했다고 한다. 조선족 200만 명의 시장에서 그렇게 많은 부수를 발간했다는 것은 놀라운 사건이었다. 남녀노소 신분 학벌에 상관없이 조선어 문학에 대한 갈망은 폭발적이었다고 할 수 있다. 그러나 우리가 갔던 21세기엔 그 열기가 쓸쓸하게 식어가고 있었다.

하지만 문화 일꾼들의 조선 문학과 조선 문화에 대한 열정은 식지 않고 있었다. 김병민, 김호웅, 류연산, 리광일, 조성일, 조일남, 조일성 선생 같은 분들의 조선 문학에 대한 애정은 매우 깊었다. 김호웅, 리광일 선생과 웃통을 벗고 백주를 마시며 나누던 조선 문학에 대한 토론은 열렬했다. 북간도의 역사와 문학을 이야기하는 그들의 열정과 억센 사투리는 아득한 시간, 아련한 장소로 나를 끌어들였다. 활활 타는 백주와 함께 내 실존이 증발하는 현기증을 느꼈다. 지금 여기는 어디고, 이들은 누구이며, 나는 어디서 왔던가. 국경을 넘어와서 같은 언어로 소통하고 있다는 동질감과 한편으로는 낯선 분위기가 혼란스러웠다.

2009년 1월 1일, 대학 도서관은 쉬는 날이었다. 사람들은 설 쇠러 떠났다. 한기형 교수가 신열이 오르며 앓고 있다. 점심때 연변대학 대학원생 이성주 군이 우리 숙소를 찾아왔다. 그는 집이 무산인데 귀향하지 못했다. 한 교수는 바람 쐬고 오라며 우리를 밀어냈다.

어디로 갈까? 성지 순례처럼 명동으로 향했다. 가는 길에 용두레 우물과 일본 영사관 자리, 만주 시절의 거리 등을 둘러보았다. 용정평원, 겨울 황량한 벌판을 가로질렀다. 2009년 1월 1일. 나는 명동明東 마을에 있었다. 사람의 인기척이 없이 적막하여 현실감이 없었다. 윤동주기념관 비닐 창문이 찢어져 바람에 펄럭이고 있었다. 텅 빈 벌판에 오직 푸르른 하늘이 펼치고 하늘과 땅 사이로 바람은 거침없이 들이쳤다. 바람은 비적匪賊처럼 허공을 찢으며 달려들었다. 나는 드넓은 하늘과 달려드는 바람에 압도되었다. 벌판과 하늘과 바람.

돌아오는 길에 강경애의 자취도 찾아보았다. 연길에 왔을 때는 밤이 되었고 새해맞이 폭죽이 한창 터지고 있었다. 방에 돌아와 누웠는데 하늘에 선가 소리처럼 바람이 불어오고 나를 흔들어 가자 가자고 하는 것 같았다.

1940~41년 용정과 연길에서 일했던 서정주는 만주의 첫인상을 "하늘이 너무 많다."고 했다.

> 참 이것은 너무 많은 하늘입니다. 내가 달린들 어디를 가겠습니까.
> 홍포紅布와 같이 미치기는 쉬웁습니다. 몇천 년을, 오— 몇천 년을 혼자서 놀고 온 사람들이겠습니까.
>
> 종보다는 차라리 북이 있습니다. 이는 멀리도 안 들리는 어쩔 수도 없는 사치입니까. 마지막 부를 이름이 사실은 없었습니다.
>
> - 서정주, 「만주에서」(『인문평론』, 1941.2) 부분

서정주는 만주의 까마득한 하늘을 대면하고 "너무 많은 하늘", 그 막막한 풍경에 빨려 들어가 실존이 증발하고 무화無化하는 현기증에 몸서리쳤다.

김달진도 두만강을 건너 용정까지 오며, "넓은 들"과 "하늘", "바람"에 압도되었다.

시악시요 아 이국의 젊은 시악시요
아장아장 걸어오는 조막발 시악시요
흰 분이 고루 먹히지 않은 살찐 얼굴
당신은 저 넓은 들이 슬프지 않습니까
저 하늘 바람이 슬프지 않습니까

- 김달진, 「용정(龍井)」(『재만조선시인집』, 연길:예문당, 1942) 부분

윤동주도 「자화상」을 그릴 때 하늘과 바람과 구름과 달을 배경으로 자기를 그렸다. "달이 밝고 구름이 흐르고 하늘이 펼치고 파아란 바람이 불고 가을이 있고 추억처럼 사나이가 있습니다."라고.

나는 북간도 푸른 하늘 밑 벌판에서 바람을 맞으며 '하늘'과 '바람'과 '별'과 '시'를 생각했다. '하늘'과 '바람'과 '별'은 북간도의 풍경이자 정서 체계를 이루고, 그것이 바로 윤동주의 '시'가 되었다는 것을 실감했다.

한국으로 돌아오자마자 『윤동주 전집』(권영민 편, 문학사사상, 1995)을 살펴보았다. 화보란에 윤동주의 장례식 사진이 있고, "尹東柱君葬禮式 康德十二年二月十六日"(윤동주 군 장례식 강덕 12년 2월 16일)이라고 쓰여 있었다.

윤동주의 장례식은 용정에서 문재린 용정 중앙장로교회 목사의 집도로 가족 친지들이 지켜보는 가운데 1945년 3월 6일 거행되었다. '康德강덕'은 만주제국의 연호였다. 윤동주의 죽음은 만주국의 시간에 의해 기록되었다. 약 3개월 후에 세워진 그의 비석 〈詩人尹東柱之墓〉시인윤동주지묘

에는 "一九四五年六月十四日 海史 金錫觀 撰並書"라고 하여 서기 '1945년'으로 계산되었다.

교토 지방재판소의 판결문에는 윤동주에 대해 "平沼東柱(히라누마 도주)"는 "大正七年十二月三十日生"(대정7년 12월 30일생), "만주국 간도성"에서 태어났고, 본적은 "조선 함경북도 청진", "반도 출신", "조선인", "선계일본인", "내선계內鮮系"라고 기술했다.

윤동주가 다닌 일본 교토의 도시샤同志社 대학 교정에는 윤동주 시비가 있는데, 안내문에 일본어로 "윤동주는 코리아의 민족시인으로 (중략) 1917년 12월 30일, 당시의 중화민국 동북부 간도성 화룡현 명동촌에서 태어나서"라고 설명하고 있다.

윤동주는 이처럼 복잡하고 이질적인 시간과 장소와 이름 속에서 살았다. 그만큼 그의 사유, 감각은 복잡했고, 그의 정체성은 혼란스러웠다. 그는 '조선'이나 한국의 국적을 가져 본 적이 없고 여러 다른 시공간을 획득하려는 역사적 의지들이 각축하는 현장에서 성장하고 시를 썼다. 그는 조선인 이주 4세로서 중화민국, 만주국, 일본국, 그리고 '조선'이라는 복잡계에서 살고 공부하였다.

그동안 윤동주는 모순 혹은 차이에 대한 고려 없이 주로 일국적 차원에서 한국의 순정한 민족-저항 시인으로 표상되어 왔다. '일제하 민족'이라는 구조화된 관념 아래 윤동주의 생과 언어는 다루어졌다고 해도 과언이 아니다. 윤동주가 북간도 출신이라는 사실은 유랑하는 이주민의 후예로서 받는 고난과 핍박의 정서와 고국에의 귀환의지, 성찰과 순절의 상징으로 파악되어 왔다.

윤동주는 모순과 억압, 차이의 한복판에서 지성을 바탕으로 치열한 정치사상적 고투를 하였고, 그의 삶과 시는 불온과 혼종, 저항과 탈주, 청춘과 욕망으로 점철되어 있다. 윤동주는 자기 삶과 시대가 발현하는 존재의 진리를 시로 담아내려고 분투했다. 나는 윤동주의 시 쓰기 여정을 추적함으로써 '시란 무엇인가', '시인이란 무엇인가'를 탐색하고 싶었다. 이 책은 이러한 기획의 작은 성과이다.

1장에서는 윤동주 시의 정서체계를 북간도의 사상지리와 연관하여 살펴보았다.

2장에서는 '하늘과 바람과 별'이 단순한 자연 서정으로 일반화 될 수 없는, 북간도의 역사성과 윤동주의 실존을 표상하는 정서체계라는 점을 밝혀 보았다.

3장에서는 '민족성'으로 환원할 수 없는 윤동주의 지성과 사상과 정치성을 시대 현실의 맥락속에서 살펴보았다.

4장은 윤동주 시의 정전화 과정을 추적하였다. 윤동주라는 텍스트는 이념적·정치적 맥락과 흐름 속에서 표상되고 구성되고 발견되었던 것이다.

5장에서는 윤동주가 비록 등단하지 않았지만 고립적으로 존재하지 않았고, 조선 문학장과의 긴밀한 소통을 통해 자기의 독자적인 시문학을 구축해 가는 양상을 조명했다.

6장은 북간도 소년 윤동주가 식민지 '경성'의 도시 청년으로서 주체를 생성해 가는 과정을 추적했다. 그의 시적 주체는 성찰하는 윤리적 주체뿐 아니라 사랑의 정념 그리고 탈주, 욕망하는 청춘이었다는 점에 주목하였다.

7장은 전쟁하는 제국 일본에서 타자로 살아내며 시 쓰기에 고투하는 시인의 운명을 따라가 보았다.

8장은 〈치안유지법 제5조〉에 의해 유죄 판결을 받은 윤동주의 의식과 행동을 추적하면서 그 핵심 동인에 조선어와 시 쓰기가 있었다는 점을 밝혔다. 윤동주에게 조선어와 시는 존재 의의이자 해방의 거점이었던 것이다.

이 책은 각 장이 선형적인 연속성으로 구성된 것이 아니기 때문에 순서대로 읽지 않아도 된다.

윤동주에 대해 글을 쓰기 시작한 지 10여 년이 흘렀다. 그사이에 일일이 거명하기 어려울 정도로 많은 분의 은혜를 입었다. 선배, 후배, 동료, 제자들 거의 모든 분께 물심양면으로 도움을 받았다. 윤동주의 자취를 찾아가던 길, 서울뿐 아니라 중국과 일본에도 이 책의 길잡이가 된 분들이 많다. 특히 원고를 읽어 준 동학들께 우정을 전한다. 이 모든 분께 감사드린다.

귀중한 자료를 기꺼이 제공해 주신 윤인석 교수님, 오영식 선생님, 연세대학교 윤동주기념관, 현담문고, 서울역사박물관에 깊이 감사드린다. 독려하며 주선해 주신 출판부 현상철 팀장님과 편집부원께도 감사드린다.

두루 고맙습니다.

2021년 12월

정우택

차례

일러두기

- “윤동주에 관한 인용, 비판 등은 이 책에 의존해 주셨으면 한다.”(「새로 엮으며」)는 윤일주의 뜻에 따라, 윤동주의 시와 산문 인용은 『하늘과 바람과 별과 詩』(정음사, 1985)를 기준으로 하였다. 그리고 1988년 정비된 〈한글맞춤법과 표준어 규정〉을 반영하고, 『사진판 윤동주 자필 시고전집』(민음사, 2002)과 『하늘과 바람과 별과 詩』(연세대학교 출판부, 2005)를 참고하였다.
  윤동주의 시와 산문을 인용하는 경우, 별도로 출처와 쪽수를 밝히지 않았다.
- 필요에 따라 윤동주의 자필 원고를 인용한 경우에는 출처를 밝히고 자필 원고의 표기대로 인용했다.
- 「윤동주에 대한 판결문」(교토지방재판소, 1944.3.31)은 윤일주 번역 「윤동주에 내려진 판결문 전문」(『문학사상』 1982년 10월호, 162~167쪽)을 기준으로 하였고, 박은희 번역 「윤동주에 대한 판결」(『다시올문학』 2013년 겨울호, 142~147쪽)과 송우혜 『윤동주 평전』(푸른역사, 2004, 427~432쪽)을 상호 비교하여 관련 내용을 보충하였다.
  「윤동주에 대한 판결문」을 인용하는 경우, 별도로 출처와 쪽수를 밝히지 않았다.
- 그 밖의 작가나 인물들의 시와 산문, 기록 등을 인용한 경우 현대 맞춤법 표기를 따랐으며, 가독성을 고려하여 한자를 한글로 변환하였다.
  필요에 따라 원문대로 인용한 경우도 있다.
- 단행본과 신문, 잡지 등의 매체는 겹낫표(『 』)를, 작품과 글 등의 제목에는 홑낫표(「 」)를, 법령이나 사건 제목 등에는 홑화살괄호(〈 〉)를 사용해 표시했다.

제 1 장

북간도

어머님,

그리고 당신은 멀리 북간도北間島에 계십니다

-「별 헤는 밤」

명동마을과 명동학교의 네트워크

윤동주는 북간도 이주민 4세다. 함경북도咸鏡北道 종성군鐘城郡 동풍면東豊面 상장포上長浦에 살던 윤동주의 증조부 윤재옥(尹在玉, 1844~1904)은 1886년 아내와 4남 1녀를 이끌고 두만강을 건너, 북간도 자동(紫洞 혹은 子洞)으로 이주했다. 자동은 두만강 건너 종성의 맞은편 중국 땅이다. 상삼봉에서 두만강 건너 개산툰진開山屯鎭이 곧 자동이다. 윤동주의 아버지 윤영석(尹永錫, 1895~1962)은 이곳 자동에서 태어났다. 윤동주의 본적은, 증조부의 출신에 따라서, 함경북도咸鏡北道 청진부淸津府 포항정浦項町 76번지로 기록하게 된다. 1900년에 윤씨 일가 18명은 중국 화룡현 명동촌으로 옮겨 왔다.

'북간도北間島'라는 명칭은 상해 임시정부에서 공식적으로 사용하였다. 상해 임시정부는 1919년 12월 23일자로 발표한 내무총장 이동녕李東寧 명의의 〈내무부령 제4호〉에서 '북간도' 명칭을 공식화했다. 임시정부 의정원 의원 선거 구역과 의원수로서 "북간도北間島 3인, 서간도西間島 3인, 해삼위海參威 2인……" 등으로 지정한 것이다.[1] '북간도'는 남쪽으로 두만강豆滿江을 사이에 두고 한반도와 접하고, 동쪽으로는 러시아의 연해주沿海州에 접하고 있는 조선인 거주 지역을 의미하였다.

북간도의 명동촌은 1899년 김하규를 중심으로 김해 김씨 가문 63명, 문병규를 중심으로 문씨 가문 40명, 김약연 중심의 전주 김씨네 32명, 남종구를 중심으로 하는 남씨 가족 7명, 그리고 통역을 위한 김항덕 등 142명이 새롭게 세운 마을이었다. 여기에 윤재옥을 중심으로 한 파평 윤씨 일가족 18명이 1900년에 이주해 온 것이다. 당시 명동마을이 만들어지던 상황을 문씨 집안의 회고로 확인할 수 있다.

> 1899년 2월 18일, 모두 두만강을 건너 북간도로 이사를 한 것이다. 우리[문재린-인용자] 집안만이 아니라 종성과 회령 일대에 살던 다른 집안사람들도 함께였다. 그러니까 종성에서 문병규 가문과 그의 외손인 김정규, 김민규 형제 가족, 김약연 가문, 남종구 가문, 회령에서 김하규 가문 등 4개 가문 25세대와 통역 일을 해주던 김항덕까지 142명이 미리 약속하고 이날 하루에 두만강을 건너, 북간도 화룡현의 부걸라재(鳧鴿磖子, 명동촌)라는 곳에 정착한 것이다. 이듬해인 1900년에는 이미 간도의 자동에 와서 살던 윤하현 일가도 이곳으로 옮겨 오게 된다.[2]

윤씨 집안의 장손 윤영석은 명동마을에 정착한 뒤, 1910년에 김약연의 누이동생 김용(金龍, 1891~1948)과 결혼했다. 이 부부는 결혼 8년 만인 1917년 12월 30일에 아들을 낳았는데, 그가 윤동주이다. 윤동주가 나고 자란 북간도의 명동촌은 유학 전통을 지키는 마을이었다. 사람들은 마을에 소학교와 중학교를 설치하고, 서울에서 발행되는 신문과 잡지를 구독하는 등, 교육열과 민족의식, 문화 수준이 높았다. 경제적으로도 풍요로운 편이었다. 1919년 당시 명동마을은 "소비조합도 있고.... 대부분의 집에 재봉틀이 있"[3]을 정도로 문명화되어 있었다. 그 마을에서도 윤동주의 집안은 유복한 편이어서, "윤씨네가 명동에서 가장 잘살게 되었다."[4]라는 말을 들었다.

'명동마을'이라는 이름의 유래는 명동학교의 개교와 관련이 있다. 애초부터 명동마을은 한인 집단촌으로 기획되어 형성된 것이었다. 명동마을에 이주해 온 문씨, 김씨, 남씨 가문의 출신지는 조선 시대 김종서가 여진족에 대비해서 개척했던 육진(六鎭, 육진은 종성, 회령, 온성, 경원, 경흥, 부령이다)

에 포함되는 지역으로, 예로부터 여진족과 섞여서 살아왔던 곳이었다. 1899년경 북간도로 이주한 이들은 '부걸라재(鳧鴿磖子, 비둘기가 날아드는 바위가 있는 마을)'라는 만주 이름을 가진 마을에 도착한 뒤, 만주인 지주 동한董閑이 소유하고 있던 땅을 공동으로 구매해서 나누었다. 이때 마을 아이들의 교육을 위해 학전學田을 마을 공동 부담으로 따로 마련했다. 문씨 집안의 자손인 문재린 부부의 회고에 따르면, "특이한 것은 처음 땅을 나누면서 학전學田으로 따로 땅을 떼어 놓은 일이다. 학전은 여러 곳에 있었는데, 처음에는 7000평 정도였다가 …(중략)… 1929년에는 8만 평으로 늘어나 있었다. 이 학전은 소작을 주고, 거기서 나오는 소출로 책도 사고 그 밖의 교육비로도 썼다."[5]라고 한다. 이 마을에 명동학교가 생기면서 마을 이름도 '명동촌明洞村'으로 바뀌게 되었다. '명동明東'은 동쪽을 환하게 밝힌다는 뜻으로, 곧 고국 조선을 밝히겠다는 의지를 담은 이름이다.

명동학교는 북간도 최초의 신학문 교육기관이었던 서전서숙瑞甸書塾의 맥을 잇는 학교였다. 서전서숙은 1906년 10월에 창립되었는데, 이상설이 사재私財를 털고 이동녕, 이준, 박정서 등과 함께 용정龍井 서전瑞甸벌에 세운 근대적 민족 교육의 산실로 신학문인 산술, 역사, 지리, 국제 공법, 헌법학 등을 가르쳤다. 명동촌의 김학연, 남위언 등이 그 서전서숙에서 배우던 학생이었다.

그런데 1907년 4월 이상설이 네덜란드 헤이그 만국평화회의에 고종의 밀사로 선정되어 파견되면서 서전서숙은 문을 닫게 되었다. 그러자 명동촌에서 서전서숙의 선생이던 박정서(박무림)를 숙장塾長으로 초빙하고, 김약연이 숙감이 되어 명동서숙明東書塾을 세웠다. 사실 이 마을에는 이전부터 골짝마다 김하규의 소암재, 장재촌에 규암재, 중영촌 서당 등이 운영되고 있었다. 그러던 것을 1907년에 개별 서당이 해체되고 명동서숙으로 통합되었다. 명동서숙은 1908년 4월 27일 명동학교로 개칭하고 개교하였다. 서전서숙에서 명동학교로 계승된 역사성과 교육 이념은, 이후 명동마을의 특징이

명동학교 신교사 낙성식(1918.4.9) (윤인석 제공)

자 정체성의 기초가 되었다. 명동학교는 1909년 교장 김약연, 교감 정재면 체제로 재출범하면서 쟁쟁한 교사진을 초빙하였다. 1910년에는 중학교 과정을 개설하고, 1911년에는 명동여학교를 병설했다. 이 과정에서 조선이 일본에 통합되는 '한일합방' 소식을 듣고 마을 사람들이 모두 통곡하였다고 한다. 1918년에는 명동학교의 건물을 서양식 벽돌 건물로 번듯하게 신축하여 '신교사 낙성식'(1918. 4.9)을 열었다.

명동학교는 명동마을의 사상적·문화적 분위기에 영향을 주었다. 처음에 유교 전통을 중심으로 형성되었던 명동마을은, 정재면이 명동학교를 재설계할 때 기독교를 받아들였다. 1909년 5~6월경 마을에 교회가 생겼고, 기독교가 들어오면서 마을의 문화도 크게 변화하였다. 그러다가 1928년부터는 공산주의 바람이 거세게 불었다. "경신년(1920년-인용자) 토벌 뒤에 일본의 탄압이 더 심해지자 젊은이들은 교회나 교육 운동만으로는 한계를 느끼고 공산당에 합류한 것이다."[6] 윤동주의 아버지 윤영석, 송몽규의 아버지 송창희 등 명동소학교 교사들과 윤영춘 같은 젊은이들이 공산주의에 공명하게 되면서, 이들의 영향으로 명동소학교는 '인민학교'가 되었다. 윤동주가 명동소학교를 다니던 즈음(1925~1931년)은 명동마을과 윤동주의 집안이 사상적으로 고양되어 있을 때였다. 소학교 5학년생일 때, 송몽규는 '인민학교'가 되어야 한다는 연설을 하며 돌아다녔다고 한다.

1900년대 후반부터 명동학교와 명동마을은 북간도의 문화적 민족주의를 생산하고 전파하는 산실이 되었다. 특히, 명동학교의 설립은 큰 의미가 있었다. 명동학교가 근대식 교육 체제를 갖추고 우수한 교사진을 초빙하여 자리를 잡아 가게 되자, 러시아 연해주에서까지 학생들이 유학을 왔다.

> 1910년 4월에 명동학교는 중학교를 증설했다. 중학교가 생기고부터 유명한 선생님이 많이 왔다. 경성청년학원 출신 박태환, 박일송 같은 분들이다. 이렇게 교사들도 모여들고 학생들도 조국의 북부 지방, 만주, 러시아에서까지 찾아오니 명동학교는 간도뿐 아니라 함경북도까지 아우른 지역의 유일한 한국인 고등교육기관으로 자리를 잡게 되었다.[7]

한편, 명동서숙이 명동학교로 개칭하여 자리를 잡아 갈 무렵, 연해주에도 명동학교가 만들어졌다. 1908년 3월 24일자 『해조신문海朝新聞』의 기사 「명동교明洞校 익진益進」은 연해주의 명동학교 설립과 성장과정을 알리고 있다.

> 이포 사는 한종원韓鍾源, 채동석蔡東錫, 박성육 제씨가 교육이 발달치 못함을 개연히 여겨 각기 다수한 자본을 의연하여 명동학교를 설립하고 추지서를 발포한 고로 본 신문에 이미 기재하였거니와 해교該校에서 임

원을 조직하였는데 총감은 최봉준, 부총감은 김학만, 교장은 한종원, 총무는 박성육, 학감은 채동석, 강사는 채신묵, 찬성원은 문창범 제씨요, 그 외 찬성원도 많고 교사는 이기, 김정기 양씨인데 제씨가 열심으로 확장에 주력하며 교육에 근면하므로 교황校況이 날마다 전진한다더라.[8]

이 기사가 실린 『해조신문』은 1908년 2월 26일에 러시아 연해주의 블라디보스토크에서 창간된 것으로, 해외에서 우리말로 발행된 최초의 일간신문이었다. 『해조신문』에는 주로 국내외 소식과 교민사회 동향, 계몽기사 등이 실렸으며, 격렬한 항일구국抗日救國 논설을 게재하여 해외 독립투쟁의 부흥에 공헌하였다. 신문 보급도 러시아뿐 아니라 경성, 원산, 인천, 평양 등에 지국을 설치하고 국내 각지에 배포하여 그 영향력이 컸다.

『해조신문』의 명동학교 설립 기사에서 보듯이, 당시 해외에 이주한 조선인들에게 학교는 후학 양성과 민족의 정신 유지, 독립 기반으로서 매우 중요한 역할을 하였다. 1908년 5월 3일자 『해조신문海朝新聞』의 기사 「각지 정도의 진보 상황」에서는 "리포어 명동학교明東學校, 영안평(시넬리니코보) 동흥학교東興學校, 소왕령(니콜스크우스리스크) 창동학교昌東學校……"를 소개하면서, "그 설립한 정황을 대강 들은즉 그 지방마다 유지신사 제군이 조국의 형편 됨을 개탄히 여겨 어찌하면 국권을 회복할까 강구하여 본즉 청년교육 하는 일 외에는 다른 방책이 없으므로 비로소 교육의 필요됨을 깨닫고"[9] 학교를 창립하게 되었다고 설명한다.

연해주의 명동학교는 인근 지역의 학생들을 대상으로 활발하게 교육활동을 펼쳐 나갔다. 『권업신문勸業新聞』 1913년 7월 13일자 기사 「명동학교 하기 강습」은 "리포토성에 있는 명동학교는 설립된 지 이미 4, 5년 …(중략)… 금번 여름에는 특히 하기 강습을 설하여 당지當地 러시아 학교에 다니는 학생 30여 명까지 입학하였"[10]다고 전한다. 연해주 명동학교의 하기 강습에 인근 러시아 학교의 학생들까지 입학할 정도로 성황을 이루었음을 알 수 있다. 1914년에는 연해주의 다른 지역에서 또 다른 명동학교와 신흥학교를 개교하였다. 『권업신문』 1914년 6월 28일자에 실린 기사 「동개터에 두 학교」는 새로운 명동학교와 신흥학교의 창립을 전하고 있다.

> 수청(파르티잔스크) 동호 대영동에서는 명동학교를 창립하여 음력 지난 4월 24일에 개학하였는데 학도는 24명이라 하며 또 동 지방 진영동에서는 신흥학교를 창립하여 음력 지난달 초 5일에 개학하였는데 학도는 20여 명이라더라.[11]

북간도와 연해주의 이주민들이 어려운 상황에서도 조선인 학교를 계속 설립하는 것은, 이들 학교의 창립 목적과 이념이 국권 회복을 위한 교육구국敎育救國 활동의 실천이었기 때문이다. 그리고 이러한 활동의 선구에 북간도의 명동학교가 있었다.

실제로 북간도의 명동학교에는 인근 여러 지역의 학생들이 와서 다녔는데, "북간도 각지는 물론 국내에서도, 또 시베리아의 교포 자제 중에서도 유학을 왔다."[12] 라고 한다. 이렇게 명동학교에서 교육을 받은 학생들은 다시 한반도, 중국 대륙, 만주, 일본, 러시아 연해주 등지로 흩어져서 교육계와 종교계, 그리고 민족운동에서 중요한 역할을 하였다.

1900년대 후반부터 북간도 명동마을은 중국과 북간도-국내-연해주를 연결하는 네트워크의 중심이 되었다. 안중근이 거사를 준비하며 머물던 곳도 명동마을이고, 영화 〈아리랑〉(1926)을 만든 회령 출신의 나운규도 명동중학교에 다녔다. 그 사람들의 이야기와 사건들은 명동마을에 축적되어 전승되고, 마을 사람들의 사상과 감각, 상상력과 가치관을 형성하는 뿌리가 되었다. 이러한 영향으로 윤동주를 포함하여 명동마을의 소년들과 어른들은, 자신들의 사유와 활동 영역과 전망을 중국과 북간도-한반도-러시아 연해주-일본까지 뻗어 나가는 광범위한 사상지리를 설정해 갔다.

민족 독립운동과 간도참변

북간도는 일제와 중국 당국의 공권력이 느슨했던 까닭에, 대한제국의 멸망을 전후하여 많은 애국지사들이 이주해 와서 혁명과 조국 독립의 꿈을 꾸던 지역이었다. 북간도에는 조선 민족의 정체성과 이를 지키기 위한 고통스러운 투쟁이 요동치고 있었다. 명동마을과 명동학교도 민족 독립운동, 임시정부의 정책 등과 긴밀하게 연계되어 영향을 받았다. 용정에서 1919년 3·1운동 행진을 앞장서서 이끈 것은 명동중학교 관악대였다. 용정의 독립만세 운동에 직접 참여했던 김신묵(문익환의 어머니)은, 당시 가슴 떨리던 순간을 생생하게 기억하였다.

> 1919년 3월 13일, 용정 근방에 있던 조선족이 흰옷에 태극기를 들고 용정에 모여들었다. 중국 관청의 허락을 받고 용정 북쪽에 있는 서전대야에 약 3만 명이 모였다. 이 모임에는 명동중학교의 관악대管樂隊가 앞장을 섰다. 대회 부회장인 배형식 목사의 개회 선언이 있은 뒤 대회장 김영학이 독립선언 포고문을 낭독했다.[13]

상해 임시정부에서 발행하는 『독립신문』의 1919년 11월 15일자 기사 「의총義冢2」를 보자. 의총義冢은 의로운 무덤이라는 뜻이다. 이 기사는 1919년 명동학교 학생들의 만세운동과, 뒤이은 중국군의 진압에 따른 희생과 참상을 자세하게 전하고 있다.

용정 서전(瑞甸)평야 만세운동(1919.3.13)

일만一萬 이상의 회중會衆은 시내를 향하려 할 제 20여 명의 중병中兵에게 도道를 차遮한 바 되어 한참 동안 그 영솔자 맹단장孟團長으로 더불어 시비를 하였다. 이때 홀연 총소리가 땅 하고 난다. 누구든지 허방인 줄 알고 심상히 여겼다. 총소리는 따닥따닥 난다. …(중략)… 만세 일성一聲이 그 하죄何罪인지 생명을 연捐함에 지至하였단 말이다. 여기저기에 시체가 횡도橫倒하고 선혈이 임리淋漓하다. 여余는 방성放聲하야 곡하였다. 통곡하는 이가 많았다. 광풍은 여전히 눈을 뜨지 못하게 포효한다. 전중田中에 열립列立한 명동학교 학생의 나팔소리는 일종 처량의 음을 토하여 인人의 심心을 비동悲動케 하더라. 중국이여, 왜이倭夷는 그대의 인민을 노예시하고 그대의 강토를 조탈蚤奪하려는데 왜이를 위하여 한인韓人을 참살하니 그도 독립국의 체면인가 인류의 정도인가 불가해의

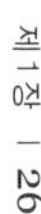

주의로 처세하려 하는도다. …(중략)… 5~60리 내지 백여 리 외에서 만세를 부르려고 부자상련父子相連하고 모녀상휴母女相携하여 불원천리이래不遠千里而來함을 누가 경앙치 아니한 이가 없었거니와 금일 대참극을 연출함에 당하여는 과연 유지자有志者에 결심을 가지게 하고 감동을 일으켰다.[14]

용정의 3·1 독립만세운동에 앞장섰던 결과로, 명동학교의 김약연 교장은 중국 관헌에 체포되어 2년 동안 투옥되었고, 교사 김교영은 10개월 징역형을 선고받았다. 그리고 명동학교는 폐교되었다. 3·1 독립만세운동 이후 명동마을 사람들과 명동학교가 겪은 고난과 고초를 1920년 1월 22일자 『독립신문』에 실린 기사 「북간도(3)—독립시위운동」과 1920년 4월 8일의 기사 「북간도 통신」에서 확인할 수 있다.

김약연 씨는 중국 경서警署에 수금囚禁되고 김하선, 김신근, 고용환, 장우범, 박정훈, 방원성 등 제씨는 본적지에 안치安置가 되고 이홍준 씨는 도중島中 금고禁錮가 되고 강봉우 씨는 역형役刑을 당하였다. …(중략)… 명동남녀학교에서는 대양大洋[15] 7천 원 이상의 손해를 당하고 또 왜구의 교섭으로 중국 관헌의 폐교령을 만났다.[16]

북간도 독립운동 선도자의 1인으로 작년 칠월에 피포被捕한 명동학교 교사 김교영 씨는 거년去年 10월에 10개월 징역 선고를 받다.[17]

북간도는 이주민들의 정치적, 경제적 자립을 근거로 민족 교육의 중심지 역할을 하였으며, 3·1 독립만세운동 이후 임시정부와 연계하여 독립운동의 중요한 거점으로 부상하였다.

임시정부는 3·1 만세운동에서 확인된 민족독립운동의 열망을 유지하고 발전시키기 위해 1920년을 '독립전쟁의 원년'으로 선포하였다. 하지만 임시정부 내부에서는 외교론, 준비론, 즉각 개전론 등이 갈등하고 있었다. 준비론자들은 "혈전의 시기는 그 준비의 완성하는 날"에 있다고 주장하며, 그 준비로 민심 통일, 국민군의 편성, 인재의 집중, 재력 확충 그리고 최후의 승리를 위한 외국의 원조 등을 들어 개전론에 반대하였다.[18] 이러한 내부의 이견들에도 불구하고, 임시정부는 1920년 시정방침을 독립전쟁으로 전환하고 간도의 독립군 단체를 통일적으로 지휘하려는 '대간도정책'을 시행하였다. 1920년 무렵 서·북간도에는 무려 124개의 독립군 단체가 조직되어 활동하고 있었다.[19] 1920년 8월을 전후하여 서간도에 대한광복군사령부가 설치되었다. 같은 시기에 북간도에서도 대한군정서를 동도군정서로 개칭하여 김좌진을 사령관에 임명하고, 동도독립군서는 홍범도가 사령관에 임명되어 임시정부의 명령을 받도록 하였다.

한편, 일본 제국주의는 1920년 6월 7일 봉오동전투에서 독립군에게 전멸에 가까운 패배를 당한 뒤, 일본 정규군 대부대를 만주에 직접 투입하여 독립군을 소탕할 계획을 세우고 일본군의 출병出兵을 정당화할 기회를 만들고 있었다. 1920년 10월 7일 대규모의 일본군 병력을 간도로 출병시키도록 결정하고 10월 12일에 간도 출병을 개시했다. 일본군은 출병 초기에 항일운동 근거지를 중심으로 초토화 작전을 진행하다가 10월 20일부터 대대적인 독립군 토벌작전을 펼쳤다. 그러나 독립군이 일본군의 공격을 피해 산속이나, 중국과 소련 국경지대로 이동해 버리자 일본군의 독립군 토벌작전은 애초 계획만큼 성공하지 못하였다. 게다가 10월 21~26일에 벌어졌던 청산리전투에서 일본군이 크게 패하게 되자 그 보복으로 간도의 조선인 사회, 항일단체, 학교와 교회 등을 초토화하는 것으로 작전을 바꾸었다. 1920년 10월부터 1921년 4월까지 일본군은 수많은 조선인 마을을 대상으로 방화와 약탈을 일삼고 조선인들을 학살하였다. 이 사건이 바로 '간도참변'이다.

명동마을은 '간도참변'이 시작되자마자 일본군의 방화와 약탈, 학살의 대상이 되었다. 1920년 10월 20일 일본군의 방화로 명동학교의 신식 건물이 잿더미가 되어 버렸다. 이날은 일본군이 대대적인 독립군 토벌작전을 개시했던 때로, 명동학교에 대한 방화는 그 시발점이었다. 그러나 바로 다음날부터 시작된 청산리전투(1920.10.21.~10.26)에서 조선독립군은 크게 승리하였다. 이 청산리전투의 패배에 대한 보복으로, 일본군은 무려 6개월 동안 북간도 일대의 조선 민중들에게 무자비한 약탈과 방화, 학살을 자행하였다.

『독립신문』은 1920년 12월 18일자를 '간도참변' 특집호로 발행하여, 북간도 조선인들에 대한 일본군의 만행을 고발하였다. 1면의 「편집실 여언」에서 "본 호는 특히 간도 참상 사건에만 한하여 편집된 고로 외타의 기사는 차호에 양함"이라고 밝혀 놓았다. 이 날짜의 『독립신문』에 실린 내용을 정리하면, 1면에 「간도사변과 독립운동 장래의 방침(1)」, 2면에 「서북간도 동포의 참상 혈보—임시정부 간도 통신원의 확보確報」, 「간도 참상 구제연합회 조직」, 3면에 「북서간도에서 참사한 동포 추도문」, 「왕청문 부근의 참상」, 4면에 「왜적에게 대학살 받은 간도 동포 구제—안창호 씨의 비창한 설명」 등으로 '간도참변'을 집중 보도하였다. 이날 기사에 따르면 '간도참변'이 시작된 지 두 달 만에 간도의 조선인 3,700여 명이 학살당했다고 한다.

같은 날짜의 『독립신문』에는, 독립신문사의 사장이자 주필인 이광수(李光洙, 1892~1950)가 '간도참변'에 대해 쓴 세 편의 시 「삼천의 원혼」, 「저 바람소리」, 「간도 동포의 참상」이 함께 실렸다.

> 2년 10월 지변之變에
> 무도한 왜병의 손에
> 타 죽고 맞아 죽은 삼천의 원혼아

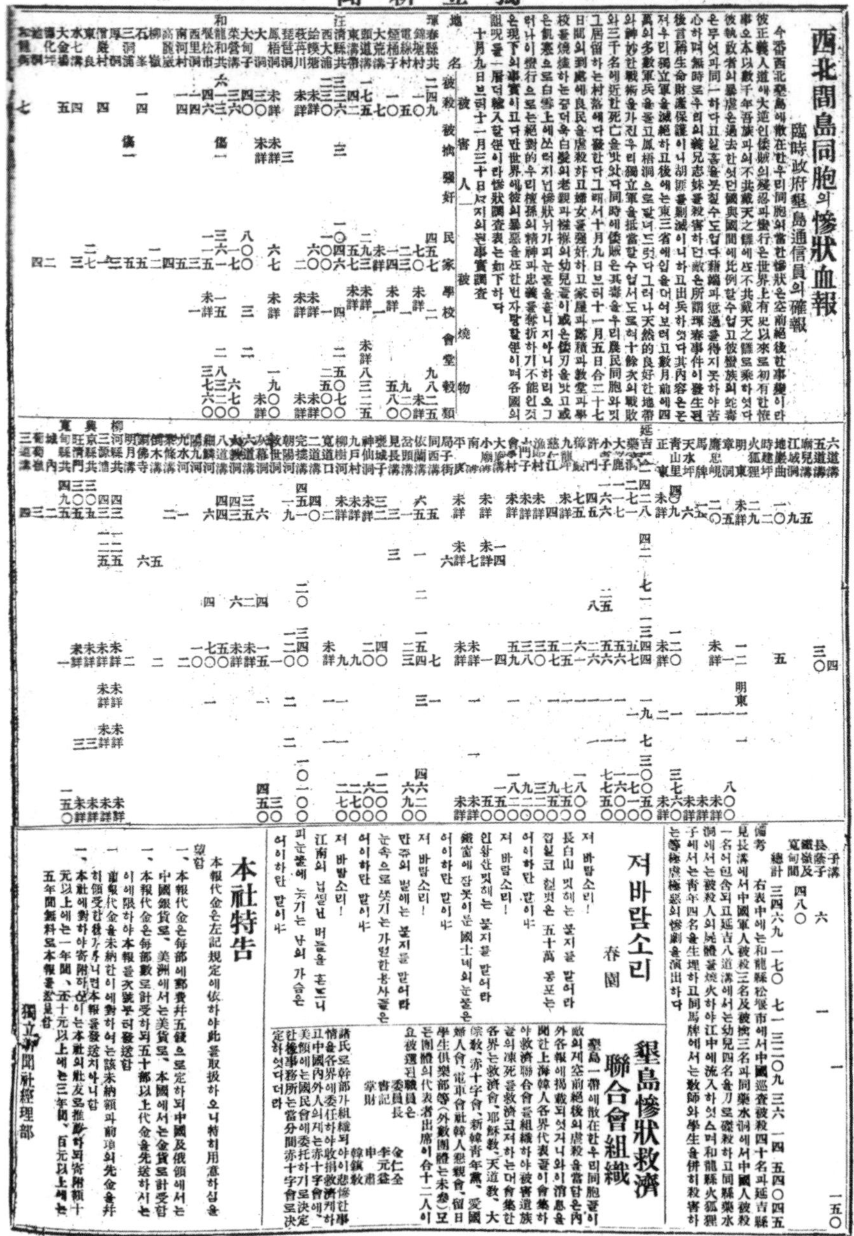

西北間島同胞의 慘狀血報

臨時政府墾島通信員의 確報

今番西北墾島에散在한우리同胞의當한慘狀은空前絕後한事變이라彼正義人道에大逆인倭賊의殘忍과蠻行은世界上有史以來로初有한惟事오本以數千年吾族과의不共戴天之讐에또不共戴天之讐로乘하엿다彼執政者의暴虐은過去한엇던國與國間에比例할수업고彼蠻族의蛇毒은무엇과同一하다고일홈을못칠수도업다竊端과懲過를得지못하야苦心하며無時로우리의義兄志妹를殺害하던敵은所謂琿春事件이發生된後言稱生命財產保護이니胡匪를剿滅이니하고出兵하엿다其內容은곧저우리獨立軍을滅絕하고後에는東三省에입을더어보려고數月前에四萬의多數軍兵을울고鳳梧洞으로달녀드럿다그러나天然的良好한地帶와神妙한戰術을가진우리獨立軍을抵當할수업서도로혀十餘次의戰敗와三千名에近한死亡을맛보앗다同時에倭賊은其毒을우리農民同胞와및그居留하는村落에다發한다그때서十月九日브터十一月五日合二十七日間의到處에良民을虐殺하고婦女를强奸하고家屋과露積과敎堂과學校를燒燼하는잔더욱白髮의老親과襁褓의幼兒를或은倭刃을맛고或은飢寒으로白雪上에쓰러지빈慘狀뉘가피눈물을흘니지아니하리오그러나이蠻行으로는絕對的우리檀孫의精神과忠義를挫折하기不能인것은現下의事實이고다만世界에彼의暴惡을또한번자랑할뿐이며各國의詛咒를一層더輸入할뿐이라慘狀調査表는如下하다

十月九日브터十一月三十日까지의된事實調査

지 바람소리

春園

저 바람소리!
長白山 및헤는 불지를 말어라
잡일코 쵭벗은 五十萬 동포는
어이하란 말이냐

저 바람소리!
인왕산 밋헤는 불지를 말어라
鐵窗에 잠못이룬 國士네의 눈물은
어이하란 말이냐

저 바람소리!
만주의 벌에는 불지를 말어라
눈속으로 쏫기는 가련한 동사들은
어이하란 말이냐

저 바람소리!
江南의 납셩님 버들을 흔드니
피눈물에 늣기는 님의 가슴은
어이하란 말이냐

備考 右表中에는和龍縣松堰市에서中國巡査被殺四十名과延吉縣見長溝에서中國軍人被殺三名及被擒三名과同縣樂水洞에서中國人被殺一名이包含되고延吉八道溝에서는幼兒四名을刀로礫殺하고同縣樂水洞에서는被殺人의屍體를燒火하야江中에流入하엿스며和龍縣火狐狸子에서는靑年四名을生埋하고同馬牌에서는敎師와學生을併히殺害하는等極虐極惡의慘劇을演出하다

墾島慘狀救濟聯合會組織

墾島一帶에散在한우리同胞를이번에제空前絕後의虐殺을當함은內外各報에揭載되엇거니와이消息을聞한上海韓人各界代表들이會集하야救濟聯合會를組織하야被害遺族들의凍死를救濟코저하는데會集한各界는救濟會、耶穌敎、天道敎、大倧敎、赤十字會、新韓靑年黨、愛國婦人會、電車會社韓人懇親會、留日學生俱樂部等(外數團體는未參)모든團體의代表者出席이合十二人이요被選된職員은

委員長 金仁全
書記 李元益
掌財 申鉉
韓鎭敎

諸氏로幹部가組織되야이悲慘한事情을各界에委任하야收捐救濟케하고中國內外人의게는赤十字會에、美領에는國民會에委托하기로決定하고此事務所는當分間赤十字會로決定하엿다더라

本社特告

本報代金은左記規定에依하야此를取扱하오니特히用意하심을望함

一、本報代金은每部에郵費幷五錢으로定하되中國及俄領에서는中國銀貨로、美洲에서는美貨로、本國에서는金貨로計受함

一、本報代金은每部數로計受하되五十部以上代金을先送하시는이에限하야本報를次號부터發送함

一、禹祿代金을未納한이에對하여는該未納額과前項의先金을幷히領受한後가아니면本報를發送치아니함

一、本社에對하야寄附하신이는本社의社友로推薦하되寄附額十元以上에는一年間、五十元以上에는三年間、百元以上에는五年間無料로本報를送呈함

獨立新聞社經理部

'간도참변' 특집호로 발간된 『독립신문』(1920.12.18) 2면

너의 시체를 묻어줄 이도 없구나
너희게 무슨 죄 있으랴
망국 백성으로 태어난 죄
못난 조상네의 끼친 얼孼을 받아
원통코 참혹한 이 꼴이로구나
- 이광수, 「삼천의 원혼」(1920.12.18)[20] 부분

이 시는 "타 죽고 맞아 죽은 삼천의 원혼"과 묻어줄 사람 없는 "시체"로 즐비한 '간도참변'의 참혹한 광경을 고발하고 있다. 시의 화자는 이들에게 무슨 죄가 있어서 이렇게 원통하고 참혹한 죽임을 당했는지, 그 이유를 "망국 백성으로 태어난 죄"와 "못난 조상"의 "얼('서자'라는 의미)" 때문이라고 말한다.

시 「간도 동포의 참상」에서도 일본군의 만행으로 수많은 동포들이 목숨을 잃고 집과 양식을 빼앗긴 현실 앞에서, 견딜 수 없는 비통한 심정을 표현하고 있다.

불쌍한 간도 동포들
삼천 명이나 죽고
수십 년 피땀 흘려 지은 집
벌어들인 양식도 다 잃어버렸다.
…(중략)…
아아 힘!
왜 네게 힘이 없었던고
내게도 없었던고
아아 왜 너와 내게 힘이 없었던고
나라도 잃고

기름진 고원故園의 복지福地를 떠나
삭북朔北에 살길을 찾던
그 둥지조차 잃어버렸구나

- 이광수, 「간도 동포의 참상」(1920.12.18)[21] 부분

'간도참변'으로 희생당한 동포들은 "나라도 잃고" 고국을 떠나 "삭북(삭막한 북쪽 지역, '북간도'를 의미)"에 "살길"을 찾아온 사람들이었다. 온갖 어려움을 뚫고 간도에 정착하여 "살길"을 마련했던 그들이 일본군의 만행으로 한순간에 목숨을 잃고, 수십 년 동안 피땀 흘려 지은 집과 양식들까지 잃어버렸기에 더 불쌍하고 안타깝다. 시의 화자는 이러한 비극이 발생하게 된 것이 "너와 내게 힘이 없었던" 때문이라고 말한다. "힘이 없었던" 까닭에 나라를 잃었고, "힘이 없었던" 까닭에 조국을 떠나야 했으며, "힘이 없었던" 까닭에 목숨을 잃고, 집과 양식을 잃게 되었다는 것이다.

이광수의 시들이 '간도참변'을 당하게 된 원인을 망국의 백성으로 태어난 죄, 못난 조상의 서자로 이어진 죄, 그리고 힘이 없었던 죄로 보는 것은, 당시 그의 입장을 반영하고 있다. 이광수는 『독립신문』 87~88호에 「간도사변과 독립운동의 장래의 방침」이라는 장문의 사설을 연재했는데, 이 글에서 즉각적 전쟁론을 "구두口頭의 급진론"이라고 규정하였다. "독립의 방법은 독립전쟁"이지만 "독립전쟁은 군인과 군비와 기회가 있어야" 하며, 따라서 "군인을 양성하고 군비를 저축하면서도 기회를 기다리는 것이 우리의 근본주의"라고 주장했다. 그리고 이러한 준비론의 입장에서 '간도참변'의 원인을 일본 제국주의가 아니라, 준비 없이 전쟁을 벌인 독립군 진영 내부의 전략적 실패로 돌렸다. 즉, 북간도의 대한국민회의와 군정서, 서간도의 한족회와 대한청년단연합회 등이 무관학교와 병영의 건축, 무기 구입 등의 활동을 하여 적(일본 제국주의)의 주의를 야기한 것 때문에 '간도참변'이 일어났다고 보았다.[22]

저 바람소리
장백산 밑에는 불지를 말어라
집 잃고 헐벗은 50만 동포는
어이하란 말이냐

…(중략)…

저 바람소리
만주의 벌에는 불지를 말어라
눈 속으로 쫓기는 가련한 용사들은
어이하란 말이냐

- 이광수, 「저 바람소리」(1920.12.18)[23] 부분

이 시의 화자는 각 연이 끝날 때마다 "어이하란 말이냐"를 반복하여, 당시 간도의 조선 동포들이 겪고 있는 비참한 상황에 대해 원망하는 심정을 드러낸다. 그런데 이 시에서 주목할 것은 "집 잃고 헐벗은" 50만 조선 동포들뿐 아니라 항일 독립전쟁에 참가한 용사들도 똑같이 "눈 속으로 쫓기는 가련한" 처지로 표현하고 있는 부분이다. 화자의 관점에서는 간도 동포와 독립군 용사들이 모두 참변의 희생자, 피해자로 동일화된다. 여기에는, 임시정부 지도부와 그 산하 조직들이 1920년을 '독립전쟁의 원년'으로 선포하고 무모한 전쟁을 벌인 것에 대한 원망과 비판이 깔려 있다. 이러한 입장 차이에도 불구하고 당대 최고의 작가인 이광수가 '간도참변'의 참혹한 실상을 세 편의 시로 기록하고, 동포들의 억울한 죽음과 고통을 위로한 것은 중요한 의미가 있었다.

임시정부는 참변을 당한 동포들의 불안과 원망을 달래고, 이광수로 대표되는 준비론과 전쟁 회의론을 불식하기 위해, 1921년 1월 15일 「국무원 포고 제3호-간도 동포에게」를 반포하였다.

이 바람 차고 눈 쌓인 만주의 벌판에 말할 수 없는 고초를 당하시는 동포 제위의 정경을 생각할 때에 본직 등은 2천만 국민으로 더불어 피눈물이 솟음을 금치 못하오나 이것도 사랑하는 조국을 위하여 그리함이니 충용忠勇하신 동포 제위는 이러한 경우에 처할수록 응당 더욱이 애국의 피를 끓이고 무도한 적국을 향하여 한 번 더 죽기로써 자웅을 결단할 새 결심을 발하실 줄 믿나이다.

아직 우리의 준비함이 차지 못하여 가슴속에 넘치는 울분을 한번 싸워 쾌히 씻지 못함이 원통하거니와 일은 오직 시간문제라, 최후의 승리가 우리에게 있을 것은 밤과 낮이 분명함과 같이 분명한 일이니 오직 있어야 할 것은 우리의 오래 참는 용기와 일심하여 힘써 일함이라, 이제 만일 우리의 용기가 꺾어지고 소망이 떨어지면 우리는 영원히 다시 일어날 날이 없을지오, 이 더욱 분발하고 더욱 일심하여 2천만 최후 혈전의 준비에 힘쓰면 우리에게는 불원에 독립과 자유의 영광이 이를 것이로소이다.

…(중략)…

아아 저 수없는 충혼을 무엇으로 위로하며, 유리하는 동포를 무엇으로 안위하리까. 오직 독립의 대혈전에 적의 목을 베어 대한의 독립문에 높이 닮이 있을 뿐이니 대한의 아들과 딸들은 지금 이 한마음으로 하나이 되었나이다. 아아 독립 혈전에 용장한 선봉이 되신 충의忠義로운 간도 100만의 동포여, 2천만의 형제자매와 그네의 임시정부는 일심하여 제위의 뒤를 따르나니 행여나 일시의 고초에 낙심하심이 있을세라, 옛 조상의 크신 정신을 돌아보고 앞날 천만대 자손의 자유와 복락을 내다보아 더욱 분발하고 더욱 인내하소서.

우리 독립운동의 근본 방침은 오직 혈전에 있는지라.

-「국무원 포고 제3호-간도 동포에게」(1921.1.15)[24]

임시정부의 포고령은, 간도의 동포들에게 일본군의 폭력에 굴복하지 말고 더욱 강고한 투쟁에 힘쓸 것을 촉구하고 있다. 간도의 참상을 볼 때 원통함을 씻을 수 없고 피눈물을 멈출 수 없지만, 일시의 고초에 낙심하지 말고 오래 참는 용기와 한마음으로 혈전을 벌이면 최후에 승리할 것이라는 비장함과 낙관주의가 드러나 있다. 임시정부는 간도의 한인을 항일 독립전쟁의 주체로 설정하고, "독립혈전에 용장한 선봉이 되신 충의忠義로운 간도 100만의 동포"로 호명하며, "앞날 천만대 자손의 자유와 복락을 내다보아 더욱 분발하고 더욱 인내하"면서 독립전쟁의 혈전에 나서라고 독려하였다.

'간도참변'은 간도 동포들에게 불안과 공포를 유발했지만, 다른 한편으로는 항일 독립운동에 투신하는 계기가 되기도 하였다. 일본군의 대토벌 이후 독립군과 독립운동가들은 간도의 더 깊숙한 곳으로 옮겨 가거나, 중국 본토 또는 러시아령 시베리아 연해주로 이동해서 독립활동을 이어갔다. 아래의 기사는 명동학교 출신의 이협수가 3·1 만세운동과 '간도참변'을 겪은 뒤 독립전쟁에 참가했다가 순국했음을 알리고 있다.

> 이협수 씨도 본시 함경남도 홍원 출생으로 일찍 북간도 명동학교에서 졸업하고 삼일운동이 일어난 후에 전의군중부참모부前義軍中府參謀部 서기가 되어 근무하다가 북간도 참변을 조우하여 북간도 백초구白草溝에서 적의 총검 하에 순국하다.[25]

북간도 명동마을을 중심으로 일어났던 또 하나의 역사적인 사건이 '15만 원 사건'이다. 1920년 1월 4일 북간도의 비밀결사 '철혈광복단'이 일본은행의 현금 수송 행렬을 습격하였다. 이들은 탈취한 자금으로 조선독립군을 무장시킨다는 계획을 갖고 있었다. '철혈광복단' 단원은 1910년대 북간도의 3대 항일 중학교로 이름 높던 명동중학교, 창동학원, 광성중학교 졸업생 가운데서 선발되었다. 이들은 탈취한 자금 15만 원을 갖고 블라디보스토크로 향했다. 1920년 1월 9일 밤 9시 포시에트 항구를 떠난 기선은 8시간을 항해한 뒤, 이튿날 새벽 5시에 블라디보스토크 항구에 닿았다. '간도 15만 원 사건'의 주역인 윤준희, 임국정, 최봉설, 한상호 등이 마침내 목적지 블라디보스토크에 도착한 것이다.[26]

이 사건은 북간도 전체와 독립운동 진영을 흥분시키며 사기를 드높였다. 일본군과 중국 관헌은 명동학교와 명동마을을 '15만 원 사건'의 본부로 간주하여 수색을 벌였다.

> 적敵은 15만 원 사건이 대한청년의 소위인 줄을 알았다. 간적奸敵은 이를 기화로 하여 독립군의 대수색을 하려고 중국 관헌과 협력하여 애를 퍽 썼다. 적은 먼저 그 청년들의 행적을 따라가서 그들의 쉬고 간 곳 평강 바포강의 농부 수십 명을 체포하여 가고 각처에 산재한 수색대는 혹은 노상에서 혹은 영상嶺上에서 내왕인을 검사하다. 1월 6일 모暮에는 방총放銃 시위하면서 명동학교 소재지 장재촌長財村을 수색하다.[27]

'15만 원 사건'을 둘러싼 이야기는 일종의 모험담이자 전설처럼 북간도와 명동마을 사람들의 입에 오르내렸다. 이 사건의 주역들이 목적지로 삼은 연해주와 블라디보스토크는 미지의 해방구처럼 인식되었다. 1922년 9월 30일자 『독립신문』에는 고송孤松이라는 필명의 작가가 '15만 원 사건'을 배경으로 하는 소설 「이순화李舜華」를 발표하였다. 이 소설은 "동량평야는 북간도 명동학교 아래 칠도구七道溝 지나 있는 벌판이다. 그곳에서 소위 북간도 십오만 원 사건이 실행되었다."[28]라는 문장으로 시작한다. 이외에도 수많은 청년 지사들이 북간도를 무대로, 중국 대륙과 러시아 연해주를 종횡무진하며 역사적인 사건을 만들어냈다. 명동마을도 이러한 역사적인 사건들이 발생하고 퍼져나가는 중심지 중의 한 곳이었다.

명동마을에서는 '간도참변' 때 불탔던 명동학교를 1922년에 재건하였다. 윤동주, 문익환, 송몽규는 재건된 명동학교에 1925년 4월에 입학하여 공부했다. 간도의 조선인들에게 '간도참변'은 큰 시련이었지만, 시련을 겪고 재건하는 과정은 그들에게 역사와 자부심을 만들어 주었다. 그것은 투쟁과 승리와 패배가 분리되지 않고 하나로 연결된 역사였다. 좌절하지 않고 패배를 딛고 새로운 투쟁에 나서는 것. 이런 북간도의 역사와 문화 속에서 윤동주는 성장하면서 자신의 감각과 사유를 만들고, 정체성을 생성해 갔다. 그의 언어와 문학도 이런 분위기에서 싹텄다.

국제적 감각의 도시, 북간도 용정

윤동주는 1931년 3월 명동소학교를 졸업하고 명동마을에서 10리 남쪽의 달라즈大拉子에 있는 화룡현립 제일소학교 고등과에 진학하여 1년간 수학하였다. 그 학교는 중화민국의 공식 교육기관이었으며, 다양한 종족의 학생들이 함께 다녔다. 이 학교에 다니면서 윤동주는 북간도에서 여러 종족들 간의 공존을 체득할 수 있었다. "패, 경, 옥 이런 이국소녀들의 이름"을 부르며 그리워하는 시 「별 헤는 밤」을 썼던 것도 이런 경험에서 나온 것이었다.

1931년 가을에 윤동주의 가족은 명동마을에서 용정으로 이사하였다. 그의 가족이 새롭게 정착한 용정은 당시 국제적 분위기의 근대적인 도시로 발전하고 있었다. 1932년 4월 윤동주는 송몽규, 문익환 등과 용정의 은진중학교에 입학하였다. 은진중학교는 기독교 장로교파의 캐나다 선교부가 설립해서 운영하는 학교로, 치외법권지역 '영국덕이'에 위치하고 있었다. 「은진중학교 교가」에는 당시 북간도에 살고 있던 조선 이주민들의 의식과 교육 이념, 정체성 등이 잘 나타나 있다.

> 발해나라 남경터에 흑룡강黑龍江을 등에 지고
> 태백산太白山을 앞에 놓은 장하다 은진
> 넓은 들판 이 땅 위에 젊은 배달 이내 몸을
> 만세 반석 터가 되는 귀하다 은진

군세어라 은진 빛이어라 은진

저 동편 하늘 밝아올 때 너희 갈 길 보이나니 은진

네 손과 팔을 마주 잡고 발걸음을 맞추어라

만세 만세 우리 은진

노래 부르세

-「은진중학교 교가」[29]

교가의 첫 소절은 "발해나라 남경터"로 시작하는데, 자신들이 발해의 후손이라는 역사의식을 보여 준다. 그리고 조선 민족의 정기를 상징하는 "태백산"과 "젊은 배달"이 뒤따라 나오면서, 단군의 자손으로서 정체성을 선언하고 있다. 이처럼 북간도의 조선 이주민들은 자신들의 정체성을, 만주에서 독자적인 역사공동체를 가진 족속으로 규정하며 살아갔다. 만주 일대를 경영했던 발해 종족의 후예로서 자부심과 정체성을 공유하였고 이를 자손들에게 교육하였다.

명동마을과 용정은 북간도의 조선인 중심지역이었다. 한말韓末 청국의 봉금령 해제부터 시작하여, 일본의 식민지 지배를 피해서 또는 근대적 자본주의를 좇아서 많은 조선 민중들이 북간도에 새로운 삶의 터전을 잡았다. 용정진은 이전에 육도구六道溝라 불렸다. 러일전쟁(1905) 이후 용정은 연변 지구에 침투하는 일제의 전초기지로 활용되었다. 일제가 통감부 간도 파출소를 세운 것이 1907년이며, 이 무렵 조선족은 100여 호가 못 되었고 몇몇의 한족이 살고 있는 한가한 마을이었다. 1909년 일본과 청나라가 이른바 '간도협약'을 체결하였고, 조약의 규정에 따라 용정에 일본 총영사관이 설치되었다. 이때부터 용정이 정치·산업의 중심지로 급성장하였다. 1931년 용정의 인구는 1만 8천 명으로 불어났는데, 그중에서 조선인이 74.1%를 차지하였다.

김기림(金起林, 1908~?)은 『조선일보』 특파원 신분으로 취재했던 「간도기행」에서 1930년의 용정에 대해, 다양한 인종이 잡거하는 특수지대이자 혁명사상과 일본 제국주의가 각축하는 장소로 묘사했다.

> 용정이 포용하는 시민의 외연外延도 그렇게 다양성을 띠고 있다. 그리고 불투명한 시가의 공간에 부침하는 얼굴들은 날마다 그 얼굴이 그 얼굴이 아니라 한다. 나라를 쫓긴 망명자-탈주자-파산자-백계로인白系露人의 영양令孃들-실업군-그리고 코뮤니스트—최후로 밀정…….
>
> 평범의 수준 선상에 돌기突起한 모두 불온한 인종이 잡거하는 특수지대다. …(중략)… 중화민국의 삼민주의적 국민정책과 노서아의 인터내셔널리즘과 ××[일본-인용자]의 임페리얼리즘이 절충하는 삼각주다. 늘 다소의 험악한 풍운이 배회하는 이 분화구는 음산한 수십 년의 역사를 가지고 있다.
>
> - 김기림, 「간도기행」(1930.6.22)[30]

용정은 중국-일본-러시아가 각축을 벌이는 장소이면서 조선인이 다수를 차지하고 살아가는 북간도의 중심지였다. 용정은 다양한 종류의 인종들과 온갖 부류의 인간들—망명자, 탈주자, 파산자, 실업자, 밀정 등—이 뒤섞여 있는 특수 지역으로, 불안한 돌연성과 불온성이 특징이었다. 사상적으로는 중국의 삼민주의, 일본의 제국주의, 러시아의 공산주의가 각축을 벌이고 있었다. 용정은 이처럼 세계의 첨단 사상들이 혼재하며 충돌하는 장소성을 갖고 있었다.

또한 북간도는 1차 세계대전 동안 유럽의 식량 창고라 할 정도로 백태白太, 즉 흰콩의 주요 공급지였다. 명동마을에 살았던 김신묵(문익환의 어머니)의 회고를 보자.

> 구라파 전쟁이 계속되는 동안 …(중략)… 우리 북간도에선 참말 엄청나

게 백태를 수출했었다오. 생산만 해놓으면 곡물상들이 다니면서 수집해서 죄다 구라파로 나른 거지. …(중략)… 곡물상들은 주로 백태만 사갔어. 그때 사람들이 백태 심어 돈들을 많이 벌었지. 그래서 좁은 땅 일구던 사람들이 넓은 땅을 사고, 작은 집에 살던 사람들이 크고 넓은 집을 지어 옮겼고…… 동주네도 그때 백태 농사로 꽤 재미를 보았지. 그 집이야 본래도 아주 넉넉한 가세였었지만 말야.[31]

이 회고는, 1차 세계대전 당시 북간도 사람들이 유럽과 직결되어 경제활동을 하고 있었던 사정을 보여준다. 윤동주 집안도 당시 백태 농사로 가세를 확장할 수 있었다고 한다. 경제활동을 할 때, 북간도 명동마을에서는 조선 돈을 그대로 썼지만, 세금은 중국 돈으로 바꿔서 냈다. 1932년 만주국이 설 때까지 북간도에서는 조선 돈을 화폐로 썼다.[32]

하지만 북간도 경제의 활황은 1차 세계대전의 종전과 함께 끝나 버렸다. "전쟁이 끝나자 구라파에서는 만주산 곡물의 수입을 끊어 버렸다. 그래서 북간도에선 집집마다 팔지 못한 백태 자루들이 잔뜩 쌓여져 있었는가 하면, 곡물상 중에서 미리 매점해 놓았던 재빠른 상인들이 그대로 도산하는 등의 소동이 일어났었다."[33]라고 한다. 이처럼 유럽의 정세 변화가 곧바로 자신들의 생존을 육박하는 사건이 될 정도로, 북간도 거주민들은 국제 경제와 세계정세에 긴밀하게 연결되어 있었다. 그런 까닭에 북간도 조선인들은 세계적인 시세를 민감하게 계산하고 관찰하며 스스로를 경영해야 했다. 북간도 지역 사람들의 감각과 사상도 조선, 일본, 중국, 러시아, 유럽 등지에서 일어나는 세계사적인 사건과 격동의 시간에 민감하게 연결되어 작동하고 있었다.

윤동주가 태어난 1917년의 북간도 사정은 …(중략)… 당시 진행 중이던 제1차 세계대전 외에도 여러모로 처절했고 다사다난했다. 그중 가장

> 큰 사건으로 제1차 세계대전 참전국이었던 러시아에서 일어난 공산주의 대혁명을 꼽을 수 있다. 러시아 대혁명의 여파는 굉장했다. 우선 그들 자신의 국체國體를 절대군주 체제에서 소비에트 연방 체제로 바꾸었을 뿐 아니라, 세계 많은 나라에 유형무형의 큰 영향을 미치었다. 북간도와 인접한 시베리아 역시 대혁명으로 인한 변란의 와중에 휩싸여갔다. 적계赤系와 백계白系 간의 전투는 물론이고, 체코 군단의 시베리아 주둔 및 영국·미국·프랑스·이탈리아·일본 등의 시베리아 철병과 주둔이 모두 러시아 대혁명이란 홍수에 의해 일어난 파동이었다. 북간도란 고장은 그 파동이 일으키는 파고와 무관할 만큼 비켜 앉아 있는 곳이 아니었다.[34]

북간도는 경제활동뿐 아니라 사상의 측면에서도, 당시를 대표하는 세계적인 사상들이 모여들어서 힘을 겨루는 장소였다. 앞서 김기림이 설명한 것처럼, 중국의 삼민주의, 러시아의 인터내셔널리즘(사회주의와 공산주의), 일본의 제국주의가 영향력을 행사하고 있었다. 경제적으로, 사상적으로, 정치적으로 세계를 움직이는 사건과 사상, 세력들이 각축하는 가운데 북간도의 조선인들은 자신의 정체성을 형성하고 보존하기 위해 고투하였다.

윤동주의 성장기를 알기 위해서는, 이러한 북간도의 상황과 그곳에 정착해서 살았던 조선 이주민들의 정체성을 분명하게 이해하는 것이 중요하다. 1932년 만주국이 성립되기 전까지, 북간도는 비교적 일본 제국주의의 영향이 덜 미쳤고, 중국의 관권에 대항하여 다양한 인종들 간에 힘을 겨루던 지역이어서 상대적으로 독립성을 유지하고 있었다. 더욱이 윤동주는 경제적으로 풍족한 집안에서 수준 높은 종교·문화·사상을 접하며 성장하였다. 윤동주의 동생 윤일주의 회고에 따르면, 용정에서 그의 아버지는 인쇄소를 운영했고 한때 캐나다 선교부의 조계지 안에서 살았다고 한다. "1939년 하반기에 우리는 용정의 정안구靖安區 제창로濟昌路 1의 20의 좀 더 큰 집을 사서 수리하고 이사하였다. 캐나다 선교부의 조계지로서"35 용정에서도 국제적인 감각과 분위기를 느낄 수 있는 지역이었다. 이런 사실들에 기초해서 볼 때, 윤동주에게 고향 북간도는 자족적이며 자기 완결성을 갖춘 풍요로운 세계였으며, 국제적인 사상과 문화 교류가 활발하게 이루어지던 곳이었다.

그리고 윤동주의 주위에는 송몽규와 문익환 등 청춘의 이상을 함께 나누는 친구들이 있었다. 윤동주와 송몽규는 은진중학교에 다니면서 문학가의 꿈을 키워 나갔다. 그러던 중에 송몽규가 1935년 1월 1일 『동아일보』 신춘문예 콩트 부문에 산문 「숤가락」(숟가락-인용자)으로 당선되었는데, 이는 윤동주에게 큰 부러움이었고 자극이 되었다. 시 「거리에서」는 송몽규의 신춘문예 당선 직후에 쓴 것이다. 이 시에서 윤동주는 자신이 살고 있는 용정의 밤 풍경을 묘사하고 있다. 그의 눈에 비친 북간도 용정의 밤거리는 "북국"과 "도시"로 표상된다.

달밤의 거리
광풍狂風이 휘날리는
북국北國의 거리
도시都市의 진주眞珠
전등電燈 밑을 헤엄치는
조그만 인어人魚 나,
달과 전등에 비쳐
한몸에 둘셋의 그림자,
커졌다 작아졌다.

괴롬의 거리

회색灰色빛 밤거리를
걷고 있는 이 마음
선풍旋風이 일고 있네
외로우면서도
한 갈피 두 갈피
피어나는 마음의 그림자,
푸른 공상空想이
높아졌다 낮아졌다.

-「거리에서」(1935.1.18) 전문

윤동주의 초기작에 속하는 「거리에서」는 문학소년 특유의 감상感傷과 과잉된 비유들이 나타난다. 달빛과 전등 불빛에 비친 그림자가 여러 개로 일렁이며 커졌다 작아졌다 하는 형상, "전등 밑을 헤엄치는 / 조그만 인어"에 자신을 비유하고, 이유를 알 수 없는 괴로움과 외로움을 토로하고 있다. 이 시의 주요 심상은 "푸른 공상空想"에 있는데, 미래에 대한 동경과 막연한 불안감이 교차하는 심정을 표현하고 있다.

1935년이 되면서 윤동주와 친구들의 신상에도 변화가 생겼다. 그해 4월, 조숙했던 송몽규는 중국 길림을 거쳐 북경으로 가서 낙양군관학교洛陽軍官學校〔중국 중앙육군군관학교〕 한인훈련반에 입교했다. 낙양군관학교는 1933년 중국 허난성河南省 뤄양落陽에 설립된 중국 국민정부의 군관학교이다. 1932년 일본 제국주의에 의해 만주국 정부가 성립되자, 1933년 5월 임시정부의 김구 주석은 중국 난징南京으로 가서 중국 군관학교 구내에 있는 장개석을 방문하고, 낙양군관학교 내에 한인훈련반(또는 한인특별반)을 설치하기로 합의하였다. 그리고 상하이上海, 난징, 베이징北京, 톈진天津 등의 여러 지역에서 모집한 한국인 청년 99명이 입학해서 국민정부 군관학교 뤄양분교 육군 군관훈련반 제17대로 편성되었다. 대장은 이범석李範奭,

교관은 오광선吳光鮮, 조경한趙擎韓, 윤경천尹敬天 등이 맡았다. 하지만, 난징에 있는 일본 영사가 중국 정부에 한인훈련반의 해산을 요구했고, 일본과 정식 결전을 꺼리고 있던 중국 정부의 태도로 인해, 처음의 계획과 달리 낙양군관학교 한인훈련반은 1935년 4월 1기생 62명을 배출시키고 문을 닫았다.[36]

문익환은 북간도를 떠나 평양 숭실중학교로 편입했다. 뒤이어 윤동주도 어른들을 설득하여 은진중학교 4학년 1학기를 마친 뒤, 1935년 9월 평양의 숭실중학교로 편입하였다.

보론: 명동촌 사람들의 사상지리

윤동주의 정체성-감각과 사유, 문학관 등은 경험과 독서, 견문뿐 아니라 그가 성장하고 이동한 장소와 그 장소에서 일어났던 사건과 소문 등에 의해 영향받았다. 윤동주가 출생하고 성장한 명동촌과 북간도는 사상지리적으로 격변의 장소였다. 명동촌은 고립된 장소가 아니라 북간도, 한반도뿐 아니라 중국, 러시아 연해주, 일본 등과 활발하게 교섭하는 장소였으며, 많은 사건과 소문에 열려 있는 장소였다.

윤동주는 북간도 명동촌에서 태어나서 성장하고 용정으로 이사했고 거기서 중학교를 다녔다. 이후 평양, 경성, 일본의 도쿄와 교토를 왕래하며 자신을 확장하였다.

그의 단짝이었던 송몽규는 중학교를 다니다가 말고 중국 내륙으로 들어가서 혁명가 훈련을 받다가 체포되어 소환되기도 하였다.

윤동주의 아버지 윤영석은 중국 베이징과 일본 도쿄에서 유학하였다.

문익환의 아버지 문재린은 캐나다와 유럽에서 공부하였다. 문재린은 명동촌에서 태평양을 건너 캐나다 토론토로 유학을 떠났다가 대서양을 건너 유럽에서 연구원 생활을 하고 귀향하는 길에 런던, 파리, 제네바, 이탈리아를 여행하고 지중해와 홍해, 인도양을 거쳐 인도, 싱가포르, 필리핀, 홍콩과 일본을 거쳐 용정에 도착하였다. 그는 세계를 섭렵하면서 명동촌과 용정으로 소식을 전했다. 캐나다와 유럽으로부터 오는 소식은 윤동주에게도 전해졌을 것이고 그의 상상 속에는 세계가 들어와서 축적되고 있었다.

'15만 원 사건'은 흥미진진한 무협담과 같은 영웅서사였다. "명동학교 출신들이 만주, 연해주 각처로 흩어져 민족운동의 핵심이 되었다. 소위 '15만 원 사건'을 일으킨 의사들도 거의 다 명동중학교 졸업생들이었다."[37] 나이 들어서도 '15만 원 사건'은 명동 사람들의 의식 속에 살아 있었다. 이들이 사건을 벌이고 탈주한 러시아 연해주는 또 다른 세상처럼 각인되었다.

이동휘는 명동촌에 와서 사경회(기독교 부흥회)를 하며 명동여학교를 병설하였다. 그의 딸 이의순이 직접 명동여학교의 교사로 부임하기도 했다. 명동을 거쳐 러시아 연해주, 상해, 모스크바에서 활약한 이동휘의 발자취는 명동사람들의 이목을 집중하였다. 김신묵은 명동과 북간도 청년들이 이동휘의 영향으로 공산주의자가 되거나 러시아로 들어가기도 했다고 술회했다.[38]

명동촌과 북간도의 사건과 소문, 이곳 사람들의 활동과 장소성이 축적되는 과정 속에서 윤동주의 사상지리도 형성되었던 것이다. 명동 사람들, 명동과 연계된 사람들의 활동 범위는 중국, 한반도, 일본, 러시아와 연해주 나아가 태평양 건너 미주와 유럽까지 세계에 걸쳐 있었다. 이들의 이동과 활동을 지도 속에 좌표화 하여 보았다.

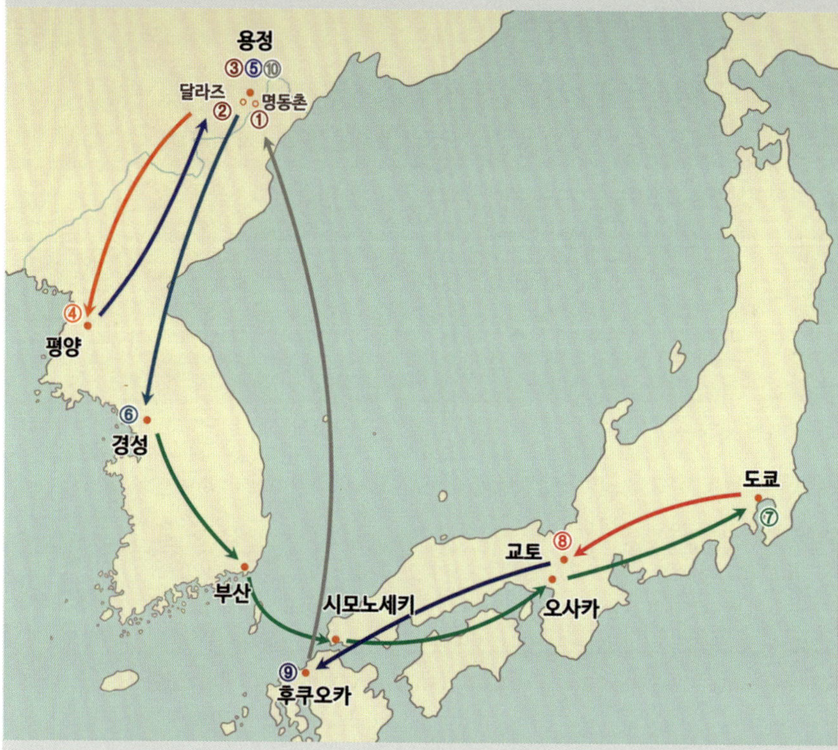

① 북간도 화룡현 명동촌 출생(1917.12.30)
북간도 명동소학교 입학·졸업(1925.4~1931.3)

② 달라즈(大拉子) 중국인 소학교 6년 편입·졸업(1931.3~1932.3)

③ 북간도 용정 은진중학교 입학(1932.4)

④ 평양 숭실중학교 편입(1935.9.1~1936.3)

⑤ 북간도 용정 광명중학교 편입·졸업(1936.4.6~1938.2.17)

⑥ 경성 연희전문학교 문과 입학·졸업(1938.4.9~1941.12.27)

⑦ 일본 도쿄 릿쿄대학(立敎大學) 입학(1942.4.2)

⑧ 일본 교토 도시샤대학(同志社大學) 편입(1942.10.1)
일본 교토 시모가모(下鴨)경찰서 구금(1943.7.14)

⑨ 일본 후쿠오카(福岡) 형무소 수감(징역 2년형)(1944.4.1~1945.2.16)
일본 후쿠오카(福岡) 형무소에서 사망(1945.2.16)

⑩ 북간도 용정에서 장례식(1945.3.6)
'시인 윤동주지묘' 비석세움(1945.6.14)

명동촌 3세대 송몽규의 사상지리 02

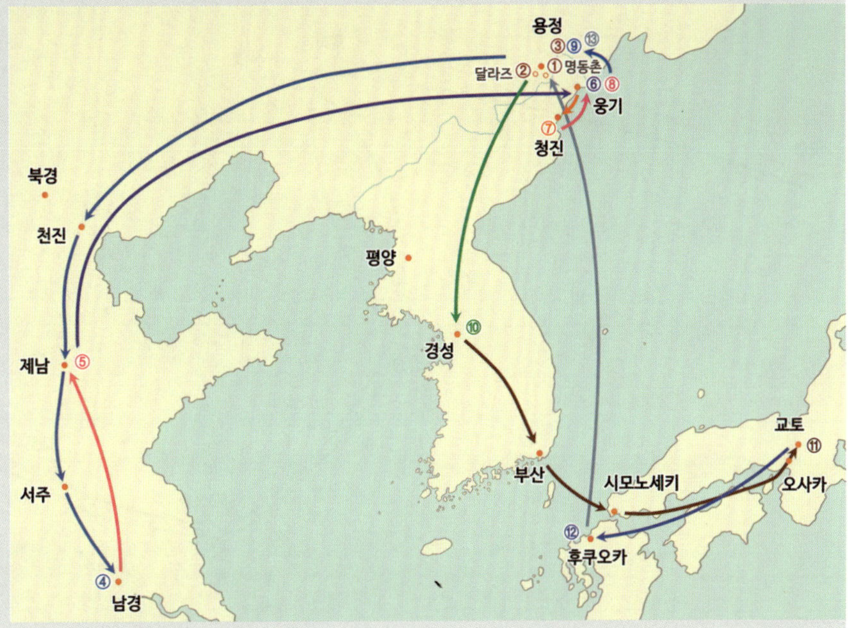

① 북간도 화룡현 명동촌 출생(1917.9.28)
북간도 명동소학교 입학·졸업(1925.4~1931.3)
② 달라즈(大拉子) 중국인 소학교 6학년 편입·졸업(1931.3~1932.3)
③ 북간도 용정 은진중학교 입학(1932.4)
④ 중국 남경(南京) 중국 중앙육군군관학교 한인특별반 2기생(1935.4~1935.10)
⑤ 중국 산동성 제남시(齊南市)에서 일본 영사관 경찰에 검거(1936.4.10)
⑥ 본적지 함경북도 웅기 경찰서로 압송(1936.6.27)
⑦ 함경북도 청진 검사국 송치(1936.8.29)
⑧ 함경북도 웅기 경찰서로 이송(1936.9.14)
⑨ 북간도 용정 귀환
북간도 용정 대성중학교 4학년 편입·졸업(1937.4~1938.2)
⑩ 경성 연희전문학교 문과 입학·졸업(1938.4.9~1941.12.27)
⑪ 일본 교토제국대학 사학과 입학(1942.4.1)
일본 교토 시모가모(下鴨)경찰서 구금(1943.7.10)
⑫ 일본 후쿠오카(福岡) 형무소 수감(징역 2년형)(1944.4.17~1945.3.7)
일본 후쿠오카(福岡) 형무소에서 사망(1945.3.7)
⑬ 북간도 명동촌 무덤에 '청년문사 송몽규지묘' 비석 세움(1945.5.20)

명동촌 2세대 윤영석(윤동주의 아버지)의 사상지리 03

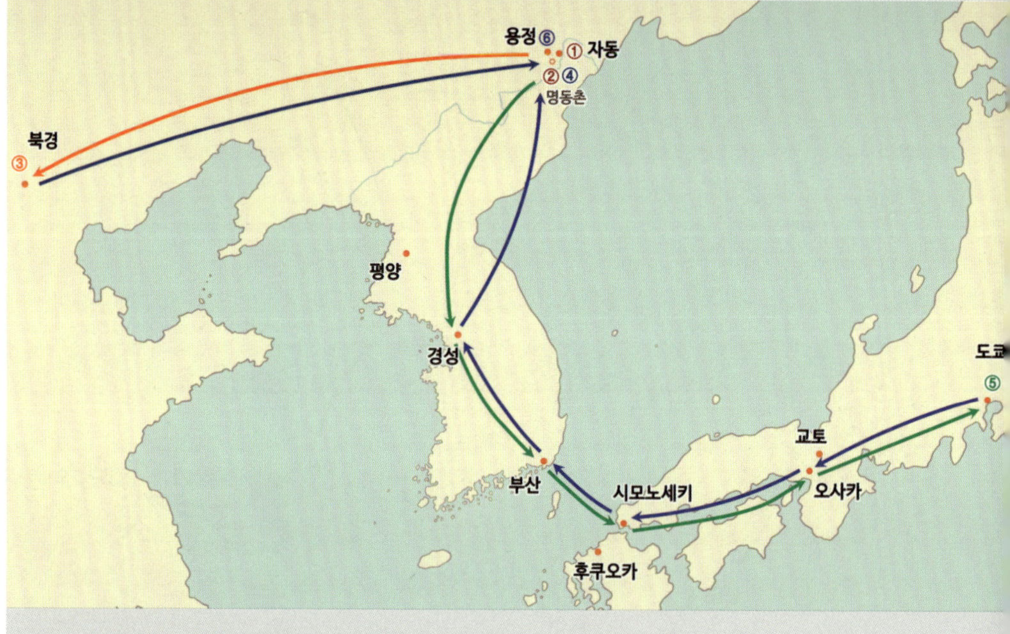

① 북간도 자동(상삼봉 건너편 개산툰) 출생(1895)
② 북간도 명동 이주(1900)
명동중학교 2회 졸업(1909~1913)
③ 북경 유학(1913.3.10) 중도 귀환
④ 명동소학교 교원
⑤ 도쿄 유학(1923) 관동대지진을 겪고 명동 귀환
⑥ 북간도 용정으로 이사(1931. 가을경)
용정에서 사망(1962)

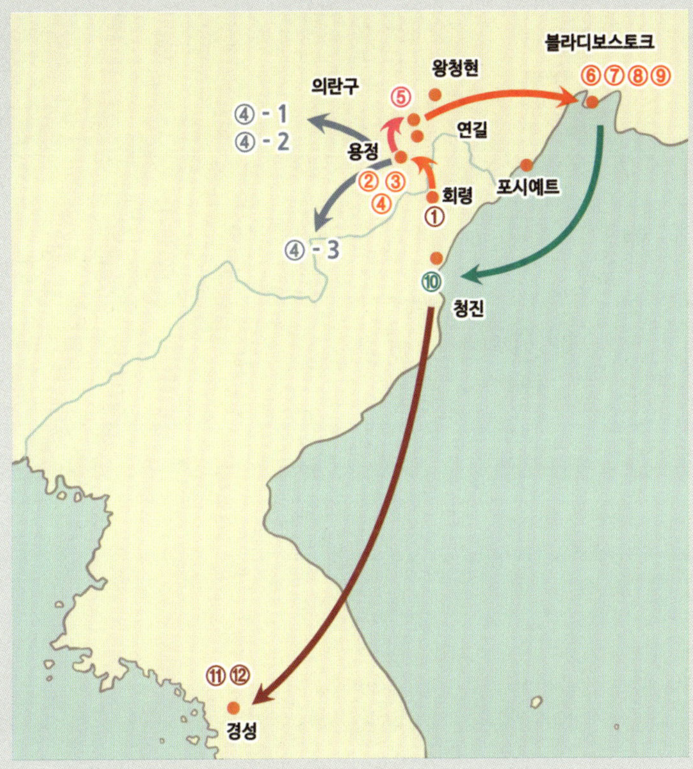

① 조선은행 회령 지점에서 용정 지점으로 현금 수송(1920.1.4. 08:30)
② 용정 입구(6km 전) '동량(東良) 어구' 호송대 습격(18:00)
③ 6명의 습격대(철혈광복단)가 15만 원 현금 탈취
④ 역할 분담에 의해 습격대 해산 ④-1 박웅세 ④-2 김준 ④-3 임국정(추격대 유인)
⑤ 탈취한 현금 수송을 위해 의란구(依蘭溝)로 이동(1920.1.5)
⑥ 대한국민의회의 군무부장 김하석의 권유로 블라디보스토크행
⑦ 철혈광복단 비밀회의(블라디보스토크 신한촌)
⑧ 1천 명 규모의 독립군 편성할 무기 계약 추진
⑨ 밀정 엄인섭의 배신으로 일본 헌병대에 체포(1920.1.31)
⑩ 15만 원 사건의 재판 진행(1심, 청진)
⑪ 15만 원 사건의 재판 진행(2~3심, 경성)
⑫ 서대문형무소에서 형 집행
⑬ 탈출한 최봉설 무장독립투쟁 활동

명동촌 2세대 문재린(문익환의 아버지)의 사상지리

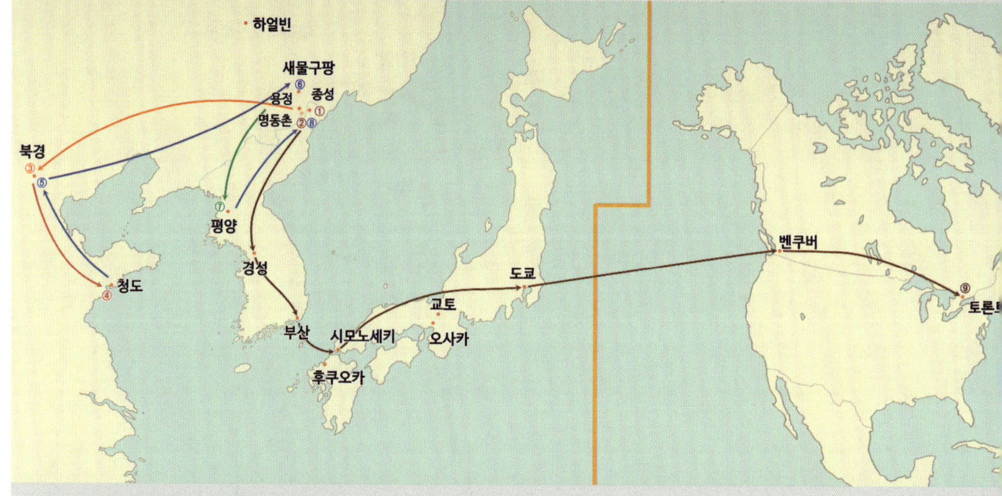

① 함경북도 종성군 출생(1896)

② 북간도 명동촌으로 이주(1899)

③ 북경 영육학원 유학(1913.3.22)

④ 김규식 소개로 청도(靑島) 덕화고등전문학교 예과 입학(1913.9~1914.8)

⑤ 북경 국립사범학교 부속 단급과 입학·졸업(1915.3~1916.4)

⑥ 북간도 새물구팡 제2관립학교 교사(1916.9~1917.6)
북간도 국민회 서기 겸 『독립신문』 기자(1919~1920.11)

⑦ 평양신학교 입학·졸업(1922.3~1926.12)

⑧ 명동교회와 용정 토성포 교회 시무(1927.1)

⑨ 캐나다 토론토 임마누엘 신학교(1928.8~1931.5)

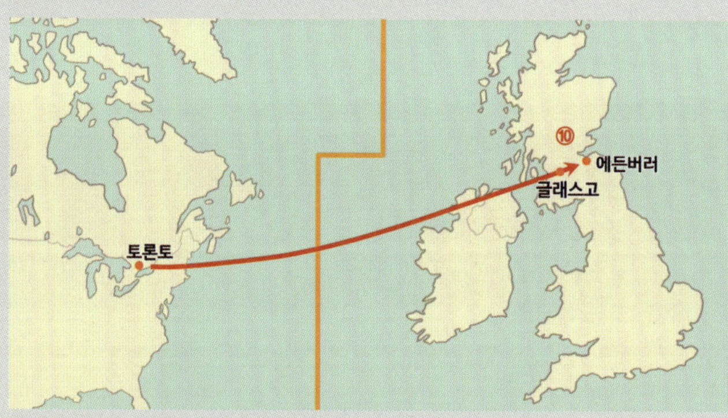

⑩ 스코틀랜드 에든버러 뉴칼리지연구원(1931.11~1932.4)

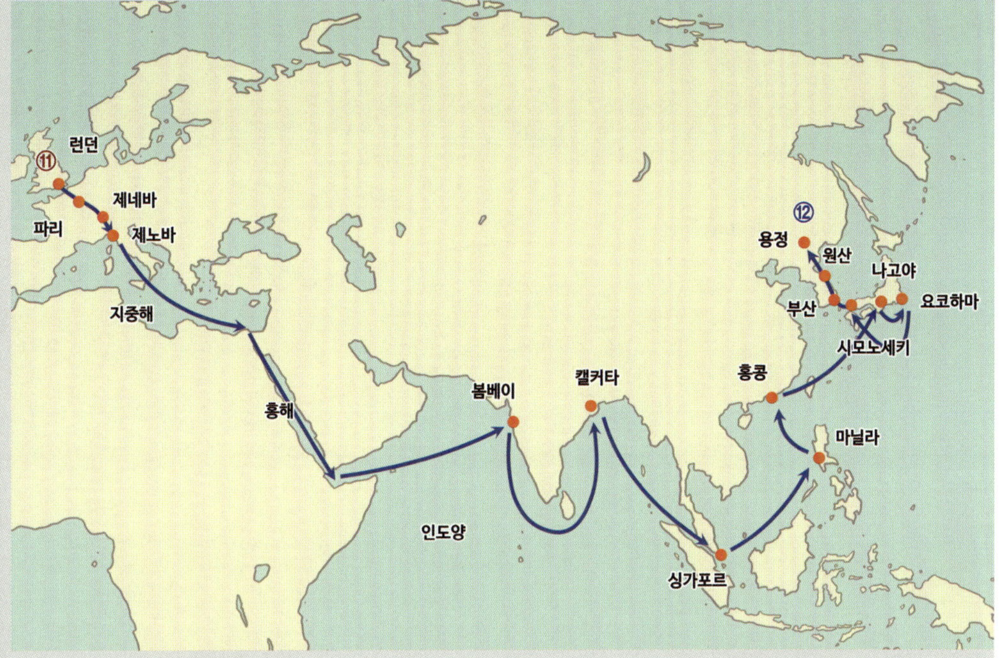

⑪ 귀향

귀향로: 런던 → 파리 → 제네바 → 이탈리아 제노바 → (지중해 → 홍해 → 인도양) → 봄베이 → 캘커타 → 싱가포르 → 마닐라 → 홍콩 → 나고야 → 요코하마 → 시모노세키 → 부산 → 원산 → 용정 도착(1932.5)

⑫ 북간도 용정 중앙교회 목사(1932.7)

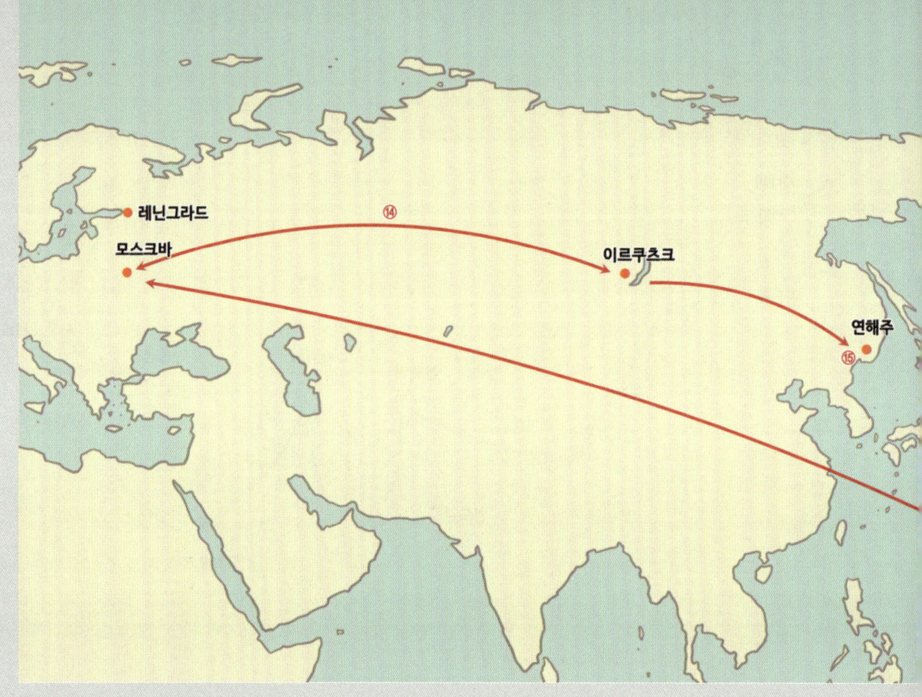

① 함경남도 단천 출생(1873.6.20)
② 강화도에 보창학교(普昌學校)를 설립하고 민족교육운동 전개(1905.3)
③ 군대 해산 봉기와 체포 구금(1907.8~1907.12)
④ 함경도 일대에서 기독교 전도 활동(1909)
⑤ 북간도 명동에서 부흥회(사경회) 및 명동여학교 병설(1910~1911)
⑥ 양기탁 사건에 연루되어 인천 앞 무의도 유배(1911~1912.6)
⑦ 북간도로 탈출하여 한인 사회의 지도와 단합 활동(1912~1913)
⑧ 러시아 연해주에서 권업회 조직 및 한인 사회 단합 활동(1913)
⑨ 북간도에 사관학교 설립 및 항일광복전쟁 계획 지휘(1914~1915)
⑩ 러시아 혁명 이후, 활동을 위해 블라디보스토크로 감(1917)
⑪ 한인사회당을 창당하고 러시아 적군과 연합하여 백위파군과 무장투쟁(1918)
⑫ 백위파 정권을 피해 북만주로 도피(1918)
⑬ 대한민국 임시정부 국무총리 취임(1919.11)
임시정부 개혁안 좌절로 상해 임시정부 탈퇴(1921.1)

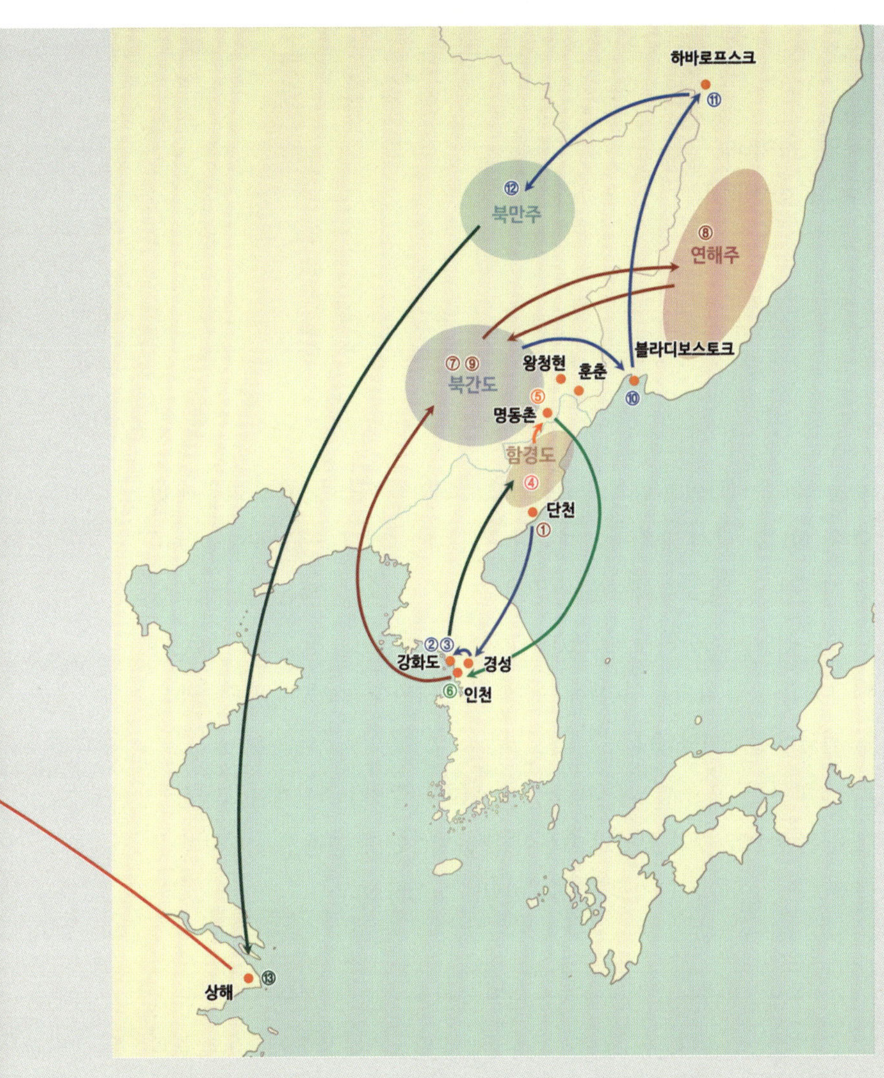

⑭ 상해 출발. 인도양, 수에즈운하, 지중해, 알프스 산맥, 독일을 거쳐 레닌그라드 도착(1921.6~1921.10) 러시아 모스크바, 이르쿠츠크, 연해주 오가며 혁명 활동

⑮ 연해주에서 혁명활동 중 사망(1935.1.31)

평양 유학과
'조선'의 발견

윤동주와 문익환이 평양의 숭실중학교로 편입한 데는 두 가지 이유가 있었다. 하나는 당시 교육제도 때문이다. 일제는 〈개정조선교육령(1922년)〉을 시행하여 고등보통학교의 수업연한 5년을 마쳐야 학력을 인정하고 상급학교 진학이 가능하게 만들었다. 1920년에 설립된 은진중학교는 4년제 학교였고, 졸업 학력을 인정받기 위해서는 5년제 고등보통학교로 전학 또는 편입이 불가피하였다.

또 하나는, 그 무렵 만주의 조선 학생들이 고국인 조선에서 공부하는 것을 큰 꿈으로 갖고 있었기 때문이다. 윤일주는 형 윤동주가 평양 숭실중학교로 편입하던 당시의 상황을 이렇게 회고하였다.

> 그 무렵 만주의 조선 학생들은 외지 특히 고국에서 공부하는 것이 큰 꿈이었던 것 같다. 동급생이던 송몽규는 길림을 거쳐 북경으로 갔고, 문익환은 평양 숭실중학교로 옮기어 갔었다. 그것이 그렇게도 부럽던 동주 형은 어른들을 설득하여 1935년 9월 평양 숭실학교로 옮기었다.[39]

흥미로운 것은, 윤일주가 이 회고에서 조선을 "외지 특히 고국"으로 부르고 있는 부분이다. 당시 만주의 조선인들은 조선이 '외지'이면서 '고국'이라는 혼란스러운 공간 감각을 갖고 있었음을 보여 준다. 일반적으로 외지外地는 외방外方과 같은 말로 '자기가 사는 곳 밖의 고장'이란 뜻인데 '나라 밖의 땅, 본토와는 다른 법이 시행되는 영토'라는 뜻으로도 사용되었다. 만주에 거주하는 조선 사람들의 생활과 감각 속에서 '내지'는 북간도였으며, 그 바깥의 지역은 모두 '외지'라고 생각했다. 다시 말해서, 그들에게 조선은 '고국'이지만 또한 '외지'였으며, 이렇게 '외지'라는 점에서 '조선'과 중국의 '북경'은 같은 위상으로 인식되었다. 이것은 동시에, '고국' 조선 안에서도 재만조선인들을 '외지인'으로 인식하고 있다는 발언이다. 실제로 평양 숭실중학교로 편입한 뒤 윤동주의 의식에는 '내지'와 '외지'의 감각, '고국'과 조선, 민족에 대한 사유들이 정리되지 않은 채 뒤섞여 있었다.

비슷한 사례로, 문익환은 1946년 8월 북간도를 떠나 서울로 거주지를 옮겨 왔는데, 이것을 "월남이 아니라 망명이라 해야 옳았다."[40]라고 말한 바 있다. '망명'이란 어쩔 수 없는 사정으로 인해 고국을 떠나 타국 또는 타지에 정착한다는 의미이다. 즉, 문익환에게 삶의 본거지이자 고향은 북간도였으며, 서울은 낯선 타국 또는 타지로 인식되고 있었다. 문익환뿐 아니라 윤동주에게도 북간도는 국제법이나 국경, 국가의 개념을 넘어서는 독자적인 영토로 감각되었으며, 그런 분위기와 사상 속에서 살아왔다. 이것은 간도 이주민 3세대와 4세대에게 디아스포라 의식을 적용하여 일반화하는 방법이 적절하지 않다는 것을 보여 준다. 또한 지금까지 윤동주 관련 연구들에서, 재만 조선인 윤동주의 삶과 의식을 결핍과 상실, 유랑 등 수난과 저항의 서사에 초점을 맞추어 설명하는 것도 사실과 맞지 않는다는 것을 확인시켜 준다.

윤동주는 숭실중학교 재학 중에 '학생YMCA문예부'에서 발행하는 학우지 『숭실활천崇實活泉』 15호(1935.10)에 시 「공상」을 발표했다. 당시 그는 『숭실활천』의 편집부에 참여하고 있었다.

> 동주는 숭실학교에 한 학기밖에 다니지 않았지만, 그동안 학교 문예지

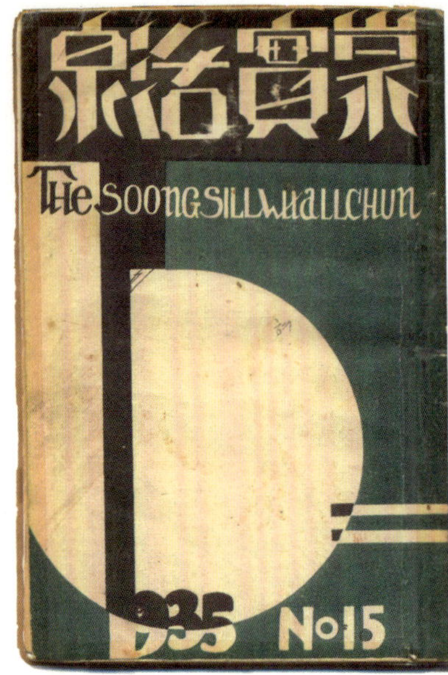

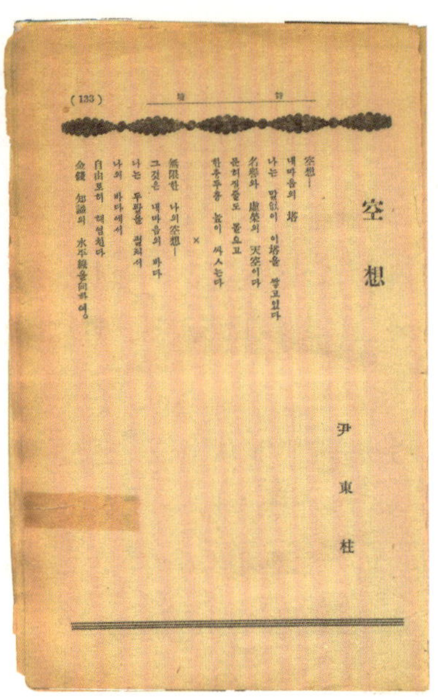

(133)

空想

尹東柱

空想—
내마음의 塔
나는 말없이 이塔을 쌓고있다
名譽와 虛榮의 天空에다
무너질줄도 몰으고
한층두층 높이 싸는다
×
無限한 나의空想—
그것은 내마음의 바다
나는 두팔을 펼처서
나의 바다에서
自由로히 헤엄친다
金錢 知慾의 水平線을向하야.

『숭실활천』 15호(학생YMCA문예부, 1935.10) 와 윤동주의 시 「공상」(연세대학교 윤동주기념관 제공)

> 편집을 맡았었고 거기 동주의 시 한 편이 실렸던 걸로 기억하고 있다. 갓 편입해온 학생에게 그 일이 돌아간 것은 은진중학교에서 먼저 숭실에 나가 있던 이영헌(李永獻, 현 장로회 신학대학 교수)이가 문예부장이 되면서 동주에게 그 일을 맡겼기 때문이다. 그때 동주는 내게도 시를 한 편 써내라고 하였다. 그래서 한 편 써내었더니 '이게 어디 시야' 하면서 되돌려주는 것이었다.[41]

『숭실활천』에 시 「공상」이 실리면서 윤동주는 처음으로 자신의 작품이 활자로 인쇄되는 경험을 하였다. 또한 이 일을 계기로 윤동주는 주변에 시를 쓰는 학생으로 이름을 알리게 되었다.

공상空想 —
내 마음의 탑塔
나는 말없이 이 탑塔을 쌓고 있다.
명예名譽와 허영虛榮의 천공天空에다
무너질 줄도 모르고,
한 층 두 층 높이 쌓는다.

무한無限한 나의 공상空想 —
그것은 내 마음의 바다,
나는 두 팔을 펼쳐서
나의 바다에서
자유自由로이 헤엄친다.
황금黃金, 지욕知慾 수평선水平線을 향向하여.

-「공상(空想)」(1935.10) 전문

「공상」에는 북간도에서 조선으로 유학 온 학생 윤동주의 희망과 포부가 드러나 있다. "천공"과 "바다"는 앞으로 그가 펼쳐 나갈 무한하고 밝은 공간을 상징한다. 이 시의 핵심은 "자유"이다. 하늘과 바다처럼 드넓은 공간에서 "두 팔을" 활짝 펼쳐서 "자유로이 헤엄"치며, 자신이 꿈꾸었던 이상을 실현해 나가는 공상空想으로 가득하다. 또한 시적 주체는 한순간에 무너져 버리는 명예와 허영보다, 변하지 않는 황금과 지욕(知慾, 지식 또는 지성에 대한 욕망)을 추구하자고 다짐한다.

한편, 윤동주가 숭실중학교 입학시험에 실패해서 3학년으로 편입한 사실 때문에 그의 평양 유학생활을 "초라한 출발"로 설명하는 연구도 있다.[42] 하지만 숭실중학교 재학시절에 윤동주가 쓴 시들은 새로운 학교와 유학 생활에 대해 큰 기대와 포부를 표현하였다. 당시에 쓴 시 「창공」에서도 그것을 확인할 수 있다.

그 여름날
열정熱情의 포플라는
오려는 창공蒼空의 푸른 젖가슴을
어루만지려
팔을 펼쳐 흔들거렸다.
끓는 태양太陽 그늘 좁다란 지점地点에서.

천막天幕같은 하늘밑에서
떠들던 소나기
그리고 번개를,
춤추던 구름은 이끌고
남방南方으로 도망하고,
높다랗게 창공蒼空은 한폭으로
가지 우에 퍼지고
둥근달과 기러기를 불러왔다.

푸드른 어린 마음이 이상理想에 타고,
그의 동경憧憬의 날 가을에
조락凋落의 눈물을 비웃다.

-「창공(蒼空)」(1935.10.20) 전문

「창공」은 여름에서 가을로, 태양이 끓는 한낮에서 둥근 달이 비추는 밤으로 이어지는 계절과 시간의 변화를 보여 준다. 이러한 계절과 시간의 변화 속에서, 시적 주체의 마음은 '열정'과 '이상'과 '동경'으로 채워진다.

여름의 한낮에 포플러 나무가 창공을 향해 "팔을 펼쳐 흔들거"리는 모습은, 「공상」에서 시적 주체가 "두 팔을 펼쳐서 / 나의 바다에서 / 자유로이 헤엄"치는 행위와 같은 심상이다. 「창공」에서 시적 주체의 마음과 욕망을 표현하는 언어들—열정, 태양, 이상, 동경—도 「공상」의 언어들—명예, 허영, 황금, 지욕—과 같다. 이 두 편의 시에 습작기 문학청년 특유의 낭만적인 언어와 수사의 과잉이 나타나는 것을 고려하더라도, 평양에서 유학생활을 시작한 윤동주의 현실 초월 의지와 자긍심, 청년의 드높은 이상과 동경, 열정, 자유를 향한 열망 등을 분명하게 읽을 수 있다.

평양 유학기간에 윤동주가 경험한 또 하나의 변화는, 조선인으로서 자신의 에스니시티ethnicity 정체성을 실감하게 된 것이다. 에스니티시는 "체형적, 문화적 유사성, 혹은 공통의 역사적 경험을 바탕으로 하여 실재 혹은 상상의 혈연관계에 대한 주관적 믿음을 가지는 집단"[43]을 뜻한다. 윤동주가 태어나고 살았던 북간도는 단일 민족국가가 아니라 만주족, 조선족, 한족, 일본인, 러시아인, 몽고족을 비롯하여 회족, 위구르족, 장족, 이족, 시버족, 허저족 등 10여 개의 종족이 공존하며 살았던 복합적인 지역이었다. 그런데 그가 조선에서 체험한 에스니시티 정체성은, 북간도에서 느낀 조선인으로서 정체성과 확연히 달랐다. 숭실중학교에서 약 6개월간 공부하면서 윤동주는 처음으로 '조선'이라는 실체를 직접 만나고, '조선'의 사정을 알고, '조선인'으로서 자기 정체성을 고민하였다. 이는 에스니시티로서 조선인의 정체성을 체험하고 발견하는 과정이었다. 그 정체성은 의식이나 관념보다 감각과 신체를 통해 먼저 자각되었다.

> 식권은 하루 세끼를 준다.
>
> 식모는 젊은 아이들에게
> 한때 흰 그릇 셋을 준다.

대동강大同江 물로 끓인 국,

평안도平安道 쌀로 지은 밥,

조선의 매운 고추장,

식권은 우리 배를 부르게.

-「식권」(1936.3.20) 전문

이 시의 화자는 음식과 미각으로 '조선'을 실감한다. 관념과 이념으로서의 고국이었던 조선을 육체적 감각으로 환원하여 표상하는 방법이 기발하다. "대동강 물로 끓인 국 / 평안도 쌀로 지은 밥 / 조선의 매운 고추장"과 같이, 조선을 대표하는 각 음식을 생산지와 연결하여 호명하면서 '조선'의 에스니시티를 지역성locality으로 구체화하고 있다. 또한 이렇게 감각으로 체험한 조선이 화자의 육체와 정신의 "배를 부르게" 한다고 말한다.

윤동주가 '조선'의 에스니시티를 자기 정체성으로서 체험하고 발견하는 과정은, 자신이 태어나고 자랐던 고향 북간도를 상대적으로 객관화하면서 '타자의 감각'으로 새롭게 발견하는 과정을 동반하였다. 1936년에 쓴 동시 「고향집」과 「오줌싸개 지도」에는 북간도(또는 만주)와 조선, 남쪽과 북쪽, 고향과 타향, 우리 땅과 타국 땅 등의 관계를 바꾸어 놓는 등 새로운 인식을 시도하고 있다. 이것은 윤동주가 조선의 민족 현실을 발견하는 것과 함께, 재만 조선인으로서 자기 정체성을 객관화하여 만주 유랑 또는 이주 조선인의 '보편성' 속에 투사하고 있음을 의미한다.

헌 짚신짝 끄을고

　　　　나 여기 왜 왔노

두만강을 건너서

쓸쓸한 이 땅에

남쪽 하늘 저 밑에
따뜻한 내 고향
내 어머니 계신 곳
그리운 고향집

-「고향집―만주에서 부른」(1936.1.6)」전문

이 시의 공간적 배경은, 윤동주의 실재 위치를 역전시킨 것이다. 시에서 "내 어머니"가 계신 "그리운 고향집"은 남쪽에 있으며, 화자는 "두만강을 건너서" 쓸쓸한 타국에 와 있다. 이것은 조선에 대한 윤동주의 혼재된 인식을 보여 준다. 즉, 자신의 원래 고향 북간도(또는 만주)를 타향으로, 조선을 모국('어머니의 땅')으로 체험하고 상상하고 있기 때문이다. 조선에서 태어나고 성장한 사람들이 조선인으로서 정체성을 당연하게 받아들이는 것과 달리, 윤동주가 조선인으로서 에스니시티 정체성을 확인하고 동일화하는 과정은 이렇게 복잡하고 혼재된 체험과 인식을 통해 이루어졌다.

「고향집―만주에서 부른」은 또 다른 관점에서도 설명할 수 있다. 1930년대 들어 만주 유·이민이 폭발적으로 증가하고 있던 상황에서, 이를 조선 사회의 문제 현상으로 주목하고 조선인의 입장에서 이 문제를 재현한 것으로 볼 수 있다. 한 통계에 의하면, 1932년에서 1936년까지 5년간 23만 3,000명 정도의 조선인이 만주로 이주한 것으로 나타난다. 이는 연평균 이주자가 5만 내지 6만 명에 해당하는 것으로, 그 이전과 비교할 때 폭발적인 증가세를 보이고 있다. 이에 따라 재만 조선인의 인구도 1931년에 63만여 명에서, 1936년에는 92만 5천 명으로 크게 늘어났다.[44] 윤동주는 「고향집―만주에서 부른」에서 한반도 내 조선 민중의 생활 파산에 따른 유랑 현실에 시적 주체를 동일시하였던 것이다.

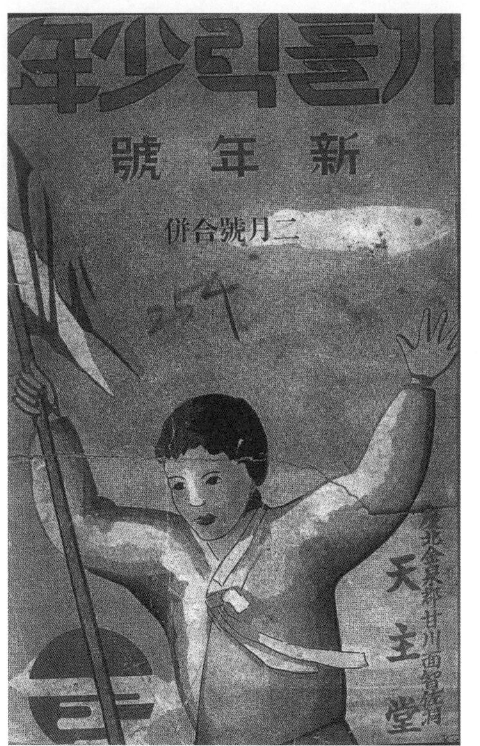

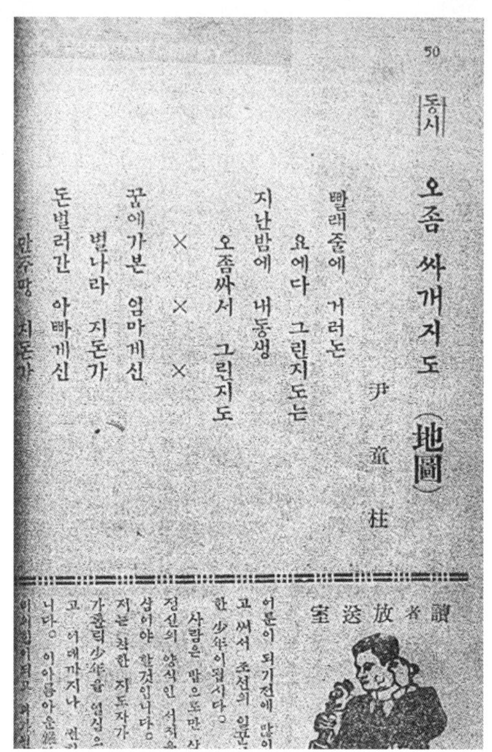
50

동시

오좀 싸개지도 (地圖)

尹童柱

빨래줄에 거러논
요에다 그린지도는
지난밤에 내동생
오좀싸서 그린지도
× × ×
꿈에가본 엄마계신
별나라 지돈가
돈벌러간 아빠계신
만주땅 지돈가

讀者放送室

어른이 되기전에 많이 …
고써서 조선의 일꾼 …
한 少年이됩시다。
사람은 밥으로만 사 …
정신의 양식인 서적을 …
삽어야 할것입니다。
지는 착한 지도자가 …
가톨릭少年을 열심으 …
고 어데까지나 …
니다。 …

『가톨릭소년』(1937.신년호) 표지와 시 「오좀싸개지도」 (대구가톨릭대학교 도서관 제공)

동시 「오줌싸개 지도」에서도 "만주 땅"과 "우리 땅"에 대한 시인의 혼재된 인식이 나타난다. 이 동시는 『가톨릭소년』 1937년 신년호에 발표되었다. 1936년 2월에 창간된 『가톨릭소년』은 만주국 간도성 연길延吉교구에서 발행한 소년소녀잡지로, 용정 성당에서 편집과 인쇄를 맡았다. 안수길의 회고에 따르면, "연길의 천주교회는 간도 지구의 주교가 있는 곳으로 수도원도 훌륭했고 거기에 우리말 활자와 조판시설이 갖추어져 있었다. 자체字體도 그 무렵의 국내의 것에 비겨 조금도 손색이 없는 것이었고 지형, 연판, 사진판에 이르기까지" 훌륭하였다고 한다.[45] 작품의 대조를 위해 『가톨릭소년』에 발표된 「오줌싸개 지도」의 원문을 싣는다.

빨래줄에 거러논

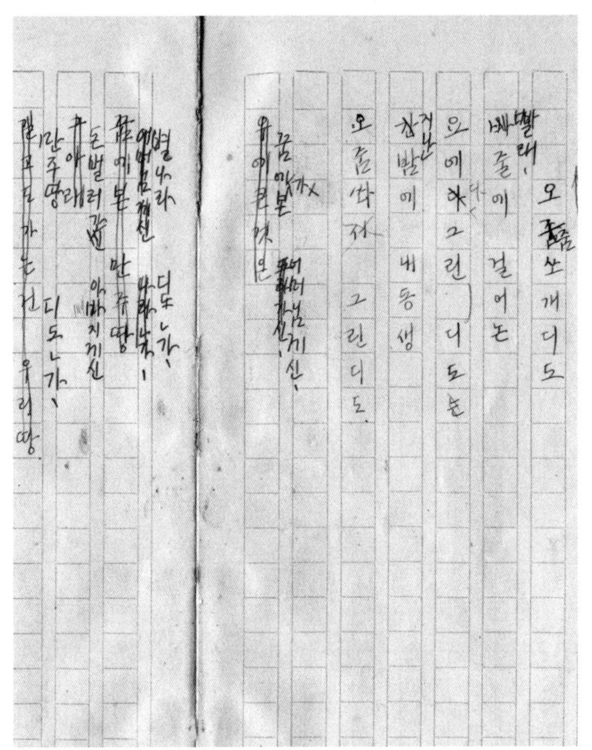

윤동주 자필 시고 「오줌쏘개디도」(『나의 습작기의 시 아닌 시』)(윤인석 제공)

요에다 그린지도는

지난밤에 내동생

오좀싸서 그린지도

꿈에 가본 엄마계신

별나라 지돈가

돈벌러간 아빠계신

만주땅 지돈가

-「오좀 싸개지도」(『가톨릭소년』, 1937.신년호) 전문

이 동시는, 어른들이 돈을 벌기 위해 자녀를 두고 타지로 떠나야 했던

당시의 일반적인 상황을 반영하며, 소년의 언어와 시선으로 떠나 있는 부모에 대한 그리움을 간절하게 표현하고 있다. 시의 화자는 동생이 오줌 싼 요를 빨랫줄에 널며, 요에 그려진 지도 모양을 보고 떠나 버린 부모를 그리워한다. 엄마는 "별나라"로 떠났고 아빠는 돈 벌러 "만주 땅"으로 떠나서, 어린 화자가 어린 동생을 돌보고 있다.

그런데 윤동주의 습작 노트에서 「오줌싸개 지도」를 보면 『가톨릭소년』에 발표된 작품과 다른 부분이 있어서 주목된다. 작품 대조를 위해 처음 썼던 습작의 원문 표기를 그대로 사용한다. 자필시고에서 지운 부분을 복원해 보면,

바줄에 걸어논
요에다그린 디도는
간밤에 내동생
오좀쏴서 그린디도

우에큰것은
꿈에본 만주땅
그아래
길고도가는건 우리땅

-「오줌쏘개디도」 전문

위의 습작을 발표 작품과 비교했을 때, 2연에서 "만주땅"과 "우리땅"에 대한 형상이 다르다. 『가톨릭소년』에 실린 작품에서 2연은 돌아가신 엄마와 돈 벌러 만주 땅으로 떠난 아빠의 서사가 중심이었다. 그런데 습작의 2연은 부모님의 서사가 없고 "만주땅"과 "우리땅"의 지역성이 부각되고 있다. "만주땅"과 "우리땅"은 꿈과 현실, "우에 큰 것"과 "그아래 /

길고도가는" 곳으로 대비된다. 시의 화자가 지금 있는 곳은 아래쪽의 "우리땅"이며, 위에 있는 곳은 꿈에 보았던 "만주땅"이다. 여기서 "우리땅"은 조선을, "만주땅"은 윤동주의 실제 고향을 가리킨다. 지도의 아래쪽에 위치한 조선을 "우리땅"으로 호명하는 것은, 조선인으로서 에스니시티 정체성에서 나온 표현이다. 반면 "만주땅"은 꿈에서라도 가고 싶은 곳, 마음의 고향으로 형상화된다. 이처럼 「오줌싸개 지도」의 습작은 만주와 조선, 고향과 고국에 대한 윤동주의 복합적이고 혼재된 인식을 보여 준다.

평양 유학기간에 쓴 다른 시들에서는 북쪽을 어머니의 땅, 고향으로 재현하고 있다.

> 어머니의 젖가슴이 그리운
> 서리 내리는 저녁—
> 어린 영靈은 쪽나래의 향수鄕愁를 타고,
> 남南쪽 하늘에 떠돌 뿐—
>
> -「남쪽 하늘」(1935.10) 부분

> 까마귀떼 지붕 우으로
> 둘, 둘, 셋, 넷, 자꾸 날아 지난다.
> 쑥쑥, 꿈틀꿈틀 북北쪽 하늘로,
>
> 내사……
> 북北쪽 하늘에 나래를 펴고 싶다.
>
> -「황혼(黃昏)」(1936.3.25) 부분

「남쪽 하늘」에서 시적 주체("어린 영")는 지금 남쪽에 있으면서 북쪽의 고향과 어머니를 그리워하고 있다. 「황혼」에서도 "북쪽 하늘로" 날아가는 까마귀 떼와 같이, 자신도 "북쪽 하늘에 나래를 펴고 싶"은 심정을 토로하고 있다.

이 시들과 달리 「고향집」과 「오줌싸개 지도」에서 "남쪽"을 시적 주체의 고향, "우리땅"으로 표현한 것은 실제로 윤동주가 처한 현실보다 그의 윤리적 자아가 우세하게 작용한 때문이다. 재만 조선인의 동일성을 투사하려는 고향은 "남쪽"인데, 현실에서 자신의 고향은 "북쪽" 만주라는 사실이 그에게 혼란스러운 정체성을 만들고 있다.

그런데 「오줌싸개 지도」에서 만주와 조선에 대한 복합적인 인식은 작품을 수정하는 과정에서 사라지고, 부모님의 서사로 대체되었다. 짐작건대 조선을 "우리땅"으로 표현하는 것에 대한 윤동주의 심리적 갈등과 고민이 작용했을 것이다. 이것은 습작에 나타났던 시인의 육성肉聲이 고민과 수정, 자기 검열을 거치면서 가성假聲, 즉, 시적으로 변용된 언어와 심상을 통해 작품으로 발표되는 과정을 보여 준다.

한편, 윤동주가 평양에 체류하면서 발견한 조선의 모습에는, 식민지와 제국주의의 불평등한 상황도 포함되어 있었다. 그는 조선에 와서 제국주의 일본에 대해 새로운 감각과 사유를 갖게 되었다. 그 감각과 사유는 이전에 만주국의 조선인으로서 경험했던 일본이 아니라, 식민지 조선과 일본의 관계로부터 파생한 것이었다.

숭실중학교는 1936년 3월 5일 신사참배 거부로 맥큔George Shannon McCune 교장이 해임 추방되었고, 이에 학생들은 격렬하게 반발하며 데모하였다. 그 결과, 학교는 무기한 휴교에 들어갔다. 윤동주는 휴교기간인 3월 24일에서 25일 사이에 평양에서 세 편의 시를 창작했는데, 당시 숭실중학교의 상황과 관련해서 그의 심정을 보여 준다.

> 앙당한 소나무 가지에
> 훈훈한 바람의 날개가 스치고

얼음 섞인 대동강大同江물에
한나절 햇발이 미끌어지다.

허물어진 성城터에서
철모르는 여아女兒들이
저도 모를 이국異國말로
재잘대며 뜀을 뛰고

난데없는 자동차自動車가 밉다.

-「모란봉(牧丹峯)에서」(1936.3.24) 전문

「모란봉에서」는 1연에서 얼음이 덜 풀린 대동강변의 풍경을 스케치하고, 2연은 시적 주체의 시선에 들어온 여자아이들의 모습을 그리고 있다. 무심하게 바라보는 듯하지만 "허물어진 성터", "철모르는", "이국말" 등의 표현에서, 쇠락한 조선의 현실과 모국어를 잃어버린 아이들의 모습을 예민하게 포착해 낸다. 그리고 마지막 연에 "난데없는 자동차가 밉다"라는 한 줄을 보태고 있다. 이 갑작스러운 상황 전환의 의미는 무엇일까? 모란봉에 난데없이 나타난 "자동차"는 아마도 신사참배를 하러 온 사람들, 즉, 일본인이나 유지신사를 태운 차일 가능성이 높다. 실제로 모란봉에 평양 신사가 있었다.

당시 숭실중학교가 신사참배 거부로 일본 제국주의의 압력을 받고 있던 상황을 고려할 때, 신사참배를 위해 모란봉에 난데없이 나타난 자동차에 대한 윤동주의 미움과 분노는 충분히 이해할 수 있다. 이튿날 평양에서 쓴 시 「가슴1」에서도, 자신의 힘으로 어찌할 수 없는 현실 앞에서 안타까운 심정을 토로하고 있다.

소리 없는 북
답답하면 주먹으로,
두다려 보오.

그래 봐도
후——
가―는 한숨보다 못하오,

-「가슴 1」(1936.3.25. 평양에서) 전문

「가슴1」에서 “소리 없는 북”은, 육필로 쓴 초고에 “소리 없는 대고(大鼓, 큰북)”라고 표기되어 있는데, 당시 말할 수 없이 답답한 심정이 얼마나 컸는지 짐작케 한다. 주먹으로 두드려 보아도 현실은 변하지 않고 고작 한숨만 쉴 뿐이다. 내선일체 동일화를 강조하는 일본 제국주의의 교육정책과 신사참배라는 정치적·민족적인 문제가 그의 현실과 이상 실현을 가로막았다. 같은 날에 쓴 시 「가슴2」에서는 “늦은 가을 쓰르라미 / 숲에 싸여 공포에 떨고”라고 하여 이 사태에 대해 시적 주체가 느끼는 공포를 표현하였다.

신사참배 거부 문제로 숭실중학교가 폐쇄되면서, 기대와 포부로 가득 찼던 윤동주의 평양 유학은 6개월여 만에 끝이 났다. 그는 결국 숭실중학교를 자퇴하고 1936년 3월 말 혹은 4월 초에 북간도로 귀환했다. 평양 유학을 시작하며 그가 꿈꾸었던 계획들, 푸른 하늘과 바다에서 두 팔을 펼치고 자유로이 헤엄치며 황금과 지성, 명예와 열정과 이상을 추구하리라 계획했던 것들이 모두 어긋나 버린 것이다.

귀향,
다시 북간도로

윤동주는 평양에 체류하는 동안 '식민지 조선인=제국帝國 신민'으로 동일화되고 강제되는 현실을 뼈저리게 체험하였고, 다시 북간도로 돌아갔다. 북간도에서는, 평양에서와 달리 조선인이며 만주국인이었던 그의 혼종적 정체성이 작용하였다. 만주국은 '오족협화五族協和'를 기치로 내걸고 있었으며, 조선인에게 제한적이나마 독자성과 자율성을 보장하는 시스템이 작동하고 있었다. 이에 대해 오오무라 마스오大村益夫 교수는 "만주는 당시 조선인에게 이향異鄕이긴 하지만 본국本國보다는 아직 자유가 남아 있는 신천지新天地로 인식되었던 것이다."[46]라고 설명하였다.

1935년 조선에서 기차를 타고 국경을 넘어 북간도 용정에 도착했던 강원용(姜元龍, 1917~2006)의 회고를 통해 그 차이를 확인할 수 있다. 강원용은 당시 만주에서 조선인에 대한 공안 권력의 감시와 통제가 확연히 달랐다고 말한다. "소 판 돈 70원을 손에 쥐고 나는 기차로 국경을 넘어 간도 용정을 향해 떠났다. 1935년의 일이었다. 두만강을 건너기 전 상삼봉上三峯역까지는 일본인 형사와 경찰들의 감시가 심해 몹시 불안했으나 두만강 건너 개산툰開山屯부터는 만주국 경찰들이 총대를 잡고 기차 안에서 졸고 있었다."[47] 강원용이 만주에 도착해서 받은 첫인상은 공안 통치 경찰의 태도 차이였다. 조선에서는 일본인 형사와 경찰의 감시와 통제가 아주 엄격하고 정도가 심해서 사람들을 항상 공포와 불안으로 떨게 했는데, 국경을 넘었더니 만주국 경찰들이 총대를 잡고 기차 안에서 졸고 있을 정도로 허술하고 태평한 모습이었다는 것이다.

윤동주에게 평양에서 고향으로의 귀환은, 조선 내에서 벌어지고 있던 일본 제국주의의 억압과 폭력을 거부하고 상대적으로 차별과 통제가 느슨한 북간도로 돌아간 것을 의미했다. 하지만 평양에서 체험한 제국주의와 '피식민지인'으로서 조선인의 처지는 이후 그의 감각과 의식을 규정하는 중요한 요소가 되었으며, 그것은 네이션Nation의 문제를 생각하도록 하였다.

고향에 돌아온 윤동주와 문익환은 만주국 용정의 광명중학교光明中學校에 편입했다. 광명중학교는 일본 외무성의 '재외지정' 인가학교로, 용정에 유일하게 있는 일본 문부성 인가 5년제 정규 중학교였다. 문익환은 광명중학교 편입에 대해 "우리가 신사참배를 거부하고 용정에 들어가서 편입한 학교는 한국인의 황국화皇國化를 위해서 세워진 광명학원光明學院 중학부였다."[48]라고 하였다. 문익환의 이 기록에는, 숭실중학교에서 신사참배를 거부하고 용정으로 돌아왔는데 다시 일본 제국주의 시스템과 이념을 가르치는 광명중학교에 다니게 된 것에 대해 불편한 마음이 드러나 있다. 그런 불편하고 답답한 마음 때문이었을까? 광명중학교 후배 장덕순은, 매일 학교가 끝난 뒤 농구만 열심히 했던 윤동주의 모습을 회고하였다.[49]

비록 평양 유학생활은 짧은 기간이었지만, 윤동주의 의식과 삶에 미친 영향은 강렬했다. 평양에서 식민지 조선의 실상을 체험하고, 제국주의와 식민지의 억압적인 관계, 내선일체 동화 정책의 폭력성 등을 생생하게 겪고 돌아온 뒤에 세상을 바라보는 윤동주의 감각과 사유는 분명 달라졌다. 그의 육필 원고 중에서 1936년 여름에 쓴 시 「곡간谷間」을 보자. 시의 느낌을 살리기 위해 최초의 습작노트인 『나의 습작기의 시 아닌 시』의 원문을 그대로 인용한다.

3년三年만에 고향故鄕찾이드는,

산꿀나그네의 발거름이
타박타박 땅을고눈다,
벌거숭이 두루미, 다리, 같이

…(중략)…

갓쓴양반 당나구타고, 모른척지나고,
이땅에두물든,
말탄섬나라 사람이,
길을뭇고지남이 이상異常한일이다.

-「곡간(谷間)」(1936. 여름) 부분

이 시에서 '곡간谷間'은 '산골짜기'를 의미한다. "갓 쓴 양반"은 조선인일 것이다. 그런데 시적 화자의 눈에 낯설고 이상하게 포착된 현상은 "말 탄 섬나라 사람이, / 길을 묻고 지남"이다. 말 탄 섬나라 사람은 바로 일본인을 말한다. 사실 북간도에는 그전부터 일본인이 적지 않았을 것이다. 그런데 일본인의 출현을 새삼스럽게 "이 땅에 드물던" 일이라고, "이상異常한 일"이라고 규정하는 것은 무슨 이유일까. 어쩌면 문자 그대로, 북간도에 일본인이 많아졌다는 뜻일 수 있다. 하지만 평양 유학을 다녀온 뒤, 윤동주의 시선에 북간도의 일본인이 더 이상 '正常정상'으로 보이지 않게 된 상황을 강조하는 표현일 수도 있다. 그에게 이제 일본인은 이상하고 특별한 존재로 부각된다. 이러한 상황 인식의 변화는 일본 제국주의의 북간도 진출 문제, 만주국의 정치 체제와 이념 등에 대해 윤동주가 적극적으로 사유한 결과이며, '피식민지인'으로서 조선인이라는 자의식의 표현이기도 하다.

그런데 두 번째 시작 노트인 『창窓』으로 옮겨 적을 때 시의 일부분을 수정하였다. '갓 쓴 양반'과 '말 탄 섬나라 사람'의 대립이 사라져 버렸고, 그 결과로 '말 탄 섬나라 사람'을 '이상한 일'로 규정하는 부분도 삭제되었다. 이렇게 수정을 거친 「곡간」은 3년 만에 고향으로 돌아와서 골짜기를 걸어가는 산골 나그네의 고요하고 서정적인 이야기로 변화하였다.

> 삼년三年 만에 고향故鄉 찾아드는
> 산골 나그네의 발걸음이
> 타박타박 땅을 고눈다.
> 벌거숭이 두루미 다리같이……
>
> 헌 신짝이 지팡이 끝에
> 목아지를 매달아 늘어지고,
> 까치가 새끼의 날발을 태우며 날 뿐,
> 골짝은 나그네의 마음처럼 고요하다.
>
> -「곡간」(1936.여름) 부분

앞서, 동시 「오줌싸개 지도」에서 시인의 격동된 육성肉聲이 수정과 자기 조절을 거치면서 최초의 시상과 언어가 변형되어 발표되는 상황을 살펴보았다. 비슷한 맥락에서, 「곡간」의 수정과 변형은 윤동주의 현실 인식과 시 의식의 변화, 시의 언어와 상상에 대한 고민과 탐색을 보여 준다.

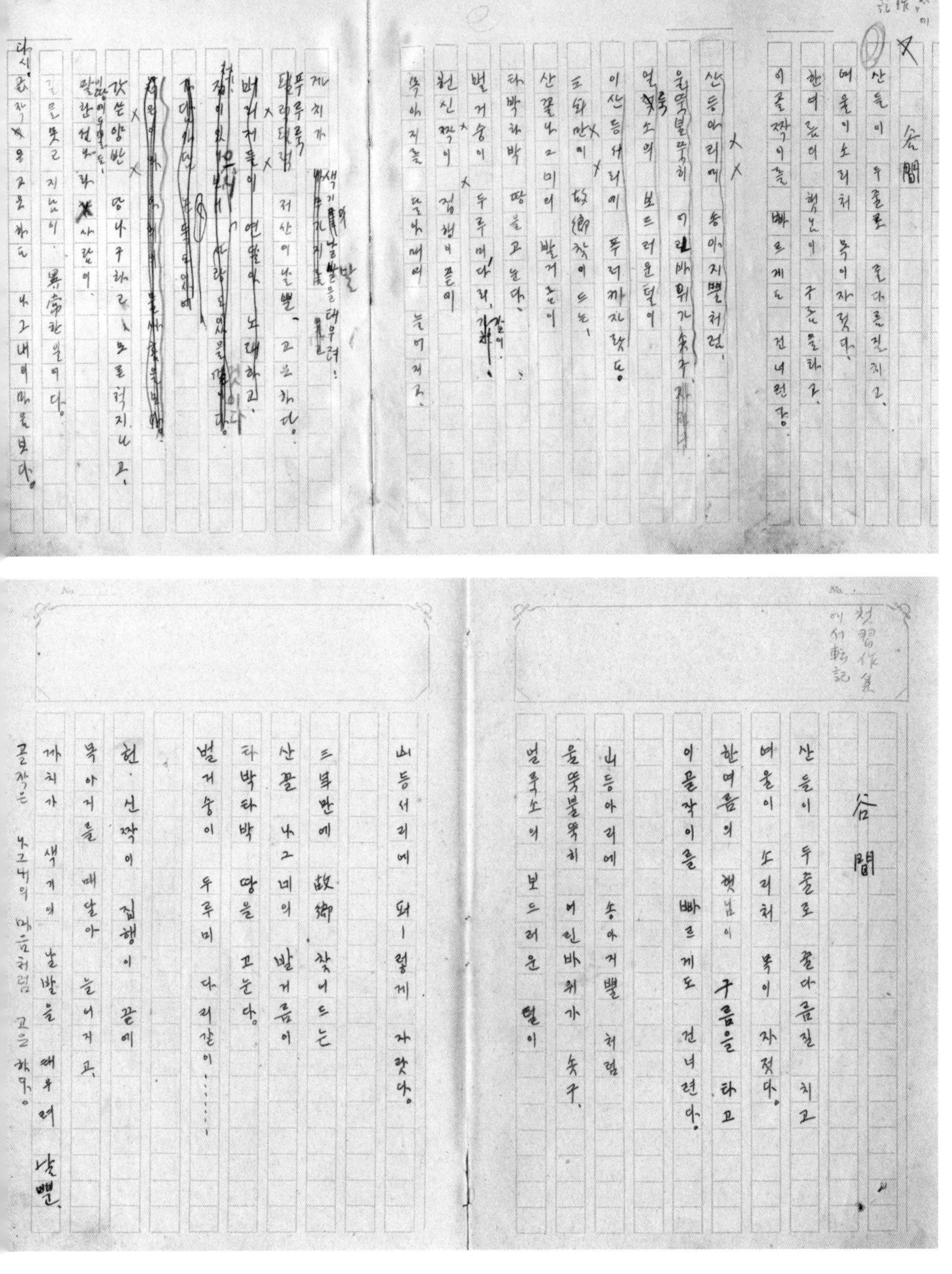

위 윤동주 자필 시고 「곡간」(『나의 습작기의 시 아닌 시』)
아래 「곡간」(『창』) (윤인석 제공)

「이런 날」의 '모순' 인식

「곡간」과 같은 시기에 창작한 시 「이런 날」은 북간도에 돌아온 윤동주가 느꼈던 현실의 모순을 표현한 작품이다.

사이좋은 정문正門의 두 돌기둥 끝에서
오색기五色旗와 태양기太陽旗가 춤을 추는 날,
금을 그은 지역地域의 아이들이 즐거워하다.

아이들에게 하로의 건조乾燥한 학과學課로
해ㅅ말간 권태勸怠가 깃들고
「모순矛盾」 두자를 이해理解치 못하도록
머리가 단순單純하였구나.

이런 날에는
잃어 버린 완고頑固하던 형兄을
부르고 싶다.

-「이런 날」(1936.6.10) 전문

육필 원고에서 이 시의 원래 제목은 '矛盾모순'으로 적혀 있었는데, 나중에 시 제목을 '모순'에서 '이런 날'로 바꾼 흔적이 남아 있다. 하지만 이

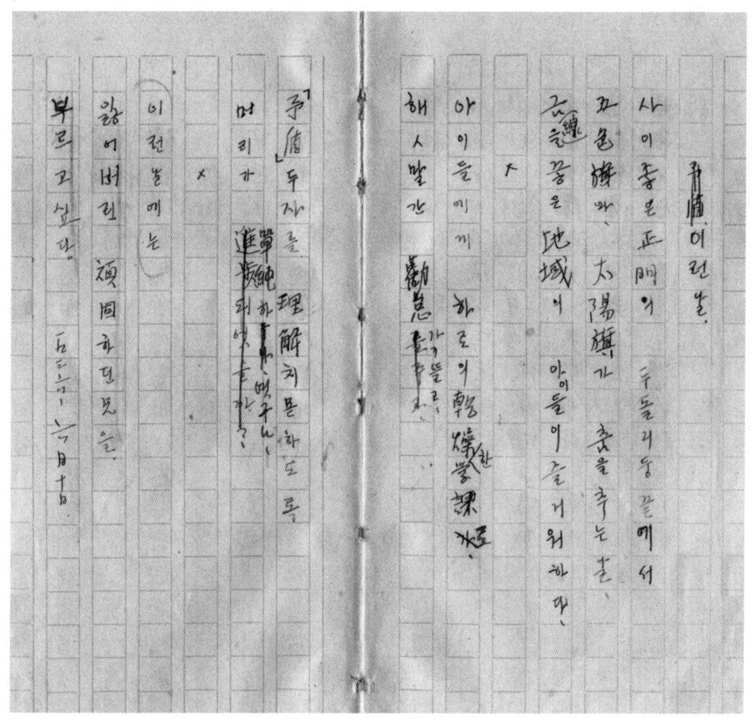

矛盾 이런날.

사이좋은正門의 두돌기둥끝에서
五色旗와, 太陽旗가 춤을추는날,
금(線)을끟은地域의 아이들이 즐거워하다,

아이들에게 하로의乾燥한學課로,
해ㅅ말간 勸怠가깃들고,
「矛盾」두자를理解치 몯하도록
머리가 單純하엿구나.

이런날에는
잃어버린 頑固하던兄을,
부르고싶다.

一九三六. 六月 十日

윤동주 자필 시고 「이런 날」(윤인석 제공)

시의 제목을 '이런 날'이 아니라 '모순'으로 읽을 때, 시의 내용과 의미가 분명하게 드러난다. 그리고 이 시는 석 달 전 평양에서 쓴 시 「모란봉에서」(1936.3.24)와 겹쳐 읽으면 입체적으로 독해할 수 있다.

이 시에서 '모순'은 두 가지의 관점에서 설명이 가능하다. 첫째, 시의 2연을 중심으로 식민화 교육의 관점에서 '모순'을 해석할 수 있다. 학생들에게 "건조한 학과"를 가르치면서 "모순矛盾 두 자를 이해치 못하도록" 식민화 교육을 하여, 마침내 학생들을 머리가 단순한 신민으로 만드는 교육을 문제 삼는 것이다. 이것은 광명중학교가 일본 문부성 '재외지정' 인가 학교로서 일본어로 교육을 하는 방식과 교육 이념에 대한 비판, 그리고 학생들이 자신의 입신출세를 위해 분별과 고민 없이 "해말간 권태"에 빠져

만주 건국대학 교문의 오색기와 태양기

서 학과 공부에만 열중하는 태도에 대한 비판으로 볼 수 있다. 일본인 히다카 헤이고로日高丙子郎 소유 학교로 "한국인의 황국화를 위해서 세워진 광명학원"은 똑똑한 학생들을 "일본 외무성 순사나 만주육군사관학교에 보내려고 혈안이 되어 있는 그런 학교였다."라고 문익환은 증언했다.[50]

둘째, 시의 도입 부분에 초점을 맞추어 제국주의와 식민지의 관점에서 '모순'을 해석할 수 있다. "사이좋은 정문의 두 돌기둥 끝에서 / 오색기五色旗와 태양기太陽旗가 춤을 추"는 부분은, 실제로 윤동주가 다녔던 광명중학교 정문에 오색기와 태양기가 나란히 걸려 있는 장면을 재현한 것이다. '오색기五色旗'는 만주국의 국기를, '태양기太陽旗'는 일본 국기를 가리킨다. 일본 제국주의가 건설한 만주국에서는 국경일에 두 국기를 대문 좌우에 나란히 걸었다고 한다.

윤동주는 이렇게 오색기와 태양기가 사이좋게 나란히 걸려 있는 모습을, 현실의 만주국과 일본 제국주의의 관계에 대비시켜서 '모순'으로 파악한 것이다. 이 장면이 왜 '모순'일까?

만주국은 오족협화五族協和, 즉 일본인, 조선인, 한족, 만주족, 몽고족이 평등하고 독립적으로 만주 국민을 구성한다는 원칙에 따라 성립된 복합 민족 국가였다.

> 만주국은 민족협화 혹은 오족협화五族協和를 지배이데올로기로 내건 실험국가였다. 1920년대 거세게 몰아친 중국 민족주의의 민족자결론에 맞서기 위해 손문孫文의 '오족공화五族共和'를 의식하여 고안된 이 이데올로기는 만주국이 각 민족 간의 조화=협화harmony를 통해 '구미적歐美的' 민족모순을 배제하고 수평적 평등을 실현한다고 하는 국가구성의 기본원리로서 표방되었다. 이 원리에 의해 건설·운영된다고 선전되었던 만주국은 소위 '복합민족국가'의 세계사적 모델국가로서 자리매김되었다. '동화同化'가 아닌 '협화協和'는 에스니시티ethnicity 문제에 대한 대응 가운데 용광로melting pot 유형이 아닌 샐러드 그릇salad bowl 유형의 민족/인종 통합을 연상시키는데, 이 통합논리에는 왕도주의王道主義라는 '동양적' 의상이 덧씌워졌다.[51]

만주국 학교의 정문에 만주국기 오색기五色旗와 일본의 태양기가 함께 걸려 있는 상황이 모순적인 이유는 바로 오족협화 때문이다. 오족(일본·조선·만주·한족·몽고)의 일원에 불과한 일본의 태양기가 만주국기와 동등하게 걸려 있는 현실은 만주국 건국이념인 오족의 평등한 협화에 어긋난다는 것이다. 이것은 만주국 내에서 조선인의 위상과도 관련되어 있다. 조선에서는 조선인이 독립적인 존재로 인정되지 않고 일본인으로 통합되는 것이 현실이었지만, 만주국에서는 조선 민족이 독립적인 민족의 단위로서 인정받았다. 만주국 국적법상 재만 조선인의 법적 지위는 오족협화의 원칙에 따라 만주 국민이었는데, 조선총독부에서 내선일체를 내세워 조선인을 일본 제국 신민으로 처리하려는 입장과 대립하고 있었다.[52] 즉, 조선인의 독자적 실체를 인정하는 만주국의 건국이념(오족협화, 민족협화, 만선일여

滿鮮一如 등)과, 조선인의 독자성을 인정하지 않는 동화주의적 내선일체론이 동시에 모순적으로 적용되고 있었던 것이다. 그에 따라 재만 조선인은 '조선인으로서 만주 국민(오족협화)'과 '일본 제국의 신민(내선일체)', 사이에서 정체성의 혼란을 경험했다. 윤동주의 시 「이런 날」의 원래 제목인 '모순'은 재만 조선인이 처한 이러한 모순적 상황을 민감하게 포착해 낸 것으로 이해할 수 있다.

시 「이런 날」에서 보여준 윤동주의 현실 감각과 사유의 독자성은, 1930~40년대 재만 조선인 시문학의 주류적인 경향과 비교해 보면 좀 더 분명하게 드러난다. 당시 만주국에서 활동하던 조선 시인들은 '국책부역國策賦役'의 차원에서 만주국의 이념을 일면적으로 찬양하는 시들을 주로 창작하였다. 대표적으로 당시 『만선일보滿鮮日報』 기자이며 시인이었던 박팔양(朴八陽, 1905~1988)의 시를 보자.

나는 오색五色의 꿈과 무지개를 봅니다

백설白雪의 대동광장大同廣場 위에 명상瞑想을 밟으며
세기世紀의 경이驚異 속을 나는 이동移動합니다

- 박팔양, 「계절의 환상」[53] 부분

나는 나를 사랑하며
나의 아내와 자녀들을 사랑하며
나의 부모와 형제와 자매들을 사랑하며
나의 동리와 나의 고향을 사랑하며
거기 사는 어른들과 아이들을 사랑하며
나의 일본—조선과 만주를 사랑하며
동양과 서양과 나의 세계를 사랑하며.

- 박팔양, 「사랑함」[54] 부분

시 「계절의 환상」에서 "백설白雪이 내린 대동광장大同廣場"은 만주제국의 순결한 세계관에 대한 표상이다. '대동大同'은 1932년 성립된 만주국의 연호였다. 시적 화자는 거기에서 "세기世紀의 경이驚異"를 발견하고, 그 안으로 기꺼이 "이동"하여 동참하는 자아의 득의를 표현하고 있다. 실제로 당대의 많은 재만 조선인 지식인과 시인들이 만주에서 새로운 세계관과 고양된 정신을 체험하고, 그것을 찬양하는 글을 남겼다. 하지만 이러한 득의는 아이러니하게도, 시의 제목과도 같이 '계절의 환상'일 뿐이다. 순백색의 눈이 내린 광장에 햇살이 비추면서 연출된, 찬란한 '환상'이었던 것이다. 만주 제국은 그야말로 판타지였다.

「계절의 환상」에서 시적 화자가 추구했던 "오색의 꿈과 무지개"가 환상이었다는 것은 시 「사랑함」에서 분명하게 드러난다. 이 시는 만주국 '국책문예'의 미의식이었던 "명랑한 건설성"을 적극 활용하며, 현실 순응의 태도를 옹호하고 있다. 『만선일보』는 1940년에 공고한 〈소설콩클현상모집〉의 조건으로 "만주와 지나 등의 현실을 취하되 일만국책日滿國策에 순응하여 가급적이면 명랑한 건설성을 가진 것을 바람"[55]이라고 제시하였다. 1941년 일본 제국은 태평양전쟁을 일으키면서 "미·영의 폭정을 배제하여 동아시아를 명랑본연明朗本然의 모습으로 복원시키고, 서로 제휴하여 공영의 즐거움을 나눈다."[56]라는 성명을 발표하기도 하였다.

박팔양의 시 「사랑함」은 "나의 일본—조선과 만주"라는 표현에서 확실하게 나타나듯이 '일본이 조선과 만주를 포괄한다'는 표지를 적극적으로 수용한다. 나아가 그러한 태도를 "동양과 서양과 나의 세계"로 확장하면서, 자아의 정신과 사상의 고양을 추구하고 있다. 「사랑함」이 추구하는 사상, 즉 "나의 일본—조선과 만주를 사랑하며" 만주국 내의 '선계일본인鮮系日本人'으로 자임하는 태도를 확장하여 "동양과 서양과 나의 세계를 사랑"하는 행위로 이어진 것은, 대동아공영권大東亞共榮圈 사상과 일맥상통한다. 재만 조선인 시인이자 언론인이었던 박팔양은 시 「사랑함」에서 "황국을 핵심으로 하는 일만지日滿支의 강고한 통합을 근간으로 하는 대동아의 신질서를 건설함"으로써 "세계평화를 확립"[57]한다는 대동아공영권 사상을 자기화하고, 일본 제국주의의 이념과 미의식에 동조하며 이를 적극적으로 실천하고 있다.

반면에, 윤동주는 재만 조선인이 경험하는 정체성의 혼란, 일본 제국주의와 만주국의 모순 상황에 대한 감각과 사유를 시에서 표현하고 있다. 자신의 언어와 감각으로 그 혼란과 모순을 피하지 않고 파악하려는 시도를 계속하였다.

윤동주의 시 「이런 날」로 돌아가 보자. 이 시의 마지막 연에서 시적 주체는 "이런 날에는 / 잃어버린 완고하던 형을 / 부르고 싶다"라는 간절한 소망을 표현한다. 여기서 "잃어버린"은 "있어야만 하지만, 지금은 없는", 즉 부재에 대한 그리움과 열망을 내포한 언어이다. "잃어버린 완고한 형"은, 잃어버린 주권의 회복과 자주독립을 위해 중국 내지로 들어가 활동하다가 체포되어 웅기경찰서에 구금된 고종사촌 형 송몽규에 대한 기념과 그리움의 표현으로 해석하기도 한다.[58] 송몽규는 1935년 4월 은진중학교 3학년을 다니다가 돌연 중국 남경으로 가서 독립군 양성소인 중국 육군군관학교 뤄양분교 조선인반 제2기생으로 입교하여 훈련을 받고 활동하였다. 1936년 6월 10일 지난济南 일본 영사관 경찰에 체포되어 6월 27일 아버지의 본적지인 조선의 웅기 경찰서로 압송되었다. 같은 해 8월 청진 검사국으로 송치되어 심문을 받고 9월 석방되었다.[59] 윤동주가 「이런 날」을 창작한 날짜는 공교롭게도 송몽규가 일본 경찰에 체포된 날이었다. "잃어버린 완고하던 형"이 송몽규를 지칭하지 않더라도, 시적 주체가 잃어버린 형을 부르는 행위는, 지금은 없지만 장차 도래할 평등하고 온전한 세계, 주체적이고 자율적이며 정상적인 세계를 호명하고 견인하는 의지의 표현이었다.

북간도의 여성과 '슬픈' 감각

윤동주의 미발표 작품 「장」은 용정의 장날에 이른 아침부터 모여서 물건을 사고파는 "아낙네"들의 모습을 섬세하게 관찰하고 그려낸다.

이른 아침 아낙네들은 시들은 생활生活을
바구니 하나 가득 담아 이고……
업고 지고…… 안고 들고……
모여드오 자꾸 장에 모여드오.

가난한 생활生活을 골골이 벌여놓고
밀려가고…… 밀려오고……
저마다 생활生活을 외치오…… 싸우오.

왼 하루 올망졸망한 생활生活을
되질하고 저울질하고 자질하다가
날이 저물어 아낙네들이
쓴 생활生活과 바꾸어 또 이고 돌아가오.

-「장」(1937.봄) 전문

이 시의 주체는 '아낙네'이고 핵심어는 '생활'이다. 아낙네들이 장날 펼쳐 보이거나 파는 것은 '생활'—"시들은 생활", "가난한 생활", "저마다 생활", "올망졸망한 생활", "쓴 생활"이다. 북간도 골짜기에 터전을 잡고, "생활을 골골이 벌여놓고" 살다가 장날이 되어 용정龍井 장으로 "저마다의 생활"을 "업고 지고 안고 들고" 모여들어 서로의 "생활"을 교환하고, 날이 저물어 각자의 터전으로 "쓴 생활과 바꾸어 또 이고 돌아"간다.

이 시는 1937년 북간도 용정 장날의 모습을 생동감 있게 재현하였다. 봄날 동네의 산과 들과 밭에서 수확한 산나물과 작물을 비롯해 온갖 물건들이 펼쳐진 풍성한 장터가 연상된다. 「장」의 배경이 시들고 가난하고 쓴 생활이지만 이 시가 비극적으로 느껴지지 않는 것은, 장날에 모인 아낙네들이 끊임없이 움직이고 있기 때문이다. 이고, 업고, 지고, 안고, 들고, 모여들고, 벌여 놓고, 밀려가고, 밀려오고, 외치고, 싸우고, 되질하고, 저울질하고, 자질하고, 돌아가는 아낙네들과 장꾼들의 모습이 시에 생명력과 에너지를 불어넣는다. 이 시는 생동감으로 꽉 차 있다. 이렇게 시들고 가난하고 쓴 생활에서 조선 여성들이 보여주는 생명력의 감각을, 나중에 윤동주는 '슬픈'이라는 미의식으로 구체화하였다. 시 「슬픈 족속」이 대표적이다.

윤동주는 용정의 광명중학교를 졸업한 뒤, 1938년 4월 경성의 연희전문학교 문과에 입학하였다. 시 「슬픈 족속」을 쓴 1938년 9월은 방학을 맞아 고향 북간도로 돌아와 지내던 무렵이다.

> 흰 수건이 검은 머리를 두르고
> 흰 고무신이 거친 발에 걸리우다.
>
> 흰 저고리 치마가 슬픈 몸집을 가리고
> 흰 띠가 가는 허리를 질끈 동이다.
>
> -「슬픈 족속(族屬)」(1938.9) 전문

기존의 많은 윤동주 관련 연구들은, 이 시에서 '흰옷 입은 여인'을 식민지 조선과 '백의민족白衣民族'이라는 이념적 표상으로 이해하고, 시 「슬픈 족속」이 민족의식을 표현한 작품이라고 설명하였다. 중국 조선족 연구자들의 해석도 이 틀에서 벗어나지 않는다. 윤동주 연구자인 리광인의 설명을 보자.

> 윤동주의 시 첫머리에 '흰 수건', '흰 고무신', '흰 저고리', '흰 띠'란 시어를 씀으로써 시에 등장하는 주인공이 우리 겨레의 녀인임을 강렬하게 표현하였다. 여기에다 제목에 '슬픈 족속'이라고 밝히니 이는 일제치하의 한 녀인만이 아닌 우리 겨레 녀성 모두를 가리킨다.[60]

이 연구와 같이 "슬픈 족속"을 백의민족이 겪는 수난의 민족 서사로 해석하는 입장에 따르면, '슬픈'의 감각은 제국주의 지배하에 고통받는 식민지 조선의 상태를 표현한 것이 된다. 그러나 이런 설명은 매우 단순한 접근법이다.

시 「슬픈 족속」에서 '흰옷' 또는 '흰옷 입은 여인'은 문학적인 비유나 상징이 아니다. 그것은 윤동주가 어려서부터 체험한 북간도의 어머니와 할머니들의 실제 모습이었다. 따라서 이 시에서 "족속"은 네이션Nation으로서 조선이 아니라, 북간도의 에스니시티Ethnicity로서 조선을 뜻한다. 1900년대 초반부터 북간도는 독립적인 조선족 공동체를 형성하고 있었다. 네이션Nation으로서 '민족' 개념의 단위는 아니었지만, 생활공간에 근거하여 독자적인 시장을 만들어서 교류하며 자립적인 공동체를 꾸려 갔다. 하나의 사례로, 북간도 명동마을에서는 내부 경제활동을 할 때 조선 돈을 그대로 썼으며 세금을 낼 때는 중국 돈으로 바꿔서 냈다고 한다. 공동체에서 지역적·문화적 일치감뿐 아니라 이러한 경제활동의 자립성도 중요하다. 북간도에서 공동체 내부의 화폐와 국가 단위 화폐를 구분해서 사용하는

문익환 증조모 김순홍(1851~1934)의 모습

배신여자성경학교 졸업식 기념 사진(1927) (『기린갑이와 고만녜의 꿈』)[61]

이중적인 화폐 시스템은 1932년 만주국이 설 때까지 계속되었다.

또한 의복과 습속에서도 북간도 여성들은 독특한 문화를 가지고 있었다. 위의 사진은 문익환의 증조할머니 김순홍 여사의 모습이다. 김순홍 여사는 1851년 함북 종성군 화방면 허곡동에서 태어나 19세에 결혼하여, 명동마을과 용정에 살면서 손주 문익환까지 4대를 돌보아주고 1934년에 84세로 용정에서 세상을 떠났다. 베 짜는 솜씨가 좋아서 북간도에서 문씨 집안의 살림을 넉넉하게 일구었다고 한다.[62] 김순홍 여사의 모습에서 보듯이, 평상시에 북간도 여성들은 머리에 흰 수건을 두르고 있었다. 오른쪽 사진은 1927년 용정에서 찍은 것으로, 문익환의 어머니 김신묵 여사의 배신여자성경학교 졸업식 모습이다. 이 사진 속의 여성들도 흰옷을 입거나 머리에 흰 수건을 쓰고 있다. 다른 사진들에서도 북간도 여성들이 흰옷을 입고 흰 수건을 두른 모습을 볼 수 있다.

다음의 사진은 1936년 4월 17일에 치러진 윤동주의 할아버지 윤하현

윤동주의 할아버지 윤하현 생일 잔치 기념 사진(1936.4.17)(윤인석 제공)

의 생일 잔치에서 윤씨 문중 사람들과 이웃 친지들의 모습이다. 이 사진에서도 여성들은 모두 머리에 흰 수건을 두르고, 흰 저고리에 흰 치마를 입고 있다. 맨 뒷줄 오른쪽에서 여섯 번째가 당시 광명중학교 재학생 윤동주이다.

이 사진들에서 볼 수 있듯이, 북간도의 조선 여성들은 흰 수건으로 머리를 두르는 것이 관례였다. 윤동주가 시 「슬픈 족속」에서 묘사한 "흰 수건"과 "흰 저고리"와 "흰 치마"는 그가 살았던 동네의 어머니, 할머니, 아주머니들의 실제 의상이자 치장이고 모습이었다. 외국인들과 함께 있을 때도 조선 여성들은 머리에 흰 수건을 두르고 흰 저고리에 흰 치마를 입었다. 따라서 이 차림은, 많은 윤동주 관련 연구자들에 의해 관습화된 해석인 '백의민족'과 같은 추상적 개념이나 상징이 아니라, 다양한 종족이 혼재하는 북간도에서 조선이라는 '족속'을 드러내는 복식이었다. '흰옷'은 타자 속에서 부각되는 종족의 표상이며, 자신의 타자화를 통해 더욱 선명하게 드러나는 주체의 표상이다.

명동마을에서 윤동주와 함께 자란 친구 김정우는 시 「슬픈 족속」에 대한 소감을 이렇게 쓰고 있다.

> 나는 이 시를 읽을 때마다 머리 속에 구름처럼 떠오르는 생각은 주일날 교회당으로 예배를 보러 오시는 할머니, 어머니들의 광경이다. 그 당시 한국 사람들이 사는 곳은 어디에서나 흔히 볼 수 있는 옷차림이었지만, 예배가 끝나고 교회당 뜨락에서 하얀 머리 수건을 두르고 하얀 치마 저고리를 입은 시골 부인네들이 모여 오순도순 함경도 사투리로 이야기하고 있었던 그 순박한 모습에서 얻어진 심상이, 일제에 대한 백의白衣 동포의 슬픔을 읊게 된 원천이 되었을 것이라고 생각된다.[63]

서울에서 회고할 당시 환갑의 나이였던 김정우는 「슬픈 족속」를 읽으면 고향 북간도의 할머니, 어머니들과 그 장소가 연상되고, 뒤이어 고향의 언어인 "함경도 사투리"까지 떠오른다고 말했다. 이 회고에서 주목할 점은, 「슬픈 족속」에서 묘사한 "흰"의 심상을 한민족 전체를 상징하는 '백의민족'으로 동일화하지 않았다는 것이다. 그가 '백의민족'이라 하지 않고 "백의白衣 동포"라고 부르는 것은 북간도라는 '지역성Locality'의 차원에서 이해해야 한다. '흰옷'과 함께 떠올린 함경도 사투리도, 북간도의 '지역성'이다. 김정우의 회고를 종합하면, 시 「슬픈 족속」의 이미지는 실제로 북간도에 살았던 '흰 머리 수건을 두르고 흰 치마 저고리를 입은' 어머니와 할머니의 구체적인 생활 모습과 연결된다. 이것이야말로 북간도 사람으로서 '조선'에 대한 윤동주의 감각이었다. '흰옷' 또는 '흰옷 입은 여성'은, 그가 경성의 연희전문학교에 다니면서 새롭게 발견한 북간도 조선 '족속'을 표상하는 기호였던 것이다.

한편, 북간도의 남자 어른들은 검은색 두루마기를 주로 입었다. 위의

명동소학교 졸업 사진(1931.3.20)(연세대학교 윤동주기념관 제공) 가운데줄 오른쪽 첫 번째가 윤동주

사진을 보면, 노년의 남자 어른들은 흰 두루마기나 옅은 회색의 두루마기를 입었고, 중장년 남자들은 검은 두루마기를 주로 입었다. 소년과 젊은 남성은 카라와 단추 있는 학생복을 입고, 일부 남자들은 검은 양복을 입기도 했다. 위의 사진은 1931년 3월 20일에 윤동주의 명동소학교 졸업식 후에 찍은 것이다. 당시 명동소학교 졸업생으로 윤동주와 송몽규, 문익환, 김정우 등이 있었다. 이 사진에서 노년의 남자는 흰 두루마기를, 중장년의 남성은 검은 두루마기를 입었다. 졸업생으로 보이는 학생들은 검은 교모와 흰 옷깃이 달린 검은색 두루마기를 학생복으로 입었다. 이처럼 북간도의 조선인들은 나이와 성별 등을 고려해서 의복을 구분해서 입었고, 그런 방식으로 자신들의 풍속과 정체성을 지켰다. 동네잔치와 행사가 있을 때, 여성들은 흰옷을 입고, 남자들은 검은색 두루마기를 입고, 아이들

은 저고리와 색동저고리를 갖추어 입은 모습에서 옷차림에 대한 그들의 풍습과 규칙을 확인할 수 있다.

북간도의 사람들이 조선 '족속'을 표상하는 옷차림을 유지하게 된 데는 역사적 배경이 있었다. 1900년에 김씨, 남씨, 윤씨, 문씨 등 네 집안이 명동 마을에 정착할 당시의 상황을 기록한 내용에 따르면, 1800년대 북간도로 조선인들이 이주를 시작했던 "이민 초기에는 청국 정부는 자기들의 주권을 세우고자 '치발剃髮하고 청복을 하고 청국에 입적을 한 자에게만 토지 소유권을 허락'한다고 영을 내렸다. 치발이란 머리 앞은 면도로 밀고 뒷머리는 길러서 땋는 것이다. 그래서 청어(淸語, 청나라 말)에 능한 자를 대표로 입적케 하고, 마을 사람들이 사들인 토지 전부를 그의 명의로 등록했다. 그리고 실제 지주들은 서류상 그의 소작인이 되었다."[64]라고 한다.

북간도는 역사적으로 청나라, 중화민국, 군벌, 만주국 등의 정치체제가 패권을 다투던 복잡한 지역이었다. 1932년 성립된 만주국은 일본 제국의 '괴뢰국'으로, 국경이 러시아와 조선에 맞닿아 있는 지리적 인접 관계에 있었다. 이러한 역사적·지리적 특성으로 인해 북간도의 주민들은 국제관계의 변화에 많은 영향을 받았고, 그 정체성은 민족적으로 정치적으로 혼종성을 특징으로 하였다. 최일은 만주의 조선인들을 '에스닉'과 '국민'의 혼합 또는 경계 상태로 규정하였다. "만주의 조선인들은 일종 민족 ethnic group이었고 식민지 조선이 국민국가로 바뀔 수 있는 기회를 가진 이상 귀환을 선택하면 '국민nation'이 될 수 있었다. 반대로 정착을 선택해도 중국 역시 국민국가를 만들어 가고 있었기에 결과는 마찬가지였다."[65] 이러한 상황에서 북간도의 조선인들은 경제적 안정을 위해서 가족과 종족 내부의 결속을 긴밀하게 유지하는 방법을 통해 자기 정체성을 유지했다. 의복이나 언어, 풍속 등의 문화적 규범을 중요하게 지켰던 이유도 종족의 결속과 정체성을 상호 확인하는 의미가 컸다. 또한 북간도의 장소적 특성과 역사적 변화 속에서 항상 동요하고 불안을 느끼며 살았던 까닭에,

국제 정세와 시대사상을 예민하게 인지하는 동시에 종족의 정체성을 확인하고 유지하는 활동이 중요하게 자리 잡았다. 윤동주의 삶과 문학은 이러한 북간도의 장소성과 역사적 맥락에 따른 종족Ethnicity 특성을 바탕으로 나온 것이었다.

특히, 윤동주의 시에서 조선 '족속'의 대표성을 여성으로 형상화하는 방법은 주목된다. 그의 시에는 당시 조선 민족이나 종족을 대표하는 남성의 표상은 잘 나타나지 않는다. 독립운동에 참여하고 시대와 사회를 고뇌하며 열정에 가득 찬 남성보다 오히려 여성의 생활에 대한 공감과 여성 특유의 강인함을 포착한 시들이 많다. 시 「슬픈 족속」에서도 여성들의 고단하고 거친 생활과 그것이 빚어내는 슬픔의 정서를 표현하고 있다. 윤동주의 시에서 북간도 여성들의 '슬픔'은, 「장」에서 나타났듯이 가난하고 힘든 생활을 온몸으로 감당하는 생명력, 에너지와 연결되어 있다. 「슬픈 족속」의 여성도 흰 고무신에 "거친 발"을 걸치고, "슬픈 몸집"을 흰옷으로 가리고, 흰 띠로 "허리를 질끈 동"여 맨다. 이 시에서 '흰'은 연약함이나 연민과는 거리가 멀다. 흰 띠로 허리를 질끈 동여매는 것은, 거친 생활과 슬픈 육체를 다잡고 일으켜 세우는 행위다. 그런 점에서 「슬픈 족속」의 육필 원고에 "거친 발"이 "붉은 발"로 적혀 있는 것[66]은 의미심장하다.

"붉은 발"은, 가진 것도 걸친 것도 없는 맨몸을 표현한다. 흰옷 입은 여성처럼, 시적 주체도 거칠고 험하고 슬픈 생활 속에서 "허리를 질끈 동이"며 삶의 의지와 결의를 다진다. 이것은 북간도에서 거친 생활을 헤쳐 나온 조선인의 자긍심과 연결된다. 이처럼 윤동주의 시를 북간도 조선인의 체험과 감각에 근거해서 읽는 것은, 지금까지 연구들이 민족의 관점으로 보편화·이념화했던 틀에서 벗어나, 윤동주의 삶과 시에 대한 새로운 이해로 나아가는 계기를 제공한다.

제 2 장

'별'의 시인

나무 틈으로 반짝이는 별만이
새 세기世紀의 희망希望으로 나를 이끈다

-「산림山林」

‘별’의 표상과 근대의 감각

윤동주는 ‘별’의 시인이었다. 그의 시에는 무수히 많은 별이 나타나고 또 반짝인다. 별의 상징체계를 해석하는 작업은 윤동주의 내면과 시세계를 열어 보는 중요한 실마리가 된다. 윤동주의 시에서 ‘별’은 관습적으로 사용하는 순수함, 이상 등의 이미지와 의미를 넘어선다. ‘별’은 그의 삶에 새겨진 감각이자 육체이고 장소성이며, 때로는 시 자체이다.

윤동주의 시에서 ‘별’은 창작 초기부터 중요한 모티브로 사용되었으며, 아득해서 궁금하고 그리운 곳으로 표현되었다.

> 바닷가 사람
> 물고기 잡아 먹고 살고
>
> 산골엣 사람
> 감자 구워 먹고 살고
>
> 별나라 사람
> 무얼 먹고 사나.
>
> -「무얼 먹고 사나」(1936.10) 전문

이 동시는, 윤동주가 평양 유학을 중단하고 용정에 돌아와서 광명중학교를 다닐 때 쓴 것으로 1937년 『가톨릭소년』에 실렸다. 이 동시에서 시적 화자의 관심은 "바닷가 사람"이나 "산골엣 사람"이 아니라, 궁금하고 호기심을 자극하는 "별나라 사람"에 있다. 「오줌싸개 지도」의 "꿈에 가본 엄마 계신 / 별나라 지돈가?"에서 "별나라"는 "엄마"의 나라이기도 하다.

시 「산림」은 세 가지 버전으로 다시 창작했을 정도로, 윤동주가 애착했던 작품이다. 「산림」 원고는 ① 최초의 습작노트인 『나의 습작기의 시 아닌 시』(1934~1937), ② 자선 시집 겸 습작 노트였던 『창』(1937~1939), ③ 낱장에 재정리하여 보관했던 '습유拾遺 작품군'(1940~1942)에 들어 있다.

윤동주의 자필 원고는 다섯 종류가 있다. 최초의 시작 노트는 『나의 습작기의 시 아닌 시』로서 58편의 자필 시고가 수록되어 있다. 두 번째의 자필 시작 노트는 『창窓』이다. 『창窓』에는 『나의 습작기의 시 아닌 시』에서 선별한 16편의 시를 옮겨 적었고 새로 쓴 시를 합쳐 모두 53편의 자필 시가 수록되어 있다. 다음으로 산문 4편을 모아 묶은 '산문집'이 있고, 자필 자선시 19편을 모아 묶은 『하늘과 바람과 별과 시』가 있다. 마지막으로 '습유拾遺 작품'이라고 말하는 낱장 형태로 되어 있는 15편의 자필 시고가 있다.

이렇게 퇴고를 반복하며 시의 언어를 매만졌다는 것은, 그만큼 시인의 사유와 감각에 밀착해 있는 작품이라는 뜻이다.

첫 번째 시작 노트 『나의 습작기의 시 아닌 시』(1934~1937) / 두 번째 시작 노트 『창』(1937~1939)(연세대학교 윤동주기념관 제공)

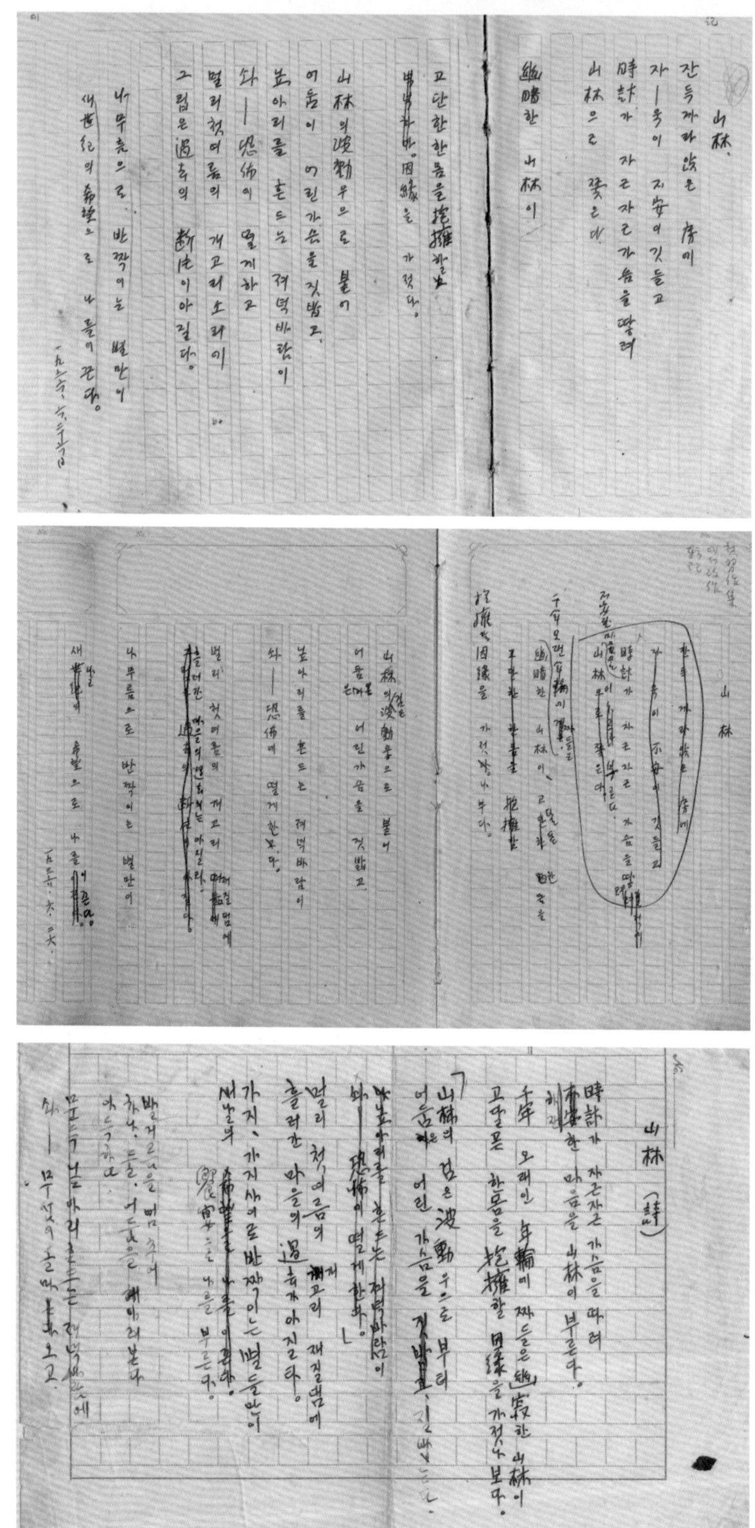

위부터 「산림」(『나의 습작기의 시 아닌 시』)/「산림」(『창』)/「산림」(습유작품)(연세대학교 윤동주기념관 제공)

잔뜩 가라앉은 방房에
자-욱이 불안不安이 깃들고
시계時計가 자근자근 가슴을 때려
산림山林으로 쫓는다.

유암幽暗한 산림山林이
고단한 몸을 포옹抱擁할
인연因緣을 가졌다.

산림山林의 파동波動 우으로부터
어둠이 어린 가슴을 짓밟고,
이파리를 흔드는 저녁 바람이
솨- 공포恐怖에 떨게 하고
멀리 첫여름의 개구리소리에
그리운 과거過去의 단편斷片이 아질다.

나무 틈으로 반짝이는 별만이
새 세기世紀의 희망希望으로 나를 이끈다.

- 윤동주, 「산림(山林)」(1936.6.26) 전문

위 시는 『나의 습작기의 시 아닌 시』에 쓴 것을 현대어로 표기한 것이다. 이 시의 공간은 '방안'과 '산림'으로 나뉜다. '방안'은 '시계'의 시간에 맞춰 움직이는 세계이다. '시계'와 시간표로 대표되는 근대적 기계와 제도는, 계산하고 분할하고 규율함으로써 근대 주체를 생성한다. 이 시에서 '시계'로 상징되는 근대적 규율 관계는 시적 주체의 '가슴을 자근자근 때려' 초조와 불안에 떨게 만든다. 시적 주체는 이런 불안을 피해 "유암한 산림" 속으로 달아나고 싶어 한다. 산림은, '시계'로 상징되는 근대 세계에서 불안하고 상처받은 "고단한 몸을 포옹할 / 인연을 가"지고 있는 곳이다. 산림山林에는 인간의 이성으로 다 통어할 수 없는 깊고 아득한 어둠이 있다. 그 어둠은, 근대적인 기제로 규율하거나 지배하거나 예측할 수 없는 '유암幽暗'의 영역이다. 숲의 정령精靈에 대한 아득한 여운이 남아 있다.

다른 한편으로, 시적 주체는 "산림의 파동"과 "어둠", 움직이는 "숲"과 같은 자연의 불가해한 힘에 가위눌려 공포를 느끼기도 한다. 산림은 인간을 포옹하여 위로해 줄 뿐 아니라 징벌할 수 있는 위력도 가지고 있는 것이다. 「산림」은 근대적 규율 문명의 불안과 속박을 자연의 유기체적 순리 속에서 위로받는 한편으로, '깊고 아득한 어둠'(幽暗)을 품고 있는 자연의 불가해적 공포 사이에 놓여 있는 근대적 인간의 분열과 모순된 상황을 포착하고 있다.

이렇게 시적 주체가 근대적 규율 문명과 자연의 유기체적 순행 사이를 횡단하는 지점에 "반짝이는 별"이 있다. 윤동주는 「산림」 육필 원고의 마지막 2행 "나무 틈으로 반짝이는 별만이 / 새 세기世紀의 희망希望으로 나를 이끈다."에 직접 밑줄을 그어 놓았다. 이 밑줄은 "반짝이는 별만이" 새로운 세기로 향하는 희망이며, 시적 주체를 이끄는 좌표가 된다는 진술을 강조한다. 시적 주체는 별의 인도를 받아서 근대적 인간의 분열과 모순된 상황을 극복하고 새로운 세기의 희망을 향해 나아간다. 윤동주는 이후 개작된 원고에서 "새로운 세기"를 "새날의 향연"으로 수정하였다.

독일의 미학자 게오르그 루카치Georg Lukacs는 근대적 감각과 문학의 좌표로서 '별'을 제시한 바 있다.

> 별이 빛나는 창공을 보고, 갈 수가 있고 또 가야만 하는 길의 지도를 읽을 수 있던 시대는 얼마나 행복했던가? 그리고 별빛이 그 길을 훤히 밝혀 주던 시대는 얼마나 행복했던가? 이런 시대에 있어서 모든 것은 새

로우면서도 친숙하며, 또 모험으로 가득 차 있으면서도 결국은 자신의 소유로 되는 것이다. 그리고 세계는 무한히 광대하지만 마치 자기 집에 있는 것처럼 아늑한데, 왜냐하면 영혼 속에서 타오르는 불꽃은 별들이 발하고 있는 빛과 본질적으로 동일하기 때문이다. 다시 말해서, 세계와 자아, 천공天空의 불빛과 내면의 불꽃은 서로 뚜렷이 구분되지만 서로에 대해 결코 낯설어지는 법이 없다. 그 까닭은 불이 모든 빛의 영혼이며, 또 모든 불은 빛 속에 감싸여져 있기 때문이다. 이렇게 해서 영혼의 모든 행위는 의미로 가득 차게 되고, 또 이러한 이원성二元性 속에서도 원환적 성격을 띠게 된다. 다시 말해 영혼의 모든 행위는 하나같이 의미 속에서, 또 의미를 위해서 완결되는 것이다.[1]

루카치가 근대의 장르로서 소설이 탄생하게 된 과정과 의의를 설명하는 유명한 부분이다. 별이 빛나는 창공을 보고 길을 갈 수 있는 시대란, 천상의 질서와 인간의 질서가 분열되지 않고 조화롭게 통합되어 있는 유기체적 세계를 의미한다.

그런데 루카치가 날카롭게 간파했듯이, 근대사회에서는 하늘의 '별'이 더 이상 삶의 방향타 역할을 하지 못하게 되었다. 세계와 자아를 통합하는 '총체성'과 유기체적 조화는 깨지고, 개인은 분열된 이원성 속에서 헤매게 되었다. 근대사회에서 자아와 세계의 분열은 심화되었으며, 개인은 자기만의 지도를 만들고 좌표를 찾아 길을 떠나야 했다. 자율적이고 독립적이지만 고독하고 불안한 시대가 도래한 것이다.

윤동주도 근대사회의 이러한 분열과 불안을 감지하고 있었다. 연희전문학교 재학시절에 쓴 산문 「별똥 떨어진 데」를 보자.

밤이다.

하늘은 푸르다 못해 농회색濃灰色으로 캄캄하나 별들만은 또렷또렷

빛난다. 침침한 어둠뿐만 아니라 오삭오삭 춥다. 이 육중한 기류氣流 가운데 자조自嘲하는 한 젊은이가 있다. 그를 나라고 불러두자.

나는 이 어둠에서 배태胚胎되고 이 어둠에서 생장生長하여서 아직도 이 어둠 속에 그대로 생존生存하나 보다. 이제 내가 갈 곳이 어딘지 몰라 허우적거리는 것이다. 하기는 나는 세기世紀의 초점焦點인 듯 초췌憔悴하다.

…(중략)…

어둠 속에 깜박깜박 조을며 다닥다닥 나란히 한 초가草家들이 아름다운 시詩의 화사華詞가 될 수 있다는 것은 벌써 지나간 제너레이션의 이야기요, 오늘에 있어서는 다만 말 못하는 비극悲劇의 배경背景이다.

-「별똥 떨어진 데」 부분

이 글에는 두 가지의 현실 인식이 들어 있다. 첫째, 지금 어둠 속에서 살고 있다는 인식이다. 나는 "어둠에서 배태되고", "어둠에서 생장하"고, "아직도 이 어둠 속에 그대로 생존하"고 있다. 자신을 둘러싼 침침한 어둠과 오싹한 추위의 육중한 기류에 눌려서 나는 스스로를 비웃고, 갈 곳 몰라 허우적거리고 초췌하다. 이 글의 이어지는 부분에서 "다만 나는 없는 듯 있는 하루살이처럼 허공에 부유浮遊하는 한 점에 지나지 않는다."라고 고백한다. 고독한 단독자로서 근대적 개인이 경험하는 단절과 불안과 분열을 절실하게 느끼고 있는 것이다. 둘째, 지금은 자연과 인간이 풍경 속에서 아름답게 융화하며 조화되는 시대가 아니라는 인식이다. 어둠 속에서 정답게 반짝이는 전원의 초가집들이 아름다운 시의 언어와 '서정성'이 될 수 있는 것은 "벌써 지나간 제너레이션의 이야기"라고 못 박는다. 자아와 세계의 조화로운 서정이 끝나 버린 시대에 맞는 새로운 시학은 근대 사회와 현실의 리얼리티를 바탕으로 생성되어야 한다는 인식이 깔려 있다.

윤동주는 총체성이 무너진 시대에 분열하는 근대인으로 살아내는 것의 힘겨움을 직시한다. 그리고 고독한 단독자로서 근대적 개인의 운명을 자기 존재의 본질로, 근대 시인의 자기 표상으로 받아들인다. 이 글의 마지막은 이렇게 끝난다.

> 어디로 가야 하느냐 동東이 어디냐 서西가 어디냐 남南이 어디냐 북北이 어디냐 아차! 저 별이 번쩍 흐른다. 별똥 떨어진 데가 내가 갈 곳인가 보다. 하면 별똥아! 꼭 떨어져야 할 곳에 떨어져야 한다.
>
> -「별똥 떨어진 데」 부분

어디로 가야 할 지 생의 방향을 몰라 동서남북으로 방황하는 나에게 '별'이 좌표가 된다. 윤동주가 추구하는 '별'의 방향은 어디일까? 그것은 루카치의 표현을 빌리자면, 천지자연의 순리로서 '하늘의 별빛'과 인간의 의지·열망으로서 '내면의 불꽃'이 서로 구분되면서도 조화를 이루는 상태를 실현하는 것이다. 이처럼 윤동주의 시 쓰기는, 자아와 세계가 분열되고 유기체적인 조화가 상실된 근대를 살아가면서 '별'을 따라가는 행위이다.

윤동주의 시에서 '별'의 상징체계가 지닌 독특함은, 1930~40년대 청년 시인들이 사용했던 '별'의 이미지와 비교하면 좀 더 분명하게 드러난다. 임화의 시 「해협의 로맨티시즘」과 「다시 인젠 천공의 성좌가 있을 필요가 없다」를 보자.

> 예술, 학문, 움직일 수 없는 진리……
> 그의 꿈꾸는 사상이 높다랗게 굽이치는 동경東京
> 모든 것을 배워 모든 것을 익혀,
> 다시 이 바다 물결 위에 올랐을 때,
> 나는 슬픈 고향의 한 밤,
> 홰보다도 밝게 타는 별이 되리라.
> 청년의 가슴은 바다보다 더 설레었다.
>
> - 임화, 「해협의 로맨티시즘」[2] 부분

이마 위에 한 손을 얹고,
하늘을 우러러 얼굴을 들면,
별들은 꽃봉오리처럼
아름다웠다.
별들은 결코 속이지 않았다.

…(중략)…

아아! 벌써 한 개 숙명인 얼굴에,
그 메마른 피부 위에
어두운 해협의 밤바람이 부딪친다.

- 임화, 「다시 인젠 천공에 성좌가 있을 필요가 없다」3 부분

「해협의 로맨티시즘」의 시적 주체는 일본 유학을 가는 현해탄의 관부 연락선 위에서 '청춘'과 '별'을 근거로 암울한 현실을 돌파하고 미래로 나가려는 낭만적 기획을 꿈꾼다. 시대와 조국의 앞길을 밝히는 '별'이 청년의 표상을 드높이고 있다. 임화는 이상과 정념의 표상으로서 '별'을 현해탄 한가운데서 보았다. 그는 예술과 진리와 해방의 방법을 찾아 떠나는 식민지 청년으로서 자기 위치를 천공天空에 빛나는 별에 투사하고, 자신의 숙명을 예견했다. 「다시 인젠 천공에 성좌가 있을 필요가 없다」는 현해탄 위에 빛나는 별에서 '숙명인 얼굴'과 부딪치고 있다. 거기서 그는 조국의 현실과 제국의 위엄, 민중, 계급, 혁명이라는 것과 운명적으로 마주하였다.

윤동주의 「서시」에서 '별'은 '길'과 연결된다. 「서시」는 육필 자선自選 시집 『하늘과 바람과 별과 시』의 맨 앞에 수록된 권두시로, 시집 전체의 미학과 창작 방향을 제시하는 시론詩論격의 작품이다.

죽는 날까지 하늘을 우러러
한 점 부끄럼이 없기를,
잎새에 이는 바람에도
나는 괴로워했다.
별을 노래하는 마음으로
모든 죽어가는 것을 사랑해야지
그리고 나한테 주어진 길을
걸어가야겠다.

오늘밤에도 별이 바람에 스치운다.

-「서시」(1941.11.20) 전문

이 시의 핵심 언어는 '별'이다. 별을 노래하는 마음, 천상의 '별'은 시적 주체의 윤리적 기준이 되고, "나한테 주어진 길"이 되며, 그 "길을 / 걸어가"도록 이끈다. '별'은 존재의 본래적 의미를 표상하며, '바람'은 존재의 진리가 스스로를 열어 밝히는 고요한 울림과 같다. 시인의 역할은, 존재의 진리가 스스로를 열어 밝히는 고요한 울림을 감지하고 사물과 세계의 참모습과 존재방식, 근원적 상호관련을 언어와 양식으로 담아내는 것이다. 인공의 빛, 이성의 빛이 우세한 시대를 살면서, 밤하늘에 빛나는 별을 보고 나의 길을 찾아 가는 것, 별을 노래하는 마음으로 세계와 존재의 진리를 섬세하게 감지하는 것이 바로 시인이다.

윤동주 시가 오랫동안 한국인의 애송시 1순위로 손꼽혔던 이유를 여기서 찾을 수 있다. 고독한 단독자로서 근대적 개인이 느끼는 소외와 외로움, 불안과 두려움, 분열적 내면을 직시하면서, 그 분열을 '별'이라는 유기적 상징체계로 감싸는 윤동주의 시에서 독자들은 고유한 자신의 존재를 돌아보고 안정감과 위안을 얻는 것이다.

하늘과 바람과 별, 북간도의 표상체계

시「별 헤는 밤」은, 자선 시집『하늘과 바람과 별과 시』를 엮을 것을 염두에 두고 쓴 작품이다. 이 시는 시 쓰기에 대한 성찰, 자선 시집의 의의 등을 밝히기 위한 기획으로서 창작된 것이었다.

'별 헤는 밤'은 곧 '시 쓰는 밤'이다. 실제로 윤동주는 밤에 주로 시를 썼다고 한다. 그에게 밤은 독서를 하고 사색을 하고 시를 쓰는 시간이었다. 정병욱의 회고에 따르면, "시는 한밤중에 썼다. 정병욱이 문득 깨어나 보면 책상 앞에 앉은 그의 모습을 볼 수 있었고, 다시 아침에 일어나 보면 그의 머리맡에 시편들이 놓여 있고는 했다는 것이다."[4] 한밤중에 잠들지 않고 깨어서 시를 쓰는 일은, 마치 별을 헤는 것처럼 아득하고 그립고 멀게만 느껴지는 것을 언어로 표현하는 행위이다.

> 계절季節이 지나가는 하늘에는
> 가을로 가득 차 있습니다.
>
> 나는 아무 걱정도 없이
> 가을 속의 별들을 다 헤일 듯합니다.
>
> 가슴 속에 하나 둘 새겨지는 별을
> 이제 다 못 헤는 것은

쉬이 아침이 오는 까닭이요,
내일來日 밤이 남은 까닭이요,
아직 나의 청춘青春이 다하지 않은 까닭입니다.

별 하나에 추억追憶과
별 하나에 사랑과
별 하나에 쓸쓸함과
별 하나에 동경憧憬과
별 하나에 시詩와
별 하나에 어머니, 어머니,

어머님, 나는 별 하나에 아름다운 말 한마디씩 불러 봅니다. 소학교小學校 때 책상册床을 같이 했던 아이들의 이름과, 패佩, 경鏡, 옥玉 이런 이국異國 소녀少女들의 이름과 벌써 애기 어머니 된 계집애들의 이름과, 가난한 이웃사람들의 이름과, 비둘기, 강아지, 토끼, 노새, 노루, 「프랑시스·잠」, 「라이너·마리아·릴케」 이런 시인詩人의 이름을 불러봅니다.

이네들은 너무나 멀리 있습니다.
별이 아슬히 멀 듯이,

어머님,
그리고 당신은 멀리 북간도北間島에 계십니다.

나는 무엇인지 그리워
이 많은 별빛이 나린 언덕 위에
내 이름자를 써 보고,

흙으로 덮어 버리었습니다.

딴은 밤을 새워 우는 벌레는
부끄러운 이름을 슬퍼하는 까닭입니다.
1941.11.5.

그러나 겨울이 지나고 나의 별에도 봄이 오면
무덤 위에 파란 잔디가 피어나듯이
내 이름자 묻힌 언덕 위에도
자랑처럼 풀이 무성할 게외다.

-「별 헤는 밤」(1941.11.5)5 전문

윤동주는 시 「별 헤는 밤」에서 '별'이라는 시어를 12번 사용하였다. 이 시를 읽고 있으면 마치 셀 수 없이 반짝이는 별들의 세계, 은하계에 초대받은 것 같은 느낌이 든다. 시적 주체인 '나'는 깊어가는 가을 밤하늘에 가득 차 있는 별들을 보며 청춘의 그리움과 아쉬움을 토로하고 있다. 아름답고 소중하고 그리운 것들이 별과 함께 떠오른다. 별은 가을 밤하늘에도 있고 '나'의 가슴속에도 있다. '별을 헤는 행위'는 '나'의 추억과 사랑과 쓸쓸함과 동경을 헤아리는 일이며, 그것은 곧 시를 쓰는 일이다. "나의 청춘"의 꿈과 추억과 고뇌 하나하나가 별에 투사되어 기표를 얻고 시가 된다. "별 하나에 아름다운 말 한 마디씩 불러"보는 행위는 '별'에 언어와 리듬과 이미지와 서정을 조합하는 일이기도 하다. "패, 경, 옥 이런 이국 소녀들의 이름"과 "애기 어머니 된 계집애들의 이름", "가난한 이웃사람들의 이름"은 '나'의 가슴 속에서 별이 되고 의미가 되고 그리움이 되고, 마침내 시로 만들어진다. 어릴 적 추억 속의 친구들과 가난한 이웃 사람들뿐 아니라 "비둘기, 강아지, 토끼, 노새, 노루" 등의 짐승들, "「프랑시스

·잠」, 「라이너·마리아·릴케」 이런 시인詩人"들이 함께 호명된다. 이들은 각각 독립적이고 자유롭게 빛나는 별이며, 모여서 성좌를 이루고 빛을 발한다.

'나의 청춘'이 꿈꾸는 시의 공화국은, 하나하나의 별이 개성을 갖고 각자의 자리에서 자유롭게 빛나는 것처럼, 모든 구성원들이 시간과 공간의 위계적 구획이 없고, 차별 없이 조화롭게 살아가는 곳이다. '나'는 '별'을 매개로 하여, 통제되고 검열당하고 동원되는 식민지 제국의 신민臣民으로서 삶이 아닌 다른 곳의 삶을 상상한다. 그것이 바로 시와 시인이 존재하는 이유이다. 비록 가슴 속의 별을 다 못 헤고 아침이 오지만 내일 밤이 남은 것을 알기에, 별을 헤는 행위는 계속될 것이다. "나의 청춘이 다하지 않은 까닭"에, 청춘의 꿈과 그리움과 아름다움을 별에 투사하여 이름 붙이고 시를 쓰는 작업도 멈추지 않을 것이라고 예고한다. '나'의 가슴에는 새로운 별들이 하나 둘 새겨질 것이고, 별을 사랑하며, 별과 같은 이름을 가진 사람들의 아름다운 세계를 계속 꿈꿀 것이다.

시적 주체는 "이 많은 별빛이 나린 언덕" 위에서, 별 하나하나에 담고 불렀던 그리운 이름들, 아름다운 이름들과 같이 '나'의 이름도 불러낸다. 하지만 "내 이름자를 써 보고, / 흙으로 덮어 버리"고 만다. 곧이어 "밤을 새워 우는 벌레"를 빌려 "부끄러운 이름을 슬퍼하는" 나의 내면을 고백한다. '나'의 이름이 부끄럽고 슬픈 이유는 무엇일까? "밤을 새워 우는 벌레"는 시적 주체의 메타포이며, '나의 이름이 부끄러운 것'은 시 쓰기에 대한 부끄러움에서 나온 것이다.

윤동주에게 시 쓰기는 존재의 본래적 의미, 존재의 진리로서 자신과 세계의 참모습, 근원적 존재 방식과 상호관련성을 시의 언어와 양식으로 밝히는 것이다. 「별 헤는 밤」의 시적 주체가 "많은 별빛"이 나리는 가운데 "내 이름자를" 쓴 것은, 시인으로서 자신의 존재를 온전히 드러내는 행위이다. 그런데 시 쓰기에 충실하지 못하거나 부족한 주체, 아직 온전하게 밝혀지지 않는 존재의 진리에 대한 안타까움이 자신의 이름자를 "흙으로 덮어버리"는 행위로 나타난 것이었다.

"딴은 밤을 새워 우는 벌레는 / 부끄러운 이름을 슬퍼하는 까닭입니다."에서 "딴은"의 뜻은 '남의 행위나 말을 긍정하여 그럴 듯도 하다'이다. 이 말은, 윤동주가 자필 시집 제작을 앞두고 자신의 시 쓰기를 긍정하면서 또한 겸손하게 표현한 것으로 읽힌다. 그동안 시를 쓰기 위해 분투해왔지만 막상 시집을 엮으려고 뒤적여 보니 부끄럽고 슬프기까지 한 심정, 자신이 기대했던 시 쓰기의 보람이 충분히 흡족하지 못한 마음을 나타내고 있다.

한편, 「별 헤는 밤」은 처음 시를 마무리한 뒤에 4행을 덧붙여 놓은 독특한 형식이다. 윤동주 시의 원전 비평을 한 홍장학의 연구에 따르면, 원래 윤동주는 "부끄러운 이름을 슬퍼하는 까닭입니다"에서 시를 끝맺었으나, 정병욱이 이 시를 읽고 결말이 아쉽고 허전하다고 하니 4줄을 더 보태서 그의 생각을 배려했다고 한다. 따라서 덧보태진 아래 4줄은 정병욱 개인에게 헌사한 구절일 뿐이며, 시는 이미 "부끄러운 이름을 슬퍼하는 까닭입니다"에서 종결되었다고 본다.[6]

> 그러나 겨울이 지나고 나의 별에도 봄이 오면
> 무덤 위에 파란 잔디가 피어나듯이
> 내 이름자 묻힌 언덕 위에도
> 자랑처럼 풀이 무성할 게외다.

「별 헤는 밤」에서 덧붙인 위의 4행은 시간적 배경이 가을과 겨울을 거쳐 봄으로 확장되었다. 또한 아슬히 멀리 있고 그리운 별이 "나의 별"로 전환된다. 나의 별에 봄이 오는 때를 무덤에 비유하고, 그때는 부끄러운 이름을 쓰고 지웠던 언덕 위에도 '자랑'이 무성할 것이라고 예감한다. 「별 헤는 밤」의 형식적 완결성을 "부끄러운 이름을 슬퍼하는 까닭입니다"로 제한할지, 덧붙인 4행까지 확대할지는 논란의 여지가 남아 있다. 하지만 윤동주 자신이 전체적인 시의 맥락과 완결성을 고려하여 4행을 덧붙였던 사실을 고려할 필요는 있을 것이다.

윤동주의 시에서 '하늘과 바람과 별'의 표상은 언제나 북간도와 깊숙하게 연결되어 있다. 「별 헤는 밤」에서는 별 하나하나에 추억과 사랑과 쓸쓸함과 동경과 시를 호명한 뒤, 마지막에 "어머니, 어머니"를 부른다. 그리운 어머니가 계신 곳은 "멀리 북간도"이다. 북간도는 윤동주의 삶과 시에서 또 하나의 완결된 세계였다. 그가 자라난 어머니의 땅, 북간도는 그곳에 살고 있는 사람들이 만들어 온 수많은 역사와 이야기가 축적된 곳이다. 이산과 개척, 억압과 저항, 투쟁과 혁명, 고난과 희망 등 북간도의 서사는 윤동주의 시에서 '하늘과 바람과 별'이라는 표상체계 내지 공통감각으로 생성되었다. 그것은 '하늘과 바람과 별=시'라는 등식으로 표현할 수 있다.

'별'의 표상은 송몽규의 시에서도 발견된다.

고요히 침전沈澱된 어둠
만지울 듯 무거웁고

밤은 바다보다 깊구나

홀로 밤 헤아리는 이 맘은
험險한 산山길을 걷고—

— 나의 꿈은 밤보다도 깊어

후주군한 물소리를 뒤로

머-ㄹ리 별을 쳐다 쉬파람 분다.

- 송몽규, 「밤」[7] 전문

이 시의 배경은 무겁게 "침전된 어둠"과 바다보다 깊은 밤이며, 시적 주체는 홀로 험한 산길을 걷고 있다. 어두운 밤, 험한 길을 가지만 "나의 꿈은 밤보다도 깊어" 시적 주체는 멈추지 않고 "머-ㄹ리 별을 쳐다"보며 계속 나아간다. 이 시는, 자신을 둘러싼 세계가 어둡고 불안하고 분열하는 혼란과 암흑의 시대에 '별'을 좌표로 삼아 휘파람 불며 자신의 길을 묵묵히 걸어가는 맑고 견결한 영혼을 보여 준다.

윤동주와 송몽규처럼 북간도 청년들에게 '별'은 자신의 몸과 감각의 일부이며, 신체에 새겨진 좌표와 같은 것이었다. 또한 '별'은 어둠 속에서도 낙망하지 않고 앞으로 나아가게 울력하는 힘의 근원이다. 이들이 식민지 자본주의의 휘황함에 매료되거나 군국주의의 폭압에 굴하지 않고 내면의 양심에 근거해서 자신의 앞길을 묵묵하게 걸어갈 수 있었던 것은 바로 깊은 어둠 속에서도 '별'을 쳐다보는 마음으로부터 견인된 것이었다.

송몽규가 『문우』에 발표한 시 「하늘과 더불어」를 보자.

하늘—

얽히어 나와 함께 슬픈 조각 하늘

그래도 네게서 온하늘을 알 수 있어 알 수 있어……

푸름이 깃들고

태양太陽이 지나고

구름이 흐르고

달이 엿보고

별이 미소微笑하여

너하고만은 너하고만은

아득히 사라진 얘기를 되풀고 싶다.

- 꿈별, 「하늘과 더불어」[8] 부분

송몽규의 필명은 '꿈별'이다. '꿈별'은 자신의 한자 이름을 한글로 풀어 쓴 것으로, '꿈' 몽夢 자, '별' 규奎 자에서 '꿈별'이 되었다. '꿈꾸는 별', 송몽규는 이 시의 제목처럼 '하늘과 더불어' 꿈을 펼치고, 빛나고 보람을 얻으며 살아간다. 그런데 그 하늘이 어그러지고 조각나고 부서졌다고 말한다. "나와 함께 슬픈 조각 하늘"은, 전쟁과 통제와 동원과 부자유로 꽉 막힌 시대적 상황에 대한 비유이다. 그러나 시적 주체는 찌그러지고 얽히고설키고 부서져서 조각난 상태이지만 "네게서 온하늘을 알 수 있어 알 수 있어……"라고 반복해서 말한다. '온-'은 꽉 차고 완전한 상태이다. 하늘이 꽉 차고 완전한 상태인 것은 '푸름과 태양과 구름과 달과 별'이 있어서이다. 온전하게 운행하는 하늘은 시적 주체의 존재론적 근거가 된다. 그 하늘과 함께 시적 주체는 "아득히 사라진 얘기", 고향 북간도의 이야기를 되풀이하고 싶다는 염원을 드러낸다.

북간도의 '하늘'은 사람들을 압도하는 힘이 있었다. 서정주는 만주에 처음 갔을 때 '하늘'을 보고 말문이 막힐 만큼 막막한 심정을 호소했다. 1940년 가을, 만주로 들어가서 서정주가 첫 번째로 쓴 시 「문들레꽃」에는 "용천의 하늘 밑에 / …(중략)… / 나도 또한 날아나서 공중에 푸를리라."[9]며 까마득하게 펼쳐진 만주의 하늘 밑에서 공중으로 날아가는 듯한 환각을 느꼈다고 하였다.

참 이것은 너무 많은 하늘입니다. 내가 달린들 어디를 가겠습니까. 홍포紅布와 같이 미치기는 쉽습니다. 몇천 년을, 오 몇천 년을 혼자서 놀고 온 사람들이겠습니까.

…(중략)…

마지막 부를 이름이 사실은 없었습니다.

- 서정주, 「만주에서」[10] 부분

서정주는 1940년 가을, 만주곡량주식회사 연길지점 경리과의 고원직을 얻어 북간도에서 일한 적이 있다. 그는 처음 북간도 용정과 연길에 와서는 드넓게 펼쳐진 하늘에 압도되고 말았다. "참 이것은 너무 많은 하늘입니다"라는 언어로밖에 북간도의 드넓음과 막막함을 표현할 수 없었다. 마치 자신의 존재가 한없이 펼쳐진 하늘 속으로 빨려 들어 가서 증발해 버릴 것 같은 현기증에 몸서리쳤다. 그리하여 "뭐라 하느냐 / 너무 앞에서 / 아—미치게 / 짓푸른 하늘"[11](「소곡」)이라고 부르짖었다.

시인 김달진金達鎭도 북간도 용정에 갔을 때 '하늘과 바람과 들'에 압도당했다.

당신은 저 넓은 들이 슬프지 않습니까
저 하늘 바람이 슬프지 않습니까

- 김달진, 「용정」[12] 부분

머리맡에 귀뚜라미 울어 예고
어둔 창경 밖 먼-ㄴ 하늘 끝으로
별 하나 떨어져 흘러간 밤.

찬 베개 위에 여윈 가슴 어루만지며
흘러간 내 나이 되풀이해 외어보면
늦가을 청혼青昏 못물 속으로 가만히 떠오르는 흰 연꽃처럼 피어나는
향수가 슬프구나

- 김달진, 「향수」[13] 부분

김달진의 이 시들은 『재만조선시인집』에 실려 있다. 김달진은 북간도에 머물면서 광활하게 펼쳐진 하늘과 들판 사이로 부는 바람이 슬프고 허허롭게 느껴졌다. 하늘과 넓은 들판, 그 사이로 거침없이 불어 대는 바람 속에서 인간의 실존은 너무나 미미해 보여 허망하고 슬프기까지 하다. "먼-ㄴ 하늘 끝으로 / 별 하나 떨어져 흘러"가고, 시적 주체는 "향수가 슬프구나"를 반복하며 감상에 잠긴다.

만주 출신의 시인 이학성李鶴城에게 하늘은 존재의 근원이자 고향이었다.

나는
밤이면
창궁蒼穹을 우러러
별을 보는 습성習性을 가졌다.
별은
정情답고
적요寂寥하고
유원幽遠하여
밤하늘은 고향 같기도 하다.

- 이학성, 「별」[14] 부분

이학성은 '중국 조선족 시단의 단테'라 칭송받은 시인 이욱(李旭, 1907~

1984)이다. 그는 1907년 러시아 블라디보스토크 고려촌에서 태어나 네 살 때 북간도 화룡현으로 이사와 성장하고 용정에서 공부했다.[15] 이 북간도의 시인은 "하늘[蒼穹]을 우러러 / 별을 보는 습성을 가졌다." 하늘과 별은 북간도 사람들의 육체와 심성의 한 부분이 되어 있다. 그래서 이들에게 별은 정답고 고요하고 깊고 아득하며, 별이 떠 있는 "밤하늘은 고향 같기도" 하다. 그 별은 "나의 가슴속"에 들어와 "푸른 향수"로 물들인다.

윤동주는 고향 북간도에 돌아온 것을 '하늘'과 '바람'으로 실감하였다. 그의 시 「또 다른 고향」을 보자.

> 고향故鄕에 돌아온 날 밤에
> 내 백골白骨이 따라와 한방에 누웠다.
>
> 어둔 방房은 우주宇宙로 통通하고
> 하늘에선가 소리처럼 바람이 불어온다.
>
> -「또 다른 고향」(1941.9) 부분

윤동주에게 북간도는 '하늘과 바람과 별' 그 자체였다. 이러한 북간도의 감각은 그의 시에서 고유한 심상지리와 표상체계를 형성하였다. 그의 삶과 시의 바탕에는 북간도의 역사와 문화, 기억이 축적되어 하나의 정서 구조로 자리 잡고 있다. 그것의 물질화된 형태가, 윤동주의 시에서 반복하여 소환되는 '하늘과 바람과 별과 시'이다. 이 형상들은 윤동주의 시에서 북간도의 표상체계를 만들어 냈다. 따라서 윤동주의 시에 나타난 '하늘과 바람과 별'의 형상을 자연친화적인 서정으로만 단순하게 이해하는 것은 적절하지 않다. '하늘과 바람과 별'은 북간도의 역사와 문화를 응축하고 감각하는 개성적인 표상체계이자 정서구조이며, 또한 그의 삶과 시에 방향과 동력을 부여하는 근원이기 때문이다.

「자화상」과 윤리적 주체

자화상은 르네상스와 근대에 걸쳐 예술가로서의 자의식이 발달하면서 개인의 정체성을 재현하는 양식으로 자리 잡았다. 예술가들은 자화상을 통해 자신에게 부과된 사회적 위치와 그에 따른 욕망, 그리고 자의식을 표출해 왔다. 자화상은 근대적 개성이 발현되는 주요 양식이었다.

윤동주는 연희전문학교 문우회지 『문우』(1941.6)에 「우물 속의 자상화自像畵」를 발표하였으며, 이후 자선 시집 『하늘과 바람과 별과 시』에 「자화상」으로 제목을 바꾸어서 수록하였다. 윤동주의 자필 시고 노트 『창』(1937~1939)에는 「자상화自像畵」 초고가 있다. 이 초고에는 원래 시 제목을 '외딴 우물'이라고 썼다가 지우고 '自像畵자상화'로 고친 흔적이 남아 있다. 『문우』에 발표하기 위해 이 초고를 수정하면서, 제목과 행갈이에도 변화를 주었다. 그리고 『문우』의 「우물 속의 자상화自像畵」를 자선 시집에 수록할 때는 제목을 「자화상」으로 바꾸고, 행의 구성에 변화를 주고 6연에서 "펼쳐있고"를 "펼치고"로 바꿨다. 그 외에 본문 내용은 크게 수정하지 않았다.

> 산모퉁이를 돌아 논가 외딴 우물을 홀로 찾아가선 가만히 들여다봅니다.
>
> 우물 속에는 달이 밝고 구름이 흐르고 하늘이 펼치고 파아란 바람이 불고 가을이 있습니다.

그리고 한 사나이가 있습니다.
어쩐지 그 사나이가 미워져 돌아갑니다.

돌아가다 생각하니 그 사나이가 가엾어집니다.
도로 가 드려다 보니 사나이는 그대로 있습니다.

다시 그 사나이가 미워져 돌아갑니다.
돌아가다 생각하니 그 사나이가 그리워집니다.

우물 속에는 달이 밝고 구름이 흐르고 하늘이 펼치고 파아란 바람이 불고 가을이 있고 추억追憶처럼 사나이가 있습니다.

-「자화상」(1939.9) 전문

「자화상」에서 "사나이"는 시인 자신이며 시적 주체이다. 그는 생명의 근원으로서 샘물인 우물에 자신을 비춰 본다. '자화상'이란 스스로 자기 자신을 그린 초상화이다. 그런데 이 시는 우물 속에 비친 자신의 모습을 바로 언급하지 않고 "달이 밝고 구름이 흐르고 하늘이 펼치고 파아란 바람이 불고 가을이 있"다고 한다. 「자화상」에서 자신의 모습보다 "달", "구름", "하늘", "바람", "가을"을 더 먼저, 중요하게 그린다. 그다음에 "한 사나이가 있습니다"라며 자신을 그려 넣는다. 여기서 "달", "구름", "하늘", "바람", "가을"은 "사나이"를 비추는 풍경 혹은 배경으로 배치된 것이 아니다. 자화상이 그것을 그린 사람의 자의식과 사회적 위치와 욕망 등을 재현하듯이 '달과 구름과 하늘과 바람과 가을'은 "사나이"의 자의식과 위치와 욕망을 표상한다. 우물 속에 비친 달은 "밝고" 구름은 "흐르고" 하늘이 "펼치고" 바람은 "파랗다." 선하고 아름답고 진실한 것이 '달과 구름과 하늘과 바람'이다. 그것은 진선미의 완진체처럼 작동하는 세계

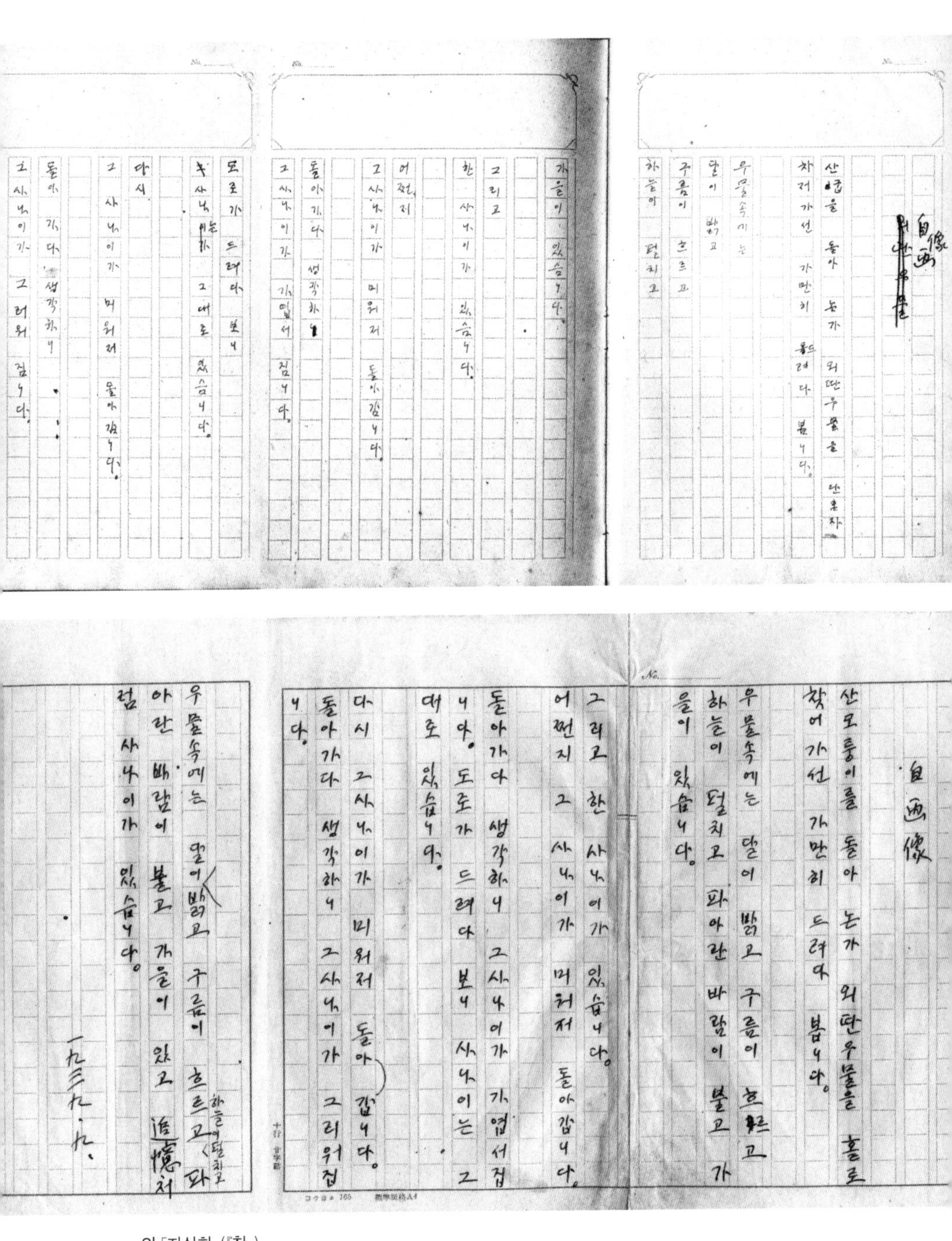

自像畵

산굽을 돌아 논가 외딴우물을 혼자
차저가선 가만히 들드려다 봅니다.
우물속에는
달이 밝고
구름이 흐르고
하늘이 펼치고

가을이 있습니다.
그리고
한 사나이가 있습니다.
어쩐지
그 사나이가 미워저 돌아갑니다.
돌이 가다 생각하니
그 사나이가 가엽서 집니다.

또로가 드려다 보니
그 사나이는 그대로 있습니다.
다시
그 사나이가 미워저 돌아갑니다.
돌이 가다 생각하니
그 사나이가 그리워 집니다.

自畫像

산모퉁이를 돌아 논가 외딴우물을 홀로
찾어가선 가만히 드려다 봅니다.
우물속에는 달이 밝고 구름이 흐르고
하늘이 펼치고 파아란 바람이 불고 가
을이 있습니다.
그리고 한 사나이가 있습니다.
어쩐지 그 사나이가 미워저 돌아갑니다.
돌아가다 생각하니 그 사나이가 가엽서집
니다. 도로가 드려다 보니 사나이는 그
대로 있습니다.
다시 그 사나이가 미워저 돌아갑니다.
돌아가다 생각하니 그 사나이가 그리워집
니다.
우물속에는 달이 밝고 구름이 흐르고 하늘이 펼치고 파
아란 바람이 불고 가을이 있고 追憶처
럼 사나이가 있습니다.

一九三九.九.

위 「자상화」(『창』)
아래 「자화상」(육필 자선 시집 『하늘과 바람과 별과 시』) (윤인석 제공)

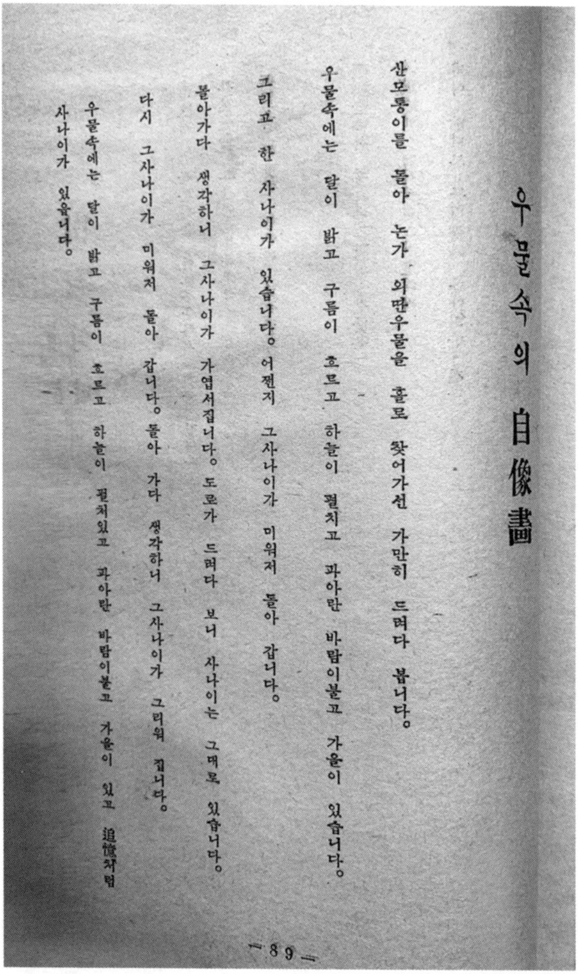

우물속의 自像畵

산모통이를 돌아 논가 외딴우물을 홀로 찾어가선 가만히 드려다 봅니다。

우물속에는 달이 밝고 구름이 흐르고 하늘이 펼치고 파아란 바람이불고 가을이 있습니다。

그리고 한 사나이가 있습니다。어쩐지 그사나이가 미워저 돌아 갑니다。

돌아가다 생각하니 그사나이가 가엽서집니다。도로가 드려다 보니 사나이는 그대로 있습니다。

다시 그사나이가 미워저 돌아 갑니다。돌아 가다 생각하니 그사나이가 그리워 집니다。

우물속에는 달이 밝고 구름이 흐르고 하늘이 펼처있고 파아란 바람이불고 가을이 있고 追憶처럼 사나이가 있읍니다。

「우물속의 자상화」(『문우』1941.6) (현담문고 제공)

이다. 또한 "사나이"의 모습과 함께 우물에 비친 '하늘과 바람과 달과 구름과 계절'은 윤동주가 자신을 인식할 때 '나는 누구인가'라는 질문과 함께 '타자는 누구인가'를 질문하고 있었다는 것을 뜻한다. "시인의 자화상은 시인의 내면, 즉 기의를 기호화하는 그 무엇이다. 자화상에는 시인의 무의식에서 발화된 타자와 세계와의 관계, 현실인식, 내면의식 등 자아의 심리상태가 담겨져 있다는 것인데, 그것은 내밀하고도 은폐된 자아의 소리가 시라는 기표에 기록된 것이다."[16] 자화상은 주체의 내면에 억압적이고 억제된 욕망에 대한 언어활동으로서 '무의식에 있는 소망이 왜곡과 위장을 통해 의식세계에서 받아들일 만한 형상'[17]으로 이미지화된다.

윤동주의 「자화상」은 자필 시고 『창』, 『문우』 발표시, 자선 시집 『하늘과 바람과 별과 시』 수록시로 세 개의 버전이 남아 있다. 세 편의 시는 모두 제목이 다르고 행갈이에 조금씩 변화를 주었다. 그만큼 이 시를 쓸 때, 행의 구분을 중요하게 생각했다는 뜻이다. 특히 눈에 띄는 행 구분이 있다. 2~3연에서 "우물 속에는 달이 밝고 구름이 흐르고 하늘이 펼치고 파아란 바람이 불고 가을이 있습니다. // 그리고 한 사나이가 있습니다."라고 행과 연을 다르게 썼는데, 6연에서 "우물 속에는 달이 밝고 구름이 흐르고 하늘이 펼치고 파아란 바람이 불고 가을이 있고 추억追憶처럼 사나이가 있습니다."라는 하나의 문장으로 행과 연을 통합했다. "~가을이 있습니다. // 그리고 한 사나이가~"라는 2개의 문장은 6연에서 '추억追憶처럼'을 매개로 하나의 문장으로 결합되었다. 그리고 '추억追憶'은 한자를 사용해서 시각적 변화와 포인트를 주었다. 이 배치를 통해 "追憶추억"은 우물 속의 '달과 구름과 하늘과 바람과 가을'을 통합하여 "사나이"에 투영된다. '추追'는 '쫓다' 혹은 '서로 이어져 맞닿다'라는 뜻이다. '추억追憶처럼' 존재하는 "사나이"는 과거의 체험이나 기억과 서로 맞닿거나 쫓아서 드러난 자아상이다. 그런데 "사나이"는 추억을 쫓으면서도 자신에게 빠져들지 않는다. 즉 자기애나 자기 환멸, 나르시시즘에 빠져들지 않는다. 그 이유는

"사나이"를 둘러싼 '달, 구름, 하늘, 바람, 가을'의 자장 때문이다.

이 시에서 문제적인 존재는 "사나이"다. 못나고 밉고 한편으론 쓸쓸하고 가엾고 그리운 존재로 표상된다. "사나이"는 한때 하늘과 바람과 별과 달과 구름과 더불어, 아름답고 선하고 진실되었던 추억 속에 있었나. "사나이"와 "추억"의 이런 관계성이 시 「자화상」의 핵심 정서를 생성한다. "사나이"는 미흡하고 모순되고 분열된 존재이지만 '달과 구름과 하늘과 바람과 계절'과 유기적인 관계 속에서 그리운 주체가 될 수 있다.

「자화상」에서 가장 주목되는 부분은 왔다 갔다 망설이고 주저하는 "사나이"의 행동이다.

① 가만히 들여다보기, "우물을 홀로 찾아가선 가만히 들여다봅니다."
② 타자 인식하기, "우물 속에는 달이 밝고 구름이 흐르고 하늘이 펼치고 파아란 바람이 불고 가을이 있습니다"
③ 자신의 존재를 인식하기, "그리고 한 사나이가 있습니다"
④ 성찰, "사나이가 미워져 돌아갑니다."
⑤ 가여움, "그 사나이가 가엾어집니다."
⑥ 성찰의 반복, "다시…… 미워져 돌아갑니다."
⑦ 그리움, "돌아가다 생각하니 그 사나이가 그리워집니다."
⑧ 타자와 통합된 존재로 자기 인식, "우물 속에는 달이 밝고 구름이 흐르고 하늘이 펼치고 파아란 바람이 불고 가을이 있고 추억追憶처럼 사나이가 있습니다"

여기서 "사나이"의 행동은 우유부단함과 거리가 멀다. 오히려 우물을 왕복하는 가운데 "사나이"는 주체로서 변화하고 새롭게 생성된다. 처음 이 시의 제목이 「외딴 우물」이었던 사실을 기억하자. 윤동주는 '외딴 우물' 속에 비치는 '하늘과 달과 구름과 가을'에 먼저 주목한다. 그다음, 우물에 비친 '하늘과 달과 구름과 가을'을 배경으로 새롭게 관찰되는 "사나이"에 주목한다. 시의 제목을 「외딴 우물」로 했다가 「자상화自像畵」로 바꿨듯이, 외딴 우물 속에서 '나'를 발견한 것이다. 이 시에서 "사나이"가 우물을 왕복하며 자신을 관찰하는 행동은 새로운 주체의 가능성을 드러내고 거듭나는 과정이다.

이 왕복운동이 윤동주의 윤리적 성격이자 시의 힘이다. 이는 1930년대 후반~1940년대 초반의 정치적·사상적 혼란기에 윤동주가 자기를 지켜내는 방법이었다. 즉, 자기 성찰을 통해 새로운 자아를 확립하는 과정을 반복하는 것이다. 이것은 레비나스가 말한 '자기성의 주체'에서 '윤리적인 주체'로의 변화로 설명할 수 있다. "자기성의 주체로서의 '나'는 세계를 자기화함으로써 사물을 향유하는 주체이자, 그 과정을 통해 자기를 실현하는 고립적 주체"이다. '윤리적 주체'는 이러한 '자기성의 주체'가 타자의 고통스러운 얼굴과 대면하고 "타자에 대한 책임의 주체 ", "타자에 대한 무한한 책임을 떠맡는 존재"로 변화한 것이다.[18]

「자화상」의 "사나이"에게 우물은 자기 동일화의 '거울'이 아니다. 시적 주체는 자기 내부의 '동일성'에 몰입하는 것이 아니라, 자신을 둘러싼 '하늘과 달과 구름과 가을', 그리고 '추억'과의 관계 속에서 자기를 배치한다. '하늘과 달과 구름과 가을'은 북간도의 표상체계와 연결된다. 「자화상」에서 시적 주체는 북간도의 감각 속에서 '불안하게 흔들리는' 자신을 정직하게 드러내고 있다. 북간도는 혼란한 세상 속에서 길을 지시하는 나침판이고 그를 보좌하는 배후이다. 북간도라는 대자아, 공동체의 기호 속에서 시인 윤동주는 새롭게 생성되고 위치한다.

지금까지 「자화상」에서 시적 주체의 왕복운동이 윤리적 자아의 형성에 어떻게 기여하는지, 또 북간도의 표상체계가 윤동주의 삶과 시에 어떻게 관련되는지에 대해 살펴보았다. 그러면 시적 주체가 느끼는 복합적인 감정과 왕복운동은 무엇에서 비롯된 것일까? 1930년대 후반, 청년 윤동주의 내면에는 '북간도'라는 대자아와 '경성'이라는 식민지 근대에 대한 혼돈과 매혹이 공존하고 있었다. 식민지의 근대 도시 '경성'에 있으면서 '북간도'의 공통감각으로 시를 쓰는 윤동주. '북간도'와 '경성'의 거리를 실감하고, 그 분열을 직면하며 괴로워하였던 것이 윤동주 시의 미학이다. '하늘과 바람과 별'로 표상되는 북간도의 공통감각은, 그로테스크하고 에로틱한 욕망으로 부란腐爛하며 끓어 넘치는 경성의 근대 자본주의 문명과 접속하면서 균열을 일으킨다. 윤동주의 시를 채우고 있는 '괴로움'과 '부끄러움'은 이런 균열과 모순에서 발생한 정동(情動, affects)이다. 따라서 '하늘과 바람과 별'의 표상체계는 고정된 형상이 아니라 두 지점의 충돌과 변화에 따라 위치를 바꾸는 운동성으로 이해해야 한다.

1930년대 시인들의 「자화상」

1930년대 들어서 '자화상'을 그린 시가 여러 편 발표되었다. 특히, 이상과 서정주의 작품이 주목된다. 이상李箱은 철저하게 자기 자신의 폐허와 대면한다. 그의 자화상에 그려진 시적 주체는 근원적 상징체계나 대자아를 가지고 있지 않은 처절한 단독자다. 이상은 습작시 「자화상」을 먼저 쓰고 나중에 「자상自像」으로 제목을 바꾸어 『조선일보』 1936년 10월 9일에 발표하였다. 이상의 사유를 좀 더 분명하게 드러내는 습작시 「자화상」을 살펴보자.

> 여기는도무지 어느나라인지 분간할수없다. 거기는 태고太古와 전승하는 판도版圖가있을뿐이다. 여기는 폐허다. '피라미드'와같은 코가있다. 그구녕으로는 「유구悠久한것」이드나들고있다. 공기는 퇴색되지않는다. 그것은선조가혹或은 내전신前身이 호흡하던바로그것이다. 동공瞳孔에는창공이 응고하여있으니 태고의영상의약도다. 여기는아무기억도유언되어있지는않다. 문자가 닳아없어진 석비石碑처럼문명의 「잡답雜沓한것」이 귀를 그냥지나갈뿐이다. 누구는 이것이 '데드마스크'死面라고 그랬다. 또누구는 '데드마스크'는 도적맞았다고도 그랬다.
>
> 주검은서리와같이 내려있다. 풀이말라버리듯이 수염은자라지않는채거칠어갈뿐이다. 그리고 천기天氣모양에 따라서 입은 커다란소리로 외우친다—수류水流처럼
>
> - 이상, 「자화상(습작)」[19] 전문

경성 본토박이 이상은, 식민지 근대의 빛과 속도가 폭력적으로 재건한 경성에서 자랐다. 습작시 「자화상」의 시적 주체는 자신이 놓여 있는 공간, 즉 근대 도시 경성에 대해 "여기는 도무지 어느 나라인지 분간할 수 없"는 "폐허다."라고 말한다. 자신의 자화상도 "폐허"라고 인식한다. "선소가 혹은 내 전신이 호흡하던 바"와 같은 공기 속에서, 고독한 자기정체성을 지지해줄 상징체계("태고의 영상의 약도")를 찾아보려고 애를 쓰지만, 그가 발견한 것은 "데드마스크"와 "닳아 없어진 석비"뿐이다. 과거와 현재, 외부와 내면을 연결하는 유기체적 관계는 존재하지 않는다. "여기는 아무 기억도 유언되어 있지는 않"으며, "풀이 말라버리듯이 수염은 자라지 않는 채 거칠어 갈 뿐이다." 이 처절한 불모성 속에서 시적 주체는 "데드마스크死面"를 자신의 '자화상'으로 마주하며, 그 주위에 "주검은 서리와 같이 내려 있다."라고 절규한다. 심지어 "데드마스크"조차 "도적맞었다고도" 한다. 이상의 「자화상」은 자기의 얼굴마저 도둑맞는 세계, 살아 있으면서 죽어 있는 주체, 분열된 자아, 처참한 폐허, 그로테스크한 불모성, 죽음의식 등을 숨가쁘게 펼쳐 보인다.

윤동주가 습작시 「자상화自像畵」를 썼던 시기(1939.9)와 거의 비슷한 시기에 서정주의 「자화상」(『시건설』 1939.10)이 발표되었다. 발표 당시의 원문을 인용한다.

> 애비는 종이었다. 밤이 깊어도 오지 않았다. 파뿌리같이 늙은 할머니와 대추꽃이 한 주 서 있을 뿐이었다.
> 어머니는 달을 두고 풋살구가 꼭 하나만 먹고 싶다고 하였으나…… 흙으로 바람벽한 호롱불 밑에 손톱이 까만 에미의 아들. 갑술년甲戌年이라든가 바다에 나가서는 오지 않는다는 외할아버지의 숱 많은 머리털과 그 커다란 눈이 나는 닮았다 한다.

스물세 해 동안 나를 키운 건 8할八割이 바람이다. 세상은 가도가도 부끄럽기만 하더라. 어떤 이는 내 눈에서 죄인罪人을 읽고 가고 어떤 이는 내 입에서 천치天癡를 읽고 가나 나는 아무것도 뉘우치진 않을란다.

찬란히 틔워 오는 어느 아침에도
이마 위에 얹힌 시詩의 이슬에는
몇 방울의 피가 언제나 맺혀 있어—

볕이거나 그늘이거나 혓바닥 늘어뜨린 병病든 수캐마냥 헐떡거리며 나는 왔다.

- 서정주, 「자화상自畵像」(1937. 가을)[20] 전문

서정주의 「자화상」에는 치열하게 시를 써온 문학청년으로서의 자의식이 내재되어 있다. 서정주는 자신을 키워 온 역사적·문화적 상징체계를 부정하고 자신의 비천하고 슬픈 근원을 내팽개쳐 버린다. "애비는 종이었다"라는 충격적 발화를 시작으로 '파뿌리같이 늙은 할머니', '풋살구가 먹고 싶다는 어머니', '바다 풍랑에 떠밀려간 외할아버지'로 이어지는 누추한 가족사를 열거한다. 그 집안 구석에는 "바람벽한 호롱불 밑에 / 손톱이 까만 에미의 아들"인 자신이 그림자처럼, 숙명처럼 웅크리고 있다. '스물세 살의 나'를 구성하는 세계는 비천함과 궁상窮狀과 회한으로 가득 차 있다. 시적 주체는 이 세계로부터 탈주를 감행한다. 이 시에서 '~뿐이었다'는 결핍과 일종의 고아의식을 표현한다. 시적 주체를 둘러싼 세계는 억압적이거나 빈약한 관계성일 '뿐이었다.' 가장 밀접한 세계인 가족조차 결핍되고 사라지고 비천한 관계일 '뿐'이기에, 그 세계에 빚진 바 없이 흔쾌하게 탈주할 수 있었다. 이것을 기존 체계와 관습인 '애비'를 부정함으로써 새로운 주체를 세우려는 기획이기도 하다.

어둡고 비천한 '종'의 가계와 숙명, 그 관계 속의 어두운 그림자로서 자아. 서정주의 「자화상」에서 가난과 미개의 세계로부터 탈주하는 시적 주체의 열망과 자유를 담은 기표는 '바람'이다. 시적 주체는 자신을 둘러싼 세계를 뛰쳐나와서 바람이 이끄는 대로, 어떤 기율에도 얽매이지 않고 스스로 '탕자-되기'를 감행한다. "세상은 가도가도 부끄럽기만" 하고 사람들은 자신에게서 '죄인'이나 '천치'를 보았지만, 뉘우치거나 되돌아가지 않을 것이다. 탈주의 열도는 더 강렬해졌고 지속되었다. 이 무모하고도 치열한 탈주는 식민지 근대의 불모성과 속박에 대한 탈주이자 시대적 '불량'이고 '불온'이었다. '죄인'이나 '천치'라는 손가락질을 받으며 윤리와 체제 바깥으로 내달렸다. "뉘우치진 않을란다"는 스스로 '탕자-되기', '짐승-되기'를 더 맹렬하게 감행하겠다는 의지의 표명이다. 통치체제나 사회적 규율을 위반하며 통제권을 벗어난 시적 주체의 탈주는 '퇴폐성'과 '불온성', '죄인'이나 '천치'로 낙인찍혔다.

식민자는 피식민자를 끊임없이 체제 내적으로 교화하고 순화하여 자신들의 가시권 내에서 장악하려고 한다. 식민 교육과 계몽, 통치를 통해 훈육하여 길들인 국민, 신민, 피식민지민으로 만들기를 원한다. 여기서 이탈되어 있는 자들은 불온한 자로 간주되고 배제와 감금, 폭력의 대상이 된다.[21] 그런데 서정주는 바로 그 지점 —죄인, 천치, 탕자, 불온, 퇴폐— 에서 '찬란히 틔워 오는 아침'을 보았고 '시'를 만났다. 그에게는 세상 사람들의 손가락질과 모멸감을 자긍과 보람으로 역전시킬 수 있는 방법이 '시'이다. 그래서 "시의 이슬에는 / 몇 방울의 피가 언제나 맺혀 있었"던 것이다. '피'로 표현된 반역적 언어와 치명적 상처를 감내하는 것, 그것이 시의 역설이다. '병든 수캐'는 관습과 제도의 경계를 넘어 탈주하다가 오욕에 찢긴 주체의 은유이다. 이후 서정주의 시에서 '병든 수캐'는 '문둥이'가 되고 '뱀'으로 변용된다. 서정주의 「자화상」 마지막 구절이 "나는 왔다"로 끝나는 것은 의미심장하다. "나는 왔다"라는 언술은 곧 '나는 되었다'이며 '이것이 바로 나의 자화상이다'라는 선언이다.

윤동주는 서정주의 시를 크게 평가하며 좋아하여 시집 『화사집』(남만서방, 1941.2.10)이 출판되자마자 구입해서 소장했다. 주변 사람에게 『화사집』을 추천하거나 선물하기도 했다.[22] 문익환은 "동주 형이 서정주의 『화사집』을 내게 보여 주면서 보기 드물게 흥분하는 것을 본 일이 있다."[23]라고 기억했다. 윤동주가 자신의 시집을 출판하려고 마음먹었던 것도 어쩌면 『화사집』의 출간에 자극받은 바 있다고 생각된다. 자선 시집 『하늘과 바람과 별과 시』의 앞부분에 「자화상」을 배치한 것도 『화사집』의 편집 체제와 유사하다.

한편, 서정주의 「자화상」에서 시적 주체의 탈주를 다르게 해석할 수 있는 여지도 있다. "손톱이 까만 에미의 아들"이라는 미개한 자아에 대해 격렬하게 저항하는 행위는, 스스로 식민자의 근대 문명에 도달할 수 없다는 절망이 체제 자체를 탈주하는 방식으로 표출된 것일 수 있다. "피식민자의 자기 인준에는 제국의 식민자가 바로 절대적이고 초월적인 대타자로서 개입"하며, 피식민자는 "절대적이고 초월적이지만 허구적인 대타자(일본인)의 시선을 내면화하여 자기 자신을 스스로 검열한다."[24] 이런 상황에서는, 대타자로서 식민자의 근대 문명에 도달할 수 없다는 절망이 깊을수록, 저항과 탈주의 격렬함도 높아진다. 서정주의 「자화상」이 보여준 탈주의 열망에는 피식민자로서 경험하는 분열과 절망, 열등감이 흐르고 있었다. 이것은 한국문학사의 중요한 장면으로 1930년대 중후반에 등장한 신세대 시인들 —이상李箱, 오장환, 서정주, 함형수, 이용악 등으로 지칭되는 그룹의 정신세계라고 할 수 있다.

「참회록」과 분기점

「참회록」을 분기점으로 윤동주의 사유체계와 시는 새로운 국면을 맞이하였다. 「참회록」은 존재론적 위기상황에서 통렬하게 발화되는 언어이다.

일반적으로 「참회록」은, 윤동주가 일본으로 유학 가기 위해 창씨개명을 한 사실과 그 자기 배반 행위에 대한 '참회의 시'로 알려져 있다. 이 해석은 역사적 사실과 시점, 맥락을 통해 상당한 설득력을 확보하고 있다. 초기의 윤동주 연구에서는 「참회록」에 대해 '역사의식이 내포된 자기성찰의 시'라는 추상적인 의미를 부여하였다. 그러던 중 송우혜의 『윤동주평전』에서 「참회록」이 창씨개명과 관련된 참회라는 점을 소상하게 밝혔다.[25]

윤동주는 연희전문학교 졸업 후에 귀향해서 미래에 대한 모색을 하다가 일본으로 유학 가서 대학 과정을 밟기로 결정했다. 당시 일본으로 도항하거나 유학 가기 위해서는 복잡한 절차가 요구되었다. 졸업증명서, 성적증명서, 자기소개서 및 학업계획서 등이 필요했을 것이다. 그리고 일본으로 가는 도항증명서가 필요했다. 오늘날의 여권 수속과 같은 과정이 요구되었고, 신분 확인을 위해 호적등본 등의 제반 서류들이 서로 일치해야 했을 것이다. 윤동주의 창씨개명 문제도 이 유학 서류 준비와 관련되어 있었다.

조선총독부는 1940년 2월부터 8월까지 창씨개명 신청을 받았다. 이때 조선에서 전체 호수戶數의 약 80% 정도가 창씨를 하였다.[26] 아마 윤동주의 집안에서도 1940년 호적상으로 창씨를 했던 것 같다. 하지만 1938년 4월 연희전문학교 입학 당시 학적부에 올렸던 이름 '윤동주'는 그대로 두었던 것이다. 그런데 일본 유학을 위해 창씨한 호적상의 이름과 학적부의 창씨 이전의 이름을 일치시킬 필요가 생겼다. 윤동주는 학기를 끝내고 북간도에 머물다가 서울로 와서 일본 유학과 도항을 위한 서류를 준비하면서, 1942년 1월 29일 직접 연희전문학교 학적부에서 기존의 이름 '尹東柱윤동주'를 창씨한 이름 '平沼東柱히라누마 도주'로 바꾸었다. 함께 일본 유학을 준비했던 송몽규도 1942년 2월 12일 '宋村夢奎구니무라 무케이'로 창씨한 이름을 학적부에 기입했다.

'윤동주'를 '平沼東柱히라누마 도주'라는 일본식 이름으로 바꾸어 달라고 신청하는 그의 마음은 몹시 불편하고 참담했을 것이다. 그 치욕과 참담함, 자괴감은 내상內傷이 되었고, 그를 참회하도록 하는 계기가 되었다. 이 시기에 「참회록」이 쓰였다. 정확하게는, 연희전문학교 학적부에서 '尹東柱윤동주'를 지우고 '平沼東柱히라누마 도주'로 기재한 날이 1942년 1월 29일이고, 그 닷새 전인 1942년 1월 24일에 「참회록」을 썼다.

파란 녹이 낀 구리거울 속에
내 얼굴이 남아 있는 것은
어느 왕조王朝의 유물遺物이기에
이다지도 욕될까

나는 나의 참회懺悔의 글을 한 줄에 줄이자
—만 이십사 년 일 개월滿二十四年一個月을
　무슨 기쁨을 바라 살아 왔던가

내일이나 모레나 그 어느 즐거운 날에
나는 또 한 줄의 참회록懺悔錄을 써야 한다.
—그때 그 젊은 나이에

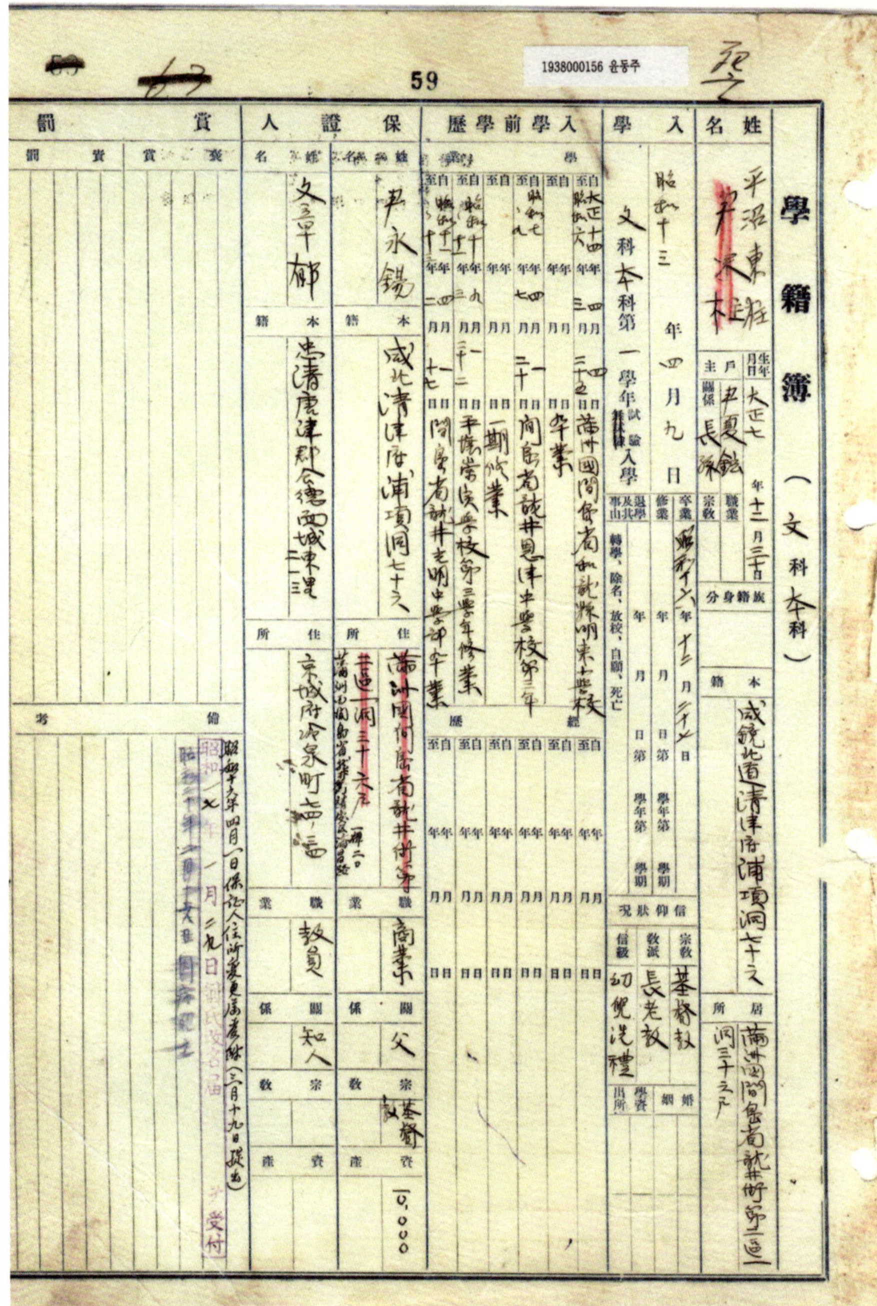
59

1938000156 윤동주

學籍簿（文科本科）

姓名	平沼東柱（尹東柱）
生年月日	大正七年十二月三十日
戶主	尹夏鉉
關係	長孫
本籍	咸鏡北道淸津府浦項洞七十六
居所	滿洲國間島省龍井街第二區一洞三十六戶
入學	昭和十三年四月九日 文科本科第一學年 試驗入學
卒業	昭和十六年十二月二十七日
信仰狀況	宗教 基督敎 / 敎派 長老敎 / 信級 幼兒洗禮

入學前學歷

自	至	學歷
大正十四年四月	昭和六年三月二十日	滿洲國間島省和龍縣明東小學校
昭和六年四月	[illegible]	卒業
昭和七年四月	昭和十年 [illegible]	間島省龍井恩眞中學校第三年
[illegible]	[illegible]	一期修業
昭和十年九月	昭和十一年三月	平壤崇實學校第三學年修業
昭和十一年四月	昭和十三年二月	間島省龍井光明中學部卒業

保證人

項目	保證人 1	保證人 2
姓名	尹永錫	文[illegible]
本籍	咸北淸津府浦項洞七十六	忠淸南道唐津郡合德面城東里 [illegible]
住所	滿洲國間島省龍井街第一區一洞三十六戶	京城府冷泉町 [illegible]
職業	商業	敎員
關係	父	知人
宗敎	基督敎	
資産	10,000	

備考

昭和十六年四月一日 保證人住所變更屆 [illegible]

昭和十七年一月二九日 創氏改名屆 [illegible]

[illegible] 受付

윤동주의 연희전문학교 학적부(윤인석 제공)

왜 그런 부끄런 고백告白을 했던가.

밤이면 밤마다 나의 거울을
손바닥으로 발바닥으로 닦아 보자.

그러면 어느 운석隕石 밑으로 홀로 걸어가는
슬픈 사람의 뒷모양이
거울 속에 나타나온다.

-「참회록」(1942.1.24) 전문

송우혜는 『윤동주평전』에서 역사적 사실과 구체적인 정황 맥락, 시점 등을 분명하게 제시하여 「참회록」을 설명했고, 이를 계기로 「참회록」에 대한 다른 해석의 여지가 없어졌다. 실제로 「참회록」을 창씨개명계 계출屆出에 따른 회의와 뉘우침의 시로 해석하게 되면 윤동주 시의 특성인 자기 성찰과 부끄러움, 그리고 저항성을 일관되게 연결해서 설명할 수 있으며 시인의 고결한 성품이 더욱 빛을 발하게 된다.

> 윤동주의 시 중에서 가장 구체적인 현실에 의거하고 있는 강력한 저항시가 바로 이 시이다. 일제가 강요하는 일본식 창씨개명이란 절차에 굴복한 그 구체적인 삶의 자리에서, 그는 일제에 의해 망한 '대한제국'이란 왕조의 후예로서, 바로 자신의 '얼골'이 그 '왕조의 유물'임을 절감하면서 '이다지도 욕됨'을 참회한 것이다. 그 욕됨이 어찌나 참담했던지, 그는 지금까지 살아온 '만24년 1개월'에 달하는 그의 생애 전체가 지닌 의미 자체를 회의했다. 그는 1917년 12월생이므로 1942년 1월 현재 '만24년 1개월'이 되었던 것이다. 그의 '참회'는 이처럼 전인적全人的이었다.[27]

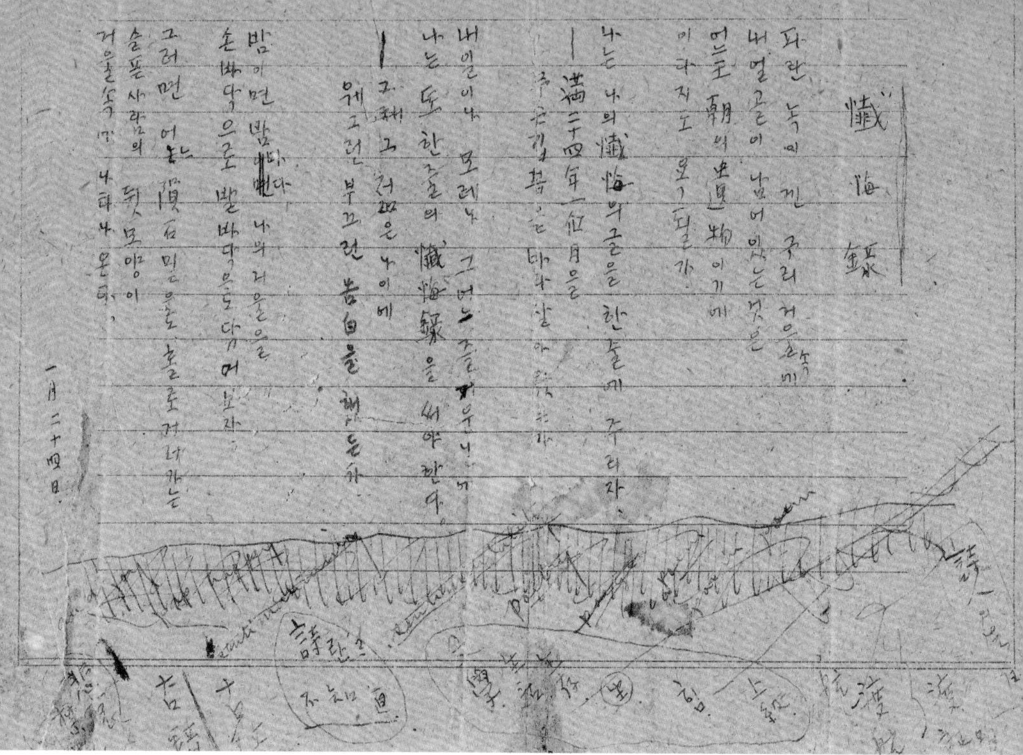

懺悔錄

파란 녹이 낀 구리 거울 속에
내 얼굴이 남어 있는 것은
어느 王朝의 遺物이기에
이다지도 욕될가.

나는 나의 懺悔의 글을 한 줄에 주리자.
— 滿二十四年 一個月을
무슨 기쁨을 바라 살아왔든가.

내일이나 모레나 그 어느 즐거운 날에
나는 또 한 줄의 懺悔錄을 써야 한다.
— 그때 그 젊은 나이에
왜 그런 부끄런 告白을 했든가.

밤이면 밤마다 나의 거울을
손바닥으로 발바닥으로 닦어 보자.

그러면 어느 隕石 밑으로 홀로 거러가는
슬픈 사람의 뒷모양이
거울 속에 나타나 온다.

一月 二十四日.

윤동주 자필 시고 「참회록」(윤인석 제공)

그런데 여기서 한 가지 짚고 넘어갈 사실이 있다. 윤동주가 창씨개명계를 제출하기 전, 다시 말해서 참회를 유발시킬 사건이 일어나기 닷새 전에 「참회록」을 썼다는 점이다. 이 사실은, '창씨개명계 제출 → 성찰과 참회 →「참회록」 창작'이라는 단선적인 과정으로 설명하기에 좀 더 복잡한 창작배경이 작용했다는 것을 의미한다.

육필 원고 「참회록」 여백에는 '참회'의 동기나 내용, 단상들이 파편처럼 널려 있다. 당시 그가 느꼈던 마음의 번민과 생각을 낙서해 놓은 것으로, 이것은 「참회록」을 쓸 때의 내면을 보여 준다. 여백에 "落書き"(낙서)라고 쓰고는 "시인詩人의 고백告白"에 사각형 테두리를 둘러 앞쪽에 놓았다. 이는 「참회록」을 '시인詩人의 고백告白'이라는 형식과 주제로 썼다는 것을 뜻한다.

그리고 "도渡", "증명証明", "도항渡航", "항航"이라는 낙서도 있다. '도항증명'이라고 붙여 쓰지 않고 '도항渡航'과 '증명証明'으로 띄어 쓴 데는 낯선 일본으로 건너가야 하는 결행과 절차, 그 자체에 대한 불안이 드러난다. '증명証明'은 도항을 위한 많은 절차와 수속에 대한 어려움을 보여준다. 낙서에서 눈에 띄는 부분은 "상급上級", "힘", "생生", "생존生存", "생활生活", "문학文學"을 한 묶음으로 테두리를 쳐둔 것이다. 특히 "생"은 다시 원으로 테두리를 쳐서 강조하였다. "생존生存"—"생활生活"—"문학文學"을 병치하였는데, 이는 생존과 생활과 문학을 견주며 갈등하는 모습을 표현한다. 이 낙서들을 분석해 보면, 문학이 생존이나 생활을 보장하고 인생을 '상급上級'으로 끌어올릴 수 있는 "힘"이 될 것인가 스스로 질문하며 고뇌하고 있다. 그리고 이 질문에 대답하는 형태로 "시詩란? 부지도不知道"라고 썼다. '시란 무엇인지?' 스스로 묻고는 중국어 '부쯔따오(不知道, 모르겠다)'라고 대답한다.

「참회록」과 낙서는 유학을 앞두고 크게 흔들리며 갈등하고 있는 윤동주의 내면 상태를 나타낸다. 동생 윤일주의 회고에 의하면, 윤동주 자신은 일본 유학을 망설였는데 주변에서 권했다는 것이다.

> 연전을 마치는 무렵은 태평양전쟁이 터지는 때로서, 더 진학하고 싶기도 하였으나 시국과 나이 관계 등(그때 26세였다)으로 일본으로 간다는 것이 그리 석연치 않았던 듯하다. 도일 진학은 아버지가 권하신 편인 것 같다.[28]

윤동주는 가정 형편과 나이, 미래 전망, 문학 공부에 대한 미확신 등의 사정을 이유로 일본 유학을 망설였으나 부친이 권했다. 또 일본 도쿄의 메이지대학에서 강의하고 있던 오촌 당숙 윤영춘尹永春도 윤동주의 일본 유학을 적극적으로 권유했다.

> 그때 나[윤영춘-인용자]는 명치학원 대학에서 강의를 나가고 있었는데, 일본으로 오게 한 것도 나의 의견이 많이 받아들여졌기 때문이다. 결과가 죽음으로 끝나 그 가친에게 얼마나 송구스러웠는지 몰랐다.[29]

가계가 어려워진 상태에서 문학을 공부하러 일본 유학을 가야 할 것인가? 그가 육필 원고 「참회록」의 여백에 "생존生存", "생활生活", "문학文學"을 병치하며 고민한 이유가 있었을 것이다. 결국 윤동주는 많은 것을 고려하고 고민한 끝에 일본 유학을 결심하고 실행하였다. 이러한 고민의 흔적이 「참회록」에 들어 있다.

윤동주가 일본 유학을 결심하던 때는 일제가 태평양전쟁의 불을 당겨 승승장구하던 시점이었다. 1941년 7월 일본이 석유 자원 확보를 위해 베트남에 군대를 진격시키자, 미국과 영국, 필리핀, 네덜란드는 자국 내의 일본 자산을 동결하였다. 미국은 석유의 대일본 수출을 전면 금지하고 폐철 수출도 금지하고, 일본군에게 중국에서의 철수를 요구했다. 마침내 일본은 1941년 12월 7일 미국의 진주만을 공격했다. 일본 육군은 "앞으로 대미영전은 지나사변을 포함하여 대동아전쟁이라고 호칭한다. 대동아전쟁이라고 칭하는 이유는 대동아신질서 건설을 목적으로 하는 전쟁이라는 것을 의미하기 때문이지 전쟁지역을 대동아만으로 한정한다는 의미는 아니다"[30]라고 공포하였다. 12월 10일에는 영국의 동양함대를, 사이공에서 출격한 일본 항공부대가 격침시키는 대전과를 기록했고, 필리핀의 미군 기지를 공격해서 완벽하게 격파했다. 일본에서는 매일 '이겼다. 이겼다'라는 말이 들렸고, 학생들은 일장기나 전등을 들고 시가행진을 했다. 온 일본이 환희에 넘쳤다.[31] 많은 일본인은 전쟁에 흥분하고 찬동했으며, 언론은 총화 통제되었다.

윤동주가 일본 유학을 망설인 이유는 이러한 시국 상황과도 관련이 있을 것이다. "조선장학회의 조사에 따르면 1942년 당시 일본 내 각 고등

·전문·대학 조선인 입학자 수는 1,127명으로 1941년의 3,042명에 비해 37%나 감소했다."[32] 윤동주는 전쟁에 열광하고 있는 일본 본토로 가서 학문을 연마하는 것이 무슨 의미가 있을까 심각하게 자문했을 것이다. 「참회록」 육필 원고 여백에 "sentimentalism", "비애悲哀/금물禁物"이라는 글귀도 보이는데, 유학 결정을 앞두고 감상에 빠지거나 비애에 빠져 선택을 그르치지 않도록 스스로를 다그치는 모양새이다.

윤동주가 자신의 삶과 공부에서 기쁨과 보람으로 삼은 것은 문학이었다. 연희전문학교 진학 당시에 "아버지께서 의과醫科를 택하라고 권하셨으나 그는 듣지 않았다. 몇 개월에 걸친 부자간의 대립은 대단한 것이었다."[33] 윤동주는 결국 집안을 발칵 뒤집어 놓으며 자신의 뜻대로 '문학의 길'에 들어섰다. 윤동주의 편에 서서 아버지를 설득했던 할아버지도, 내심으로는 손자의 입신출세와 가문의 영광을 바라며 서울 유학을 보내 주었다.

> 오빠가 서울로 떠날 무렵이 되니까 할아버지가 오빠에게 자꾸 단단히 타이르시더군요. "너 이젠 그저 열심히 공부해서 꼭 '고등고시'를 해라. 거기 합격해서 성공하도록 해라."[34]

하지만 윤동주는 집안 어른들의 바람과는 달리 문학의 길에만 전념했다. 그러면서도 '시를 쓴다'는 행위가 고향에서 학비를 보내는 가족에게는 죄스럽고 항상 부끄러운 일이기도 했다. 이런 마음은 윤동주의 생애 전체를 관통하는 문제의식이었다. 「쉽게 씌워진 시詩」도 이러한 배경에서 쓴 것이다.

> 시인詩人이란 슬픈 천명天命인 줄 알면서도
> 한 줄 시詩를 적어 볼까,

땀내와 사랑내 포근히 품긴
보내주신 학비봉투學費封套를 받아

…(중략)…

인생人生은 살기 어렵다는데
시詩가 이렇게 쉽게 씌어지는 것은
부끄러운 일이다.

-「쉽게 씌워진 시(詩)」(1942.6.3) 부분

시를 쓰고 시인이 된다는 것은 삶의 보람이자 기쁨이면서도 동시에 가족의 희생을 담보로 하는 고통스럽고 슬픈 '천명天命'이다. 시적 주체는 '시'와 '인생'을 대비하여 부끄러움을 말한다. 윤동주의 '시'는 언제나 이런 '인생'과 대면하면서 창작된 것이었다.

여러 우여곡절에도 불구하고 윤동주는 가족의 지원을 통해 서울 유학을 마쳤다. 연희전문학교 영문과를 졸업하고 북간도 고향으로 낙향했지만, 금의환향은 아니었다. 직업을 구하지 못했고, 시인이 되지도 못했고, 기획했던 시집도 출판하지 못했다. 사실상 그는 고향에 돌아가서 룸펜처럼 난감하고 무안했을 것이다. 아버지가 말렸던 '문학의 길'을 고집했기에, 문학의 기쁨과 보람에 대한 자기 성찰의 과정을 거쳐야 했다. '시 쓰기'를 계속할 것인가, '시를 쓴다'는 것은 무슨 의미가 있고 어떤 보람과 기쁨이 있는가? 이 시대에 조선어로 시를 쓴다는 것은 지속 가능한 일인가?

그가 일본에 유학을 간다면 계속해서 문학을 전공할 것이고, 시를 더욱 "상급"으로 끌어올리고 시의 "힘"을 기르는 방향에 설 것이었다. 하지만 회의와 의문이 끊이지 않았고, 그동안 자신이 고투했던 시 쓰기 전체를 되돌아보는 상황에 직면했다. 이것은 '시인'으로서 고통스러운 자기

점검이기도 했다. 도항을 할 것인가, 시를 계속 쓸 것인가, 앞으로의 인생은 어떤 방향이 될 것인가. 숱한 상념과 불안과 번민이 그를 흔들었다. 이렇게 많은 질문과 고민 속에서 결정한 일본 유학은 윤동주의 삶에서 하나의 전환점으로서 의미를 가진다.

「참회록」 육필 원고 아래의 여백에는 무엇인가 썼다가 빗살무늬로 금을 그어 마구 지운 부분이 있다. 그 빗살무늬 금으로 가려진 언어들을 복원해 보면 "joy", "happy", "sentimentalism", "poetry", "poege", "poem" 등의 영어 단어들이 적혀 있다. "poetry", "poege", "poem", 시의 다양한 영어 표현을 두루 열거하면서, '시란 무엇인가'를 고민했던 것이다. 윤동주의 관심이 '시'에 집중되었음을 알 수 있다.

육필 원고 「참회록」의 여백에 어지럽게 적힌 메모와 낙서들을 통합하는 단어는 "시인詩人의 고백告白"이다. 이 메모와 낙서들은 '시인'으로서 자신의 정체성을 확인하는 고뇌의 과정을 보여 준다. 따라서 「참회록」의 '참회'는, 지금까지 알려진 것처럼 창씨개명에 따른 '참회'와 직접 연결시켜 이해하는 것보다, 시인으로서 자신의 삶을 돌아보는 '시인詩人의 고백告白'으로 이해할 때 당시 윤동주의 문제의식과 삶의 궤적을 더 풍부하게 이해할 수 있다.

'별'이 떨어진 시대

윤동주는 1941년 12월 연희전문학교 졸업을 기념하여 자선自選 시집을 기획하였다. 400자 원고지를 반으로 접어서 끈으로 묶은 뒤, 그동안 써 놓았던 시와 새로 쓴 시에서 19편을 선택하여 만년필로 한 편 한 편씩 옮겨 적었다. 자선 시집의 제목은 『하늘과 바람과 별과 詩』로 정했다. 이렇게 육필 자선 시집 세 권을 만들어서 한 권은 스승 이양하 교수에게, 한 권은 정병욱에게 주었다. 시 「참회록」(1942.1.24)은 자선 시집을 만들고 나서 한 달여 뒤에 쓴 작품이다. 자선 시집에 수록된 대부분의 작품들은 창작 시기를 기록해 두었는데, 시집을 만들기 직전에 쓴 시가 「별 헤는 밤」(1941.11.5)과 「서시」(1941.11.20)이다. 이 시들의 창작시기와 비교해서 약 두 달 뒤에 「참회록」을 썼다.

자선 시집 『하늘과 바람과 별과 시』는 윤동주가 그동안 써 온 시를 총정리하는 의미가 있다. 『하늘과 바람과 별과 시』의 세계와 「참회록」의 사유를 비교하여, 시인으로서 정체성에 대한 윤동주의 의식 변화를 설명할 수 있다.

이전의 시세계와 「참회록」의 결정적인 차이는 '하늘에서 별이 떨어졌다'는 인식이다. 윤동주는 별의 시인이었다. 「별 헤는 밤」에서는 그립고 소중하고 아름다운 것들이 별과 함께 떠오른다. 그리고 '별을 헤는 행위'는 '나'의 추억과 사랑과 쓸쓸함과 동경을 헤아리는 일이며, 그것은 곧 시를 쓰는 일이었다. "나의 청춘"의 꿈과 추억과 고뇌 하나하나가 별에 투사되어 기표를 얻고 시가 되었다. "별 하나에 아름다운 말 한마디씩 불러" 보는 행위는 '별'에 언어와 리듬과 이미지와 정서들을 조합하는 일이기도 하다. 윤동주의 시에서 '하늘과 바람과 별'은 북간도의 표상체계이며, 북간도는 그의 자아 정체성을 뒷받침하는 대자아였다. 시적 주체는 하늘의 별을 보고, 별이 인도하는 길을 가며, 그것을 윤리적인 척도로 삼았다.

그런데 「참회록」에서 시적 주체는 '땅에 떨어진 별, 운석隕石 밑을 홀로 걸어가는 슬픈 사람의 뒷모양'으로 등장한다. 이것은 엄청난 변화이다. 하늘의 별을 보며 자신이 가야 할 길을 찾을 수 있는 시대와 별이 사라져 버린 시대는 어떻게 다른가? 김기림은 이렇게 말하고 있다.

> 일찍이 청춘이라는 특권이 나에게 아름다운 저 별들을 좇아가는 천사 「미카엘」의 날개를 주었다. 그렇지만 지금 그 날개는 시들어졌다. 나는 지금 나의 젊은 하늘을 찬란하게 꾸미던 뭇 별들을 잃어버린 대신에 대지大地 의 유방乳房을 찾고 있다 — 긴 불행과 고난 뒤에 돌아오는 …(중략)… 더 높은 데로 더 높은 데로 날아만 가는 별들 — 나는 그것들과는 반대의 방향으로 가슴에 밤을 안고 굴러가는 수레에 몸을 맡긴다.[35]

김기림은, 청춘을 "아름다운 저 별들을 좇아가는 천사 「미카엘」의 날개"에 비유한다. 젊은 하늘을 찬란히 꾸미는 별들과 함께, 청춘은 날개를 달고 이상을 마음껏 펼치며 비상할 수 있었다. 그런데 "지금 그 날개는 시들어"졌고 "뭇 별들을 잃어버"렸다. 별을 향해 "더 높은 데로 더 높은 데로 날아만 가"던 청춘은 "대지 위에", "굴러가는 수레"에 몸을 맡긴다. 현실의 땅바닥을 굴러가는 "긴 불행과 고난"의 길로 떨어져 버렸다. 별은 창공에서 여전히 빛나고 있지만, 청춘의 이상과 열정, 환상의 날개가 시들어 버린 까닭이다.

윤동주는 「별 헤는 밤」에서 가슴속에 새겨지는 별을 다 못 헤고 아침이 오지만, 내일 밤이 남은 것처럼 "아직 나의 청춘이 다하지 않은" 채 남아 있다고 말했다. 창공에는 여전히 별이 빛나며 길을 열어 보이고, 그 별을 가슴속에 새기는 것으로서 시 쓰기가 계속될 것이라는 희망과 다짐을 드러낸다. "별빛이 나린 언덕 우에 / 내 이름자를 써 보고 / 흙으로 덮어버리"지만, "밤을 새워 우는 벌레"처럼 계속 별을 노래하고 시를 쓸 것이라고 말한다.

그런데 「참회록」에서는 그 별이 떨어졌다. 이것은 '하늘과 바람과 별'의 표상체계를 벗어나는 지점이며, 이전과는 다른 새로운 시인 윤동주가 탄생하는 순간이다.

> 파란 녹이 낀 구리거울 속에
> 내 얼굴이 남아 있는 것은
> 어느 왕조王朝의 유물遺物이기에
> 이다지도 욕될까
>
> …(중략)…
>
> 밤이면 밤마다 나의 거울을
> 손바닥으로 발바닥으로 닦아 보자.
>
> 그러면 어느 운석隕石 밑으로 홀로 걸어가는
> 슬픈 사람의 뒷모양이
> 거울 속에 나타나온다.
>
> -「참회록」(1942.1.24) 부분

「참회록」의 시적 주체는 별의 무덤인 운석 밑을 홀로 걸어가는 뒷모습으로 나타난다. 운석隕石은 떨어진 별똥, 생명을 다한 별이다. 떨어진 별, "운석 밑"은 꽃도 피지 않고 생명도 없는 불모의 땅, 황량하고 황폐한 절망의 땅을 연상시킨다. 그 땅 위를 "홀로 걸어가는 / 슬픈 사람의 뒷모양"은 어둡고 쓸쓸하고 불안하다. 이것은 「별 헤는 밤」과 「서시」에서, 별이 인도하는 길을 좌표로 삼아 빛을 향해 담담하게 걸어가던 시적 주체와는 완연히 다른 모습이다.

「참회록」에서 시적 주체는 "슬픈 사람의 뒷모양"으로 "거울 속에 나타나온다." 이것은 「자화상」의 외딴 우물에 자신의 모습을 비춰보던 "사나이"를 연상시킨다.

그런데 「자화상」은 "산모퉁이를 돌아 논가 외딴 우물"이라는, 정답고 생명이 넘치는 곳에 자신을 비추어 본다. 우물 안에 모습을 비춘 "사나이"는 '하늘과 바람과 달과 구름과 가을'과 함께 "추억처럼" 있다. 시적 주체를 둘러싼 배경은 풍성하고 정적情的이며 그리움 가득한 공간이며 풍경이다. 그런데 「참회록」에서 시적 주체를 비추는 거울은 "파란 녹이 낀 구리거울"이다. "파란 녹"과 같이, 불안정하고 불투명하고 낡은 인습과 같은 것으로 덕지덕지 때가 끼어 있다. 그 '녹이 낀 구리거울'을 "밤이면 밤마다", "손바닥으로 발바닥으로" 고통스럽고 치열하게 닦아 내서 자신의 정체와 존재의 진리를 드러내려 한다.

「자화상」에서 시적 주체는 "그 사나이가 미워져 돌아"갔다가 "도로 가"서 보고 "다시 그 사나이가 미워져 돌아"가다가 그리워져 다시 사나이를 마주하게 되는 행동을 반복한다. 이와 달리 「참회록」의 시적 주체는 자신을 타자화하고 냉철하게 몰아붙여 해체하려고 한다. 기존의 정체성을 "왕조의 유물"이라고 혹독하게 비판하고, "구리거울 속에 / 내 얼굴"이 "이다지도 욕될까"라며 자기 부정과 해체를 시도한다. 「참회록」은 자기의 타자화 또는 해체를 통해 자아를 탈구축하려는 '참회'와 분투의 기록이다. 이 과정을 통해 윤동주는 새롭게 탄생하고자 한다. '하늘과 바람과 별'의 표상체계, '별의 시인'으로서 자기 정체성을 해체한 자리에 "운석 밑을 홀로 걸어가는 / 슬픈 사람의 뒷모양"으로 다시 구성된다. 이러한 자아 확인이야말로 처절하고 냉정한 고백이자 '참회록'이다.

「참회록」에 나다난 비극적이고 절망적이며 황량한 주체 인식은 어디서 연유하는 것일까. 그의 삶과 시를 지탱해온 표상이자 중요한 자원이었던 '별'이 땅에 떨어져 버린 상황은 무엇을 의미하는가? 일반적으로 알려진 창씨개명 문제, 즉 '윤동주'에서 '히라누마 도주'로의 재탄생이라는 자괴감과 박탈감으로는 그 이유를 다 설명할 수 없다.

그것은 고향 북간도의 표상체계, 대타자로서 북간도의 상징성과 아우라, 이데올로기, 관습 등으로부터 벗어나 독립적인 개인으로서 '나'를 대면하겠다는 결의에서 나온 것이다. 이런 시도는 고향에 와서 또 다른 고향을 향해 탈주를 꿈꾸던 「또 다른 고향」(1941.9)에서부터 예고된 것이었다. 또한 「길」(1941.9.31)에서 "잃어버렸습니다 / 무얼 어디다 잃었는지 몰라 / …(중략)… / 길에 나아갑니다."라는 고백을 통해, 자기 주체의 재구축을 고통스럽게 모색해 왔던 연결 선상에 있다.

윤동주는 「참회록」의 여백에 "고경古鏡 / 고경古鏡"이라고 반복해서 썼다. '고경', 오래되고 낡은 거울은 기존의 고정관념과 낡은 문학관, 규율권력, 체화된 사회적 관습으로서의 아비투스 같은 것이다. 오래되고 낡은 거울은 녹이 끼어서 대상을 정확하게 비추지 못한다. 윤동주의 삶이 언제나 시와 관련해 이루어졌던 것을 고려할 때, 기존의 문학이나 시로는 더 이상 1942년 1월 현재 세계전쟁의 시국이나 상황을 열어 밝힐 수 없게 되었다는 통렬한 자각의 표현이기도 하다.

'나의 거울을 닦는 행위'는 자신이 수행했던 기존의 문학(문학론, 문학관, 시 쓰기, 표상체계 등)을 전복하고 새로운 문학의 길을 모색하겠다는 결의를 보여 준다. 자기 해체와 전복을 통해서만 새로운 삶과 문학을 돌파할 수 있다는 절박하고 비장한 각오를 내보이는 것이다. 「참회록」의 궁극적인 목표는, 자기를 해체하고 새로운 차원으로 도약하는 데 있다. 일본 유학을 앞두고 자신의 삶과 시 쓰기를 재점검하고 반성하고 새로운 주체를 탐색하는 것이다. 이것은 「참회록」의 문체가 "~던가"라는 의문형의 자기 성찰적 언어뿐 아니라, "~하자"라는 청유형 어미를 반복하며 미래를 향한 다짐과 의지를 보여 주는 것에서도 확인할 수 있다. 이처럼 「참회록」의 구조는 자신의 삶에 대한 정직한 대면, 회한과 뉘우침, "부끄러운 고백", 그리고 주체의 해체와 재구축을 위한 의지, 자아의 재발견 등을 포함하고 있다.

제
3
장

불온함

프로메테우스 불쌍한 프로메테우스
불 도적 한 죄로 목에 맷돌을 달고
끝없이 침전沈澱하는 프로메테우스

-「간」

『문우』의 발행과 폐간

윤동주가 연희전문학교에 다니면서 동인지 발간을 기획했다는 것은 지금까지 잘 알려지지 않은 사실이다. 일본의 특별고등경찰이 윤동주와 송몽규를 취조하고 정리한 「재在경도京都 조선인학생 민족주의그룹 사건 책동 개요」라는 문건에 그 사정이 기록되어 있다.

> 1939년 2월경, 연희전문학교의 동급생인 윤동주·백인준白仁俊·강처중姜處重 등 수 명과 함께 조선문학의 동인지를 출판할 것을 모의하여 동년 8월에 이르기까지 학교 기숙사 또는 다방에서 수차에 걸쳐 민족적 작품의 합평회를 열어 서로 민족의식의 앙양과 조선문화의 유지에 힘썼고, 그 동인지의 간행이 불가능하게 되자 연희전문학교 동창회지 『문우文友』의 간사가 되어 윤동주를 권유하여 뜻을 함께함으로써 조선문화의 유지와 민족의식의 앙양에 힘썼다.[1]

이 기록에 따르면, 송몽규와 윤동주, 강처중, 백인준 등이 연희전문학교 2학년이던 1939년에 '조선문학의 동인지 출판'을 목표로 6개월여 동안 함께 작품 합평회 등의 모임을 진행했다고 한다.

실제로 1930년대 후반까지 등단제도가 정비되지 않았기 때문에 대부분의 신진 작가들은 신문과 문예 잡지의 〈독자투고란〉에 작품을 발표하거나, 신문과 잡지에서 부정기적으로 진행하는 현상문예나 신춘무예에

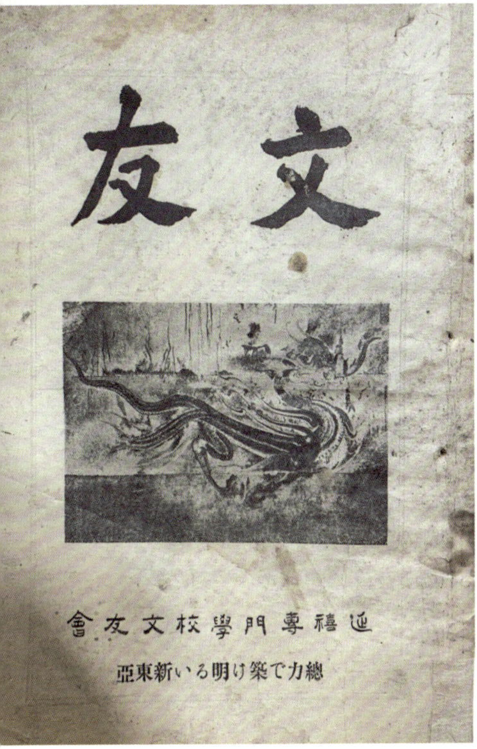

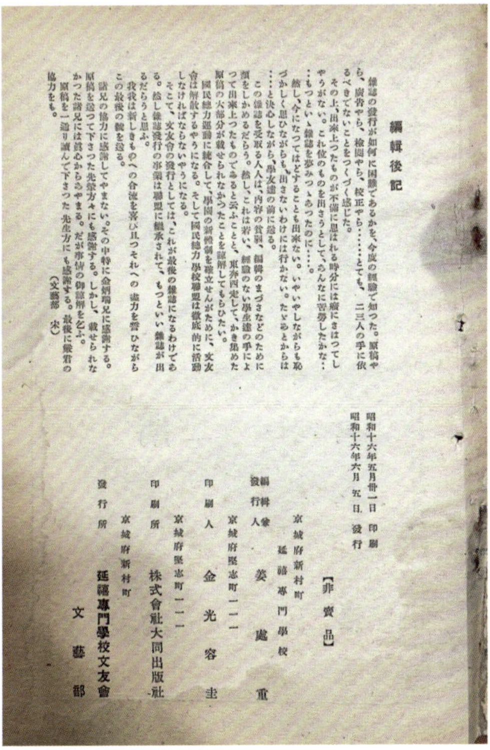
編輯後記

雜誌の發行が如何に困難であるかを、今度の經驗で知つた。原稿やら、廣告やら、檢閲やら、校正やら……とても、二三人の手に依るべきでないことをつくづく感じた。

その上、出來上つたものが不備に思はれる時分には癪にさはつてしやうがない。これ位のものを出さうとして、あんなに苦勞したかな……もつといい雜誌を夢みつゝあつたのに……。

然し、今になつてはどうすることも出來ない。いやいやしながらも恥づかしく思ひながらも、出さないわけには行かない。たとゑとからは……と決心しながら、學友達の前に送る。

この雜誌を受取る人人は、內容の貧弱、編輯のまづさなどのために顰をしかめるだらう。然し、これは若い、經驗のない學生達の手によつて出來上つたものであると云ふことと、東奔西走して、かき集めた原稿の大部分が載せられなかつたことを諒解してもらひたい。

國民總力運動に統合して、學園の新體制を確立せんがために、文友會は解散するやうになる。そして國民總力學校聯盟は徹底的に活動しなければならないやうになる。

そこて、文友會の發行としては、これが最後の雜誌になるわけである。然し雜誌發行の事業は聯盟に繼承されて、もつといい雜誌が出るだらうと思ふ。

我我は新しきものへの合流を喜び且つそれへの盡力を誓ひながらこの最後の贐を送る。

諸兄の協力に感謝してやまない。その中特に金炳瑞兄に感謝する。原稿を送つて下さつた先輩方々にも感謝する。しかし、載せられなかつた諸兄には眞心からあやまる。だが事情の御諒解を乞ふ。

原稿を一通り讀んで下さつた先生方にも感謝する。最後に欒君の協力をも。

(文藝部　宋)

昭和十六年五月卅一日 印刷
昭和十六年六月 五日 發行
【非賣品】

編輯兼發行人 京城府新村町 延禧專門學校 姜 處 重
印刷人 京城府堅志町一一一 金 光 容 圭
印刷所 京城府堅志町一一一 株式會社大同出版社
發行所 京城府新村町 延禧專門學校文友會 文藝部

『문우』(1941.6.5) 표지와 「편집후기」 및 판권지(현담문고 제공)

응모하거나, 뜻을 같이하는 문우文友들과 문예 동인지를 발간하는 형태로 문단에 이름을 알렸다. 윤동주가 연희전문학교의 친구들과 더불어 문예 동인지를 기획했던 것은 문학에 대한 열망을 조직하여 심화·확장하고 또 '시인'으로 기성 문단에 참여하는 계기를 마련하려는 시도였을 것이다.

아쉽게도 문예 동인지의 창간은 순조롭게 진행되지 않았다. 그 대신 동인 중 한 명이던 강처중이 문과대 학생회인 문우회장을 맡게 되면서, 1932년 창간된 후 그동안 발간되지 못하고 있던 문우회지 『문우』를 편집·발행하는 것으로 동인지 구상을 대체하기로 했던 것 같다.

연희전문학교 문우회지 『문우』는 1932년 12월 18일 창간되었다. 창간호의 발행 겸 편집인은 한태수韓太壽였다. 「권두언」에서 한태수는 "문예운동이란 당면한 그 사회의 생활상태, 감정 의식 또는 사회의 구조, 모순

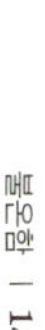

성 계급성 등을 정확하게 대중 앞에 그려 내어서 예술감을 만족시키는 동시에 그들이 장차 나아갈 방침을 가장 효과 있게 지시하는 데 있는 것이다. …(중략)… 그러므로 우리 문우회도 좀 더 자세히 다방면으로 사회의 진수를 관찰하려고 애쓰는 자이다."라고 밝혔다. 설정식, 박영준, 이시우 등이 『문우』에 문예물을 발표했다. 「편집후기」에는 조선총독부 검열 이전에 교내 검열을 거치면서 이시우의 「하나님의 하나님」, 김대균의 「부역의 끝」이라는 희곡이 삭제당했다는 사실을 밝히고 있다.[2] 『문우』는 창간 이후 꾸준히 발행되지 못하였다. 윤동주와 입학 동기생인 유영 교수에 의하면, 그가 입학한 이래 『문우』 잡지가 나온 걸 본 적은 '1941년도 판' 하나뿐이라고 한다. 이 1941년도판 『문우』지가 바로 윤동주가 졸업반일 때 발행된 책이다.[3]

1941년 6월 5일 연희전문학교 문우회 문예부에 의해 발행된 『문우』의 편집 겸 발행인은 강처중이었다. 송몽규가 「편집후기」를 썼는데, 문우회 문예부장을 맡고 있었던 것으로 보인다. 윤동주는 송몽규를 도와서 『문우』 기획과 원고 모집, 편집·교정·인쇄에 참여했고, 두 편의 시 「새로운 길」과 「우물 속의 자상화」를 발표했다. 김삼불과 엄달호의 글도 함께 실려 있다. 유영은 연희전문학교 시절 어울렸던 친구들로, 윤동주와 송몽규 외에 "당시 친구들로는 동요·동화 등으로 많이 활약을 하던 엄달호가 있었고, 또 판소리에 먼저 손을 댄 김삼불, 늘 밖으로만 나돌던 풍류객 김문응, 영어에 도사라고 할 한혁동, 강처중"[4]을 꼽은 바 있다. 『문우』의 기획과 편집·발간에도 이들이 의기투합해서 진행했을 것이다. 『문우』의 발간은 이들에게 큰 시도이자 보람이었다. 그런데 10년 만에 다시 발간된 『문우』는 발행 직전에 폐간을 통보받고 문우회도 해산되어 국민총력학교연맹에 흡수되기로 결정되었다.

송몽규는 「편집후기」에서 문우회가 해산된다는 것과 문우회지 『문우』가 폐간된다는 사실을 일본어로 써서 알렸다.

잡지의 발행이 얼마나 곤란한 것인가를, 이번의 경험으로 알았다. 원고며, 광고며, 검열이며, 교정이며…… 도저히, 이삼 인의 손에 의지해 해낼 만한 게 아님을 절실히 느꼈다. …(중략)…

국민총력운동에 통합하고, 학원學園의 신체제를 확립시키기 위해, 문우회文友會는 해산하게 된다. 그리고 국민총력학교 연맹은 철저하게 활동하지 않으면 안 되게 될 것이다.

그래서 문우회의 발행으로서는, 이것이 최후의 잡지가 된 것이다. 하지만 잡지발행 사업은 연맹에 계승되어, 보다 나은 잡지가 나올 것이라고 생각한다.[5]

「편집후기」에서 송몽규는 『문우』 발간의 보람을 마음껏 자랑하지도 못하고, 자신의 손으로 문우회의 해산과 『문우』의 폐간을 알려야 했다. 학생회 해산과 매체의 폐간이 "국민총력운동에 통합"하고 "학원의 신체제를 확립시키기" 위한 것이며, 국민총력학교 연맹의 활동을 철저하게 해야 할 것이라고 마음에도 없는 글을 써야 했다. 송몽규와 윤동주, 강처중 등 문예 동인지의 창간 준비부터 『문우』 발간까지 함께 해 왔던 이들에게 문우회 해산과 『문우』의 폐간은 큰 충격과 좌절을 불러일으킨 사건이었다.

『문우』 발간과 폐간을 전후로 윤동주가 쓴 시들은 괴로움과 방황의 정서로 가득하며, 죽음의 그림자가 어른거린다. 1941년 5월 31일 『문우』가 인쇄에 들어간 날에 윤동주는 3편의 시 「십자가」, 「눈감고 간다」, 「또 태초의 아침」을 썼다. 『문우』의 폐간이 불러일으킨 위기감, 울분과 좌절, 혼란을 시 쓰기로 표현하며 정리하고 있었다. 그 참담하고 비장한 마음이 「십자가」에서 "모가지를 드리우고 / 꽃처럼 피어나는 피를 / 어두워가는 하늘 밑에 / 조용히 흘리겠습니다."(「십자가」, 1941.5.31)로 표현되었다.

『문우』의 폐간에 직접적인 영향을 준 국민총력운동이란 무엇인가? 1937년 7월 중일전쟁을 분수령으로 일본 제국과 식민지는 본격적인 전시체제로 돌입하였다. 중일전쟁은 동아의 안정과 평화를 확보하기 위한 전쟁이라는 '동아 신질서의 건설' 명목을 내세웠다. 이러한 동아 신체제에 따라 식민지 조선에서는 황국신민화와 내선일체가 강요되었다. 1937년 10월부터 '우리들은 대일본제국의 신민이다', '합심하여 천황 폐하께 충성을 다한다'는 내용의 〈황국신민 서사〉를 제창하도록 강요하고, 신사참배를 의무화하며, 조선어 교육을 선택과목으로 규정하는 〈조선교육령〉(1938.4), 창씨개명의 법적 근거가 되는 〈조선민사령〉(1939.11) 등이 공포되었다.

1938년 5월에는 국가총동원법이 시행되었다. 국가총동원법은 국방 국가 건설을 위하여 국가가 국민의 권리를 양도받을 수 있음을 공식화한 것이다. 즉, 국가는 국민을 마음대로 징용으로 동원하고, 임금 통제, 물자 생산, 배급, 소비 통제, 회사 이익 제한 등을 할 수 있다. 전체주의 국가의 지배 아래 개인의 자유와 권리는 유보, 제한, 억압되고 오직 국가에 대한 충성과 헌신, 효, 절제, 명랑 등이 강요되었다. 1939년 6월부터는 '국민정신총동원' 강화, 국민 정신문화생활 개조운동이 본격적으로 실행되었다. 〈생활쇄신안〉의 명목으로 네온사인 점등 금지, 선물 교환 폐지, 남자 장발 금지, 여자 파마 금지 등 개인 생활을 국가가 조사하고 간섭하고 금지하였다. 그리고 비상시에 국가가 징발하기 위해 국민이 가지고 있는 돈을 조사하기 시작했다.

1940년 들어서는 문화, 언어, 생활에 대한 통제 정치가 더욱 철저해지고 광기에 가까운 행태를 띠기 시작했다. 댄스홀은 폐쇄되었고, 적국의 언어라고 해서 영어식 외래어는 일본식으로 개정하도록 하였다. 1940년 8월에는 조선어 신문 『동아일보』와 『조선일보』가 폐간되었다.

국민총력운동은 1940년 8월, 일본의 제2차 고노에近衛文麿 내각이 동아 신질서 건설방침을 국책으로 천명하면서, '국민정신총동원' 운동을 해체하고, 이른바 신체제운동으로 제시한 것이었다. 국민총력운동은 백인이 패권을 잡고 있는 세계질서를 대신할 일본 중심의 동아시아 블록 건설을 위해 전체주의 체제를 확립하려는 운동이며, 국가중심주의 체제를 완성하려는 운동이었다. 1940년 10월 국민총력조선연맹이 조직되었고, 각 직장에서 총력연맹을 통해 황민화와 국민 동원을 실행했다. 조선의 모든 단체와 개인은 지역과 직장별로 국민총력조선연맹 산하에 조직되었다. 이를 위해 기관지 『국민총력』과 출판물 〈총력총서〉를 발간하고 강연회, 방송 프로그램을 통해 황민사상을 고취했다. 1940년대 들어와서 식민지 조선뿐 아니라 일본 제국 내의 학문과 지식, 문학, 문화 예술은 철저하게 국가에 의해 통제되고 전시체제에 동원되었다. 1941년에는 사치품 금령, 생필품 배급 통제를 실시하고, 〈불온문장 임시취체법〉 등이 매스컴을 감시하고 질식시켰다. 1941년 4월에는 조선어 문예잡지 『문장』과 『인문평론』이 폐간되었다. 이런 일련의 사태는 전쟁을 수행하기 위한 인적 물적 통제와 동원을 효율적으로 이루고 조선인의 황국신민화를 실행하는 방책이었다.

윤동주가 다녔던 연희전문학교의 모든 조직도 '국민총력학교연맹'으로 흡수 통합되었고 기존의 매체는 폐간되었다. 조선총독부 시오하라 학무국장의 요청으로 윤치호는 1941년 2월 연희전문학교 교장이 되었다.

교장 윤치호는 1941년 5월 국민총력조선연맹 이사로 위촉되고 국민총력조선연맹의 방침을 학교에 실행했다. 당시 그는 일기에 "만족시켜야 할 사람들이 너무나 많다. 군 당국, 경찰 당국, 도청 및 총독부 당국자들이 바로 그들이다."[6] 라고 적었다. 연희전문학교 학생회 문우회가 해체되고 그 기관지 『문우』가 폐간된 것도 이러한 상황의 결과였다.

'시인-되기'의 어려움

윤동주는 명동소학교 4학년(1928년) 무렵부터 서울에서 간행되던 『어린이』, 『아이생활』 등의 잡지를 구독하였고, 5학년 때는 급우들과 『새명동』이라는 등사 잡지를 만들기도 했다. 당시 북간도의 명동마을은 문화적 관심과 수준이 높았고, '문학'이 유행하였다. 그가 받은 명동소학교 졸업 선물은 김동환의 시집 『국경의 밤』이었다.[7] 용정으로 이사 와서 그의 아버지는 인쇄소를 차려 문화 사업을 경영했고, 윤동주는 은진중학교를 다니며 급우들과 교내 문예지를 만들었다. "은진중학교 1·2학년 때의 동주는 윤석중의 동요, 동시에 심취되어 있었다."[8] 그리고 1935년 9월 평양의 숭실중학교에 편입한 뒤부터 창작활동에 몰두했다. 숭실학교 YMCA 문예부에서 발행하는 『숭실활천』에 시 「공상」을 발표하여, 처음 자신의 작품이 활자로 인쇄되는 경험을 하였다.

1936년 3월 윤동주는 신사참배 문제로 숭실중학교를 자퇴하고 용정으로 돌아왔는데, 1936년 한 해 동안 약 40편에 가까운 동시와 시를 썼다. 용정에서 광명중학교를 다니던 1936~7년에는 북간도 성베네딕도 수도회 연길교구에서 발행하던 『가톨릭소년』에 동시와 시를 다섯 차례에 걸쳐 발표하였다. 이 무렵 일본어판 『세계문학전집』을 비롯하여 국내 작가의 시와 소설을 탐독하였고, 특히 『정지용 시집』을 정독하였다. 그리고 조선에서 발행되는 신문과 잡지에 실린 시와 평론, 수필 등을 스크랩하여 분석하면서 문학을 탐구했다. 이상李箱의 작품을 스크랩했고, 백석 시집 『사슴』을 베껴 필사본을 만들었다. 문학에 대한 관심과 활발한 시 창작은, 윤동주가 대학 진학에서 문학을 전공하도록 이끌었다.

윤동주는 서울에 와서 연희전문학교에 다니는 동안 조선어와 문학, 역사 관련 수업을 듣는 한편, 시 창작에 몰두하였다. 『조선일보』 학생란에 시 「아우의 인상화」(1938.10.17), 산문 「달을 쏘다」(1939.1.23), 시 「유언」(1939.2.6)을 투고해서 실렸다. 그리고 1939년 3월 『소년』에 동시 「산울림」을 발표하였고, 전부터 그가 사숙했던 아동문학자 윤석중을 만나서 원고료를 받았다. 또한 『문장』과 『인문평론』을 거의 매호 구입해서 읽으며 한국문단의 최근 동향과 문학 경향, 사회 현실을 분석하고 탐구했다. 「시전詩傳」을 배우고 릴케, 발레리, 지드와 같은 작가의 작품을 즐겨 읽으며 독학으로 프랑스어를 공부했다.

1930년대 후반은 한국시의 활성기였으며 다양한 종류의 동인지와 문예 잡지들이 발간되었고, 개인 시집들도 많이 출판되고 있었다. 당시 중요한 시 잡지로 『시문학』(1930~1931, 통권 3호), 『시원』(1935, 통권 5호), 『시인부락』(1936, 통권 2호), 『낭만』(1936, 통권 1호), 『자오선』(1937, 통권 1호), 『시건설』(1935~1940, 통권 6호), 『시학』(1939, 통권 4호), 『시림』(1939, 통권 3호) 등이 있었다.

1939년 2월부터 연희전문학교 문우들과 문예 동인지를 준비하고, 『문우』지의 기획과 편집, 출판에 관여하면서 윤동주는 시인의 길에 한발 다가선 듯하였다. 하지만 『문우』가 발행과 동시에 폐간되면서 크게 낙담했다. 1941년 겨울, 연희전문학교 졸업을 앞두고 윤동주는 직접 시집을 발간할 계획으로 육필 자선 시집을 만들었다. 그동안 써 놓았던 시 중에서 18편을 뽑고 새롭게 창작한 「서시」(1941.11.20)를 보태서 『하늘과 바람과 별과 시詩』라는 시집을 만들었다. 19편의 시를 손수 원고지에 필사하여 세 권을 만들었다. 시집 뒷면에 '77부'라고 적혀 있는 걸 보아서 77부 한정판으로 출판할 계획이었던 것 같다. 이러한 자선 시집의 출판 기획은, 당시 신세대 시인으로 주목받던 오장환이나 서정주의 시집을 보면서 고무된 것으로 짐작된다. 실제로 윤동주는 오장환의 『헌사』(남만서방, 1939.7.2)와 서정주의 『화사집』(남만서방, 1941.2.10)을 소장하고 있었다. 『헌사』는 오장환이 시 17편을 묶어 80부 한정판으로 낸 것이며, 서정주의 『화사집』은 24편의 시를 묶어서 한정판으로 출판한 것이었다. 『헌사』와 『화사집』은 시집의 내용뿐 아니라 장정裝幀과 편집에서도 심미적 감각과 개성적인 면모가 두드러졌다.[9] 윤동주가 필사해서 간직했던 백석의 시집 『사슴』(1936, 자가본)도 100부 한정본 자가본 시집으로 출간되었다.

하지만 윤동주의 시집 출간의 꿈과 기획은 실현되지 못했다. 정치적 시국과 경제적 문제 때문에 좌절된 것이다. 자필 자선 시집 『하늘과 바람과 별과 시』 세 권을 만들어 한 권은 자신이 갖고, 나머지는 연희전문학교 스승 이양하 교수와 친구 정병욱에게 각각 주었다. 그런데 이 자선 시집을 받아 본 이양하 교수가 시집의 공식 출판을 만류했다고 한다.

> 이 시고詩稿를 받아 보신 이양하 선생께서는 출판을 보류하도록 권하셨다. 「십자가」, 「슬픈 족속」, 「또 다른 고향」과 같은 작품들이 일본 관헌의 검열에 통과될 수 없을뿐더러 동주의 신변에 위험이 따를 것이니 때를 기다리라고 하셨다는 것이다.[10]

실제로 전시체제 하의 비상시국으로 인하여 문화 예술의 영역은 심각하게 위축되었고, 특히 조선어 문학의 출판은 황폐화되었다. 1942년 들어 발간된 조선어 시집은 1942년 5월 김동환의 시집 『해당화』가 '대동아사'라는 제국주의 관변 출판사에서 나온 것뿐이다. 1941년 9월 정지용의 시집 『백록담』이 문장사에서 출판된 이후 1945년 8·15해방 때까지 예외적인 시집을 제외하고는 조선어 시집의 발간이 거의 이루어지지 않았다.

이양하 교수도 전시체제에 대한 위기감과 조선어 문학 출판 상황의 어려움을 고려하고, 윤동주의 안위를 걱정하여 시집의 출판을 말렸던 것이다. 당시 이양하 교수가 경험하고 느꼈던 시대 상황이 얼마나 엄혹했는지 살펴보자.

> 선생님[이양하-인용자]께서는 낭만도 많으셨고, 비밀도 많으셨다. 벌써 20여 년 전의 이야기이다. 일제가 최후 발악책으로 단발령을 내렸다. 우리들은 누구보다도 선생님의 삭발에 지대한 관심을 가지고 있었다. 그것은 자유주의자이시기도 한 선생님이 이 삭발령에 순응하느냐? 하는 것도 관심거리의 하나 …(중략)… 그러나 선생님도 기어코 그 머리를 깎게 되셨고 목에서는 타이가 벗겨지고 국방색의 국민복을 어색스리 몸에 걸치게 되셨다. 정녕, 선생님에겐 어울리지 않는다는 것보다 더한 처참한 행색이었던 것이다. 낭만과 자유를, 그리고 고독을 물 마시듯이 하는 그 '멋쟁이' 선생님이 침략의 전시체제 자세를 갖추었다는 것은 다시 없는 비극이 아닐 수 없었다.[11]

낭만과 자유와 고독을 자신의 본래적 삶으로 살아가던 이양하 교수도 일제가 감행한 단발령에 따라 삭발에 순응하고 국민복을 어색하게 걸치고 학생들 앞에 서야 했다. '삭발'과 '국방색 국민복'은 군국주의 패션이었다. 자유와 진리와 양심을 가치로 이 시대를 살아내려 했던 사람들은 이 치욕을 견뎌야 했다. 문화통제와 함께 일상의 통제까지 이루어지면서, 문학뿐 아니라 개인의 영혼과 생활까지 암담해져 갔다. 실제로 연희전문학교 졸업 앨범에 보면 윤동주도 병사 복장을 하고 찍은 사진이 있다. 아마 교련 혹은 군사교육 훈련을 하러 야외에 나가서 찍은 사진을 졸업 앨범에 싣고 국책 이미지를 부각하려고 한 것 같다. 병사 복장을 하고 진달래꽃을 들고 있는 학생들의 모습은 아이러니하다.

연희전문학교 졸업앨범 사진(1941) (연세대학교 윤동주기념관 제공) 오른쪽에서 세 번째가 윤동주

조선 문학장의 폐쇄

윤동주는 시를 써서 신문 잡지에 투고하면서 중앙문단에 진출할 준비를 하고 있었다. 조선어 신문이나 문예지를 구독하며 문학장을 탐색하였다. 그런데 1940년 8월 10일 『조선일보』와 『동아일보』가 폐간되고, 1941년 4월에는 대표적인 조선어 문예잡지 『문장』과 『인문평론』, 조선어 대중종합지 『신세기新世紀』마저 그해 6월에 통권 27호로서 폐간되었다. 조선어로 시를 쓰는 윤동주에게는 청천벽력과 같은 충격이었다. '시인-되기'는 그의 소원이었는데, 조선어로 시를 발표할 수 있는 매체가 사라지는 사태는 상상할 수도 없는 사건이었다. 조선어로 글쓰기를 하는 문인들 모두에게 큰 충격이었다. 조선 문학장이 폐쇄되는 상황이 오고 있었다.

『조선일보』를 통해 문단에 나온 오장환[12]은, 1940년 8월 10일자로 강제 폐간을 앞두고 있는 『조선일보』에 시 「FINALE」를 발표했다.

> 경이驚異는 아름다웠다. 모두가 따스-한 숨결. 비둘기 되어 날아가누나. 하늘과 바다. 자랑스런 슬픔도 고운 슬픔도. 다-삭은 이정표里程標. 이제는 무수한 비둘기 되어.
>
> 그대 섰는, 발밑에. 넓고 설운 강물은 흘러가느니……. 사화산死火山이여! 아— 이 땅에 다다른 최초最初의 산맥山脈. 내 슬픔이 임종臨終하노라. 내 보람 임종臨終하노라. 내 먼저 눈을 가린다. 나의 피앙세—.

영영. 숨을 모으는 그의 머리맡에서, 내 먼저 눈을 가린다. 즐거이 부르던 네 노래 부를 수 없고. 고운 얼굴 가리울 희디흰 장미薔薇 한 가지 손 앞에 없어.

자욱―한 안개. 지줄지줄 지줄거리는 하늘 밑에서. 학鶴처럼 떠난다. 외롬에 하잔히 적시운 희고 쓸쓸한 나래를 펴. 말없이 「카오스」에서 떠나가는 학鶴.

두 줄기 흐르는 눈물. 어찌라, 옷깃에 스며드느냐. 한철, 멧목은 넓고 설운 강물에 흘러나리어 위태로운 기슭마다. 차고 깨끗한 이마에 한 줄기 고운 피를 흘리며 떠나는 님을 보내며 두 줄기 스미는 눈물 어찌라 어찌라 나 홀로 고향故鄕에 머물러 옷깃을 적시나니까.

- 오장환, 「FINALE」(『조선일보』 1940.8.5) 전문

'FINALE'는 소나타·실내악곡·교향곡 등의 최종 악장, 오페라의 마지막 장면, 연주·뮤지컬·쇼 등에서 마지막에 출연자 전원이 무대에 등장하는 일을 의미한다. 오장환은 『조선일보』 폐간(FINALE)을 조선어 매체의 폐쇄이자 조선의 죽음, "임종臨終"으로 표상한다. 먼저 시적 주체가 발 딛고 서 있는 "이 땅, 강물"의 시원, "최초의 산맥"을 환기하며 그 영광에 경이를 표하고, 이제 그 강줄기와 산맥이 끊기게 되었음을 슬퍼한다.

이 시에서 "슬픔", "피앙세"(fi·an·cee: 결혼하기로 공식적으로 약속한 여자)는 그의 애인, 곧 시와 문학, 예술을 가리키는 것이리라. 시와 문학과 예술이라는 애인과 함께 춤을 출 무대가 문을 닫는 것이라는 위기의식에 비장해졌다. "떠나는 님을 보내며" 님에게 줄 "희디흰 장미 한 가지 손 앞에 없"는 황량함과 자신의 무력함을 통감한다. "노래 부를 수 없"음을 한탄한다. 시인은 모두 떠난 자리에서 "홀로 고향에 머물러 옷깃을 적실" 뿐이

『문장』 폐간호(통권 26호, 1941.4)

『인문평론』 종간호(통권 16호, 1941.4)(엄동섭 제공)

다. "고운 피" 같은 "두 줄기 흐르는 눈물", 무기력한 자아를 확인하며 통곡할 뿐이다.

조선어 매체의 폐쇄는 "이마에 한 줄기 고운 피를 흘리며 떠나는 님"으로 비유하여 근대시 초기의 '떠나는 님에 대한 그리움'과 연결시킨다. 한국근대시형성과정의 정서체계를 '부재하는 님에 대한 형언할 수 없는 그리움'으로 포착해낸 사람이 오장환이다. 그는 「조선시에 있어서의 상징」에서 소월의 「초혼」을 분석하며 "우리의 가장 중요한 것 아니 가장 소중한 것을 잃어버렸다는 형언할 수 없는 공허감을 깨닫는 것이요, 또 작가와 함께 이 상실한 것에 대한 애절한 원망願望을 돌이키는 것이다. 그러므로 「초혼」이 의도한 바는 어느 것이라도 좋다. 적어도 이 땅에 생을 타고난 우리가 여기에서 느끼는 것은 숨길 수 없는 피압박민족의 운명감이

요 피치 못할 현실에의 당면이다."[13]라고 썼다. 해방 후 언론의 자유가 보장된 상황에서 일제하의 '부재하는 님에 대한 형언할 수 없는 그리움'을 '피압박민족의 운명감'으로 정의하였다.

조선어 매체의 폐쇄는 조선문화의 위기일 뿐 아니라 작가로서 존재와 생존까지 위협당하는 사태였다. 시 「FINALE」는 『조선일보』의 폐간으로 조선의 문학과 문예, 언론을 펼칠 무대가 닫혀 버렸다는 위기의식과 비통한 심정을 표현하여, 당시 작가들에게 큰 공감을 얻었다.

> 전쟁을 핑계 삼아 별안간 총독부에선 마지막으로 조선의 언론과 문화를 없애고자 동아일보와 조선일보를 정간시켜 버리었다. 이 두 신문이 폐간되는 날 장환은 조선일보에 「피날레」의 시를 발표하였고, 이날 밤 우리들은 잠을 못 이루도록 흥분하였다. 신문이 없어지고 잡지가 줄어들고 참으로 피날레는 탄압 아래 끝까지 죽지 않으려는 비통한 우리 문화의 엘레지였다.[14]

한편 『조선일보』의 폐간을 즈음하여 서정주가 쓴 시 「행진곡」도 있다. 「행진곡」을 쓰게 된 계기와 심정이 서정주의 회고에 자세하게 기록되어 있다.

> 집에 돌아오니, 엽서 한 장과 전보 한 장이 나를 기다리고 있었다. 둘이 다 조선일보 학예부장 김기림이한테서 온 건데, 엽서의 내용은 조선총독부에서 신문을 폐간하라고 하여 그 기념호를 내게 되었으니, 며칠까지 기념시를 한 편 빨리 써 보내라는 것이고, 전보는 그것을 다시 독촉하는 것이었다. 그러나 헤아려 보니, 그 기념호가 나온 날짜는 이미 지났고, 나는 초청받고도 너무 늦게 가서 이미 끝난 잔치 자리에 혼자 불사른 재나 밟고 서 있는 꼴이 되어있었다.

그래서 늦은 대로 나는 그걸 안 쓰고는 있을 수가 없어 「행진곡」이란 제목으로 하나 지어 보았다.—

잔치는 끝났더라.
마지막 앉아서 국밥들을 마시고,
빨간 불 사르고,
재를 남기고.
포장을 걷으면 저무는 하늘
일어서서 주인에게 인사를 하자.

결국은 조끔씩 취해 가지고
우리 모두 다 돌아가는 사람들.

모가지여.
모가지여.
모가지여.
모가지여.

멀리 서 있는 바닷물에선
난타하여 떨어지는 나의 종소리.

-「행진곡」 전문

나는 이것을 내 어린 것이 칭얼거리는 옆에서, 석유 호롱의 희미한 불 밑에서 괴상할 정도로 열심히 쓰고 있던 것이 생각난다.[15]

시 「행진곡」은 조선어 대중종합지 『신세기新世紀』 1940년 11월호에 발표되었다.『신세기』 1940년 11월호는 〈동아·조선 양 사원 일제 집필호〉를 꾸리고 서정주의 「행진곡」을 실었다. 또 기사 「동아·조선 양 보의 폐간 후 소식」에서 "20년의 역사를 가진 동아·조선의 양 조선문 신문이 8월 10일, 11일부 석간을 최후로 국책에 순응하여 폐간을 고한" 상황을 알리고 조선어 신문의 폐간 문제가 "요즘 회제에 오르고 또 올려도 끝날 줄을 모른다."라고 하였다.[16]

서정주는 조선어 신문의 폐간이라는 사건에 당면해서 "잔치는 끝났다."라고 탄식한다. 조선어 문학의 파장罷場, 불 꺼지고 포장을 걷고 장場이 마감되었다. 미디어를 장場으로 비유하는 서정주의 안목은 사태의 본질을 꿰뚫어 본 것이기도 했다. 미디어는 지식과 이념, 정보들이 교환되는 네트워크의 플랫폼이자 시장이었다. 문인들이 글을 쓰고 원고료로 생계를 꾸리며 정신을 교류하는 장이었다. 서정주는 왜 이 시의 제목을 "행진곡"이라고 붙인 것일까? 그것은 어쩌면 "모가지"를 내놓고 "난타하며 떨어지는 나의 종소리"에 맞춰 행진하는 방향이 어디인가를 묻고 있는 것 같다.

정지용은 『소년조선일보』 폐간호에 동시 「지는 해」를 실었다. 이 시는 원래 「서쪽 하늘」이란 제목으로 재경도조선유학생학우회 기관지 『학조』 1호(1926. 6)에 발표한 것인데, 『조선일보』의 부록 형식으로 간행되던 『소년조선일보』의 폐간호에 재수록한 것이다.

우리 오빠 가신 곳은
　해님 지는 서해西海 건너
　　　멀리 멀리 가셨다네.

웬일인가 저 하늘이
　핏빛 보담 무섭구나!

낫다 낫다 불이 낫다.

- 정지용, 「지는 해」(『조선일보』 부록, 1940.8.10)[17] 전문

이 동시는 '폐간호'에 배치되었다는 맥락 때문에 원래의 의미에서 벗어나 시대 현실에 대한 고발과 비판의 기능을 하고 있다. "서해 건너 / 멀리멀리" "저 하늘이 / 핏빛"처럼 물들어 "불이 났다"는 것은 석양을 표현하면서, 또한 "우리 오빠 가신 곳"이라서 "무섭"다고 하여 중일전쟁의 시대적 맥락으로 읽히게 한다.

윤동주는 『문우』의 폐간을 이와 동일한 감각과 의식으로 체험하였다. 『문우』는 복간호가 곧바로 폐간호가 되었다. 그 폐간호를 인쇄하는 날에 윤동주는 시 「십자가」를 썼다.

쫓아오던 햇빛인데
지금은 교회당敎會堂 꼭대기
십자가十字架에 걸리었습니다.

첨탑尖塔이 저렇게도 높은데
어떻게 올라갈 수 있을까요.

종鐘소리도 들려오지 않는데
휘파람이나 불며 서성거리다가,

괴로웠던 사나이,
행복幸福한 예수 그리스도에게
처럼
십자가十字架가 허락許諾된다면

모가지를 드리우고
꽃처럼 피어나는 피를
어두워가는 하늘 밑에
조용히 흘리겠습니다.

- 「십자가(十字架)」(1941.5.31) 전문

"모가지를 드리우고", "꽃처럼 피어나는 피"는 종말을 암시하는 듯하다. 오장환의 「FINALE」, 정지용의 「지는 해」, 서정주의 「행진곡」, 윤동주의 「십자가」는 시의 모티프와 이미지, 언어가 유사하다. 문학의 종말을 향한 애도, 문학을 향한 순교의 이미지가 공통적으로 시의 바탕에 깔려 있다.

서정주의 「행진곡」과 비교할 때, 윤동주의 「십자가」는 서정의 밀도와 핍진함에 있어서 더 철저하게 밀고 간다. 두 시에서 시적 주체는 "저무는 하늘"(「행진곡」), "어두워가는 하늘 밑"(「십자가」)에 위치한다. 서정주는 "조금씩 취했"더라도 "돌아갈" 곳이 있으며, "난타하여 떨어지는 종소리"에 발맞춰 행진하며 "모가지여"라고 부르짖는다.

그런데 윤동주에겐 돌아갈 곳이 없다. 오직 첨탑 위뿐이다. 시적 주체는 "종소리도 들려오지 않는" 절대 고독에 던져졌다. 이 절대 고독의 적막을 견디기 위해 차라리 모가지를 하늘에 매달아 흘리는 피라도 "꽃처럼" 실감하기를 바라겠다고 말한다.

1941년 전후, 윤동주는 자기 생을 막다른 골목까지 몰아붙였다. 이 시기에 "마태복음 5장 3-12"을 패러디하여 「팔복八福」(1940.12 추정)을 썼다. "슬퍼하는 자는 복이 있나니"를 여덟 번 반복하고 "저희가 영원히 슬플 것이오."라고 끝맺는 독특한 작품이다.

팔복

마태복음 5장3-12

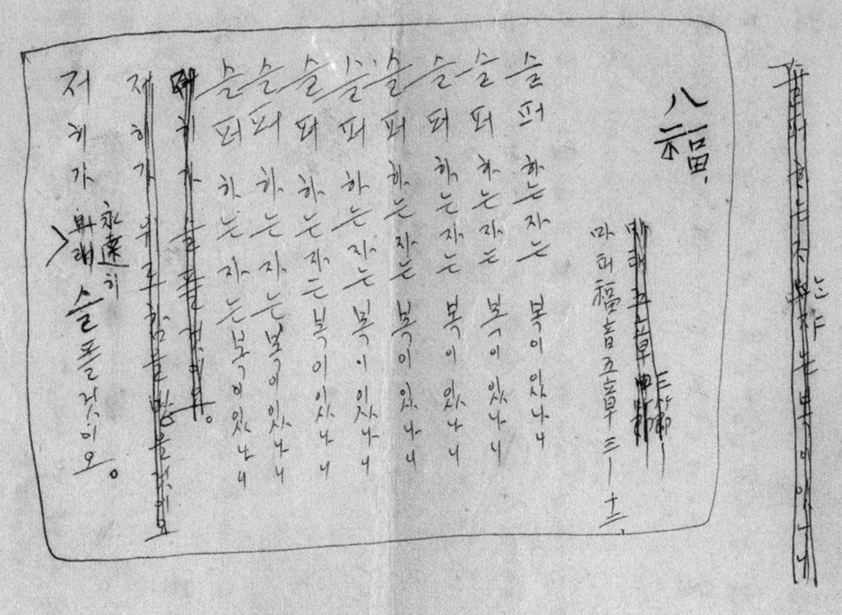
八福

마태福音五章 三一十二

슬퍼하는 자는 복이 있나니
슬퍼하는 자는 복이 있나니
슬퍼하는 자는 복이 있나니
슬퍼하는 자는 복이 있나니
슬퍼하는 자는 복이 있나니
슬퍼하는 자는 복이 있나니
슬퍼하는 자는 복이 있나니
슬퍼하는 자는 복이 있나니

저희가 永遠히 슬플 것이오.

윤동주의 자필 시고 「팔복」 (윤인석 제공)

슬퍼하는 자는 복이 있나니
슬퍼하는 자는 복이 있나니
슬퍼하는 자는 복이 있나니
슬퍼하는 자는 복이 있나니
슬퍼하는 자는 복이 있나니
슬퍼하는 자는 복이 있나니
슬퍼하는 자는 복이 있나니
슬퍼하는 자는 복이 있나니

저희가 영원永遠히 슬플 것이오.

-「팔복」 전문

성경의 「마태복음」 5장 〈산상보훈山上寶訓〉은 예수가 갈릴리 호숫가에서 '천국 시민'으로서 가져야 할 올바른 삶의 핵심 내용을 제시한 것이다. 산상보훈은 '성경 중의 성경'이라 일컬어질 만큼 기독교의 핵심 메시지를 담고 있다.

> 마음이 가난한 자는 복이 있나니, 천국이 그들의 것이오.
> 슬퍼하는 자는 복이 있나니, 그들은 위로를 받을 것이오.
> 온유한 자는 복이 있나니, 그들은 땅을 차지할 것이오.
> 의로움에 주리고 목마른 자는 복이 있나니, 그들은 흡족해질 것이오.
> 자비로운 자는 복이 있나니, 그들은 자비를 입을 것이오.
> 마음이 깨끗한 자는 복이 있나니, 그들은 하느님을 볼 것이오.
> 평화를 이루는 자는 복이 있나니, 그들은 하느님의 자녀라 불릴 것이오.
> 의로움 때문에 박해를 받는 자는 복이 있나니, 천국이 그들의 것이다.
>
> -「마태복음」 5장 3절~10절

윤동주는 〈산상보훈〉을 패러디하여 "슬퍼하는 자"만이 복이 있을 것이라고 말한다. 그리고 "슬퍼하는 자는 복이 있나니 / 저희가 영원히 슬플 것이오."라고 선언한다. 시대적 고뇌를 성경의 언어가 주는 위로로 대체하지 않고, '팔복'의 언어를 끝까지 밀고 간다.[18] 이것은 시의 서정이 이념이나 종교, 윤리 도덕, 정치에 타협하지 않고, 자기 위로의 나태에 빠지지 않고, 진리의 울림에 귀 기울여 듣고 표현해야 한다는 시인의 태도를 보여준다.

「팔복」의 육필 원고를 보면, "저히가 위로함을받을것이오."라고 했다가 지우고 "저히가 영원永遠히 슬플것이오."라고 고쳐 썼다. 종교의 진리가 주는 '위로'와 시대 현실의 '슬픔' 사이에서 망설이고 주저하는 내면의 갈등을 읽을 수 있다.

프로메테우스의 알레고리

1941년 9월 이후 윤동주의 시를 보면 동요하며 힘겨워하는 심정이 크게 나타난다. 연희전문학교 졸업을 앞두고 인생의 갈림길을 생각했던 시기였기에 외적·내적 상황의 혼란과 절박함이 더욱 강하게 다가왔다.

> 1941년 9월, 인생의 네 가름 길에서 갈피를 잡지 못하는 절박한 상황 속에서 그의 대표작으로 널리 알려진 중요한 작품들이 씌어졌다. 즉 「또 다른 고향」, 「별 헤는 밤」, 「서시」, 「간」 등이 이 무렵에 쓴 시들이다.[19]

윤동주는 새로운 출구를 구상하고 모색하려는 방법으로 시를 쓰고, 또 그동안 썼던 시를 모아서 시집으로 출판하려고 했다. 그런데 시집 출판이 좌절되면서 그동안 쌓였던 내면의 좌절과 울분이 터져 나왔다. 윤동주의 시 「간」의 창작 배경에 대해, 정병욱은 "시집 출판을 단념한 동주는 1941년 11월 29일자로 작품 「간」을 썼다. 발표와 출판의 자유를 빼앗긴 지성인의 분노가 폭발한 것"[20]이라고 설명하였다.

윤동주의 시와 사유에 대해 처음으로 종합적인 비평을 시도한 평자는 정지용이었다. 정지용은 1939년에서 1941년까지 『문장』의 시 부문 추천위원으로 활동했으며, 높은 시안詩眼을 가진 시인이자 비평가이다. 정지용은 윤동주의 유고시집 『하늘과 바람과 별과 시』 초판본(정음사, 1948)의 「서序」를 쓰면서 시 「병원」, 「또 태초의 아침」, 「십자가」, 「또 다른 고향」, 「간」에 주목했다. 특히, 「간」을 인용한 뒤, 『노자老子』 '오천언五千言'의 "허기심虛其心 실기복實其腹 약기지弱其志 강기골强其骨"의 구절을 빌려 설명하였다.

> 청년 윤동주는 의지가 약하였을 것이다. 그렇기에 서정시에 우수한 것이겠고, 그러나 뼈가 강하였던 것이리라. 그러기에 일적日賊에 살을 내던지고 뼈를 차지한 것이 아니었던가?
>
> 무시무시한 고독에서 죽었고나! 29세가 되도록 시도 발표하여 본 적이 없이![21]

정지용은, 청년 윤동주가 "의지가 약"한 이유로 서정시에 우수하였고, "뼈가 강"한 이유로 야만적 시국에 흔들리며 균열하는 자신을 피하지 않고 정직하게 대면했다고 한다. 여기서 "의지가 약하였을 것"이라는 말은, 윤동주가 자신의 생각이나 의지를 관철하려고 강팍하게 닦달하지 않고, 타인을 크게 배려했다는 의미다. "그러나 뼈가 강하였던 것"은 옳음과 양심을 가지려고 부단히 애를 썼다는 의미이다. 정의를 위해 그의 양심은 죽음 앞에서도 굽히지 않았고 그렇기에 일적日賊, 즉 일본 제국에 '살'[육체, 생명]을 내던지고 '뼈'[정의, 양심]를 지키며 죽었다는 것이다. 한번 만나본 적도 없지만, 정지용은 윤동주의 성품과 꿈과 보람, 한恨을 그의 시 「간」에서 읽었다.

「간」은 복잡하고 난해한 작품이다. 시의 언어와 사유, 표현방법 등에서 이전까지 윤동주가 썼던 작품들과 뚜렷한 차이가 있다. 「간」은 시적 주체의 사상적 고투와 정신적 번뇌가 치열하게 들끓는 작품으로, 세계 혹은 자기 존재와 전면적으로 교섭하려는 진지함이 드러난다. 윤동주 시의 깊이와 열도의 진수를 보여 주는 작품이다.

> 바닷가 햇빛 바른 바위 위에
> 습한 간肝을 펴서 말리우자,

코카서스 산중山中에서 도망해 온 토끼처럼
둘러리를 빙빙 돌며 간을 지키자,

내가 오래 기르던 여윈 독수리야!
와서 뜯어먹어라, 시름없이

너는 살찌고
나는 여위어야지, 그러나,

거북이야!
다시는 용궁龍宮의 유혹誘惑에 안 떨어진다.

프로메테우스 불쌍한 프로메테우스
불 도적한 죄로 목에 맷돌을 달고
끝없이 침전沈澱하는 프로메테우스.

-「간」(1941.11.29) 전문

시「간」은 여러 에피소드와 텍스트가 혼합되어서 생성되었다. 토끼와 거북이의「귀토설화龜兎說話」혹은「토끼전」의 서사와 프로메테우스 신화가 섞여 있다. 그만큼 복잡하고 다층적인 작품이다. 두 이야기 중에서 이 시의 핵심 모티브는 프로메테우스 신화이다. "코카서스", "간", "독수리" "불 도적" 등은 모두 프로메테우스 신화의 제재들이다. 제우스 신 몰래 인간에게 불을 훔쳐다 준 것 때문에 코카서스 산정에 묶여 독수리에게 계속 새롭게 돋아나는 간을 쪼아 먹히는 프로메테우스의 고난이 시의 중심 동선이다. '토끼와 거북이 설화'는 '간'이라는 모티브를 매개로 '프로메테우스 신화'와 연결된 것이다.

그런데 윤동주의 「간」은 일반적으로 알려진 프로메테우스 신화가 아니라, 그것을 재해석한 앙드레 지드의 소설 「잘못 결박된 프로메테우스」를 기초 텍스트로 한다. 실제로 이 시의 4연(“너는 살찌고 / 나는 여위어야지”)은, 앙드레 지드의 소설 「잘못 결박된 프로메테우스」에서 한 장章의 제목 ‘그는 살찌고 나는 여위어야만 한다’[22]와 일치한다. 윤동주는 앙드레 지드 전집 일역판을 애독했다. 동생 윤일주는 윤동주가 가지고 있던 책 중에 “일본 책으로는 앙드레 지드 전집, 발레리 시 전집, 도스토옙스키의 연구 서적, 릴케 시집, 프랑스의 시집들인데, 역시 그가 애독하는 것들이었다.”[23]라고 기술한 바 있다. 아마 윤동주가 보았던 텍스트는 카와카미 테츠타로河上徹太郎 번역의 「鎖を離れたプロメテ」(『アンドレ·ジイド全集』 第1巻, 建設社, 1934)이었을 것이다. 이 소설은 국내에서 1934년에 「사슬에서 풀린 프로메테」(『앙드레 지드 전집』 제1권, 건설사, 1934)로 번역·출판되었다.

「잘못 결박된 프로메테우스」는 우화적인 소설로, 앙드레 지드가 프로메테우스 신화를 재해석한 것이다. 소설은, 코카서스 산꼭대기의 쇠사슬에 묶여 있던 프로메테우스가 사슬을 풀고 파리의 다방에 나타나는 것으로 시작한다. 프로메테우스는 다방의 보이에게 “저 사람들은 무엇을 찾고 있나요?”라고 묻는다. 이에 보이는 “저 사람들이 찾고 있는 것은 자기의 개성입니다.”라고 대답한다.[24] 지드는 이 소설에서 모든 사람들은 ‘양심’을 상징하는 독수리를 한 마리씩 가지고 있다고 말한다. 대부분의 사람들은 독수리를 성가시게 여기고, 파리와 같은 도시에서의 삶에 어울리지 않는다고 생각한다. 하지만 프로메테우스는 비쩍 마른 독수리를 데리고 다니며 한 번씩 자신의 허리춤을 열어 독수리에게 간을 먹인다. 특히 그가 면허 없이 성냥을 제조한 혐의로 감옥에 갇혔을 때 독수리를 불러 날마다 자신의 간을 먹이는데, 그럴수록 독수리는 점점 살이 오르고 아름다워지지만 프로메테우스는 여위어 간다. 그러던 어느 봄날 독수리가 이렇게 말한다. “나는 이제 아주 튼튼하고 당신은 말랐습니다. 그래서 내가 당신을 옮길 수 있습니다.” 프로메테우스가 대답하였다. “독수리야, 나의 독수리야! …… 나를 데려가 다오.” 이렇게 해서 프로메테우스는 감옥에서 해방된다.[25]

「잘못 결박된 프로메테우스」에서 프로메테우스와 독수리의 관계는, 그리스 신화의 내용과 다르다. 이 소설에서 프로메테우스는 불의 발명과 독수리의 관계에 대해서 일장 연설을 하는데, 원래 자신은 독수리를 알지 못했다고 말한다.

> “나는 순진하고, 아름답고, 행복하고, 또 벌거숭이었습니다. 즐거운 나날이었습니다! 코카서스의 산허리에서 음탕한 아지아도 또 역시 행복하고 벌거벗고 있었으며, 나에게 키스를 하곤 했습니다. 우리들은 함께 골짜기 속에서 뒹굴기도 했습니다. 그리고 바람이 노래 부르고, 물이 웃고, 가장 순결한 꽃들이 향기를 풍기는 것을 느끼곤 했습니다. …(중략)…
>
> 아지아가 나에게 말했습니다. “당신은 인간적인 것에 열중해야만 해요” 나는 우선 인간들을 찾아야만 했습니다. …(중략)… 그들은 거의 빛을 받지 못하고 있었습니다. 나는 그들을 위해 불을 발명했습니다. 그때부터 내 독수리가 나타났습니다. 내가 벌거숭이라는 것을 알게 된 것은 바로 그때부터입니다.” …(중략)…
>
> 프로메떼는 심각한 몸짓을 하고 조끼를 젖히고서 쓰디쓴 간을 꺼내어 독수리에게 주었다.[26]

프로메테우스는 인간에게 불을 만들어 주기 전까지는 죄가 없었고, 죄의식도 없었다. 태초의 인간과 같은 상태에서 벌거숭이로, 아주 순수한 상태로 아내인 아지아와 사랑을 나누며 살고 있었다. 오케아노스의 딸이자 프로메테우스의 아내인 아지아는, 신의 세계가 아니라 인간적인 것에 열중하라고, 인간을 구원하라고 그에게 일깨워 준다. 그가 인간에게 불을 발명해주고 나서 독수리가 나타났으며, 그때부터 '벌거숭이'라는 자의식과 부끄러움을 인지하게 된다.

정리해보면, 앙드레 지드의 「잘못 결박된 프로메테우스」에서 프로메테우스는 인간에게 불을 발명해 준 죄를 짓고 난 뒤부터 자기가 벌거벗었다는 자의식을 갖고 되었으며, 이때 처음으로 독수리를 만나게 되었다. 독수리의 출현은 곧 양심의 부름이기도 하다. 프로메테우스는 인간에게 불을 가져다준 다음부터 양심을 갖게 되었던 것이다.

「잘못 결박된 프로메테우스」에서 프로메테우스와 아지아의 모습은 성경의 「창세기」에서 에덴동산의 아담과 이브를 연상시킨다. 프로메테우스가 인간에게 불을 가져다준 행위는, 아담이 에덴동산에서 선악과를 훔쳐 먹은 것과 동일한 모티브이다. 그에게 인간을 사랑하도록 부추기고 유혹한 것이 아내라는 점도 같다. 그리고 프로메테우스가 불을 발명한 뒤, 벌거숭이라는 자의식과 부끄러움을 인지하게 된 것도 동일하다.

윤동주가 「간」보다 6개월 정도 앞서 창작한 「또 태초의 아츰」에서도 「창세기」의 인유引喩가 나타난다.

> 하얗게 눈이 덮이었고
> 전신주電信柱가 잉잉 울어
> 하나님 말씀이 들려온다.
>
> 무슨 계시啓示일까.
>
> 빨리
> 봄이 오면
> 죄罪를 짓고
> 눈이 밝어

이브가 해산解産하는 수고를 다하면

무화과無花果 잎사귀로 부끄런 데를 가리고

나는 이마에 땀을 흘려야겠다.

-「또 태초의 아침」(1941.5.31) 전문

이 시는 전신주가 울고, 하나님 말씀이 들려오는 장면으로 시작한다. 이어서 아담과 이브가 선악과를 따먹으며 원죄를 짓고 그 벌로 부끄러움을 알게 되고, 이브는 해산의 고통을 겪게 되는 것, 그리고 에덴동산에서 추방되어 땀 흘려 일하는 노동으로 양식을 얻게 될 것이라는 내용이 모두 「창세기」에 근거하고 있다.

> 그러자 눈이 밝아 자기들의 몸이 벗은 것을 알고 무화과 나뭇잎을 엮어서 두렁이를 만들어 입었다.
>
> -「창세기」 3장 7절

> "네게 잉태하는 큰 고통을 겪게 하리니 너는 수고 속에서 자식을 낳을 것"이라고 하나님의 말씀이 들려왔다. 이어서 하나님은 사람들에게 "너는 흙에서 나왔으니 흙으로 돌아갈 때까지 이마에 땀을 흘려야 양식을 먹을 수 있으리라."고 말씀하셨다.
>
> -「창세기」 3장 16절

궁금한 점은, 윤동주가 「또 태초의 아침」을 쓴 배경이다. "전신주가 잉잉 울어 / 하나님 말씀이 들려"오는 상황, 그것은 윤동주가 추구했던 존재의 진리가 발화하는 고요한 울림과 같은 것이다. 이어서 "무슨 계시일까"라고 스스로 질문한 뒤, "나는 이마에 땀을 흘려야겠다."라고 대답한다. 윤동주에게 '땀 흘려 일하는 것'은 곧 시 쓰기이다. 그리고 이 시에서 "죄를 짓고 / 눈이 밝어"의 역설은 절망적인 상황에서 새로운 길을 밝혀 나가는 의미를 내포한다.

다시 「간」과 「잘못 결박된 프로메테우스」로 돌아가 보자. 앙드레 지드의 프로메테우스는 계속해서 연설을 한다.

> 내가 그들을 인간답게 만들기 이전에는 그들은 무엇이었던가요? 그들은 생존하고는 있었지만 존재의식이 없었습니다. — 그들을 비추어주기 위하여 불을 만든 것처럼 여러분, 나는 나의 전 사랑으로써 그들을 위하여 존재의식을 만들어 주었습니다. — 그들이 갖게 된 첫 의식은 자기 자신의 미에 대한 의식었습니다. …(중략)… 초기의 인간들의 미는 평등하고 차이가 없고 말썽이 없었다고 합니다.[27]

이 부분에서 앙드레 지드는 성경의 「창세기」를 재해석하고 있다. 신의 세계에서 인간의 발견은 곧 '죄'의 탄생이었다. 그러나 프로메테우스는 자신이 인간에게 인간다움, 즉 존재의식을 만들어 주었다고 주장한다. 인간에 대한 전적인 사랑으로, 인간에게 불과 함께 존재의식을 심어 주었다는 것이다. 인간이 갖게 된 존재의식의 근본은 "자기 자신의 미에 대한 의식"이다. 그것은 독수리로 표상되는 자의식과 부끄러움과 윤리 등이며, 프로메테우스가 파리의 다방에서 보이에게 들었던 대답 "저 사람들이 찾고 있는 것은 자기의 개성입니다"에서 '개성'을 말하는 것이기도 하다. 이는 앙드레 지드 문학과 근대적 낭만주의가 '미적 개인'의 발견을 추구하는 것과 같은 맥락에서 설명할 수 있다.

「잘못 결박된 프로메테우스」와 「간」에서 독수리의 형상과 존재는 독특하다. 그리스 신화에서 독수리는 프로메테우스를 공격하고 목숨을 위태롭게 하는 존재인 반면, 「잘못 결박된 프로메테우스」에서 독수리는 프로메테우스를 끝내 해방하는 존재이다. 그에게 독수리는, 인간에 대한 사랑으로 인간을 위해 불을 발명한 뒤 비로소 나타난 존재이며, 자신이 벌거숭이라는 것을 깨닫게 한 존재이다. 이러한 독수리의 형상과 존재를, 하이데거의 표현을 빌려 '양심을-가지려고-원함'이라고 규정할 수 있다. 하이데거에 따르면, "인간은 일상이라는 퇴락한 삶이 제공하는 친숙하고도 편안한 생활에 젖어 있다가 '자신이 퇴락한 삶을 살고 있다'는 '양심의 부름'을 듣"고 "자신에게 '탓'이 있다는 죄의식 속에서 스스로 뉘우치고 '양심을-가지려고-원함'으로써 비로소 자기 자신의 '본래적 삶'으로 돌아가게" 된다.[28]

「간」에서 내 살과 간을 뜯어먹는 "내가 오래 기르던 여윈 독수리"는 '양심을-가지려고-원'해 왔던 윤동주의 충실성을 환기하는 표상이라고 볼 수 있다. 슬픔과 외로움과 치욕에 물어뜯기고 동요하면서도 스스로 '양심을-가지려고-원함'의 자리를 지켜 왔다. 윤동주에게 '양심을-가지려고-원함'은 '시 쓰기'를 통해 실현되었다. 동시에 '미적 주체'의 생성이었다.

「잘못 결박된 프로메테우스」는 프로메테우스가 독수리의 도움으로 감옥에서 해방되는 행복한 결말에 이르는 것과 달리, 「간」의 현실과 결말은 비극의 연장이다. 「간」은 독수리에게 간을 떼어 주는 행위를 반복하며 "끝없이 침전하는 프로메테우스"의 형상으로 마무리한다.

> 프로메테우스 불쌍한 프로메테우스
> 불 도적 한 죄로 목에 맷돌을 달고
> 끝없이 침전沈澱하는 프로메테우스
>
> -「간」(1941.11.29) 부분

마지막 연은 안타까운 목소리로 프로메테우스를 세 번이나 호명한다.

프로메테우스는 인간을 신의 세계에서 독립시켜 주었고, "자기 자신의 미에 대한 의식"으로서 개성, 존재의식, 주체성, 양심, 문화 등을 가져다 주었다. 그런데 '불의 발명'은 인간의 독립선언이지만, 반대로 신성모독죄이고 절대자에 대한 반역이었다. 이 전복적이고 불온한 죄가 인간의 입장에서는 혁명인 것이다. 윤동주는 「간」에서 이 전복적이고 혁명적인 행위와 그 행위의 결과를 "끝없이 침전하는" 것으로 표현하였다. "불 도적"하여 인간에게 문명과 문화를 일으킨 혁명적 영웅 프로메테우스는, 「간」에서 "불쌍한 프로메테우스"가 되어 "끝없이 침전"한다.

한편 "침전하는 프로메테우스"는 알레고리로 읽을 수도 있다. '침전'의 반대쪽에는 일제 말기의 폭력적 키워드이자 선전어였던 '동화同化'가 놓여 있다. '내선일체內鮮一體', '동조동근同祖同根', 창씨개명, '민족협화民族協和', '대동아공영'이란 정치적 언어는 모두 '동화정책'을 지향했다. 이렇게 '동화'를 위해 동원되는 시대에 윤동주는 '침전'을 말한다. 침전沈澱이란, 액체 속에 존재하는 작은 고체가 액체 바닥에 가라앉아 쌓이는 것이다. 즉 침전은 고체인 존재가 그 조건에 녹아 용해溶解·무화無化되거나 동화되지 않고 자신의 형체를 고집스럽게 유지하며 이질화된 채로 가라앉는 상태이다. 윤동주는 동화되지 않고 자신의 독자성을 유지하면서 불순물처럼, 이질적 타자로 남기를 고집하는 태도를 시 「간」에서 '침전'으로 표현했다.

1940년대 전시체제 하에서 총화 국민으로 동화되지 않는 이질적 타자는 '비국민'으로 철저하게 배제되고 추방되었다. 제국의 '신민'으로 동화하지 못하고 식민지 '조선'의 '미적 주체'로 존재하려는 고통스러운 몸부림이, '침전'이라는 물질성의 시어로 새겨진 것이다. 또한 불온한 존재로 불안과 분열을 선택하는 것도 '침전'의 이미지다. 프로메테우스는 동화에 포섭되어 살찌고 윤택하게 번창하는 대신, "뜯어먹히고" "야위어"가며 "침전"하기를 선택하는 자이다. 「간」은 불온한 이질적 타자-되기의 고투와 번뇌를 담고 있는 작품이다.

동화를 거부하고 침전沈澱하기

1년 뒤, 윤동주는 일본 유학 중에 쓴 「쉽게 씨워진 詩」(1942.6.3)에서 다시 한번 '침전'을 사용한다.

> 창窓밖에 밤비가 속살거려
> 육첩방六疊房은 남의 나라,
>
> 시인詩人이란 슬픈 천명天命인 줄 알면서도
> 한 줄 시詩를 적어볼까,
>
> 땀내와 사랑내 포근히 품긴
> 보내주신 학비 봉투學費封套를 받아
>
> 대학大學 노—트를 끼고
> 늙은 교수敎授의 강의講義 들으러 간다.
>
> 생각해 보면 어린 때 동무를
> 하나, 둘, 죄다 잃어버리고
>
> 나는 무얼 바라

나는 다만, 홀로 침전沈澱하는 것일까?

인생人生은 살기 어렵다는데
시詩가 이렇게 쉽게 씌어지는 것은
부끄러운 일이다.

-「쉽게 씌어진 시(詩)」(1942.6.3) 부분

윤동주는 오랜 준비와 고민을 거쳐 도착한 일본 도쿄東京에서 나는 누구인가, 무엇하러 여기에 있으며, 시를 쓴다는 것은 무엇이며, 시인은 어떤 존재인가를 묻고 있다. 제국의 수도 도쿄의 대학에서, 누구나 선망하는 선진적인 학문 세계에 진입해서 더 높고 넓은 지식과 학문과 진리와 예술을 배우게 되었다. 그런데 시적 주체는 다시 '침전'하고 있다. 그의 존재를 녹아내리게 하는 용액溶液은 '육첩방'의 "남의 나라"에서 내리는 밤비이며, 북간도의 부모님이 "땀내와 사랑내"를 담아서 "보내 주신 학비봉투"이다. 자신의 존재에 대한 물음처럼, 한편에는 그의 내면을 향해 내리는 밤비가 있고, 다른 한편에는 그의 입신출세를 기원하는 부모의 기대가 있다. "홀로 침전하는" 시적 주체의 형상은, 국가나 민족의 차원에서도, 부모의 기대와 사회적 욕망의 차원에서도 타협하지 못하고 내면적으로 불화하는 상태를 보여 준다.

제국의 수도, 어느 하숙방에서 윤동주는 자신의 타자성을 실감한다. "육첩방은 남의 나라"라는 언명은 '나는 제국의 국민이 아니다'라는, 일종의 커밍아웃과 같은 결단의 언어, 자신을 속박하는 어떤 강박적 정체성의 갈등에 시달리다가 '그것'으로부터 '나오는' 행위이다.

실제로 윤동주는 많은 행정적 절차를 거친 뒤에야 일본으로 도항할 수 있었다. 가장 결정적인 절차가 '히라누마 도주平沼東柱'라는 창씨개명을 인정하고, 제국 신민으로서의 존재 증명서를 제출하는 것이었다. 그리고 일본에 와서 '히라누마 도주'라는 이름과 '선계일본인鮮系日本人'으로 살며 대학에 다녔다. 하지만 그는 순전한 제국의 신민으로 동화되지 못했고 '조선인', '반도 출신', '만주국인'으로 차별받았다. 도항한 지 두 달 만에 그는 타자로서, 북간도 출신의 조선인으로서 자신의 정체성을 실감하고 확인하였다.

"육첩방은 남의 나라"라는 표현에서 곧바로 '나의 나라' 건설이나 독립에 대한 민족주의적 열망을 도출하는 것은 성급한 해석이다. "남의 나라"와 반대되는 '나의 나라'를 '조선'이라는 민족이나 국가 개념으로 환원하는 것이 적절한지도 의문이다. 이 시에서 '나라'는 특정 국가나 영토에 대한 개념보다는 '사건성'의 의미로 보는 것이 더 적절하다. 즉 동일화와 통합, 차별, 배제 등이 개입하지 않는 자유로운 개성으로서 존재, 그 존재를 통해 실현되는 주체성으로서 '나라'를 뜻한다.

「쉽게 씌어진 시」에서 '나라'를 민족의 차원이 아니라 '사건성'에 초점을 맞추어 해석하면, "남의 나라"-"시인이란 슬픈 천명"-"홀로 침전하는 것"의 관련성이 좀 더 분명하게 나타난다. "남의 나라"는 자신의 타자성에 대한 확인이며, 이러한 타자로서의 위치가 "시인이라는 슬픈 천명"이 존재하는 자리이다. 시인은 어느 시대 어느 장소에서도 쉽게 동화되지 못하며 스스로 '타자-되기'를 선택하고, 타자로 떠도는 자이다. 특정 '국가성'에 포획되지 않고, 전체주의적인 획일성 아래 동화되지 못하고, 또 일상의 동질성이나 공공성에 영합하지 못하고, 편안하고 자명한 자아동일성으로 귀환하지 못하는 존재, 그가 타자이며 시인이다. 타자성이란 이질분자로서, 쉽게 용해溶解되거나 동일화되지 못하는 숙명을 뜻한다. 윤동주의 시에서 이러한 타자성이 '시인의 천명'이고 "침전하는" 자로 형상화된다.

'비상시국의 전시체제 아래 파시즘에 용해되거나 동화된 상태'와 '시인으로 자기의 존재 증명을 하는 것'은 양립 불가능하다. 동화된 시적 목소리는 전체주의적이고 획일적이며, '총후국민銃後國民'으로서 '동원'과 복종을 목적으로 삼기 때문이다. 그것은 예술을 통제하고 검열함으로써 확보된 전체주의적 폐쇄회로에 갇히게 된다. 하지만 총력전 체제에서 동화와 협력을 거부하고 이질분자로 '침전'한다는 것은, 그 자체로서 '죄를 짓는' 일이었다. 동화를 거부한 자들은 '비국민'으로 '죄인' 취급을 받았다. 그러나 윤동주는 제국의 타자가 되어 체제와 불화하고 '침전'하는 것, 스스로 '비국민'과 '반체제 죄인'의 자리로 내려앉는 것이야말로 시인의 운명이라고 말한다.

파시즘을
돌파하기

윤동주의 습작 노트에 기록되지 않고 낱장에 써진 상태로 흩어져서 친구 강처중에 의해 보관되었다가 세상에 알려진 시와 메모가 있다. 이 시와 메모에는 작성 날짜가 없는데, 윤동주의 모든 기록과 텍스트를 정본화한 『사진판 윤동주 자필 시고 전집』의 편자들은 1941년 5월 말에서 6월의 작품으로 추정하고 있다.[29]

윤동주가 이 시와 메모를 습작 노트에 기록하지 않고 원고지 낱장에 써 둔 것은 세심한 그의 성격에서 의도된 것 같다. 그 시와 메모가 지닌 '불온성'을 충분히 감지하고 있었기 때문이다.

못자는밤,

하나, 둘, 셋, 네
....
밤은
많기도 하다.

ウォルドオ・フランク

美を求めれば求めるほど, 生命が一個の
價値であることを認める. 何となれば美を

認めることは, 生命への參與を喜んで,

承認し, 生命に參加することに他ならないので

あるから.

시 「못 자는 밤」과 그 아래에 적힌 ウォルドォ・フランク(왈도 프랭크)의 메모는 서로 연결된 하나의 텍스트로 보아야 한다.

「못 자는 밤」에서 첫째 줄 "못 자는 밤,"은 시의 제목이면서 쉼표(,)가 있는 것으로 보아 본문의 일부분이기도 하다. 시의 화자는 잠을 이루지 못하고 뒤척거리며 잠을 청하기 위해 "하나, 둘, 셋, 네" 숫자를 센다. 말

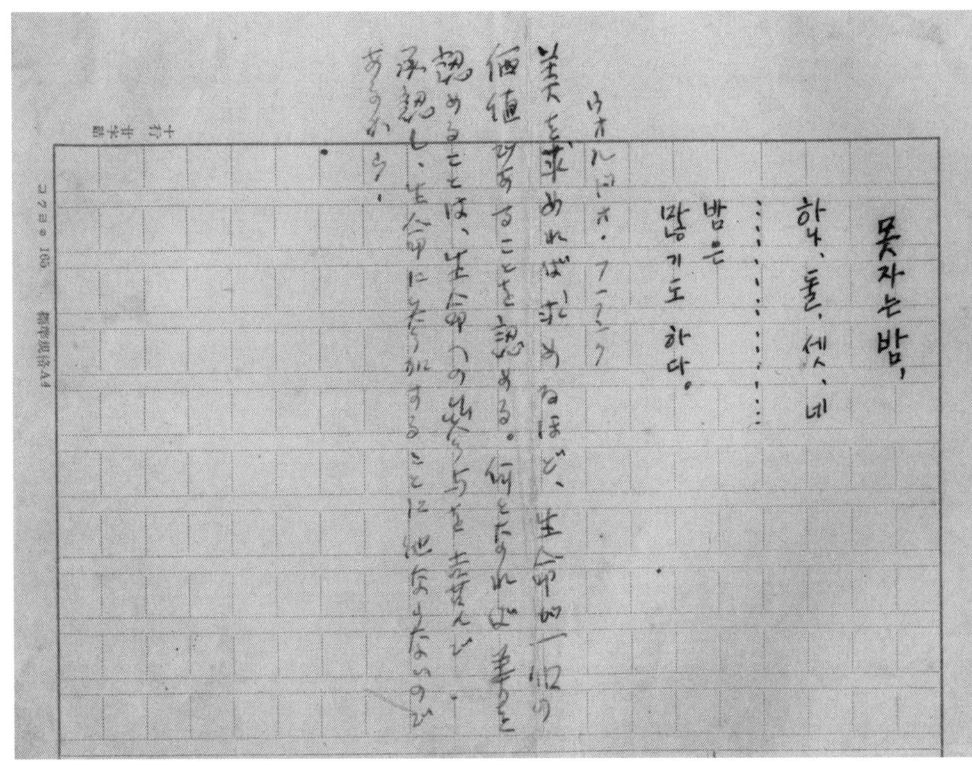

못자는 밤,

하나, 둘, 셋, 네

……………

밤은

많기도 하다.

ウォルドォ・フランク

美を求めれば求めるほど、生命は一個の
價値であることを認める。價値を認めることは、生命への參與を喜んで、
承認し、生命に參加することに他ならないので
あるから。

윤동주의 자필 시고 「못 자는 밤」과 일본어 메모 (윤인석 제공)

줄임표(“.........................”)를 길게 쓴 것은 숫자를 세며 간절하게 잠을 청하지만 잠이 오지 않는 상황을 보여 준다. 그리고 말줄임표의 시각적 효과로, 숫자를 세는 사이에 떠오르는 무수한 잡념의 흔적을 엿볼 수 있다. 다음 연에서는 “밤은 / 많기도 하다.”라고 탄식한다. 흥미로운 사실은 이 문장이 이상李箱의 시 「아침」을 참조했다는 점이다.

> 캄캄한 공기空氣를 마시면 폐肺에 해害롭다. 폐벽肺壁에 끄름이 앉는다. 밤새도록 나는 몸살을 앓는다. 밤은 참 많기도 하드라. 실어 내 가기도 하고 실어 들여오기도 하고 하다가 잊어버리고 새벽이 된다. 폐肺에도 아츰이 켜진다.
>
> - 이상, 「아츰」[30] 부분

이상의 「아침」은 『가톨릭청년』(1936.2)에 발표되었다가, 『을해乙亥명시선집』에 수록되었다. 『을해乙亥명시선집』은 윤동주의 장서 목록 26번으로, 1937년에 구입했다.[31]

「아침」에서 시의 화자는 폐병으로 인해 밤새 잠을 이루지 못하고 뒤척거리며 “몸살을 앓는다.” 이어지는 문장 “밤은 참 많기도 하더라”는 고통으로 잠들지 못하는 밤이 참으로 많아서 힘들다는 탄식으로 들린다. 또는 “실어 내 가기도 하고 실어 들여오기도 하는” 밤의 사유가 참으로 많다는 탄성으로 들리기도 한다. 캄캄한 밤에 홀로 깨어, 선명한 의식으로 죽음에 이르는 폐병의 병균 세포를 하나하나 감각하면서, 몸살을 앓으며 새벽이 오기까지 뒤척이는 밤의 시간은 너무나 많기도 하다는 발화. 그 고독과 서러움과 죽음에서 비롯한 공포를 이 문장으로 표현하였다.

「아침」은 당대의 시인들에게 깊은 인상을 주었던 것으로 보인다. 서정주가 선배 시인 박용철을 만난 자리에서 이상李箱의 이 시구 “밤은 많기도 하더라”를 기억해서 되뇌어 주었다는 기록이 남아 있다.

> 내가 문득 기억나서 이상의 '아 밤은 많기도 하더라'란 어떤 시의 구절을 되뇌어 드렸더니 그는 '그 사람은 이 땅 위에선 제일 서러운 소설을 쓴 사람이오' 하며, 이상의 단편「날개」를 말하고, 잠시 눈을 감고 있었다. 이걸로 보면 그는 이때 시詩하는 그의 목숨을 위험한 것으로 모색하며, 또 한쪽으론 땅 위에서 제일 서러운 것을 잘 아는 사람으로 자기를 정하고 있었던 게 분명하다.[32]

서정주가 이 구절을 말해 주자, 당시 폐병을 앓고 있던 박용철이 목숨의 위태로움과 영혼의 서러움을 공감하며 감회에 젖었다고 한다. "밤은 참 많기도 하더라"에 내포된 질병의 통증이, 예민한 시인들에게 시대적 질병의 메타포로 공감되었던 것이다.[33]

윤동주는「못 자는 밤」에서 "밤은 많기도 하다"는 이상의 문장을 참조하여, 밤새 폐를 앓는 이상의 고통에 전염된 듯 공감하며, 그의 육체적·정신적·시대적 통증을 자기화했다. 또한 "하나, 둘, 셋, 네"라는 숫자와 이 문장을 병치하여 '밤이 많은 상태'를 물질적인 실감으로 전환하고 있다.

윤동주가 잠을 못 자고 뒤척이는 이유를, 시 아래쪽에 일본어로 적어 둔 메모에서 찾을 수 있다. 메모의 내용은 월도 프랭크(Waldo David Frank, 1889~1967)가 쓴「작가의 본분」의 한 부분을 옮겨 쓴 것이다.

월도 프랭크는 미국의 소설가, 역사가, 정치운동가, 문학평론가이다. 당시 "ウォルドォ・フランク"(월도·프랭크)의 이름이 등장하는 책은 1935년 파리 국제작가회의에서 발표된 글을 고마쓰 기요시小松 淸가 모아 편역한『文化の擁護문화의 옹호』(동경: 第一書房, 1936)이다. 이 책에 월도 프랭크가 쓴「作家の本分(작가의 본분)」이 실려 있다. 1935년 6월 21부터 25일까지 5일간 파리에서 열렸던〈문화 옹호-국제작가 회의〉는 앙드레 지드를 의장으로 로망 롤랑, 하인리히 만, 토마스 만, 막심 고리키, 포스라 헉슬리, 버나드 쇼, 싱클레어 루이스 등 38개국 250명의 작가, 지식인이 참가하였고, 전쟁

과 파시즘에 의해 파괴되고 공격받고 있는 문화를 옹호하는 것을 주제로 개최되었다. 인간성의 해방, 문화의 옹호, 사상과 표현의 자유와 민주주의를 주장했으며, 이를 통해 창궐하는 파시즘에 대항하려는 목표를 가진 작가대회였다. '문학과 정치', '개인과 휴머니즘', '민족과 문화', '계급과 문화', '사회에서 작가의 입장과 역할', '사상의 존중과 표현의 자유', '새로운 문학과 문화의 창조' 등의 분과로 나누어 토론하고 '반전 반파시즘'을 주창하였다. 월도 프랭크는 미국 대표로 〈문화 옹호-국제작가회의〉에서 「작가의 본분」이라는 제목으로 연설하였다.

한편, 1935년 파리에서 국제작가회의가 열리던 시기에 일본 문단은 '문예통제'가 뜨거운 이슈로 논란이 되고 있었다. 『문학평론』(1935.7)은 「문예통제를 어떻게 생각하는가」라는 설문을 실었고, 『신조新潮』는 1935년 6월호부터 1936년 2월호까지 연속으로 '문예통제' 문제를 다루었고, 기타 많은 신문 잡지에서 '문화통제 문제'를 다루었다. 반면에 파리에서 있었던 〈문화 옹호-국제작가회의〉 기사도 집중적으로 계속해서 다루었다.

그 당시 조선의 상황은, 프롤레타리아문학예술운동 단체였던 카프에 대한 검거와 탄압이 대대적으로 이루어지고 있었다. 많은 문인과 예술가들이 체포 구금되고 재판을 받았다. 결국 카프는 1935년 5월 해산되었다. 이러한 현실 속에서, 조선의 문화 예술인들은 파시즘에 의한 자유의 억압과 문화 파괴를 주시하고 있었다.

> 독일 안에 있는 각 대학에서는 수십 명의 교수가 해직을 당했다. 화학 물리학의 세계적 권위자들이 각종 연구소로부터 인퇴引退를 강요받았다. 한림원 극장 등으로부터 문학자 시인 배우 등이 방축放逐되었다. 사회주의 서적은 말할 것도 없고 자유주의에 관한 온갖 서적 또는 '비독일적' 문헌은 모두 불살라 버렸으며 전국의 도서관은 황폐되어 학문 과학 예술은 이토泥土에 짓밟히고 있다. 이러한 문화 파궤破潰의 만행은 단

單히 독일에 한해서 있지 않고 차츰 전 세계의 여러 나라에 급격히 또는 서서히 침습侵襲되고 있다. 문화의 위기는 이러한 정치적 바-바리즘의 전율할 파괴 행동에 의하여 날로 더욱 심각하여 가고 있다.[34]

이 글은 독일에서 일어나는 야만적인 문화 파괴의 현실로 자유주의 사상의 탄압, '비독일적'으로 간주되는 문헌 파괴, 문학자·시인·배우·지식인의 추방, 학문·과학·예술에 대한 파시즘적 탄압 등을 고발하고 있다. 이러한 문화의 파괴와 위기가 전 세계적으로 퍼져 가는 상황이었다.

김형준이 『개벽』을 통해 독일의 야만적인 문화 파괴행위를 적극적으로 담론화한 것은 1934년 7월 조선에서 벌어진 카프의 2차 검거사건을 배경으로 하고 있다. 식민 당국이 '신건설사 사건'을 만들어 문학예술인들 수십 명을 체포 구금하였고 카프는 급속도로 와해되고 있는 상황이었다. 일제는 개정된 치안유지법을 새삼 적용하며 사상탄압을 강화하였다. 이런 상황에서 〈문화 옹호-국제작가회의〉를 담론화하는 것은 조선에서의 문화 파괴를 고발하고 문화 옹호를 주장하는 맥락이 있었다.

조선에서도 1935년 파리에서 개최된 〈문화 옹호-국제작가회의〉를 여러 사람이 소개하였다. 박승극의 「문화 옹호 국제작가회의의 경과」(『조선중앙일보』, 1935.9.8.~11), 정인섭의 「세계문단의 당면 동의」(『동아일보』, 1935.10.13)는 파리의 국제작가회의 성과를 상세히 소개하였다. 이 글들은 세계문단의 동향을 신자유주의 운동으로 집약해서 설명하고 있다. 또한 『조선일보』는 1936년 1월 1일부터 3일까지 이헌구가 쓴 〈문화 옹호-국제작가회의〉의 의의와 역사적 기여를 소개하고, 1월 4일에 「국제작가회의 결의안 전문 초抄」를 실었다.

세계의 파쇼화에 대하여 반항하려는 것이요, 이 반파쇼적 운동에 있어서는 재래의 자유주의적 또는 데모크라시의 정신을 가지고 또는 그러

> 한 사회에서는 그 목적을 달성할 수 없으므로 그들이 찾는 참다운 문화 옹호는 결과적으로 반파쇼의 국가를 지지하며 그러한 사회의 달성을 위하여 비상한 고난과 싸워야 한다는 것이다. …(중략)… 이 회의는 그것이 단순한 비상시적 방위 수단만이 아니라 더 나아가 전 세계 인류에 향하여 정당히 인간적 권리를 찾게 하는 동시에 인류문화를 정상적으로 향수하려는 양심적이요 인간적인 환구歡求를 대변 옹호하였다 함이 가장 타당할 것이다.[35]

이헌구의 이 글은 〈문화 옹호-국제작가회의〉의 기조를 자유주의적이고 민주주의적인 정신으로 파악하여 파시즘에 저항하고 인간적 권리, 즉 표현과·사상과 언론의 자유, 집회의 자유 등을 지켜서 인류문화를 정상적으로 발전시키는 데 기여하고 있다고 규정한다. 또한 이 대회의 역사적 의의가 양심적인 지식인의 세계적인 반파시즘 연대 투쟁이라는 것을 밝히고 있다. 이렇듯 조선에서는 식민지 파시즘에 대항하는 차원에서 국제작가회의가 꾸준히 소환되었다. 박치우는 「국제 작가대회의 교훈- 문화 실천에 있어서의 선의지」(『동아일보』 1936.5.28.~6.2)를 4회에 걸쳐 연재하기도 했다.

1937년 7월 중일전쟁의 발발로 군국주의 경향이 심화되면서 〈문화 옹호-국제작가회의〉가 재소환되었다. 문학평론가 한식은 「문화 옹호의 열정과 의의」에서 파시즘의 문화 파괴에 맞서 투쟁하는 스페인 민중 투쟁을 소개하고, 〈문화 옹호-국제작가회의〉가 지닌 의의를 다시 한번 조선의 예술계에 환기하였다.

> 문화 옹호 국제작가회의는 문화를 존중히 하는 사람들, 파시즘이 문화에 던지는 협위脅威를 느끼는 사람들, 문화를 파멸의 심연에 떨어뜨리지 말자는 사람들의 집회였던 것은 우리들이 다 아는 바이다. …(중략)…

파시즘에 대하여 문명개화에 협위脅威를 가하는 일체의 위험에 대하여 항쟁할 것이다라는 결의를 하였다는 것이다. …(중략)… 스페인 민중의 투쟁과 그들의 운명에 대하여 절실한 관심과 동정을 가지고 있는가를 피력하고 있는 것을 넉넉히 볼 수가 있다.[36]

한식은 이 글에서 스페인 민중 투쟁과 인민전선을 상기시키고, 자유를 억압하고 문화를 파멸의 심연에 떨어뜨리는 전체주의 파시즘적 책동 일체에 대해 항쟁할 것이라는 〈문화 옹호-국제작가회의〉의 대의를 지적하며 '문화 옹호의 열정'을 강조하였다. 날로 격화되고 있는 군국주의 파시즘에 대응하여 사상과 문화를 억압하는 상황을 고발하고 비판하는 전략적 글쓰기를 시도한 것이다.

윤동주는 『문화의 옹호』에 수록된 월도 프랭크의 「작가의 본분」에서 한 부분을 뽑아서 메모해 놓았다. 그가 밤새 잠들지 못하고 "밤은 / 많기도 하다"라며 탄식했던 이유를 월도 프랭크의 글과 이 글이 발표되었던 〈문화 옹호-국제작가회의〉의 취지를 연결하여 이해할 수 있다. 길게 이어지는 말줄임표로 재현한 것처럼, 윤동주의 고민과 사유는 끝없이 꼬리를 물고 이어졌다.

메모에서 인용한 월도 프랭크의 말을 살펴보자.

왈도·프랭크

미를 추구하면 추구할수록, 생명이 하나의 가치라는 것을 인정하게 된다. 왜냐하면 미를 인정한다는 것은, 생명에의 참여를 기꺼이 승인하여 받아들이고, 생명에 참가하는 바로 그것이기 때문이다.

메모의 내용은 단순하다. 미의 추구는 생명의 가치를 인정하는 것이며, 생명에 참여를 승인하는 것이라는 주장이다. 윤동주는 월도 프랭크의 이

말을 미에 대한 정의, 시 쓰기의 목표와 방향에 대한 정의로 받아들였다.

여기서 '생명'은 단순한 목숨이 아니다. 생명은 '자연적이고 정상적인 생의 양식'으로서 '자유'이면서 필연이다. 생명은 언제나 모든 행위와 함께 깨달아지는 살아 있는 지평인바, 주체는 이 안에 살면서 비로소 자기의 대상들에 관계하는 것이 가능하다. 윤동주는 시가 삶과 생활을 표현하는 양식이라고 생각했는데, 삶이란 약동한 생명 그 자체이다. 미를 추구한다는 것, 혹은 시를 쓴다는 것은 '생명'에의 참여라는 것에 동의했다. 하지만 사상과 표현의 자유가 억압받고 문화가 통제되고 인간이 동원되는 세상은, 생명이 약동할 수 없는 죽음의 상황이다. 생명에 참여한다는 것은 상황을 직시하고 밤에 깨어 '양심의 부름'을 듣는 자의 모습이다. 그에게 시 쓰기는, 하이데거의 표현을 빌리자면, 시대의 억압에서 오는 일상적 불안과 퇴락의 위기 속에서 '양심을-가지려고-원하는' 결의의 양식이었다.

윤동주의 육필원고를 체계적으로 정리한 왕신영은, 월도 프랭크의 메시지를 고민하고 사유한 끝에 윤동주의 「서시」가 탄생하였다고 보았다. "별을 노래하는 마음으로 / 모든 죽어가는 것을 사랑해야지"(「서시」)가 '생명에 대한 사랑'이며, "그리고 나한테 주어진 길을 / 걸어가야겠다."가 '생명에의 참여를 받아들이고, 생명에 참가하는 행위'에 대한 자각의 시적 형상화라고 해석했다.[37] "죽어가는 것"들은 생명을 약동시키지 못하는 상태, 자유를 억압받고 통제되고 동원되는 모든 상황일 것이다. 그가 자선시집 『하늘과 바람과 별과 시』를 만들기 위해 「서시」를 특별히 창작했다는 사실은, 그의 세계의식과 시 의식을 선명하게 보여주는 대목이다. 윤동주에게 시 쓰기란 "죽어가는 것을 사랑해야 하는" 생명에의 동참을 뜻한다.

「못 자는 밤」과 비슷한 시기에 쓴 「새벽이 올 때까지」에서, 전체주의적인 억압과 폭력이 강화되는 현실에 대한 윤동주의 위기의식과 시 쓰기에 대한 태도를 볼 수 있다.

다들 죽어가는 사람들에게
검은 옷을 입히시오.

다들 살아가는 사람들에게
흰 옷을 입히시오.

그리고 한 침대寢臺에
가지런히 잠을 재우시오.

다들 울거들랑
젖을 먹이시오

이제 새벽이 오면
나팔소리 들려올 게외다.

-「새벽이 올 때까지」(1941.5) 전문

이 시는 "다들 죽어가는 사람들 / 다들 살아가는 사람들"과 "검은 옷 / 흰 옷"의 대비를 통해, 생명력을 잃고 죽음을 향해 나아가는 시대와 사람들을 재현하고 있다. 그런데 죽음과 삶, 검은 옷을 입은 사람과 흰 옷을 입은 사람을 모두 "한 침대에 / 가지런히 잠을 재우"자는 시적 화자의 발화는 매우 충격적이다. 검은 옷이든 흰 옷이든, 그들이 놓여 있는 밤의 시대를 변화시킬 수 없다는 절망적인 메시지를 담고 있기 때문이다. 그들에게 허락된 것은, 시의 제목처럼 '새벽이 올 때까지' 기다리는 일뿐이다. 그때까지는 밤과 죽음의 시대, 암흑의 시대, 불안과 고통의 시대에 절망하고 "다들 울거들랑" 젖을 먹이며 위로하고 버티라고 한다. 이 시의 주제는 죽음의 시대를 이기는 삶의 희망을 보여 주는 것이 아니다. 오히려 죽은 자와 산 자, 검은 옷과 흰 옷이 한 침대에 누워 있는 그로테스크하고 악몽 같은 상황에서, 나는 또 당신은 어찌할 것인가를 묻고 있다.

그런 점에서 이 시의 마지막 연에 표현된 "새벽이 오면" 들려오는 "나팔소리"는, 새롭고 희망찬 시대의 도래를 알려 주는 신호가 아니라 세계의 종말을 알리는 신호이다. 이상섭은 「새벽이 올 때까지」에서 '나팔소리'의 의미를, 성경의 「요한계시록」을 참고하여 심판의 날에 대한 상징적 알레고리로 해석하였다.

> 나팔 소리는 인류 역사상 꼭 한 번만 있을 최후 심판에만 있는 것이다. 따라서 이 새벽 역시 꼭 한 번만 있을 〈절대적〉 새벽이다. 요한계시록에 〈일곱 나팔 가진 일곱 천사가 나팔 불기를 예비하더라〉(8장 6절)는 구절이 나오고 드디어 나팔이 울리며 악의 세력에 대한 심판과 징벌이 시작된다. 천사들이 부는 굉장한 나팔 소리와 더불어 이 세상의 심판의 날이 닥친다는 것은 기독교의 가장 중요한 상징적 알레고리의 하나다.[38]

「새벽이 올 때까지」는 밤과 죽음이 닥쳐온 시대에, 섣불리 희망을 말하지 않으면서, 절망을 견디고 생명의 불씨를 간직하기 위한 자기 주문으로 쓴 시라고 할 수 있다.

한편 1941년 5월 31일에 쓴 「눈 감고 간다」는, 또 다른 시적 상상력과 태도를 그리고 있다. 이 시를 월도 프랭크의 메시지와 연결해서 읽어 보자.

> 태양太陽을 사모하는 아이들아
> 별을 사랑하는 아이들아
>
> 밤이 어두웠는데
> 눈 감고 가거라.

가진 바 씨앗을
뿌리면서 가거라.

발뿌리에 돌이 채이거든
감았던 눈을 와짝 떠라.

-「눈 감고 간다」(1941.5.31) 전문

이 시의 시간적 배경도 '어두운 밤'이다. 하지만 시의 주체로 "태양을 사모하는 아이들"과 "별을 사랑하는 아이들"이 등장한다. '태양', '별', '아이들', '씨앗'은 월도 프랭크가 말했던 '생명'의 표상이다. 어두운 밤에 "가진 바 씨앗을 / 뿌리면서 가"는 행위는, 생명에의 기투로서 미美, 문화 옹호를 위한 투쟁의 한 기획이라고 할 수 있다. 미를 추구한다는 것, 시를 쓴다는 것은 생명의 가치를 승인하고 생명에 참여하는 것이라는 월도 프랭크의 메시지와 상통하는 맥락이다.

이 시에서 "태양을 사모하는 아이들"은 윤동주 자신을 포함하는 명명이다. 윤동주의 아명兒名은 '해환'이었다. '해환'은 한글로 '해처럼 환하다'라는 뜻이다. 그는 소학교 졸업 때까지 집이나 동네뿐 아니라 학교에서도 해환으로 불렸다. 학교에서 부르는 이름은 한자 '윤해환尹海煥'으로 사용했다. '윤동주尹東柱'라는 이름은 16세 되는 은진중학교 때부터 썼다고 한다.[39] 고종사촌 김정우는 "동주의 아명은 해환이다. 지금도 나에게는 동주보다 해환이란 이름이 더 다정하게 느껴진다."[40]고 추억했다. 또한 "별을 사랑하는 아이들"은 송몽규를 연상케 한다. 송몽규는 자신의 한자 이름을 한글로 풀어서 '꿈별'이라는 필명을 사용했다.

윤동주는 '해처럼 환한' 자신과 '꿈꾸는 별'인 송몽규를 환기하면서, 밤이 어두웠지만 "눈 감고"라도 계속 가야 한다는 결의를 다진다. 그냥 가기만 하는 것이 아니라 "가진 바 씨앗을 / 뿌리면서 가"는 것이다. '씨앗'

은 생명의 근원이며, '씨앗을 뿌리는 자'는 생명을 만들고 키우고 확장하는 존재이다. 「눈 감고 간다」는 자신을 포함하여 청년들이 주체가 되어 어두운 밤을 뚫고, 억압과 폭력의 현실 속에서 생명의 길을 만들어 열면서 가야 한다는 메시지를 담고 있다.

어두운 밤에 "눈 감고 가거라"는 주문은, 세상의 거짓된 목소리나 유혹들로부터 눈을 감으라는 뜻이다. 이것은 신체의 눈, 현상적인 세계, 시대를 설명하는 담론, 당대 조선의 지성에 대한 불신의 비유적 표현이었다. 당시 윤동주는 기존의 지성과 체제에 대한 믿음을 내려놓고, 도래하지 않은 미래 세대, "별을 사랑하는 아이들"에게 구원을 향한 메시지를 보낸다. 일제 파시즘 정책과 제도에 동화된 언론매체의 보도, 대학과 스승으로 자처하는 사람들의 위선적인 훈화, 기성세대와 지식인의 정치적 패배감 등은 보지도 말고 듣지도 말고 "눈을 감고 가거라." 그러다가 방해물에 걸려서 넘어지거나 "발뿌리에 돌이 채이거든 / 감았던 눈을 와짝 떠라."라고 말한다. 생명의 씨앗을 품은 주체로서, 당대의 시국에 휘둘리지 말고 정신 바짝 차리고 가야 한다는 간절한 기대와 전언을 담고 있다.

1941년 5월 말에서 6월 초에 윤동주가 쓴 시에서 "밤", "어둠", "아침", "새벽"이라는 시어가 집중적으로 등장한다. 「태초의 아침」, 「또 태초의 아침」, 「새벽이 올 때까지」, 「못 자는 밤」, 「돌아와 보는 밤」, 「눈 감고 간다」 등이 그러하다. 특히, '새벽'과 '아침', '태초'에 대한 상상은, 당시 현실에 대한 불신과 새로운 시대의 도래에 대한 전복적 열망의 표현이라고 할 수 있다. 그는 시대적·사상적 전환기를 예감하고 있었다.

보론: 박치우의 사상과 영향

김성연(당시 연세대학교 윤동주기념관 총괄기획실장)은 윤동주기념관 준비위원회에서 윤동주의 유품을 정리하다가 윤동주의 스크랩북 사이에 끼워져 있던 한 장의 엽서를 발견하여 이를 학계에 보고하였다.[41] 그동안 알려지지 않았던 '사소한' 엽서였다. 특별한 내용이나 사연이 있는 엽서도 아니었다. 그런데 그 엽서의 발신자가 박치우朴致祐라는 사실이 눈길을 끈다.

보낸 사람: 박치우朴致祐 방方
경성부 제기정 137-126

받는 사람: 윤동주 형
경성부 누상정 9 김송金松 씨 방方

우편 직인: 부산. 소화 16년 7월 17일(1941.7.17)

내용:
나 지금 부산서 경성에 가는 차를 탔오. 별 변동이 없다면 경성까지 갔다가 주겠지.
시간이 있으면 내게 다시 편지 내서 만나기로 합시다. 얼마나 컸는가고.

우리집엔 개가 있으니 차저올 때 놀래지 마오.

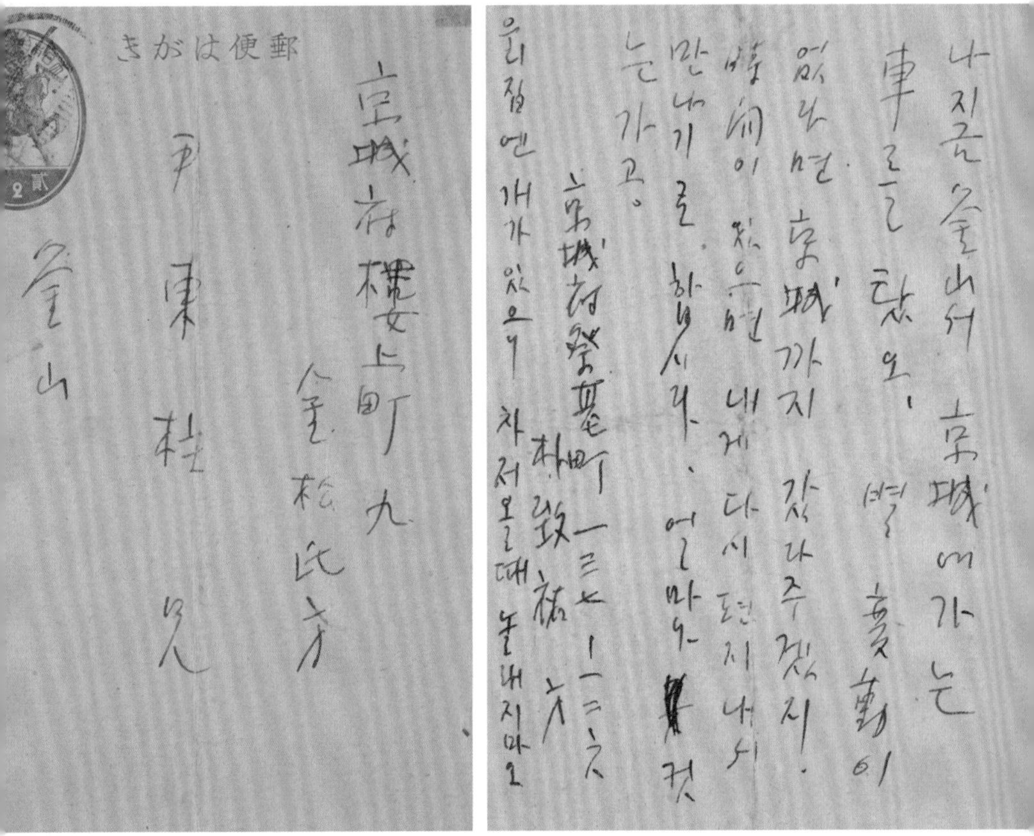

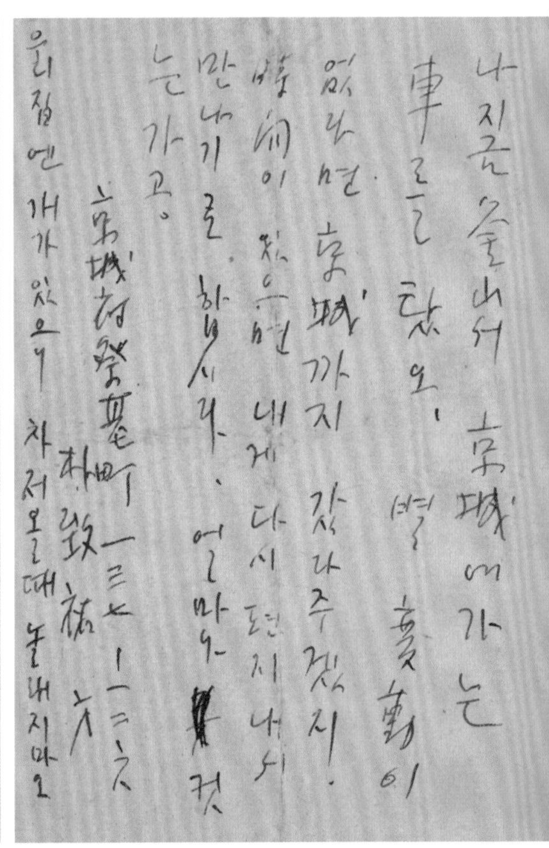

나지금 釜山서 京城에 가는
車로 탔오. 별 事故이
없으면 京城까지 갔다주겠지!
방학이 되었으면 내게 다시 편지내서
만나기로 합시다. 얼마나 [illegible]것
는가고.
京城府 龍頭町 一三七 一二二六
朴致祐 方
우리집엔 개가 있으니 차저올때 놀내지마오

박치우가 윤동주에게 보낸 엽서(연세대학교 윤동주기념관 제공)

박치우가 부산에서 경성으로 출발하는 기차를 타면서 윤동주에게 엽서를 썼다. 엽서의 내용은 한번 보자고, 집으로 찾아오라는 것이다. 박치우의 어투로 짐작건대, 둘 사이에는 이전부터 왕래가 있었던 모양이다. "다시 편지를 내서"라고 말한 걸 보면 두 사람은 편지를 주고받는 사이였다. 집으로 찾아오라고 한 것으로 미루어, 서로 거리감 없이 친밀한 관계였던 것 같다. 『소화 15년판 조선 문예연감』(1940. 4)에 기록된 박치우의 집 주소가 '경성부 용두정 144'[42]로 나와 있는 걸 보면, 엽서를 보낼 즈음 '경성부 제기정 137-126'으로 새로 이사하여 초대한다는 의미가 있었는지도 모른다. 이사한 집은 윤동주가 처음 가는 곳이라서 '개 조심'하라고 일러 준 것으로 읽을 수도 있다.

박치우가 엽서를 보낸 주소지는 당시 윤동주가 하숙하던 '누상동 9번지 김송의 집'이었다. 윤동주는 1941년 9월에 2학기가 시작되면서 북아현동으로 하숙을 옮겨서 12월 말, 졸업 때까지 지냈다. 연희전문학교 재학 시절 윤동주의 거처가 여러 차례 바뀌었음에도 박치우가 그의 하숙집 주소를 정확하게 알고 있다는 것은 그만큼 윤동주의 생활과 일상, 동선을 챙기고 있었다는 것을 말해 준다. 두 사람이 평소에 수시로 긴밀하게 연락하며 살아왔다는 것을 알려 주는 정보들이다.

박치우가 보낸 엽서에서 무엇보다 주목되는 대목은 "얼마나 컸는가" 보자는 말이다. "얼마나 컸는가" 보겠다는 것은, 그동안 두 사람이 공부와 사유와 인격 등의 성장과정을 나누어 왔다는 의미이다. 즉, 두 사람의 관계는 일상적인 안부를 나누는 정도가 아니라 앎과 지식, 공부의 상태를 논하는 사이였다. 박치우는 윤동주의 학문적 사상적 멘토 역할을 했던 것으로 짐작된다.

박치우(朴致祐, 1909~1949)는 조선의 제1세대 서양 철학자로서 조선 지성계를 대표하는 철학자이자 저널리스트, 문화평론가였다. 1935년부터 1941년까지 국내 사상가로서 박치우의 학식과 명망은 대단하였다. 초기 한국 철학계의 두 계보에서 박종홍, 안호상 등의 관념론적 경향과 대비하여, 박치우는 유물론적 경향을 대표하는 철학자였다. 그의 업적은 철학계에 국한되지 않고, 1930년대 중반부터 다양한 문화비평을 통해 문화계를 진단하거나 선도하는 글을 썼다. 30년대 후반에는 신체제론을 펼쳐, 비합리적 파시즘 사상에 맞서 지성을 옹호하는 입장을 대표했던 문화론자였다. 이후 박치우는 1945년 8·15해방 후 남로당의 노선과 문화정책을 수립하는 위치에 있으면서, 조선문학가동맹 계열의 문인들에게 큰 영향을 끼쳤다.[43]

박치우는 1909년 함경북도 성진에서 목사 박창영朴昌英의 아들로 태어났다. 함경북도의 경성鏡城고등보통학교를 졸업하고 1928년 경성제국대학 예과에 입학하여 경성제국대학 법문학부 철학과를 제5회로 졸업했다. (1930.4~1933.3) 졸업 후 경성제국대학 미야모토 와키치宮本和吉 지도교수의 연구실 조수로 발령(1933.4.1)받아 근무하면서, 철학연구회에 참여하여 『철학』을 발간하고 「위기의 철학」을 발표하기도 했다. 1934년 9월 평양의 숭실전문학교 교수로 부임했는데, 1938년 신사참배 문제로 숭실전문학교가 강제 폐교되면서 교수직을 상실하였다. 상경하여 1938년 4월 『조선일보』 학예부 및 사회부 기자로 입사하였다가 1940년 8월 『조선일보』가 폐간되면서 퇴직하였다. 그 뒤 박치우는 경성제국대학 대학원에 입학하는 한편, 조광사에 관여하였다. 경성제국대학 대학원 잡지 『학총』(1943.1)에 일본어로 「아리스토텔레스의 산문론」을 발표하였다. 그리고 일제 시대 말기에 중국으로 탈출하였다. 중국에서 해방 소식을 듣고 1945년 서울로 왔고, 남로당의 이념과 정책을 수립하는 데 참여했다. 조선학술원, 민주주의민족전선, 조선문학가동맹, 조선문화단체총연맹 등의 결성에도 주도적으로 참여했다. 『현대일보』를 창간하여 편집 겸 발행인이 되었는데, 미군정청이 『현대일보』를 수색하자 잠적했다. 『현대일보』에는 식민지 시대 『조선일보』에서 함께 근무했던 이원조, 김기림, 이태준 등이 참여했다. 1946년 10월 대구인민항쟁 이후 지명 수배되자 월북하여 대남 유격대 양성을 위한 강동정치학원 정치부원장이 되었다. 1949년 남한 빨치산 통솔을 위한 제1병단 유격대를 조직하고 정치위원으로 참여하였으며, 태백산 전투에서 1949년 11월 사살되었다. 당시 그의 나이 만 40세였다.

1930년대 중후반 박치우는 전체주의 이데올로기가 어떻게 지식인들을 위협하고 담론을 구획하고 있는지 논리적으로 비판하였다. "그(박치우-인용자)는 근대정치가 국민국가로서 그 형태가 공고해진 이후, 그 안에 내재된 모순이 극대화된 현상으로서 파시즘을 인지했다. 또한 박치우는 지식인들이 전체주의의 협위 앞에서 지식인의 본질이라 할 수 있는 지성을 포기하는 사태에 처해 있었다고 진단하였고, 이에 맞서 변증법적 지성을 내세우며 역사적 양심을 지니고서 시대를 통찰하는 힘을 지녀야 한다고 역설하였다."[44]

서양철학을 전공한 박치우는 자신의 근본 지향을 '철학함'에 두고 있었다. 사회주의를 학문적으로 탐구하면서 획득한 지식과 논리에 근거하여 현실의 사태를 설명하고, 문제를 해결하고자 분투하였다. 따라서 그의 활동 반경도 학문의 전당인 상아탑에 국한하지 않고 저널리즘을 통해 적극적으로 문필활동을 펼쳐 나갔다. 그는 1930년대 중반부터 신문과 잡지를 통해 고전론·교양론·신체제론 등 당대 주요 담론 속에서 사회비평과 문화비평을 전개하였다.[45]

> 박치우는 제1세대 철학자들 중에서 그 누구보다도 학생들의 현실적인 정치의식은 물론 역사의식과 문화의식에 깊은 관심을 가지고 있었으며, 해방 이후에도 단순히 교육적인 계몽의 의미에서가 아니라 시대적인 사명의식에 투철할 것을 젊은 학생들에게 권고하고자 한 입장에서 관심을 갖게 되었던 것이다.[46]

윤동주와 박치우의 인연은 어떻게 시작된 것일까? 두 사람의 생애가 겹치는 부분은 1935년 평양 숭실학교의 『숭실활천崇實活泉』이다. 윤동주는 1935년 9월 숭실중학교 3학년 2학기에 편입하여 수학하던 중, 신사참배 문제로 학교가 장기 휴교에 들어가면서, 1936년 3월 말 북간도로 귀향하였다. 그 사이에 숭실학교 학생YMCA 문예부의 『숭실활천』 15호(1935.10.30)에 시 「공상」을 발표하였다. 이때 같은 잡지에 숭실전문학교 지리역사 담당 교수 박치우도 「한가한 뒤푸리」라는 철학적인 산문을 게재했다. 어쩌면 『숭실활천』에 실린 박치우의 글을 윤동주가 읽었을 수도 있다.

또는 윤동주의 집안과 박치우의 집안이 이전부터 알고 지냈을 가능성도 있다. 박치우의 아버지 박창영朴昌英 목사는 1922년 함경북도 노회장을 역임하는 등 함경북도 기독교계의 지도자였다. 그는 함경북도 벽촌 포교를 비롯하여 약 17년 동안 시베리아 선교 활동을 활발히 하였고 1940년 함경북도 온성군 훈계교회에서 시무하던 중 별세하였다.[47] 두만강변의 국경 마을 함경북도 온성은 북간도 용정과 가까운 거리여서, "함북 온성이면 용정과도 멀지 않아 서로 뻔한 곳"[48]이었다. 따라서 박창영 목사의 선교 범위와 네트워크에 북간도와 윤동주 집안이 포함되어 있었을 확률이 높다. 또한 윤동주가 다녔던 "은진중학은 규암 김약연을 비롯한 북간도의 교회대표 15인이 캐나다 선교회에 청원해 명신여중, 제창병원과 더불어 1931년에 설립한 학교였다. 당시 북간도 지방의 기독교 포교는 함경도 지역 전도활동의 연장선상에서 해삼위 일대와 함께 캐나다 선교회에서 맡고 있었다."[49] 명동마을 및 용정, 은진중학교 등 북간도의 기독교 네트워크와 박창영 목사의 선교 영역은 서로 겹쳐 있었다. 이런 기독교 네트워크 속에서 박치우와 윤동주가 서로 안부를 묻는 관계였을 수도 있다.

두 사람은 1938년 4월에 경성에서 새로운 생활을 시작하게 되었다. 박치우는 숭실전문학교가 신사참배 문제로 강제 폐교되자 상경하여, 1938년 4월 조선일보의 학예부 및 사회부 기자가 되었다. 윤동주는 1938년 4월 9일 연희전문학교 문과에 입학하였다. 그리고 1938~39년에 『조선일보』에 시 「아우의 인상화」(『조선일보』 1938.10.17), 산문 「달을 쏘다」(『조선일보』 1939.1.23), 시 「유언」(『조선일보』 1939. 2.6)을 발표하였다.

1930년대 후반 박치우는 「현대학생풍기론」(『조선일보』 1938.5.10~14), 「현대조선학생론」(『사해공론』 1938.7), 「졸업하는 여학생에게」(『여성』 1939.4) 등을 발표하여 조선의 학생사와 시대적 사상문제, 윤리, 취업난 등을 논하였다. '불온학생'과 '불량학생'의 시대적 변화, 그들을 대하는 가정과 당국의 눈 등을 분석하며 청년과 학생이 이상을 가지고 보람 있는 미래를 기약할 수 없는 현실을 비판하고 대책을 촉구하였다.

박치우는 신문화 수입 이후 조선의 학생사를 3기로 나누어 고찰하였다. 제1기는 신문화 도래 직후, 과학 기술의 무제한적 필요에 의해 학생들은 신학문의 운반자, 공급자로서 무한한 주체성과 자부심을 갖고 있었다. 이들은 학원이라는 온실 속에서 배운 꿈과 이상에 뒤섞인 초속超俗적인 아름다운 나날을 보낼 수 있었다. 제1기 학생계는 낭만주의, 이상주의였다고 할 수 있다. 제2기는 근대사회의 모순에 대한 학생들의 자각에 의해 낭만주의와 이상주의는 무너지고 사회와 제도 변혁에의 열망 시대, '사상 전성기'가 되었다. 이때의 학생들은 '불온성'으로 문제되었다. 만주사변 이후 학생계는 제3기로서 풍기문제가 큰 이슈로 등장했다. 가정과 학교, 당국은 '풍기 문란'과 '불량성'으로 젊은이들을 규정했다.[50] 실제로 1937년에 풍기 문제 사고로 적발된 초중등학교 내 건수가 4,521 건[51]으로서 "학생 풍기가 전에 비해서 놀랄 만큼 문란해진 것만은 속일 수 없는 사실"[52]이라고 진단했다. 학교를 나왔댔자 신통한 일이라곤 하나도 없는, 야심적인 이상이 빈곤하기 때문에 학생들은 자포자기식으로 사도邪道의 유혹에 빠져든다는 것이다.

윤동주가 연희전문학교를 다닐 무렵, 학생들의 윤리적 타락과 풍기 문란, '불량성'에 대한 사회적 비판이 맹렬하였다. 학교, 당국, 교원 보도연맹, 경찰 차원에서 강력한 단속을 강구하였다. 이에 대해 박치우는 풍기나 윤리의 규범성, 행위의 구속력 등을 철학적으로 따지고 든다. 궁극적으로는 조선 학생들의 "이상의 빈곤이 그 원인"이며 "꿈이 부서지자 정열을 그 배출구를 풍기風紀 방면에 구하게 될 것"이므로 엄벌주의로 대책을 세울 것이 아니라 젊은이들이 이상과 꿈을 가질 수 있는 현실적 대책이 필요하다고 주장하였다.[53] "비굴과 타기惰氣에 차 있는 오늘의 학생계에 청신한 공기를 넣어 주려면" "청년기를 연학硏學과 수양에 바쳐도 후회가 없을 만한 보람 있는 미래를 약속해 주어야 한"다고 역설했다.[54]

박치우의 이런 논리와 유사하게 윤동주도 대학 캠퍼스를 '화원'에 비유하여 학생계와 젊은이의 문제를 비판적으로 서술하였다.

> 일반一般은 현대 학생 도덕學生道德이 부패腐敗했다고 말합니다. 스승을 섬길 줄을 모른다고들 합니다. 옳은 말씀들입니다. 부끄러울 따름입니다. 하나 이 결함을 괴로워하는 우리들 어깨에 지워 광야曠野로 내쫓아 버려야 하나요, 우리들의 아픈 데를 알아주는 스승, 우리들의 생채기를 어루만져 주는 따뜻한 세계世界가 있다면 박탈剝脫된 도덕道德일지언정 기울여 스승을 진심眞心으로 존경尊敬하겠습니다. 온정溫情의 거리에서 원수를 만나면 손목을 붙잡고 목놓아 울겠습니다.
>
> - 산문 「화원에 꽃이 핀다」 부분

윤동주는 학생의 처지에서 '학생 도덕', '풍기 문제', '불량성'의 문제를 따진다. 학생들의 도덕적 부패나 '불량성'은 식민지시대라는 복잡한 맥락이 있는 것인데, 기성세대는 현상만을 분개한다. 청년들의 불량성이 단순히 쾌락을 좇는 것이라기보다 진로와 이상을 찾을 수 없는 괴로움과 번뇌에 따른 반항 혹은 방황일 수 있다고 윤동주는 생각한다. 당대 학생들의 고통과 상처, 번뇌를 먼저 이해하는 데서부터 문제를 바라봐야 한다는 것이다. 윤동주는 당시의 도덕을 '박탈剝脫된 도덕'이라고 비판한다. 이러한 그의 의식이 시 「병원」에 나타나 있다.

> 나도 모를 아픔을 오래 참다 처음으로 이곳에 찾아왔다. 그러나 나의 늙은 의사는 젊은이의 병病을 모른다. 나한테는 병病이 없다고 한다. 이 지나친 시련試鍊, 이 지나친 피로疲勞, 나는 성내서는 안 된다.
>
> - 「병원」(1940.12) 부분

「병원」에서 시적 주체는 이상과 꿈을 상실한 젊은이의 절망과 트라우마에 대하여 호소하고 있다. 그러나 일반 사회는 참을 수 없는 아픔을 견디고 있는 젊은이의 절망적인 처지에 대해 이해나 위로도 없고 비난만 일삼는다. 이런 것들이 당대 젊은이들이 겪는 시련과 피로와 분노이다.

일찍이 박치우는 전쟁과 파시즘에 의해 파괴되고 공격받고 있는 문화를 옹호하는 서구 지식인 작가들의 〈문화 옹호-국제작가회의〉(1935.6 프랑스 파리)에 주목하며 사상과 표현의 자유, 정의와 진리, 민주주의의 가치를 환기하고 이를 파시즘 체제의 조선 상황에 대비시켜 알레고리화하였다. 그것이 박치우의 「국제 작가대회의 교훈」이라는 글이다.

> 문화 옹호 국제작가대회의 개최 및 그 결의로부터 생기生起될 일체의 운동을 나는 위에서 일종의 정치적인 운동이라고 규정했다. 이유는 지극히 간단하다. 즉 반파쇼 운동이기 때문이다. …(중략)…
> 이 땅의 예술지상주의자와 전향작가의 일군은 문학이라는 것은 정치를 떠남으로써만 '이데올로기'를 포기함으로써만 비로소 문학일 수 있다고 떠들고 있다. 그들은 작가가 정치적 관심을 가진다는 것은-작품에 '이데올로기'를 삽입한다는 것은-문학의 모험일 뿐만 아니라 차마 작가적 양심 예술가적 양심이 허許하지 않는다고 한다. 나는 문학에 관해서는 완전한 문외한이니만치 무엇이 작가적 양심이며 무엇이 예술가적 양심인지는 모른다. 그러나 문화 옹호 국제작가대회에 참석한 각국의 작가들은 작가적 양심 예술가적 양심을 살리기 위하여 일부러 이러한 정치적인 회합에 참석하였다고 한다.[55]

파시즘의 지배에 굴복하여 '얻은 것은 이데올로기요, 잃은 것은 문학이다'라고 전향 선언한 박영희 등에 대하여 박치우는 〈문화 옹호-국제작가회의〉를 소개하면서, "예술가적 양심과 작가적 양심"을 환기하고, 당시 조선과 일본의 전향 논리를 반박하고 있다. 양심적인 예술가들과 작가들은 파시즘에 대항하여 적극적으로 '정치적인 대회'를 조직하고 참여하였다는 것이다. 나아가 박치우는 전체주의 체제에서 문학과 예술의 사상성과 정치성을 적극적으로 옹호하고 있다. 윤동주도 시 「못 자는 밤」을 쓰면서 〈문화 옹호-국제작가회의〉에서 월도 프랭크가 발표한 양심적인 미학의 논리에 공감한 바 있다.

1940년 일본과 조선의 정치인, 사상가, 문화예술가들이 주장하였던 '신체제'란 나치스 독일의 '유럽 신질서'에 호응하는 '대동아 신질서'의 건설을 의미한 것이었다. 당시 아시아가 새로운 시대를 맞으려고 한다는 인식이 상당히 널리 퍼져 있었다. 서구제국주의로부터 아시아를 해방하고 일본을 리더로 하는 '대동아공영권'을 건설하여 세계에 새로운 질서를 형성하기 위한 전쟁으로써 중일전쟁을 정당화하고, 대對미영전쟁의 의의를 말하는 이념이었다. 하지만 결과적으로 군국주의에 동조하는 것이었다.[56]

박치우는 지식인들이 이러한 신체제와 전체주의의 위협 앞에서 지성을 포기하는 사태에 처해 있다고 보았다. 이에 맞서 변증법적 지성을 내세우며 역사적 양심과 예술가적 양심을 지니고서 시대를 통찰하는 힘을 지녀야 한다고 주장하였다.[57]

윤동주는 시 「위로」에서 신체제와 전체주의에 대항하여 고투하는 양심을 표현하였다.

> 거미란 놈이 흉한 심보로 병원 뒤뜰 난간과 꽃밭 사이 사람 발이 잘 닿지 않는 곳에 그물을 쳐 놓았다. 옥외요양을 받는 젊은 사나이가 누워서 쳐다보기 바르게—
>
> 나비가 한 마리 꽃밭에 날아들다 그물에 걸리었다. 노-란 날개를 파득거려도 파득거려도 나비는 자꾸 감기우기만 한다. 거미가 쏜살같이 가

더니 끝없는 끝없는 실을 뽑아 나비의 온몸을 감아 버렸다. 사나이는 긴 한숨을 쉬었다.

나이보담 무수한 고생 끝에 때를 잃고 병을 얻은 이 사나이를 위로할 말이—거미줄을 헝클어 버리는 것밖에 위로의 말이 없었다.

-「위로」(1940.12.3) 전문

이 시에서 거미가 쳐 놓은 거미줄에 온몸을 포박당하고 "파득거"리며 발버둥치는 나비의 형상은 신체제 전체주의하에서 자유와 이상, 정의와 평화를 빼앗긴 당대 젊은이의 상황에 대한 은유라고 할 수 있다. 청춘은

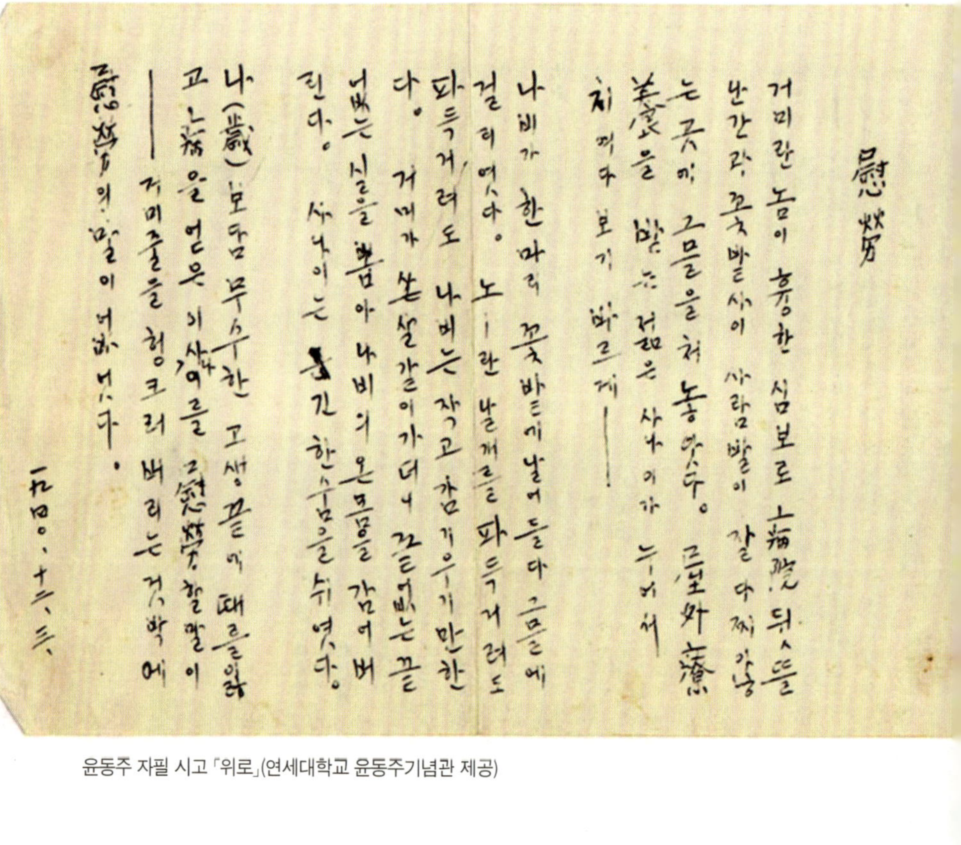

윤동주 자필 시고 「위로」(연세대학교 윤동주기념관 제공)

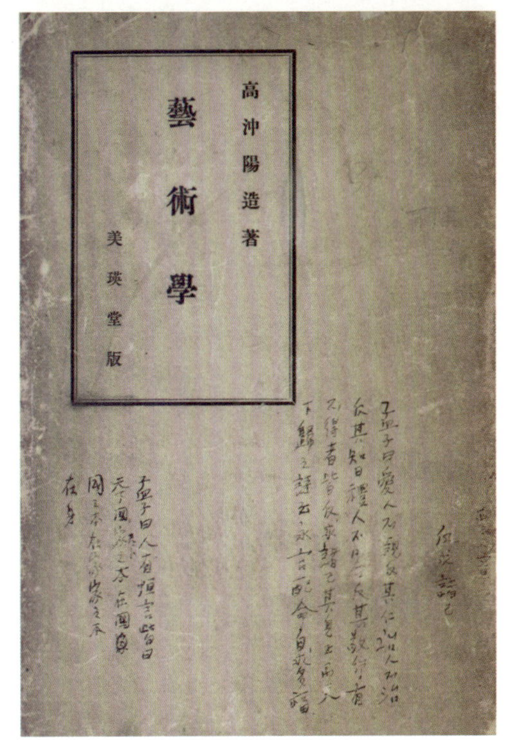

다카오키 요조(高沖陽造) 의 『예술학』 표지(연세대학교 윤동주 기념관 제공)

꽃밭과 우아하고 자유로운 날갯짓을 본질로 하는데 "끝없는 끝없는" 거미줄에 얽매인 신세가 되어, "파득거려도 파득거려도 자꾸 감기우기만 하"는 절망적인 상황에 놓여 있다.

윤동주는 복잡다단한 현실세계를 어떻게 예술적으로 포착하고 시 쓰기를 할 것인가에 대해서 계속 고민하고 공부하였다. 당시 그는 일본 문예사상가 다카오키 요조高沖陽造의 『藝術學예술학』(동경; 美瑛堂, 1937.6.22)을 1939년에 구입해서[58] 숙독하며, 유물론 미학에 긴밀하게 접속하고 있었다. 윤동주의 텍스트를 실증적으로 고증해 온 왕신영이 비교문학적으로 논증한 바, 다카오키 요조의 이 책은 시 「위로」에서 '나비와 거미' 관계를 해석하는 자료로 참조해 볼 수 있다.[59] 윤동주는 다카오키 요조의 『예술학』에서 다음 부분에 옆줄을 긋고 특별히 주목하였다.

> 시나 문학은 신비의 하늘을 나는 매가 아니라 낮게 땅 위를 배회하는 나비이다. 한번 이 땅의 권력인 거미에 잡히면 그녀의 생사는 그의 손아귀에 놓이게 된다.[60]

실제로 이 책에는 "나비는 거미에게 잡혀 버렸다!"(高沖陽造, 『藝術學』, 93쪽)라는 문장이 있다. 이에 근거하여, 윤동주의 시 「거미」가 파시즘 독재체제인 제국주의와 그 지배 하의 조선과 예술의 상황을 "이 땅의 권력인 거미"와 "낮게 땅 위를 배회하는 나비"로 알레고리화한 것이라 말할 수 있다.

윤동주는 두 달 뒤에 쓴 시 「무서운 시간」은 전체주의 앞에서 양심을 지키기를 요구하는 내면의 목소리를 듣고 있다.

거 나를 부르는 것이 누구요.

가랑잎 이파리 푸르러 나오는 그늘인데,
나 아직 여기 호흡이 남아 있소.

한번도 손들어 보지 못한 나를
손들어 표할 하늘도 없는 나를

어디에 내 한몸 둘 하늘이 있어
나를 부르는 것이오.

일이 마치고 내 죽는 날 아침에는
서럽지도 않은 가랑잎이 떨어질 텐데……

나를 부르지 마오.

- 「무서운 시간」(1941.2.7) 전문

이 시의 주체는, 지금은 '무서운 시간'이며 공포의 시대라는 것을 실존적으로 느끼고 있다. 전쟁을 위한 동원과 열광이 신체제를 합리화하고 있는 무서운 시대, 그 공포와 압박감이 시의 어조와 분위기를 압도하고 있다.

이즈음 박치우는 『조선일보』 폐간호에 「중얼기」(『조선일보』 1940.8.10)를 실었다. 「중얼기」는 『조선일보』가 폐간되는 것을 속수무책으로 바라보아야 하는 박치우의 망연자실한 상태를 표현한 글이다. 4년 전에 자신이 썼던 "반파쇼적 항쟁이라는 이 과감한 정치적인 운동에 몸을 던짐만이 자신의 작가적 양심, 예술가적 양심을 살리는 소위임을 선언하고 있다."[61] 라는 글에 대한 책임을 스스로 감당하기 어려운 상황이었다.

박치우와 함께 『조선일보』 기자였던 김기림도 해방 후에 쓴 『시론』의 「서」에서 당시의 상황을 비통한 마음으로 기록하고 있다.

> 1930년대는 날로 심해가는 일제의 정치적 공세 아래서 조선의 지식인들이 그들의 최후의 것을 잃지 않기 위하야 비통한 수세守勢로 들어간 것을 특징으로 한 시기였다. 정치와 경제에서 잃어버린 모든 손실 뒤에 민족문화에 있어서도 날로 존망의 위기가 다닥치고 있었던 것이다. …(중략)… 30년대의 중품에 와서는 벌써 예술주의의 의장擬裝조차가 일제의 공격의 날을 피할 수는 없었다. 조선의 지식인들이 문화와 같은 정신적인 것조차를 단순히 정신적 노력에 의해서만은 지켜갈 수가 없다는 진리를 몸소 깨달아 낸 것도 이때였다. …(중략)… 나는 정신상 가장 발랄한 나이를 이러한 암담한 시대에 소모한 것이 새삼스레 아까웁다. 가장 불행한 시간에 우리는 시를 쓰고 시를 생각하였던 것이다.[62]

식민지 시대 지식인들은 "최후의 것을 잃지 않기 위하여 비통"해 하며 "정신적 노력"을 감행하였다. 퇴락하지 않고 '양심을-가지려고' 고투하는 양식이 바로 시였다. 윤동주를 포함하여 당시의 시인들에게 시 쓰기는 현실을 직시하는 한편, 비통한 현실을 견디는 '나'를 정직하게 대면하는 과정이기에 고통스럽고 '무서운 일'이었다. 내면으로부터 자신을 호명하는 '양심'의 소리, '최후의 것'에서 도망치고 싶었다. "가장 발랄할 나이를 이런 암담한 시대에 소모한 것"이 아깝고 참담하고 원통하다.

군국주의적 전체주의를 살아가며 윤동주는 인간의 가치와 양심을 지키기 위한 지성과 사상을 탐색했다. 그런 관점에서, 아직까지 크게 주목받지 못했던 윤동주와 박치우의 관계를 살펴보았다.

일반적으로 알려져 있는 것처럼, 윤동주의 시는 소위 '순수한' 개인 서정이나 자연 서정을 표현한 것으로 한정되지 않는다. 또한 윤동주의 시 세계는 '민족' 또는 '민족문학'으로 환원할 수 없는 훨씬 복잡한 언어이자 사유체계이며 정서구조라고 할 수 있다. 그의 시는 개인적 차원의 도덕적 성찰이 아니라 시대와 역사, 세계사적 이념과 지성, 세계 사조와 치열한 대면을 통해서 나온 예술가적 양심의 표현이다. 따라서 윤동주의 시는 깊은 사상성과 정치성을 내장한 언어 체계로 새롭게 이해되어야 한다.

병든 시대

윤동주는 연희전문학교 4학년 시기에 제국주의의 정책에 노골적으로 동화하고 협력하며 자신의 안위를 보장받는 지식인들, 소위 '시대의 스승'으로 자처하는 전문가들의 위선적인 모습에 실망하고 분노했다. 대표적으로 1941년 2월에 연희전문학교 교장으로 취임한 윤치호, 연희전문학교 교수 정인섭 등이 있었다. 정인섭(1905~1983)은 1929년부터 연희전문학교 영문과 교수로 재직했다. 그는 윤동주의 전공학과 교수이자 스승이었다. 윤동주도 정인섭 교수의 강의를 수강했다. 정인섭은 지식과 교양이 많고 교수 기술도 뛰어나 명강의로 유명해서 학생들에게 인기가 많았다. 그는 와세대학교 영문과를 졸업했고 해외문학연구회 창립 멤버였으며, 귀국해서는 극예술연구회와 조선어학회 회원으로 활동했다. 또한 그는 학문적으로 선진적인 학자였으며 문단 및 사회 비평가로도 유명했다. 1936년 8월 덴마크 코펜하겐에서 열린 제4차 국제언어학자대회에 참석해서 논문을 발표한 기사가 신문에 실리기도 했다. 당시 영문과 학생이었던 유영柳玲은, 정인섭을 두고 "누구나 매혹되었"다고 회고했다.

> 달변과 교수 기술과 박학으로 명강의를 하시는 정인섭 선생님에게는 누구나 매혹되는데, 학기말 시험에 엉뚱하게도 작문 제목을 하나 내놓고 그 자리에서 쓰라는 것이다. 밤새워 해 온 문학개론의 광범위한 준비가 다 수포로 돌아갔다. 억지춘향으로 모두 창작 기술을 발휘하기에

> 정신이 없었다. 그래서 필자 역시 진땀을 빼며 써냈더니 점수가 과히 나쁘지 않아 천만다행이라고 안심하고 말았는데, 나중에 보니까 동주는 바로 그 제목의 그 글을 깨끗이 옮겨서 신문 학생란에 발표하였다. 제목은 「달을 쏘다」라는 것이다.[63]

이 기록은 윤동주가 정인섭 교수의 문학개론 강의를 수강했던 사실과 학기말 시험에 제출한 작문을 나중에 신문의 학생란에 발표했던 사실을 알려 준다. 윤동주의 연희전문학교 성적표를 보면 1학년 때 문학개론을 수강하였다. 그리고 유영의 기억처럼, 윤동주의 산문 「달을 쏘다」가 1939년 1월 23일자 『조선일보』의 〈학생 페—지〉에 실렸다.

정인섭은 조선어학회 회원으로 1933년 〈조선어맞춤법 통일안〉의 수정위원과 정리위원을 하였다. 1938년에는 홍업구락부 사건에 연루되어 체포되었다가 기소유예로 풀려난 뒤, 교수직을 계속 유지하였다. 반면 함께 체포되었던 최현배 교수는 1938년 9월 연희전문학교 교수직에서 파면되었다. 최현배는 1941년 5월 연희전문학교 도서관 촉탁으로 들어갔다가 그해 10월 조선어학회사건으로 검거되어 옥고를 치렀다.

1930년대 중반에 정인섭은 "중간파 작가"[64]로 분류되며, 촉망받는 학자이자 비평가였다. 해외문학파의 중심인물이었던 그는 세계문단에 대한 해박한 지식을 바탕으로 활발한 글쓰기를 펼쳤다. 1935년 파리에서 개최된 〈문화 옹호-국제작가회의〉의 세계문학사적 의의를 체계적으로 분석한 논문을 발표하기도 했다.

> 자유주의 문학이란 것은 광의의 해석으로는 이상에도 인용했거니와 인간성의 해방과 문화 옹호와 표현의 자유(언론의 자유와 집합의 자유)를 위해서 특권과 독재에 불만을 가지는 모든 유파를 망라한 것이오 …(중략)… 눈을 넓혀 사회생활 전체에 관심하면서 인간 심리와 사회상을 그

리려는 것인데 …(중략)… 현 세계문단에 한 개의 커다란 주류를 일으키고 있다는 것을 국제작가대회에까지 체계화했다는 것을 우선 지적하려는 것이다. …(중략)… 정치적 동인—이것은 파시즘의 만연으로 말미암아 일어나는 위기의 대책에서 엿볼 수도 있는데 …(중략)… 사상적 근거— 이것은 지식계급의 불안과 고민이 세계적으로 유포되는 한편에 나치스에 의한 서적의 화장火葬과 아울러 최근 2년 동안에 독일의 대학에서 추방된 650여 명의 과학자, 음악가, 의사, 철학자, 문호, 실업가, 유대인 등의 방랑이 있으며[65]

정인섭은 위의 글에서 〈문화 옹호-국제작가회의〉를 개최하게 된 계기와 이념으로 자유주의 문학의 의의에 대해 서술하였다. 특히 "인간성의 해방과 문화 옹호와 표현의 자유(언론의 자유와 집합의 자유)를 위해서 특권과 독재에 불만"을 나타내고, 전체주의의 야만적 문화 추방 및 궤멸에 맞서는 지식인의 불안과 고민이 세계문단의 당면 의제라고 주장하였다.[66]

그러나 1937~1938년 사이에 일제가 주도한 수양동우회 사건으로 이광수, 주요한 등이 전향하여 적극적으로 일제에 동조하게 된 것처럼, 정인섭도 흥업구락부 사건에 연루되었다가 풀려난 뒤부터 일제에 협조하는 길을 갔다. 그는 1939년 10월 21일 국민정신총동원 조선연맹 회의실에서 조선문인협회를 발기할때 발기인과 간사로 참여했다.[67] 그리고 중국 전선에서 싸우고 있는 '황군'을 위문하러 가는 조선문단사절단을 향해 "성전聖戰의 최후 목적을 달할 수 있도록 십분 활동해 주시기를 바라나이다"라는 격려문을 발표하기도 했다. 또한 "세계정세가 위급하고 인류문명이 재건되려는 이때 국가총동원의 의미"와 "문단 보국", "동아의 신질서 조직" 등을 시대적 원리라고 주장하였다.[68]

정인섭은 1930년대 중반까지 전체주의의 야만적인 문화 파괴에 맞서는 지식인과 문학자들에게 행동을 촉구하며 자유주의 문학과 민주주의를 옹호하였다. 하지만 자신의 태도를 스스로 배반하고, 국가에 의한 '문화통제'를 설파하는 '시국적' 지식인으로 전향했다.

> 그리하여 지나사변이 발생한 이후로 총동원체제의 통제문화가 고조됨에 따라 점차 시국적 문장이 권두언화하게 되고 문단 일각에서는 전쟁문학에 대한 논의가 일어나며 실제로 황군위문사절의 파견까지를 보게 되고 전선기행과 시가詩歌도 발표되게끔 되었었다. 그러는 동안에 세계정세는 급전직하로 역전逆轉하여 구라파 전쟁이 발발하게 되었으니 조선문단에서는 지나사변만으로는 아직도 회의적이던 사람들까지 과거의 회색적 미련을 떠나 세계의 질서에 대한 이념을 근본적으로 재건하려는 기운을 보이게끔 되었다. 과거에 맹목적으로 믿었던 국제적 정의의 관념이라는 것이 달라져서 독소협력獨蘇協力은 기형적 악수라든지 파란국(波蘭國, 폴란드-인용자)의 해소解消, 분란(芬蘭, 핀란드-인용자)의 위기 등으로 말미암아 재래의 민족주의적 관념이라든가 사회주의적 암영暗影이란 것이 재음미를 받게 되었다.
> 따라서 문단의 중견작가층에 근기 있게 배회하던 자유주의적 기류가 동요되어 저널리즘에 나타나는 형태로서는 전체주의라든가 신동아협동론이라든가 사실의 신화화라든가 국민문학론이라든가에 관심關心하게 되었다. 이리하여 사실적 예의 하나로는 문인협회의 창설까지 보게 되었는데 그것이 시국인 의의를 다분히 가진 데 대해서는 누구든지 이의를 갖지 아니한다.[69]

이 글에서 정인섭은 "총동원체제의 통제문화"를 옹호하고, "전쟁문학"과 '국가전체주의문학으로서 애국문학'을 주창하고 있다. 그리고 민족주의, 예술주의, 자유주의, 사회주의 등은 지난 시대의 사조이며 새로운 '시국적 시대성'은 '신질서주의', '신도의道義주의', '신동아주의', '국민문학주의'라고 주장한다. 과거에 자유주의, 민족주의, 사회주의 문학에 몸담으면서 국민문학론에 회의적이던 사람들이 그때의 자기를 부정하고 전향하고 있다는 말에서, 자신의 사상변화에 대한 합리화를 읽을 수 있다. 정인섭은 국민을 대상으로 한 시국강연에도 적극적으로 나섰다. 1940년 12월 1일~10일 국민총력조선연맹이 주최한 〈문예보국강연회〉를 위해 '신체제, 국민총력운동, 문예보국'이라는 주제로 광주, 목포, 군산, 전주, 이리, 대전, 부산, 마산, 진주 등지에서 순회강연하고 마지막으로 12월 11일 경성에서 강연했다.[70] 그리고 1941년 말에는 자신의 학문적, 사상적 근본인 영미문화를 스스로 비판하고 배척하는 「영미문화를 격擊한다」(부민관, 1941.12.13)[71]라는 대중강연을 하는 데까지 이르렀다.

1940년대 들어 문인, 지식인, 교육자들의 자기 부정과 신체제로의 동일화는 더욱 노골적이고 심각해졌다. 1940년 12월에 이광수가 발기하여 '내선일체의 완성과 황도사상의 보급 목적'으로 황도학회가 창설되었을 때, 박영희와 정인섭 등이 참여하였다. 정인섭은 1941년 1월 국민총력조선연맹의 문화부 위원이 되었고, 연희전문학교 교장 윤치호는 1941년 5월에 국민총력조선연맹의 이사로 위촉되었다. 일제에 협력한 이들 교직원의 주도 아래 1941년 6월 연희전문학교 학생회 문우회가 해산되고 잡지 『문우』도 폐간되는 등, 학원의 자유와 학생들의 자치활동이 '국민총력운동'과 '국민총력학교연맹'의 명목하에 군국주의적 전체주의 체제로 흡수 통합되었다.

이런 시국에서 문학예술의 자유와 개성과 문화를 실현하는 일은 점차 불가능해졌다. 1930년대 중반까지 파시즘에 맞선 문화 옹호와 연대 투쟁을 주장하던 문인과 지식인들조차 1940년대 들어 '자유주의' 또는 '자유주의 문학'의 종언을 주장하기에 이르렀다.

지성과 정열과의 적의適宜한 지지에 의하여 명철한 예지에 개안한다는

> 것 그리하여 다수자를 위한 문화 옹호의 선의지를 실천하는 적극성(육체성)을 몸소 들어내야 하겠다는 것을 다시 한 번 되풀이하여야겠다. …(중략)… 군은 읽어서 잘 알 줄 아나 저 서반아의 소형 구주대전을 싸고도는 세계의 양심적인 지식인들이 얼마나 문학을 통하여 문화 옹호의 선의지를 실천하고 있나를 보라.[72]

이 글을 쓴 신남철은 경성제국대학 철학과에서 마르크스경제학 및 철학을 연구했던 진보적 학자이자 사회 비평가, 교육자였다. 그는 「고뇌의 정신과 현대—어떤 작가에게 주는 편지」(『동아일보』, 1937.8.6)에서 중일전쟁 직후 "저 서반아의 소형 구주대전", 곧 스페인 인민전선(1935~1939)의 결성과 투쟁을 식민지 조선의 작가들에게 상기시키면서, 문화 옹호를 위해 연대하고 투쟁할 것을 권장했다.

그런데 독일의 파리 함락과 일제의 태평양전쟁을 즈음하여, 태도를 바꾸어 '자유주의의 종언'을 주장하였다. 1940년 6월 독일군의 파리 점령은 조선의 지식인들에게 큰 충격과 패배의식을 갖게 했다. 파리의 함락은 구舊서양의 몰락을 상징했다. 파리가 함락되는 사건에서, 자유와 민주주의 기반인 서구문학의 전통을 통해 파시즘과 대항할 수 있을 것이라는 믿음이 무너지는 충격을 느꼈던 것이다. 구서양의 몰락을 눈앞에서 보고 있다는 생각에 빠져든 이들은 근대 개인주의와 자유주의, 자본주의를 극복한 새로운 체제로서 대동아공영권의 신체제론으로 흡수되어 갔다.

> 대동아전쟁이 지나사변의 종결을 통하여 그 목적을 완수한 날 지금까지 세계역사의 중추적 의거 원리이던 자유주의적 질서와 그 이론은 그대로의 면모를 유지하지 못하고 다른 새로운 질서와 이론으로 전화하여 종언을 고하게 될 것이다. 아니 현재 벌써 거의 다 그리되어가고 있다. …(중략)… 건립되어 가고 있는 대동아공영권의 지도원리가 자유주

의일 수가 없다는 것 따라서 합리적(주지적) 추상적 다수결주의가 아니라 도덕적 전체로서의 국가의 절대적 우위를 요건으로 하는 것이라야 하겠다는 것은 의심할 여지가 없을 것이다. 그 국가가 민족국가이거나 연방국가이거나 또는 그로쓰 타움(대지역)을 지배통제하는 국가이거나를 물론하고 이 원리에 있어서는 소호小毫도 차이가 없다.[73]

신남철은 「자유주의의 종언」(『매일신보』, 1942.7.1~7.4)에서 제국의 전시戰時 국가주의와 전체주의 담론으로 개인의 자유를 제한하는 상황을 기꺼이 받아들인다. 자유주의 시대는 역사적 의의를 상실했다는 이유이다. 대동아공영권의 지도원리는 자유주의와 공존할 수 없다. 새로운 질서와 이론의 도래가 역사적 필연이자 진보인데, 그것이 바로 "도덕적 전체로서의 국가의 절대적 우위"로서 국가주의라고 주장하였다.

또 다른 전향 문인의 사례로 백철을 들 수 있다. 백철은 일본 유학 시절 일본프롤레타리아예술동맹NAPF 맹원으로 가담했다가 귀국하여 조선프롤레타리아예술동맹KAPF의 중앙상임위원으로 활동하며 '농민문학' 등의 평론을 활발하게 발표했다. 1934년 카프 제2차 검거사건으로 체포되어 1년 반 동안 수감되기도 하였다. 백철은 역사의 진보에 기여하는 문학과 자유주의, 휴머니즘을 주장하였다.

그[지드-인용자]가 가장 엄숙한 태도로서 감시한 것은 그 전체의 규율 때문에 인간이 일률화하고 개성의 자유가 불허되는 점이었다. …(중략)… 지드 문학에 있어 가장 볼만한 장관은 서로 모순되는 두 가지의 개성적인 요소가 엄숙하고 격렬한 분열과 상극과 초극을 통하여 순화되어 가는 곳이다. 극히 오만한 것과 극히 겸손한 것과 성격인 육의 본능과 청교도적인 덕성, 악마와 천사가 지드의 자기순화인 예술의 표현을 통하여 조화를 이루고 있는 것이다.[74]

백철은 이 글에서 1935년 〈문화 옹호-국제작가회의〉를 주도한 앙드레 지드가 소비에트 전체주의를 비판하고 "전체의 규율 때문에 인간이 일률화하고 개성의 자유가 불허되는" 것을 용납하지 않은 점을 높이 평가했다. 또한 앙드레 지드 문학의 특징에 대해 "서로 모순되는 두 가지의 개성적인 요소"가 "예술의 표현을 통하여 조화를 이루고 있는 것"에 있다고 설명하였다. 백철은 1930년대 신예 평론가로서, 문학의 근간으로 프롤레타리아의 해방, 문학예술에서 개성의 자유와 표현의 역동성, 전체주의 반대 등을 주장하며 활발하게 비평 활동을 하였다.

그런데 「시대적 우연의 수리—사실에 대한 정신의 태도」(『조선일보』 1938. 12.2.~12.7)라는 문제적인 글을 제출하면서 문학계에 큰 파장을 일으켰다. 일본은 1937년 중일전쟁을 시작으로 1938년 4월 1일 '국가총동원법'을 공포하였고, 언론을 통제하고 문화인을 동원하였다. 백철은 중일전쟁을 '시대적 우연' 나아가 '세계적 사실'이라 보고, 이 '사실'을 직시하여 받아들일('受理') 수밖에 없다는 점을 강조하였다.

> 지금 동양의 현실을 두고 볼 때에도 이번 사실이 문학자나 지식인 앞에 결코 무의미한 것만이 될 수는 없는 일이다. …(중략)… 이번 사변에 의하여 북경, 상해, 남경, 서주, 한구 등이 연차 함락되는 …(중략)… 지나支那의 모든 봉건적 성문이 함락되는 광경을 눈앞에 볼 때 우리들의 시야가 훤하게 뚫어지는 이상한 흥분이 내 일신을 전율케 하는 순간이 있다.75

1938년 10월 '동방의 마드리드'라고 불리던 우한 삼진(武漢 三鎭, 무창, 한구, 한양을 가리킴)이 일본군에 의해 함락당하자, 백철을 비롯한 조선의 문학인 일부는 이 새로운 사태를 역사적 사실로 받아들였다. 이들은 우한 삼진의 함락을 봉건주의의 성문이 파괴되고 근대사회를 구축하는 과정으로 보려고 했다. 백철은 이 사건을 두고 "시야가 훤하게 뚫리는 이상한 흥분이 내 일신을 전율케 하는 순간"이었다고 진술했다.

백철의 '사실 수시론'은 점차 전체주의 문학에 대한 옹호와 지지의 성격을 드러냈다. 일본 제국주의의 저력을 사실로 받아들이고 동양의 신체제를 건설한다는 세계사적 전망에 흥분하여 '전체주의적 통일성', 곧 '통제적 통일성'에 적극 동조하였다. 그리고 이에 근거하여 '신문학'의 건설을 주장하였다.

시인이자 비평가였던 김용제는 백철의 '사실 수리론'에 영향을 받아 한 발짝 더 나갔다.

> 오늘날에는 모든 부분에서 국가적인 통제가 행해지고 있다. 우리는 그 '통제'라는 관념의 진의를 해명한 다음 '문화통제'라는 말을 고찰해보지 않으면 안 된다. 나의 생각으로는 '통제'는 기본적으로 '강제'는 아니며, 그것은 일종의 새로운 국가 이념의 구성이며 조직이라고 믿고 있는데 …(중략)… 모든 '통제' 정신은 보다 나은 '창조'를 향한 전제이다.[76]

김용제가 주장한 "모든 부분에서 국가적인 통제"가 이루어지고, 국가에 의한 '문화 통제'를 "새로운 국가 이념의 구성이며 조직"으로 옹호하는 이론이, 시국 담론으로 퍼져 나갔다. 그리고 국민총동원을 자발적으로 수행하는 문학의 역할을 주장하기에 이르렀다. 이러한 '사실수리론', '문화통제'와 병행하여 조선 문단에는 역사적 패배주의가 팽배해졌다. 실제로 1940년대 들어서면, 조선의 지식인과 문학가들의 상당수가 대동아공영권과 신체제론에 포섭되는 양상을 보였다. 그 결과 문학에서 개성과 연애의 표현, 자유와 민주주의의 실현을 부정하고, 국가에 의한 언론과 문화통제를 수용하고 군국주의를 선전하는 동원 문학을 옹호하는 양상이 나타났다.

이상견빙지履霜堅氷至의 의식

군국주의를 지지하고 전체주의와 문화통제를 주장하는 지식인과 문인들이 늘어나면서 윤동주를 비롯한 당시의 젊은이들은 좌표를 잃고 흔들렸다.

바람이 어디로부터 불어와
어디로 불려가는 것일까,

바람이 부는데
내 괴로움에는 이유가 없다.

내 괴로움에는 이유가 없을까.

-「바람이 불어」(1941.6.2) 부분

괴로움으로 인해 바람이 분다. 괴로움은 바람이 되어 존재 전체를 흔든다. 괴로움의 이유, 바람의 진원지는 알 수가 없다. 그런데 '정말 알 수 없는 것인가?'라고 자문한다. 알 수 없는 것이 아니라 사실은 말할 수 없는 것이다. 괴로움과 아픔을 표현할 수 없는 막막함과 절망감을 호소한다.

해방 이후에 백철은 일제 말기의 상황을 이렇게 회고하였다.

상허尙虛의 「패강랭浿江冷」이니 「밤길」이니 하는 작품들이 그 시대상에 대한 상징성을 띠고 나타난 것도 이때의 일이다. 「패강랭」의 주인공 '현'의 입을 통해서 〈이상견빙지履霜堅氷至〉라는 주역의 문구를 외우게 했다. '밤 강물은 시체와 같이 차고 고요하다'는 것이 실감되던 시절이다.

신석정의 시 「슬픈 구도」(1939)의 첫 절도 그런 상징의 뜻에서 읽을 수 있다.

꽃 한 송이 피어낼 지구도 없고
새 한 마리 울어줄 지구도 없고
노루 새끼 한 마리 뛰어다닐 지구도 없다.

40년대는 우선 작가들과 시인들에게 〈견빙지堅氷至〉와 〈시체〉와 일체의 생물이 서식할 수 없게 된 〈지구〉로 되어버린 시대인데 실제의 현실상은 그런 표현들보다 더 험악한 것이었는지 모른다.[77]

1945년 8·15해방 이후에 백철이 식민지 시대를 재구성하여 쓴 『문학 자서전』의 한 부분이다. 이태준의 소설 「패강랭」(『삼천리문학』, 1938.1)에서 주인공 현이 말했던 주역의 한 구절 '이상견빙지履霜堅氷至'를 떠올리며, 1930년대 후반의 절박한 시대 상황을 '시체의 시간'에 비유하고 있다. 또 신석정의 시 「슬픈 구도」(『조광』, 1939)를 예시로 들어 1930년대 후반에서 1940년대 초반의 식민지 조선을 "꽃 한 송이", "새 한 마리", 아름다운 생명 하나 길러낼 수 없는 각박한 불모의 시공간으로 설명했다. 백철은 『문학 자서전』의 다른 부분에서, 1940년대 초기 식민지 조선의 역사적 상태를 "치명적인 사건들이 많이 일어났"던 '암흑기'라고 명명하였는데, "사건을 총괄해서 한마디로 그 대의를 밝히면 우리 언어의 말살이었다"[78]라고 규정했다.

이태준의 소설 「패강랭浿江冷」에서 '패강'은 평양의 대동강을 가리키며, '패강랭'은 평양의 대동강물이 차다는 뜻이다. 주인공 현玄은 소설가로, 박朴의 편지를 받고 10여 년 만에 평양을 방문한다. 친구 박은 고등보통학교 조선어 교사인데, 조선어 수업시간이 반으로 줄어서 전임 자리를 내놓고 시간강사가 될 위기에 처한 신세를 한탄한다. 그런 박의 편지를 받고, 현이 위로차 평양에 온 것이었다.

> 손이라도 한번 잡아주고 싶어 전보만 한 장 치고 훌쩍 떠나 내려온 것이다.
>
> 정거장에 나온 박은 수염도 깎은 지 오래여서 터부룩한 데다 버릇처럼 자주 찡그려지는 비웃는 웃음은 전에 못 보던 표정이었다. 그 다니는 학교에서만 찌싯찌싯 붙어 있는 것이 아니라 이 시대 전체에서 긴치 않게 여기는, 찌싯찌싯 붙어 있는 존재 같았다. 현은 박의 그런 찌싯찌싯함에서 선뜻 자기를 느끼고 또 자기의 작품들을 느끼고 그만 더 울고 싶게 괴로워졌다.
>
> - 이태준, 「패강랭」(1938.1)79 부분

오랜만에 만난 두 사람은, "이 시대 전체"에서 소용이 없이 배척당하고 불화하는 신세로서 "찌싯찌싯" 구차하게 애걸하며 붙어살고 있는 것 같은 치욕감으로 인해 동질성을 느끼고 있다. 현은 또 한 명의 오랜 친구 김金, 그리고 박과 함께 술자리를 갖는다. 김은 실업가 겸 평양부회 의원으로 부귀명예를 거머쥐고 시세를 따라 잘살고 있다. 김은 '문화', '글', '조선적인 것'을 아쉬워하는 현을 물정 모른다고 몰아세우며 실속 차리라고 힐난한다. 현은 울화와 비참함으로 김에게 유리컵을 던져 자리를 박살 낸다. 그리고는 "이래 뵈두 우리……"하고는 눈물이 핑― 어리고 만다. 현이 강가로 내려와서 보니 "강가에 흩어진 나뭇잎들은 서릿발이 끼쳐 은종이처럼 번뜩인다. 번뜩이는 것을 찾아 하나씩 밟아 본다." 그리고 대동강에 홀로 서서 "조선 자연은 왜 이다지 슬퍼 보일까?"라며 '슬픈 조선'을 환기한다. 소설의 마지막 부분을 보자.

> '이상견빙지履霜堅氷至…….'
>
> 『주역』에 있는 말이 생각난다. 서리를 밟거든 그 뒤에 얼음이 올 것을 각오하란 말이다. 현은 술이 확 깨어진다. 저고리를 여미나 찬 기운은 품속에 사무친다. 담배를 피우려 하나 성냥이 없다.
>
> '이상견빙지…… 이상견빙지…….'
>
> 밤 강물은 시체와 같이 차고 고요하다.
>
> - 이태준, 「패강랭」[80] 부분

이 소설은 식민지 조선의 운명 즉, 조선어와 조선 문학과 조선문화, 조선의 지성과 지식인의 비관적인 운명을 예견하고 있다. 평양의 구식 기생과 분묘 등은 사그라져 가는 조선의 운명에 대한 상징물로 배치되었다. 이 소설에서 평양부회 의원 김과 작가인 현이 일본어로 논쟁하는 대목이 들어간 것도 상징적이다. 현은 박을 보며, 이 시국에 저항하지 못하고 "찌싯찌싯 붙어" 생계를 유지해야 하는 구차함과 치욕감에 몸서리를 친다. 소설 마지막의 "밤 강물은 시체와 같이 차고 고요하다"라는 문장은, 조선어와 조선 문학과 조선 지식인의 운명이 적막한 '시체의 시간'으로 흘러가고 있다는 비극적인 예감을 표현한다. 조선어 수업시간이 줄어서 학교에서 퇴출될 위기에 있다는 박의 절박한 호소와 같이, 실제로 1938년 3월 조선어교육령 개정으로 조선어는 필수과목에서 선택과목이 되면서 폐지의 수순을 밟고 있었다.

'이상견빙지履霜堅氷至'는 『역경易經』 혹은 『주역周易』 곤괘坤卦 초효初爻의 효사爻辭로 음력 10월 괘이다. 가을이 되어 서리를 밟으면, 서서히 날씨가 추워져서 끝내는 천지 만물이 다 꽁꽁 얼어붙는 겨울이 오게 될 것이라는 이치를 전한다. 단풍잎 하나가 땅에 떨어지는 것을 보고 가을을 느껴서 알 듯, 첫서리를 밟는 순간 엄동설한이 닥쳐올 것을 대비하고 준비하기 시작해야 한다는 뜻을 담고 있다. 어떤 일의 징후가 보이면 머지않아 큰일이 일어날 것이라는 비유로 쓰인다.[81]

「패강랭」은 식민지 시대 말기에 이태준이 겪었던 실존적 고민의 흔적이다. 해방 후에 이태준은 「해방 전후-한작가의 수기」(『문학』, 1946.7)에서 주인공 '현玄'을 내세워 일제 말기를 회고하며 "철 알기 시작하면서부터 굴욕만으로 살아온 인생 사십, 사랑의 열락도 청춘의 영광도 예술의 명예도 우리에겐 없었다."[82]라며 비통한 심정을 드러냈다. 같은 시대에 윤동주가 "한번도 손들어 보지 못한 나를 / 손들어 표할 하늘도 없는 나를 // 어디에 내 한몸 둘 하늘이 있어 / 나를 부르는 것이오."라고 했던 「무서운 시간」(1941.2.7)을 모두들 건너고 있었다.

「해방 전후」에서 현은 '시국 협력'과 '생활' 사이에서 굴욕적인 타협을 하며, 이 시대를 건너왔다고 회고하였다. 실제로 이태준은 1939년 황군위문작가단 결성에 협력했고 1941년 모던 일본사日本社가 설정한 제2회 조선예술상을 수상하였다. 이 상의 제1회 수상자는 이광수였으며, 상패와 상금으로 500원이 수여되었다.[83] 이태준은 조선문인협회 주최 시국강연에 나서기도 했는데, "시국강연회 때 혼자 조선말로 했"다는 것을 나름 저항의 몸짓이었다고 위안하려 한다.

김윤식은 「패강랭」과 이태준의 상황을 통합해서 주목하였다. "「패강랭」에서 예견된 이상견빙지履霜堅氷至에 이른 상황. '정말 살고 싶었다'에로 이 상황이 요약된다. 살아감이란, 타협과 저항의 관계항에 다름 아님을 명민한 중견 작가 이태준이 몰랐을 이치가 없다."[84] 김윤식은, '이상견빙지'로 발화된 이태준의 1938년의 언어가 식민지 조선의 양심적 문인 지식인의 존재론적 고뇌였다라는 사실을 날카롭게 짚어 냈다. '정말 살고 싶었다'라는 작가의 절박한 심리, 일체의 여지를 주지 않는 신체제, 새로운 활로를 찾으려는 존재 가능성에의 기투가 갈등하는 지점에서 '이상견빙지'라는 언어가 발화되었다.

백철도 식민지 시대 말기에 자신이 처해 있던 절박한 상황을, 이태준의 「패강랭」에서 '이상견빙지'라는 구절로 대체하고 있다.

> 먼저 세계적인 위기설을 말했듯이 1936년 하면 조선의 지식인을 둘러싼 주변의 현실이란 작가 이태준이 그의 소설 「밤길」에서 썼듯이 '이상이가지엄동履霜而可知嚴冬'의 추워질 계절이었다.[85]

그런데 백철은 '이상견빙지履霜堅氷至'와 관련해서 몇 가지를 착각하고 있다. 우선 이태준의 「밤길」(『문장』, 1940. 5~7월호)에는 '이상이가지엄동(履霜而可知嚴冬, 서리를 밟으면 곧 추운 겨울이 올 것을 안다는 뜻)'이라는 구절이 나오지 않는다. 또한 「밤길」은 1936년이 아니라 1938년에 발표된 것이며, 조선 지식인의 현실이나 생활을 그린 소설이 아니라 하층민 생계의 처참함을 다룬 소설이다. 짐작건대, 아마도 백철은 「패강랭」을 「밤길」로 착각한 것으로 보인다.

이태준과 백철 등이 '이상견빙지履霜堅氷至'를 되뇌며 1930년대 후반~1940년대 초반의 시대 상황을 표상하는 것은 정치적 패배감의 표현에 다름 아니다. 중일전쟁에서 중국의 승리를 내심 기대했으나 일제가 파죽지세로 북경, 상해, 남경을 넘어 '동양의 마드리드'라는 우한 삼진까지 점령하자 일본의 승리와 대동아공영시대를 '역사적 사실'로 받아들여야 한다는 패배주의적 인식이 팽배했다. 이때 조선의 지식인들이 한숨 쉬듯 내뱉은 말이 '이상견빙지'이다. 『주역』의 운명론적 언술, 가을이 오면 겨울이 올 것을 예비하고 각오하라는 천리天理의 필연성 앞에서 인간은 겸손하게 수락할 수밖에 없다. 정해진 질서의 폐쇄적 회로 안에서 인간은 저항도 못하고 속수무책으로 받아들일 수밖에 없었다. 이태준과 백철이 '이상견빙지'를 활용한 맥락과 의미는 조금 다르지만, 정치적 패배의식의 표현이라는 점에서는 동일하다. 두려움과 공포와 자기모멸을 내포한 이 구절은, 소위 문학의 '암흑기'라는 명명을 예비하는 것이기도 하였다.

윤동주의 산문 「화원에 꽃이 핀다」의 마지막 부분에서도 '이상견빙지'의 구절이 나타난다. 윤동주는 어릴 때 명동마을에서 한학을 공부하였다. 명동마을이 건설되자 골짝마다 서당이 생겨서 주로 한학을 교육했다. 김하규의 소암재, 장재촌에 규암재, 중영촌 서당이 운영되고 있었는데, 특히 주역이 강했다고 한다. "주역은 가장 밑바닥에 있는 사람들을 위한 공부다"[86]라고 믿었던 때문이다.

> 봄이 가고, 여름이 가고, 가을, 코스모스가 홀홀히 떨어지는 날 우주宇宙의 마지막은 아닙니다. 단풍의 세계世界가 있고 —이상이견빙지履霜而堅氷至— 서리를 밟거든 얼음이 굳어질 것을 각오하라가 아니라, 우리는 서릿발에 끼친 낙엽落葉을 밟으면서 멀리 봄이 올 것을 믿습니다.
>
> 노변爐邊에서 많은 일이 이뤄질 것입니다.
>
> - 산문 「화원에 꽃이 핀다」 부분

이 글에서 윤동주는 '이상이견빙지'를 원래 『주역』의 의미와 다르게 해석하고 있다.

이태준의 소설 「패강랭」에서 주인공 현은 "이상견빙지履霜堅氷至……."를 떠올린 뒤, "『주역』에 있는 말이 생각난다. 서리를 밟거든 그 뒤에 얼음이 올 것을 각오하란 말이다."라고 하였다. 그리고 소설의 마지막에 "밤 강물은 시체와 같이 차고 고요하다."라는 말로, 비관적인 감상을 토로하고 있다. 이것은 이태준이 『주역』의 '이상견빙지'를 결정론적으로 수용하고, 역사적·정치적 패배의식을 보여준 것으로 해석할 수 있다. 특히 '얼음이 올 것을 각오'하라는 말에서, 자연의 이치와 같이 모든 것이 결정된 것이기 때문에 인간의 의지로 어찌할 수 없다는 폐쇄적인 인식을 드러내고 있다.

1940년 전후 식민지 조선은 엄혹한 겨울, '암흑기'로 접어들고 있었다. 이러한 현실이 주체적 의지로써 변경할 수 없는 하늘의 시간이라는 의미로 『주역』의 '이상견빙지履霜堅氷至'가 소환되었다. 『주역』 곤괘坤卦 초효初爻 상왈象曰 "이상견빙履霜堅氷은 음시응야陰始凝也니 순치기도馴致其道하야 지견빙야至堅冰也하니라"(이상견빙은 음이 응고되는 시초이니, 그 도를 따라 이루어야 굳은 얼음에 이르게 하는 것이다)에서 "순치기도馴致其道"의 자세, 즉 "천도天道·지도地道의 순서에 따라 모든 것이 행하니, 이는 대자연의 돌이킬 수 없는 원리다. 그러하니 이를 따르는 것이 인간의 길이다"는 메시지로 읽는 것이 보편적이다.[87] 이런 맥락에서 '이상견빙지'는 역사적 전환기의 시세時勢에 따라 움츠리고 몸조심해야 한다는 지혜의 언어처럼 수용되었다. 제국주의의 강대한 군사력과 잇따른 전쟁의 승리, 파시즘 통치체제의 견고함과 폭력성을 수용하고, 신체제로서 '동양 평화' 이데올로기를 인정하는 논리로 받아들여졌다. 이처럼 '이상견빙지'를 천리天理, 즉 천지자연의 순리로 받아들이면 '시대의 암흑기'에 대한 저항의 불가함, 제국주의 파시즘에 저항하지 못하거나 방관하거나 협력했던 행위를 합리화하는 용법으로 활용될 여지가 있다.

그러나 윤동주는 '이상이견빙지'를 다르게 해석한다. 산문 「화원에 꽃이 핀다」에서는 봄-여름-가을-겨울로 이어지는 자연의 순리를 서술한 뒤, "코스모스가 홀홀히 떨어지는 날 우주의 마지막은 아닙니다."라고 말한다. 이 문장은 「화원에 꽃이 핀다」의 첫 단락에서도 나왔던 것이다. 윤동주는 글의 시작과 끝에 "코스모스가 홀홀히 떨어지는 날 우주의 마지막은 아닙니다."라는 문장을 반복해서 배치함으로써 자신의 생각과 의지를 강조하고 있다. 코스모스가 진다고 우주의 마지막이 아니며, 마찬가지로 '화원, 즉 대학과 사회와 문화에도 꽃은 계속해서 필 것입니다.', '절망하지 마십시오.', '종말이 아닙니다.'를 말하고 싶은 것이다.

이와 관련해서 산문의 제목 「화원에 꽃이 핀다」에서 '핀다'라는 동사의 복합적인 의미를 주목할 수 있다. '핀다'는 ① 현재진행형으로 '피고 있다'라는 의미, ② 미래형으로 '필 것이다'라는 미래 전망에 대한 확신, 좌절과 비관에 반대하고 닫힌 구조를 열어 밝히는 의미, ③ 단정형으로 '반드시 꽃이 필 것이다'라는 의미를 모두 내포하고 있다.

특히, 윤동주는 「패강랭」이 보여준 해석을 반박한다. "서리를 밟거든 그 뒤에 얼음이 올 것을 각오하란 말이다."(「패강랭」)라는 해석을 비판하며 "서리를 밟거든 얼음이 굳어질 것을 각오하라가 아니라, 우리는 서릿발에 끼친 낙엽을 밟으면서 멀리 봄이 올 것을 믿습니다."(「화원에 꽃이 핀다」)라고 다르게 해석한다. 서리가 내렸거든 추운 겨울을 각오하는 것에 멈추지 않고, "멀리 봄이 올 것을 믿"는다고 말한다. 이것은 현재의 엄혹한 상황에 굴복하지 않고, 그 상황을 전복적으로 해석하면서 새로운 가능성을 열어 밝히려는 사유체계이다. 물론 '이상이견빙지'의 시간을 부정한 것이 아니었으며, '견고한 얼음의 시간', 폭력적 야만의 시간을 직시하고 있었다. 그에게 글쓰기, 시 쓰기는 '이상견빙지'의 시간에서 "멀리 봄이 올 것을 믿"고 치열한 궁리와 상상력으로 시대를 돌파하는 행위였다. 그가 잠들지 못하고 "밤은 / 많기도 하다."(「못 자는 밤」)라고 탄식했던 것, 월도·프랭크의 글을 인용하여 〈문화 옹호-국제작가대회〉 테제를 환기하고 '미와 생명의 가치', '생명에의 참여'를 촉구했던 것도 같은 이유에서이다. 생명이 전쟁에 동원되고 유린당하는 시대, '이상견빙지'의 시대를 살면서도 '미를 추구'하고 '생명'에 참여하고 연대하는 가운데 '봄'을 예견하는 정신력, 분투하는 행동이 윤동주 시의 특징이자 전체주의 체제를 극복하는 방법이었다.

「장미 병들어」의 질문

윤동주의 작품 중에서 크게 주목을 받지 않은 「장미 병들어」라는 난해한 시가 있다. 이 시는 이효석의 소설 「장미 병들다」와 교차하여 독해하면 윤동주의 사유체계와 작품 세계에서 새로운 것을 알 수 있다. 두 작품을 상호 연계하여 살펴본 연구는 이남호의 책 『윤동주 시의 이해』[88]와 성은혜의 논문 「윤동주 시의 상호텍스트성 연구」[89]가 있다. 이보다 앞서 신경숙이 「장미의 상호텍스트성」이라는 논문에서 블레이크와 정지용의 시, 윤동주의 「장미 병들어」를 연관[90]시켜 논의한 바 있다.

이효석의 소설 「장미 병들다」는 그가 평양시 창전리로 이사해서 살고 있던 1938년 1월 『삼천리문학』에 발표한 작품이다. 이효석은 1934년 평양 숭실전문학교 교수로 취임해서 숭실학원이 신사참배 거부로 폐교당할 때까지 근무했다. 윤동주는 1935년 9월부터 1936년 3월까지 숭실중학교를 다녔으므로 소설가 이효석을 잘 알고 있었다.

「장미 병들다」의 배경은 평양이다. 1938년을 전후하여 조선의 열정적인 청춘이며 꿈 많은 여성이었던 남죽이 "첩첩한 시대의 구름 탓"에 좌절하고 병들어 가는 생의 여정을 그리고 있다. 이 소설에서 '장미'는 이상과 열정을 품은 청춘의 상징이며, 여자 주인공 남죽의 생을 표상한다.

1930년경 '대중원'이라는 책방 주인 세죽의 여동생 남죽은 서울의 여학생이다. 남죽의 형부가 사상 사건에 연루되어 투옥되는 바람에, 생계를 위해 언니 세죽이 책방을 연 것이다. 남편이 투옥되자 아내가 책방을 열어 옥바라지하며 생계를 꾸려갔다는 에피소드는, 미야케 교수의 실제 사례를 참조한 것으로 보인다.

미야케 시카노스케(三宅鹿之助, 1899~1982)는 1932년 경성제국대학 법문학부 조교수로 부임한 뒤 조선인 학생들과 독서회를 운영하면서 서울의 혁명적 노동운동 그룹과 교류했다. 그는 탈옥한 공산주의자 이재유를 자신의 동숭동 관사에 숨겨주었다가 1934년 다른 사건에 연루되어 경찰에 검거되었다. 〈조선공산당 재건 동맹사건〉으로 이름 붙여진 이 사건은 1933년부터 경찰의 대검거선풍이 시작되면서 일제의 보도지침으로 기사화되지 못하다가 1935년 8월 24일에 기사가 해금되면서 알려지게 되었다. 3년간 기사화되는 것을 막았을 만큼 이 사건은 사회적 충격과 파장이 컸다. 미야케 교수는 1934년 12월 7일에 경성지방법원에서 치안유지법 위반 및 범인 장닉죄로 징역 3년 판결을 받고 서대문형무소에서 2년간 복역하였다.[91] 그는 재직했던 경성제국대학에서도 면직되었다. 그의 부인 미야케 히데는 남편의 옥바라지와 생계유지를 위해 명치정 2정목에 '가메야龜屋'라는 고서점을 열어서 운영하였다. 이효석은 1925년 경성제국대학 예과에 입학해서 1930년 법문학부 영어영문학과를 졸업한 바 있다.

소설 「장미 병들다」의 줄거리를 좀 더 살펴보자.

> 남죽은 어린 나이에도 철이 들어서 가가假家에 벌여 놓은 진보적 서적을 모조리 읽은 나머지 마지막 학년 때에는 오돌지게 학교에 일어난 사건을 지도하다가 실패한 끝에 쫓겨나고 말았다. 학업을 이루지 못한 채 고향에 내려갈 수도 없어 그 후로는 별수 없이 가가 일을 도울 뿐 건둥건둥 날을 지우는 수밖에는 없었다. 소설을 닥치는 대로 읽어 대고 아름다운 목청을 놓아 노래를 불러 대곤 하였다. 목소리를 닦아서 나중에 성악가가 되어 볼까도 생각하고 얼굴의 윤곽이 어글어글한 것을 자랑삼아 영화배우로 나갈까도 꿈꾸었다. …(중략)… 늠출한 처녀의 자태 속

> 에 물론 시대적 열정과 생장도 보았으나 더 많이 아름다운 감상과 애끓는 꿈을 엿보았던 것이다. 단발한 머리를 부수수 헤뜨리고 밋밋하고 건강한 육체로 고운 멜로디를 읊조릴 때에는 그이 몸 그대로가 구석구석에 아름다운 꿈을 함빡 머금은 흐뭇한 꽃이었다. 건강한 그러나 상하기 쉬운 한 송이의 꽃이었다.[92]

남죽은 1930년대 초반의 사상적 '불온성'과 도시 문화의 '불량성'을 동시에 신체화하여, 경성의 근대성을 표상하는 여성이었다. 남죽은 진보적 서적을 탐독하였고, 다니던 학교에서 독서회 운동 또는 시위나 동맹 휴학 등을 주모하다가 퇴학당한 것으로 나온다. 이러한 남죽의 형상은 1930년대 청년 학생의 이상과 열정을 대변한다. 남죽은 사상을 행동으로 실천하려는 "시대적 열정과 생장"의 상징으로서 "장미꽃"이었다. 학교에서 퇴학당한 후 남죽은 문학, 음악, 영화 등 예술 방면의 꿈을 좇았다. "늠출한 처녀의 자태"와 "건강한 육체"를 "고운 멜로디"에 실어 "아름다운 꿈"을 꾸는 "흐뭇한 꽃"이었다. 하지만 그 꽃은 "건강한 그러나 상하기 쉬운" 꽃이었다.

현보는 세죽이 경영하는 서점에서, 당시 여학교에 다니던 남죽을 만난 적이 있었다. 7년 뒤에 두 사람은 평양에서 재회하였다. 현보는 극단 〈문화좌〉의 결성에 가담하여 각본을 쓰고, 남죽은 각본의 여주인공으로 다시 만나게 된 것이었다. 하지만 공연을 앞두고 당국에 의해 극단은 해체되고 단원들은 검거되었다. 이 에피소드는 1934~1935년의 카프 제2차 검거사건을 패러디한 것이다. 카프 극단 〈신건설〉이 1934년 전주 지방공연을 준비하던 중 조직원 수십 명이 검거되고 마침내 1935년 5월 카프가 해산하게 되는 사건을 상기시킨다. 이효석은 동반자작가로서 카프에 우호적이었다.

연출을 비롯한 몇몇 사람은 계속 구금 조사 중이고 남죽과 현보는 풀려났다. 1937년 7월 중일전쟁 이후 일제 당국은 사상과 예술 문화에 대한 검열과 탄압을 강화하였다. 이러한 상황에서 특별한 원인도 모른 채 극단 〈문화좌〉는 통제와 탄압을 받았다. 몸과 마음이 지친 남죽은 고향으로 갈 여비 50원도 없다. 남죽의 고향은 함경북도 부령·청진 지역에 걸쳐 있는 수성평야 인근이다. 거기에 강과 들판, 염소, 숲과 나무, 바다가 있다. 언니 세죽이 경성을 떠나 밭을 가꾸고 염소를 기르고 있는 곳, 고향은 자연 속에서 소생의 장소로 그려지고 있다.

고향에 갈 여비를 구하기 위해 동분서주하는 중에 현보와 남죽은 늦게 귀가하였다가 사랑을 하게 된다. 현보가 돈을 변통하는 동안 남죽은 자포자기의 마음으로 카페 여급 노릇을 해서라도 돈을 만들려고 생각하였다. 결국 남죽은 부랑자이자 난봉꾼인 평양 갑부 김 장로의 아들과 하룻밤을 보내고 돈을 얻어, 현보를 내버려 둔 채 고향으로 가 버린다. 그런데 남죽과 하룻밤을 보냈던 두 남자가 모두 성병에 걸린다.

현보는 7~8년 전에 "꽃"과 같이 건강하고 아름다운 꿈을 꾸던 남죽의 생애가 그렇게 쉽게 병들고 상할 줄은 짐작도 할 수 없었다. 아담하던 꽃은 좀이 먹었을 뿐 아니라 함빡 병들어 상하기 시작하지 않았는가. "책점 뒷방에서 겨울이면 화롯전을 끼고 앉아서 독서에 열중하다가 이론투쟁을 한다고 아무나를 붙들고 채 삭이지도 못한 이론으로 함부로 후려 대다가는 이튿날로 학교의 사건을 지도한다고는 조금 출출한 동무들이면 모조리 방에 끌어다가는 의논과 토의가 자자하던 칠 년 전의 남죽"[93]의 모습과 너무도 달라져 버렸다. 현보는 변해버린 남죽에 대한 분노와 불쾌감을 감추지 않는다. "어둠의 여자와 다를 바가 무엇인가 생각할 때 무서운 생각에 소름이 쪽 돋으며 허전허전 꼬이는 다리에 그 자리에 쓰러져 울고도 싶었다. 남죽은 그렇게까지 변하였던가."[94] 결국 하숙집 노파와 현보, 그리고 평양 갑부 김 장로 아들까지 합세하여 남죽의 사건을 '애욕의 사기'라고 부르며, 하숙집 노파는 "그게 대체 여배우요 여학생이오. 신식 여자들은 겉만 보곤 알 수가 없으니."[95]라고 힐난하기에 이른다.

이 소설의 제목 '장미 병들다'는 1930년대 후반 윤리 도덕적으로 타락한 여성으로서 남죽의 삶을 '병든 장미'에 비유한 것이었다. 사실, 이 소설에서는 남죽뿐 아니라 현보와 김 장로의 아들도 모두 '병든 청춘'이다. 전체주의 지배와 폭력 아래 조선의 청년들은, 새로운 세상에 대한 이상과 열정을 가지고 꿈을 향해 헌신할 자유를 박탈당한 채, 병들어 가고 있었던 것이다. 그러나 김 장로의 아들과 현보는 자신의 병을 보지 못하고 남죽의 병에만 분노한다. 현보는 순결주의적 윤리의식에 입각해서 그동안 남죽을 연모했던 추억과 사건 일체를 부정하고, 그녀를 정숙하지 못한 여성으로 단죄해 버린다. 남죽이 지녀 왔던 의지와 열정과 헌신을 '성병'과 순결의 윤리로 환원해 버리고, 그녀를 한낱 매춘녀, 타락녀로 규정해 버리는 것이야말로 장미를 병들게 하는 현실이 아니었을까?

> 근대 도시에서 섹슈얼리티는 위협적인, 모호성과 무질서의 한 원천이었다. 속박되지 않은 성적 경험을 제공하는 도시는 가장 두려워하면서도 가장 욕망되는 '금지'를 가능한 것으로 만들었다. 여성이 공적 공간에 있다는 것은 비도덕적인 영역으로 들어가는 것과 같았다. 도시 남성들에게 너무나 자극적인 그들의 존재는 정숙함을 잃게 되거나, 성적으로 훼손될 수 있는 위험에 쉽게 노출되었다. 산업화된 삶의 방식은 끊임없이 여성들을 도시로 이끌었으며, 도시의 비밀스러운 미로는 여성의 몸을 겨냥하고 끊임없이 매/매춘을 양산하였다. 근대 초기 도시에서 여성으로 존재한다는 것, 즉 가족 또는 친척의 일원이 아니라 도시에서 개인으로 존재하는 것은 '매춘부public woman'가 되는 것과 다르지 않았던 것이다. 소비주의와 에로틱한 환상이 압도하는 도시공간에서 유흥산업은 근대 가부장제 주변부에서 또 다른 제국을 구축하였으며, 도시의 욕망을 매개하였던 코티잔(첩), 접대부, 매춘부 등은 도시가 양산하고 향유했던 실질적인 대상들이었다.[96]

서지영의 『경성의 모던걸』에 따르면, 소비주의와 유흥산업이 번창하고 근대 가부장제도가 온존하는 도시에서 여성이 단독으로 존재하는 것은, 사상이나 예술이나 운동이라는 것과 상관없이 욕망의 대상으로 소비될 수밖에 없으며 '매춘부'가 되는 것과 다르지 않았다. 소설 「장미 병들어」에서 남죽의 삶은 근대 가부장제의 주변부에서 성적으로 훼손되는 결말에 이를 수밖에 없었으며, 이효석은 이 사실을 '병든 장미'라는 은유로 표현했다. 비탄과 절망의 극한에 몰린 남죽의 하소연은, 통치 권력의 폭압과 근대 도시의 퇴폐적인 문화, 그리고 가부장제의 지배 아래 이중 삼중으로 고통받는 여성의 호소를 담고 있었다.

> 이런 생활은 나를 죽여요— 이 추위, 무섬, 공기가 나를 협박해요— 이 적막, 가는 날 오는 날 허구한 날 똑같은 회색 하늘. 참을 수 없어요. 미치겠어요. 미치는 것이 손에 잡힐 듯이 아려요. 나를 사랑하거든 제발 집에 데려다 주세요. 원이에요. 데려다 주세요.
>
> - 이효석, 「장미 병들다」[97]

이효석은 「장미 병들다」를 통해 남죽을 포함하여, 조선의 남녀 청년과 학생들이 모두 병들어가고 있다는 진단을 내리고 있다. 이 소설이 발표된 이듬해 가을에, 윤동주는 「장미 병들어」라는 시를 썼다.

> 장미 병들어
> 옮겨 놓을 이웃이 없도다.
>
> 달랑달랑 외로이
> 황마차幌馬車 태워 산山에 보낼거나

뚜— 구슬피

화륜선火輪船 태워 대양大洋에 보낼거나

프로펠러 소리 요란히

비행기飛行機 태워 성층권成層圈에 보낼거나

이것 저것

다 그만두고

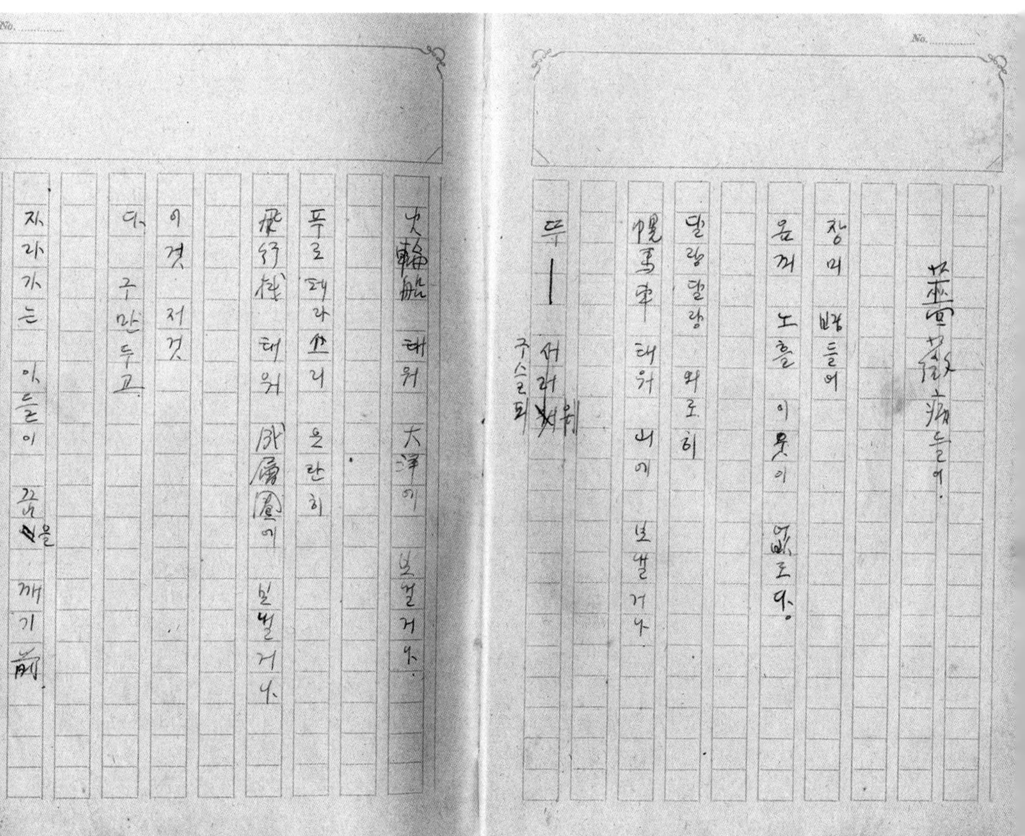

薔薇病들어.

장미 병들어

옴겨 노흘 이웃이 없도다.

달랑달랑 외로히

幌馬車 태워 山에 보낼거나.

뚜— 구스르피

火輪船 태워 大洋에 보낼거나.

푸로페라소리 요란히

飛行機 태워 成層圈에 보낼거나

이것 저것

다 그만두고

자라가는 아들이 꿈을 깨기 前

윤동주 자필 시고 「장미 병들어」(윤인석 제공)

자라가는 아들이 꿈을 깨기 전前
이내 가슴에 묻어다오.

-「장미 병들어」(1939.9) 전문

윤동주가 이효석의 소설「장미 병들다」를 읽었을 가능성이 있다. 소설의 배경이 된 평양이 그가 숭실중학교 재학시절(1935.9~1936.3)에 머물렀던 곳이며, 이효석은 1934~1938년에 숭실전문학교 영문학과 교수로 재직하던 중에「장미 병들다」를 발표하였다. 문학과 삶에서 장소가 주는 영향력과 상징적 의미를 중요하게 생각했던 윤동주였기에, 자신의 경험과 육체적 실감 속에 자리한 평양과 그곳을 다룬 소설「장미 병들다」를 읽고 특별한 느낌을 가졌을 수 있다.

소설「장미 병들다」와 시「장미 병들어」는 제목에서 종결 어미와 연결 어미의 차이를 보여주는데, 이것은 '병'과 그 병의 원인으로서 '시대'에 대한 작가의 인식 차이를 반영한 것이다. '장미 병들다'라는 종결형 어미는, 장미가 병이 들었다는 상태와 결과를 부각하고 병든 상태, 즉 윤리적 타락에 집중한다. 따라서 장미가 병들게 된 원인 진단이나 병든 장미에 대한 대책이 없으며, 절망적인 현 상황에 대해 닫혀있는 구조적 사유와 윤리적 판단을 보여 준다. 이와 달리 '장미 병들어'라는 연결형 어미는, 병이 들었다는 사실을 인식하고 이후의 대책과 문제 해결에 주목한다. 장미가 병들었다는 사실에 대한 결과적 판단보다 병든 이후의 실천과 대응방법에 주목하기 때문에, 아직 상황은 종결되지 않고 문제가 진행형으로 이어지고 있다.[98]

「장미 병들어」의 1연에서 시적 주체는 '병든 장미'의 "이웃이 없"는 현실을 안타까워한다. 즉, 남죽과 같이 '병든 장미'의 처지가 된 것을 비난하거나 단죄하지 않고, 그 장미를 "옮겨 놓을 이웃"에 주목한다. 이것은, '병든 장미'를 이웃으로 환대하고자 하는 의식의 표현이기도 하다. 그리고 시의 마지막에서는, 열정으로 뜨거웠고 꿈으로 아름다웠으며 굽히지 않던 의지로 타올랐던 '장미'가 치욕에 발버둥 치며 쓸쓸하게 퇴락하는 모습까지 받아들이고, "이 내 가슴에 묻어다오."라고 말한다. 장미의 병을 치유하고 회생할 방법을 궁리하다가 결국 자신의 가슴에 묻으며 받아들이는 결단을 하게 되는 것이다.

윤동주의 「장미 병들어」는 장미의 상징에 대해 새로운 의미를 부여해 준다. 남죽과 같은 조선 청년의 초상으로서 '장미'는 이상과 아름다움에 대한 정념과 열정의 에너지로 충만해 있으며, 또한 위험한 불온성을 내장한 불꽃과 같다. 장미는 불온성과 불량성을 내장한 폭탄과 같은 이미지이다. 「장미 병들어」의 시적 주체는 "장미 병들어 / 옮겨 놓을 이웃이 없"으니, 그 장미를 황마차 태워 산으로, 화륜선 태워 대양으로, 비행기 태워 성층권으로 보내야 할 것인가를 묻는다. '산'과 '대양'과 '성층권'은 사람과 단절된 장소들이다. 즉, 관계를 조율하는 이념이나 윤리가 없고 가치 판단이나 평가 기준이 없는, 사회 밖으로 '병든 장미'를 유폐시켜 버리는 것이다. 이 질문에는, 장미가 병들고 썩어가기 때문에 관계 바깥으로, 또 사회 바깥으로 버리고 배제하고 격리하고 추방해야 하는 것인가라는 성찰이 담겨 있다. 시적 주체는 '병든 장미'를 윤리적 규범에 따라 평가하고 판단하고 단죄하는 행위에 동조하지 않는다. 이 질문과 성찰이야말로 윤동주가 시 「장미 병들어」를 쓴 이유이며, 이 시의 주제 의식이다.

윤리적 주체

「장미 병들어」에서 "이웃"의 존재는 여러모로 생각할 여지를 만들어 준다. 앞서 정지용의 시 「불사조」에서 '이웃'이라는 시어를 발견할 수 있다.

> 비애悲哀! 너는 모양할 수도 없도다.
> 너는 나의 가장 안에서 살았도다.
>
> 너는 박힌 화살 날지 않는 새,
> 나는 너의 슬픈 울음과 아픈 몸짓을 지니노라.
>
> 너를 돌려보낼 아모 이웃도 찾지 못하였노라.
> 은밀히 이르노니—「행복幸福」이 너를 아조 싫어하더라.
>
> 너는 짐짓 나의 심장心臟을 차지하였더뇨?
> 비애悲哀! 오오 나의 신부新婦 너를 위하야 나의 창과 웃음을 닫았노라
>
> 이제 나의 청춘이 다한 어느 날 너는 죽었도다.
> 그러나 너를 묻은 아모 석문石門도 보지 못하였노라.
>
> 스스로 불탄 자리에서 나래를 펴는

오오 비애悲哀! 너의 불사조不死鳥 나의 눈물이여!

- 정지용, 「불사조」(1935)[99] 전문

「불사조」는 “비애”를 부르며 시작한다. “비애”는 “나의 가장 안”에 “박힌 화살”이며 “날지 않는 새”이고, “나의 심장을 차지”해 버린 어떤 숙명적인, 어찌할 수 없는 상처이자 동반자, “나의 신부”이다. 시적 주체는 자신의 슬픔과 아픔과 청춘을 차지해 버린 비애, 그 비애를 꺼내서 “너를 돌려보낼 아모 이웃도 찾지 못하였노라.”라고 호소한다. 또한 “비애”가 “청춘이 다한 어느 날” 죽었다고 말한다. 비애는 청춘이며, 청춘이 다하자 비애도 사라져버렸다. 그러나 비애는 ‘불사조’처럼 부활하여 인간 존재의 본질로서 “심장을 차지한다.” 「불사조」에서 ‘비애’는 청춘의 파토스로서 강하게 호명되고 있다.

윤동주는 『정지용시집』을 구입해서 읽고, 암송하고 시 쓰기 교본으로 삼았다. 윤동주는 청춘의 파토스 ‘비애’를 다른 맥락과 방식으로 재창조하여 「장미 병들어」를 만들어 냈다.

「장미 병들어」와 「불사조」의 주제와 내용은 사뭇 다르지만, 「불사조」의 어법과 모티브가 「장미 병들어」에 흐르는 것을 알 수 있다. 특히, 「불사조」에서 ‘비애’를 돌려보낼 이웃을 찾지 못하였다는 탄식과, 「장미 병들어」에서 ‘병든 장미’를 옮겨 심을 이웃이 없다는 안타까움은 동일한 태도와 시적 상상력을 보여준다. 하지만 두 시의 공통점은 그 정도에 그친다. 「장미 병들어」에서 ‘병든 장미’와 시적 주체의 관계는, 「불사조」에서 ‘비애’와 시적 주체의 관계와 다르다. 「불사조」의 시적 주체는, 비애가 자신의 심장 안에 깃들어서 날지 않고 울음 우는 것이 자기의 의지와 상관없는 일이라고 말한다. 하지만 「장미 병들어」는 “병든 장미”를 자기의 “이웃”으로 삼아 “내 가슴에 묻어” 살피겠다고 결의하였다. 스스로 “병든 장미”가 되고 나아가 “비애”가 되겠다는 의지의 표현이다. 윤동주 시에 빈번히 출현하는 '슬픔'의 정체를 여기에서 발견할 수 있다. 병든 장미의 이웃을 찾을 수 없는 현실이라면, 시인 스스로 '병든 장미'와 '비애'의 '이웃'이 되는 길을 찾으려고 한다. 「불사조」에 비해 「장미 병들어」가 윤리적으로 한 걸음 더 나아가고 있는 것이다.

「불사조」에서 "모양할 수도 없는" 비애, 실체를 잡을 수도 없고 사라지게 할 수도 없는 비애를, 윤동주가 '병든 장미'로 물질화하고 사회적 언어화를 가능하게 하였다. 정지용의 「불사조」가 '청춘'과 '비애'를 생애 주기적·세대적 파토스로 표상하여 숙명적 관계로 해석했다면, 윤동주의 「장미 병들어」는 '청춘'의 비애를 시대적이고 정치적인 문제로 포착하고 있다. 즉, 「불사조」는 청춘의 좌절과 절망을 비애와 슬픔으로 서정화하고 시적으로 형상화한다. 하지만 윤동주는 「장미 병들어」에서 1930년대의 청춘이 놓여 있는 사회문화적 처지, 꿈, 좌절과 절망, 비애에 주목하고 있으며, 현존하는 청춘의 비애를 대면하고 감당하는 윤리적 주체로서 등장한다.

한편, 1930년대 시대 상황에서 '이웃'은 주변인에 대한 사회적 지원 내지 사회적 환경을 뜻한다. 저널리스트였던 신남철은 헬렌 켈러의 강연을 듣고 개인의 노력, 인내와 고투가 가져온 위대한 기적을 높이 평가하면서 그를 이해하고 기르고 북돋아 주는 '이웃'의 중요성을 강조한다.

> 아메리카라고 하는 역사적 사회적 환경이 그로 하여금 그와 같은 '세기의 기적'을 만들게 한 것이었다. 물론 여사의 개인적인 천품天稟은 기적이라고 할 만치 위대한 것이다. 그러나 그 위대한 품부稟賦를 기르고 북돋아 주는 '이웃'이 없을 때 어찌 그 위대를 발휘할 수 있으랴. 조선에 수많은 천재가 헛되이 썩어 넘어가고 있다고들 하지 않던가. 관념적인 상념만으로는 결코 위대한 창조는 없을 것이다. 무엇보다도 이해하고 북돋아 주는 '이웃'이 있어야 할지니 필요한 시설, 기관과 물질적인 후

원을 기다려서만 비로소 그 상념은 수성遂成의 기쁨을 가질 수가 있을 것이다.[100]

역경에 처한 사람을 "이해하고 북돋아 주는 '이웃'"이 있어야 소생하고 꿈을 펼칠 수 있다는 주장이다. 듣지 못하고 보지 못하고 말하지 못하는 헬렌 켈러가 삼중고를 딛고 넘어서 새세계를 발견할 수 있었던 것은 사회적 환경이 받쳐 주었다는 것이다. 신남철의 글에서 이웃은 "필요한 시설, 기관과 물질적 후원" 등으로, 사회적 제도적 기반과 환경, 물질적 문화적 후원, 인프라 등을 의미한다.

「장미 병들어」에서 '이웃'의 존재도 이와 같은 것으로 이해할 수 있다. 이효석이 소설 「장미 병들다」에서 그렸던 청년 학생들의 고통, '젊은이의 병'은 1930년대 후반의 시대적 환경과 관련이 있었다. 윤동주가 「장미 병들어」에서 "장미 병들어 / 옮겨 놓을 이웃이 없도다."라고 안타까워할 때, '이웃'은 청년들이 좌절과 절망에 빠지지 않도록 이들을 이해하고 수용하는 사회적 인식과 제도를 포함하였다.

장미는 꿈꿀 수 있기에 장미였다. 장미가 병들었다는 것은 좌절하여 꿈을 꿀 수 없는 상태이다. 「장미 병들어」의 마지막 연에서 "자라나는 아들이 꿈을 깨기 전"으로 시간을 제한한 것은, 청년 학생들이 꿈을 완전히 포기하고 절망하고 좌절하기 전에 그들을 이해하고 포용하는 사회적 정치적 환경을 마련해야 한다는 것을 강조하기 위함이다. 그러나 당시는 전시 총동원체제로의 동원을 위하여, 청년 학생들을 불온과 불량으로 배척하거나 그들에게 동일화를 요구했다. 그런 폭력적인 상황에서 시적 화자는 병든 장미를 "이 내 가슴에 묻어다오."라고 말한다.

「장미 병들어」와 윤리적 주체로서 시인 윤동주를 설명하기 위해, 1930년대 청년들의 상황을 좀 더 구체적으로 이해하는 것이 필요하다. 1938년 윤동주가 연희전문학교에 입학하던 당시에 식민지 사법·교육 당국뿐 아니라 언론 미디어는 대대적인 풍기 문제 제기를 통해 '건전한 국민 만들기' 여론을 환기시켰다. "경성 모 전문학교 신입생 신체검사 결과 4백 명 중 약 1할인 43명이 성병 환자"[101]였다는 신문기사는, 학생의 윤리 도덕적 타락을 통계로 보여 주며 이 문제를 선정적으로 퍼트렸다. 이에 교육 당국이 학생의 풍기 단속권을 경찰과 사법 당국에 요청하는 초유의 사태가 발생했다. 박치우는 「현대학생 풍기론」(『조선일보』, 1938. 5.10~5.12)에서 이러한 현실을 개탄하며 비판하고 있다.

> 풍기는 풍속(또는 풍습)의 기율, 따라서 그 자신 일종의 엄연한 윤리이다. 풍속 또는 풍습을 의미하던 글자 Ethos로부터, 윤리학을 의미하는 Ethik가 나왔다는 것은 여기 참고 되어 좋을 것이다. 자못 오늘의 윤리학이 특히 성생활과 보다 많은 관계를 맺고 있는 '풍기'의 학學과는 다소 성질을 달리하여 이름조차 존엄한 '도덕'의 학으로서만 이해되기 쉽게 되었다는 것은 재래의 윤리학자들의 필요 이상의 결벽의 죄일 따름이고 근본적 의미에서는 풍기학이나 윤리학이나 다를 바 없다. 둘이 다 인간 대 인간의 행위 내지 행위의 규범에 대한 학문일 수밖에는 없는 것이며 그렇기 때문에 풍기나 윤리나 똑같이 일종의 규범성, 즉 행위에 대한 구속력을 현실적으로 가지고 있는 것이다.[102]

윤리나 도덕, 풍기는 인간 대 인간의 행위 규범으로서 행위에 대한 구속력을 갖는다. 그런데 그것은 시대와 사회적 맥락에 따라 다르게 적용될 수 있다. 그런 의미에서 박치우는 당시의 풍기학이나 윤리학이 "필요 이상의 결벽"을 강요하며 강박하고 있다고 말한다. 즉, 1930년대 후반에 학생의 도덕적 부패 혹은 윤리적 타락을 '풍기 단속'의 담론으로 구속하고 '건전한 국민 만들기'에 활용하는 상황은, 식민지 당국의 '시국적 언사', '국책적 몸짓'과 연결되어 있었던 것이다. 박치우의 사상과 같은 맥락에서, 윤동주의 「장미 병들어」는 '병든 장미'를 단죄하지 않고, 위로하고 보듬어 안는다. 「장미 병들다」의 작가 이효석과 소설의 남성들— 현보, 김장로의 아들, 하숙집 노파 등이 남죽을 타락한 여성으로 비난한 것과 대조된다. 윤동주의 가치 기준은 사회적 풍기 단속의 규율과 다르다. 그것이 시인의 눈이다. 그는 윤리적 주체이지만, 순결 이데올로기에 포획되지 않고 '병든 장미' 남죽의 이웃이며 자유의 편이었다.

그런데 시인 윤동주를 성찰적 주체, 윤리적 주체로 호명할 때에는 엄정한 태도를 가질 필요가 있다. 즉, '순결주의' 관점에서 도덕적 주체나 윤리적 주체로 호명하는 것은 주의해야 하며, 이것은 실제 윤동주의 의식이나 태도와 다를 수 있기 때문이다.

> 순결 이데올로기와 지배적 도덕에서 스스로 부자유스럽다는 것이었다. 그러니까 반성은 유감스럽게도 자유가 아니다. 반성은 지극히 윤리적인 태도를 취하고, 그 윤리는 이미 이데올로기로 채색되어 있는 것, 그리하여 어느 계기로부터 반성이 이데올로기를 내면화하는 일 이상이 아니다. 욕망과 도덕 사이의 골을 메우거나 도덕을 초과하는 것은 사랑이거나 정열과 같은 가치이다. 이는 강하지만 일시적인 것들이라 항성恒性이 없고 도덕보다 약하다. 도덕보다 강해야 함을 개별자들에게 요청하는 일은 틀리지는 않아도 무책임한 일이다.[103]

윤동주의 정체성을 자기 성찰과 반성의 순결하고 순진무구한 관점으로 이해하면, 그의 시와 삶에서 시대를 초과하고 전복하는 상상력을 발견하고 설명하는 것이 어려워진다. 윤동주의 시적 성찰은 개인 내면의 반성에 국한되지 않는다. 윤동주의 시적 주체는 시대 현실에 대한 역사철학적·사상적 탐색을 바탕으로 주체의 윤리학적 성찰을 감행하였다.

또한 그는 인간의 욕망과 이상, 열정과 정념의 위대함을 인정하였다.

윤동주의 내면은 '백합'과 같이 순결한 부분도 있지만, 불온과 열정을 내포한 '장미'의 에너지도 공존하고 있었다. 따라서 윤리적 주체로서 윤동주는 백합과 장미, 윤리와 욕망 사이에서 움직이고 있는 존재였으며, 그 사이의 갈등과 고뇌를 시로 썼던 것이다.

제
4
장

시인, 윤동주

이슥고 사색思索의 포플러 터널로 들어간다
시詩라는 것을 반추反芻하다. 마땅히 반추反芻하여야 한다

–「야행夜行」

'시인-되기'의 엄중함

윤동주는 1937년 광명중학교 졸업을 앞두고 연희전문학교 문과에 진학하는 문제로 아버지와 심각한 불화를 겪었다. 당시의 상황을 지켜본 윤일주는 이렇게 기록하였다.

> 아버지께서 의과醫科를 택하라고 권하셨으나 그(윤동주-인용자)는 듣지 않았다. 몇 개월에 걸친 부자간의 대립은 대단한 것이어서 어린 우리들은 겁에 질릴 정도였다. 아버지는 그 무렵 무역회사 중역으로 계시었다. 젊어서 문학에 뜻을 두어 외유하시고, 명동에서 가장 선구적인 청년으로서 웅변·휘호 등으로 날리시던 아버지도 생활상의 실패를 아들에게 물려주고 싶지 않으셨던 것이다. 아버지는 겸허하시면서도 매우 엄격하시었다. 밥을 굶기까지 하는 손자의 고민을 보시던 할아버지께서 동주의 편을 들어 중재하시고, 외삼촌 규암 선생도 권면하시어 아버지가 양보하셨다.[1]

"몇 개월에 걸친 부자간의 대립"을 지켜보았던 동생 윤혜원도 "아마 그때 오빠가 가장 괴로워하지 않았을까 그렇게 생각해요. 그 갈등 말고 난 오빠가 어른들한테 꾸중 듣던 걸 기억해 낼 수 없더라고요."[2] 라고 회상할 정도였다. 이러한 윤동주와 아버지의 대립은, 평소 윤동주의 온유한 성품을 생각하면 상상하기 힘들 만큼 단호하고 격정적이었다고 한다. 문학을 향한 집념과 열망이 그만큼 컸다는 것을 보여 주는 에피소드다.

처음 피워 본 담배 맛은
아침까지 목 안에서 간질간질 타.

어젯밤에 하도 울적鬱寂하기에
가만히 한 대 피워 보았더니

-「울적(鬱寂)」(1937.6) 전문

시「울적」에서는 하도 울적하여 처음으로 담배를 피웠다고 고백한다. 그 울적함의 이유가 진로에 대한 고민과 불화 때문인지, 다른 사건 때문인지는 확실하지 않다. 어쨌든 평상심으로는 견디기 힘들 정도로 그의 번민은 컸고, 호소할 데 없이 외롭고 쓸쓸하고 답답하여 담배를 "가만히 한 대 피워" 볼 정도였다. 담배를 피우기까지 할 정도의 울적한 상태인 것으로 보아 아주 큰 사건이었음에 틀림없다.

같은 시기에 쓴 시「유언」은 더욱 극단적인 상황을 예견하고 있다.

후어-ㄴ한 방房에
유언遺言은 소리 없는 입놀림.

— 바다에 진주珍珠 캐러 갔다는 아들
해녀海女와 사랑을 속삭인다는 맏아들
이밤에사 돌아오나 내다봐라 —

평생平生 외롭던 아버지의 운명殞命
감기우는 눈에 슬픔이 어린다.

외딴집에 개가 짖고

휘양찬 달이 문살에 흐르는 밤.

-「유언(遺言)」(1937.10.24) 전문

시적 허구를 고려하더라도 "아버지의 운명殞命"을 설정하는 이런 상상은 어떤 정황인가?「유언」을 은유적으로 풀이한다면, 윤동주의 문학과 시 쓰기를 향한 열망은 아버지를 '죽임'으로써 가능하였다. 실제로 이후 윤동주의 문학과 시 쓰기는 아버지의 '유언'을 감당하는 것이기도 했다. 아들과 아버지의 '목숨을 건 싸움'은 윤동주의 승리, 즉, 아버지의 '죽음'으로 결판이 났다. 하지만 윤동주는 아버지가 문과 진학을 반대하는 맥락을 잘 이해하고 있었기 때문에 더욱 괴로웠을 것이다. 문과 진학을 반대하고 의과 진학을 권했던 아버지는 누구보다 열정적이고 선구적인 문학청년이자 지식인이었다. 아버지 윤영석은 명동중학교를 나와 북경 유학을 아주 잠시 다녀왔고, 고향에 돌아와서는 명동소학교 교사로 있다가 꿈을 좇아 재차 일본 도쿄東京로 유학을 가서 영어를 공부하던 중 관동대지진을 겪고 돌아왔다. 윤영석도 '시적인 기질의 인물'[3]이었다. 그러한 아버지 윤영석이 생활상의 실패를 겪고 자기를 배반하면서까지 아들의 꿈을 꺾으려고 하는 것이다. 윤동주의 입장에서는 아버지의 뜻을 따를 수 없는 자신이 괴롭지만 끝내 자기 길을 가고자 했다. 윤동주는 "평생 외롭던 아버지"에 대한 연민으로 슬펐다. 또한 아버지의 뜻을 꺾고 '아버지를 죽였다'는 상상은 그에게 트라우마와 같은 것으로 남았다. 이런 트라우마를 감내하더라도 포기할 수 없을 만큼 문학을 향한 그의 집념은 큰 것이었고, 또한 아버지의 뜻을 꺾고 계속한 시 쓰기는 그에게 더욱 엄정한 것이 될 수밖에 없었다.

『윤동주 평전』에서 기록한 당시의 상황도 윤일주의 기억과 유사하다. "동주는 며칠씩 밥을 굶어가면서 '난 죽어도 의과는 못 한다. 문과로 가야

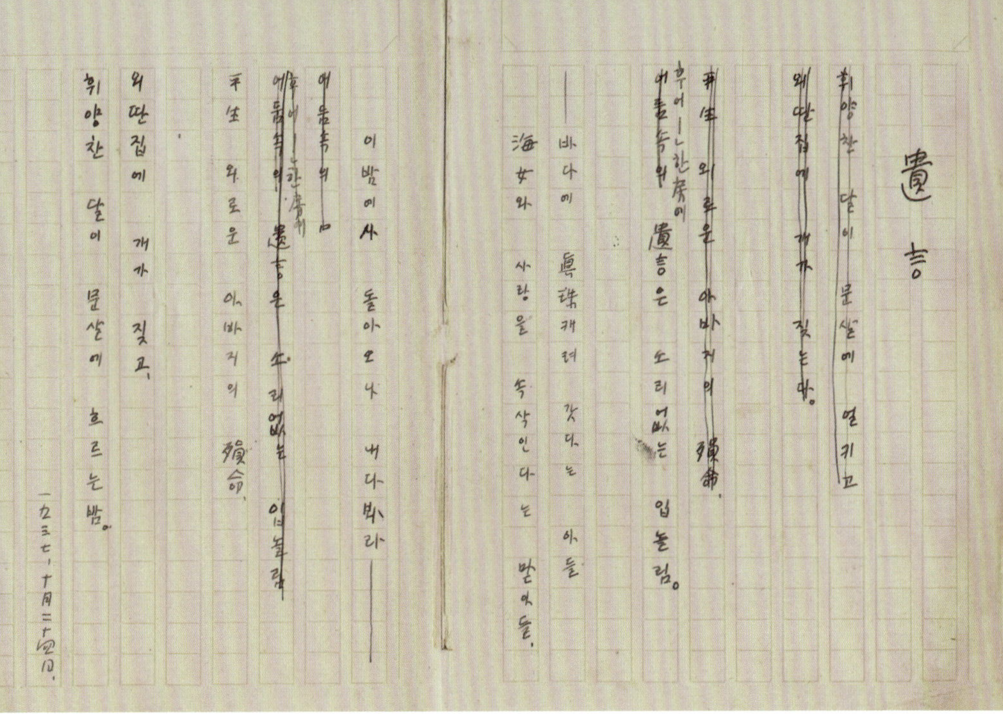

遺言

후어―ㄴ한 房에
遺言은 소리없는 입놀림。

―바다에 眞珠캐려 갔다는 아들
海女와 사랑을 속삭인다는 맏아들.

이 밤에사 돌아오나 내다봐라―

平生 외로운 아바지의 殞命,
외딴집에 개가 짖고,
휘양찬 달이 문살에 흐르는 밤。

一九三七, 十月二十四日.

윤동주 자필 시고 「유언」(윤인석 제공)

겠다'고 고집하자, 부친은 격분했다. 물사발이 밖으로 휙휙 날고 아주 난리가 났었다고 한다. …(중략)… 이런 대립이 계속되더니 끝내는 동주가 생전 처음으로 집에 안 들어오는 날까지 생기도록 사태가 악화되었다. 이렇게 팽팽한 부자지간의 대립은 결국 할아버지가 개입해서야 동주 측의 승리로 종결되었다."[4] 윤동주가 '사생결단'으로 가출하였고, 부자간의 불화가 심각해지자 마침내 할아버지의 개입과 중재로 윤동주는 문학을 공부하겠다는 뜻을 이루었다.

그런데 「유언」에서 '해녀와 아들의 사랑' 모티프는 의외이다.

> ― 바다에 진주珍珠 캐러 갔다는 아들
> 해녀海女와 사랑을 속삭인다는 맏아들

이밤에사 돌아오나 내다봐라—

이 부분은 아버지의 '유언'이다. '바다에 진주 캐러 가서 해녀와 사랑을 나눈다는 맏아들이 돌아오는지' 내다보는 아버지의 간절한 기다림이 들어있다. "바다에 진주 캐러 갔다는 아들 / 해녀와 사랑을 속삭인다"는 문학 행위에 대한 은유로 읽힌다. 문학과 사랑에 취한 맏아들은 동주 자신이다.

윤동주가 탐독했던 『정지용 시집』에 이와 유사한 모티프의 시가 있다.

자네는 인어人魚를 잡아
아씨를 삼을 수 있나?

달이 이리 창백蒼白한 밤엔
따뜻한 바닷속에 여행旅行도 하려니.

…(중략)…

아무도 없는 나무 그늘 속에서
피리와 단둘이 이야기하노니.

- 정지용, 「피리」5 부분

정지용의 시 「피리」는 시 또는 시 쓰기에 대한 은유이다. "인어를 잡아 / 아씨로 삼을 수 있"고, "바닷속에 여행도 할" 수 있는 세계는 시의 세계이다. "피리"는 시의 메타포metaphor다. "피리와 단둘이 이야기 하"는 상황은 시인이 시를 쓰는 행위에 대한 낭만적 비유이다. "달이 이리 창백한 밤엔 / 따뜻한 바닷속에 여행"하기에 좋은 시간이며, 시상이 고요한 울림으로 시적 주체에게 엄습해 오는 시간이다. 시인이 '피리'의 울림을 따라 나서는 것은 곧 시 쓰기를 말한다.

윤동주의 시 「유언」으로 돌아가 보자. 북간도의 내륙지방 용정龍井에서 나고 자랐던 윤동주에게 바다는 피안의 장소처럼 느껴졌고, 그 바다에서 진주를 캐고 해녀와 사랑을 속삭인다는 상상은 문학적 수사의 세계였다. 반대로 "외딴집", "평생 외롭던 아버지"의 "슬픔"은 현실 세계의 영역이고 아버지의 세계이다. 굳이 아들의 세계를 "맏아들"이라고 특정한 것이야말로 윤동주의 자의식을 드러낸 것이다. 아들의 세계와 아버지의 세계, 두 세계의 닿을 수 없는 간극과 불화의 메타포가 시 「유언」에 들어 있다.

「유언」을 쓸 당시 광명중학교 졸업반이었던 윤동주는 고향 용정을 궁벽한 '산골짜기'로 인식하며 대처로 나가고 싶은 욕망과 시 쓰기의 존재론적 번민을 토로했다.

내 노래는 오히려
설은 산울림.

골짜기 길에
떨어진 그림자는
너무나 슬프구나.

오후의 명상은
아 — 졸려.

-「산협(山峽)의 오후」(1937.9) 전문

시의 첫 구절에서 "내 노래는 오히려 / 서러운 산울림"이라고 말할 때

'오히려' 시적 주체의 '설움'과 '슬픔'을 증폭시키고 있다. 자신의 "노래"(시 쓰기)가 산골짜기, '산협山峽'에 막혀 "울림"이 확장되지 못하고, 문학적 포부는 "오히려" 서러운 반향과 몰인정으로 돌아온다고 말한다. 노래 부르는 자(시 쓰는 자)로서의 꿈을 마음껏 펼칠 수 있기를 간절히 바라지만, 그의 존재는 "골짜기 길에 떨어진 그림자"에 불과해서 "너무나 슬프구나"라며 탄식한다. 자신의 꿈과 포부에 대한 몰이해와 그로 인한 답답함은, 시의 주체를 생동하지 못하게 하고 권태롭게 한다. 그는 "산협"을 나와, 「유언」에서 그린 것처럼 "바다에 진주 캐러" 가서 "해녀와 사랑을 속삭이고" 싶었다. 자신을 옥죄는 현실이 답답할수록, 낭만적 상상으로 자신의 존재를 확충하고 싶었다.

호젓한 세기世紀의 달을 따라
알 듯 모를 듯한 데로 거닐과저!

아닌 밤중에 튀기듯이
잠자리를 뛰쳐
끝없는 광야曠野를 홀로 거니는
사람의 심사心思는 외로우려니

아— 이 젊은이는
피라미드처럼 슬프구나

-「비애(悲哀)」(1937.8.18) 전문

「비애」의 시적 화자는 "호젓한 세기"에 미지의 세계로 나가서 새로운 '나'와 문학을 만나고 싶은 젊은이다. 그런데 "호젓한" 미지의 세계 또는 "끝없는 광야를 홀로 거니는" 그의 심정은, 외로움과 슬픔으로 가득하다.

(遺)(言)(詩)

延專 尹 柱

후어ㅡㄴ한 房에
遺言은 소리업는 입놀림
―바다에 眞珠캐려 갓다
는아들
海女와 사랑을 속삭인다
아 들맛는
이밤에사 돌아오나 내다
봐라―
平生 외롭든 아버지의 殞命
감기우는 눈에 슬픔이 어
린다。
의딴집에 개가 짓고
휘양찬 달이 문살에 흐르
는 밤

윤동주 시 「유언(遺言)」(『조선일보』 1939.2.6. 4면), 이름에서 '동東'자가 빠졌다.

스스로를 "아 ― 이 젊은이"로 자처하는 데는, 시의 제목처럼 "비애"가 꽉 차 있다. "피라미드"에 비유된 거대한 '슬픔'은 그가 처한 상황을 선명하게 보여 준다. 즉 문학에 투신하려는 그의 결단과 용기가 "피라미드"를 떠올릴 만큼 비장한 것이라는 전언에서, 그 슬픔과 '비애'를 가늠할 수 있다.

경성으로 유학온 윤동주는 연희전문학교 문과에 진학하여 자신이 꿈꾸었던 문학을 공부하고 시를 썼다. 대학 2학년 때 시 「유언」을 『조선일보』(1939.2.6)에 발표했다. 「유언」은, 윤동주에게 '문학을 한다'는 것에 대한 자의식을 환기하는 트라우마이다. 맏아들로서 아비를 죽이는 사건을 통과하여 감행하는 행위이기 때문에 윤동주에게 문학하기와 시 쓰기는 단순한 취미나 여기餘技가 아니었다. 그에게 문학하기와 시 쓰기는 '아버지의 유언'을 감당해야 하는 정도의 엄중한 행위로 내면화되었다. 그가 2년 전에 쓴 「유언」을 다시 꺼내서 공적 매체에 내놓은 행위는, 문학과 시 쓰기에 대한 자기 다짐이자 결의의 발로라고 볼 수 있다.

4년 뒤 윤동주가 일본 유학 중에 '시인의 천명'을 말하는 것도 이런 맥락에서 이해할 수 있다.

시인詩人이란 슬픈 천명天命인 줄 알면서도
한 줄 시詩를 적어볼까,

땀내와 사랑내 포근히 품긴
보내주신 학비봉투學費封套를 받아

대학 노-트를 끼고
늙은 교수의 강의 들으러 간다.

-「쉽게 씌어진 시(詩)」(1942.6.3) 부분

윤동주에게 시 쓰기는 자신의 생과 가족의 노고를 걸고 결단하는 과정의 연속이었다. 부모가 보내준 "학비 봉투"에는 고향의 "땀내와 사랑"이 있으면서 동시에 큰 부담이 들어 있다.

할아버지도 윤동주가 고등고시에 합격해서 입신출세하기를 염원했고, 그 바람을 윤동주에게 적극적으로 권유했다. 이로 인해 윤동주는 집안의 지원을 받으면서 어른들의 바람과는 다른, 문학을 하고 시를 쓴다는 행위가 죄스러우면서도 고통이기도 했을 것이다. 그래서 방학을 맞아 고향에 돌아온 그는 분열된 자아를 경험한다.

고향故鄕에 돌아온 날 밤에
내 백골白骨이 따라와 한 방에 누웠다.

어둔 방房은 우주宇宙로 통하고
하늘에선가 소리처럼 바람이 불어온다.

어둠 속에 곱게 풍화작용風化作用하는
백골白骨을 들여다보며
눈물짓는 것이 내가 우는 것이냐
백골白骨이 우는 것이냐
아름다운 혼魂이 우는 것이냐

지조志操 높은 개는
밤을 새워 어둠을 짖는다.

-「또 다른 고향」(1941.9) 부분

「또 다른 고향」은 윤동주가 고향에 돌아와서 느끼는 복잡한 감회를 분열적으로 표현하고 있다. 이 시에는 고향 어른들의 뜻에 제대로 부응하지 못하는 죄스러움, 자신이 추구하는 문학의 높은 위의威儀에 대한 믿음, 시 쓰기가 뜻대로 이루어지지 못하는 것에 대한 자괴감 등이 어지럽게 뒤엉켜 있다. 이처럼 윤동주에게 문학과 시 쓰기를 한다는 자의식은 매우 복합적이며 엄중한 것이었다.

자선自選 시집
『하늘과 바람과 별과 시』

시를 쓰는 것과 시인이 되는 것은 다르다. 시를 쓰는 것은 개인의 차원이지만, 시인이 되는 것은 등단제도 통과, 매체에 시 발표, 시집 출판 등 문학 제도의 승인이 필요한 절차에 속한다. 이 제도를 통과할 때 비로소 공식적으로 '시인'의 호칭을 얻게 된다. 윤동주는 등단제도를 거치지 않았다. 몇몇 매체에 시를 발표했지만 교지校誌, 학우지, 신문의 학생문예란, 북간도의 종교잡지 등 매체의 범위와 영향력이 제한되어 있었다. 그의 생전에 공식적인 시집 출판도 이루어지지 않았다. 그가 손수 만들어서 지인들에게 나누어 준 육필 자선 시집 『하늘과 바람과 별과 詩』가 유일하였다. 그런 점에서 윤동주는 문학 제도의 차원에서 '시인'이 되지 못한 채 세상을 떠났다. 그토록 '시인되기'를 꿈꾸었지만 이루지 못했던 바람이, 그의 사후 10여 년 만에 실현되었다.

1948년 유고시집 『하늘과 바람과 별과 시』(정음사)의 출판을 시작으로 1955년 시집 재판본이 발행되었고, 제1차 교육과정(1954~1963년)의 중학교 2학년 교과서에 그의 시 「새로운 길」이 수록되었다. 1948년 공식적인 첫 시집의 출판 이후 윤동주는 한국문학을 대표하는 시인으로 빠르게 자리 잡았다. 무명의 시인 지망생 윤동주가 한국을 대표하는 '민족시인'이자 '저항시인' 윤동주로 변화하는 과정은 어떠했을까? 문학 제도의 차원에서 그 과정을 자세히 살펴보는 것은, 그동안 윤동주가 대중 독자에게 어떻게 수용되고 어떤 영향을 주었는지 좀 더 풍부하게 이해할 수 있게 해

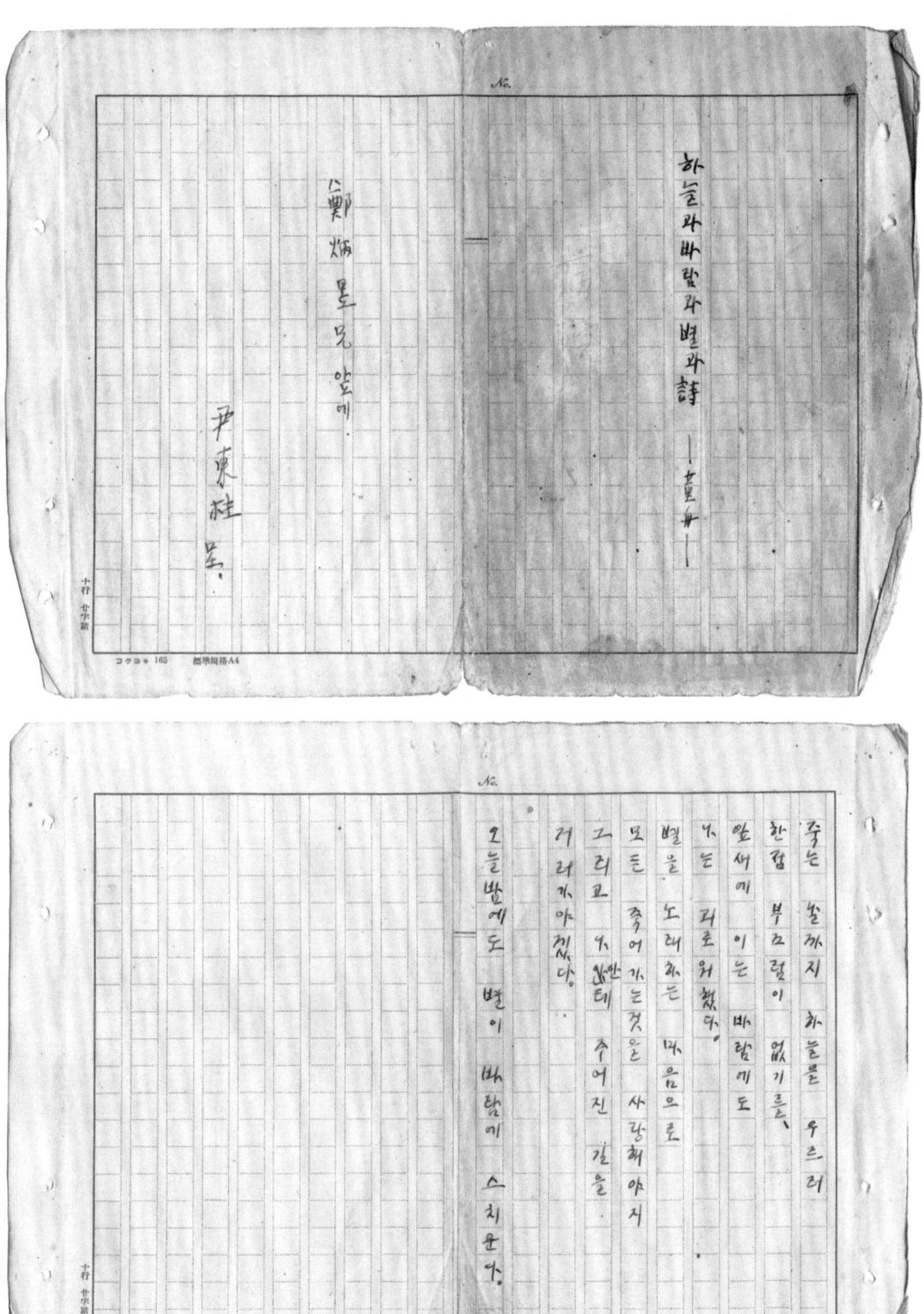

No.

하늘과바람과별과詩

—童舟—

鄭炳昱 兄 앞에

尹東柱 呈.

十行 廿字詰

コクヨ ♦ 165 標準規格A4

No.

죽는 날까지 하늘을 우르러
한점 부끄럼이 없기를,
잎새에 이는 바람에도
나는 괴로워했다.
별을 노래하는 마음으로
모든 죽어가는 것을 사랑해야지
그리고 나한테 주어진 길을
거러가야겠다.

오늘밤에도 별이 바람에 스치운다.

1941. 11. 20.

十行 廿字詰

コクヨ ♦ 165 標準規格A4

위 육필 자선 시집 『하늘과 바람과 별과 시』 표지
아래 육필 자선 시집 『하늘과 바람과 별과 시』 첫 번째 시(연세대학교 윤동주기념관 제공)

준다. 하나의 질문—그가 생전에 꿈꾸었던 '시인' 윤동주와 지금 우리에게 익숙한 시인 '윤동주'가 일치하는지, 그 질문을 품고 문학 제도 안에서 윤동주가 수용되는 양상을 살펴보자.

윤동주는 연희전문학교 재학시절 문우회에서 문예부 활동을 하며, 1938~39년 『조선일보』의 〈학생 페-지〉에 시 「아우의 인상화」(1938.10.17), 산문 「달을 쏘다」(1939.1.13), 시 「유언」(1939.2.6. 투고자 이름을 '윤주尹柱'로 표기)을 투고하여 실렸다. 그리고 연희전문학생회지 『문우』(1941.6)에 「새로운 길」과 「우물 속의 자상화自像畵」를 발표하였다. 이런 활동을 통해 그의 시재詩才는 지인들 사이에서 인정받았고, 자신감을 갖게 된 윤동주는 1941년 12월 연희전문학교 졸업을 기념하여 시집을 내고자 육필 자선自選 시집을 엮었다. 400자 원고지를 반으로 접어서 끈으로 묶은 뒤, 그동안 써 놓았던 시와 새로 쓴 시 중 19편을 선별하여 만년필로 한 편 한 편씩 옮겨 적었다. 자선 시집의 표지에는 제목으로 "하늘과 바람과 별과 詩시"를 쓰고, 필명은 "동주東舟"라고 썼다. '동주東舟'는 1937년 『가톨릭소년』에 시를 투고할 때 썼던 필명이다. 정병욱에게 주었던 자선 시집의 첫 페이지에는 "정병욱鄭炳昱 형兄 앞에"와 "윤동주尹東柱 정呈"이라고 썼다.

자선 시집의 본문 첫 페이지에는 "죽는 날까지 하늘을 우르러"로 시작하는 시가 제목 없이 적혀 있다. 시의 아랫부분에 창작날짜를 1941년 11월 20일로 기록하였다. 자선 시집에 수록된 작품 목록과 창작날짜는 아래와 같다.

"죽는 날까지……"	1941.11.20.
자화상	1939.9.
소년	1939.
눈오는 지도	1941.3.12.
돌아와 오는 밤	1941.6.

병원	1940.12.
새로운 길	1938.5.10.
간판 없는 거리	1941
태초의 아츰	
또 태초의 아츰	1941.5.31.
새벽이 올 때까지	1941.5.
무서운 시간	1941.2.7.
십자가	1941.5.31.
바람이 불어	1941.6.2.
슬픈 족속	1938.9.
눈 감고 간다	1941.5.31.
또 다른 고향	1941.9.
길	1941.9.31.
별 헤는 밤	1941.11.5.

육필 자선 시집에 수록한 19편의 시는 1938~1941년 사이에 창작한 것이다. 창작시기를 정리하면 1938년 2편, 1939년 2편, 1940년 1편, 1941년 14편으로, 1941년에 쓴 시가 전체 70%를 넘는다. 육필 시집의 특성상 시에서 잘못 쓴 단어를 수정하거나 빠진 구절을 보충하거나 창작날짜를 수정한 부분들이 있다. 가장 많이 수정한 작품은 마지막에 수록한 「별 헤는 밤」인데, 시의 전 편을 옮겨 쓰고 창작날짜를 기록한 뒤, 아랫부분에 새롭게 하나의 연을 덧붙였다.

이 자선 시집 제목 '하늘과 바람과 별과 시詩'에 대해 정병욱은 주목할 만한 기록을 남겨 두었다. 원래 윤동주는 자선 시집의 제목을 '병원'으로 붙일까 생각했는데 나중에 시집 제목을 바꾸었다는 내용이다.

시집 이름을 「병원」으로 붙일까 했다면서 표지에 연필로 '病院병원'이라고 써넣어 주었다. 그 이유는 지금 세상은 온통 환자투성이이기 때문이라 하였다."[6]

「병원」은 자선 시집에 실린 여섯 번째 작품이다. 지금 세상이 "온통 환자투성이"인 상황에 대한 알레고리로서 「병원」을 시집 제목으로 붙이려고 했다는 것이다. 그런데 최종적으로 윤동주가 시집의 제목으로 결정한 것은 '하늘과 바람과 별과 시詩'이다. 당시의 관례로는, 시집에 수록된 대표작을 그 시집의 제목으로 정하는 것이 일반적인 형태였다. 그러나 윤동주의 자선 시집에는 '하늘과 바람과 별과 시'라는 제목의 시가 실려 있지 않다. 다만, 자선 시집의 본문 첫 페이지에 "죽는 날까지 하늘을 우르러"로 시작하는 '제목 없이 실린 시'에서 시집 제목의 단서를 발견할 수 있다. 시집에 실린 원문을 그대로 인용한다.

죽는 날까지 하늘을 우르러
한점 부끄럼이 없기를,
잎새에 이는 바람에도
나는 괴로워했다.
별을 노래하는 마음으로
모든 죽어가는 것을 사랑해야지
그리고 나한테 주어진 길을
거러가야겠다.

오늘밤에도 별이 바람에 스치운다.

(1941.11.20)

이 시는 자선 시집에 수록된 19편의 작품 중에서 가장 늦게 창작된 것이다. 아마 시집을 위하여 창작한 것으로 짐작된다. 이 시의 주요 표상은 죽음, 하늘, 바람, 별, 길이다. 그리고 시적 표상에 연결된 정서는 부끄럼, 괴로움, 노래하는 마음, 사랑이다. 윤동주는 이 시의 주요 표상인 '하늘'과 '바람'과 '별'을 선택한 뒤 '시'를 보태서, 자선 시집의 제목으로 삼은 것 같다. 작품 안에서 '시'라는 단어를 명시적으로 쓰지는 않았는데 '하늘, 바람, 별'이 곧 '시'로 수렴된다는 의미로 해석할 수 있다. 또는 "노래하는 마음"을 '시'로 표현한 것일 수도 있다.

다음으로 주목할 부분은 이 시의 제목에 대한 문제이다. 이 시는 윤동주가 시집의 제목으로 사용할 만큼 중요한 의미를 갖기 때문이다. 앞서 정병욱에게 주었던 자선 시집에는 이 시의 제목이 없다. 그런데 나중에 이 시가 「서시」라는 제목으로 사람들에게 알려지게 된다. 원래 윤동주가 엮었던 육필 자선 시집에는 제목 없이 실렸던 시에 「서시」라는 제목이 붙여진 것은 언제부터이며, 그 이유는 무엇일까? 여기에는 두 가지의 추론이 가능하다.

첫째, 원래 이 시의 제목이 「서시」였다는 추론이다. 윤일주는 1941년 12월에 형 윤동주가 자선 시집을 처음 집에 가지고 왔던 때를 이렇게 기억하였다.

> 1941년 12월 연희전문을 졸업하고 새로 맞춘 곤색 더블 신사복을 입고 집에 돌아왔을 때 19편으로 된 자선 시집 『하늘과 바람과 별과 시』의 원고를 갖고 왔었다. 원고 용지에 정서하여 제본한 것의 첫 장을 넘기면 「서시序詩」란 제목이 확실히 있었고(지금 서울에 있는 「서시」 원고에는 제목이 없다), 뒷등에는 초판 77부라고 씌어 있었다.[7]

윤일주의 기억에 따르면, 윤동주가 소장하고 있던 또 다른 자선 시집

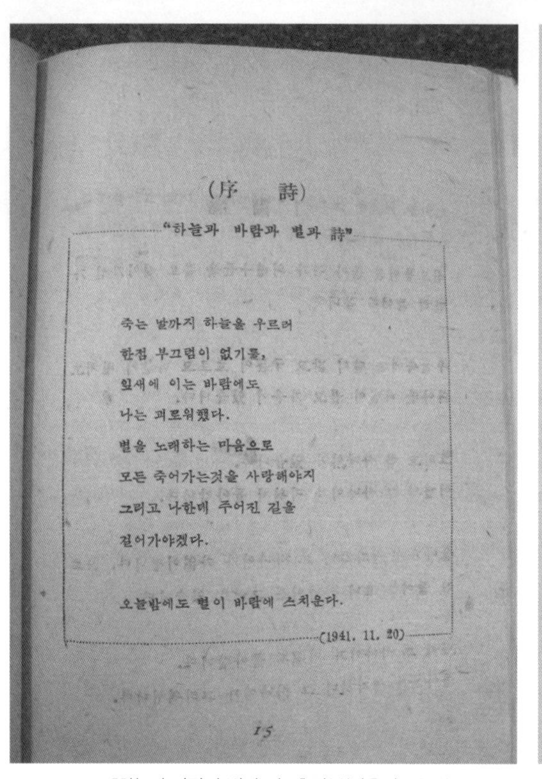
(序 詩)

"하늘과 바람과 별과 詩"

죽는 날까지 하늘을 우러러
한점 부끄럼이 없기를,
잎새에 이는 바람에도
나는 괴로워했다.

별을 노래하는 마음으로
모든 죽어가는것을 사랑해야지
그리고 나한테 주어진 길을
걸어가야겠다.

오늘밤에도 별이 바람에 스치운다.

(1941. 11. 20)

15

『하늘과 바람과 별과 시』 초판본(정음사, 1948)

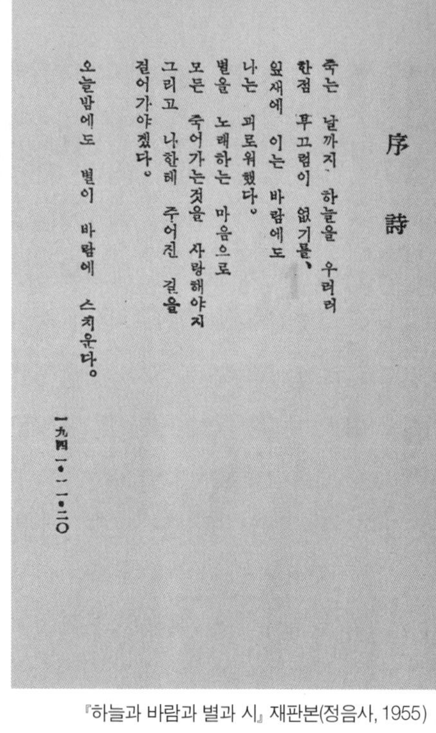
序 詩

죽는 날까지 하늘을 우러러
한점 부끄럼이 없기를,
잎새에 이는 바람에도
나는 괴로워했다。
별을 노래하는 마음으로
모든 죽어가는것을 사랑해야지
그리고 나한테 주어진 길을
걸어가야겠다。

오늘밤에도 별이 바람에 스치운다。

一九四一·一一·二〇

『하늘과 바람과 별과 시』 재판본(정음사, 1955)

의 본문 첫 페이지에 실린 시에 "「서시序詩」란 제목이 확실히 있었"다고 증언했다.

현재 남아 있는 윤동주 육필 자선 시집의 소장자인 정병욱은 윤동주가 "「서시」까지 붙여서 친필로 쓴 원고를 손수 제본을 한 다음 그 한 부를 내게다 주면서 시집 제목이 길어진 이유를 「서시」를 보이면서 설명해주었다."[8]라고 회고하였다.

둘째, 윤동주는 이 시의 제목을 붙이지 않았는데, 정음사에서 유고집 『하늘과 바람과 별과 시』 초판본을 발간할 때 「서시」라는 제목을 붙였다는 추론이다.

최초로 인쇄된 윤동주 유고집 『하늘과 바람과 별과 시』 초판본(정음사, 1948. 이하 '초판본')은 3개의 부部—하늘과 바람과 별과 시, 흰 그림자, 밤—로 구성되었다. 1부 '하늘과 바람과 별과 시'의 첫 페이지에, 자선 시집의 제목이 되었던 작품이 실려 있다. 앞의 왼쪽 사진에서 보듯이, 괄호 안에 (서시)를 넣고 큰따옴표 안에 "하늘과 바람과 별과 詩"라고 쓴 뒤, 시 전체를 박스 표시 안에 넣었다. 이것은 특별한 구성방법인데, 다른 작품들은 제목과 시 본문을 일반적인 형태로 단순하게 배치하였다. 다른 시의 편집 구성과 비교했을 때, 초판본에서 이 시의 제목은 괄호 안에 쓴 '서시'보다는, 시 본문과 가깝게 배치한 '하늘과 바람과 별과 詩'로 보는 것이 적절하다. 또한 정병욱이 소장했던 자선 시집이 초판본의 저본底本이 되었던 사실을 고려할 때, 윤동주가 제목 없이 실었던 이 시의 제목을 '서시'로 붙였다는 근거를 찾기 어렵다.

그런데 앞의 오른쪽 사진에 보면, 『하늘과 바람과 별과 시』 재판본(정음사, 1955. 이하 '재판본')에서는 이 시의 제목을 「서시」로 명시하고 있다. 또한 재판본은 이 시를 '하늘과 바람과 시'의 1부部에 포함하지 않고, 시집의 첫 작품으로 독립시켜서 「서시」라는 제목으로 배치하였다. 그리고 시집의 1부 '하늘과 바람과 별과 시'는 육필 자선 시집의 두 번째 작품 「소년」부터 시작하였다. 이 재판본을 계기로, 육필 자선 시집에는 제목이 없었던 "죽는 날까지 하늘을 우르러"라는 시가 「서시」로 널리 알려지게 된다. 다시 한번, 이 시의 제목이 변화하는 과정을 정리하면 아래와 같다.

> 자선 시집(1941): 제목 없음
> 『하늘과 바람과 별과 시』 초판본(1948): (서시) "하늘과 바람과 별과 시"
> 『하늘과 바람과 별과 시』 재판본(1955): 서시

그런데 1953년 7월 15일 『연희춘추』의 〈윤동주 유고 특집〉은, 이 시의 제목을 "하늘과 바람과 별과 시"로 보게 하는 단서를 제공하고 있다.

〈윤동주 유고 특집〉에는 그동안 사람들에게 알려지지 않았던 윤동주

(詩)

序詩

하늘과바람과별과詩

죽는 날까지 하늘을 우러러
한점 부끄럼이 없기를
잎새에 이는 바람에도
나는 괴로워했다
별을 노래하는 마음으로
모든 죽어가는것을 사랑해야지
그리고 나한테 주어진 길을
걸어가야겠다

오늘밤에도 별이 바람에 스치운다。

(一九四一·一一·二〇)

쉽게씌워진詩

窓밖에 밤비가 속살거려
六疊房은 남의 나라

詩人이란 슬픈 天命인줄 알면서도
한줄 詩를 적어 볼까

땀내와 사랑내 포근히 품긴
보내주신 學費封투를 받어

大學노-트를 끼고
늙은 敎授의 講義 들으러 간다。

생각해 보면 어린때 동무를
하나, 둘, 죄다 잃어 버리고

나는 무얼 바라
나는 다만 홀로 沈澱하는 것일까?

人生은 살기 어렵다는데
詩가 이렇게 쉽게 씌워지는 것은
부끄러운 일이다。

六疊房은 남의 나라
窓밖에 밤비가 속살거리는데

등불을 밝혀 어둠을 조금 내몰고
時代처럼 올 아침을 기다리는 最後의 나

나는 나에게 작은 손을 내밀어
눈물과 慰安으로 잡는 最初의 握手。

(一九四三·六·三)

달같이

年輪이 자라듯이
달이 자라는 고요한 밤에
달같이 외로운 사랑이
가슴하나 뻐근히
年輪처럼 피어 나간다

(一九三六·九)

아우의 印象畵

붉은 이마에 싸늘한 달이 서리어
아우의 얼굴은 슬픈 그림이다。

발거름을 멈추어
살그머니 애딘 손을 잡으며
「너는 자라 무엇이 되려나」
「사람이 되지」

아우의 설운 진정코 설운 對答이다

슬며-시 잡았든 손을 놓고
아우의 얼굴을 다시 들여다 본다

싸늘한 달이 붉은 이마에 젖어
아우의 얼굴은 슬픈 그림이다。

(一九三八·九·一五)

懺悔錄

파란 녹이 낀 구리거울속에
내 얼굴이 남아 있는 것은
어느 王朝의 遺物이기에
이다지도 욕될까

나는 나의 참회의 글을 한줄에 줄이자
—滿二十四年一個月을
무슨 기쁨을 바라 살아 왔든가

내일이나 모레나 그어느 즐거운 날에
나는 또 한줄의 참회록을 써야한다
—그때 그 젊은 나이에
왜 그런 부끄런 告白을 했든가

밤이면 밤마다 나의 거울을
손바닥으로 발바닥으로 닦아 보자

그러면 어느 운석밑으로 홀로 걸어가는
슬픈 사람의 뒷모양이
거울속에 나타나온다

(一九四二)

故 尹東柱兄의 追憶

정 병 욱

새로 돋오른 풀잎과 나무잎 들이 이슬에 젖어 달부레한 바람을 코끝까지 풍기게 하는 新綠의 延禧언덕 온갖 새들의 協奏曲에 황홀한 꿈을 깨우는곳。그곳이 바로 本館 뒷쪽에 서있는 現在 敎授硏究室인 전날의寄宿舍였다。

窓문을 활작 열어놓고 피던 아침 煙氣를 호무룩이 즐기는 어느날 아침이었다 아직 기쌍 냄새도 채 가시지않는 朝刊新聞 한장을 들고 낯모르는 한분의 上級生이 當時 第七天國이란 別號를 받고있는 三層 내방을 찾어왔다。

키는 크지도 적지도 않은 몸집도 그다지 뚱뚱하지도 후리후리하지도않은 그러나 어덴지 야무지고 단단한 모습 유난히 흰창이 많어보이는 두눈에서는 불꽃을 뿜는듯한 정기가 서려있고 넓다란 이마와 쭉 곧은 콧날 굳게 다물어진 입술 이러한 얼굴은 사람을 威壓하는듯 하면서도 빙그레 띠운 微笑에 萬人을 寬容하는 따뜻한 봄바람이 이는듯한 그러한印象을 주는이였다。

「정형 있습니까」

「네 접니다」

「글 참 자미있게 보았읍니다」

손을 꽉 쥐고 흔들어 주면서 빙그레 웃고는 가지고 온 新聞紙를 펴들어

「언제 投稿하셨나요」

하는 말에 나는 그만 쥐구멍이라도 찾어 들고 싶었으나 겨우

「챙피스럽읍니다」

하고 뒷곡지를 긁고 섰자니까

「전 윤동줍니다 과히 안바쁘시면 산보라도 나가실까요」

朝鮮日報 學生섹숀을 通하여「아우의 印象畵」「遺言」「팔을 쓰다」等으로 낯 익은 언제고 내가 먼저 찾어뵈리라 하던 尹東柱兄이 이렇게 친절히 찾어주는 것이었다

이리하여 서로 알게된 東柱兄과 나와는 살과 뼈를 서로 나눈 친아우처럼 정다운 사이가 되었다 그는아침 저녁으로 길을 거닐으면서 책읽는것이 가장 큰 日課의 하나 였다 그는 마음이 내킨다기 보다 발이 내키면 발앞이가는대로 사뭇 西江放送局 外人墓地 弘濟院 延禧寅齋지 함철없이 오래 거닐었다 책을 보면서도 걷고 콧노래를 흥얼 거리기도 하고 깊은 沈黙에 잠겨서도 걸었다 그럴때는 뒤 따르는 同伴者의 存在는깜짝 잊는것이 일수였다 이렇게 밤이 숲에 촉촉이 젖으면서 거닐다가 풀뿌리에 발이 채우면 외마디 소리로 기다란 고함을 잘 질렀다 산울림이 이 고함소리에 對答하여 주곤 하였다

이처럼 말이 적은 東柱兄 은 참새처럼 지줄대는 사람과 그러한 무리를 진저리나게 싫어 하였다 남이묻는 말에 겨우 대답하는 그는 좀처럼 남먼저 화제를 끄내는법이 없었다 그는 항상 남먼저 느끼고 깊이 생각하고 무어던지 예사로 보아 치우지는 않었다 길을 걷는 동간에 지나가는 사람들을 유심히 보려다 보고 그 사람들의 對話에 귀를 기우렸다 가난한 꽃이 참 이상한 풀이 있으면 꼭꼭 꺾어서 [illegible] 못했다

이러한 그의 性格은 그를 寡作의 詩人으로 만들었다 오랜 침묵을 깨트리고 외마디 소리를 지르듯 그는 오랜 內部燃燒와 熱정을 쌓고 쌓아 한篇의 詩를 完成시키는 것이었다 풀뿌리에 발이걸리는 듯한 어느 순간 그는 문득 붓을들고 원고지를 찾았다 그가 主로 붓을드는 時間은 子正이 넘은 밤중이 가장많았든듯이 기억된다 어느날 아침 그의 머리맡에는 별로 推敲도 하지않은 주玉같은 詩篇이 놓여있다 이렇게 쓰기 시작한 멧편五日을 繼續하야 몇편의 詩를 써내고는 또 다시 오랜 沈黙이 繼續되는 것이었다

一九四一년 三월 이전에 된 그의 作品이 主로 自然을가까이 하는 傾向이 지은것은 이러한 門밖 生活의 散策에서 울어나온것이기 때문이리라 생각된다 그러나 그와 나는 寮生活의 束縛으로움에 지처 그가 卒業班에 올라서자 둘이는 門안에서 下宿生活을 始作하였다 門안으로 들어 온뒤에도 그의 長距離코-스는 如前히 繼續되었다 通學車를 내려 電車를 갈아타고 鮮銀앞에서 下車하여 大阪屋號書店 丸善 日韓書房等 新刊書店을 거쳐明治製菓나 精乳舍에 들러 잠시 쉬었다가는 天主敎聖堂가운데를 가루 건너 黃金町을 지나 寬勳洞 古本屋들에 들러 孝子洞 車를타고 樓上洞九番地 小說家金松氏의 운간房으로 돌아가는코-스가 가장 긴코-스였다 金先生이 손수 가져온 저녁 밥상을 물리고 仁旺山 시냇물을 찾아 땅집이 기어드는 서울의 뒷모습을 내려다 보며「아목동아」와「바다로가자」와「내고향」을 부르고 그리고 그외마디소리를 지르고는 내려와 金先生의應접실에 들러 紅茶를 마시며 레코-드를 들으며 이야기에 꽃이 피는것이었다 勿論 그건 코-쓰 中間에 좋은 푸로가 있으면 키네마도 부지런히 들렀고 茶房에도 심심찮 나드는편이었다

이처럼 바꾸어진門안 코-쓰를 通하여 그는 그의 눈알을 스처가는 모든일들을 차츰 가슴속에 깊이 새겨 그의 詩는 점점 內面的인 傾向으로 오므기始作하였다。一九四一년四월 이후 그가 卒業할때 까지의 그의 作品은 그 以前의 作品들과 對照的인 位置에 서 있는것을 理解할것이다

이리하여 그는 一九四一년一二월 졸업할때까지 延禧의 품을 나서게 되었다 그는 卒業記念으로 詩集出版의 꿈을 버리지 않았다 그가 손수 골른 主로 延禧時代의 作品一八篇을 묶어「하늘과 바람과 별과 詩」라는 이름을 부처 當時에 文科科長이던 李양河先生을 찾어 出版할 方途를 議究하였으나 시원한結論은 얻지못하고 또 그러한 詩가 當時의 시슬에 거슬리라 생각되어 드디어 이루어지지 못한 꿈을 안은채 詩集出版을 斷念하고 서울을 故園을 永遠히 下直하는길을 떠나고말았다

「잘 모래 알 쥐어짜는 한사람의 마음 쥐어짜라 바위어라 시원치도 않어라」이는그가 恒常 입버릇처럼 외이던 정지용의「鴨川」의 한句節이다 그는 그가 가장 尊敬하던 先輩 지용의 뒤를이어 鴨川江邊을 거닐면서「가페-프랑스」를 현의 숲속에서 仁旺山에서 읊던때 처럼 읊었을 것이다 그리고朴龍喆의「떠나가는 배」金永郞의「모란이필때까지」도 잘 읊었다 또徐廷柱의「花사」特히「斷片」이란 詩를 좋아했다 오장환의 (Last Train)도 자주 읊었다 이러한 詩人들의 作品을 입버릇 처럼 읊은것은 決코우然한 일은 아니었다 그의作品에 구비치는 [illegible]에서 지용의「故鄕」「鴨川」龍喆 永郞的인 要素와 지용의「가페·프랑스」장환의 要素가 깃드린것을 理解할 것이다

外國詩人으로는 그의「별헤는 밤」에 나오는 릴케를 가장 좋아했고「바레리」도 애써 理解하고자 했다 그리고 散文으로는「릴케」의「마르테의手記」와「프랑시스·쨈」의「밝은 창」을 愛讀하였고 어느 句節들은 내려 외이는 곳도 있었다 또「르낭」의 基督과 人間을 매우 찬揚하였다

흔히들 말하기를 一九四〇年으로부터 一九四五年에 이르는 사이를 現代文學史上의 暗흑期라 일컫는다 果然 東柱의詩가 世上에 알려지기前에는 暗흑期였을런지 모른다 그러나오늘의 東柱는 한사람의 歷史的인 使命을 띠고 나선 天賦의 詩人일시 分明하다 五年間의 空白을 메우는 그의作品은 歷史上에 길이 빛날것이다

廷柱나 장환의 絶望的인 痛哭도 아닌 詩 東柱만이 開拓할수 있고 東柱 아니고는 부르지 못할 不屈의 民族魂 壓迫받은 不幸한 祖國의 最後를 守護한 民族의 血書 東柱의 詩는 祖國과 延禧의 이름과 더부러永遠히 빛날진저

一九五三·七·一二記

〈윤동주 유고 특집〉, 『연희춘추』(1953.7.15)(연세대학교 학술정보원 제공)

의 수필 「종시終始」, 산문시 「투르게네프의 언덕」, 시 「달같이」가 처음으로 소개되었고, 정음사의 초판본에 수록된 시 4편을 뽑아서 실었다. 그리고 정병욱이 「고故 윤동주 형의 추억」을 썼다. 이 특집은 당시 연세대학교에서 교편을 잡고 있던 정병욱이 기획한 것으로 보인다. 그런데 위의 사진에서 보듯이 〈서시〉라는 큰 제목 아래, 각 시의 제목을 「하늘과 바람과 별과 시」, 「쉽게 씌워진 시」, 「달같이」, 「아우의 인상화」, 「참회록」으로 붙여 놓았다. 초판본과 같이 시의 제목을 "서시", "하늘과 바람과 별과 시"로 함께 쓴 것이라고 볼 수도 있지만, 같은 지면에 편집된 다른 시의 구성과 비교할 때 이 시의 제목을 "하늘과 바람과 별과 시"로 보는 것이 타당하다.

"죽는 날까지 하늘을 우르러"로 시작하는 시의 제목을 '서시'로 규정할 것인지, 아니면 '하늘과 바람과 별과 시'로 규정하는 것이 타당한지에 대해 지금까지 논의해 보았다. 매체에 수록된 시간 순서에 따라 윤동주의 육필 자선 시집(1941), 유고집 초판본(1948), 『연희춘추』의 〈윤동주 유고 특집〉(1953), 재판본(1955)에서 이 시의 제목을 비교한 결과, 시의 제목이 '서시'로 된 것은 1955년 재판본에서 시작되었으며, 원래 이 시의 제목은 없거나 또는 자선 시집의 제목과 같이 '하늘과 바람과 별과 시'로 붙이는 것이 적절하다는 결론을 내리게 되었다.

'시인' 윤동주의 발견

1945년 2월 16일 윤동주가 후쿠오카 형무소에서 세상을 떠난 뒤, 유해를 화장해서 고향으로 모셔와 3월 6일 북간도 용정의 그의 집 앞뜰에서 가족과 친척들이 모인 가운데 장례식을 치렀다. 장례식에서 친척이 연희전문학교 학우회지 『문우』에 실린 윤동주의 시 「새로운 길」과 「우물속의 자상화」를 낭독하였다. 그가 생전에 시 쓰기를 보람으로 삼았고, 시인되기를 꿈꾸었던 사실을 기억하며, 시 낭독을 통해 그의 명복을 비는 의례를 행한 것이다. 사회와 문단이 정해놓은 '시인-됨'의 제도를 거치지 못했던 윤동주에게 처음 '시인'이라고 명명해 준 것은 가족들이었다. 장례식 이후 3개월이 지난 6월 14일, 가족들은 그의 무덤 앞에 "시인詩人윤동주지묘尹東柱之墓"라고 새긴 비석을 세웠다.

제도적인 차원에서 윤동주를 '시인'으로 '발견'하여 한국 문단과 대중에게 알린 사람은 정지용이다. 1947년 2월 13일자 『경향신문』에는 윤동주와 관련된 2편의 기사가 실렸다. 하나는 3쪽의 「집회集會」란에 윤동주와 송몽규의 추도회가 소공동 플라워 다방에서 거행된다는 기사였다.

> 복강福岡형무소에서 옥사獄死한 윤동주 송몽규 양군兩君 추도회(2월 16일 오후 1시 서울 소공동 풀라워 다방에서 개최하는데 회비는 100원)[9]

같은 날짜의 신문 4쪽에는 윤동주의 「쉽게 씨워진 시詩」와 함께 그의

윤동주 묘지에서 가족들(1945.6.14) (윤인석 제공)

사진과 약력이 실렸다. 「쉽게 씌워진 시」는 자선 시집에 수록되지 않은 작품으로, 창작날짜가 릿쿄立教대학에 다니던 1942년 6월 3일로 적혀 있다. 이 시를 발굴해서 신문에 싣고, 윤동주의 약력을 정리한 사람이 정지용이다. 정지용은 1946년 10월 『경향신문』 창간 때부터 관여하였고 당시 논설주간을 맡고 있었다.

> …(전략)… 일황日皇 항복하던 해 2월 26일[16일의 오해-인용자]에 일제 최후 발악기에 '불령선인不逞鮮人'이라는 명목으로 꽃과 같은 시인을 암살하고 저이도 망했다. 시인 윤동주의 유골은 용정 동묘지에 묻히고 그의 비통한 시 10여 편은 내게 있다. 지면이 있는 대로 연달아 발표하기에 윤尹군 보다도 내가 자랑스럽다 ―지용.[10]

이 소개 글에 "—지용"이라고 자신의 이름을 굳이 밝힌 것은 특별한 의미가 있다. 그것은 추천 내지는 보증의 의미를 나타낸다. 정지용은 1930~40년대 조선에서 최고의 시인으로 인정받았고, 『문장』지의 추천 제도를 통해 박두진, 박목월, 조지훈 등의 신진 시인을 발굴하여 세상에 내놓은 선자選者였다. 그런 정지용이 "꽃과 같은 시인", "시인 윤동주"라고 부르며 그의 시를 신문지상에 발굴 · 소개하는 것에 대해 스스로 "자랑스럽다."라고 말했다. 그리고 현재 자신이 윤동주의 "비통한 시 10여 편"을 갖고 있으며, "지면이 있는 대로 연달아 발표"할 것을 약속하였다. 이후 윤동주의 시 2편이 더 소개되었는데, 「또 다른 고향」(『경향신문』, 1947.3.13)과 「소년」(『경향신문』, 1947.7.27)이다. 무명의 시인 지망생이었던 윤동주는 『경향신문』이라는 중앙 매체와 조선의 대표적 시인 정지용을 매개로, 문단에서 '시인'으로 공식적인 인정을 받게 되었다.

시 「소년」의 뒷부분에 "고故 윤동주 씨는 젊은 나이에 일본 감옥에서 쓸쓸히 세상을 떠난 우리들의 불행한 선배입니다"라는 소개말이 덧붙어 있다. 이제 윤동주는 '시인'으로 호명되었을 뿐 아니라 조선 문단에서 '선배' 시인으로서 위치를 부여받았다. 아마 이 글은 정지용이 아닌 다른 기자가 썼을 것으로 짐작된다. 이 시가 신문에 발표된 1947년 7월 9일에 정지용은 『경향신문』을 퇴사했기 때문이다. 원래 『경향신문』에 윤동주의 시 10여 편을 연달아 발표할 예정이었으나 정지용의 퇴사로 인해, 3편의 시를 발표하는 데 그쳤다.

정지용이 '시인' 윤동주와 그의 시에서 받은 감동은 매우 특별한 것이었다. 윤동주의 유고시를 『경향신문』에 소개한 직후, 윤동주의 대학 친구들인 정병욱, 강처중, 유영, 김삼불 등과 힘을 합하여 1948년 1월 30일 윤동주 유고집 『하늘과 바람과 별과 詩』(이하 '초판본')를 정음사에서 출판하게 된다.

1948년에 발간된 『하늘과 바람과 별과 詩』 초판본의 크기는 가로 125㎜, 세로 188㎜이며, 양장 표지에 좌철左綴로 제본되었고, 가로쓰기로 조판되

集會

▲朝鮮「타이야」工業協會定期總會(一月十五日正午서울慶雲洞天道敎會議室에서)▲福岡刑務所에서 獄死한 尹東柱 宋夢奎 兩君追悼會(二月十六日午後一時 서울小公洞 플라워 芳房에서 開催하는데 會費는 一百圓)▲京畿道農民聯盟第二次大會(十三日午前十時 於天道敎講堂)

윤동주 송몽규 추도회 기사(『경향신문』 1947.2.13)

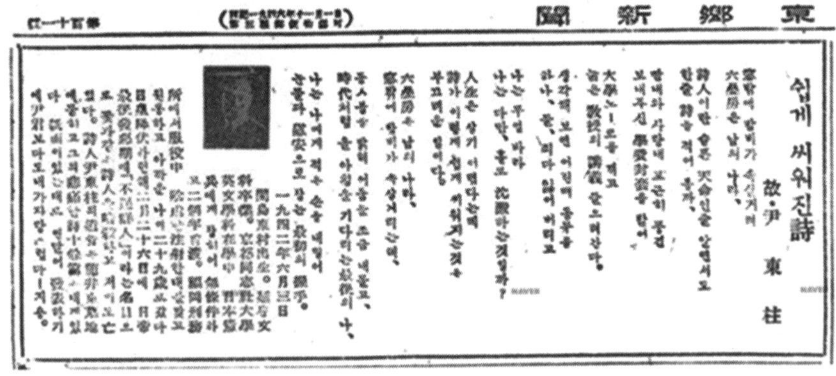

쉽게 씨워진詩

故·尹東柱

「쉽게 씨워진 시」와 윤동주의 사진, 약력, 추천글 (『경향신문』1947.2.13)

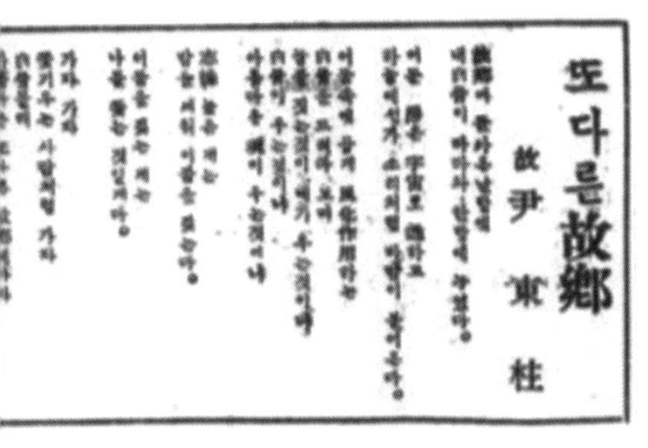

또다른故鄕

故尹東柱

「또 다른 고향」(『경향신문』1947.3.13)

少年

故尹東柱

「소년」(『경향신문』1947.7.27)

『하늘과 바람과 별과 시』 초판본(정음사,1948) 재킷과 표지(오영식 제공)

어 있다. 앞표지는 갈색의 갈포로 꾸며졌으며, 겉에는 이정(李靚, 본명 이주순)의 목판화로 된 재킷을 덧씌웠다. 본문은 전체 71쪽으로 정지용의 서문, 윤동주의 시, 유영의 추도시, 강처중의 발문을 수록하였다.[11] 시집의 1부部 '하늘과 바람과 별과 시'에는 육필 자선 시집 『하늘과 바람과 별과 시』의 시 19편, 2부部 '흰 그림자'에는 일본 유학 중에 쓴 시 5편, 3부部 '밤'에는 창작 노트에서 선별한 7편을 넣어서 총 31편을 수록하였다.

이 초판본에 쓴 정지용의 「서序」를 보자.

> 내가 무엇이고 정성껏 몇 마디 써야만 할 의무義務를 가졌건만 붓을 잡기가 죽기보담 싫은 날, 나는 천의를 뒤집어쓰고 차라리 병病 아닌 신음呻吟을 하고 있다. 무엇이라고 써야 하나? 재조才操도 탕진蕩盡하고 용기勇氣도 상실喪失하고 8·15 이후에 나는 부당不當하게도 늙어 간다.
>
> 누가 있어서 "너는 일편一片의 정성精誠까지도 잃었느냐?" 질타叱咤한다면 소허少許 항론抗論이 없이 앉음을 고쳐 무릎을 꿇으리라.
>
> 아직 무릎을 꿇을만한 기력氣力이 남았기에 나는 이 붓을 들어 시인詩人 윤동주尹東柱의 유고遺稿에 분향焚香하노라.
>
> - 정지용, 「서(序)」(1948)[12]

정지용은 초판본의 「서」에서, 8·15해방 이후 자신이 직면했던 답답한 현실과 절망감을 진솔하게 토로한다. 실제로 정지용은 1945년 해방이 된 후부터 시를 쓰지 못했고, 외국시의 번역과 소개에 주력하여 1947년 3월부터 1949년 1월까지 29편의 외국시를 번역하였다.[13] 이렇게 "재조도 탕진하고 용기도 상실하고", "부당하게 늙어 가"는 현실에서, 정지용은 남아 있는 기력을 일으켜 "무릎을 꿇"고 앉아서 "시인 윤동주의 유고에 분향하"는 마음으로 초판본의 서문을 썼다. 안타깝게 세상을 떠난 "꽃과 같은 시인" 윤동주에 대한 그의 안쓰럽고 곤혹스러운 마음을 피력하였다.

정지용은 자신을 마치 '시인 윤동주'의 위패를 마주한 제사장과 같은 위치에 놓는다. "무시무시한 고독에서 죽"은 윤동주의 삶과 시를 마주하고, 살아남은 자괴감과 함께 해방 이후 '지금 여기'에서 자신의 위치를 되돌아본다. 이 서문을 쓰고 10개월 뒤, 정지용은 『문장』의 재발간을 준비해서 1948년 10월에 『문장』 속간호를 출판하였다. 『문장』 속간호에 실린 평론 「조선시의 반성」에서 정지용은 "8·15 직후 조선의 새로운 운명에 해당할 새로운 민족시"[14]를 적극적으로 모색해 나간다.

한편, 무명 시인이었던 윤동주의 유고집을 출간한 정음사는 어떤 출판사인가? 연희전문학교 교수였던 외솔 최현배는 '한글을 연구하고 이를 널리 펴기 위해' 1928년 '정음正音'이란 출판사를 등록했다.[15] 1935년 무렵 최현배의 아들 최영해崔暎海가 정음사의 출판 활동을 주도하며 최현배의 조선어 관련 저서를 출판하는 정도의 규모였기에, 출판사로서 큰 주목을 받지는 못했다. 최영해는 연희전문학교 재학 시절 〈삼사문학〉 동인으로 문단 활동을 하였고, 졸업 후 동광당, 조광사, 신시대사 등에서 잡지를 편집하고 경성일보사에서 교정을 보았다. 이러한 경험을 통해 편집과 출판에 식견과 능력을 갖추었고, 문단에서 폭넓은 인맥을 갖게 되었다.[16] 해방 후 최영해는 북창동에 사무실(나중에 회현동으로 이전)을 내고 본격적으로 출판업에 뛰어들었다. 서지학자 오영식의 조사에 의하면, 해방기(1945~1950)에 100종 이상 서적을 출간한 출판사는 을유문화사(175건)와 정음사(167건)뿐일 정도로 정음사는 해방 이후 대표적인 출판사가 되었다. 최영해는 뛰어난 편집과 출판 능력을 가지고 사상적으로 좌우 구분 없는 대인관계를 바탕으로 출판계의 중심이 되었으며, 1947년 조선출판문화협회의 산파 역할을 하고 부위원장으로 활동했다.[17] 바로 이 시기에, 윤동주의 유고집 『하늘과 바람과 별과 시』를 정음사에서 출판하였다.

정음사는 1946~1949년까지 10권의 시집을 출간했다. 세부 목록은 아래 표와 같다.

정음사의 시집 출판 현황(1946~1949)

순번	저자	시집명	발행년월	비고
1	김동석	길	1946. 1.	이대원 장정
2	오장환	병든서울	1946. 7.	이대원 장정
3	김광균	와사등	1946	1939년판 재판
4	김광균	기항지	1947. 5. 1.	최재덕 장정
5	여상현	칠면조	1947. 9.20.	김기창 장정
6	설정식	포도	1948. 1.15.	배정국 장정
7	유진오	창	1948. 1.30.	박문원 장정
8	윤동주	하늘과 바람과 별과 詩	1948. 1.30.	이정 장정
9	윤곤강	피리	1948. 1.30.	김용준 장정
10	이병철 편	한하운 시초	1949. 5.30.	정현웅 장정

해방기에 정음사에서 시집을 출간한 시인은 김동석, 오장환, 김광균, 여상현, 설정식, 유진오, 윤동주, 윤곤강, 한하운이다. 윤동주의 유고집 『하늘과 바람과 별과 시』 초판본은 유진오의 『창』, 윤곤강의 『피리』와 같은 날짜에 출판되었다. 1946~1949년까지 정음사에서 시집을 출간한 시인 중에서 윤동주와 한하운을 제외하고, 모두 조선문학가동맹(1946~1948) 소속이었다. 조선문학가동맹은 조선문학건설본부(1945.8.16. 결성)와 조선프롤레타리아문학동맹(1945.9.17. 결성)이 통합하여 만든 문학 단체이다. 식민지 시대 카프(KAPF, Korea Artista Proleta Federacio, 조선프롤레타리아 예술가동맹)에서 이어진 계급문학 이념에 근거하여, 해방 이후 민주국가 건설과 민족문학 운동을 전개하는 것을 목표로 삼았다. 조선문학가동맹은 1946년 2월 8~9일 서울 종로의 기독교청년회관에서 제1회 전국문학자대회를 개최하고 정식 출범을 선언하였다. 이 대회에서 앞으로 전개할 문학운동의 방향을 11개 항으로 정의하여 결정서를 채택했는데, 그중 두 개의 항목은 아래와 같다.

2. 본 대회는 조선문학의 기본임무가 민족문학의 수립에 있음을 인정하고 일본 제국주의적 문화지배의 잔재와 봉건주의적 유물의 청산이 당면과제임을 지적한다.
9. 그러므로 본 대회는 조선의 민족문학이 온아한 서재 가운데서 성장하는 것이 아님을 특히 강조하고 민주주의 정권수립을 위한 치열한 투쟁 가운데서 발전되어 갈 것임을 지적하며 문학자가 민주주의 조국 건설에 적극적으로 참가하기를 요청한다.

- 조선문학가동맹, 「제1회 전국문학자대회의 결정서」(1946.2)[18]

위의 결정서에서 볼 수 있듯이, 조선문학가동맹은 문학자들에게 민족문학 건설을 위해 민주주의 정권 수립 투쟁에 적극적으로 참가할 것을 촉구하였다. 조선문학가동맹의 시인들은 조직에 직접 참가하여 활동하는 동시에, 문학 대중화운동을 실천하고 문화 전선을 강화·확장하는 방법으로 작품 발표와 시집 발간에 주력하였다. 해방기 대표적 출판사인 정음사는 조선문학가동맹 소속 시인들의 시집을 출판하면서 이들의 활동을 지원 또는 매개하는 역할을 하였다.

윤동주의 유고집 초판본이 정음사에서 출판되었다는 사실의 문학적·사회적 배경을 이해하는 것은 중요하다. 일반적으로 알려진 것처럼, 윤동주가 연희전문학교에서 최현배 선생의 제자였다거나 최영해 사장과 연희전문학교 동문이라는 개인적 인연에서 시집 출판의 이유를 찾는 것은 단순한 접근법이다. 유고집 초판본 발간을 주도했던 정지용이 조선문학가동맹 중앙집행위원 겸 아동문학부 위원장으로 활동했던 점, 그리고 정음사가 지향하는 문학의 방향과 시의 방향이 윤동주의 시에 내재적으로 존재하고 있었기에 그의 유고집 출판이 가능했다.

정음사는 1955년 2월 윤동주 유고집 『하늘과 바람과 별과 시』를 다시 출판(이하 '재판본')하였다. 초판본과 비교할 때, 재판본의 수록 작품은 시 89

편, 산문 4편으로 늘어났고 시집의 구성과 체제도 바뀌었다. 이후 윤동주의 시가 국어 교과서에 수록되고 대중들에게 인기가 높아지면서, 정음사는 1980년대까지 윤동주 시집 『하늘과 바람과 별과 시』의 출판을 주도하였다. 엄동섭은 1948년부터 1985년까지 정음사에서 간행한 『하늘과 바람과 별과 시』를 전수 조사하여 10종의 판본과 서지사항을 정리하고 분석하였다. 그리고 10종의 윤동주 시집을 대상으로 수록 작품의 편수, 간행 시기, 책의 물성 등을 비정批定하여 6종의 독립적인 판을 확정하였다. 그 내용을 표로 정리하면 아래와 같다.[19]

정음사 출판 『하늘과 바람과 별과 詩』 판본 현황(1948~1985)

판본	시집명	발행년월일	수록작품
초판본	하늘과 바람과 별과 詩	1948.1.30.	시 31편
재판본	하늘과 바람과 별과 詩	1955.2.16.	시 89편, 산문 4편
3판본	하늘과 바람과 별과 詩	1957	시 89편, 산문 4편
4판본	하늘과 바람과 별과 詩	1967.5.5.	시 89편, 산문 4편
5판본	하늘과 바람과 별과 詩	1977.3.10.	시 112편, 산문 4편
6판본	하늘과 바람과 별과 詩	1983.10.15.	시 112편, 산문 4편

윤동주와 그의 시집은 1950년대를 대표하는 베스트셀러 시인이자 시집으로 꼽혔다. 이런 대중적 인기에 힘입어 정음사는 1980년대까지 윤동주 시집 『하늘과 바람과 별과 시』를 여러 차례 재출간하였다. 정음사는 1990년 중반부터 사세가 기울면서 출판사의 판권과 사옥이 비출판인에게 넘어가는 사정 속에서 명맥이 끊기고 『하늘과 바람과 별과 시』와 인연도 끝났다. 이후 정음사 외의 다른 출판사들에서 다양한 종류의 윤동주 시집을 출판하게 된다.

1962년부터 신문에서 베스트셀러 도서를 공식적으로 집계하기 시작했는데, 1970년대까지 베스트셀러 '비소설' 부문 10위 안에 들어가는 시집은 윤동주의 시집이 유일했다.[20] 1947년 정지용의 손에 '발견'되고 소개되었던 '시인' 윤동주와 그의 시는, 명실공히 문학성과 대중성을 아울러 갖춘 한국문학의 대표 시인이자 작품으로 자리 잡았다.

윤동주의 문우들

윤동주가 '시인'으로 세상에 알려지게 된 것은 정지용의 영향이 컸지만, 연희전문학교 동문으로 대학시절부터 윤동주와 가까이 지내며 그의 시재詩才와 사람됨을 잘 알고 있었던 친구들의 역할도 중요하였다. 윤동주의 유고집 『하늘과 바람과 별과 시』 초판본에는 세 명의 친구들이 등장하는데 강처중姜處重, 유영柳玲, 김삼불金三不이다. 세 사람은 윤동주와 송몽규의 2주기를 맞아 추도회를 열었으며, 유고집 초판본의 간행 작업에도

延禧專門學校

文科本科

文科別科

商科本科

연희전문학교 문과 입학생 명단(『동아일보』1938.4.3)

관여하였다.

강처중 연희전문학교 졸업사진(1941)
(연세대학교 박물관 제공)

강처중은 윤동주, 송몽규와 1938년 연희전문학교 문과 입학 동기이다. 세 사람은 기숙사의 같은 방에서 생활하며 우정을 쌓고 의기투합했다. 강처중은 윤동주보다 한 살 많은 1916년생이며, 북간도로 가는 길목에 있는 함경남도 원산 출신이다. 한때 중국에 살았던 적도 있어서 윤동주와 송몽규에게 친근감을 가지고 있었던 것 같다. 강처중은 연희전문학교 문과 학생회장을 지낼 정도로, 무리의 리더 역할을 하였다. 또한 그는 연희전문학교 문과 학생회지 『문우』의 편집 겸 발행인이었고, 송몽규는 문과학생회 산하 문예부장, 윤동주는 문예부원으로 함께 어울렸다.

강처중은 윤동주의 후견인이자 대리인 역할을 하였다. 윤동주는 일본에 유학가면서 자기의 뒤처리를 강처중에게 맡겼다. 유학을 떠난 뒤에 출간된 연희전문학교의 졸업앨범 대리수령자도 강처중이었고, 윤동주의 하숙집에 남았던 물품을 수습해 두었던 법적 대리인도 강처중이었다.

『윤동주 평전』에서는 해방기에 윤동주가 '시인'으로 '발견'된 것과 관련하여 강처중의 역할과 위상을 높이 평가했다.

> 강처중— 일본 유학을 떠나는 윤동주가 서울에 두고 간 「참회록」의 원고 등등, 필사본 시집에 들어가지 않은 나머지 시 원고들을 모아서 해방될 때까지 보관해내었다. 그뿐 아니라, 책들과 연전 졸업앨범이며 앉은뱅이책상 등등…… 윤동주가 미처 일본으로 가져가지 못하고 서울

에 남겨두었던 물품들까지 모두 챙겨서 보관했다가 해방된 뒤에 서울에 온 시인의 동생 윤일주에게 전했다. 그리하여 현존하는 윤동주의 유품 중에서, 중학교 시절까지의 시와 동시와 습작품들을 제외한 나머지 유품 거의 전부가 강처중에 의해 세상에 남았다. 더구나 윤동주가 동경에서 자신에게 보낸 편지 속에 적어 넣었던 5편의 시를 보관해낸 일로 해서 그가 윤동주 문학에 기여한 공로는 특히 높이 칭송받을 만하다. 강처중이 아니었다면, 윤동주가 목숨을 빼앗긴 땅 일본에서 쓴 시는 단 한 편도 세상에 전해지지 못했을 것이기 때문이다.[21]

강처중은 윤동주가 일본에 유학을 가면서 서울 하숙집에 남긴 40여 권의 도서, 자선 시집에 들어가지 않은 낱장의 시 원고들, 책상, 졸업앨범과 졸업 기념 벨트를 정리하였고, 윤동주가 일본에서 자신에게 보낸 편지에 들어 있던 5편의 시를 보존하여 유족에게 전해 주었다. 윤동주는 일본 유학 중에 강처중에게 편지를 보내 심적 갈등을 털어놓았는데, 이 편지 속에 적혀 있던 시 5편—「쉽게 씌워진 시」, 「흰 그림자」, 「사랑스런 추억」, 「흐르는 거리」, 「봄」이 그 덕분에 세상에 알려질 수 있었다. 유영의 회고에서 "(일본에서-인용자) 원고를 서울 친구들에게 책갈피에 교묘하게 감추어 일본 경찰의 눈을 피해 보냈던 일도 그와의 우정의 한 면이었다."[22]라고 말했던 당사자가 바로 강처중이었다. 또한 자선 시집을 엮을 때 포함하지 않았던 낱장의 시 작품들—「팔복八福」, 「위로」, 「참회록」, 「간」 등의 원본도 강처중이 간직하고 있었다. "1947년의 해방 공간에서, 그(강처중-인용자)가 윤동주의 문학을 정립시키는 데 기여한 공로 또한 절대적이다. …(중략)… 정병욱이 보관해 낸 윤동주의 자선 시집에 있는 19편의 시와 강처중이 보관해낸 시들 중에서 골라낸 12편을 합친 31편의 시를 가지고 1948년 1월 정음사에서 찍어낸 시집이, 그 유명한 『하늘과 바람과 별과 詩』의 초간본"[23]이었다.

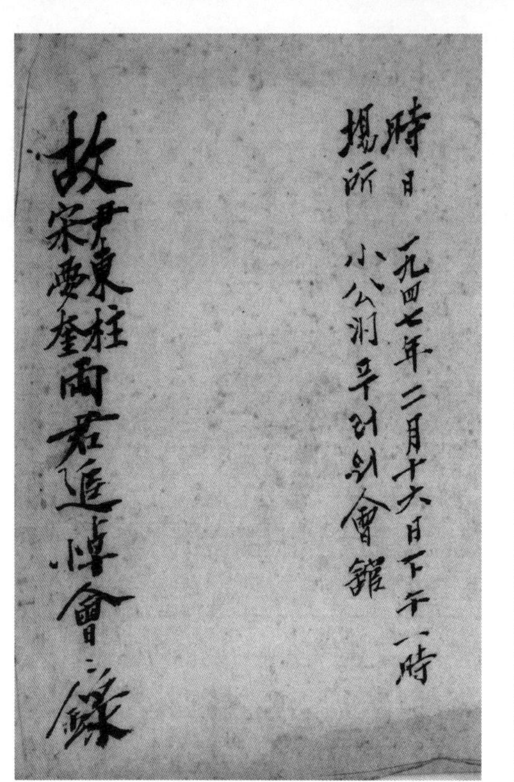

時日 一九四七年二月十六日下午一時
場所 小公洞 푸러워會舘

故尹東柱宋夢奎兩君追悼會錄

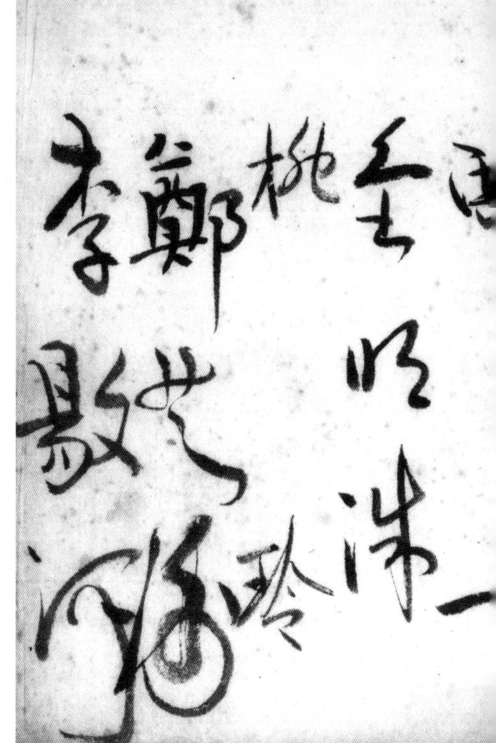

『고 윤동주 송몽규 양군 추도회 록』(소공동 푸러워 회관, 1947)(연세대학교 윤동주기념관 제공)

1947년 2월 16일에 서울 소공동 플라워 회관에서 '윤동주 송몽규 추도회'를 열었을 당시에 강처중은 『경향신문』 창간 멤버이자 조사반원으로 논설주간 정지용, 편집부장 염상섭과 함께 재직하고 있었다. 『윤동주 송몽규 추모회 방명록』(1947)에 따르면 이 추도회에는, 정지용, 이양하, 김삼불, 안병욱, 유영, 정병욱 등이 참석했으며, 추도회에 모인 사람들이 함께 윤동주의 시집을 출판할 계획을 세웠다고 한다.[24]

또한 1946년 6월, 북간도에서 혼자 월남한 동생 윤일주가 윤동주의 자취를 찾을 때 그를 안내하며 거둔 사람도 강처중이었다. 윤일주를 정지용에게 소개하여 면담을 주선하였고, 『하늘과 바람과 별과 시』 초판본의 「서」를 정지용에게 청탁한 것도 강처중이었다. 강처중은 『하늘과 바람과 별과 시』 초판본에 「발문跋文」을 썼다.

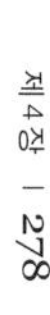

동주는 별로 말주변도 사귐성도 없었건만 그의 방에는 언제나 친구들이 가득 차 있었다. 아무리 바쁜 일이 있더라도 "동주 있나"하고 찾으면 하던 일을 모두 내던지고 빙그레 웃으며 반가이 마주 앉아 주는 것이었다.

"동주 좀 걸어 보자구" 이렇게 산책을 청하면 싫다는 적이 없었다. 겨울이든 여름이든 밤이든 새벽이든 산이든 들이든 강가이든 아무런 때 아무 데를 끌어도 선뜻 따라나서는 것이었다. 그는 말이 없이 묵묵히 걸었고 항상 그의 얼굴은 침울하였다. …(중략)…

이런 동주도 친구들에게 굳이 거부하는 일이 두 가지 있었다. 하나는 "동주 자네 시詩 여기를 좀 고치면 어떤가?"하는 데 대하여 그는 응하여 주는 때가 없었다. 조용히 열흘이고 한 달이고 두 달이고 곰곰이 생각하여서 한 편 시를 탄생시킨다. 그때까지는 그 시를 보이지를 않는다. 이미 보여주는 때는 흠이 없는 하나의 옥玉이다. 지나치게 그는 겸허온순謙虛溫順하였건만, 자기의 시만은 양보하지를 않았다.

- 강처중, 「발문」(1948)[25]

「발문」에서 보듯이 윤동주는 강처중과 아주 가까이 어울렸다. 강처중의 「발문」을 통해 학창시절 윤동주의 모습과 성격, 시에 대해 엄격한 태도와 창작 스타일 등을 구체적으로 알 수 있다. "이역異域에서 나고 갔건만 무던히 조국을 사랑하고 우리말을 좋아 하"던 윤동주가 일본 감옥에서 "비통한 외마디 소리"를 남기고 세상을 떠난 뒤, 강처중은 윤동주의 삶과 시를 세상에 알리는 일에 최선을 다했다. 그 일들을 도모하고 성사시키는 것을 통해 강처중은 자신들의 못다 한 우정과 신뢰를 이루어 냈다.

유영柳玲도 윤동주, 송몽규, 강처중과 연희전문학교 문과 동기이다. 윤동주와 유영은 시를 함께 공부하고 창작하던 문우였기에 대학 기숙사와 윤동주의 하숙집이 있던 아현동, 누상동 등지를 왕래하며 서로의 시를 돌려 읽고 품평을 하곤 했다.[26] '윤동주 송몽규 추도회'에서 유영은 추도시 「창窓밖에 있거든 두다리라 — 동주東柱 몽규夢奎 두 영靈을 부른다」를 지어 낭독하였고, 이 추도시는 『하늘과 바람과 별과 시』 초판본에 수록되었다.

동주東柱야 몽규夢圭야
너와 즐겨 외우고
너와 즐겨 울던
삼불三不이도 병욱炳昱이도
그리고 처중處重이도……
아니 네 노래 한 구절 흉내에도 땀 빼던 영玲이도 여기 와 있다.
차디찬 하숙방下宿房에
한술 밥을 노느며
시詩와 조선朝鮮과 인민人民을 말하던
시詩와 조선朝鮮과 인민人民과 죽음을 같이 하려던
네 벗들이
여기 와 기다린 지 오래다.

…(중략)…

창窓밖에 있거든 두다리라.
그리고 소리쳐 대답하라.

모진 바람에도 거세지 않은 네 용정龍井 사투리와
고요한 봄물결과 같이
또 5월 하늘 비단을 찢는 꾀꼬리 소리와 같이
어여쁘던 네 노래를 기다린 지 이미 3년
시원하게 원수怨讎도 못 갚은 채 새 원수에 쫓기는

울 줄도 모르는 어리석은 네 벗들이
다시금 외쳐 네 이름 부르노니
아는가 모르는가
"동주東柱야! 몽규夢奎야!"

- 유영, 「창밖에 있거든 두다리라 —동주 몽규 두 영(靈)을 부른다」(1947.2.16)[27] 부분

유영의 추도시는 세상을 떠난 "동주"와 "몽규"의 이름을 부르고, 뒤이어 교정과 하숙방에서 함께 어울리던 벗들—김삼불, 정병욱, 강처중, 유영 자신의 이름을 하나씩 호명한다. 그들은 윤동주와 같이 "시와 조선과 인민을 말하던 / 시와 조선과 인민과 죽음을 같이 하려던" 벗들이다. 하지만 지금 그 벗들은 "동주"와 "몽규"의 목숨을 잃게 한 "원수도 못 갚은 채 새 원수에 쫓기는" 안타까운 처지에 놓여 있다고 한탄한다.

이 추도시는 윤동주와 송몽규의 삶과 시를 과거의 추억으로 묶어 두지 않고, 지금 여기의 상황을 투영하고 개척하는 동력으로 살려 낸다. 추도시에서 말하는, 과거의 원수도 못 갚은 채 새 원수에 쫓기는 지금 여기의 상황이란 무엇인가? 그 해답은 "시와 조선과 인민"에 있다. 유영은 이 구절을 반복해서 강조했다. 하지만 해방이 되어도 "시"와 "조선"(의 완전한 자주독립과 통일)과 "인민"(의 권리, 복지와 민주주의의 실현)을 가로막고 억압하는 세력인 "새 원수"가 나타나서 벗들이 쫓겨 다니는 현실은 계속되고 있다는 전언이다. 그런 까닭에 "동주"와 "몽규"의 부재가 더욱 크게 느껴지며, 두 사람이 간절하게 그립다.

유영이 추도시에서 강조한 "시와 조선과 인민"의 문제, 특히 '인민'에 대한 강조는 강처중의 사상과 정지용의 문학관에서도 나타난다. 강처중은 1947년 4월 27일 '이충무공 탄생 402주년을 맞이하여' 「충무공 이순신」을 『경향신문』에 발표하였다. 그는 이 글에서 자신의 정치관, 세계관, 역사관을 분명하게 제시했다.

이순신은 시대가 새로울수록 우리에게 더 빛나는 것은 웬일인가.

그것은 인민을 위하고 인민을 사랑하고 인민과 함께 강토를 지킨 때문이다. 인민은 멸망하지 않는다. 그러므로 인민과 함께 싸우던 위대한 인물들은 영원히 민족의 마음속에 사는 것이다. 그런 위대한 인물들은 민족 존망의 위기에 나와서 인민과 함께 그 위기를 극복하고 간 분들이다. 때문에 그 민족이 위기에 당면하면 그 인물을 더욱 사모하는 것이다. 우리가 오늘 같은 정세에 처하여 이순신을 가일층 사모하는 것도 이 때문이다.

그냥 영웅 이순신을 그리는 것이 아니라 민중과 함께 동고동우하며 투쟁하던 이순신이 그리운 것이다.

- 강처중, 「충무공 이순신」(1947.4.27)[28]

강처중은 역사적 인물 중에 이순신이 더욱 빛나는 이유가 그의 인민주의 때문이라고 설명한다. 이순신이 "인민을 믿고 인민을 위하여 인민과 함께 그 위태로운 전쟁을 수행"했기 때문에 인민의 지지를 받았고 승리할 수 있었다. 인민이 곧 역사와 민족의 주체이다. 인민은 멸망하지 않고 영원하다는 믿음 속에서 인민과 함께하는 것이 역사적 길이며 민족 번영의 길이다. 강처중은 이순신의 '인민주의'를 강조하는 것을 통해, 해방기 민족의 위기를 인민과 함께 타개해야 한다는 것을 주장한다.

정지용은 「조선시의 반성」(1948.10)에서, 해방기에 창조해야 할 새로운 민족문학, 민족시는 "인민문학의 분류奔流에 다시 가세하여 당래할 민족문학의 전초가 되"[29]어야 한다고 보았다.

김삼불은 연희전문학교 문과 동기생으로 윤동주, 송몽규와 문우회 활동을 함께 했다. 윤동주가 시와 산문을 투고했던 『조선일보』의 〈학생 페-지〉에, 김삼불이 쓴 수상隨想 「계절의 감각」(『조선일보』, 1939.3.27)도 실렸다. 1940년대 김삼불은 판소리를 채록하거나 신재효의 판소리 사설을 필사하는 등 판소리와 판소리계 소설 연구의 개척자로 꼽혔다. 해방기에 그의 활동과 사상은 좌익계열로 분류된다.[30]

김삼불은 '윤동주 송몽규 추도회'에서 윤동주의 시를 김소월의 시와 비교하여 그 우수성이 김소월의 시를 넘어섰다고 평가하였다. 추도회 당시 김삼불의 연구 발표가 어떠했는지, 유영이 회고한 내용을 보자.

> 김삼불은 아마도 지금 생각하면 문장심리학의 학설을 이용한 것 같다. 동주의 시를 세밀히 분석하여 연구 발표 겸 비판을 하였다. 시의 문구들을 품사별로 분석하여 통계를 내고 문장심리학에 비추어 이를 소월의 시와 비교하였다. 그리하여 이론으로 본 동주의 통계는 시의 우수성에서 소월의 시를 넘어섰다고 증명하였다. 이때 특별히 임석한 정지용이 이를 반박하여, 민족의 얼을 시에 담고 순교로 겨레 앞에 쓰러진 시인의 아름답고 귀한 시를 자로 재고 칼로 쓸고 잘라 요리 달고 저리 다는 것은 너무나 가혹한 일이 아니냐고 하며 그 나름대로 총괄적인 찬사를 보냈다. 이 모든 일은 잊을 수 없는 일들이다.[31]

이 회고에 따르면, 김삼불은 윤동주 시의 언어와 구절들을 품사별로 분석하고 통계를 낸 뒤 '문장심리학'의 관점에서 김소월의 시와 비교했던 것 같다. 이러한 통계와 분석을 바탕으로 '시의 우수성'에서 윤동주의 시가 김소월의 시를 넘어섰다고 평가하였다. 이 회고에서 흥미로운 것은, 추도회에 참석했던 정지용이 김삼불의 연구 발표를 비판하면서 윤동주의 시를 평가한 부분이다. 정지용은, 윤동주의 시가 "민족의 얼을 시로 담고 순교로 겨레 앞에 쓰러진 시인의 아름답고 귀한 시"인데 이를 개량적 분석의 대상으로 삼을 수는 없다고 반박했다는 것이다.

정지용은 윤동주의 『하늘과 바람과 별과 시』 초판본 「서」 마지막 부분에서 김삼불의 추도사를 언급하였다. 정지용은 "만일 윤동주가 이제 살아 있다고 하면 그의 시가 어떻게 진전"했을지 자문自問한 뒤, "그의 친우 김삼불의 추도사와 같이 틀림없이", "또다시 다른 길로 분연 매진할 것"이라고 예견하였다.[32] 여기서 "또다시 다른 길"이란, 정지용이 앞서 추도회에서 말했던 "민족의 얼을 시로 담"는 것이며, 유영이 추도시에서 강조했던 "시와 조선과 인민을 말하"는 것이라고 짐작할 수 있다. 윤동주의 삶과 시를 세상에 알리고자 유고시집을 기획했던 그의 친구들과 정지용은, 8·15해방 이후의 중요 가치였던 "시와 조선과 인민"의 관점에서 윤동주 시의 가치와 현재적 의미에 주목하고 있었던 것이다.

냉전체제와 내부 검열:
시집 초판본과 재판본의 차이

『하늘과 바람과 별과 시』 초판본(정음사, 1948. 이하 '초판본')과 『하늘과 바람과 별과 시』 재판본(정음사, 1955. 이하 '재판본') 사이에는 많은 차이가 있다. 초판본은 3부로 나누어 시 31편을 수록했는데, 재판본은 1-4부에 시 88편, 5부에 산문 5편을 실었다. 그리고 초판본에는 정지용의 「서문」, 유영의 「추도시」, 강처중의 「발문」이 실렸는데, 재판본은 정병욱의 「후기」, 윤일주의 「선백先伯의 생애」를 실었다. 재판본은 정병욱과 윤일주가 출간을 주도했고, 윤동주의 서거 10주기를 맞아 여동생 윤혜원이 보관해 오던 다른 시 원고들을 보충하여 간행하였다.[33]

초판본과 재판본의 차이에서 주목되는 부분은 시집의 서문, 발문, 후기 등이 바뀐 것이다. 이 변화에 대해서는, 초판본의 서문과 발문을 쓴 정지용과 강처중이 월북했기 때문에 두 사람의 글이 재판본에서 삭제되었고, 대신 정병욱과 윤일주의 글을 수록한 것으로 많이 알려져 있다. 실제로 강처중은 해방기에 남로당 특수정보책으로 활동하다가 1949년 9월 중순 '정국은 사건'으로 체포[34]되었다. 사형 선고를 받고 처형을 기다리던 중 한국전쟁이 발발하여 서대문형무소에서 풀려난 뒤 1950년 9월 월북했다고 한다.[35] 정지용은 조선문학가동맹의 중앙집행위원 겸 시부 위원, 아동문학부 위원장으로 활동하였고, 1949년 전향하여 보도연맹에 가입해서 각종 시국 대회에 동원되었다가 한국전쟁 이후 행방불명되었다.

그런데 초판본과 재판본의 차이가 발생한 원인은 간단하게 설명할 수 있는 내용이 아니다. 초판본과 재판본 사이에는 7년여의 시간적 간극이 있었고, 그 중간에 한국전쟁(1950.6.25.~1953.7.27)이 놓여 있다. 남과 북은 한국전쟁으로 엄청난 인명 피해와 경제적 손실을 입었으며, 돌이킬 수 없는 분열과 대립, 상처를 갖게 되었다. 그 손실과 상처와 대립은 문화와 문학의 영역에서도 나타났다. 한국전쟁 이후 냉전체제와 반공주의가 남한의 정치적·사상적 이데올로기로 자리 잡으면서, 해방기에 좌익 활동을 했거나 월북/납북자 또는 한국전쟁 때 실종된 작가들을 남한 문단에서 지우는 작업이 대대적으로 이루어졌다. 정지용, 김기림, 이병철, 임화, 오장환, 이용악, 백석 등이 '빨갱이'로 낙인찍히면서 남한에서 삭제된 대표적인 시인들이었다.

사실상 반공주의를 앞세워 문학에서 검열과 탄압이 시작된 것은 한국전쟁 이전부터였다. 해방기에 남북한 통일정부를 수립하기 위한 각계각층의 노력에도 불구하고, 1948년 8월 15일 이남에서 대한민국 단독정부가, 같은 해 9월 9일 이북에서 조선민주주의인민공화국이 수립되었다. 두 개의 국가 수립을 계기로 '냉전의 시간'이 왔다. 대한민국 정부 수립 후 남한에서는 단독정부를 반대했던 중간파 혹은 좌파 인사들에 대해 광범위하고 공공연하게 탄압과 검열이 이루어졌다.

유종호는 1948년 중학교 2학년 때 교과서의 좌파 계열 문인과 월북 문인의 글에 '먹칠하기' 사건을 뚜렷하게 기억하고 있다.

> (1948년-인용자) 8월 15일 새 정부가 들어서고 좌파 문인들의 글은 가르치지 않기로 결정하였으나 교과서는 이미 그전에 제작되어 있었다. 그래서 과도적인 조처로 먹칠하기를 결정한 것이다. 이 먹칠하기는 전국 도처에서 거의 동시에 이루어졌다. …(중략)… 6·25 이후 일반 출판물의 경우에도 좌파 내지는 월북 문인은 성명조차 적는 것이 사실상 금기 사항이 된 것이다. …(중략)… 정복 차림의 경관 한 명이 들어와서 교실을 한

바뀌 둘러보고 나갔다. 먹칠이 끝난 뒤에 시간이 남았지만 수업은 없었다. 정지용의 「고향」과 「춘설」을 지웠다는 것만은 분명하게 기억하고 있다.[36]

국정 교과서에 수록되었다면 한국문학을 대표하는 작가들의 작품인데, 교실에서 정복 경관의 입회 아래 학생들이 직접 먹으로 교과서의 작품을 지우게 하는 것은 그 발상과 행위에서 가히 충격적이다. 대한민국 정부 수립 직후에 좌파 계열로 낙인찍힌 문인들에 대한 제도적인 탄압과 검열이 얼마나 노골적으로 이루어졌는지 짐작하게 한다.

남한의 단독정부 수립 이후 이승만 정부는 정권 유지를 위해 특단의 조치를 실시했는데, 국가보안법(1948.12)을 제정하고 이를 뒷받침할 기구로 보도연맹(1949.6.5)을 조직했다.[37] 그리고 1949년 10월 초 국가 이념에 위반되는 저작물에 대한 일절 발매금지 조치가 내려졌다. 좌익계열의 활동에 참여했던 문인들에 대한 검열과 통제도 강력하게 이루어졌다. 1949년 9월 하순에는 전위시인 유진오 등 4명이 군사재판에 회부되었고, 10월 8일에는 서울시 문화단체총연맹 서기장 김진항 등이 검거되었다. 10월 18일 공보처는 〈미군정 법령 제55호〉에 근거하여 남로당, 근로인민당, 사회대중당 등 16개 정당과 남조선여성동맹, 조선청년총동맹, 전국농민연맹 등 117개 사회단체에 대해 전격적으로 등록을 취소했다. 11월 초 김태선 서울시경 국장은 남로당 산하 문학가동맹 가입자들의 경우, 전향하지 않으면 저서를 판매 금지하겠다고 발표했다. 시인 정지용 등이 전향한 것도 이 무렵이다.[38] 그리고 문교부의 지시에 따라 교과서에 수록된 정지용의 시와 산문들 —「고향」(『중등 국어1』), 「꾀꼬리와 국화」(『중등 국어2』), 「옛글 새로운 정」(『중등 국어3』), 「소곡」과 「시와 발표」(『중등 국어4』), 「말똥별」(『신생국어 1』), 「별똥 떨어진 곳 더 좋은 데 가서」(『중등 국어작문』)와 「노인과 꽃」, 「선천」 등이 삭제되었다.[39]

해방기에 정지용은 남한의 단독정부 수립을 반대하고, 조국의 자주적 민주재건을 통한 남북한 통일 정부의 수립을 지지하였다. 그는 1948년 4월 14일에 있었던 「남북협상을 성원함」이라는 '108인 문화인 성명'에 참여했다. 이 성명은 남한 단독의 5·10선거가 38선의 '실질적 고정화'이자 '민족분열의 구체화'라고 지적하면서, 자주독립을 달성할 때까지 '최후의 일각까지 최후의 1인까지 남북협상의 태도를 추진하여 통일국가의 수립을 기필하자'라고 주장하였다. 그리고 '남북협상만이 조국의 영구 분단과 동족상잔의 비극을 막는 조국의 길'이라고 강조하였다.[40] 하지만 1948년 5월 10일 선거로 단독정부 수립이 분명해졌고, 이를 비판하는 「조국의 위기를 천명함」이라는 '문화언론인 330명 선언문'(1948.7)에 정지용도 서명했다. 이 선언문은, 단독정부가 민족을 반역하는 결과를 초래할 것이라고 경고한 뒤, 조국의 자주적 민주재건을 위해서는 남북을 통한 자주적 통일건설이 시급하며, 통일 자주독립을 위한 가장 현실적인 방법으로 미소 양군의 철수를 요구하였다.[41]

그러나 1948년 8월 15일 대한민국 정부가 수립되고 곧바로 국가보안법이 시행되고 보도연맹이 조직되었다. 남북한 통일정부 수립을 지지했던 정지용은 공권력과 우익 단체로부터 지속적인 탄압과 테러, 죽임의 협박 속에 시달렸다. 결국 그는 1949년 11월 4일 문화인으로는 최초로 전향하고 국민보도연맹에 가입했다.

국민보도연맹國民保導聯盟은 단독정부 수립 후 1949년 좌익사상 전향자를 계몽 지도해서 대한민국 국민으로 받아들인다는 것을 목적으로 설립된 관변단체였다. 보도연맹은 반공사상을 전파하고 좌익을 압도·타파하고 사상전향을 시켜 통제하기 위해 조직된 법률상 임의 단체이다. 조직은 군·검·경 간부들이 주도했다. 가입자는 전향자가 대부분이었지만 가입대상을 광범위하게 규정하고 할당제를 실시하여 좌익 관련이 없는 국민들이 가입된 경우도 있었다. 정부에서는 반공선전을 위해 보도연맹원을 각종 활동에 동원하였다. 그리고 6·25전쟁이 일어나자 1950년 6월말부터 9월경까지 수만 명의 국민보도연맹원이 군과 경찰에 의해 살해되었다.

신문과 잡지에서는, 식민지 시대를 대표하는 시인이자 해방기 진보적 문화인들의 좌장 역할을 했던 정지용의 국민보도연맹 가입과 전향을 대서특필하였다.

> (정지용은-인용자) 남로당의 충실한 선전기관으로서 행세해오던 '조선문학가동맹'에 가입하여 때로는 중간파로 혹은 좌익으로 세간에 커다란 의혹을 던져왔었던 바 남로당원 자수주간인 4일 오전 10시에 국민보도연맹에 자진 가맹을 해왔다는 바 동기는 문학가동맹을 탈퇴한 후 심경의 변화로서 온 것이라고 한다. 문인으로서 자진 가맹해 온 것은 정 씨가 처음으로 정 씨는 가맹의 감상을 다음과 같이 말했다.
>
> "나는 소위 야간 도주하여 38선을 넘었다는 시인 정지용이다. 그러나 나에 대한 그러한 중상과 모략이 어디서 나왔는지는 내가 지금 추궁하고 싶지 않은데 나는 한 개의 시민인 동시에 양민이다. 나는 23년이란 세월을 교육에 바쳐왔다. 월북했다는 소문에 내가 동리 사람에게 빨갱이라는 칭호를 받게 되었다. 그래서 나는 집을 옮기는 동시에 경찰에 신변 보호를 요청했던 바 보도연맹에 가입하라는 권유가 있어 오늘 온 것이다. 그리고 앞으로는 우리 국가에 도움 되는 일을 해볼까 한다."[42]

이 기사는, 정지용이 "남로당원 자수주간"에 자진하여 자수하고, 보도연맹에 가입하였다고 선전했다. 이러한 전향은 식민지 시대부터 20여 년간 그가 해 왔던 문학, 교육, 언론 활동에 대한 자기 부정을 전제로 한 것이었다. 정지용은 명실공히 조선을 대표하는 시인으로서, 시와 산문을 창작하고, 『가톨릭청년』과 『문장』, 『경향신문』 등의 미디어를 편집·발간하고, 휘문중학교와 이화여전, 서울대학교 등에서 문학을 가르치고, 신진

綜合藝術祭
轉向文化人參加

「종합예술제 전향 문화인 참가」(『동아일보』1949.12.4)

작가들을 발굴하여 조선의 문학과 문화 향상에 기여하였다. 하지만 전향과 국민보도연맹 가입이라는 사건으로, 정지용의 신체와 영혼은 심각하게 훼손되었다. 전향과 국민보도연맹 가입으로 인해 오히려 그는 좌익 문인이라는 멍에를 쓴 채 금기시하는 인물이 되었다. 그에 더하여, 보도연맹은 전향한 정지용을 자신들의 체제 홍보를 위한 효과적인 수단으로 삼았다. 그는 보도연맹이 주최하는 각종 시국 대회에 동원되어야 했다. 전향 한 달 뒤인 1949년 12월 4일 한국문화연구소라는 관변 단체가 주최하는 '민족정신을 앙양하는 종합예술제'에서 정지용은 「이북문화인에게 보내는 메시지」를 낭독하고 예술제의 사회를 보았다. 당시 일간신문들은 이 종합예술제에 "최근 전향한 작가 및 예술가가 다수 등장"[43] 한다고 홍보하였다.

1949년 12월 5일자 『서울신문』에는 정지용이 월북한 이태준에게 보낸 메시지가 「상허에게」라는 제목으로 실렸고, 이 글은 다시 『이북통신』(1950.1)에 「소설가 이태준 군 조국의 '서울'로 돌아오라」는 제목으로 재수록되었다. 정지용은 1950년 1월 8일부터 10일까지 국민보도연맹이 주최하는 '제1회 국민예술제전'에 동원되어 시를 낭송하고 강연을 하였다. 이 '국민예술제전'은 "사상을 전향한 각계 문화인을 총동원하여 이 나라 민족예술에 총진군시키고자 하는 목적"[44]으로 개최하는 것이었으며, 국민보도연맹 문화실 소속의 각계 문화인들로는 김기림, 정지용, 홍효민, 염상섭, 박태원, 임학수, 김상훈, 박계주, 손소희 등이 참가한다고 홍보하였다. 이 외에도 "국민보도연맹에서는 3월 28일부터 4월 6일까지 매일 오후 6시부터 지정된 장소에서 타공打共 강조주간을 실시"[45]하면서, 정지용을 연사로 동원하였다.

이런 활동에서 알 수 있듯이, 전향 이후 정지용은 국민보도연맹과 관변 문화단체들이 주관하는 반공 행사에 동원되고 끌려다니며 '전향한 좌익 문화인의 상징'으로 '전시'되었다. 그는 이런 혹독한 모멸의 시간을 6개월 이상 견뎌오다가 한국전쟁 기간에 행방불명되었다. 그러자 대한민국 정부는 기다렸다는 듯이 정지용을 월북한 '빨갱이'로 몰아갔다. 그 결과, 한국 근현대시문학사에서 최고의 시인이었던 정지용은, 1988년 납·월북 문인에 대한 해금 조치가 실시되기 전까지 한국문학사에서 그 이름과 작품을 언급해선 안 되는 금기의 인물이 되었다.

한편 강처중은 '정국은鄭國殷 사건'의 배후로 지목되어 체포, 구금, 사형선고를 받았다가 1950년 9월경 월북했다. '정국은 사건'은 1949년 9월과 1953년 8월 두 차례에 걸쳐 일어났다. 1949년 9월 중순경 처음 사건이 발생했을 때 강처중을 포함하여 남로당원들이 다수 구속되었다. 하지만 사건의 주범인 정국은은 '연합신문 주일 특파원'이라는 명목으로 일본으로 도피하였다가 한국전쟁 시기에 귀국하였다. 귀국한 정국은은 동양통신과 연합신문의 겸임주필을 지내며 언론인으로 승승장구하다가 1953년 8월 31일 검거되었다. 같은 해 9월 27일 국회에서 국회의원 6명이 참여하여 '정국은 사건 특별조사위원회'를 구성하여 조사한 결과, 국회의원 양우정을 포함하여 전직 장관과 국회의원, 경무장관 등이 정국은으로부터 금품 제공을 받은 뇌물 혐의가 밝혀졌다. 정국은은 1953년 12월 5일 사형을 언도받고 1954년 2월에 사형이 집행되었다. 당시 '정국은 사건' 경위를 발표한 신문기사를 보자.

4281(1948-인용자)년 7월경 국제신문사를 창설하여 피고인(정국은-인용자) 자신은 편집국장에 취임하고 강처중을 촉탁으로 임명하였던 바 동년 9월경에는 동인이 남로당원이라는 정情을 지실하였음에도 불구하고 강처중의 권고에 의하여 신문 논조의 좌경화를 묵과하여 오다가 4282(1949-인용자)년 1월 피고인이 반민족행위자처벌법 위반으로 피검 구속된 이후 국제신문이 노골적인 반정부적 날조 기사 게재로 인하여 폐간처분을 받았고 동년 6월 피고인이 보석으로 출감됨을 계기로 강처중의 요청에 따라 남로당에서 출자한 금 100만 원을 기금으로 서울특별시 중구 명동에 국방신문사를 창설함과 동시에 강처중의 권유에 의하여 남로당에 정식 가입하여 기본선을 획득한 자인 바 피고인은 4282년 7월 국방신문사 주간에 취임하고 기자 및 간부 요원으로서는 강처중의 지시에 의거하여 남로당원인 박영철, 정계현, 최봉현 등으로서 진영을 구성하여 강처중의 당 사업인 정보수집 공작을 위하여 적극 진력할 태세를 갖추고 이후 동년 9월 중순경 강처중이 피검될 때까지의 기간 중 군사 정치 경제 문화 등 각 방면에 걸친 정보를 수집하라는 강처중의 지시에 의하여 해該 정보는 보고차제報告次第 남로당을 통하여 북한의 적괴뢰집단에 도달할 것임을 인식하면서 이를 실천할 것을 결의하고 정부 각 기관을 상대로 정치 경제 문화계의 동향을 예의 탐문하는 한편 서울특별시 용산구내 소재 국방부 및 육군본부에 자유로 출입하여 고급장교와 접촉하면서 군 고급지휘관 간의 알력상황, 국군 장비 및 미 군사기밀에 속하는 정보를 수집하여 시내 중구 다동 번지 불상 강처중 하숙과 국방신문사 사무실 기타 장소에서 강처중을 만나 구두로써 보고함으로써 간첩 행동을 하였음[46]

이 기사는 '정국은 사건'의 핵심 주체가 강처중이라고 지목하였다. 사건의 개요를 정리하면, 정국은이 1948년 7월 국제신문사를 창설하고 남로당원 강처중을 촉탁으로 임명하였다. 1949년 1월 정국은이 반민족행위자처벌법 위반행위로 구속되고, 국제신문도 폐간되었다. 보석으로 풀려난 정국은이 1949년 6월 국방신문사를 창설한 뒤, 강처중의 권유로 남로당에 가입하고 다수의 남로당원을 기자와 간부요원으로 구성하였다. 이들은 군사, 정치, 경제, 문화 등 각 방면에 걸친 정보를 수집하였고, 특히 국군 장비와 미 군사기밀 정보를 수집하여 강처중에게 보고하는 간첩행위를 하였다.

이 기사에는 강처중의 이름이 반복해서 10번 나온다. 1948~49년 정국은이 행한 언론사 활동과 간첩행위는 모두 "강처중의 권고에 의하여", "강처중의 요청에 따라", "강처중의 지시에 의거하여" 이루어졌다는 것이다. 강처중은 남로당 총책 김삼룡의 직계 하부로서 특수부 간부[47]였다. 강처중은 남로당의 거물이 되어 있었다. 실제로 "정(정국은-인용자)은 남로당 특수정보책 강처중과 친근한 사이였다는 것"이 핵심 죄명이 되는 상황이었다.[48] 1949년 '정국은 간첩사건' 자체가 '강처중'에 의해 구성되었음을 알 수 있다. 이와 달리, 후대의 연구 중에는 1953년 '정국은 사건'의 본질이, 족청계 양우정의 권력을 등에 업고 다양한 권력투쟁 업무를 수행했던 정국은이 자유당 정권 내부의 이승만에 대한 충성 경쟁 과정에서 족청계가 밀리는 계기로 '정국은 정부 전복 음모 사건'이 조작되었다고 보는 견해도 있다.[49]

여기에서 윤동주와 관련하여 주목할 것은, 1953년 8월 이후 '정국은 간첩사건'이 국회와 언론의 주목을 받고 대대적으로 보도되면서, 1949년 '정국은 사건'의 배후로 지목되었던 남로당 특수부 강처중의 이름도 다시 부각되었다는 사실이다. 윤동주 서거 10주기를 기념하여 새로운 시집 발간을 준비하던 유족들의 입장에서, 윤동주와 강처중이 연결되는 것은 매우 우려되는 상황이었다. '정국은', '남로당', '월북' 등의 문제와 작은 관련이라도 나타나면 '빨갱이 문인'으로 낙인찍히던 시기였기 때문이다. 이

『한하운 시초』(정음사, 1949.5) 표지(오영식 제공)

와 유사한 사례가 당시 문단과 사회를 떠들석하게 했던 '한하운 시집 사건'이다.

1949년 5월 이병철이 편집한 『한하운韓何雲 시초詩抄』가 정음사에서 출판되었다. 앞서 이병철은 나병 시인 한하운을 발굴하여 『신천지』(1946.4)에 12편의 시를 소개하였다. 그리고 정음사와 연계하여 『한하운 시초』를 편집·출간하였다. 당시 이병철은 해방기 대표적인 전위시인으로 조선문학가동맹원, 조선문화단체총연맹 서울시지부 예술위원으로 활동하였다. 이병철의 시 「나막신」은 미군정청 문교부에서 발행하는 『중등 국어교본』에 수록될 정도로 문학성이 높았다. 하지만 이병철은 삐라를 제작 배포하고 공작금을 조달하는 임무를 수행한 혐의로 1950년 2월경 체포되었다. 1950년 6월 25일 한국전쟁이 발발하자 감옥에서 나와 서울에서 의용군 동원 연설 등의 활동을 하다가 9·28 서울 수복 때 가족과 함께 월북했다.

정음사에서는 1953년 6월 30일에 『한하운 시초』 재판본을 발행했다. 『한하운 시초』 초판본과 재판본의 차이를 살펴보면, 초판본에 실렸던 이병철의 「한하운 시초를 엮으면서」가 재판본에서 삭제되었고, 대신 조영암이 쓴 「하운의 생애와 시」, 박거영의 「하운의 인간상」, 최영해의 「간행자의 말」이 실렸다. 『한하운 시초』 재판본은 월북한 좌파 시인 이병철의 글을 지우면서 그의 흔적도 완전히 지웠다. 이런 노력에도 불구하고 『한하운 시초』 재판본은 발간되자마자, 당시 유행하던 '문화빨치산의 준동'으로 지목받았다. '문화빨치산'이란 아직 소탕되지 않은 빨치산이 문화계에 잠복해서 국가 전복의 문화적 공세를 펼치고 있다는 의미로 사용된 단어이다. 국회의원 최원호는 국회 대정부 질문에서 『한하운 시초』를 '문화빨치산의 획책'이라며 고발하였다.

> 이북 공산당의 선봉 문학가로서 이병철이 쓴 것이 문둥이 시인 한하운이라는 이름으로 시집이 요 전번에 나왔다 이 말입니다. 이 시집을 들쳐 볼 것 같으면 백 페이지 넘는 그 시집 가운데에는 "뛰어들고 싶어라 뛰어들고 싶어라 붉은 깃빨 핏빛 깃빨 물굽이치는 거기 뛰어들고 싶어라 목쉰 조선 사람들의 만세소리" 이러한 등의 시詩가 백 페이지에 걸쳐 있다 이 말입니다. …(중략)… 문화계에도 간첩이 있다는 것을 지적하고 있는 것입니다. …(중략)… 지금 정국은鄭國殷 사건으로 말미암아 엷은 얼음을 밟았다는 오늘날 이러한 국민의 심경에 있는 오늘날에 있어서 이러한 문둥이 시인의 하나의 시집이 각 군데에서 애독되고 있는 이러한 사실은 이것은 결코 적은 사실이 아니라고 나는 보는 것입니다.[50]

최원호 의원의 논지를 요약하면, 『한하운 시초』는 실제로 공산주의자 시인 이병철이 쓴 것인데 "문둥이 시인 한하운이라는 이름으로" 출판되어서 전국에 팔려 나가고 있다는 것이다. 그는 이 시집을 문화계에 간첩이 있다는 증거로 제시하였다. 그리고 '정국은 사건'으로 위태로운 사회에 이러한 문둥이 시인의 시집이 애독되는 것은 심각하게 위험한 일이니 그 배후를 밝히라고 국무총리에게 요구하였다. 특히, 최원호 의원이 '문화빨치산'의 증거로 내세운 "붉은 깃빨 핏빛 깃빨"은, 『신천지』 1947년 4월호에 발표된 한하운의 「데모」라는 시의 한 부분이다. 1949년 출판된 『한하운 시초』 초판본에는 시의 원문 그대로 수록되었지만, 1953년 재판본에서 문제가 되는 부분("물굽이 제일 앞서 핏빛 깃발이 간다 / 뒤에 뒤를 줄대어 / 목쉰 사람들이 간다.", "쌀을 달라! 자유를 달라!")은 삭제하고 시의 제목도 「행렬」로 바꾸었다. 그런데 최원호 의원은 재판본이 아니라 초판본의 내용을 문제 삼고 있다. 한하운의 시뿐 아니라 『한하운 시초』 재판본에 글을 쓴 조영암, 박거영, 출판사 사장 최영해, 심지어 장만영이 『현대시감상』(산호창, 1953)에 한하운의 시를 한국 대표시로 소개한 것까지 문제 삼아서 사상이 불온한 분자로 공격하였다. 문단과 언론, 정치 진영이 합세하여 냉전 프레임에 근거한 전방위적인 색깔 공세와 메카시즘이 일어났다. 실제로 『한하운 시초』와 관련된 사람들은 모두 경찰의 조사를 받았으며, 당사자인 한하운도 치안국 특수정보과를 비롯하여 문교부 보건사회부, 검찰청, 지방의 경찰서 등에 수차례 호출되고 문초를 받으며 수난을 당했다.[51]

'한하운 시집 사건'의 핵심은 이병철이었다. '나병 시인 한하운'이 가공의 인물이며 좌익분자 이병철이 기획한 '문화빨치산'의 공작이라는, 근거 없는 유언비어가 사실처럼 받아들여졌다. 한국전쟁 기간에 행방불명이 된 이병철이 한하운을 가장해서 나타났을지도 모른다는 공포가 휴전 직후 남한 사회를 엄습했다. 실존인물 한하운도 유령이고, 이병철도 유령이 되었다.

다른 한편에서는 반공주의를 등에 업고 이런 유령들을 불러들이거나 만들어 내서, 문단을 '정화'한다는 명목으로 전후戰後 문단의 패권을 잡으려는 욕망들이 난무하였다. 『한하운 시초』에 이병철을 대신해서 후기를 썼던 조영암은 과거 자신에게 씌워진 '빨갱이 문인'의 혐의를 벗기 위해 「문단정화론」(『평화신문』, 1953.10.26.~10.29)을 주장하였다. 조영암은, 피난 3년 동안 문단이 불순할 대로 불순해져서 문단정화를 위해 오예물汚穢物을 깨끗이 청소작업을 해야 할 것이라면서, 순결을 잃어버린 구舊 도당을 문단에서 추방·숙청해야 한다고 소리 높였다. 그러면서 백철을 지목하여 남로당 파견간첩이자 군사적 고등간첩 정국은 일파의 조종과 지령에 따라 움직이는 자라고 고발했다. 이에 대해 공안검사 오제도의 파트너였던 김석영은 「문단정화 재론」(『평화신문』, 1953.10.31.~11.4)을 써서 반박하며, 조영암이 사실은 친일파 이광수, 공산주의자 이태준, 안막, 임화와 가까운 사이였다고 폭로하였다. 그리고 문단 패권을 잡기 위해 문단 정화라는 미명 아래 문단을 위협하고 모의하고 폭력행위를 가하는 조영암은 자숙하라고 경고하였다.

'한하운 시집 사건'은 시인에게도, 문단에도 큰 충격을 주었다. 한하운은 이 사건을 겪은 뒤, 시를 쓰고 나서는 시에 대해 속뜻을 해설하거나 창작배경을 부기하여 다른 해석을 경계했다. 이는 자기 시에 대한 오해를 방지하기 위해서 나온 강박증으로 보인다. 시어의 다의성을 무시하고 획일적으로 규정하는 이러한 행동은, 시인의 자기 검열에서 나온 것이다. 실제로 한국전쟁 직후의 시단은 특정 언어에 대한 기피, 비유와 상징에 대한 사상 검열과 시인의 내부 검열, 초현실주의적 추상성이 부각되는 현상 등이 나타났다. 또한 '한하운 시집 사건'은 문단 내에서 납북·월북 문인에 대한 언급을 금기시하는 결정적인 계기가 되었다. 남한의 문인들 사이에, 이전까지 납북·월북 문인들과의 관계를 자신의 과거에서 지우거나 해명하는 작업이 광범위하게 이루어졌다.

이러한 시기에 윤동주 가족과 정병욱이 정음사에서 윤동주 시집 『하늘과 바람과 별과 시』 재판본의 출판을 준비하고 있었다. '정국은 간첩 사건'으로 강처중이 재소환되고 '한하운 시집 사건'으로 납북·월북 문인들에 대한 경계심이 강화되며 문단정화론의 소리가 높아지는 사회적인 분위기는 당시의 출판계와 문단을 극도로 긴장시켰다. 정음사는 『한하운 시초』 재판본 발간으로 출판사 사장이 조사를 받는 등 곤욕을 치르고 있던 상황이었다. 『하늘과 바람과 별과 시』 초판본의 정지용과 강처중, 김삼불과 같은 좌익 관련 월북 문인들을 지워야만 윤동주의 시집이 사회에서 유통될 수 있었다. 해방기에 윤동주의 삶과 시를 세상에 알리는 일에 최선을 다했던 강처중의 이름과 흔적은 오랫동안 윤동주의 주변에서 철저하게 배제되고 지워졌다. 윤일주는 『윤동주 평전』을 쓴 송우혜에게 "평전에서 강처중의 존재와 이름을 절대 밝히지 말라."라고 특별하게 부탁했다고 한다. 그가 '좌익 인사'였다는 이유 때문이었다.[52] 월북한 남로당원 강처중은, 해방 이후 순결한 '민족시인'이자 '저항시인'으로 새롭게 발견되고 정전화되고 있던 윤동주의 삶과 시를 오염시킬 수 있는 기호가 되어 버렸던 것이다.

'저항시인'이라는 기호

1955년에 『하늘과 바람과 별과 시』 재판본을 출판하게 된 데는, 초판본을 낸 이후 북간도에서 여동생 윤혜원이 윤동주의 다른 시 원고와 노트를 가져오면서 초판본을 증보해야 할 필요성이 생겼기 때문이다. 그리고 1955년이 윤동주 서거 10주기라는 의미도 있었다. 또 무엇보다 초판본이 절판된 상태였다.

당시 연세대학교에서 교편을 잡고 있던 정병욱은 『연희춘추』(1953.7.15) 4~5쪽에 〈윤동주 유고遺稿 특집〉을 기획하고, 기존 시집에 실리지 않은 산문 1편과 시 6편을 발굴하여 소개하였다. 〈윤동주 유고 특집〉에 실린 윤동주의 작품은 수필 「종시終始」, 산문시 「투르게네프의 언덕」, 그리고 〈서시〉라는 큰 제목 아래 시 「하늘과 바람과 별과 시」, 「쉽게 씨워진 시」, 「달같이」, 「아우의 인상화」, 「참회록」이다. 이 특집의 「약력」에는 "그(윤동주-인용자)의 작품에는 시 50여 편, 동요 20여 편, 수필 5편이 남아 있다. 그리고 그가 연희를 졸업할 때 출판하고자 하던 시집 『하늘과 바람과 별과 시』를 1948년 1월에 정음사의 호의로 상재하여 현재 절판되었다. 앞으로 멀지 않는 날에 그의 전집이 간행될 날이 있을 것으로 믿는다."[53]라고 하여, 윤동주 전집의 간행을 기대하고 있다.

1955년 1월 28일자 『동아일보』의 〈문화단신〉에는 "작고시인作故詩人 윤동주 씨의 10주기인 래來 2월 16일을 기하여 고인과 동문(연대)의 인사와 문단 유지들이 합력合力하여 그 기념시집의 발간, 시비詩碑의 건립 등을 계획 중에 있다 한다."라는 기사를 통해, 서거 10주기를 기념하여 윤동주 시집의 발간이 임박했음을 알리고 있다.

『하늘과 바람과 별과 시』 재판본은 1955년 2월 16일 정음사에서 발행하였다. 책의 크기는 가로 148㎜, 세로 190㎜이며, 반양장 표지에 우철右綴로 제본되었고, 세로쓰기로 조판되었다. 앞표지의 장정은 김환기가 담당했다.[54]

『하늘과 바람과 별과 시』 재판본의 속표지에는 연희전문학교 재학시절 교복을 입은 윤동주의 사진과 연희전문학교 졸업앨범에서 학사모를 쓴 윤동주 사진을 실었다. 두 장의 사진은, 지금까지 이름과 작품으로만 알려졌던 시인 윤동주에게 현실적인 존재감과 의미를 부여하였다. 윤동주 시집 재판본은 5부로 구성하였는데, 맨 앞에 「서시」를 배치한 뒤, 1-4부는 시(동시 포함) 87편, 5부는 산문 5편을 실었다.(5부에 실린 「투르게네프의 언덕」은 나중에 산문시로 분류된다) 그리고 정병욱의 「후기」와 추도사, 동생 윤일주가 쓴 윤동주의 약전略傳 「선백仙伯의 생애」가 실려 있다. 시집의 전체 면수는 224쪽이다. 이 시집 재판본은 윤일주와 정병욱이 주도하고 정음사 사장 최영해의 도움을 받아, 가족 차원에서 편집과 출판이 이루어졌다.

흥미로운 것은, 1955년 정음사에서 발간한 『하늘과 바람과 별과 시』의 판권지에는 '재판'이라는 표식이 어디에도 없다는 사실이다. 정병욱이 쓴 「후기」와 추도사, 윤일주의 글에도 1948년에 발간된 『하늘과 바람과 별과 시』 초판본에 대한 언급이 없다. 정병욱의 「후기」는 "이 전집을 흔쾌히 맡아 출판하여 주신 고인의 선배이신 정음사 최영해 선생에게 감사의 뜻을 이기지 못하는 바"[55]라고 인사를 표하고 있다. 이미 7년 전에 정음사의 최영해가 『하늘과 바람과 별과 시』 초판본을 출간했지만, 그 사실은 언급하지 않는다. 윤일주도 「선백의 생애」에서 "10년이 흘러간 이제 그의 유고를 상재함에 있어 사제舍弟로서 부끄러움을 금할 길이 없"[56]다고 말한다. 언뜻 읽기에도, 윤동주의 사후 10년 만에 첫 시집을 내게 된 것에 대한

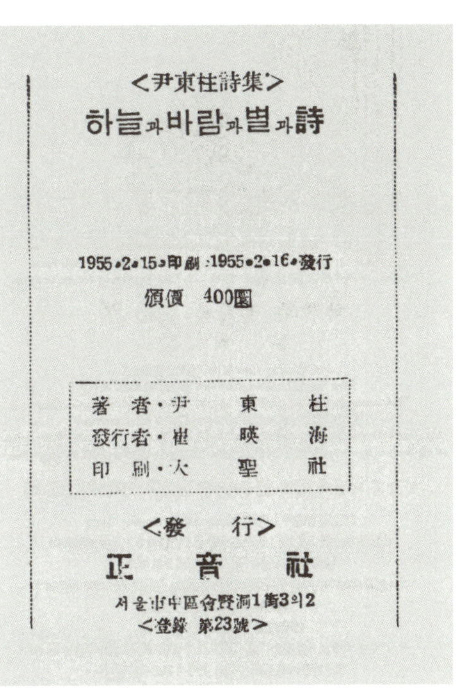
<尹東柱詩集>
하늘과 바람과 별과 詩

1955·2·15·印刷 1955·2·16·發行
頒價 400圜

著　者·尹　東　柱
發行者·崔　暎　海
印　刷·大　聖　社

<發　行>
正　音　社
서울市中區會賢洞1街3의2
<登錄 第23號>

『하늘과 바람과 별과 詩』(정음사, 1955) 재판본 표지와 판권(오영식 제공)

연희전문학교 시절 윤동주와 정병욱

윤일주 · 정덕희(정병욱의 누이동생) 부부(윤인석 제공)

만시지탄晩時之歎의 부끄러움과 안타까움을 보여 준다.

『하늘과 바람과 별과 시』 재판본에서 초판본에 대한 언급을 피한 이유는, 앞서 설명한 것처럼 초판본의 발간 주체였던 강처중, 정지용 등과 연관성을 상기하고 싶지 않았기 때문일 것이다. 정병욱이 『연희춘추』의 〈윤동주 유고 특집〉을 기획할 때까지는, 『하늘과 바람과 시』 초판본의 존재를 언급했다. 이 특집에서 윤동주의 「약력」 부분을 보면, "시집 『하늘과 바람과 별과 시』를 1948년 1월에 정음사의 호의로 상재하여 현재 절판" 되었다는 소개가 나온다. 그리고 정병욱이 쓴 「고故 윤동주 형의 추억」에서는, 윤동주가 영향 받은 시인으로 월북한 정지용, 오장환을 중요하게 언급하고 있다.

> 그(윤동주-인용자)는 그가 가장 존경하던 선배 지용의 뒤를 이어 …(중략)… 그리고 박용철의 「떠나가는 배」, 김영랑의 「모란이 필 때까지는」도 잘 읊었다. 또 서정주의 「화사」, 특히 「단편」이란 시를 좋아했다. 오장환의 「Last Train」도 자주 읊었다. 이러한 시인들의 작품을 입버릇처럼 읊은 것은 결코 우연한 일은 아니었다. 그의 작품에 굽이치는 맥박에서 지용의 「고향」, 「압천」, 용아龍兒, 영랑적인 요소와 지용의 「카페·프랑스」, 장환의 요소가 깃들인 것을 이해할 것이다. …(중략)… 오늘의 동주는 한 사람의 역사적인 사명을 맡고 나선 천부의 시인일시 분명하다. 5년간의 공백을 메우는 그의 작품은 역사歷史상에 길이 빛날 것이다. 정주廷柱나 장환의 절망적인 통곡도 아닌 시. 동주만이 개척할 수 있고 동주 아니고서는 부르지 못할 불후의 민족혼民族魂, 압박壓迫 받은 불행不幸한 조국祖國의 최후最後를 수호守護한 민족의 혈서血書. 동주의 시는 조국과 연희延禧의 이름과 더불어 영원히 빛날진저.(1953.7.12)[57]

정병욱은 이 글에서 윤동주가 가장 존경했던 시인으로 정지용을 언급하면서, 1930~40년대 한국 시단을 대표하는 정지용·오장환·박용철·김영랑의 요소가 윤동주의 시에 깃들인 것을 자랑스럽게 서술하였다. 그런데 이 글을 쓰고 1년 7개월 뒤에 출판된 『하늘과 바람과 별과 시』 재판본에서, 정지용이 초판본에 쓴 「서序」와 강처중의 「발문」은 삭제되었다. 그 사이에 세상을 떠들썩하게 했던 '한하운 시집 사건'과 '정국은 간첩 사건'이 일어났기 때문이다. 실제로 정병욱은 『연희춘추』에 쓴 「고 윤동주 형의 추억」을, 이후 윤동주를 회고하는 다른 지면에서는 다시 언급하지 않는다. 『백영 정병욱 저작 전집 7—바람을 부비고 서 있는 말들』(신구문화사, 1999)에서 윤동주에 대한 회고들을 모아둔 〈1부 별 헤는 밤에 붙여〉에도 이 글은 빠져 있다.

『하늘과 바람과 별과 시』 초판본과 재판본의 차이가 중요한 것은, 재판본을 기점으로 윤동주 시의 성격과, 한국문학에서 그 위치와 평가가 변화하기 때문이다.

1948년 정음사에서 『하늘과 바람과 별과 시』 초판본을 출간했을 때 문단과 언론의 관심은 미약하였다. 1948년 2월 19일자 『평화신문』의 〈신간평〉에 이봉구가 쓴 『하늘과 바람과 별과 시』 서평이 실려 있을 뿐이다. 이 글은 공식적으로 발표된 윤동주 시집에 대한 최초의 서평으로 보인다. 이봉구는 윤동주를 "일제의 폭압"이라는 조건 속에서 시를 쓰고 '별'이 된 시인, "어두운 운명의 밤길"을 걸어가며 괴로워하고 부끄러워한 시인으로 설명하였다.

> 아름다움이란 상아탑 속에서 현실의 체온이 없는 그러한 달콤한 속된 아름다움이 아니라 괴로워하기 때문에 고독하기 때문에 사랑하기 때문에 똑바로 살기 위한 반항이기 때문에 오래인 시간을 통하여 이루어진 아름다움[58]

이봉구는 윤동주의 시에서, 현실과 분리된 아름다움이 아니라, 괴로움과 고독과 사랑 때문에 "똑바로 살기 위한 반항"에서 형성된 아름다움을 찾아낸다. 하지만 이 서평은 윤동주 시의 개성과 특수함을 드러내기보다 '아름다움', '괴로움', '고독', '사랑', '반항' 등의 추상적인 언어를 사용하여 설명하는 데 그치고 있다.

그런데 1955년 윤동주의 10주기周忌와 『하늘과 바람과 별과 시』 재판본 발간을 계기로, 그의 삶과 시에 대한 관심이 높아졌다. 『연희춘추』(1955. 2.14)는 김용호의 「민족의식과 자아의식—윤동주의 시에 대하야」, 전형국의 「동주東柱와 간도間島」, 윤일주의 「고독의 승리—고故 윤동주 소전小傳」을 싣고 윤동주의 삶과 문학에 대한 관심을 환기하였다.

정음사는 1955년 2월 16일 윤동주 시집 『하늘과 바람과 별과 시』를 출판하고, 일간신문에 적극적으로 광고하였다. 그리고 『경향신문』의 1955년 4월 26일과 5월 31일자 〈새로 나온 책〉(4쪽)에서도 "고 윤동주시집 『하늘과 바람과 별과 시』 정음사 발행 값 400원"이라고 소개하였다.

『조선일보』의 1955년 4월 17일자 1면의 하단 광고에는, 정음사에서 출판한 다른 책들과 함께 윤동주 시집에 대한 광고가 실렸다.

『하늘과 바람과 별과 시』 광고(『조선일보』 1955.4.17)

시집 제목 『하늘과 바람과 별과 시』 아래에, 시 「서시」에서 "죽는 날까지 하늘을 우러러 한점 부끄럼이 없기를 / 잎새에 이는 바람에도 나는 괴로워했다 / 별을 노래하는 마음으로 모든 죽어가는 것을 사랑해야지 / 그리고 나한테 주어진 길을 걸어가야겠다"를 인용하고, 굵은 글씨로 "일제 형무소에서 독살당한 순절殉節의 시인. 문학사에서 길이 빛날 한국학도韓國學徒의 유고집 윤동주 시집"이라고 소개하였다. 이 광고에서 사용한 단어들 "일제, 형무소, 독살, 순절, 한국학도"는, 1950년대 윤동주가 한국 사회와 문학계에 수용되는 방향을 지정하고 있다.

부산과 경남을 거점으로 한 시지詩誌 『시연구』 1집(1956.5)에는 윤일주가 쓴 「형 윤동주의 추억」과 윤동주의 사진을 실었다. 『시연구』 동인들은 윤동주의 10주기와 『하늘과 바람과 별과 시』 재판본 출간을 기념하는 글을 여러 매체에 발표했다.

> 김춘수, 「불멸의 순정-윤동주 형 10주기를 맞이하여」, 『부산일보』, 1955. 2.14.
> 고석규, 「다시 '하늘과 바람과 별과 시'」, 『국제신보』, 1955.2.16.
> 김윤성, 「고 윤동주의 시」, 『경향신문』, 1955.4.30.
> 김종길, 「시인이라는 것」, 『대구매일신문』, 1955(김종길, 『시론』, 탐구당, 1965)

『시연구』 동인들은 윤동주를 한국 시문학사의 계보 속에 배치하고, 자신들의 문학이 그 명맥에 동일시되기를 기획했다.[59]

김윤성은 "처음 윤동주를 알게 된 것은 6·25 전 『경향신문』 문화면을 통해서 발표된 수삼 편의 시를 읽고나서부터"라고 기억하며, 「쉽게 씌워진 시」의 뒷부분을 인용하였다. 이어서 "나중에 이 시인이 일제 말엽 적국 감옥에서 불우하게 운명했다는 사실을 알게" 되었고, 그의 시를 대할 수 있는 기회가 오기를 기다려왔는데 최근 유고집이 나온 것이라고 기뻐

한다. 김윤성이 윤동주의 시에 감동받은 이유는, 그의 삶과 시가 일치하기 때문이다. "시대를 대표할 만한 양심"과 "치열한 불굴의 정신"을 가진 시인, 시의 언어적 의미만이 아니라 "시인의 순수한 맥박"을 들을 수 있다는 점을 높이 평가하였다.[60]

1955년의 문화계를 회고하는 좌담회에서도 윤동주의 시집 재판본이 주목을 받았다. 시인 조병화는 우리 시의 맥이 소월에서 윤동주로 이어진다고 적극적으로 평가한다. "우리 시의 맥을 생각하면 소월 그 다음에 제가 생각하는 시인은 윤동주라는 시인이 있는데 금년에 재판이 나왔지요. 『하늘과 바람과 별과 시』라는 것이 있습니다마는 나는 그 맥을 갖다가 좀 더 계속하여 나가는 것이 새로운 시를 쓰는 사람들에게 좋지 않을까"[61]라고 하여, 새로운 시를 쓰는 사람들이 소월에서 윤동주로 이어지는 한국 시의 맥을 계속해 나아갈 것을 제안하고 있다.

『하늘과 바람과 별과 시』 재판본의 발간 이후, 윤동주 시의 성격과 의미를 규정하는 기본 방향을 주도한 것은 정병욱이었다. 특히, 재판본에 수록된 정병욱의 「후기」가 중요한 역할을 하였다. 정병욱은 윤동주의 시를 설명하면서 "독재와 억압의 도가니 속에서 가냘픈 육신에 의지한 항거의 정신"[62]을 부각한다. 그리고 이 '저항성'을 매개로, 윤동주의 시가 한국 문학사의 본류에서 세계문학의 보편성에 닿아 있다고 의미를 부여하였다. 북간도의 시인 윤동주는 변방의 지역성을 탈피하여 한국문학의 중심에 배치되고, 세계문학과 연결된다. 이후 윤동주는 한국문학사 또는 한국 근대사에서 '저항시인'이자 민족시인의 표상으로 자리 잡게 된다.

또한 정병욱은 윤동주 시의 저항성을 '자유', '민주주의'와 결합하여 설명한다. 그가 윤동주 시의 특징으로 강조한 것은 '조국과 자유', '조국과 자유와 문학'이다. 재판본 「후기」에서 '조국'이라는 단어가 10번, '자유'라는 단어가 7번 사용되었다.

> 조국과 자유와 문학을 위하여 "꽃처럼 피어나는 피를 어두워가는 하늘 밑에 조용히 흘리"며 원수의 땅 위에서 마지막 숨을 거둔 순절殉節의 시인 윤동주. 이리하여 그는 드디어 원수의 발굽에 짓밟혔던 일제 말기의 조국의 문학사를 빛나게 하는 역사적 시인으로서 움직이지 못할 자리를 잡게 되었고 독재와 억압의 횡포한 폭력에 끝까지 항거하며 자유와 민주주의를 위하여 싸운 온 세계의 레지스탕스의 대열 가운데에 조국의 문학이 어엿이 끼울 자리를 차지하는 영광을 누리게 하였다.[63]

이 글에 따르면, 윤동주의 시는 독재와 억압의 폭력에 끝까지 "항거하며 자유와 민주주의를 위하여 싸운" 점에서 세계 저항문학의 위치에 놓이게 된다. 그런데 윤동주의 삶과 시에서 '저항'을 '조국과 자유', '민주주의'와 연결하는 언어 조합은 윤동주 자신의 것이라기보다, 그의 시를 새롭게 의미화하는 당대의 관점이 반영된 것이었다. 다시 말해서 한국전쟁 이후 남한 체제가 지향했던 '자유 민주주의' 이념을 충실하게 반영한 기호들이라고 할 수 있다.

정전正典의 위상

일반적으로 정전正典이란 권위가 인정된 텍스트이거나 그 텍스트들이 모여서 이룬 체계를 의미한다. 정전은 해당 장르의 표준적인 목록으로 가치를 부여받아서 학교의 교과 과정에 포함된 텍스트, 아카데미 안에서 해석 혹은 모방할 만한 가치가 있다고 널리 인정받은 텍스트, 시공간적인 제약을 넘어서 독자들에게 가장 많이 읽히는 텍스트 또는 텍스트들의 체계를 가리킨다. 텍스트에 정전으로서 권위를 부여하는 주체와 방법은 다양하다. 정전 텍스트(또는 텍스트들의 체계)는 고정된 것이 아니라 시대적인 상황과 문학 제도, 정전화 주체의 변화에 따라 유동적으로 변화한다.[64] 정전이 확립되는 방법은 대략 10가지로 정리할 수 있다. 1) 특정 텍스트 또는 이본의 보존·교합·전달, 2) 해박한 주해·해석·비평, 3) 학교 교과과정에서의 텍스트 사용, 4) 말씨·문체·문법 모델로서의 사용 또는 인용. 참조의 공급원으로서의 텍스트 사용, 5) 역사상, 그리고 제도상의 선례에 관한 지식 공급원으로서의 텍스트 사용, 6) 일련의 종교적인 신앙을 구체적으로 표현하고 있는 텍스트 채택, 7) 선집으로서의 텍스트 채택, 8) 가계, 계보의 구축 9) 문학사의 구축, 10) 제도적 담론, 특히 국가 이데올로기의 편입[65] 등의 방법에 의해 텍스트는 정전으로 형성된다.

1950년대 중반, 윤동주의 시는 새로운 정전 텍스트로 부상하였다. 한국 근대시문학사에서 윤동주 시의 위치를 가장 먼저 확정한 것은 서정주였다. 서정주는 1950년 3월 정음사에서 『작고作故 시인선』을 발간할 때, 목차의 마지막에 윤동주를 포함하였다. 『작고시인선』에는 10명의 시인을 수록하였는데, 주요 활동시기에 따라 한용운, 이상화, 홍사용, 이장희, 김소월, 박용철, 오일도, 이육사, 이상, 윤동주의 순서로 배치하였다. 각 시인별로 약력을 붙이고, 편자가 생각하는 대표작들을 선별하여 실었다. 윤동주 편에는 「자화상」, 「소년」, 「십자가」, 「슬픈 족속」, 「별 헤는 밤」, 「간肝」이 실려 있다.

실제로 1950년대 초까지 한국시문학사에서 윤동주의 위치는 불확정적이었다. 서정주는 『작고시인선』을 발간하기 직전, 1950년 2월 온문사에서 『현대조선명시선』을 출판하였다. 서정주는 『현대조선명시선』의 발간 목적으로 "문학사적 견지에 어긋나지 않게 하며, 또 되도록이면 각 유파를 대표하는 시인들의 규모와 작풍作風과 표현도表現道의 정점까지를 엿볼 수 있는 작품 선집을 엮어 보려는 것이 편자의 욕심"[66]이라고 밝혔다. 이 명시선집에는 신시 형성기부터 당대까지 한국근현대시를 대표하는 40명의 시인과 대표작품들을 수록했는데, 그 목록에 윤동주는 포함되지 않았다.

윤동주의 시가 문학 제도 안에서 승인된 계기는 제1차 교육과정(1954~1963)에서 교과서에 수록되면서부터이다. 한국전쟁 후 제1차 교육과정에서, 중학교 2학년 1학기 『국어』 교과서에 윤동주의 시 「새로운 길」이 실렸다. 「새로운 길」은 윤동주가 연희전문학교 입학 직후에 쓴 작품으로, '경성'에서 대학생활을 시작하는 포부와 미래에 대한 희망을 표현하고 있다. 「새로운 길」은 『중학 국어』(2-1)의 〈1. 시 감상〉이라는 중단원에 다른 시인들의 작품 5편과 함께 실렸다. 이 단원에 수록된 시들은 모두 새 학기를 시작하는 희망과 포부, 또는 봄을 제재로 한 작품들이다. 한국전쟁이 끝난 뒤, 모든 것이 황폐해지고 불안한 시대이지만 학생들이 배움의 길에서 힘차게 나가기를 바라는 편집 의도가 잘 드러난다. 교과서 해설에서는 「새로운 길」을 '청년의 기개가 엿보이는 작품', '자기다운 작품'으로 규정하고 있다.[67]

제1차 교육과정을 시작으로, 윤동주의 시는 교육과정에서 계속 중학교와 고등학교 『국어』 교과서, 『문학』 교과서에 수록되었다. 제1차 교육과정부터 제7차 교육과정까지 중·고등학교 교과서에 수록된 윤동주의 시를 목록으로 정리하면 아래와 같다. 대상은, 교과서 본문과 본문 외에 수록된 것으로 전문 인용한 작품을 포함한다. 제4차 교육과정부터 고등학교 『문학』 교과서의 종류가 늘어난 것에 따라, 제4차 교육과정 『현대문학』 5종, 제5차 교육과정 『문학』 8종, 제6차 교육과정과 제7차 교육과정 『문학』 18종을 조사 대상으로 하였다.[68]

제2차 교육과정(1963~1973)의 고등학교 『국어』 2에 윤동주의 시 「별 헤는 밤」이 실렸다. 이 교과서에는 김소월, 한용운, 김영랑, 이육사, 유치환,

중·고등학교 교과서에 수록된 윤동주의 시(1~7차 교육과정)

교과서 / 교육 과정	중학교 『국어』	고등학교 『국어』	고등학교 『문학』
1차 (1954~1963)	「새로운 길」(2-1)		
2차(1963~1973)		「별 헤는 밤」(『국어』 2)	
3차(1973~1981)	「굴뚝」(1-2)	「별 헤는 밤」(『국어』 2) 「참회록」(『국어』 3)	
4차(1981~1987)	「새로운 길」(1-2)	「서시」(『국어』 3)	「병원」, 「서시」
5차(1987~1992)	「자화상」(3-1)		「참회록」 4회, 「쉽게 씌어진 시」 2회, 「별 헤는 밤」
6차(1992~1997)	「서시」(1-2) 「소년」(3-2)	「간」, 「별 헤는 밤」, 「또 다른 고향」(『국어』상)	「참회록」 8회, 「서시」 3회, 「쉽게 씌어진 시」 3회, 「십자가」 2회, 「별 헤는 밤」, 「자화상」
7차(1997~2007)	「굴뚝」(1-2) 「오줌싸개지도」(2-1) 「자화상」(3-2)		「참회록」 7회, 「서시」 6회, 「자화상」 3회, 「십자가」 2회, 「쉽게 씌어진 시」 2회, 「별 헤는 밤」 2회, 「간」, 「또 다른 고향」, 「아우의 인상화」, 「오줌싸개 지도」

노천명, 신석정, 서정주, 박두진, 박목월, 조지훈 등의 시가 함께 수록되어 있다. 이 사실은 1960년대 들어서 윤동주가 한국 현대시를 대표하는 시인이며, 그의 시가 한국 근현대 시문학사의 정전 체계 내부로 진입했음을 보여 준다.

교과서에 수록된 윤동주의 시가 늘어나면서, 그의 대표작품 목록과 한국 근현대시문학사의 정전 텍스트로서 목록도 늘어났다. 1970년대까지 「별 헤는 밤」, 「참회록」, 「굴뚝」이 중·고등학교 교과서에 실렸다. 1980년대 들어서 교과서 수록시는 「서시」, 「새로운 길」, 「병원」, 「참회록」, 「쉽게 씌어진 시」, 「별 헤는 밤」, 「소년」, 「간」, 「또 다른 고향」, 「십자가」, 「자화상」 등으로 늘어난다. 특히, 「참회록」과 「서시」, 「자화상」의 수록 빈도가 높았다. 이 시들은 학교 교육과정과 아카데미, 그리고 대중들 사이에서 윤동주의 삶과 시세계를 대표하는 작품이자 한국 근현대시문학사의 정전으로 인정받았다.

윤동주의 시에 대한 평가와 위상의 변화는 1967년 5월 5일 정음사에서 발간한 『하늘과 바람과 별과 시』 4판본에서 분명하게 나타난다. 앞서 1957년 정음사에서 『하늘과 바람과 별과 시』 3판본이 출판되었는데, 시집의 작품 편수와 총 페이지 수, 정병욱의 「후기」와 추도사, 윤일주의 「선백의 생애」를 재판본과 동일하게 수록하였다. 그런데 10년 뒤에 발행된 4판본에서는 수록 작품은 같지만, 문인들의 비평과 회고를 크게 보완했다. 4판본에 새롭게 실린 글은 백철의 「암흑기 하늘의 별」, 박두진의 「윤동주의 시」, 문익환의 「동주 형의 추억」, 장덕순의 「인간 윤동주」, 윤일주의 「선백의 생애」·「추기」, 정병욱의 「후기」와 「추도사」, 「3판을 내면서」 등이다. 백철, 박두진, 문익환, 장덕순의 비평과 회고는 『하늘과 바람과 별과 시』 6판본(정음사, 1983)이 발행될 때까지 재수록되었다.

백철은 「암흑기 하늘의 별」에서 자신이 한국 근대문학사를 서술할 때 윤동주를 빠트린 것은 문학사가로서 큰 실수라고 자인하면서, "기성의 문학사의 내용을 새로 써야 하게 될 만치" 윤동주의 존재와 가치가 뚜렷해져 가는 상황을 소개하였다.

> 내가 『조선신문학사조사』를 기술하고 있던 1947년대는 같은 무렵에 윤동주 시인이 해방을 직전直前하고 왜지倭地의 옥중에서 비명非命으로 요절한 것을 추도하는 조그만 시집이 간행된 때인데, 어찌하여 내가 이 시인의 이름을 대문자로 써넣지 않았던가 의심스럽다. 결국 문학사가로서 나의 큰 실수라고 보아야 하겠지만, 어쨌든 그 뒤 이 시인의 가치가 날로 밝혀져 가는 데 따라서, 기성의 문학사의 내용을 새로 써야 하게 될 만치 그 존재는 뚜렷해져 가고 있다.[69]

한편 1960년대 들어 윤동주는 시대 상황에 따라 여러 이름으로 호출되었다. 불의와 고난의 시대를 죽음으로 통과한 윤동주의 삶과 시는, 4·19 혁명의 표상으로 호명되기도 하였다. '청년의 순결하고 맑은 피'와 '죽음으로 독재에 저항하는 행위'가 4·19 혁명의 학생 주체와 윤동주를 동일화하였다.

1968년 11월 2일 연세대학교 교정에서 〈윤동주 시비〉 제막식이 있었다. 윤동주 시비 건립은 연세대 총학생회의 주도로 이루어졌는데, 약 20~30만 원의 건립 기금 중에서 윤동주의 시집 판매 수익금 7만 원과 동창 및 학생들의 모금으로 충당한 것이었다.[70] 〈윤동주 시비〉 제막식이 있던 당일에 『경향신문』, 『동아일보』, 『조선일보』 등 주요 일간신문들은 일제히 시비 사진과 관련 기사를 실었다. 신문들은 "저항의 시를 쓰다 일제의 감옥에서 29세의 젊은 나이로 숨진 윤동주"를 기사화하며, 일제 말기의 대표적인 '민족 저항시인'으로 윤동주를 기념하였다. 윤동주 시비 건립운동은 1960년대 중반부터 시작되었는데, 당시 연세대학교에 재직 중이던 시인 박두진이 윤동주의 삶과 시를 알리는 글 「순절殉節의 시인 윤동주-윤동주 시비 건립운동에 붙여서」를 일간신문에 기고하였다.

연세대학교총학생회

윤동주 시비 제막식

연희전문 졸업시절의
윤 동 주

때 : 1968년 11월 2일 (토요일) 오전11시
곳 : 연세대학교 시비건립현장

윤동주 시비 제막식 팸플릿(연세대학교 윤동주기념관 제공)

티 없고 맑은 고독과 높은 종교적인 사랑으로까지 경도傾度하던 그의 따뜻한 인간성, 민족과 시대적 현실에서 불멸의 가치로써 탈환하지 않으면 안 되었던 자유와 정의에 대한 불굴의 저항정신을 그는 아울러 소유하고 있었다. 이러한 깊고 벅찬 정신을 그는 천부天賦의 서정성과 기법적인 자질로 잘 조화시키고 통어하여 많지는 못하나마 거의 완벽에 가까운 작품적 성과들을 이루었고 훌륭한 인간적 성실을 구현하여 일제 암흑기의 단절된 우리 문학사를 시와 지조와 피 흘리는 목숨의 희생으로써 다리 놓는 애절한 위업을 성취하였다.[71]

이 글에서 박두진은, 윤동주가 인간으로서도 시인으로서도 최고의 자질을 겸비하였다고 말한다. 즉 인간적인 성실함과 종교적인 사랑, 민족과 시대적 현실에서 자유와 정의를 추구하는 불굴의 저항정신을 갖추었으며, 시인으로서 천부의 서정성과 기법적인 자질, 완벽에 가까운 작품성과를 구현하였다고 하였다. 다소 과장으로 느껴질 정도의 찬사가 오히려 윤동주 시의 실체를 이해하는 데 걸림이 될 수도 있겠지만, 박두진의 이 글은 1960년대 중반의 한국 사회와 문단이 윤동주를 어떻게 수용하고 있는지 잘 보여 주고 있다.

1964~65년은 야당, 지식인, 학생, 시민들이 대규모로 참여했던 한일협정 반대투쟁과 한일협정비준 반대투쟁으로 반일·반외세 정서가 고조되었던 시기이다. 1964년 2월 15일 한일기본조약 합의가 이루어진 뒤, 서울지역 대학생들이 주도하여 한일회담 즉각 중지를 요구하는 대규모 가두시위가 일어났으며 전국적으로 확대되었다. 야당과 시위대는 대일對日 굴욕외교를 반대하며 반외세, 반독재, 완전한 민족 자립, 민족 민주주의의 실현을 주장하였다. 이에 정부는 비상계엄령과 휴교령으로 대응하였다. 결국 1965년 6월 한일협정 조인식이 이루어졌고, 8월 14일 한일협정 비준동의안이 여당 단독으로 국회를 통과하면서 반대 시위는 더욱 격렬해졌다. '박정희 정부 타도'를 외치는 시위대를 진압하기 위해 8월 26일 서울 일원에 위수령이 선포되었으며, 시위에 앞장선 교수들이 대학에서 해직되고, 학생 20여 명은 국가 전복을 기도했다는 혐의로 구속되거나 수배되었다.

1960년대 윤동주의 삶과 시에 대한 평가와 위상의 변화는 4·19 혁명과 한일협정 반대투쟁으로 이어지는 시대 상황을 반영하고 있다. 윤동주는, 일본 제국주의(와 야합한 박정희 정권)의 폭력성과 야만성을 드러내고, 이에 맞서 자유와 정의를 실현하기 위해 불굴의 저항정신으로 투쟁하다가 끝내 죽음에 이르게 된 '민족 저항시인'이며 '순결한 희생자', 시대가 요구하는 '윤리적 주체'의 전형이 되었다.

제
5
장

1930~40년대 문학장

하루의 울분을 씻을 바 없어 가만히 눈을 감으면
마음속으로 흐르는 소리, 이제, 사상思想이
능금처럼 저절로 익어 가옵니다

-「돌아와 보는 밤」

비非 문단인

윤동주는 생전에, 시인으로 활동하기 위한 문학 제도의 절차를 거치지 않았으며, 문단 활동을 하지 않아서 당대의 시인들이나 문인들과 직접적인 교류도 없었다. 그는 1930~40년대 한국 근대문학의 제도적 문단에 등재되지 않았다. 김윤식은 윤동주에 대해 "그는 문단인이 아니었던 것이다."[1]라고 했으며, 유종호의 『한국근대시사 1920~1945』(민음사, 2011)에서는 윤동주를 논하지 않았다. 윤동주는 혼자 시를 읽고, 시를 쓰고, 육필 자선 시집을 만들었다. 윤동주의 개인적인 문학 취향과 독서 경험에 대해서도 백석의 시집 『사슴』을 필사했다는 이야기 정도만 알려져 있다. 그가 세상을 떠나고 3년 가까운 시간이 지나서야 유고시집 『하늘과 바람과 별과 시』(정음사, 1948)가 출판되었다. 이 유고시집도 해방기의 혼란스러운 상황에서 많이 알려지지 않았고, 한국 전쟁을 치른 후에는 구하기도 어려웠다. 이런 이유로 인해, 1930~40년대 한국 문학장과 연관 속에서 윤동주를 입체적으로 호명하고 배치하는 것은 쉽지 않다.

흥미로운 것은 윤동주의 이런 예외적인 위치가 오히려 오늘날의 한국 시문학사에서 그를 높이 평가하는 중요한 이유가 되었다는 점이다. 일제 말기의 한국 문단은 '식민성'으로 오염되었고, 많은 문인들이 자발적으로 또는 강압에 의해 제국주의 파시즘에 협력하였다. 1945년 8·15 해방 이후 엄격하게 적용된 민족주의와 민족문학의 잣대 앞에서, 친일 문제로부터 완전히 자유로운 문인과 지식인은 드물었다. 해방기의 한국 문단과 사회는, 이렇게 '식민성'과 '비겁함'으로 오염된 식민지시대 문학과 분리하여, 도덕적인 의지와 순결성을 윤동주의 이미지에 투사해서 발견하였다. '민족성' 대 '식민성'의 이분법적 프레임 아래, 윤동주는 한국문학사에서 예외적으로 존재하는 '순결한 무인도'처럼 배치되었다.

1948년 8월 15일 대한민국 정부 수립과 한국전쟁을 거치면서 반공주의가 절대적인 이념으로 자리 잡았고, 납북·월북 작가와 좌익 문인들에 대한 전면적인 배제와 금지가 실시되었다. 그에 따라 윤동주가 존경하며 사숙私淑했던 시인 정지용, 백석과의 연결도 차단되었고, 윤동주는 더욱 '독립적인' 시인이 되었다.

그런데 윤동주를 이렇게 한국 문학장에서 독립된 존재로 설명하고 이해하는 관점이 적절할까? 윤동주의 삶과 문학을 '순결성', '도덕성', '독창성'과 '예외적 존재'로 표상하는 것은, 어쩌면 그를 수용하는 시대와 사람들의 의지에 따라 '상상'된 결과가 아닐까?

실제로 윤동주는 성실한 문학도이자 시인 지망생으로, 1930~40년대 한국의 현실과 사상, 문학을 탐구하며 시를 썼다. 북간도의 소년시절부터 계속 문예 잡지와 일간신문을 구독하면서 기사와 문학작품을 스크랩하고, 자신이 좋아하는 국내외 시인들의 시집을 구입해서 열심히 읽고 필사筆寫하고 배우면서 시 창작의 자양분으로 삼았다. 1941년 1월 연희전문학교 졸업을 앞두고 그동안 썼던 작품들을 선별하여 자필 시집 『하늘과 바람과 별과 詩』를 만든 것은, 장차 이 자필 시집을 정식으로 인쇄하여 조선의 문학장에 데뷔하려는 의지를 담고 있었다. 윤동주는 지속적으로 당대 문학의 흐름과 경향에 관심을 갖고, 또 영향 받고 있었다. 그의 미학과 문학적 결실은 독립적으로 만들어진 것이 아니라, 당대 문학과의 교섭, 연관 속에서 생성된 것이었다. 그런 점에서 1930~40년대 조선 문학과 윤동주의 관련성을 살펴보는 작업은, 그의 삶과 시를 더욱 풍부하게 이해하는 기초가 된다.

비블리오마니아

윤동주는 대단한 독서광이자 비블리오마니아(bibliomania, 애서가 또는 장서가)라고 부를 수 있을 정도로 책을 많이 읽었고, 관심 있는 분야와 저자의 책을 모으는 것을 좋아하였다. 가족들의 회고에 따르면, 연희전문학교 시절까지 거의 800권 정도의 서적을 모았다고 한다.

윤동주는 북간도 명동마을에서 민족의식과 문화적 분위기가 충만한 환경 속에서 성장했다. 윤동주와 명동소학교를 같이 다녔던 김정우는, 당시 윤동주와 송몽규가 서울에서 발간하는 소년 소녀들을 위한 월간잡지 『어린이』, 『아이생활』을 우편으로 구독했다고 회고했다.

> 명동소학교 4학년 때 동주는 벌써 서울에서 소년 소녀들을 위한 월간잡지를 구독했다. 동주의 고종사촌이며 동갑인 송몽규란 친구가 있었다. 그도 역시 문학 소년이었다. 몽규는 『어린이』란 잡지를, 동주는 『아이생활』이란 잡지를 서울에서 부쳐다 읽었다. 동리 아이들은 그들이 다 읽은 후 빌려서 읽었다. 두 소년이 서울에서 월간잡지를 구독해 읽는다는 것은 그 당시 만주 벽촌에서는 큰 사건이 아닐 수 없었으며, 그것이 마을에 큰 영향을 주어 『삼천리』 같은 월간잡지가 청년들 사이에 널리 보급되었다.[2]

서울의 문학이 북간도에 전파되는 것은 하나의 '사건'이었다. 윤동주는 어린 시절부터 책 읽기를 좋아했으며, 조선에서 가장 근대화된 서울의 문화에 관심을 갖고 즐길 정도로 폭넓은 문화 감각과 시야를 갖고 있었다.

유족이 보존한 윤동주의 「소장 도서 목록」은 책을 구입한 순서로 정리[3]하였는데, 1935년 1월 27일 시문학사에서 출판한 『정지용 시집』이 첫 번째로 수록되어 있다. 윤동주는 책의 구입 날짜를 기록하는 습관이 있었고, 『정지용 시집』은 1936년 3월 19일에 구입한 것으로 되어 있다. 책에 '동주 장서東柱 藏書'라고 서명하여 귀중하게 보관했다.

이때는 윤동주가 평양 숭실중학교에 다니던 무렵이었다. 1936년 3월 5일 숭실중학교는 신사참배 거부 문제로 맥큔George S.McCune 교장이 해임 추방되었고, 이에 반발하여 재학생들이 동맹휴학에 들어갔다. 윤동주는 학교가 폐쇄된 동안 평양 시내와 모란봉, 대동강 등지를 돌아보았는데, 그 즈음에 『정지용 시집』을 구입한 것으로 보인다.

윤동주는 6개월 정도의 유학생활을 마감하고 1936년 3월 말에 고향 북간도 용정으로 돌아갔다. 『정지용 시집』은, 짧았던 조선에서 그의 생활과 이상을 기억하는 표지가 되었다. 그 뒤에 윤동주는 연희전문학교 4학년 가을에 정지용의 두 번째 시집 『백록담』이 발간되자 기다렸다는 듯이 구입하였다. 『백록담』은 1941년 9월 15일 문장사에서 출판했는데, 20일 뒤 1941년 10월 6일에 구입한다. 이것은, 그가 정지용의 시를 꾸준히 탐독하고 사숙私淑해왔다는 것을 보여 주는 대목이다.

1936년에 용정으로 돌아와서 광명중학교에 다니는 동안, 윤동주는 조선에서 발간되는 다양한 시집들을 구해서 읽었다. 「소장 도서 목록」을 보면, 김영랑의 『영랑시집』(시문학사, 1935)과 1935년 한 해 동안 문예지와 신문에 발표된 시 중에서 좋은 시들을 선별하여 오희병이 편찬한 『을해명시선집乙亥名詩選集』(한성도서주식회사, 1936)을 1937년에 구입한 것으로 나온다. 동생 윤일주는 중학교 시절, 형의 서가에 꽂혀 있었던 여러 종류의 시집들을 기억하고 있다.

> 중학시절 그(윤동주-인용자)의 서가에 꽂혔던 책 중에서 기억에 남는 것은 『정지용 시집』(1936.3.19 평양에서 구입), 변영로 『조선의 마음』, 주요한 『아름다운 새벽』, 김동환 『국경의 밤』, 한용운 『님의 침묵』, 이광수·주요한·김동환 『3인 시가집』, 양주동 『조선의 맥박』, 이은상 『노산 시조집』, 『윤석중 동요집』, 『잃어버린 댕기』, 황순원 『방가放歌』, 『영랑시집』, 『을해명시선집』 등으로서, 그 중에서 그가 계속 갖고 와서 서울에 두었기에 지금 나에게 보관되어 있는 것으로는 백석 시집 『사슴』(사본), 『정지용시집』, 『영랑시집』, 『을해명시선집』 등이다. 그것은 특히 애착을 갖고 있었다는 뜻이 되겠다.[4]

위의 시집 목록을 보면, 윤동주는 1920~30년대 한국 근대시를 대표하는 시인들—주요한, 변영로, 김동환, 한용운, 이광수, 양주동, 이은상, 정지용, 김영랑, 황순원 등의 시집을 구입해서 읽었다. 이 시집들은 당시 국내에서 베스트셀러로 인기가 높았던 것들이다. 1936년 1월에 선광인쇄소에서 100부 한정판 자가본自家本으로 출판된 백석의 시집 『사슴』은 구입할 수 없어 필사해서 읽었다. 윤동주의 소장도서에는 시집뿐 아니라 시조집과 동요·동시집도 포함되어 있어서, 그가 다양한 시 형식에 관심 있었다는 것을 보여 준다.

참고로 윤동주가 중학시절에 읽었다고 동생이 회고한 시집들과 「소장도서 목록」에 정리되어 있는 국내 시집들의 출판연도와 출판사를 정리해 보면 다음과 같다.

> 변영로, 『조선의 마음』, 평문관, 1924.
> 주요한, 『아름다운 새벽』, 조선문단사, 1924.
> 김동환, 『국경의 밤』, 한성도서주식회사, 1925.
> 한용운, 『님의 침묵』, 회동서관, 1926.(한성도서주식회사, 1936 재판)

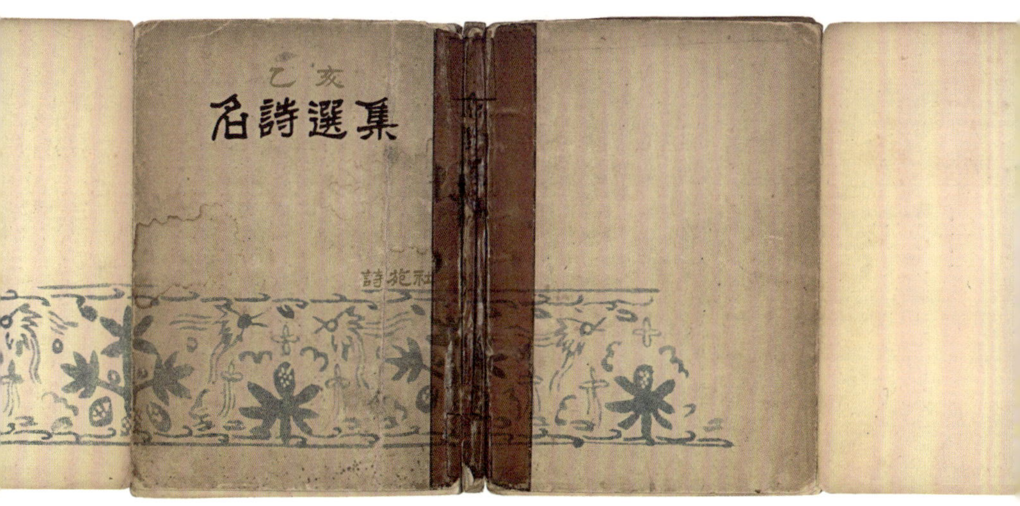

위 『영랑시집』(시문학사, 1935) 재킷
아래 『을해명시선집』(한성도서주식회사, 1936) 재킷 (오영식 제공)

이광수·주요한·김동환, 『3인 시가집』, 삼천리사, 1929.

양주동, 『조선의 맥박』, 평양:문예공론사, 1932.

이은상, 『노산시조집』, 한성도서주식회사, 1932.

윤석중, 『윤석중 동요집』, 신구서림, 1932.

윤석중, 『잃어버린 댕기』, 계수나무회, 1932.

황순원, 『방가』, 삼문사, 1934.

김영랑, 『영랑시집』, 시문학사, 1935.

오희병 편, 『을해명시선집』, 한성도서주식회사, 1936.

장만영, 『축제』, 인문사, 1939.

신석정, 『촛불』, 인문사, 1939.

시문학사 편, 『박용철 전집 제1권 시집』, 동광당서점, 1939.

오장환, 『헌사』, 남만서방, 1939.

서정주, 『화사집』, 남만서고, 1941.

정지용, 『백록담』, 문장사, 1941.

광명중학교 시절부터 윤동주는 한국 작가의 소설과 시를 읽었고, 일본에서 발간된 『세계문학전집』도 탐독하였다.[5] 광명중학교 후배였던 장덕순은 그 시절에 윤동주가 자신에게 오스카 와일드를 소개해 주었고, 그 외에도 많은 작품을 소개받아서 읽었다고 회고하였다.

> 중학교 4,5학년이 되면서부터 …(중략)… 책은 선배나 선생님의 추천을 받아서 읽을 필요가 있음을 이때에 절실히 느꼈다. 선배가 되는 고 윤동주 시인이 「오스카·와일드」를 소개해 주어서 그의 희곡인 〈살로메〉를 영문으로 읽었고 그밖에도 많은 작품을 소개받아서 읽었다.[6]

연희전문학교에 진학하면서 윤동주의 독서 편력과 장서 취미는 더욱 활발해졌다. 이 시기에 그가 즐겨 읽고 소장했던 책은 다섯 종류로 나눌 수 있는데, 1) 조선에서 발행하는 문예잡지, 2) 조선에서 출판된 문학전집류, 3) 우리말 시집, 4) 일본에서 발행하는 문예잡지, 5) 일본어로 번역된 세계문학 전집과 시집 등이었다.

> 그(윤동주-인용자)가 방학 때마다 이불 짐 속에 한 아름씩 넣어 오는 책은 8백 권 정도 모이었고, 그것은 우리 동생들에게 참으로 좋은 자양이 되었다. 그가 전문학교 시절에 읽던 잡지로는 『문장』, 『인문평론』이 있었고, 일본 잡지로는 『세르빵』, 시지詩誌 『사계四季』, 『시와 시론』, 수필과 판화 전문지 『흑과 백』 등이었다. 그밖에 더 있었겠지만 생각나는 것은 그 정도이다. 벽 한쪽을 전부 메웠던 서가에서 생각나는 책을 차례로 들면 다음과 같다. 조선일보사 간행의 『현대조선문학전집』(전8권), 삼중당 발행의 『조선고전문학전집』 모두, 『호암湖巖전집』(전3권), 『진단학보』 기간본旣刊本 전부, 최현배 선생의 『우리말본』, 잡지로서 『문장』, 『인문평론』 전부, 우리말 시집들과, 일본책으로는 앙드레 지드 전집, 발레리 시 전집, 도스토옙스키의 연구서적, 릴케 시집, 프랑스의 시집들인데, 역시 그가 애독하는 것들이었다. 그밖에 일본 연구사의 영문학 관계의 책들, 영어 원서 등이었다.[7]

윤동주는 조선에서 발행하는 잡지 중에서 『문장文章』(1939.2~1941.4, 통권 26호)과 『인문평론』의 열렬한 구독자였다. 딜타이가 쓴 『體驗と文學(체험과 문학)』(第一書房, 1939)의 뒷장 속표지에 자신이 소장한 『문장』 목록을 기록해 두었다. 『문장』 1939년에 발간된 잡지 전부와 1939년 7월 『창작 32인집』 임시증간호, 1940년 1월, 3월, 4월, 9월호를 가지고 있었다. 『문장』 전 26책 중에서 15책을 소장하고 있었다.[8] 당시 『문장』의 신인작가 추천제도가 문학청년들에게 큰 관심을 불러일으켰는데, 정지용이 시 부분 추천

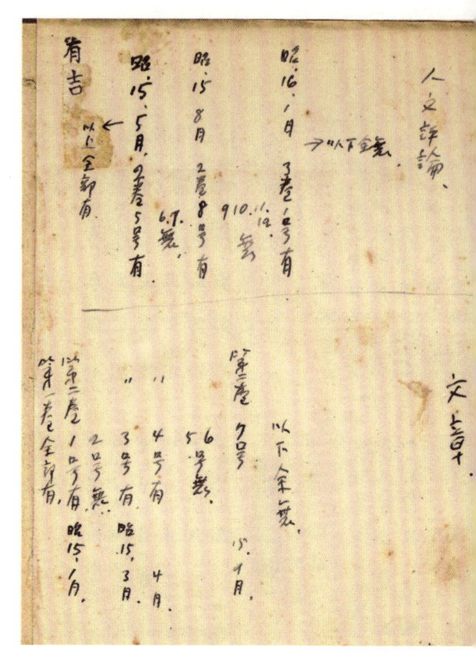

『體驗と文學(체험과 문학)』 표지와 속표지에 적힌 『문장』과 『인문평론』 소장 목록(윤인석 제공)

을 맡아서 박목월, 조지훈, 박두진, 이한직 등을 발굴·추천하여 시인으로 등단시켰다. 『인문평론』(1939.10~1941.4, 통권 16호)의 소장 목록도, 『문장』의 소장 목록을 정리한 것과 같은 지면에 기록해 두었는데, 『인문평론』 1939년 10월 창간호부터 1940년 5월호까지 발간된 잡지 전부와 1940년 8월, 1941년 1월호를 갖고 있었다. 『인문평론』은 주지주의 문학론을 주장했던 최재서가 편집과 발행을 맡았고, 서구의 문학비평이론을 주로 소개하였다.

조선일보사 출판부에서 발행한 『현대조선문학전집』은 전체 7권으로, 1권 『시가집』, 2권 『단편소설집 상』, 3권 『단편소설집 중』, 4권 『단편소설집 하』, 5권 『수필기행집』, 6권 『희곡집』, 7권 『평론집』으로 구성되었다. 1938년 3월 초에 1차 배본을 시작하여 9월에 완결되었는데, 전집의 실제

『현대조선문학전집 시가집』(조선일보 출판부, 1938)(오영식 제공)

배본 순서는 1회 『단편집 상』, 2회 『시가집』, 3회 『단편집 중』, 4회 『수필기행집』, 5회 『평론집』, 6회 『단편집 하』, 7회 『희곡집』으로 진행되었다. 정가는 각 권 1원 20전, 7권 선급 일시불 7원이었다. 『조선일보』는 1938년 2월부터 『현대조선문학전집』의 발간을 알리면서 "신문학 30년의 총결산 전집 간행의 의기義氣 충천", "현대 80여 문사 총 등장의 호화판" 등으로 광고하였다. 삼중당 발행의 『조선고전문학전집』의 상세한 출판 내용은 확인할 수 없다.

『호암전집』은 독립운동가이며 사상가였던 문일평(文一平, 1888~1939)의 유고집으로, 조선일보사 출판부에서 1939년에 간행하였다. 전체 3권이며, 1권 정치외교 편, 2권 문화풍속 편, 3권 사담史譚 수필 편으로 구성되었다. 『진단학보』(1934.11~1941.6)는 조선의 전통과 문화 연구를 위해 이병도를 중심으로 고유섭, 문일평, 손진태, 이병기, 이은상 등 문화·역사학계 인사 24명이 발기하여 학회를 창립하고 학보를 발간한 것이다. 진단학회는 조선 내지 동방 제 민족의 문화 연구를 목적으로 하였으며, '진단震檀'은 동방과 같은 의미로 사용하였다.

연희전문학교 교수로 재직했던 최현배의 『우리말본』은 1937년 연희전문학교 출판부에서 발간한 것으로 국어의 문법 체계를 집대성한 문법서이다. 이 책은 윤동주가 시인으로서 조선어를 정확하고 풍부하게 사용하는 데 도움을 주었을 것이다.

윤동주가 읽었던 일본 잡지 『세르빵』(1931~1941)은 종합문화잡지로, 하루야마 유키오春山行夫가 편집진에 가담한 뒤부터 앙드레 지드, 장 콕토, 앙드레 말로, 포크너 등 서구의 아방가르드 작품을 주로 소개하였다. 하루야마 유키오春山行夫는 1930년대 일본에서 초현실주의를 옹호하는 시인이자 미술평론가, 문학평론가로 활동하였다. 윤동주는 하루야마 유키오, 키타가와 후유히코北川冬彦, 호리구치 다이가쿠掘口大學 등이 발간했던 문예지 『詩と詩論(시와 시론)』도 읽었다. 계간 『詩と詩論』은 모더니즘 시인을 중심으로, 전통적인 서정과 운율에서 벗어나 지적 이미지와 언어로 시를 구성하는 새로운 시법詩法을 창안하였고, 1930년대 중반 일본 전위예술운동의 근원이 되었다. 윤동주의 소장도서 목록에 하루야마 유키오春山行夫가 쓴 『詩の研究(시의 연구)』 3쇄(第一書店, 1940)가 포함된 사실[9]로 보아서, 일본의 아방가르드 시와 예술을 대표하는 하루야마 유키오에 대한 관심이 높았다는 것을 알 수 있다.

또한 윤동주는 일본에서 발행하는 시 전문지 『四季사계』도 소장하고 있었다. 하기와라 사쿠타로萩原朔太郎를 중심으로 1933년에 창간한 『四季』는 서정시의 전통에 근거하여 이성과 감성의 조화로운 결합, 음악성과 시 형식의 균형을 추구하였다. 『세르빵』과 『詩と詩論시와 시론』, 『四季사계』 등의 장서 목록을 통해, 연희전문학교 시절 윤동주가 모더니즘 시를 표방하는 잡지와 전통 서정시를 추구하는 잡지를 병행해서 읽으면서, 세계의 첨단 문예사조에 접속하는 동시에 자신이 원하는 개성적인 시 형식을 창조하기 위해 노력했음을 알 수 있다.

이외에도 일본어 소장 도서로는 일본의 대표적인 근현대시를 수록한 『現代詩集현대시집』 1~3권(河出書房, 1939~40)이 있다. 특히, 시인 미요시 다쓰지(三好達治, 1900~1964)에 대해 관심이 많았다. 미요시 다쓰지는 일본의 전통시를 계승하면서, 보들레르와 프랑시스 잠의 영향을 받아 새로운 서정시를 개척하였다고 평가되는 시인이다. 윤동주의 장서 목록에는, 미요시 다쓰지가 프랑시스 잠의 시를 번역한 『夜の歌(밤의 노래)』(野田書房, 1936)와 미요시 다쓰지의 시집 『春の岬(봄의 산골짜기)』(創元社, 1940), 『艸千里초천리』(創元社, 1940)가 들어 있다.

한편, 윤동주는 용정의 은진중학교에 다닐 때부터, 조선에서 발간하는 신문과 잡지를 구독해서 읽고 자신이 관심을 가진 문화면을 열심히 스크랩했다. 북간도에 살고 있었지만 조선에서 일어나는 문화예술과 문학 경향에 많은 관심을 갖고 있었던 것이다. 은진중학교 시절부터 윤동주를 알고 지냈던 후배 장덕순의 회고를 보자.

> 동주와 요한(장덕순의 형-인용자)은 동아일보와 조선일보에서 사설만을 오려내어 스크랩북에 부치는 일을 게을리하지 않았다. 뒤에 알고 보니 요한은 사설만을, 동주는 문화면에서 시, 동요, 동화 같은 문예작품만을 따로 모았다고 하니 동주는 우리 집에 와서 요한의 스크랩을, 요한은 또 동주의 집에 가서 동주의 스크랩을 서로 도와주었던 것이다. 그 후 요한은 열권이나 되는 사설 첩을 나에게 넘겨주고 일본으로 건너갔다. 나는 해방되기 전까지 동주와 요한의 손때가 묻은 이 스크랩북을 소중히 간직하고 있었다.[10]

1920년에 창간된 『동아일보』와 『조선일보』는 독자문단, 신춘현상문예, 〈학생 페-지〉 등을 고정적으로 운영하여, 문인 지망생들에게 신인 작가로 등단할 기회를 만들어 주고 대중들에게 소개하는 문학제도로서 기능을 하였다. 『동아일보』는 1921년에 8개월간 독자문단을 운영했는데 당시 시인 지망생이었던 김소월, 이장희, 노자영 등이 시를 투고하여 실렸다. 『동아일보』는 1925년부터, 『조선일보』는 1928년부터 1939년까지 신춘현상문예를 모집하였고, 매년 1월 1일에 당선자를 발표하였다. 그리고 『조선일보』는 1929년부터 학생 문예 모집, 문예작품 독후감 모집 등을 실시하여 학생들과 문인 지망생들의 참여를 높였다. 윤동주는 중학교 때부터 『동아일보』와 『조선일보』의 문예면을 탐독했던 경험을 바탕으로, 연희전문학교 재학시절에 『조선일보』의 〈학생 페-지〉에 시 「아우의 인상화」(『조선일보』, 1938.10.17), 산문 「달을 쏘다」,(『조선일보』, 1939.1.23), 시 「유언」,(『조선일보』,1939.2.6)을 투고하여 실렸다.

윤동주가 1937~1939년까지 『조선일보』, 『동아일보』, 『매일신보』에 수록된 시, 수필, 평론을 스크랩한 4권의 스크랩북이 지금까지 보존되어 있다. 스크랩한 시작품으로는 정지용, 유치환, 임화, 김달진, 김광균, 오장환, 조벽암, 이찬, 장만영, 윤곤강, 김광섭, 이용악 등이 쓴 시와 윤동주 자신이 『조선일보』에 투고한 3편의 시가 있다. 스크랩한 평론은 조선 문단의 경향, 현대철학, 세계문예 사조, 고전문학, 전통, 현대 비평방법, 영화, 음악, 문학좌담회 등으로 다양하였다.[11] 윤동주의 독서 범위와 스타일, 중학교 재학 때부터 스크랩한 기간을 고려할 때 훨씬 더 많은 스크랩북을 만들었을 것으로 짐작되지만, 현재 남아 있는 것이 적어서 아쉬울 뿐이다.

윤동주는 그림에도 관심이 있었다. 일본에서 발간된 판화 전문 잡지 『흑과 백』을 구독하고, 새로 발간된 화집, 전람회 프로그램, 빈센트 반 고흐 관련 서적들을 가지고 있었다.

> 그(윤동주-인용자)는 그림에도 관심을 보이었다. 시쳇말로 디자인 센스가 있었다고나 할까. 모든 것이 단정하였지만, 장서의 서명을 하는 데도 그 자리와 모양을 가려서 하는 등 모든 것을 품위 있게 꾸몄다. 앞에서 말한 판화 전문지 『흑과 백』을 나에게 보이며 자기도 목판화를 배우고 싶다고 하였다. 1940년 또는 1941년으로 기억되는데, 그의 짐 속에서 크고 호화스러운 책이 나왔다. 그것은 그 당시로는 희귀한 천연색 화집으로 『오지호吳之湖 김주경金周經 2인 화집畵集』이었다. 그중 몇 점의 그림을 나에게 설명해 주었지만 지금 기억에 없고, 다만 김주경 씨 그림 중의 들길을 그린 선명한 한 그림을 보고 미국적이라고 말하였는데, 그것이 옳게 판단한 것인지는 알 수 없는 일이지만 미술 전반에 대하여 많은 이해를 하고 있었음은 확실하다. 그가 책 속에 끼워 두었던 전람회 프로그램이 어쩌다 발견되는 수가 있었다. 서울에서 전람회에 구경 다니었던 모양이다. 그가 일본 경찰에 체포된 후 친구의 주선으로 보내온 책 짐 속에는 『고호의 생애』, 『고호의 서간집』 등 고호에 관한 책이 적지 않게 있었다.[12]

윤동주가 소장하고 있던 『오지호 김주경 2인 화집』은, 1938년에 한성도서주식회사에서 발간한 우리나라 최초의 원색 화집이다. 오지호와 김주경은 도쿄미술학교를 졸업하고 귀국하여 한국의 자연을 인상주의 화풍으로 그렸으며, 화집에는 두 화가의 주요 작품을 각각 10점씩 수록했다. 이 화집은 1930년대 인상주의 화풍이 국내에 정착하는 양상을 보여주는 귀중한 자료이다. 또한 윤동주가 여러 권 소장했던 빈센트 반 고흐도 대표적인 후기 인상주의 화가라는 점에서, 당시 인상주의 미술에 대한 그의 관심을 알 수 있다.

윤동주는 독서의 범위가 넓고, 책을 읽을 때 정독하는 스타일이었다.

> 그(윤동주-인용자)는 대단한 독서가였다. 방학 때마다 사 가지고 돌아와서 벽장 속에 쌓아둔 그의 장서를 나는 못내 부러워했었다. 그의 장서 중에는 문학에 관한 책도 있었지만 많은 철학서적이 있었다고 기억된다. 한번 나는 그와 키에르케고르에 관한 이야기를 하다가 그의 키에르케고르에 관한 이해가 신학생인 나보다 훨씬 깊은데 놀라지 않을 수 없었다.[13]

> 그만큼 그(윤동주 - 인용자)는 독서의 범위가 넓었다. 문학·역사·철학, 이런 책들을 그는 그야말로 종이 뒤가 뚫어지도록 정독했다. 꼭 다문 입술이 팽팽히 조인 채 눈에서는 불덩이가 튀는 듯했었다. 그러고는 눈을 꼭 감고 한참 동안을 새김질을 하고 다음 구절로 넘어가기도 하고, 어떤 때에는 메모를 하기도 했었다. 그러나 그는 그가 읽는 책에 좀처럼 줄을 치는 일은 없었던 것으로 기억한다. 그만큼 그는 결벽성이 심했다고 하겠다.[14]

윤동주는 문익환이 부러워할 정도로 "대단한 독서가"이자 다양한 관심의 장서가였다. 고향 북간도에 있을 때부터 조선의 문학을 탐색하고 세계 현대문학의 경향을 공부하며, 자신의 문학적 지식과 감각을 생성하고 키워 나갔다. 연희전문학교 시절에는 하루 일과처럼 경성의 신간서점과 고서점들을 순례하고 책을 탐색하면서, 정신적 문화적 자양분을 성숙시켰다. 정병욱은, 당시 자신과 윤동주가 학업이 끝나면 신촌에서 기차를 타고 서울역에 내려서 일본인들의 거리인 혼마치(本町, 지금의 충무로)에 있는 지성당, 일한서방, 마루젠, 군서당 등 신간서점과 고서점을 돌고, 그다음에는 청계천을 건너서 관훈동 헌책방을 다시 순례한 뒤, 또 걸어서 적선동 유길서점有吉書店에 들러 서가를 훑었다고 회고하였다.[15] 윤동주의 소장 도서 목록에 있는 일어日語 서적 중에 유길서점에서 구입한 책들이 많다. 두 사람의 서점 순례는 당시 청년 문학도들 사이에 유행했던 지적이고 예술적인 탐색이었다. 그것은 윤동주의 시 「돌아와 보는 밤」(1941.6)에서 말했던 것처럼 "이제, 사상이 능금처럼 저절로 익어 가"는 과정이었던 것이다.

정지용을 사숙하다

윤동주에게 정지용의 시는 매혹이면서 도전이자 곤혹이었다. 문익환의 기억을 참고하면, 윤동주는 중학생 때부터 정지용의 시에 빠져 있었다.

> (윤동주 형이 - 인용자) 정지용 시집은 중학교 때부터 늘 끼고 다녔다. 그 바람에 나도 정지용의 시는 지금도 더러 외는 것이 있다.[16]

윤동주는 정지용을 사숙私淑하며 시를 배우고 썼다고 해도 과언이 아니다. 습작기 윤동주에게 정지용의 시는 모범이 되었다. 한국 시문학사에서 정지용을 사숙하고 그의 시를 참고하며 시 쓰기를 훈련한 시인들은 수없이 많다. 서정주, 신석정, 유치환, 오장환을 비롯해 조지훈, 박목월, 박두진 등 수많은 문학지망생들이 정지용의 시를 통해 시를 배우고 습작을 하였다. '현해탄'을 제재로 쓴 임화의 시에도 정지용의 그림자가 크게 드리워져 있다. 최재서가 "앞으로 시를 쓰려는 사람들이 의례히 정지용 시집을 공부하는 것을 우리는 알고 있다."[17]라고 말할 정도였다. 윤동주 원전 연구자 홍장학에 따르면, 윤동주의 "육필 시고에는 이 『정지용시집』의 영향을 받은 것으로 보이는 부분이 20군데 가까이 발견된다."[18]라고 한다. 특히 윤동주는 1936~1937년 용정에서 중학교를 다니던 시기에 많은 시를 썼는데 그 시들에서 정지용의 흔적이 발견된다. 동생 윤일주도 중학생 시절에 윤동주가 『정지용 시집』을 소중하게 간직하며 탐독했던 사실

『정지용 시집』(시문학사, 1935) 앞 표지

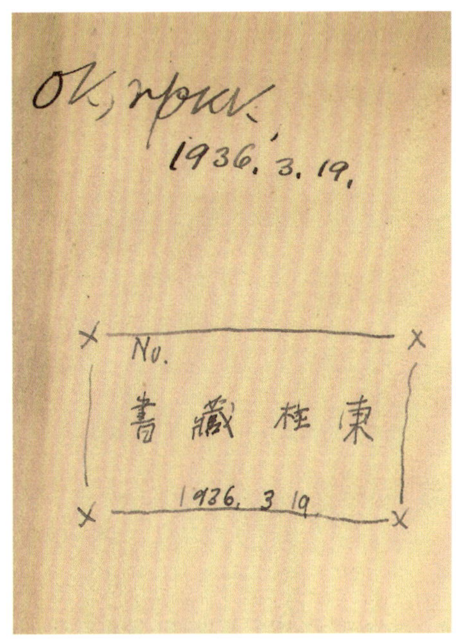

『정지용 시집』 속표지의 장서 표지(윤인석 제공)

을 전하고 있다.

윤동주가 소장하고 있었던 『정지용 시집』에는 장서 표지가 남아 있다. 『정지용 시집』 속표지에 "동주장서東柱藏書 1936. 3. 19"라고 네모 테두리를 하고 써 놓았다.

또한 그가 소장했던 『정지용 시집』에는 "걸작이다", "열정을 말하다" 등 감상을 써 놓고 밑줄을 긋는 등 자신의 시 쓰기 방법을 탐색한 흔적이 역력하다. 지금까지 알려진 바로는 윤동주가 소장한 최초의 시집이 『정지용 시집』이다.[19]

연희전문학교 시절 윤동주와 함께 하숙하고 문학을 논하였던 정병욱은, 당시 윤동주가 정지용의 시들을 즐겨 외우고 읊었다고 전했다.

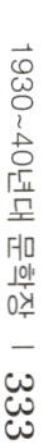

> 「찬 모래알 쥐여 짜는 찬 사람의 마음, / 쥐여 짜라. 바쉬어라. 시원치도 않어라」 이는 그가 항상 입버릇처럼 외던 정지용의 「압천鴨川」의 한 구절이다. 그는 그가 가장 존경하던 선배 지용의 뒤를 이어 압천鴨川 강변을 거닐면서 「카페 프랑스」를 연희 숲속에서 인왕산에서 읊던 때처럼 읊었을 것이다. …(중략)… 그의 작품에 굽이치는 고脈박에서 지용의 「고향」, 「압천」, 용아龍兒 영랑적 요소와 지용의 「카페 프랑스」, 장환의 요소가 깃들인 것을 이해할 것이다.(1953.7.12. 記)[20]

윤동주는 "가장 존경하던 선배 지용"의 시 「압천」, 「카페 프랑스」, 「고향」 등을 "항상 입버릇처럼 외"웠다. 이런 과정을 통해 정지용의 시는 윤동주의 호흡과 육체에 각인되었으며, 그의 시 쓰기에도 발현되었을 것이다.

영화 「동주」(이준익 감독, 2015)에는 연희전문학교의 학생 윤동주가 당대 최고 시인 정지용의 집을 찾아간 장면이 나온다. 북간도 용정의 은진중학교 1년 선배였던 나사행은 그때 윤동주가 정지용 시인을 찾아가는 데 동행했다고 기억하였다.

> 1939년에는 동주가 기숙사를 나와서 북아현동에서 하숙을 했었어요. 그래서 그리로도 놀러 갔었지요. 그때의 일인데, 역시 북아현동에 살고 있던 시인 정지용 씨 댁에 동주가 가는데 같이 동행해서 갔던 일도 있습니다. 정지용 시인과 시에 관한 이야기를 주고받은 것으로 기억합니다.[21]

나사행은, 윤동주가 북아현동에서 하숙하던 시기에, 그 근처의 감리교신학교(서대문구 냉천동 소재)에 다니고 있었다. 그리고 당시 정지용은 북아현동 1-64번지에 집이 있었다. 하지만 윤동주 유고시집 『하늘과 바람과 별과 시』(정음사, 1948)에 쓴 정지용의 「서」에 의하면, 정지용은 윤동주와의 만남을 기억하지 못하였다.

중학교 시절부터 윤동주는 시와 문예 관련 신문 기사를 스크랩했는데, 현재 남아 있는 스크랩 북의 첫 작품이 정지용의 시이다. 윤동주의 스크랩북에서 정지용 관련 문예작품의 목록을 정리하면 아래와 같다.

시 「수수어(愁誰語) 2-〈비로봉〉, 〈구성동〉」, 『조선일보』 1937.6.9.
평론 「시감(時感)-옛 글 새로운 정(상, 하)」, 『동아일보』 1937.6.10~11.
수필 「여창단신(旅窓短信)- ① 꾀꼬리」, 『동아일보』 1938.8.6.
수필 「여창단신(旅窓短信)- ② 석류, 감시, 유자」, 『동아일보』 1938.8.7.
수필 「여창단신(旅窓短信)- ③ 오죽, 맹종죽孟宗竹」, 『동아일보』 1938.8.9.
수필 「호초담(胡椒譚): 의복일가견」, 『동아일보』 1939.5.10.[22]

윤동주가 처음으로 스크랩한 작품은 정지용의 시 「비로봉」과 「구성동」이었다. 『조선일보』에서 스크랩한 「비로봉」의 여백에는, 『정지용 시집』(시문학사, 1935)에 수록되었던 같은 제목의 시 「비로봉」을 필사해 놓았다.[23] 정지용은 2년 간격으로 「비로봉」이란 제목의 시를 연이어 창작했던 것이다. 두 편의 「비로봉」을 보자.

백화白樺 수풀 앙당한 속에
계절季節이 쪼그리고 있다.

이곳은 육체肉體없는 요적寥寂한 향연장
이마에 시며드는 향료香料로운 자양滋養!

해발 오천 피트 권운층卷雲層 우에
그싯는 성냥불!

동해는 푸른 삽화插花처럼 옴직 않고

누뤼 알이 참벌처럼 옴겨 간다.

연정戀情은 그림자 마자 벗쟈

산드랗게 얼어라! 귀뜨람이처럼.

- 정지용, 「비로봉」(1935)[24] 전문

담장이

물 들고,

다람쥐 꼬리

숱이 짙다.

산맥山脈우의

가을ㅅ길—

이마바르히

해도 향그롭어

집행이

자진 마짐

흰돌이

우놋다.

백화白樺 홀홀

허울 벗고,

꽃 넙에 자고
이는 구름,

바람에
아시우다.

- 정지용, 「비로봉」(1937)[25] 전문

홍미로운 것은, 윤동주가 정지용의 시 「비로봉」을 참고하여 자신도 같은 제목의 「비로봉」이란 시를 창작했다는 점이다. 윤동주는 1937년 9월 광명중학교의 졸업반 수학여행으로 금강산과 원산 송도원 등을 다녀왔다. 거기서 「바다」와 「비로봉」 시 2편을 얻었는데, 이 시들은 정지용의 시풍을 참고해서 쓴 것이었다.

만상萬象을
굽어 보기란—

무릎이
오들오들 떨린다.

백화白樺
어려서 늙었다.

새가
나비가 된다

정말 구름이
비가 된다.

옷 자락이
춥다.

- 윤동주, 「비로봉」(1937.9) 전문

정지용의 「비로봉」과 윤동주의 「비로봉」은 "백화白樺", "구름" 등의 시어, 육체의 춥고 쓸쓸함을 나타내는 정서, 시의 형식 등이 많이 닮았다. 짐작건대, 윤동주는 수학여행을 갈 때 『정지용 시집』을 들고 갔던 것 같다.

윤동주가 수학여행을 통해 쓴 시 「바다」도 정지용의 시를 연상시킨다.

실어다 뿌리는
바람 조차 시원타.

솔나무 가지마다 새침히
고개를 돌리어 삐들어지고,

밀치고
밀치운다.

이랑을 넘는 물결은
폭포처럼 피어오른다

해변海辺에 아이들이 모인다
찰찰 손을 씻고 구보로.

바다는 자꾸 섧어진다.
갈매기의 노래에……

돌아다 보고 돌아다 보고
돌아가는 오늘의 바다여!
- 원산元山 송도원松濤園서

-「바다」(1937.9) 전문

「바다」는 「비로봉」과 같이 짧은 2행 1연의 시 형식을 갖추었다. 윤동주가 수학여행에서 본 바다의 생생한 형상을, 정지용의 시 「바다」 시편들의 이미지와 모티프에 착안하면서 자신만의 바다를 창조하였다. 『정지용 시집』에는 「바다」라는 제목의 시가 일련번호를 달고 7편이 실려 있다.

고래가 이제 횡단橫斷 한뒤
해협海峽이 천막天幕처럼 퍼덕이오.

…… 흰 물결 피어오른 아래로 바독돌 자꼬 자꼬 나려가고,
- 정지용, 「바다1」[26] 부분

이 앨쓴 해도海圖에
손을 씻고 떼었다.

찰찰 넘치도록
돌돌 굴르도록
- 정지용, 「바다2」[27] 부분

윤동주는 정지용의 「바다」 시편을 통해 미적 감각을 단련하였다. 정지용의 시를 분석하며 윤동주가 자신만의 독창적인 시세계를 창출해 가는 과정을 살펴보자.

하로도 검푸른 물결에
흐느적 잠기고…… 잠기고……

저— 웬 검은 고기떼가
물든 바다를 날아 횡단橫斷할꼬.

낙엽落葉이 된 해초海草
해초海草마다 슬프기도 하오.

서창西窓에 걸린 해말간 풍경화風景畵.
옷고름 너어는 고아孤兒의 설움.

이제 첫 항해航海하는 마음을 먹고
방바닥에 나딩구오…… 딩구오……

황혼黃昏이 바다가 되어
오늘도 수數많은 배가
나와 함께 이 물결에 잠겼을게요.

-「황혼이 바다가 되어」(1937.1) 전문

윤동주가 쓴 「황혼이 바다가 되어」에 정지용의 「바다」 연작시들과 '해협' 관련 시들의 심상과 언어가 녹아들어 있는 것을 볼 수 있다. 이렇게 정지용의 시를 좋아하고 사숙하면서 윤동주는 자신의 언어와 이미지를 실험하고 독창적인 시세계를 생성해 나갔다.

> 프로펠러 소리……
> 선연한 커-브를 돌아나갔다.
>
> 쾌청! 짙푸른 6월 도시는 더 한 층계 더 자랐다.
>
> 나는 어깨를 고르다.
> 하품…목을 뽑다.
> 붉은 수탉모양 하고
> 피어오르는 분수를 물었다…뿜었다…
> 햇살이 함박 백공작의 꼬리를 폈다.
>
> 수련睡蓮이 화판花瓣을 폈다.
> 오므라졌던 잎새. 잎새. 잎새.
> 방울 방울 수은水銀을 바쳤다.
> 아아 유방처럼 솟아오른 수면水面!
> 바람이 굴고 게우가 미끄러지고 하늘이 돈다.
>
> 좋은 아침 —
> 나는 탐하듯이 호흡하다.
> 때는 구김살 없는 흰 돛을 달다.
>
> - 정지용, 「아침」[28] 전문

「아침」은 정지용이 이미지스트로서 재능을 최대한 발휘한 작품이다.

참신한 감각적인 언어로 6월 도시의 아침 풍경을 경쾌하고 신선하고 화사하게 그렸다. "프로펠러 소리…… / 선연한 커-브를 돌아나갔다."로 시작하는 이 시는 기계 문명과 도시, 현대성을 청각과 시각에 주입하는 경쾌한 이미지로 1930년대 경성의 아침을 신선하게 표현했다. 분수의 활기찬 물보라, 프리즘에 비추어진 무지개색의 아침 햇살을 '백공작이 꼬리를 함빡 폈다'고 이미지화한 것도 참신하고 화사하다. 분수는 도시와 광장과 시민계급의 활력을 환기하기도 한다. 정지용이 창조한 「아침」의 이미지들은 탄력과 운동성을 갖는다. 거위가 노니는 운동성을 "하늘이 돈다"며 현기眩氣가 일어나는 감각으로 확장한다. "때는 구김살 없는 흰 돛을 달다."라고 하여 밝고 흔쾌한 아침의 시작을 동적인 이미지로, 미지의 세계로 나가는 "흰 돛"으로 전환시켰다.

「아침」은 한 폭의 쾌청한 수채화를 그린 것 같다. 이 시엔 사람의 인정人情이 틈입하지 않는다. 「아침」은 『조선지광』(92호, 1930.8)에 처음 발표된 이래, 『문예월간』(2호, 1931.12)에 재발표하고 『정지용시집』(1935)에 수록할 정도로 정지용 스스로 득의得意의 작품으로 생각했다. 윤동주는 정지용의 「아침」에 매혹되는 동시에, 자신의 방식으로 새로운 「아침」을 만들었다.

> 휙, 휙, 휙, 소꼬리가 부드러운 채찍질로 어둠을 쫓아,
> 캄, 캄, 캄, 어둠이 깊다깊다 밝으오.
>
> 이제 이 동리洞里의 아침이,
> 풀살 오른 소엉덩이처럼 기름지오.
> 이 동리 콩죽 먹은 사람들이,
> 땀물을 뿌려 이 여름을 자래웠오.
>
> 잎, 잎, 풀잎마다 땀방울이 맺었오.

여보! 여보! 이 모든 것을 아오.

-1936

구김살 없는 이 아침을

심호흡深呼吸하오 또 하오

- 윤동주, 「아침」[29] (1936) 전문

정지용이 「아침」에서 도시의 명랑하고 "구김살 없는 아침" 그렸다면, 윤동주는 농촌의 여름, "구심살 없는 아침"을 그려냈다. 정지용의 「아침」은 "프로펠러 소리…… / 선연한" 기계 문명의 리듬감과 청각적 이미지, 도시 시민계급의 아침을 펼쳐 보였다. 반면에 윤동주는 "휙, 휙, 휙, 소꼬리가 부드러운 채찍질로 어둠을 쫓아, / 캄, 캄, 캄, 어둠이 깊다깊다 밝으오."라고 하여, '소꼬리의 부드러운 채찍질'로 어둠을 쫓고 아침을 쟁취하는 농촌의 소와 농민의 노동과 감각을 형상화했다. 정지용의 「아침」이 인간의 흔적을 최소화하며 상쾌한 아침을 이미지화한 것과 비교해 보면, 윤동주의 「아침」은 인간과 소가 협업하는 노동의 '땀내'와 '땀방울', '콩죽', '풀살', 기름진 근육 등으로 생활의 육체성을 이미지화한다.

윤동주에게 '아침'은 인간과 소의 성실한 노동과 땀내로부터 온다는 것을 전언으로 삼고, 어둠과 가난과 궁핍을 시의 배면에 투영시켰다. 그리고 정지용이 "때는 구김살 없는 흰 돛을 달다."라며 미래로의 진보적 운동성에 충실한 도시 시민계급의 희망찬 감각으로 아침을 맞이했다면, 윤동주는 '지금 여기'에서 노동하는 소와 농민의 땀과 생활의 자부심을 "구심살 없는 이 아침"으로 표현하고 있다. 특히 윤동주는, 가난과 고난과 어둠을 이겨 내고 생활의 터전을 개척한 농민의 고투와 노동과 땀을 소중하게 아침의 원동력으로 부각하고 있다.

윤동주는 『정지용 시집』을 숙독하며 분석하고 음미한 흔적을 메모나 낙서로 남겼다. 그 중 윤동주가 정지용의 시 「태극선太極扇」에 남긴 메모

太極扇

이 아이는 고무뽈을 따러
힌山羊이 서로 부르는 푸른 잔디 우로 달리는지도 모른다。

이 아이는 범나비 뒤를 그리여
소소라치게 위태한 절벽 갓을 내닷는지도 모른다。

이 아이는 내처 날개가 돋혀
꽃잠자리 제자를 슨 하늘로 도는지도 모른다。

(이 아이가 내 무릎 우에 누은것이 아니라)

새와 꽃, 인형 납병정 기관차들을 거나리고
모래밭과 바다, 달과 별사이로
다리 긴 王子처럼 다니는것이려니,

(나도 일즉이, 점두룩 흐르는 강가에
이 아이를 뜻도 아니한 시름에 겨워
풀피리만 찢은일이 있다)

이 아이의 비단결 숨소리를 보라。
이 아이의 씩씩하고도 보드라운 모습을 보라。
이 아이 입술에 깃드린 박꽃 웃음을 보라。

(나는, 쌀, 돈셈, 집웅샐것이 문득 마음 키인다)

반디ㅅ불 하릿하게 날고
지렁이 기름불 만치 우는 밤,
모와 드는 훗훗한 바람에
슬프지도 않은 태극선 자루가 나붓기다。

정지용의 시 「태극선」과 윤동주가 남긴 메모(연세대학교 윤동주기념관 제공)

는 의미심장하다.

정지용의 「태극선」은 반딧불이가 날아다니는 어느 여름밤을 배경으로 한다. 그의 무릎을 베고 누워 잠이 든 어린아이에게 부채를 부쳐 주면서 여러 상념에 빠진다. 잠든 아이가 잠 속에서 산양山羊과 더불어 달리기도 하고(1연), 범나비를 따라 위험한 절벽을 내달리기도 하고(2연), 날개가 돋아 꽃잠자리처럼 하늘을 떠돌기도 하고, 바다와 달과 별 사이, 새와 꽃, 온갖 장난감이 살아 있는 동화 속의 왕자가 되어 다니기도 하는(4연) 듯이, 아이는 잠자면서 "박꽃 웃음"을 짓는다.(5연) 그 사이에 괄호를 친 구절을 삽입하여 시적 화자가 개입하고 있다. 동심의 천진난만한 동경과 평화에 대비되는 현실, 생활의 각박함과 걱정을 개입시켜, 꿈과 현실의 관계를 부각시킨다. 즉, 시의 중간에 "(이 아이가 내 무릎 우에 누은 것이 아니라)"

라고 하여, 이 아이가 지금 여기 내 무릎에 누워 잠이 들었지만, '무릎에 누워 있는 것이 아니라' 꿈속의 세상에 있는 게 아니냐는 질문을 던진다. 장자의 「호접지몽胡蝶之夢」에 있는 '내가 나비인가 나비가 나인가'를 환기하는 대목이다.

(나도 일찍이, 점두록 흐르는 강가에
이 아이를 뜻도 아니한 시름에 겨워
풀피리만 찢은 일이 있다)

시적 화자가 두번째로 개입한 이 구절은, 잠든 아이의 꿈속을 상상하다가, 자신의 어린 시절 "뜻도 아니한 시름"을 떠올리며 현실을 대비시킨다. 5연에서도 천진난만하고 평화로운 아이의 꿈과 그 바깥에 있는 자신의 현실적인 생활고를 개입시켰다.

(나는, 쌀, 돈 셈, 지붕 샐 것이 문득 마음 키인다)

윤동주는 위의 문장에 밑줄을 긋고 "이게 문학자文學者 아니냐. 생활의 협박장이다."라고 자신의 감상을 연필로 적었다. 이것은 정지용의 시에 대한 윤동주의 비평이다. 환상 같은 아이의 꿈속을 따라가면서도 끝내는 꿈 밖의 생활을 그리고 있다는 점에 주목하여 "이것이 문학이다."라고 비평했다. "쌀", 먹고 사는 생활, "돈 셈", 경제 생활, "지붕이 샐 것", 의식주 걱정 등등 문학은 결국 생활로 귀착된다는 것에 동의하며, 그것이 윤동주 자신의 문학관임을 드러내고 있다. 윤동주는 「태극선」 1~3연에서 아이가 산양과 달리고, 범나비와 내달리고, 꽃잠자리처럼 하늘로 솟구치는 부분에 대해서는 "열정熱靜을 말하다."라고 메모했다. 윤동주는 문학이 낭만적 열정의 표현이기도 하지만, 결국엔 "생활의 협박장"이라고 정의하였다.

이처럼 윤동주는 정지용의 시를 좋아하는 한편으로 비평적 탐색을 통해 자신의 시 세계를 생성해 갔다. 특히, 그는 문학이란 '생활'의 '표현'이라고 생각했다. 생활을 단순한 소재주의적으로 활용하는 것이 아니라 생활의 진리를 표현하는 데 심혈을 기울였다. 정지용의 「말」 등에 연필로 간단한 설명을 달아 놓았었는데, 요지는 꿈이 아닌 생활이 표현되었기에 좋은 작품이라는 뜻이었다.[30] '생활'과 관련하여 윤동주의 문학관을 잘 표현하고 있는 작품이 시장에서 가난한 생활을 벌여 놓고 파는 아낙네들의 하루를 그린 시 「장」이다.

윤동주는 중학교를 마치고 연희전문학교에 다니는 동안 새로운 시인들을 접하면서 자신의 시 세계를 확장하고 단단하게 구축해 갔다. 문익환의 회고에 따르면, 윤동주는 연희전문학교 문과에 입학한 후 이양하 교수에게 영시를 배우는 한편으로 보들레르, 프랑시스 잠, 릴케 등을 탐독하였다. 그리고 "방학이면 용정에 돌아가서 외삼촌인 김약연 목사에게서 『시전詩傳』을 공부하였다. 지용芝溶밖에 모르던 사람이 백석, 이상, 미당의 시들을 발견한다. 새로운 비약을 위한 준비기간이었다."[31]라고 하였다. 실제로 윤동주는 경성으로 유학와서 1930년대 경성 시문학 장의 다양한 사조와 경향을 섭렵하며 문학관과 시세계를 심화·확충해 나갔다.

백석 시의 영향

윤동주는 백석의 시집 『사슴』을 원고지에 한 편씩 정성스럽게 필사하였다. 동생 윤일주의 회고에 따르면, 100부 한정판으로 출판된 『사슴』(선광인쇄소, 1936)을 구할 수 없어 윤동주가 "도서실에서 진종일 정자正字로 베껴낸" 것이라고 한다.

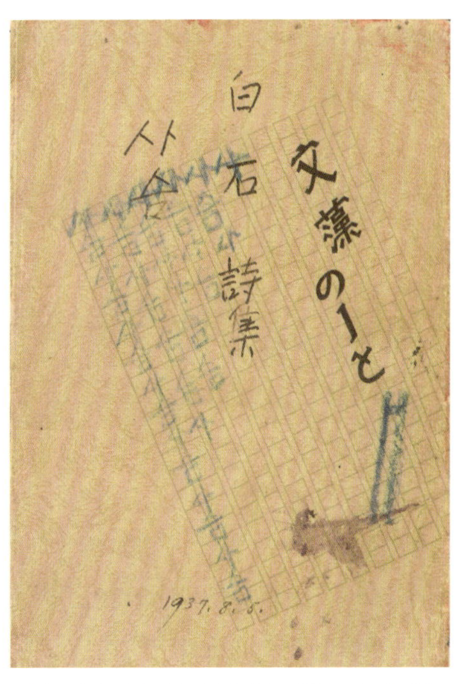

필사본 백석 시집 『사슴』 (연세대학교 윤동주기념관 제공)

평양 숭실중학 기숙사 생활 약 7개월 동안은 문학 한 곬으로 기운듯하다. 1936년 1월에 1백 부 한정판으로 출판된 백석 시집 『사슴』을 구할 길 없어 도서실에서 진종일 걸려 정자正字로 베껴 낸 바 있다.[32]

필사시집의 표지에 "백석白石 시집詩集 사슴 1937.8.5."라고 적혀 있는 것으로 보아 용정의 광명중학교 때 필사한 것으로 추정된다.

많은 문학 지망생들이 자신이 좋아하거나 배우고 싶은 작품을 필사하면서 언어와 문체, 대상을 바라보는 관점, 표현방법, 작품의 형식과 구성 등을 체득한다. 이런 과정을 통해서 자신의 개성적인 언어와 감각, 표현방법을 고안하고, 자기의 문학세계를 생성해 간다.

백석은 1936년 1월, 그동안 쓴 시 33편을 모아서 자가본自家本으로 시집 『사슴』을 출판하였다. 『사슴』은 겹으로 접은 한지에 활판 인쇄를 하고 양장 제본을 하여 100부 한정판으로 찍었다. 시집에 수록된 시들은, 아이의 눈에 비친 고향의 풍물과 풍속, 사람, 음식, 놀이 등의 제재를 평북 방언을 사용하여 감각적이면서도 낯설게 표현해 냈다. 전통적인 소재와 풍경을 방언으로 표현하는 백석 시의 언어와 감각은 매우 개성적이고 모던한 방법이었으며, 그의 독특한 시세계는 문단을 놀라게 했다. 1930년대 모더니스트 김기림은 백석의 『사슴』을 받자마자 시집 감상평을 썼다.

> 표장表裝으로부터 종이 활자 여백의 배정에 이르기까지 그 시인의 주관의 호흡과 맥박과 취미를 이처럼 강하고 솔직하게 나타낸 시집을 나는 조선서는 처음 보았다. …(중략)… '유니크'하다고 하는 것은 한 시인 한 작품의 생명적인 부분에 해당한다. 어떠한 시인이나 작품에 우리가 매혹하는 것은 그의 또는 그것의 '유니크'한 풍모에 틀림없다.
>
> 시집 『사슴』의 세계는 그 시인의 기억 속에 쭈그리고 있는 동화와 전설의 나라다. 그리고 그 속에서 실로 속임 없는 향토의 얼굴이 표정表情한다. 그렇건만 우리는 거기서 아무러한 회상적인 감상주의感傷主義에도, 부어오른 복고주의復古主義에도 만나지 않아서 이 위에 없이 유쾌하다.[33]

김기림은 『사슴』이 시집의 외형뿐 아니라 시인의 호흡, 맥박, 취미를 강하고 솔직하게 나타냈으며, 시인과 작품의 '유니크'한 풍모를 보여주는 매혹적인 시집이라고 규정하였다. 또한 기억 속의 동화와 전설을 다루면서, 감상주의나 복고주의에 빠지지 않는 점을 높이 평가하였다.

윤동주는 시집 『사슴』을 필사하고, 자신의 감상과 소감을 메모해 놓았다. 예를 들어 백석의 「모닥불」을 필사한 여백에 붉은 색연필로 "걸작傑作이다."라고 적어 놓았다. 이 메모들은 당시 윤동주의 심미적 관점을 엿보게 한다.

> 새끼오리도 헌신짝도 소똥도 갓신창도 개니빠디도 너울쪽도 짚검불도 가랑잎도 머리카락도 헝겊조각도 막대꼬치도 기왓장도 닭의 짗도 개터럭도 타는 모닥불
>
> 재당도 초시도 문장門長 늙은이도 더부살이 아이도 새사위도 갓사돈도 나그네도 주인도 할아버지도 손자도 붓장수도 땜장이도 큰 개도 강아지도 모두 모닥불을 쪼인다
>
> 모닥불은 어려서 우리 할아버지가 어미 아비 없는 서러운 아이로 불쌍하니도 몽둥발이가 된 슬픈 역사가 있다
>
> - 백석, 「모닥불」34 전문

윤동주가 시 「모닥불」을 읽고 "걸작이다."라고 감탄했던 까닭은 무엇일까? 그 이유를 두 가지로 짐작해 보면, 첫째 「모닥불」이 볼품없이 평범한 대상들의 이야기라는 점이다. 모닥불에 타는 물건들도, 그 모닥불을 쬐는 사람들도 모두 주변에서 흔하게 널려 있는 대상들이다. 하지만 주목해서 보면, 평소에 같은 자리에 앉거나 모이지 못하는 사람들 —재당, 초시, 문장 늙은이, 더부살이 아이, 새 사위, 갓사돈, 나그네, 주인, 할아버지, 손자, 붓장수, 땜장이— 그리고 큰 개와 강아지까지 모닥불을 둘러싸고 차별 없이 평등하게 불을 쬔다. 사람뿐 아니라 짐승도 모닥불 앞에서는 구분 없이 함께 불을 쬐는 공동체를 이룬다. 시인은 모닥불을 매개로, 이런

동화 같은 세상을 환하고 따뜻해진 풍경으로 재현하였다.

둘째, 「모닥불」의 3연이 보여주는 반전 혹은 비약이다. 1~2연에서 모닥불에 타는 물건들과 그 모닥불을 쬐는 사람들을 병렬적으로 묘사하다가 3연에서 갑자기 모닥불의 역사가 끼어든다. 그것은 우리 할아버지가 어려서 고아가 되고 "어미 아비 없는 서러운 아이로 불쌍하니도 몽둥발이가 된 슬픈 역사"이다. '몽둥발이'는 딸려 붙었던 것이 다 떨어지고 몸뚱이만 남아 있는 물건이나 사람을 가리킨다. 모닥불과 할아버지의 슬픈 역사가 얽히면서, 모닥불을 둘러싼 풍경은 아름답고 환상적인 동화의 세계에서 고단한 사람살이의 현실 세계로 전환된다.

윤동주는 백석의 시 「추일산조」(秋日山朝, '가을날 산속의 아침'이라는 뜻)를 필사하고 "아츰볕에 섭구슬이 한가로히 익는 골작에서 꿩은 울어 산山울림과 작난을 한다"라는 문장에 밑줄을 치고 "좋은 구절句節"이라고 메모했다. 「추일산조」의 이 시상詩想은 윤동주가 쓴 시 「산울림」에 흔적을 남기고 있다.

까치가 울어서
산울림,
아무도 못 들은
산울림.

까치가 들었다,
산울림,
저 혼자 들었다,
산울림

- 「산울림」(1938.5) 전문

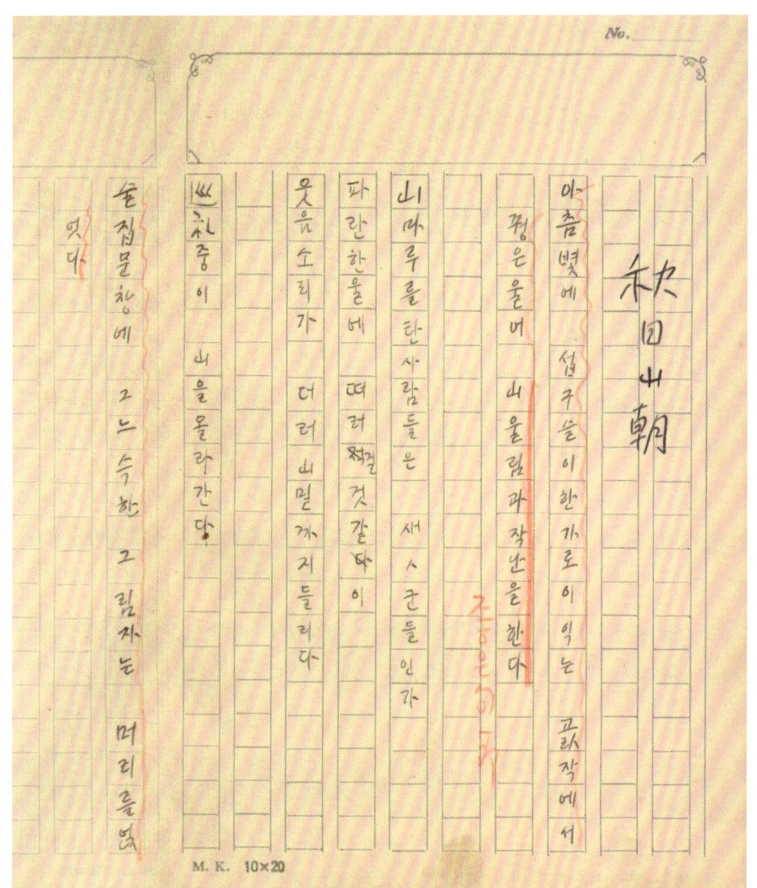

No.

秋日山朝

아츰볕에 섶구슬이 한가로이 익는 골작에서
꿩은 울어 山울림과 작난을 한다

山마루를 탄 사람들은 새ㅅ군들인가
파란 한울에 떠러질 것 같이
웃음소리가 더러 山밑까지 들리다

巡禮중이 山을 올라간다

술집문창에 그느슥한 그림자는 머리를 얹
엇다

M. K. 10×20

윤동주가 필사한 백석 시 「추일산조」와 메모(연세대학교 윤동주기념관 제공)

「추일산조」의 "꿩은 울어 산울림과 작난을 한다"에서 '꿩 울음과 산울림이 장난'하는 시상이, 윤동주의 「산울림」에서는 '까치 울음과 산울림의 장난'이라는 시적 상황으로 변형된다. 이러한 모방과 변형, 실험의 과정을 거치면서 윤동주는 자신의 언어와 시상을 만들어 갔다.

백석의 시 「청시青柿」는 압축된 서정시이다. 하이쿠俳句처럼 한 순간을 정지된 시간 속에 이미지화하였다. 별 많은 가을밤, 바람에 푸른 감이 떨

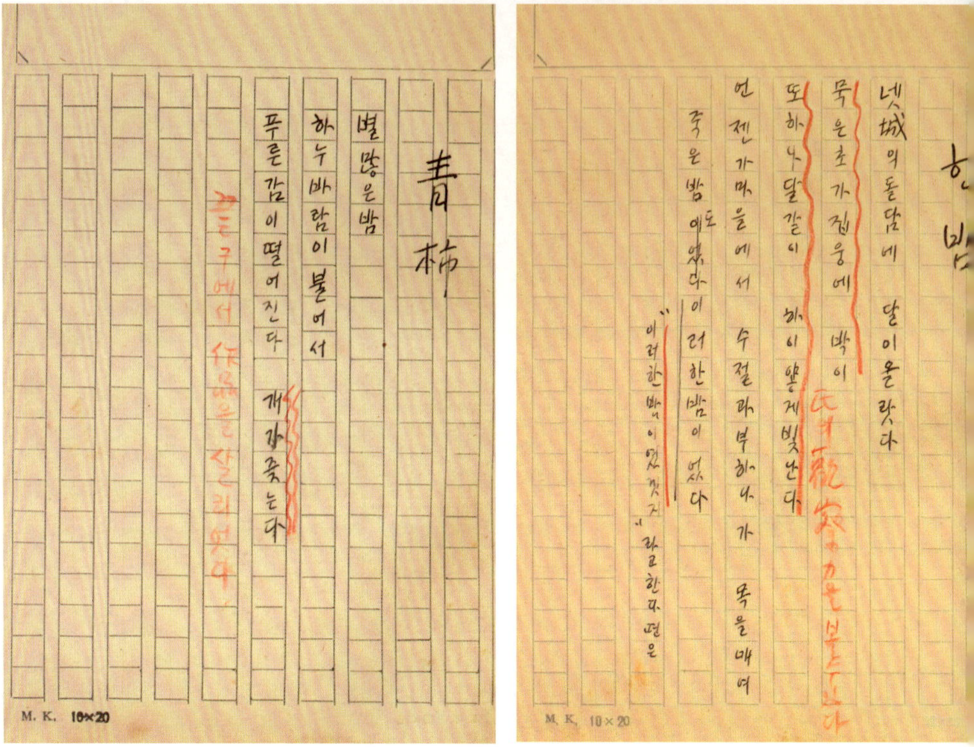

윤동주가 필사한 백석 시 「청시(靑柹)」와 「흰 밤」(연세대학교 윤동주기념관 제공)

어지는 순간을 선명하고 강렬한 이미지로 포착했다.

윤동주는 이 시의 마지막 구절 "개가 즞는다"에 밑줄을 긋고 "끝구에서 작품을 살리었다."라고 호평하였다.

윤동주는 순수한 자연 서정만으로 이루어진 시 세계는 미진하다고 보았다. 자연 서정 속에 개짖는 소리가 있음으로써 풍경과 시가 살아났다고 평가했다. 이것은 그의 심미안이자 세계관이다. 문학은 육체성과 물질성이 있어야 한다는 점을 피력한 것이다. 이는 세계의 물질성과 '생활'의 실감을 중시하는 그의 문학관과 연결되는 지점이다.

그리고 백석의 시 「흰 밤」에서 "묵은 초가집웅에 박이 / 또 하나 달같이 하이얗게 빛난다"라는 구절에 붉은 줄을 치고 "씨의 관찰력을 볼 수 있다."라고 메모하거나, 「비」를 필사한 여백에 "我不知道아부지도", 즉 '나

는 모르겠다'라고 적기도 하였다.

백석은 1941년 4월 『문장』에 「국수」, 「힌 바람벽이 있어」, 「촌에서 온 아이」라는 세 편의 시를 발표하였다.

오늘 저녁 이 좁다란 방의 흰 바람벽에
어쩐지 쓸쓸한 것만이 오고 간다
… (중략) …
이 흰 바람벽에
내 가난한 늙은 어머니가 있다
내 가난한 늙은 어머니가
이렇게 시퍼러둥둥하니 추운 날인데 차디찬 물에 손을 담그고 무이며
배추를 씻고 있다
… (중략) …
이 흰 바람벽엔
내 쓸쓸한 얼굴을 쳐다보며
이러한 글자들이 지나간다
… (중략) …
— 하늘이 이 세상을 내일 적에 그가 가장 귀해하고 사랑하는 것들은 모두
가난하고 외롭고 높고 쓸쓸하니 그리고 언제나 넘치는 사랑과 슬픔
속에 살도록 만드신 것이다
초생달과 바구지꽃과 짝새와 당나귀가 그러하듯이
그리고 또 '프랑시스·잠'과 도연명陶淵明과 '라이너·마리아·릴케'가
그러하듯이

- 백석, 「흰 바람벽이 있어」[35] 부분

시 「힌 바람벽이 있어」의 "좁다란 방"은 만주에서 백석이 번역으로 생

계를 유지하며 룸펜 같은 생활을 하던 신경新京 시내의 방일 수도 있고, 아니면 농사를 짓기 위해 찾아 들어간 신경의 변두리 농촌 백구둔白狗屯의 방일 수도 있다.

이 시는 생활인 백석이 시인 백석에게 보내는 위로이며 응원이다. "「프랑시스 잠」과 도연명陶淵明과 「마이너 마리아 릴케」가 그러하듯이", 시인의 삶이 그러하듯이 나의 삶도 그러하다고 스스로를 위로한다. 시인은 비록 "가난하고 외롭고 쓸쓸하"지만 그 사이에 "높고"를 배치할 수 있는 존귀한 존재라고 스스로 울력한다. 시인은 "언제나 넘치는 사랑과 슬픔 속에" 존재하며 "하늘이 가장 귀해하고 사랑한"다고 말한다. 식민지 근대 도시 '경성'의 자본과 욕망과 속악한 문명을 견디지 못하고 만주로 탈주해 온 자신에게, 그리고 만주에서도 가난과 외로움에 괴로워하는 자신에게 보내는 질문이자 다짐이다.

백석의 「흰 바람벽이 있어」는 『문장』 폐간호(1941.4)에 실린 것이다. 폐간호 「근고謹告」를 통해 "본지 『문장』은 금번, 국책에 순응하야 이 제3권 4호로 폐간합니다"[36]라고 고지하였다. 매체론적 관점에서 이 시의 배치와 맥락을 보면 식민 권력의 전체주의적 폭력에 유린당하는 문화의 운명과 시인의 운명, 백석의 운명이 겹쳐 보인다. 검열과 폐간과 동원, 모멸감과 가난과 외로움 속에서 시와 시인의 '높고' 존귀한 위의威儀를 지키려는 시적 수행으로 읽히기도 한다.

백석은 조선일보의 기자이며 종합잡지 『조광』과 『여성』의 편집자로서 1930년대 조선 문학장의 중심에 있었다. 하지만 그 중심과 권력이 뿜어내는 욕망, 허망함과 속됨을 견디기 힘들어 했다. 그래서 가장 중심부적인 인물이었던 백석은 자발적 주변인의 삶을 선택한다.

또한 백석의 시는 표준어에서 배제된 언어, 서울 중심에서 타자화된 언어, 변방의 언어인 토속어와 북쪽 사투리를 적극적으로 다양하게 구사하고 있다. 그가 사용한 토속적인 시어들은 낯설고, 쉽게 이해하기 어렵지만, 또한 아름다운 언어였다. 그가 중앙 일간지와 잡지의 편집과 교열을 담당했으며, 서울말에 근거해서 만들어진 한글 표준어 규범에 누구보다 정통했다는 사실을 기억하자. 이것은 백석이 '미디어 글쓰기'와 '시 쓰기'를 이원화하고, 각각의 장르에 맞는 언어를 사용했다는 사실을 보여 준다. 백석은 자신이 태어나고 자란 북쪽 지역의 사투리, 토속어를 시의 언어로 당당하게 등재하고, 그 아름다움을 펼쳐 보였다. 그의 시를 통해 한국 근대시는 서울말과 표준어 중심의 단일성에서 벗어날 수 있었다. 지금 백석은 한국어를 가장 아름답고 적실適實하게 구사한 시인으로 평가받고 있으며, 그의 시는 한국어의 보고寶庫로 일컬어진다. 백석이 스스로 중심의 자리와 욕망을 버리고 주변부의 존재와 삶, 사회적 타자들에 주목하고 관찰하고 표현했던 결과이다.

윤동주는 시집 출간을 준비하면서 시와 시인의 존재에 대해 고민하고 자신을 대입시켜 보았다. 그 시가 「별 헤는 밤」이다.

별 하나에 추억追憶과
별 하나에 사랑과
별 하나에 쓸쓸함과
별 하나에 동경憧憬과
별 하나에 시詩와
별 하나에 어머니, 어머니

어머님, 나는 별 하나에 아름다운 말 한마디씩 불러 봅니다. 소학교小學校 때 책상冊床을 같이 했던 아이들의 이름과, 패佩, 경鏡, 옥玉 이런 이국異國 소녀少女들의 이름과 벌써 애기 어머니 된 계집애들의 이름과, 가난한 이웃사람들의 이름과, 비둘기, 강아지, 토끼, 노새, 노루, 「프랑시스·잠」, 「라이너·마리아·릴케」 이런 시인詩人의 이름을 불러봅니다.

이네들은 너무나 멀리 있습니다.
별이 아슬히 멀 듯이,

어머님,
그리고 당신은 멀리 북간도北間島에 계십니다.

-「별 헤는 밤」(1941.11.5) 부분

「별 헤는 밤」은 윤동주의 시론으로 읽을 수도 있다. "추억"과 "사랑"과 "쓸쓸함"과 "동경" 그리고 "북간도에 계신" 어머니에 대한 그리움은 "시詩"로 수렴된다. 주변적인 것들, 은폐되어 있지만 마땅히 전달되어야 할 존재의 진리가 발화하는 고요한 울림을 듣고 그 이름을 불러주는 자가 시인이라는 시론詩論을 시로 형상화하고 있다.

시인이란, 중심과 권력에서 배제당하고 타자화되고 주변화된 것들에 이름을 붙이고 그 진실과 아름다움을 발견하는 존재이다. 그렇기에 시인은 기꺼이 자기 자신을 "추억"과 "사랑"과 "쓸쓸함"과 "동경" 속에 기입하고 더불어 "시"로 생성되는 자이다. "가난하고 외롭고 쓸쓸하"지만 "높은" 위의를 지닌 존재이다. 윤동주는 백석도 그런 시인이라고 생각했기에 좋아했다.

시「별 헤는 밤」은 "초생달", "바구지꽃", "짝새", "당나귀", "비둘기", "강아지", "토끼", "노새", "노루"처럼 순하고 주변에 흔하게 널려있는 자연과 동물들. "가난한 이웃 사람들", "이국 소녀들", 그리운 "계집애들", "어머니" 속에 "「프랑시스·잠」,「라이너·마리아·릴케」 이런 시인詩人" 들이 함께 이름을 부르며 살아가는 나라를 상상한다. 그곳은 시의 공화국이다.

오장환,
조선 시단의 탕자

윤동주는 중학교 시절부터 일어판 『세계문학전집』을 읽으면서, 서구의 근대문학에 대한 지식과 감각을 키웠다. 광명중학교 후배인 장덕순은 4~5학년 무렵에 윤동주가 오스카 와일드를 소개해 주어서 희곡 「살로메」를 영문으로 읽었다고 말한 바 있다.[37] 윤동주는 오스카 와일드를 읽고 감동하여 문학 동료들에게 적극적으로 권했다.

오스카 와일드는 19세기 말 유미주의를 대표하는 시인, 극작가, 소설가로서 '예술을 위한 예술'을 주장하였다. 그의 작품들은 당시 영국 사회의 병폐를 드러내는 신랄한 풍자와 유머, 데카당스적인 탐미와 쾌락, 에로티시즘 등을 추구하는 극단적인 유미주의가 특징이다. 윤동주가 장덕순에게 추천했던 오스카 와일드의 「살로메」는 어떤 작품인가? 살로메를 병적일 정도의 욕망과 집착을 가진 여인으로 묘사하여, 성경을 모욕했다는 이유로 당시 영국에서 상연이 금지되었던 작품이다. 또한 오스카 와일드는 동성애 혐의로 기소되어 2년간 수감생활을 한 뒤, 영국에서 영원히 추방되어 파리에서 가난하게 살다가 사망하였다. 일반적으로 알려져 있는 윤동주의 순결하고 윤리적인 이미지를 생각할 때 오스카 와일드의 작품에 호감을 보였다는 사실은 뜻밖이다. 어쩌면 윤동주에게 문학은, 상상력을 통해 자신이 경험하지 못한 세계와 인간의 내면을 탐구함으로써 자아를 확장하는 매체였을 수 있다.

1910~20년대 초반 한국 근대 자유시의 형성기에 황석우와 임노월 등

이 오스카 와일드에 매혹되기도 하였다. 마치 조선의 오스카 와일드처럼, 탕자를 자처하며 사회제도와 관습을 정면으로 부정하고 탈주를 감행했던 1930년대의 대표적인 시인이 오장환과 서정주이다.

오장환(1918~1948)은 윤동주보다 한 살 아래로, 휘문고등보통학교에서 정지용에게 배웠다. 그는 휘문고보 재학 당시 『조선문학』 1933년 11월호에 산문시 「목욕간」을 발표하여 일찍부터 문학적 재능을 인정받았다. 김기림은 1934년 시단詩壇의 성과를 기록한 「신춘의 조선 시단」(『조선일보』, 1935.1.4)에서 주목할 신진 시인으로 오장환을 꼽았다.

> 오장환 군과 같은 분은 비록 표현 재료로서 언어는 아직 세련되지 않은 점이 많지만 그 놀라운 '에스프리'의 발화發火에 있어서는 때때로 '콕토―'를 생각케 하는 대담한 곳이 있다. 만약에 조선 시단이 '테니슨'이나 '브라우닝'이나 '타고르'나 '뮈세'나 '유고―'로부터 '콕토―'에로 가까워졌다고 하는 것은 그만치 진보를 의미하는 것이라고 생각한다.[38]

김기림은 오장환에게서 장 콕토를 연상케 하는 새로운 시의 에스프리, 즉 자유분방하고 새로운 정신을 발견하였다.

오장환은 1936년부터 여러 매체에 작품을 발표하면서 시인으로 자신의 존재를 본격적으로 알리기 시작했다. 문단에 시인 오장환의 이름을 본격적으로 알리게 된 계기는 『시인부락』(1936.11~1936.12, 통권 2집) 동인 활동을 통해서이다. 1936년 10월 10일 『조선일보』에 발표한 「성씨보姓氏譜」는 문단의 새로운 세대로서 오장환의 언어와 사유를 집약적으로 보여 주는 작품이다.

> ― 오래인 관습, 그것은 전통을 말합니다.
>
> 내 성은 오씨吳氏. 어째서 오가吳哥인지 나는 모른다. 가급적으로 알리

어주는 것은, 해주海州로 이사온 일 청인一淸人이 조상이라는, 오래一인 가계보家系譜의 검은 붓글씨. 옛날은 대국숭배를 유-심히는 하고 싶어서, 우리 할아버지는 진실, 이가李哥였는지 상놈이었는지 알 수도 없다. 똑똑한 사람들은, 항상 가계보를 창작하였고 매매賣買하였다. 나는 역사와 내 성을 믿지 않아도 좋다. 바닷가으로 쓸려온 소라쪽처럼 나도 껍데기가 무척은 무거웁구나. 수통하구나, 이기적인, 너무나 이기적인, 애욕愛慾을 잊으려면은 나는 성씨보가 필요치 않다. 성씨보와 같은 관습이 필요치 않다.

- 오장환, 「성씨보」(1936.10.10)[39] 전문

이 시의 발상과 화법은 파격적이다. 오랜 관습과 전통을 단번에 전복해 버릴 만큼 혁신적이다. 오장환은 「성씨보」에서 "내 성은 오씨. 어째서 오가인지 나는 모른다."라는 말로 첫 구절을 시작한다. 뒤이어서 진실로 나의 조상이 이가李哥였는지 상놈이었는지, "가계보를 창작하고 매매하였"는지 알 수 없다고 말하면서 "나는 역사와 내 성을" 믿지 않으며, "나는 성씨보가 필요치 않다. 성씨보와 같은 관습이 필요치 않다."라고 선언한다.

이 시는 '나'와 연결되어 있는 조상과 가계, 자신의 정체성까지 전면적으로 해체해버린다. 「성씨보」는 시대에 대한 알레고리로도 읽을 수 있다. 양반, 계급, 권력, 윤리나 관습, 전통, 나아가 식민체제의 권위를 부정하고 희화화한다. 시인은 시대의 관습과 권력의 허위를 폭로하며 스스로 탕자가 되기를 자처한다. 이러한 거부와 저항은 근본적으로 '나는 누구인가?'라는 질문에서 출발한다. 「성씨보」의 격렬한 부정과 파격을 추동하는 힘은, 근대적 인간이자 시인으로서 자신의 정체성을 새롭게 발견하고 증명하려는 강렬한 열망과 의지이다.

「성씨보」의 자기 폭로적 발화는 당대의 모든 시적인 언어와 표현, 수사

법을 무력화시킨다. 아버지를 부정한 세대로서 자기 폭로적 발상과 화법은, 서정주의 시 「자화상」(『시건설』 7호, 1939.10)의 첫 구절 "애비는 종이었다."에서도 발견할 수 있다.

1930년대 중반, 이러한 자기 폭로적 발화와 태도로 무장한 일군의 시인들이 나타났다. 이들은 선배 시인들이 만들어 낸 근대시의 전통이나 계보를 해체하고 스스로 퇴폐적인 탕자를 자임했다. 이상, 오장환, 서정주가 그들이었다. 이들은 기성 시인이 가진 '애비'의 권위와 정통성을 부정하고, 그 죽음의 자리에서 새롭게 탄생하였다. 자신들이 주체가 되어 시사적 시대구분을 새롭게 하겠다는 포부를 표현한 이용악의 시집 『분수령分水嶺』(동경: 삼문사, 1937.5)도 같은 맥락에 놓여 있었다.

최재서는 1930년대 후반에 새롭게 등장한 '시단의 3세대' 시인들을 주목하였다.

> 지금 시단에서 독특한 세계를 가지고 있는 시인으로서 서정주와 이용악을 들 수 있으나 서정주의 박력 있는 시는 그 생활이 낳아주는 것일게며 이용악의 좋은 시는 모두 다 북국의 동토凍土에서 자라난 것이다. 두 시인에겐 이들 보배를 살려갈 노력이 기대된다.
>
> 작금 양년兩年 여러 가지로 문제되는 오장환은 문제시될 만한 시인인 것이 증명되었다. 「라스트 트레인」 이후 「신생의 노래」 그리고 강물을 노래한 몇 편의 시는 시대를 동악慟愕하는 젊은 시인의 감동이 깊이 깊이 흘러있다.[40]

최재서는 「시단의 3세대」(『조선일보』 1940.8.5)에서, 세대를 기본 단위로 한국 시단을 3세대로 구분한다. 1세대는 김억, 김동환, 박종화, 주요한이며 2세대에는 정지용, 임화, 김기림, 김광섭, 김상용, 김태오, 김동명, 백석, 모윤숙, 신석정 등을 포함시킨다. 그리고 시단의 3세대 중에서 독특한 세계를 가진 시인으로 서정주, 이용악, 오장환을 꼽았다. 특히 "오장환은 문제시될 만한 시인인 것이 증명"되었으며 "시대를 동악慟愕하는 젊은 시인의 감동"이 흐른다고 높이 평가하였다.

윤동주는 오장환보다 5개월 앞서 출생한 동년배이다. 윤동주는 오장환과 같은 세대의식과 문학적 공감을 갖고 있었던 것 같다. 윤동주는 소위 '시단의 3세대'에 자기 문학을 견주어 보며 그들의 문학적 산출과 행보에 주목하였다.

윤동주는 80부 한정판 오장환의 시집 『헌사獻詞』(남만서방, 1939.7.20)를 곧바로 구입했고, 서정주 시집 『화사집』(남만서고, 1941.2.10)도 출간되자마자 구입했다. 윤동주가 소위 '시단의 3세대'를 대표하는 시인 오장환, 서정주, 이용악, 김광균의 작품을 스크랩한 목록을 보면 다음과 같다.[41]

오장환 시 「성탄제」, 『조선일보』 1939.10.24.

오장환 시 「마리아 상上」, 『조선일보』 1940.2.8.

오장환 시 「마리아 하下」, 『조선일보』 1940.2.9.

오장환 시 「시작시첩: 패랭이-① 서두」, 『매일신보』 1940.11.16.

오장환 시 「시작시첩: 패랭이-② 타관사람」, 『매일신보』 1940.11.19.

오장환 시 「시작시첩: 패랭이-③ 씨름동무」, 『매일신보』 1940.11.20.

오장환 시 「시작시첩: 패랭이-④ 고가古家」, 『매일신보』 1940.11.22.

오장환 시 「시작시첩: 패랭이-⑤ 침석枕石」, 『매일신보』 1940.11.23.

서정주 산문 「칩거자의 수기(상)-주문呪文」, 『조선일보』 1940.3.2.

서정주 산문 「칩거자의 수기(중)-석모사夕暮詞」, 『조선일보』 1940.3.5.

서정주 산문 「칩거자의 수기(하)-여백」, 『조선일보』 1940.3.6.

김광균 시 「장미와 낙엽」, 『조선일보』 1937.1.28.

김광균 시 「설야—신춘문예 일등 당선시」, 『조선일보』 1938.1.8.

김광균 시 「와사등」, 『조선일보』 1938.6.2.

이용악 시 「세한시초 : 눈보라의 고향」, 『매일신보』 1940.12.26.

이 목록에서 알 수 있듯이, 윤동주는 '시단의 3세대' 시인들과 같은 세대의식을 가지고, 이들의 시나 산문이 발표되면 스크랩해서 분석하며 그들의 작품 경향을 계속 주시하면서 자신의 시 세계를 점검하였다.

오장환의 시들은, 1930년대 식민지 조선의 청년이 경험하는 답답하고 어두운 상황, 퇴폐와 자기 부정, 현실 탈주의 욕망 등을 직설적인 언어와 형식으로 표현하고 있다. 특히 오장환의 초기 시에는 추하고 썩어 가는 기괴한 것들, 괴물의 형상들이 난무한다. 그는 식민지 근대를 그로테스크한 폐허로 인식했으며, 그 폐허의 한가운데 스스로 투신했다.

야윈 청년들은 담수어淡水魚처럼
힘없이 힘없이 광란狂亂된 째즈에 헤엄쳐 가고
옛이야기 모양 거짓말을 잘하는 계집
빨-간 손톱을 날카로이 숨겨두는 손,
코카인과 한숨을 즐기어 상습常習하는 썩은 살덩이,

나는 보았다.
　　항구港口,
항구港口,
　　들레이면서
수박씨를 까부수는 병든 계집을—
바나나를 잘라내는 유곽遊廓 계집을—
… (중략) …
질척한 내장內臟이, 부식腐蝕한 내장內臟이 타오르는 강한 고통을,
펄펄펄 뛰어라! 나도 어릴 때에는

입 가생이에 뾰롯-한 수염터 모양, 제법 자라나는 양심을 지니었었다.

- 오장환, 「해수(海獸)」(1937)[42] 부분

오장환은 시 「해수海獸」에 "사람은 저 빼놓고 모조리 짐승이었다."라는 부제를 달았다. 해수海獸, 즉 바다의 짐승이 곧 인간이라는 시각은, 자신의 시대를 인간과 짐승의 경계가 사라진 사회로 본다는 뜻이다.

오장환의 시에 나타난 '병든 몸'의 의미는 식민지 근대의 지배 언어에 대한 반항, 근대적인 계몽-서사가 창조하는 '국민'이라는 집단적 신체의 거부로 해석되기도 한다.

> 오장환 시에서 '병든 몸', '매음녀의 몸'은 노스텔지어가 거세된 현실의 헐벗은 몸이자, 근대의 그늘을 전면화하는 텍스트이다. '썩어가는' 매음녀의 육체는 합리성과 이성으로 무장한 근대의 이면에 숨겨진 죽음의 검은 구멍이다. 그것은 역설적으로 계몽의 찢겨진 환상, 그 틈새를 통해 근대화의 허구성을 가시화한다. 퇴폐와 환멸의 미를 육체화한 '병든 몸'을 통해, 오장환은 계몽-서사에 포획된 신체 곧 '국민'이라는 집단적 신체로의 통합을 거부하는 욕망을 드러낸다. 그에게 매음녀의 육체를 탐하고, '수부首府'의 시궁창을 헤매는 행위는 식민지 주체에 기입된 지배언어를 지우는 반항의 몸짓이며, 근대라는 이데올로기에 대한 동일화를 거부하는 시 쓰기 전략이다.[43]

오장환의 초기 시들은 술과 마약으로 '병든 청년의 몸', 상품처럼 매매되는 '매음녀의 몸'을 부각한다. 이것은 문명적인 규범이나 교양의 규율에 통제되지 않는 신체를 매개로, 식민지 근대라는 체제와 충돌하고 부서지면서 문학적인 돌진을 감행하려는 의지 때문이다. 식민지 근대와 자본주의 체제에 대한 부정과 충돌의 의지, 그 파토스는 맹렬했고, 그것으로 자신의 에너지와 신체를 탕진하는 부정적인 순환이 오장환의 시세계에서 한동안 이어졌다.

> 나폴리와 아덴과 싱가포르. 늙은 선원은 항해표와 같은 기억을 더듬어 본다. 해항海港의 가지가지 백색, 청색, 작은 신호와 영사관, 조계의 각各가지 깃발을, 그리고 제 나라말보다는 남의 나라말에 능통하는 세관의 젊은 관리들, 바람에 날리는 흰 깃발처럼, 나폴리, 아덴, 싱가포, 그 항구, 그 바-의 계집은 이름조차 잊어버렸다.
>
> 망명한 귀족에 어울려 풍성한 도박, 컴컴한 골목 뒤에선 눈자위가 시퍼런 청인淸人이 괴춤을 흠칫흠칫거리며 길 밖으로 달려간다. 홍등녀의 교소嬌笑, 간드러지기야. 생명수! 생명수! 과연 너는 아편을 가졌다. 항시巷市의 청년들은 연기를 한숨처럼 품으며 억세인 손을 들어 타락을 스스로이 술처럼 마신다.
>
> - 오장환, 「해항도(海港圖)」(1937)[44] 부분

오장환의 시에서 '항해'는 현실 탈주의 언어이자 메타포이며, '항구'는 시인의 열망이 투영된 장소로 나타난다. 「해항도」의 "늙은 선원"은 기억을 더듬어 나폴리, 아덴, 싱가포르 같은 이국異國의 항구와 풍경을 떠올린다. 항구에서 펄럭이던 갖가지 깃발들과 바Bar, 컴컴한 골목 등. 이 시에서 '항해'는 탁 트인 망망대로의 바다를 달리는 것이 아니다. 시의 화자는 항구의 컴컴한 뒷골목에서 도박과 마약, 홍등가의 유혹에 노출된 타락한 청년들의 모습과 이야기를 보여 준다. 이 시의 "늙은 선원"과 '스스로 타락에 빠진 청년'은 동일한 표상, 즉 '시인의 자화상'이다. 현실의 절망에서 벗어나려고 타락에 빠지는 청년, 나이는 젊었지만 이미 한세상을 다 살아버린 듯 그의 회한과 기억은 늙은이처럼 노쇠해 버렸다.

"항해"와 이국적 "항구"는 전체주의하에 포획된 청춘의 탈주를 향한 메타포이지만, 청춘은 토대의 미비함으로 말미암아 항구 뒷골목에서 도박과 마약, 매음으로 윤락해 갈 뿐이었다.

> 항구, 항구, 들리며 술과 계집을 찾아다니는 시꺼먼 얼굴 ―윤락淪落된 보헤미안의 절망적인 심화心火― 퇴폐한 향연 속. 모두 다 오줌싸개마냥 비척거리며 얕게 떨었다. 괴로운 분노를 숨기어가며.
>
> -오장환, 「매음부」 부분[45]

1930년대 후반 식민지 조선의 청년들은 "괴로운 분노"를 가슴에 안고 절망하는 보헤미안이었다. 그들의 이상과 꿈은 '윤락한 보헤미안', '매음녀' 등으로 표상되었다. 그들은 열정적으로 탈주를 꿈꾸며 "항구, 항구"를 외치지만, 정작 "항해"를 하지 못하고 항구의 뒷골목에서 "오줌싸개마냥 비척거리며" "퇴폐한 향연 속"으로 끌려들어가는 "윤락한 보헤미안"일 뿐이었다. 또한 이들의 이상과 교양과 지성은 "귀족"처럼 세련되고 드높지만, 실현할 환경을 찾지 못해 "항구" 주변을 배회하며 "망명"을 꿈꾸는 "망명한 귀족"(「해항도」)으로 표상된다. '자기 나라말보다 남의 나라말에 능통한 젊은 세관'처럼 스스로 분열하면서 이 세계로부터 탈주를 꿈꾼다.

> (윤동주는-인용자) 박용철의 「떠나가는 배」, 김영랑의 「모란이 필 때까지」도 잘 읊었다. 또 서정주의 「화사」 특히 「단편」이란 시를 좋아했다. 오장환의 「Last Train」도 자주 읊었다.[46]

윤동주가 평소에 즐겨 읊었던 시에는 박용철의 「떠나가는 배」와 오장환의 「The Last Train」이 있다. "나두야 간다 / 나의 이 젊은 나이를 / 눈물로야 보낼 거냐 / 나두야 가련다 // 아늑한 이 항구인들 손쉽게야 버릴 거냐"[47]라는 박용철의 「떠나가는 배」는 이상과 포부를 펼칠 수 없는 청년의 절망, 그러나 "젊은 나이를 눈물로야 보낼" 수만 없는 당위를 표현하며 "항구"가 등장한다.

오장환의 시에서 '항해'와 '항구'라는 탈주의 이미지는 「The Last Train」에서 기차의 이미지로 변주되었다. 항구의 컴컴한 뒷골목처럼 "저무는 역두驛頭"에 시적 주체가 서 있다.

> 저무는 역두驛頭에서 너를 보냈다.
> 비애悲哀야!
>
> 개찰구에는
> 못 쓰는 차표와 함께 찍힌 청춘靑春의 조각이 흩어져 있고
> 병든 역사歷史가 화물차에 실리어 간다.
>
> 대합실에 남은 사람은
> 아직도
> 누굴 기둘러
>
> 나는 이곳에서 카인을 만나면
> 목놓아 울리라
>
> 거북이여! 느릿느릿 추억을 싣고 가거라
> 슬픔으로 통하는 모든 노선이
> 너의 등에는 지도地圖처럼 펼쳐 있다.
>
> — 오장환, 「The Last Train」(1939)[48] 전문

오장환의 두 번째 시집 『헌사』는 발간되자마자 큰 반향을 불러일으켰다. 윤동주도 이 시집을 구입해서 소장했으며, 이 시집에 실린 「The last train」은 그의 애송시가 되었다. 이 시는 식민지 근대라는 불모의 시대, 전망 없이 부란腐爛하는 청춘의 불안과 공포가 주조를 이룬다. 이런 정신의 비극을 병든 육체로 체험하는 시들이 절박한 울림을 준다.

임화는 「시단의 신세대2—현대와 서정시의 운명」(『조선일보』, 1939.8.19)에서 시집 『헌사』의 성과를 높이 평가했다. 특히, 「The Last Train」을 『헌사』에서 가장 뛰어난 작품으로 극찬하였다.

오장환 시집 『헌사』(남만서방, 1939)(오영식 제공)

> 이 1편(「The Last Train」-인용자)은 전권全卷 중 백미다. 뿐만 아니라 근간 시집의 뛰어난 작품이다. 시의 세계의 혈족들이 모조리 떠나간 뒤 역사歷史마저 병들어 도야지처럼 화차貨車에 실려 간 뒤 젊은 시 정신은 폐결廢潔의 대합실에 탄생하여 기다릴 것이 무엇이냐. 여기는 불행한 시 정신의 한 절정이요 현대의 순결한 피가 고조高潮에 달한 때다.[49]

임화는 「The Last Train」에서 "젊은 시 정신", "불행한 시 정신의 한 절정", "현대의 순결한 피가 고조에 달한

때"를 발견한다. 앞서 「해항도」와 「매음부」에서 현실 탈주의 메타포였던 '항해'와 '항구'는 「The Last Train」에서 '기차'와 '기차역'으로 바뀌었다. 현실을 탈주하고 싶은 욕망은 여전하지만, 그 욕망을 추동하는 것은 더 이상 절망과 분노가 아니라 "비애"와 "슬픔"으로 변화했다.

「The Last Train」의 도입부 "저무는 역두驛頭에서 너를 보냈다. / 비애悲哀야!"는 엄청난 집중력과 에너지를 갖고 있다. 지금까지 '너'를 보내며 절망과 슬픔으로 탄식한 시는 많았지만 이렇게 "비애悲哀야!"라고 호명한 시인은 없었다. "병든 역사"에서 '역사歷史'와 '역사驛舍'의 언어 치환도 독자에게 읽는 재미를 높여 준다. 「The Last Train」에 이르면, 오장환의 시에서 시인의 자화상이었던 '스스로 타락에 빠지는 청년'이자 "윤락한 보헤미안"의 "퇴폐한 향연"은 사라졌다. 하지만 시인은 흩어진 청춘의 조각을 안고 비애와 슬픔 속에 남아서, 아직 오지 않은 누군가를 계속해서 기다린다. 「The Last Train」에서 '현실을 탈주하고 싶은 욕망'과 '아직 오지 않은 것을 기다리는 비애'가 공존하는 시적 상황, 그리고 절제된 언어와 심상으로 그 상황을 그려 내는 시인의 솜씨를 두고, 임화는 "불행한 시 정신의 한 절정"과 "현대의 순결한 피가 고조에 달한 때"라고 찬탄했다.

이 시는 오랜 시간이 지난 뒤에도 한국 현대시의 절창絶唱으로 꼽히고 있다. 유종호는 시집 『헌사』와 「The Last Train」의 성취를 이렇게 설명한다.

> 「The Last Train」은 병든 역사와 덧난 청춘과 기다림의 허망함과 세계에 미만해 있는 슬픔을 노래한 30년대 말의 절망의 절창이다. 절망을 노래할 수 있었기 때문에 우리는 절망하지 않은 것이다.[50]

유종호의 설명에 따르면, 오장환은 1930년대 후반의 절망, 시대의 어둠과 아픔을 노래한 시인이며, 그의 시집 『헌사』는 불길한 시대의 어둠과 지표 없는 불안한 미래를 표상하는 이미지로 가득 차 있다. 특히, 「The

Last Train」은 병든 역사歷史, 덧난 청춘, 기다림의 허망함과 슬픔을 노래한 "절망의 절창"이라고 평가하였다.

윤동주의 시에서도 전차, 자동차, 기차, 정거장, 항구 등의 제재가 시적 주체의 위치와 열망, 사유를 나타내기도 한다.

> 으스름히 안개가 흐른다. 거리가 흘러간다. 저 전차電車, 자동차自動車, 모든 바퀴가 어디로 흘리워 가는 것일까? 정박定泊할 아무 항구港口도 없이, 가련한 많은 사람들을 싣고서, 안개 속에 잠긴 거리는,
>
> -「흐르는 거리」(1942.5.12) 부분

윤동주가 이 시를 썼던 1942년 5월은 일본 도쿄의 릿쿄대학立教大學 영문과에 입학해서 다닌 지 한 달 정도 지났을 때이다. 시적 주체는 전차와 자동차들, 많은 사람들로 붐비는 도쿄 시내의 거리에서 갑자기 "정박定泊할 아무 항구港口"도 없는, 정처를 잃은 가련한 자신의 처지를 떠올린다. 오장환의 시세계에서 '항해'는 현실 탈주의 언어이자 메타포이며, '항구'는 시인의 열망이 투영된 장소였다. 문명의 휘황찬란한 첨단을 보여 주는 제국의 수도 도쿄, 그러나 전시체제 하의 무거운 분위기에서 윤동주도 현실을 탈주하고 싶은 욕망을 느낀 것이 아니었을까?

같은 시기에 일본에서 쓴 「사랑스런 추억」(1942.5.13)은 그가 평소에 애송했던 오장환의 「The Last Train」과 소재, 배경 등이 유사하면서 자신만의 새로운 시세계를 펼쳐 보인다.

> 봄이 오던 아침, 서울 어느 쪼그만 정거장停車場에서
> 희망希望과 사랑처럼 기차汽車를 기다려,
>
> 나는 플랫폼에 간신한 그림자를 떨어트리고,

담배를 피웠다.

내 그림자는 담배연기 그림자를 날리고
비둘기 한 떼가 부끄러울 것도 없이
나래 속을 속, 속, 햇빛에 비춰, 날았다.

기차汽車는 아무 새로운 소식도 없이
나를 멀리 실어다 주어,

봄은 다 가고— 동경 교외東京郊外 어느 조용한 하숙방下宿房에서, 옛 거리에 남은 나를 희망希望과 사랑처럼 그리워한다.

오늘도 기차汽車는 몇 번이나 무의미無意味하게 지나가고,

오늘도 나는 누구를 기다려 정거장停車場 가까운 언덕에서 서성거릴 게다.

— 아아 젊음은 오래 거기 남아 있거라.

-「사랑스런 추억」(1942.5.13) 전문

이 시는 마치 한 편의 이야기를 담은 짧은 영상을 보는 것 같다. 시의 장면은 봄이 오는 날의 아침, 서울의 어느 조그만 정거장에서 담배를 피우며 기차를 기다리는 '나'의 모습에서 시작한다. 햇빛 속으로 비둘기 떼가 날개를 펼치며 날아가고, 멀리 달려가는 기차, 그리고 장면이 전환되어 봄이 다 지나가고, 동경 교외의 어느 조용한 하숙방에서 서울의 옛 거리와 정거장을 그리워하는 '나'의 모습으로 이어진다. 장면은 다시 서울의 정거장으로 전환하고 누군가를 기다리며 정거장 가까운 언덕에서 서

성거리는 '나'의 모습을 비추며 Fade Out된다.

「사랑스런 추억」은 정거장에서 기차를 기다리고, 떠나간 기차를 그리워하고, 또 오지 않는 누군가를 기다린다는 시상詩想이 「The Last Train」과 유사하다. '달리는 기차'의 형상을 빠르게 지나가 버리는 청춘과 젊음의 메타포로 사용한 점도 같다. 하지만 두 시에서 정서의 결은 다르다. 「The Last Train」은 병든 역사歷史와 흩어진 청춘의 조각, 기다림의 허망함을 노래했고 비애와 슬픔이 주된 정서였다. 이와 달리 「사랑스런 추억」은 봄날 햇빛 비치는 정거장에서 "희망과 사랑처럼" 기차를 기다리고, 옛 거리에 남아있는 '나'의 추억과 젊음을 그리워한다. 하지만 「사랑스런 추억」의 마지막에서, 떠나온 서울의 옛 거리와 그 시절의 '나'를 그리워하며 "—아아 젊음은 오래 거기 남아 있거라."라고 탄식하듯 말하는 대목에서 시의 정서가 바뀐다. 시의 앞부분에서 의식적으로 강조했던 '희망과 사랑'보다 비애와 슬픔, 혹은 새로운 생의 지평이 전개될 것이라는 예감이나 그에 대한 결의가 주조를 이룬다. 오장환의 시가 스타일을 중시했다면, 윤동주의 시는 좀 더 실체적인 것에 주목하며 수행적인 성격을 보여 준다.

서정주와 교차점

1941년 2월 10일, 서정주는 첫 시집 『화사집花蛇集』을 오장환이 운영하는 남만서고南蠻書庫에서 출판하였다. 『화사집』이 발간되자마자 곧바로 윤동주는 시집을 구입했다. 동향 친구 문익환은 당시 윤동주가 매우 흥분해서 자신에게 『화사집』을 보여주며 자랑했던 것을 기억한다.

> 어느 여름 방학 때 동주 형은 서정주의 『화사집』을 내게 보여주면서 보기 드물게 흥분하는 것을 본 일이 있다.[51]

어린 시절부터 윤동주를 보아 왔던 문익환의 눈에도, 그가 『화사집』 때문에 "드물게 흥분하는 것"을 느꼈다. 1930년대 말부터 윤동주는 같은 세대의식 속에서 오장환의 시를 지켜보고 있었다. 따라서 오장환과 함께 『시인부락』(1936.11~1936.12, 통권 2집)을 주도했던 서정주에 주목한 것은 자연스러운 일이었다. 서정주와 『화사집』에 대한 윤동주의 관심은 여러 군데서 발견된다. 동생 윤일주의 회고에 따르면, "연전 졸업 무렵, 같은 연배인 당숙이며 안과의사인 영선에게 서정주 시집 『화사집』과 미요시三好達治 시집 『春の岬』을 선사한 것을 보았"[52]다고 했다.

『화사집』은 100부 한정판으로 발간하였으며, 시집의 장정을 아주 호사스럽게 꾸몄다. 남만서고에서 오장환의 『헌사』(1939. 7.20)와 김광균의 『와사등』(1939. 8.1)을 출판하고 1년 반이 지난 뒤에, 서정주의 첫 시집 『화사

『화사집』 병제본 표지

『화사집』 속지 판화

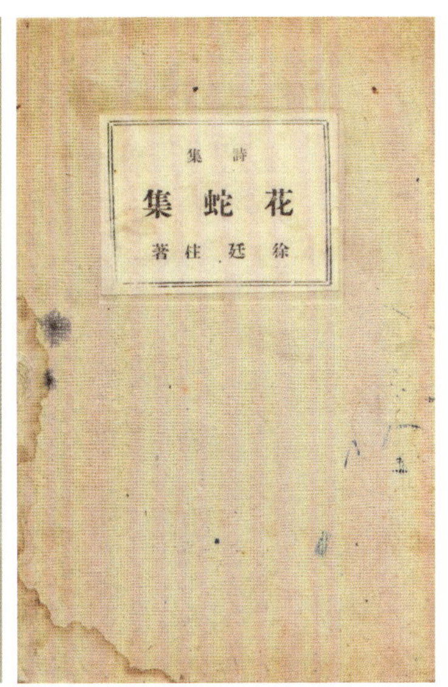

『화사집』 보급판 표지(오영식 제공)

집』이 남만서고의 '제3회 간행서'로 세상에 나왔다. 김광균은 『화사집』을 발간할 때 "장환이 돈을 대고 장정까지 맡"[53]았다고 했다. 나중에 서정주가 『화사집』 발간 당시를 회고한 시를 보자.

> 『화사집』의 특제본은 화가들의 캔버스용 천으로 포장하고,
> 그 등때기는 최상질의 백색 명주에
> 주홍실로 수를 놓아 제목을 붙이고,
> 본문의 종이는 전주태지를 여러 겹으로 부해서
> 다듬이질해 다시 다리미로 다린 것으로
> 그 부수는 한정판 30부, 정가는 5원.
> 그 병제竝製본은 100부 한정판으로 정가는 3원.
> 그 표지는 완자무늬가 든 두텁게 노오란 장판지에

멋쟁이 시인 정지용이 추사체로다가
〈궁발거사窮髮居士 화사집花蛇集〉이라고 기분 내어 쓴 것으로
본문 종이는 가장 두터운 상질 창호지였는데

그 출판 기념회가 일류 요정 명월관에서 열리자
회비는 일금 십 원야로, 참석자는 아홉 명,
김기림, 임화, 김광균, 오장환, 윤태웅, 김상원 등이 모여
촌놈 나를 극진히는 반기어 주었네.

- 서정주, 「뜻 아니 한 인기와 밥」[54] 부분

이 시는 『화사집』 특제본과 병제본의 표지와 장정, 내지內紙, 서체書體 등의 차이를 자세하게 묘사하고 있다. 『화사집』은 100부 한정판으로 간행되었는데, 특이하게도 저자 기증본(1~15번), 특제본(16~50번), 병제본(51~90번), 인행자 기증본(91~100번, 발행자 기증본)으로 나누어서 인쇄하였다. 그리고 각 시집의 속표지에 "본서는 그 중 제○번"이라고 표시해 놓았다. 서지학자 오영식은, "1930~40년대에는 화가와 문인들이 분야를 넘나들며 교유했는데, 그 가운데 남만서고의 주인 오장환은 김만형, 최재덕 등 당대 신진 화가들과 어울리는 한편 출판 미술에 대한 깊은 지식을 바탕으로 『헌사』(오장환, 80부 한정), 『와사등』(김광균, 100부 한정), 『화사집』(100부 한정) 같은 시집을 예술성 높은 장정으로 출판했다."[55] 라고 설명하였다. 실제로 『화사집』 특제본을 만들 때 오장환이 "책명을 자줏빛 실로 수를 놓는다고 수놓는 집에까지 가서 쭈그리고 앉아 한 장 한 장 참견을 하였다."[56]라고 한다.

『화사집』의 속지를 넘기면 〈사과를 문 뱀〉 판화가 나오는데, 이 판화는 '화사花蛇'의 이미지를 표상한다. 오랫동안 이 판화의 출처에 대한 의견이 많았는데, 〈사과를 문 뱀〉이 1928년 프랑스 파리의 Helleu et Sergent 출판사에서 출간한 보들레르 시집 『악의 꽃』 원본에 수록된 목판

화와 동일하다는 것이 밝혀졌다.[57] 남만서방에 『악의 꽃』 원본을 진열했던 오장환의 안목과 기획이 『화사집』에 반영된 결과이다.

오장환과 서정주는 문학청년 시절부터 보들레르에 심취해 있었으며, 당대의 시인이자 소설가 이상에게서 보들레르의 형상을 발견했다. 1935년 가을 어느 날 해 질 녘에 오장환, 서정주, 함형수, 이성범 등은 이상을 찾아갔다. 청계천 부근 입정정笠井町 구석진 뒷골목의 낡아 빠진 최하급 일본식 건물에 이상이 마치 병자처럼, 박쥐같이 웅크리고 있었다. 서정주는 당시 이상의 모습을 보고, 병세가 악화되어 죽음을 앞두고 있던 보들레르를 연상한다.

> 흡사 보들레르의 그 처참한 말년의 뼈다귀만 앙상히 남은 송장 그대로의 사진을 연상케 하는 바짝 말라붙은 빈사瀕死의 이상李箱— 그의 아주 가까운 죽음을 자신이 벌써 잘 알고 있었던 그에게서 이런 위로를 우리가 받고 있었던 것은 많이 처량한 일이다.[58]

두세 시간쯤 이상을 만난 자리에서, 10대 후반의 오장환은 한참 동안 자작시를 낭독하였고, 갓 20세를 넘긴 서정주를 비롯하여 다른 사람들은 이런저런 하소연을 늘어놓았다. 이상은 문단의 나이 어린 후배들에게 "준데(좋은데), 괜찮아, 준데, 괜찮아, 준데, 괜찮아……"라는 말을 반복하며 응대했다. 또 서정주는 이성범, 이상과 밤늦게 황금정黃金町으로, 종로 뒷골목으로 돌아다니며 술 마시고 취해서 노래를 부르며 다녔던 일화를 남기고 있다. 오장환도 "이상이 살아 있던 날 그와 함께 이상이 경영하던 제비, 쓰루[鶴], 무기[麥]라는 다방과 술집으로 돌아다니는 동안 정이 들었다."[59]라고 회상하였다.

1930년대 중후반, 서정주와 오장환은 식민지 파시즘의 국가 권력과 제도, 사회 질서에 포섭되지 않기 위해 스스로를 퇴폐와 자기 파괴와 불온의 공간에 던져 넣는 삶과 문학을 감행하였다. 오장환의 시들은 추하고 썩어 가고 기괴한 것들의 표상을 매개로 불모의 식민지 근대에서 탈주하려고 했다. 서정주는 '불치의 천형병자', '문둥이', '능구렁이' 등의 형상과 이미지를 통해 슬픔과 절망, 혐오와 공포의 그로테스크한 당대 세계의 풍경을 환유하였다. 서정주는 『화사집』에서 근대와 식민 체제에 대한 일탈과 저항, 짐승의 법칙이 주도하는 원색적 욕망을 적극적으로 표출했다.

서정주의 『화사집』에 실린 첫 번째 시 「자화상」은 이러한 시인으로서 자기 선언을 보여 준다.

> 스물세 해 동안 나를 키운 건 8할八割이 바람이다.
> 세상은 가도가도 부끄럽기만 하더라.
> 어떤 이는 내 눈에서 죄인罪人을 읽고 가고
> 어떤 이는 내 입에서 천치天癡를 읽고 가나
> 나는 아무것도 뉘우치진 않을란다.
>
> 찬란히 틔워 오는 어느 아침에도
> 이마 위에 얹힌 시詩의 이슬에는
> 몇 방울의 피가 언제나 섞여 있어
>
> 별이거나 그늘이거나 혓바닥 늘어트린
> 병든 수캐마냥 헐떡거리며 나는 왔다.
>
> - 서정주, 「자화상」(1935)[60] 부분

서정주의 「자화상」은 "애비는 종이었다."라는 파격적인 문장으로 시작하여, 자기 정체성의 근본을 '종의 아들'로 선언한다. 오장환이 「성씨보」에서 "내 성은 오씨吳氏. 어째서 오가吳哥인지 나는 모른다."라고 자기 폭로했던 것처럼 이들 세대는 '애비'의 권위와 정통성을 전복하며 사회적 '탕자-되기'를 자임했다. 「자화상」의 시적 주체는 "스물세 해 동안 나를 키운 건 팔할八割이 바람이다."라고 선언하며, 보살핌도 받지 않고 길들여지지도 않은 자신의 삶을 당당하게 드러낸다. 타인의 시선과 지목 앞에서, 부끄럽지만 아무것도 뉘우치지 않겠다는 다짐과 오기가 가능한 것은 그가 '시인'이기 때문이다. 죄인과 천치로 살고, 수캐처럼 헐떡거리며 살고, 세상의 주류적인 가치와 교양, 도덕, 관습에 얽매이지 않으며 바람처럼 자유자재로 살아왔기에, 그 지점에서 '시'가 탄생했다고 말한다.

또한, 서정주는 「문둥이」에서 자신이 추구하는 일탈과 불온을 국가 체제와 제도 전체로 확장한다.

> 해와 하늘 빛이
> 문둥이는 서러워
>
> 보리밭에 달 뜨면
> 애기 하나 먹고
>
> 꽃처럼 붉은 울음을 밤새 울었다.
>
> - 서정주, 「문둥이」(1936)[61] 전문

서정주가 이 시를 쓸 당시 '문둥이'는 반사회적 존재이며 '비정상인'이자 '비국민'으로 간주되었다. '문둥이'는 사람이 아닌 존재로, 사회에서 격리 혹은 박멸되어야 할 '병균'이었다. 1930년대 중반, 식민지 국가 권력은 식민지민을 '국민'으로 포섭하는 전략으로 '비국민'의 카테고리를 두어 반사회적 불온성을 격리하고 배제하고 추방하였다. 이러한 국가 권력의 통치는 경찰 위생제도와 결합하여, 1935년 〈조선나예방령朝鮮癩豫防令〉을 공표하고 나환자의 사회적 격리 수용을 강제로 시행했다. 부랑 나환자는 어린이 납치, 살해, 식간食肝과 병균 전염 등의 유언비어와 함께 공포의 대상, 광적인 증오심의 대상이 되었다. 서정주의 「문둥이」는 놀랍게도, 국가 제도와 사회에서 비국민·비인간·비정상으로 간주되는 '문둥이'를 시의 주체로 내세운다.

'문둥이'의 형상은, 같은 시기에 발표한 「화사花蛇」에서 '화사(꽃뱀)'의 형상으로 변형된다. '화사'는 '커다란 슬픔으로 태어나서, 징그러운 몸뚱어리를 갖고, 아이들의 돌팔매질을 당하며, 사향 박하의 뒤안길을 기어 다니는 뱀'으로 나타난다. '문둥이'와 '화사'는 공통적으로 일반 문명사회와 국가 체제 '밖'의 존재를 표상한다. 서정주는 식민지 근대 사회의 충실한 '국민-되기 프로젝트'를 온몸으로 해체하며 '비국민', '비인간', '비정상', '반문명'을 향해 탈주했다. 실제로 서정주는 사회의 최하층인 넝마주이 생활을 하고, 출가하여 중이 되고자 금강산에 입산하기도 했으며, 감옥에도 들락거렸다. 그는 정규적인 학제를 제대로 이수하지 못하고 퇴학과 자퇴를 반복했다. 서정주의 삶 자체가 반시국적이고 반사회적이며 반국가적인 '비국민'의 불온한 행태였다.

> 나는 확실히 절망하는 기독基督이었다. …(중략)… 나는 사실인즉 불치의 천형병자天刑病者였다. 능구렁이었다. 익사하는 슬픔이었다.[62]

> 이 저주할 상징적 복습.
> 가령 말하면 보리밭에서는 왜 항상 시퍼런 달이 뜨느냐는 것이라든지 모든 문자에서는 즘생의 내음새가 난다. 비너스의 그 탄생 신화 같은 것, 그러한 수심水深. 우리 어머니는 어째서 늘 껌정 거북표의 다 찢어진 고무신짝을 끌고 다녀야만 하느냐는 것이라든지 보들레르는 확실히 아마 1860년경부터는 히히히 히히히히 웃었어도 확실히 그렇게나

조금씩 웃었으리라는 것이라든지—

- 서정주, 「칩거자(蟄居者)의 수기(상)—주문(呪文)」(1940.3.2)[63]

서정주는 자기 자신을 "절망하는 기독", "불치의 천형병자", "능구렁이", "익사하는 슬픔" 등으로 지칭한다. 이러한 호명에는, 식민권력이 주도하는 통치체제의 충량忠良한 국민으로 순치馴致되기를 거부하는 그의 의지가 반영되어 있다. "모든 문자에서는 즘생의 내음새가 난다"라는 깨달음, 스스로 뉘우치지 않고 짐승처럼 감정과 감각의 법칙에 충실한 삶이야말로 자연 그대로 건강하고 아름답다. 이것이 그가 지향했던 '시'의 세계였다. 서정주의 시에 나타난 일탈, 퇴폐, 관능, 육체성의 궁극적인 지향점이 여기에 있다.

윤동주는, 서정주가 1940년 3월 2일부터 6일까지 『조선일보』에 3회에 걸쳐 연재한 「칩거자의 수기」를 스크랩해서 갖고 있었다. 이 수필은, 문학청년을 꿈꾸는 독자들에게 보들레르와 같은 퇴폐적 탈주의 문학, '순수시'를 주장한다.

너는 순수시인이 지원志願이냐?
반드시 게으르기를. 옆방에서 너의 아버지가 장작개비 귀신과 같이 되어 가지고 작고하시거나 말거나 너의 아내가 마지막 인사소개소 같은 데를 찾아갔거나 말거나 네 신발이 다 떨어졌거나 말거나 형용사의 삼중三重의 의미 속에 이불을 덮어쓰고 끝까지 일어나지 말기를.
드디어 네게 아무도 없게 된 날 아무것도 없게 된 날 그 폐허 위에 너는 창문을 열리라.

- 서정주, 「칩거자(蟄居者)의 수기(상)—주문(呪文)」(1940.3.2)[64]

서정주는 이 글에서 문학 청년들을 향해 무책임하고 반도덕적인 퇴폐를 권유하고 있다. 윤동주가 이 산문을 주목하고 스크랩해서 간직했던 이유는 무엇일까? 서정주가 주장하는 '순수시'는 시대적 상황, 국가와 사회, 가족에 일절 개입하거나 협조하지 않는 것, 그 세계로부터 탈주하고 거부하고 저항하는 것이다. '순수시인'은 윤리와 염치와 생활에서 '절대적으로' '순수하게' 일탈하여서 '무위'의 세계에 침잠한다. "형용사의 삼중의 의미"와 같은 시에만 충실하고 가족, 사회, 국가의 일에는 무관심해 버리는 것이다. 아버지가 장작개비처럼 말라서 돌아가시거나 말거나, 아내가 가족의 생계를 위해 인력소개소를 찾아갔거나 말거나, 자신의 행색이 거지꼴이 되거나 말거나 개의치 않고, 오직 '순수'한 정신과 문학에 집중하는 것이다. 이러한 '순수시인'의 태도는, 성실 근면하고 신용을 기본으로 하는 자본주의 윤리에 복종하지 않으며, 국가에 충실한 '국민–되기'를 거부하는 행위이다.

서정주가 이 수필을 쓴 시기는 일본 제국주의 통치방향이 신체제로 전환하던 국면이었다. 신체제란, 조선 민족이 '총후 조선민족'으로 호명되고, 일본 제국의 '국민'이 되어 전쟁하는 기계로 창출되는 전시戰時체제의 시대였다. 국민은 전쟁하는 주체가 되어 군국주의적 진군의 대열에 동참하고, 문학은 국민주의에 순응하여 전쟁문학의 장에 참여할 것을 선동하는 담론으로 넘쳐 났다. 김동환이 『매일신보』 1940년 11월 19일자에 발표한 「신윤리의 수립」을 통해 당시의 상황을 알 수 있다.

> '신체제'라 함을 나는 이렇게 본다. 즉 —군사적으로는 아국을 한 개의 튼튼한 요새와 같은 국방국가로 건설하여 놓음이 있고, 정치적으로는 일억 신민이 다 한결같이 제 몸을 낮추어 신도臣道를 실천하여 나감에 있고, 경제적으로는 국가사회의 공익을 위할 뿐이요 절대로 개인의 사리에 흘러서는 안 된다 함이다. …(중략)… 신체제를 맞는 우리 문단은 건전하여서 일호一毫도 퇴폐적이 아닐 것이며, 또 국민주의에 통일되어

서 국가의 번영을 일순간이라도 잊지 마는 그런 순진 열렬한 문학[65]

김동환은, 문학이 신체제의 소명을 자발적으로 떠맡고 침략전쟁의 기수가 되어 멸사봉공, 천황의 신민으로서 충성을 다하는 '신도臣道'의 문학을 주장한다. 신체제 시대의 문학은 국방국가 건설과 국민주의에 봉사하는 '건전문학·순진 열렬한 문학'과 그렇지 않은 '퇴폐(적)문학'이 있을 뿐이다.

이런 관점에서, 스스로 "윤락淪落된 보헤미안"(오장환, 「매음부」)의 삶과 문학을 자처하는 이상, 오장환, 서정주 등은 '신윤리'를 거역하는 반국가적 퇴폐의 주체들이며 "순진 열렬한" 국민문학의 적이었다. 이들은 식민지 근대 자본주의와 군국주의적 파시즘에 의해 동원되는 인간이기를 거부하며 스스로 자기 해체와 퇴폐에 투신하였다.

김동환의 논리, 즉 신체제와 '신윤리'를 선전하는 문학의 논리를 뒤집은 것이 서정주의 '순수문학'이었다. 서정주가 주장한 '순수문학'은, 문학 이외의 어떤 가치와 윤리와 규율에도 타협하지 않는 자존심과 우월감을 유지하는 것이다. 신체제가 요구하는 윤리와 덕목과 선전을 절대적으로 무시해 버리는 곳에 문학이 있다. 그것은 마치 "아무도 없게 된", "아무것도 없게 된" 폐허 위에 창문을 여는 것같이 고통스럽고 외롭고 힘겨운 일이다. 하지만 서정주, 오장환 등 신세대 시인들은 자본주의와 국가주의, 국가와 사회와 윤리와 불화하며 타협하지 않기 위해 자발적으로 퇴폐적인 삶과 문학을 선택하였다. 성실, 근면, 봉사, 헌신, 명랑을 구호처럼 외치던 전시체제 국가주의 시대에 이들의 시는 퇴폐와 불온, 불량하고 전복적顚覆的인 언어와 표상을 당당하게 높이 치켜들었다. 그것은 '비국민자'들이 창조한 반역의 문학이었다.

1930년대 후반 윤동주는 오장환, 서정주 등 신세대 문학자들과 동류의식을 갖고 이들이 창조한 '반역(자)'의 문학에 공감하였다. 이들의 시와 산문을 스크랩하고, 필사하고, 이들의 시집을 사서 모으고, 친구와 후배들에게 자랑하고 선물하면서 이들의 시를 사랑하였다. 정병욱은 윤동주가 "서정주의 「화사」 특히 「단편斷片」이란 시를 좋아했다"[66]라고 기술한 바 있다. 서정주의 시세계에서 「단편」은 잘 알려져 있지 않은 작품이다.

> 바람뿐이더라. 밤하고 서리하고 나 혼자뿐이더라.
> 걸어가자, 걸어가 보자, 좋게 푸른 하늘 속에 내 피는 익는가. 능금같이 익는가. 능금같이 익어서는 떨어지는가.
> 오— 그 아름다운 날은‥ ‥ 내일인가. 모렌가. 내명년인가.
>
> - 서정주, 「단편」[67] 전문

「단편」은, 『화사집』 전체를 일관하는 욕망, 관능, 퇴폐, 죽음 등의 언어와 정서에서 비껴 있는 작품이다. 서정주 시의 특징인 인물과 서사의 창조에 집중하지 않고, '바람, 밤, 서리, 푸른 하늘, 아름다운 날' 등의 자연 풍경이 서정적인 분위기를 만들어 낸다. 이 시의 서정적 배경은 윤동주의 정서체계와 친숙한 것이다. 「단편」의 시적 주체가 '하늘과 바람과 밤과 서리' 속에 '나 혼자'를 배치하는 방식은, 윤동주가 「자화상」에서 찾아간 우물 속에 시적 주체 "홀로" "달이 밝고 구름이 흐르고 하늘이 펼치고 파아란 바람이 불고 가을이 있습니다."라고 한 것과 유사하다.

「단편」은 '나'의 성숙을 관찰하고 성찰하는 작품이다. 혼자 있는 '나'의 상황과 모습, 아름다운 미래를 향해 멈추지 않고 걸어가면서 성숙하는 '나'의 모습을 '피'와 '능금'의 형상으로 그려내고 있다. 또한 '걸어가자 / 걸어가 보자', '익는가 / 익어서는 떨어지는가', '내일인가 / 모렌가 / 내명년인가'처럼, 유사한 언어를 반복하고 쌓아서 시상을 확장한다. 이것은, 시를 읽고 외워서 낭독하기에 적합한 형식이다.

윤동주는 1941년 6월에 쓴 시 「돌아와 보는 밤」에 '능금이 익어 가는 이미지'를 사용하였다.

> 세상으로부터 돌아오듯이 이제 내 좁은 방에 돌아와 불을 끄옵니다. 불을 켜 두는 것은 너무나 피로롭은 일이옵니다. 그것은 낮의 연장(延長)이옵기에—
>
> 이제 창窓을 열어 공기空氣를 바꾸어 들여야 할 텐데 밖을 가만히 내다보아야 방房안과 같이 어두워 꼭 세상 같은데 비를 맞고 오던 길이 그대로 빗속에 젖어 있사옵니다.
>
> 하루의 울분을 씻을 바 없어 가만히 눈을 감으면 마음속으로 흐르는 소리, 이제, 사상思想이 능금처럼 저절로 익어 가옵니다.
>
> -「돌아와 보는 밤」(1941.6) 전문

서정주의 「단편」은 고독하지만, 자연의 순리처럼 '아름다운 성숙'을 예견하며 "좋게 푸른 하늘 속에 내 피는 익는가"라는 희망을 전파한다. 하지만, 윤동주의 「돌아와 보는 밤」에서 '성숙'은 아름답거나 희망적이지 않고, "피로"와 "울분"을 거쳐서 "밤"을 향하는 과정속에 체득되는 고통의 산물이다. 그런 점에서 윤동주는 서정주보다 현실정합적이고 사상적이다.

「돌아와 보는 밤」에서 시의 화자는 세상으로부터 돌아와 나의 좁은 방에 돌아온다. 그러자 비를 맞고 오던 길이 불 꺼진 방 안까지 그대로 따라온다. 내 좁은 방, 나의 공간에서도 세상의 어둠과 비를 벗어나지 못하는 것은 "피로롭은 일"이다. 그렇지만 "하루의 울분을 씻을 바 없어 가만히 눈을 감으면" 마음속에서 "사상思想이 능금처럼 저절로 익어 가"는 것을 느낀다. 세상과 시대를 관찰하고 사유하고 내면화하는 경험. 피로와 울분을 감내하면서도 세상의 어둠과 분리되지 않고 연결되어 있는 상태. 윤동주의 시와 사유는 그 과정을 통해 '능금이 익어 가는 것처럼' 자연스럽게 성숙해 갔다. 「돌아와 보는 밤」에서 '능금'은, 사상이 익어 가는 성숙의 과정을 시각적 이미지로 형상화한 것이다. 그 이미지는, 서정주의 「단편」에서 "내 피는 익는가. 능금같이 익는가. 능금같이 익어서는 떨어지는가." 라는 구절을 연상시킨다. 그렇지만 「단편」이 '피'와 '능금'의 물질성에 초점을 맞추고 있는 것과 달리, 「돌아와 오는 밤」에서 '능금'은 사상思想이 익어 가는 내면의 고뇌를 물질화하여 표현한다는 차이가 있다.

윤동주의 시 「눈 감고 간다」는, 서정주의 「단편」에 대한 또 다른 응답으로 읽힌다.

> 태양太陽을 사모하는 아이들아
> 별을 사랑하는 아이들아
>
> 밤이 어두웠는데
> 눈 감고 가거라.
>
> 가진 바 씨앗을
> 뿌리면서 가거라.
>
> 발부리에 돌이 채이거든
> 감았던 눈을 와짝 떠라.
>
> -「눈 감고 간다」(1941.5.31) 전문

「눈 감고 간다」는 짧은 작품이지만, 이미지와 메시지가 선명하다. 이 시의 배경과 시적 주체의 형상은 서정주의 「단편」과 겹친다. 「단편」의 첫 구절 "바람뿐이더라. 밤하고 서리하고 나 혼자뿐이더라. / 걸어가자, 걸어가 보자"와 「눈 감고 간다」에서 '어두운 밤에 걸어가는 아이들'의 모습, 그리고 「단편」에서 "좋게 푸른 하늘", "아름다운 날"을 꿈꾸는 시적 주체와 「눈 감고 간다」의 '태양을 사모하고 별을 사랑하는 아이들'에서 연결점을 찾을 수 있다.

「단편」의 시적 주체는, 밤과 바람과 서리 속에서 혼자뿐이지만 푸른 하늘과 아름다운 날을 기대하며 "걸어가자, 걸어가 보자."라고 다짐한다. 이 심상을 확장해서, 윤동주는 「눈 감고 간다」에서 태양과 별을 사모하는 아이들에게 '밤이 어두웠는데 눈 감고 가거라.', '가진 씨앗을 뿌리면서 가거라', 발부리에 돌이 채이면 "감았던 눈을 와짝 떠라."라고 말한다. 어두운 밤, 눈을 감고 가야 하는 불안한 상황에서도 미래에 피어날 꽃과 열매를 위해 씨앗을 뿌리면서 가는 행위. 길을 막아서는 장애물을 만나면 감았던 눈을 "와짝 떠"서 그 장애물과 위기를 정면으로 마주하는 행위에서 한결 성숙하고 강해진 의식이 나타난다.

투르게네프 시의 변주

윤동주는 연희전문학교 2학년에 재학 중이던 1939년 9월에 시 「투르게네프의 언덕(원제: 츠르게네프의 언덕)」을 썼다. 이 시의 육필 원고는 제목 앞에 '산문시'라고 명기明記하였다.[68] 윤동주 스스로 '산문시'라고 밝힌 것은 이 작품이 유일하다. 그의 평소 창작 스타일과 다르게 '산문시' 형식을 시도한 이유가 시 제목의 '투르게네프'와 어떤 관련이 있는지 궁금하다.

투르게네프(1818~1883)는 러시아의 시인이자 소설가이다. 시골 마을의 가난한 지주인 아버지와 부유한 어머니 사이에서 태어났으며, 어린 시절 러시아의 농노제도를 직접 체험하였다. 대학에서 러시아 최고의 시인 푸시킨에게 배웠으며, 이후 베를린 대학으로 유학하였다. 독일 유학 기간에 러시아 이상주의자들과 교류하는 한편, 서구 문명에 대한 동경을 키웠다. 투르게네프는 귀국한 뒤 시인으로 명성을 얻었지만, 어머니의 지원을 받지 못하여 문단의 보헤미안으로 생활하였다. 그가 쓴 『사냥꾼의 수기』는 러시아의 아름다운 자연 풍경과 그 속에서 힘겹게 살아가는 농노들의 삶을 사실적으로 그린 소설로, 당시 러시아 사회에서 농노제도의 모순을 표현하여 큰 반향을 불러일으켰다. 그의 작품은 사회적 지위를 가졌지만 열등하고 욕망에 빠진 남성의 속물적인 모습에 대비하여, 도덕적인 힘과 용기를 가진 아름다운 여성을 형상화한 것으로 주목된다.

투르게네프는 말년에 발간한 『산문시』(1879~1883)에서 80여 편의 산문시를 통해, 자신이 살아오면서 인간과 세상과 사랑과 운명 등에 대해 얻은 교훈들, 삶의 아이러니한 장면들을 그려 냈다. "투르게네프의 산문시에는 인생의 황혼기에 세상을 관조적으로 바라보는 시인의 여유로움이 담겨 있다. 그의 산문시에는 인간 삶의 다양한 제 문제들이 제시된다. 죽음, 러시아 민중과 그들의 도덕적 우월성, 혁명과 영웅적 헌신, 내세에 대한 회의, 인간의 성격과 심리, 사랑과 젊음의 창조적 혼 등을 노래하는 여러 작품들이 있다."[69]라고 평가된다.

1910년대 한국 근대문학 형성기에 투르게네프와 톨스토이 등의 러시아 작가들에 대한 관심이 높았다. 러시아 문학의 영향은 주로 일본을 통해서 들어온 것이었지만, 러시아 문학의 이상주의적 경향과 리얼리즘 창작방법은 당시 조선에서 새로운 형식의 근대문학을 창조하려는 문학자들의 사상과 감성을 자극하였다.

국내에 처음으로 번역·소개된 투르게네프의 작품은 1914년 10월 최남선이 발간한 『청춘』 창간호에 실린 산문시 「문 어구」이다. 번역자를 따로 밝히지 않은 것으로 보아 최남선이 직접 번역한 것으로 짐작된다. 이듬해 재일본동경조선유학생학우회가 발간하는 잡지 『학지광』 4호(1915.2)에 몽몽생(夢夢生, 진학문의 필명)이 산문시 「걸식乞食」을 번역하였다. 투르게네프 작품을 국내에 본격적으로 번역·소개한 사람은 김억이다. 서구의 문예사조와 문학작품을 소개하는 것을 목적으로 발간된 『태서문예신보』(1918.9.26.~1919.2.17)에, 김억은 투르게네프의 산문시 6편과 단편소설 「밀회」(15-16호)를 번역하였다. 나도향은 『백조』 1호(1922.1)와 2호(1922.5)에 연속하여 투르게네프의 산문시 13편을 번역하였다. 1920년대 중반까지 투르게네프 소설의 번역·출판도 활발하게 이루어졌다. 홍난파 번역 『첫사랑』(한일서점, 1921), 조명희 번역 『그 전날 밤』(박문서관, 1923), 최승일 번역 『봄물결』(박문서관, 1926), 조춘광 번역 『박행薄倖한 처녀』(박문서관, 1926) 등이 있다. 투르게네프 문학에 대한 관심과 인기는 1930년대까지 이어졌다. 1933년 8월 『조선일보』는 '투르게네프 사후 50주년을 기념하는 특집'을 기획

朝鮮日報

學藝

●투르게-넵호五十年祭記念論文

투르게-넵호의-
文學史的地位의再吟味
白鐵

◇투르게-넵호와나와 (一)

투르게-넵호-
그의生涯藝術
洪曉民

투르게네프 사후 50주년 특집 기사(『조선일보』1933.8.22)

하였다. 이 특집에 실린 홍효민의 글은, 1910~20년대 조선 문단에서 투르게네프 문학에 열광하는 현상을 가리켜 “문학청년의 초기시대는 대개 투르게네프의 작품을 읽는 까닭이다.”[70]라고 설명하였다. 또한 “그(투르게네프-인용자)의 작품의 풍격風格은 늘 일종의 서정적 감정과 인상을 독자의 가슴에 주는 것이다. 그것은 참을 수 없는 비애의 정조인 것이다.”[71]라고 하여, 투르게네프 문학이 조선의 문학청년들에게 주었던 영향을 ‘서정성’과 ‘비애의 정조’로 설명하였다.

이처럼 1910~20년대 조선 문단에서 투르게네프 문학이 크게 유행했던 상황을 배경으로 윤동주의 시 「투르게네프의 언덕」을 읽을 때, 시의 의미가 더욱 풍부하게 드러난다.

나는 고갯길을 넘고 있었다…… 그때 세 소년少年 거지가 나를 지나쳤다.
첫째 아이는 잔등에 바구니를 둘러메고, 바구니 속에는 사이다병, 간즈메통, 쇳조각, 헌 양말짝 등等 폐물廢物이 가득하였다.
둘째 아이도 그러하였다.
셋째 아이도 그러하였다.
텁수룩한 머리털, 시커먼 얼굴에 눈물 고인 충혈充血된 눈, 색色 잃어 푸르스름한 입술, 너덜너덜한 남루襤褸, 찢겨진 맨발,
아아 얼마나 무서운 가난이 이 어린 소년少年들을 삼키었느냐!
나는 측은惻隱한 마음이 움직이었다.
나는 호주머니를 뒤지었다. 두툼한 지갑, 시계時計, 손수건…… 있을 것은 죄다 있었다.
그러나 무턱대고 이것들을 내줄 용기勇氣는 없었다. 손으로 만지작만지작거릴 뿐이었다.
다정多情스레 이야기나 하리라 하고 "얘들아" 불러 보았다.
첫째 아이가 충혈充血된 눈으로 흘끔 돌아다 볼 뿐이었다.
둘째 아이도 그러할 뿐이었다.
셋째 아이도 그러할 뿐이었다.
그리고는 너는 상관相關없다는 듯이 자기自己네끼리 소근소근 이야기하면서 고개로 넘어갔다.
언덕 위에는 아무도 없었다.
짙어가는 황혼黃昏이 밀려들 뿐—

-「투르게네프의 언덕」(1939.9) 전문

이 시는 한 편의 이야기를 담고 있다. 등장인물은 세 명의 소년 거지와 나이며, 네 사람은 고갯길을 넘다가 서로 마주친다. 소년들은 잔등에 바구니를 둘러맸고, 바구니에는 "폐물이 가득"하다. 나는 측은한 마음이 들

어서 호주머니를 뒤지는데, 손에 잡히는 것들을 무턱대고 내줄 용기가 없다. "다정스레 이야기나 하리라"는 생각으로 소년 거지들을 불러보지만, 이들은 흘끔 돌아볼 뿐 "너는 상관없다는 듯이" 고개를 넘어가 버렸다.

이 시의 제목을 「투르게네프의 언덕」이라고 붙인 이유는 무엇일까? 투르게네프의 『산문시』에 「거지」(Нищий, 1878.2)라는 시가 수록되었고, 이 시의 화자와 거지 소년의 만남이 투르게네프의 시 「거지」를 연상시키기 때문이다. 투르게네프의 「거지」는 한국 근대문학 초기에 여러 사람들이 거듭 번역할 만큼 인기가 있었다. 1910~30년대 이 시의 번역 상황을 정리하면 아래와 같다.[72]

몽몽생(진학문), 「걸식(乞食)」, 『학지광』 3호(1915.2.28)
김억, 「비렁방이」, 『태서문예신보』 5호(1918.11.2)
김억, 「비렁방이」, 『창조』 8호(1921.1.27)
나도향, 「거지(乞食者)」, 『백조』 창간호(1922.2)
손진태, 「거지」, 『금성』 3호(1924.5)
조규선, 「거지」, 『신생』(1929.3)
김억, 「거지」, 『신여성』(1931.3)
또한밤, 「걸인」, 『조선일보』(1931.9.9)
김상용, 「걸인」, 『동아일보』(1932.2.20)
이경숙, 「걸인」, 『만국부인』 창간호(1932.10.1)

투르게네프의 시 「거지」가 활발하게 번역·소개되었던 상황의 영향으로, 1920년대 초반에 시의 제재로 '거지'가 등장하거나, 또는 주제와 장면에서 투르게네프의 「거지」를 패러디한 시들이 다수 창작되었다. 한 예로, 김소월이 『학생계』 5호(1920.12) 현상문예모집에 응모하여 당선된 시 「서울의 거리」에는 "사흘 굶은 거지"가 구걸하는 형상이 나타난다. 「서울의 거리」는, 평안북도 정주 출신 김소월이 경성의 배재고등보통학교로 유학와서 마주쳤던 현란한 도시와 다양한 인간 군상들, 그리고 근대 문명의 어두운 모습을 풍자적으로 그린 장편시이다. 이 외에도 상해 임시정부에서 발간하는 『독립신문』 140호(1922.9.20)에, 김경재가 투르게네프의 「거지」를 패러디하여 시 「걸인」을 발표하였다.

윤동주의 「투르게네프의 언덕」과 투르게네프의 「거지」 사이의 연관성을 알아보기 위해 김억이 1918년 『태서문예신보』에 번역한 작품을 읽어보자.

> 나는 거리를 걸었다.…… 늙고 힘없는 비렁뱅이가 나의 소매를 이끈다.
> 벌겋고 눈물 고인 눈, 푸른 입술, 남루한 옷, 거뭇거뭇한 한데자리……
> 아아 어떻게 무섭게 가난이 이 불쌍한 산 물건을 파 먹어드렸노?
> 그는 붉고 부르튼 더러운 손을 내 앞에 내민다. 중얼중얼 탄식하며 도움을 빈다.
> 나는 포켓 안에 손을 넣었다. 그러나 돈지갑도 없고, 시계도 없고 수건조차 없다. 나는 아무것도 없다.
> 그래도 비렁뱅이 오히려 기다린다.……그 내밀은 손은 힘없이 떨린다.
> 어찌할 줄 모르고, 나는 이 더럽고 떠는 손을 잡았다.…… "용서하여주게, 형제여, 나는 아무것도 가진 것이 없네."
> 비렁뱅이는 붉은 눈을 내게 향하고 그 푸른 입술에는 웃음을 띠우며, 나의 찬 손가락을 꽉 잡으며 주절거리는 말 — "고맙습니다. 형제여. 이것도 받는 물건이지요."
> 나도 그 형제에게서 받은 물건이 있음을 느꼈다.
>
> - 투르게네프, 김억 역, 「비렁뱅이」(1918.11.12) 73 전문(현대문 표기-인용자)

투르게네프의 「거지」에서 '나'와 거지는 거리를 걷다가 마주친다. '나'

의 소매를 끌고 탄식하며 적선을 구하는 거지의 비참한 모습에서 '나'는 동정을 느낀다. 거지를 돕기 위해 주머니를 뒤져 보지만 아무것도 나오지 않는다. "어쩔 줄 모르고 당황한 나"는 거지의 손을 잡고 미안함을 말하는데, 거지도 내 손을 마주 잡고 나를 바라보며 위로한다. 이 시에서 처음에 '나'는 우월한 지위에서 거지를 불쌍하게 관찰하였지만, 마지막 장면에서는 오히려 거지의 위로를 받게 된다. 비참한 자가 우월한 자를 위로하는 역설적인 장면. 이 역설에는 제정 러시아 시대에 민주주의와 민중주의를 옹호했던 투르게네프의 사상, 신분과 계층과 빈부를 넘어선 인간 상호간의 우애와 화해를 지향했던 그의 사상이 투영되어 있다. 또한 남루하고 가난한 거지가 오히려 자신보다 가진 것이 많은 사람을 위로하는 행위에서 민중의 도덕적 우월성이 드러난다.

이제 투르게네프의 「거지」와 윤동주의 「투르게네프의 언덕」을 자세하게 비교해 보자. 시의 기본 배경, 즉 길을 걷다가 '나'와 거지(늙은 거지 / 세 소년 거지들)가 우연히 마주치는 상황은 동일하다. 두 시는 가난하고 남루한 거지의 행색과 얼굴 모습을 자세하게 그리고 있다. "벌겋고 눈물 고인 눈, 푸른 입술, 남루한 옷, 거뭇거뭇한 한데자리", "붉고 부르튼 더러운 손", "더럽고 떠는 손"(「거지」)과 "텁수룩한 머리털, 시커먼 얼굴에 눈물 고인 충혈된 눈, 색 잃어 푸르스름한 입술, 너덜너덜한 남루, 찢겨진 맨발,"(「투르게네프의 언덕」)을 생생하게 묘사하여, 거지에 대한 연민과 동정심을 이끌어 낸다. 그리고 두 시에서 거지를 돕기 위해 호주머니를 뒤지는 '나'의 행동까지 동일하다. 하지만 그 이후의 상황은 완전히 달라진다. 「거지」의 "나는 아무것도 없"어서 거지에게 용서를 구하고, 두 사람은 서로의 손을 맞잡고 위로를 나눈다. 반면에 「투르게네프의 언덕」에서 '나'의 호주머니에는 "두툼한 지갑, 시계, 손수건, …… 있을 것은 죄다 있었"다. 다만 소년 거지들에게 '나'의 물건들을 "내줄 용기는 없었"다. '나'는 "이야기나 하리라 하고" 소년들을 불러보지만, 소년들은 '나'의 부름을 외면하고 고개를 넘어 자신들의 길을 가 버린다.

「거지」에서 '손'을 강조하고, 「투르게네프의 언덕」에서는 '눈'이 강조되는 것도 흥미로운 차이점이다. 「거지」에는 붉고 부르트고 더럽고 힘없이 떨리는 거지의 손과 그 손을(또는 그 손이) 맞잡은 "나의 찬 손가락"이 있다. 손은 '나'와 거지의 교감, 우애를 표현하는 시적 매개이다. 이와 달리 「투르게네프의 언덕」에는, '나'를 흘끔 돌아보는 소년 거지들의 "충혈된 눈"이 여운처럼 인상적으로 남는다. 그 '충혈된 눈'은 '나'의 위선을 꿰뚫어 보는 시선이다. 이 시의 전반부는 '나'의 시선에서 소년 거지들을 관찰하는 것으로 시작했지만, 후반부에 오면 소년 거지들의 시선이 '나'를 바라보는 역전이 일어난다. '나'의 시선과 목소리로 주도하던 시의 분위기가 전환되면서, 보는 '나'는 보여지는 '너'로 대상화된다. 소년들은 "너는 상관없다는 듯이 자기네끼리 소근소근 이야기하면서" 고개를 넘어가 버린다. 시선이 주체의 메타포라면, 「투르게네프의 언덕」에서 '나'의 감추어진 위선과 속물근성이 드러나는 순간에 시의 주체는 '나'에서 그들(소년 거지들)로 이동한다.

또 다른 차이점은 「거지」와 달리, 「투르게네프의 언덕」에서 소년 거지들은 '나'에게 구걸하지 않는다는 것이다. 그들은 그저 자신들의 길을 갈 뿐이었다. 소년들의 가난하고 더러운 행색을 보고 "측은한 마음"이 들어 도와주려고 한 것이다. 하지만 '나' 혼자 "측은한 마음"과 속물적이고 위선적인 마음 사이를 동요하는 것에 "상관없다는 듯"이, 소년 거지들은 "자기네끼리" 당당하고 거침없이 자기들의 갈 길을 간다. 끝내 '나'와 소년 거지들은 상호 교감과 협력을 나누지 못한 채 각자의 길, 각자의 위치로 돌아간다. 소년 거지들이 간 곳은 '고개 너머'에 있는 자신들의 세계이다.

이상의 비교를 통해 윤동주의 「투르게네프의 언덕」이 투르게네프의 「거지」를 패러디한 작품이면서, 「거지」의 결말을 역전시킨 작품이라는 것을 알 수 있다. 즉, 「투르게네프의 언덕」은 가난한 이들을 대하는 "있을 것

쥐다 있는"자들의 위선과 속물근성을 풍자하고 윤리적 주체의 태도를 문제 삼고 있는 것이다.

한편, 어려서 신촌에서 살았던 이상섭(1937년생)은, 이 시의 배경과 등장인물이 그 당시 신촌과 서울 경계에 있던 큰고개와 아현동 산7번지의 빈민촌 사람들이라고 설명한다.

> 어쨌든 그(윤동주-인용자)는 큰고개(지금의 대현동 마루턱)에서 실지로 경험한 사실을 말하고 있다고 생각된다. 그 당시 그 고개는 지금보다도 훨씬 높아 거기가 '경성부'의 경계였고 신촌 일대는 아직도 경기도 고양군 연희면이나 용강면에 속했다. 그 고개 남쪽 언덕은 서울에서도 악명 높던 빈민촌, 이른바 아현동 산7번지라는 데였다. …(중략)… 그때는 이미 일제 말기에 지금 보듯 고개를 푹 낮추고 길을 넓게 뚫어 신촌 일대를 '경성부'에 소속시킨 뒤였다. …(중략)… 당시에는 길고 긴 고갯길에 뿌연 먼지가 한없이 일고 길옆과 언덕 위에 오막살이들이 다닥다닥 붙어있었다.[74]

「투르게네프의 언덕」에 등장하는 세 명의 소년 거지는, "잔등에 바구니를 둘러메고, 바구니 속에는 사이다병, 간즈메통, 쇳조각, 헌 양말짝 등 폐물이 가득하였다."라는 묘사를 볼 때, 거지가 아니라 넝마주이 소년들이다. 1930년대 말~1940년대 초에 당국에서는 이들을 모두 '부랑소년'으로 이름 붙이고 사회로부터 격리, 해산하고 선도하는 대책을 세우고 있었다.

> 토막민 소년부랑자 거지 등 세 가지가 근래 도시의 면모를 갖추어 가고 있는 대경성의 불건전 부면이라고 경기도에서는 3일 교화 관계자 및 관계 관리가 모여서 이에 관한 대책을 협의하였다. …(중략)… 방범이라는 것으로 보아도 여러 해를 두고 각 경찰이 머리를 앓고 있는 문제다.[75]

당국에서 제도적으로 토막민과 소년부랑자와 거지들을 불량, 불건전, 범법자로 낙인찍어 뿌리 뽑아 버리기 위한 발본책을 협의하고 있을 때, 윤동주의 「투르게네프의 언덕」은 이들(소년 거지들 또는 넝마주이들)의 당당함과 윤리적 정당성을 옹호하고 있다. 그리고 사회에서 이들을 아예 없는 존재로 배제하고 격리하려는 무자비한 제도를 비판한다. 그 뿐만 아니라, 가난한 하층민을 동정하면서도 자신이 가진 것을 포기할 수 없어서 말로만 위로해 보려는 부르주아적 휴머니즘의 위선적인 태도를 함께 비판하고 있다.

「투르게네프의 언덕」은 윤리적 주체로서 윤동주 자신을 '고개 너머' 타자의 시선으로 상대화하여 관찰한다. '부끄러움'과 '성찰' 그 자체의 위선적인 성격을 다시 질문하고 있는 것이다. 이 시에서 윤동주는 부끄러움과 성찰, 양심 등으로 구성되는 윤리적 주체의 위선과 비겁을 드러내고, 윤리적 주체의 대한 좀 더 근원적인 질문을 제기한다.

이상李의 시와 겹쳐 읽기

동생 윤일주의 회고에 따르면, 윤동주는 "이상李箱의 작품을 스크랩"[76]했다고 한다. 이상李箱은 1933~37년 사이에 『가톨릭청년』, 『조선중앙일보』, 『매일신보』, 『조광』, 『중앙』, 『여성』 등에 시와 단편소설, 수필을 발표하였다. 이 작품들을 윤동주가 찾아서 읽고 스크랩했을 것으로 짐작된다.

『가톨릭소년』 2호(1936.4) 이상이 그린 표지화
(대구가톨릭대학교 도서관 제공)

윤동주와 이상의 인연은 시기적으로 좀 더 거슬러 올라간다. 1934년 3월 윤동주가 평양의 숭실중학교를 그만두고 용정에 돌아왔을 때, 그곳의 가톨릭 교구에서 『가톨릭소년』이란 제목의 잡지가 막 창간(1936.2)되었다. 『가톨릭소년』의 표지에는 "간도 용정 천주당 가톨릭 소년사 발행"으로 표기되어 있다. 『가톨릭소년』은 동시·동요·동화·소년소설·사화史話·동극童劇·위인전·아동문학 강좌 등을 실었으며, 이상과 장발이 표지화를 그렸고 강소천과 안수길 같은 작가들의 글도 실렸다. 윤동주가 용정에 돌아온 직후에 발간된 『가톨릭소년』 2호(1936.4)의 표지화는 '김해경' 곧 이상이 그렸다.

윤동주는 『가톨릭소년』의 애독자이면서 열렬한 투고자였다. 그는 『가톨릭소년』에 「병아리」(1936.11), 「빗자루」(1936.12), 「오줌싸개 지도」(1937.1), 「무얼 먹고 사나」(1937.3), 「거짓부리」(1937.10) 등의 동시를 투고 발표하였다. 「병아리」가 실린 『가톨릭소년』(1936.11)에는 박영종朴泳鍾의 동요 〈가얌〉도 실렸는데, 박영종은 나중에 『문장』에서 정지용의 추천을 받아 시인으로 등단하게 되는 박목월로 추정된다.

윤동주는 이상을 예술가로서 높이 평하였다. 그가 주변 사람들에게 이상의 작품 읽기를 권했다는 회고를 자주 들을 수 있다.

> 연전 졸업 무렵, 같은 연배인 당숙이며 안과의사인 영선에게 서정주 시집 『화사집』과 미요시三好達治 시집 『춘春의 갑岬』을 선사한 것을 보았고, 그와 서로 대화하는 가운데 이상을 읽기를 권하면서, 이상의 글에는 매운 데가 있다고 표현하는 것을 들은 적이 있다.[77]

윤동주와 이상이 지향하는 시의 스타일은 확연히 달랐다. 윤동주가 정제된 언어와 형식의 서정시를 주로 창작했던 반면 이상은 모든 문학 형식에서 파격을 추구하는, 명실공히 1930년대 조선문학에서 최고의 아방가르드였다. 그런데 윤동주는 이상을 높이 평가했고, "이상의 글에는 매운 데가 있다."라고 말했다. 그가 이상의 글에서 발견한 '매운 데'는 무엇이었을까?

윤동주는 연희전문학교 재학 시절에, 조선의 문학 경향뿐 아니라 당대의 세계 문예사조와 경향에 대해 관심이 많았다. 일본판 『세계문학전집』과 일본에서 발간한 문예 잡지, 시집, 문학 이론서를 탐독했다. 그가 읽었던 일본의 문예 잡지 『세르빵』은, 1930년대 후반 조선에서 서구의 아방가르드 예술에 대한 지식을 공급하는 주요 매체였다. 1930년대 조선의 문인과 예술가들은 이 잡지를 읽으며 서양과 일본의 전위예술을 접하고 새로운 감각을 익혔다. 이상의 수필 「첫 번째 방랑」에도 『세르빵』에 대한 언급이 나온다.

> 나는 모든 것을 잊어버리지 않으면 아니 된다. 나 자신을 암살하고 온 나처럼, 내가 나답게 행동하는 것조차도 금지되지 않으면 아니 된다. 『세르빵』을 꺼낸다. 아폴리네르가 즐겨 쓰는 테마 소설이다. 「암살당한 시인」 나는 신비로운 고대의 냄새를 풍기는 주인공에게서 '벵께이'를 연상한다. 그러나 그것은 시인이기 때문에, 낭만주의자이기 때문에, 저 벵께이와 같이 —결코— 화려하지는 못할 것이다.
>
> - 이상, 「첫 번째 방랑」(1935)[78]

이 글은 1935년 8월경, 이상이 경성에서 출발하여 평안남도 성천까지 기차로 여행하면서 감상을 기록한 것으로, 일문日文으로 썼던 미발표작이다. 기차에서 아무하고도 만나고 싶지 않은 바람을 깨트리고 자신에게 계속 말을 붙여오는, 만주에서 근무한다는 어떤 사내를 피하기 위해 이상이 꺼내든 책이 『세르빵』이다. 그리고 그 책에서 아폴리네르의 소설 「암살당한 시인」을 읽기 시작한다.

일본의 전위예술잡지 『세르빵』을 매개로, 윤동주와 이상의 교차점을 이렇게 집요하게 찾아내는 데는 까닭이 있다. 윤동주의 시 「투르게네프의 언덕」에서 이상의 시 「오감도-시 제1호」의 영향을 발견할 수 있기 때문이다.

「오감도-시 제1호」는 발표 당시부터 그 불가해함과 난해함으로 주목을 끌었던 작품이다. "13인의 아해"가 "무섭다고" 하며 "도로로 질주"하는 사태가 무엇을 말하는지, 현재까지도 그에 대한 해석이 분분하다. 더

烏瞰圖 李箱 1

詩第一號

十三人의兒孩가道路로疾走하오。
(길은막다른골목이適當하오。)

第一의兒孩가무섭다고그리오。
第二의兒孩도무섭다고그리오。
第三의兒孩도무섭다고그리오。
第四의兒孩도무섭다고그리오。
第五의兒孩도무섭다고그리오。
第六의兒孩도무섭다고그리오。
第七의兒孩도무섭다고그리오。
第八의兒孩도무섭다고그리오。
第九의兒孩도무섭다고그리오。
第十의兒孩도무섭다고그리오。
第十一의兒孩가무섭다고그리오。
第十二의兒孩도무섭다고그리오。
第十三의兒孩도무섭다고그리오。
十三人의兒孩는무서운兒孩와무서워하는兒孩와그러케뿐이모혓소。(다른事情은업는것이차라리나앗소)

그中에一人의兒孩가무서운兒孩라도좃소。
그中에二人의兒孩가무서운兒孩라도좃소。
그中에二人의兒孩가무서워하는兒孩라도좃소。
그中에一人의兒孩가무서워하는兒孩라도좃소。

(길은뚤닌골목이라도適當하오。)
十三人의兒孩가道路로疾走하지아니하야도좃소。

이상, 「오감도-시 제1호」(『조선중앙일보』 1934.7.24)

욱이 시를 구성하는 핵심 요소들이 충분히 해명되기도 전에 스스로 그 요소들을 부정하고 해체하는 방법이 시의 난해성을 높이고 있다. 하지만 이러한 극단의 불가해함과 난해함에도 불구하고 「오감도-시 제1호」가 시도한 언어와 형식이, 독창적인 새로움을 예고한 것은 분명한 사실이었다.

윤동주는 「투르게네프의 언덕」에서 소년 거지들을 한 명씩 차례대로 호명하여 각각의 소년들의 남루와 비참을 열거한다. 이 표현기법은, 이상의 「오감도-시 제1호」에서 13명의 아이를 순서대로 한 명씩 순차적으로 호명하는 형식을 명시적으로 참조하고 있다.

> 첫째 아이는 잔등에 바구니를 둘러메고, 바구니 속에는 사이다병, 간즈메통, 쇳조각, 헌 양말짝 등 폐물廢物이 가득하였다.
> 둘째 아이도 그러하였다.
> 셋째 아이도 그러하였다.

…(중략)…

첫째 아이가 충혈充血된 눈으로 흘끔 돌아다 볼 뿐이었다.

둘째 아이도 그러할 뿐이었다.

셋째 아이도 그러할 뿐이었다.

-「투르게네프의 언덕」(1939.9) 부분

「오감도-시 제1호」의 아이들이 '무서운 / 무서워하는' 것의 정체는 불분명했지만, 「투르게네프의 언덕」에서 아이들이 무서워하는 것은 '가난'이다. '나'는 아이들을 보며 "아아 얼마나 무서운 가난이 이 어린 소년들을 삼키었느냐!"라고 탄식한다. 식민지 자본주의 조선의 가난이 어린 소년들을 거지꼴로, 힘겨운 넝마주의의 삶으로 몰아넣었다.

「투르게네프의 언덕」은 도입부와 뒷부분에서 세 명의 소년 거지들을 순서대로 호명하고 있는데 그 형식은 같지만 기능과 의미는 다르다. 두 장면은 같은 호명 형식을 반복한 것처럼 보이지만, 시의 시선과 주체가 전환되었다. 처음의 호명 형식은 '나'의 시선에서 소년 거지들을 대상화하는 장면이다. 그리고 두 번째 호명은 소년 거지들(타자)의 시선에서 '나'를 대상화하는 장면을 표현하고 있다. 특히, 두 번째의 호명에서 지금까지 감추어져 있던 '나'의 본질과 위선의 껍질이 첫째 아이, 둘째 아이, 셋째 아이의 시선을 차례차례 통과하면서 한 꺼풀씩 벗겨져 나가는 것을 체험하게 된다.

다음으로, 윤동주의 「투르게네프의 언덕」과 이상의 「오감도-시 제1호」를 겹쳐서 읽어 보자. 내가 가진 것을 아이들에게 선뜻 내줄 용기가 없는 '나'는 그저 "다정多情스레 이야기나 하리라"는 마음으로 아이들을 불러본다. 하지만 "충혈된 눈으로 흘끔 돌아다" 보는 소년들의 시선 앞에서 남은 양심까지 들켜 버린 것 같아서 '나'는 무섭다. 어떻게든 "측은한 마음"을 지켜 보려고, 양심을 지켜 보려고 안간힘을 쓰는 '나'의 고뇌를 내

팽개치고, “너는 상관없다는 듯이” 자신들의 세계로 돌아가 버리는 소년들의 무심함이 ‘나’는 무섭다. ‘나’를 바라보는 소년들의 시선이 곧바로 윤리적 자아를 성찰하는 ‘나’의 시선과 동일시되기에 ‘나’는 더욱 무섭다. 이처럼 이상의 「오감도-시 제1호」를 겹쳐서 읽으면, 평면적으로 보일 수 있는 「투르게네프의 언덕」이 훨씬 입체적이고 다층적으로 해석될 여지가 생기며 시의 리얼리티도 강화되는 것을 확인할 수 있다.

윤동주가 이상의 시를 “매운 데가 있다.”라고 비평한 것은 윤동주가 이상 시를 통해 스스로 간파해낸 것이다. 그는 이상의 시를 통해서 자신의 윤리적 감각을 재성찰하거나 직시하면서 자신의 위선을 재발견하고 ‘나는 나의 허위가 무섭다’고 고백하는 데까지 밀고 가게 되었다. 다시 말하면 이것은 ‘나는 내 욕망이 무섭다’는 것을 인정하는 태도를 이상李箱과 함께 공유한다는 진술이다. 이 시대의 모순과 궁핍한 이웃을 감상적으로 동정하는 자기 위안적 태도로서 윤리적 감각이나 성찰이 위선적이고 ‘무섭다’는 의식에까지 도달한다. 소년들의 시선을 통해 순차적으로 반복해서 직시하는 행위는 바로 자신의 내면을 향하는 것이었다. 무엇보다 먼저 자신을 정직하고 철저하게 직시하는 시선을 작동하는 것이 윤동주의 윤리적 주체였던 것이다. 이러한 방법을 통해 윤동주의 시는 단순하지 않고 몇 겹의 시선이 교차하며 깊어졌다.

제 6 장

청춘

청춘青春!

성聖스런 촛대에 열熱한 불이 꺼지기 전前

순順아 너는 앞문으로 내달려라

-「사랑의 전당殿堂」

바람을 노래하다

윤동주는 1917년 12월 30일에 태어나서 1945년 2월 16일에 운명했으며, 이 세상에서 그가 머물렀던 시간은 27년 1개월 18일이었다. 20대를 채 마치지 못하고 짧은 생애를 마감했기에, 윤동주의 삶과 시는 한국 문단과 독자들에게 청춘의 상태, 미완의 상태로 영원성을 갖게 되었다. 그런데 20대에 세상을 떠난 시인들이 모두 청년의 이미지로 기억되거나 기록되는 것은 아니다. 서정주는 1950년 3월에 정음사의 부탁을 받아 『작고시인선作故詩人選』(정음사, 1950)을 편집해서 발간했는데, 이 시집에는 1945년 8·15해방을 보지 못하고 일찍 세상을 떠난 시인으로 한용운, 이상화, 홍사용, 이장희, 김소월, 박용철, 오일도, 이육사, 이상, 윤동주 등이 수록되었다. 이 중에서 20대에 작고한 시인은 이장희(1900~1929, 『작고시인선』의 시인 소개에는 1902~1928로 잘못 기록되었다), 이상(1910~1937), 윤동주(1917~1945)이다. 세 시인을 대비해 볼 때 윤동주를 제

서정주 편, 『작고시인선』(정음사, 1950)
(오영식 제공)

외하고, 이상과 이장희의 삶과 시를 청년·청춘의 이미지로 떠올리기는 쉽지 않다. 심지어 이상은 윤동주보다 더 젊은 나이에 세상을 떠났다. 한국문학사에서 윤동주는 청춘 또는 청년의 표상을 갖는다. 시간과 공간의 경계를 넘어 모든 청춘·청년들이 경험하는 공통항을 그의 삶과 시에서 찾을 수 있기에 '청년' 윤동주로 남게 된 것이다.

윤동주의 시와 글에서 청춘 또는 청년의 면모를 잘 보여 주는 언어가 '바람'이다. 시집 제목을 '하늘과 바람과 별과 시'로 명명한 것에서 나타나듯이 '바람'은 그의 심상과 서정의 근원을 이룬다. 윤동주의 시에서 '바람'은 촉각과 청각의 이미지로 감각되며, 단순한 자연현상에서부터 시인의 사유와 성찰을 촉발하는 매개체까지 그 스펙트럼이 넓다. 또한 '바람'은 고향 북간도를 환기하는 기호이기도 하다.

윤동주는 연희전문학교에 입학했을 당시의 포부와 흥분을 '바람'으로 감각했다.

> 내를 건너서 숲으로
> 고개를 넘어서 마을로
>
> 어제도 가고 오늘도 갈
> 나의 길 새로운 길
>
> 민들레가 피고 까치가 날고
> 아가씨가 지나고 바람이 일고
>
> 나의 길은 언제나 새로운 길
> 오늘도…… 내일도……

내를 건너서 숲으로

고개를 건너서 마을로

-「새로운 길」(1938.5.10) 전문

시적 주체가 경험하는 세계는 "내를 건너서 숲으로 / 고개를 넘어서 마을로" 새롭게 열리며 확장된다. 새로운 세계를 향해 걸어가는 길에는 "민들레가 피고 까치가 날고 / 아가씨가 지나고 바람이 일고" 약동하는 봄의 생명력과 발랄한 이미지로 가득하다. 반면, 새롭고 낯선 세계에 대한 두려움과 불안은 느껴지지 않는다.

나무가 춤을 추면

　　　　바람이 불고,

나무가 잠잠하면

　　　　바람도 자오.

-「나무」(1938. 추정) 전문

이 시에서 바람은 나무의 움직임에 따라 달라진다. "나무가 춤을 추면" 바람이 불고 "나무가 잠잠하면" 바람도 잦아든다. 바람과 나무에 대한 일반적인 생각, 즉 바람이 불어서 나무가 움직이며 춤을 춘다는 생각의 순서를 뒤집고 있다.

윤동주의 시에서 '바람'은 활기, 생기, 살아 있음, 그리움, 순리적 자연 등을 의미한다. 그에게 바람은 생명의 온상이자 에너지와 같다. 이것은 바람 많은 북간도에서 체득한, 윤동주 특유의 개인적이고 감각적인 언어이다. 바람은 언제 어디서나 북간도를 환기시켰다. 북간도는 드넓은 땅이기에 바람이 많고, 사람들은 그 바람과 더불어 살아간다. 이런 환경 속에서 북간도 사람들의 감각과 신체는 자연스럽게 또 예민하게 바람을 감지하였다.

시 「자화상」에서 '바람'은 시인이 자기 정체성을 형성하는 중요한 요소이자 배경이다.

> 산모퉁이를 돌아 논가 외딴 우물을 홀로 찾아가선 가만히 들여다 봅니다.
>
> 우물 속에는 달이 밝고 구름이 흐르고 하늘이 펼치고 파아란 바람이 불고 가을이 있습니다.
>
> 그리고 한 사나이가 있습니다.
>
> -「자화상」(1939.9) 부분

자화상을 그릴 때 "사나이"의 배경엔 항상 바람이 분다. '바람'은 달, 하늘, 가을과 같은 자연현상이면서, 또한 시적 주체를 생성하여 움직이게 하는 현장으로 존재한다. 윤동주는 스스로 "나는 세계관, 인생관, 이런 좀 더 큰 문제보다 바람과 구름과 햇빛과 나무와 우정, 이런 것들에 더 많이 괴로워해 왔는지 모른다."[1] 라고 했다.

한편, 윤동주는 폐허나 죽음의 상태를 '바람 없음'으로 감각한다. 시 「병원」에서 "나비 한 마리도 없다. 슬프지도 않은 살구나무 가지에는 바람조차 없다."라고 표현했다. '병원'의 특징인 죽음과 고통, 결핍의 상태를 "바람조차 없다."라고 한 것이다.

'바람'은 그를 계속해서 움직이게 하는 에너지이자 시대 조류이고 힘이었다. 윤동주의 삶과 시에서 '바람'은 그의 내부를 흔들어 놓는 욕망이었다가, 그 자신이 감당해야 할 시대적 소명이었다가, 때로는 외부에서 강제하는 현실적 강압이나 흐름이 되기도 했다. 바람으로 인하여 그는 살아 있는 주체가 된다.

시 「바람이 불어」는 시적 주체의 존재가 흔들리는 상황과 괴로움의 이유를 탐색하며, '바람'의 움직임에 따라 내면의 정념을 형식화하는 과정을 섬세하게 포착하고 있다.

> 바람이 어디로부터 불어와
> 어디로 불려가는 것일까,
>
> 바람이 부는데
> 내 괴로움에는 이유理由가 없다.
>
> 내 괴로움에는 이유理由가 없을까,
>
> 단 한 여자女子를 사랑한 일도 없다.
> 시대時代를 슬퍼한 일도 없다.
>
> 바람이 자꾸 부는데
> 내 발이 반석 위에 섰다.
>
> 강물이 자꾸 흐르는데
> 내 발이 언덕 위에 섰다.
>
> -「바람이 불어」(1941.6.2) 전문

이 시에서 바람이 부는 상태는 시적 주체가 감각하는 심신의 떨림, 동요 혹은 설렘을 표현하고 있으며, 더 나아가 젊음의 충동, 시대적인 상황으로까지 이어지고 있다. 바람은 외부에서 불어오지만 내부에서도 부는 것이리라. 그래서 시적 주체는 종잡을 수 없이 혼란스럽고 괴롭다. 시적 주체는 바람을 감각함과 동시에 "내 괴로움에는 이유가 없을까"하고 묻는다. 그리고 곧바로, 그 괴로움의 이유가 "한 여자를 사랑한 일"과 "시대를 슬퍼한 일"로 연결된다. 여기서 "한 여자를 사랑한 일"이 "시대를 슬퍼한 일"에 앞서 나오는 것에 주목할 필요가 있다.

윤동주는 시에서 반어법을 많이 활용하는데, 아마 그의 겸손한 성격과 관련이 있을 것이다. 이런 반어법에 근거하여, 「바람이 불어」를 독해한 많은 연구들이 "시대를 슬퍼한 일도 없다"에 초점을 맞춰 분석하였다. 즉, 시적 주체가 경험하는 '괴로움의 이유'로 "시대를 슬퍼한 일"에 주목하고, 그에 따라 윤동주는 시대를 슬퍼하고 괴로워하는 윤리적인 고결함을 가진 시인으로 평가되었다. 즉, 바람이 불고 강물이 흐르는 괴로운 상태에도 불구하고 '반석'과 '언덕' 위에 단단히 서 있는, 또는 서고자 애쓰는 윤리적 주체의 양심이 부각되었다.

그러나 시 「바람이 불어」를 역사적 상황과 시대적 소명에 응답하는 윤리적 주체의 괴로움으로 한정하는 것은 일면적인 해석이다. 이 시의 구조를 자세히 보면, '괴로움의 이유'로 "한 여자를 사랑한 일"과 "시대를 슬퍼한 일"을 동시에 언급하고 있기 때문이다. 두 일은 동시적이면서 대립적인 병렬구조를 갖는다. 동시적 병렬은 "한 여자를 사랑한 일"과 "시대를 슬퍼한 일"이 모두 버겁고 괴로운 상태를 뜻하며, 대립적 병렬은 '한 여자'와 '시대' 사이에서 갈등하는 상태를 의미한다. 따라서 당위적인 윤리를 배반하는 '사랑'에 빠진 주체, 슬픈 시대에 "한 여자를 사랑"하지 않을 수 없는 또 하나의 주체를 감당하느라 괴로움에 빠진 동시적인 상태로 읽어야 한다.

이 시에서 반어는 오히려 "내 발이 반석 위에 섰다.", "내 발이 언덕 위에 섰다."라는 표현에 있다. "바람이 자꾸 부는데" 반석 위에 서 있는 것, "강물이 자꾸 흐르는데" 언덕 위에 서 있는 것은, 시적 주체가 심하게 동요하며 흔들리고 있다는 반어적 표현이다. 불어오는 바람과 흐르는 강물에 따라 자꾸 흔들리며 끌려가고 있다는 고백인 것이다.

> 윤동주는 시에서 자주 하나의 모순을 돌출해내고 대개의 경우 그 모순으로 시의 결구를 삼는다. 그의 시에서 시적 서정이 예민하게 드러나는 것도 이때이다. 이 모순은 논리적 서투름이나 비약의 결과가 아니다. 그것은 한 정신이 논리의 경계에까지 철저하게 추론을 이끌어나간 끝에 더 이상의 진전이 불가능한 궁지에 이르러, 그 논리체계 자체를 다시 검토하여 그 논리의 피안을 바라보는 사고의 결과이다.[2]

이 시에서 '바람'과 '강물'은 시적 주체를 둘러싸고 공명하며 움직이고 있는 실체이다. 흔들리는 시적 주체의 상태, 혼란스럽고 괴로워하는 자신의 존재를 있는 그대로 드러내면서 그 흔들림을 에너지로 삼아 계속 움직여 나가는 것이다. 「바람이 불어」는, 제어할 수 없이 수렁으로 돌진하는 시대의 야만과 광폭함에 압도된 시적 주체의 고백이며, 이런 참혹하게 슬픈 시대에도 "한 여자를 사랑"하는 청춘의 열망을 제어할 수 없어 위태롭다는 고백이다. 이 시는 슬픈 시대와 직면한 청춘의 번민, 시대적 소명의식과 젊음의 충동 사이에서 번민하는 시적 주체를 정직하게 문제화하고 있다.

학창 시절

1937년 7월에 쓴 시 「한난계寒暖計」에서는 청춘의 정열, 진실한 세기와 이상에 대한 강렬한 지향을 확인할 수 있다.

싸늘한 대리석大理石 기둥에 모가지를 비틀어 맨 한난계寒暖計,
문득 들여다볼 수 있는 운명運命한 오척육촌五尺六寸의 허리 가는 수은주水銀柱,
마음은 유리관琉璃管보다 맑소이다.

혈관血管이 단조單調로워 신경질神經質인 여론동물輿論動物,
가끔 분수噴水 같은 냉冷침을 억지로 삼키기에 정력精力을 낭비浪費합니다.

영하零下로 손가락질할 수돌네 방房처럼 추운 겨울보다
해바라기 만발滿發한 팔월교정八月校庭이 이상理想곱소이다.
피끓을 그날이—

어제는 막 소낙비가 퍼붓더니 오늘은 좋은 날씨올시다.
동저고리 바람에 언덕으로, 숲으로 하시구려—
이렇게 가만가만 혼자서 귓속 이야기를 하였습니다.
나는 또 내가 모르는 사이에—

나는 아마도 진실眞實한 세기世紀의 계절季節을 따라

하늘만 보이는 울타리 안을 뛰쳐,

역사歷史 같은 포지션을 지켜야 봅니다.

-「한난계(寒暖計)」(1937.7.1) 전문

한난계寒暖計는 유리관에 눈금을 새기고 빨간 수은통을 아래 부분에 만들어 놓은 온도계를 말한다. 이 시를 쓸 당시 윤동주는 용정 광명중학교의 5학년 졸업반이었다. 시 「한난계」에는 "모가지를 비틀어 맨", "신경질

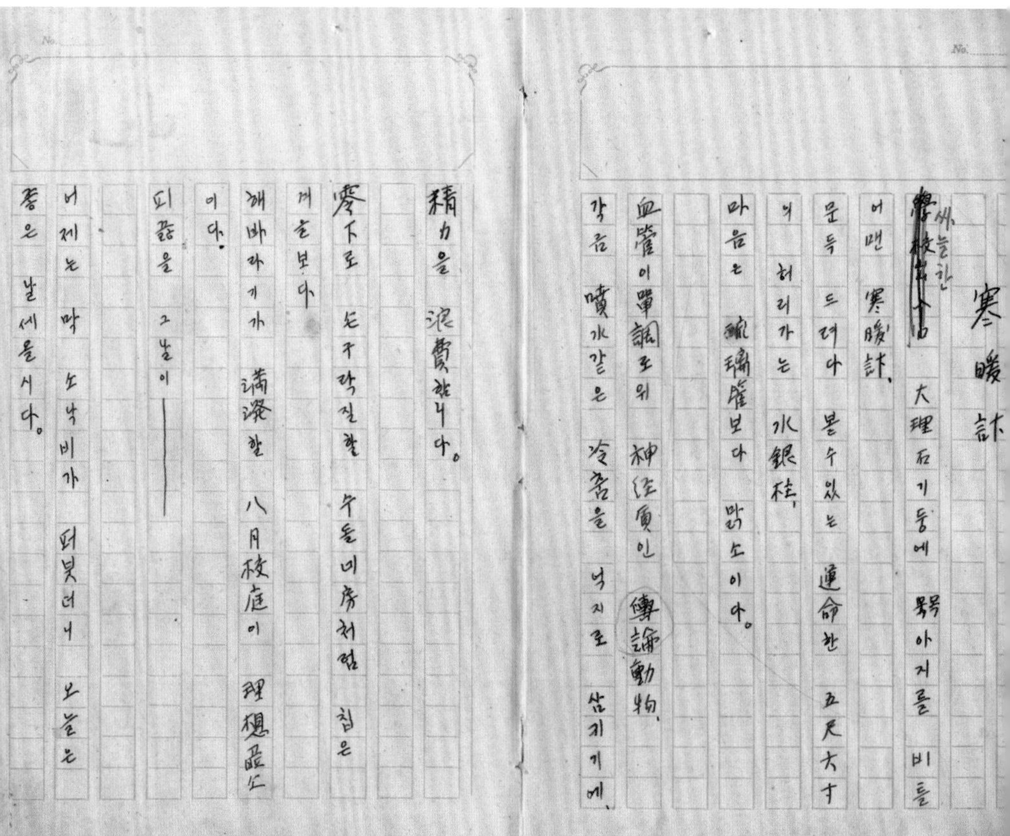
寒暖計

싸늘한 大理石기둥에 목아지를 비틀
어맨 寒暖計,
문득 드려다 볼수있는 運命한 五尺六寸
의 허리가는 水銀柱,
마음은 琉璃管보다 맑소이다.

血管이 單調로워 神經質인 輿論動物,
가끔 噴水같은 冷浸을 억지로 삼키기에,
精力을 浪費합니다.

零下로 손구락질할 수돌네房처럼 칩은
겨울보다
해바라기가 滿發할 八月校庭이 理想곺소
이다.
피끓을 그날이 ——

어제는 막 소낙비가 퍼붓더니 오늘은
좋은 날세올시다.

윤동주 자필 시고 「한난계」 (윤인석 제공)

인 어른동물", "냉침을 억지로 삼키기", "피 끓을 그날"과 같은 날것 그대로의 직설적인 언어를 빈번하게 사용하고 있다. 또한 기백과 열정이 넘치는 젊음의 충동, 생명력이 충만한 "해바라기 만발한 8월의 교정"을 "이상理想"적인 세계로 상정하며, 이를 행동 지향적인 언어와 정념으로 표현하고 있다. 이러한 언어 표현은, 광명중학교 졸업과 대학 진학을 앞두고 시인의 가슴에 들끓고 있는 새로운 세계와 이상에 대한 열망을 적극적으로 표출하는 방법이다. 김우창은, 내성으로만 침잠하는 윤동주가 역사적 행동으로 자기를 밀어붙일 수 있었던 동력의 단초를 이 시와 같은 대목에서 찾는다.[3] 즉 "해바라기 만발한 8월 교정"의 "피끓을 그날"과 같은 젊음의 충동, 계절의 순환과 동일시하는 천리天理를 역사적 시간 속에 대입함으로써 그의 정치적 충동과 행동이 가능했다고 설명한다.

홍미로운 것은 이 시의 도입부 "싸늘한 대리석 기둥"이 원작 노트에는 "학교學校 출입구出入口 대리석大理石 기둥"으로 적혀 있었다는 점이다. 초고에 따르면 '한난계', 즉 수은 온도계가 "학교 출입구 대리석 기둥에 모가지를 비틀어 맨" 채 매달려 있는 상태이다. 이것은 '한난계'를 학교로 대표되는 지성의 메타포, 다시 말해 시대정신과 현실 인식, 정세의 바로미터로 읽을 여지를 준다. 실제로 이 시의 화자는 "진실한 세기의 계절"을 따르기 위해 "하늘만 보이는 울타리 안을 뛰쳐" 나와서 더 넓은 "역사 같은 포지션을 지켜야" 할 것을 제시하고 있다. 이러한 시의 맥락을 고려할 때, 감각을 표현하는 "싸늘한 대리석 기둥"보다, 현실적이며 상징적인 공간으로서 "학교 출입구 대리석 기둥"이 좀 더 적절해 보인다. 이후 윤동주의 시 세계는 "하늘만 보이는 울타리 안"의 세계를 「자화상」에서 "우물"로 변형하고, 그 "우물"에서 자기를 성찰하고 단련하여, "역사"적 현실, 시대의 좌표("세기의 계절")를 향한 행동으로서 "포지션"을 탐색해 나갔다.

호젓한 세기世紀의 달을 따라
알 듯 모를 듯한 데로 거닐과저!

아닌 밤중에 튀기듯이
잠자리를 뛰쳐
끝없는 광야曠野를 홀로 거니는
사람의 심사心思는 외로우려니

아— 이 젊은이는
피라미드처럼 슬프구나

-「비애(悲哀)」(1937.8.18) 전문

이 시의 "젊은이"는 역사적 주체로 스스로를 위치 지우고 세기世紀를 탐색하고 대응한다. 그런데 세계와 역사라는 '광야'는 끝이 없고 역동적이며 변화무쌍하여 혼란스럽다. "젊은이"는 혼란한 "세기世紀의 달을 따라", "광야曠野를 홀로 거니는" 처지로 하여 고단하고 슬프다. 숭고하고 거대하며 무덤과 같은 '피라미드'를 슬픔의 보조관념으로 병치하여 청춘의 비애의 무게를 표현했다.

청춘의 주체성을 확장하고 '세기의 광야'를 탐색하는 시도로 윤동주는 경성의 연희전문학교로 진학했다. 경성 학창시절은 시 「새로운 길」에서 시작해서 「길」로 마무리되었다. 「새로운 길」은 연희전문학교에 입학한 직후, 포부를 안고 앞으로 걸어갈 희망찬 발걸음을 표현했다. 하지만 3년 5개월이 지나 '경성' 생활을 마무리하고 졸업을 앞둔 즈음에 쓴 「길」의 감각과 심상은 확연히 달라져 있다.

잃어버렸습니다.

무얼 어디다 잃었는지 몰라
두 손이 주머니를 더듬어
길에 나아갑니다.

돌과 돌과 돌이 끝없이 연달아
길은 돌담을 끼고 갑니다.

담은 쇠문을 굳게 닫아
길 위에 긴 그림자를 드리우고

길은 아침에서 저녁으로
저녁에서 아침으로 통했습니다.

돌담을 더듬어 눈물짓다
쳐다보면 하늘은 부끄럽게 푸릅니다.

풀 한 포기 없는 이 길을 걷는 것은
담 저쪽에 내가 남아있는 까닭이고,

내가 사는 것은, 다만,
잃은 것을 찾는 까닭입니다.

-「길」(1941.9.31) 전문

이 시의 첫 문장은 "잃어버렸습니다."라고 탄식하며 시작한다. 도대체 "무얼 어디다 잃었는지 몰라" 시적 주체는 더듬거리며 길에 나선다. 지금 그가 걷고 있는 길은 "돌과 돌과 돌이 끝없이 연달아" 있는, "풀 한

포기 없는" 거칠고 황량한 길이다. 그를 둘러싼 상황도 "쇠문을 굳게 닫아 / 길 위에 긴 그림자를 드리우고" 있어서 불길하고 어둡고 폐쇄적이다. 대학에 입학할 무렵에 썼던 시 「새로운 길」에서 시적 주체가 걷는 길은 민들레, 까치, 아가씨, 바람이 함께 했다. 하지만 대학 졸업을 앞두고 그가 가는 길에는 숲과 냇물과 마을의 환대도 없이 황량하기만 하다.

'굳게 닫힌 쇠문'과 '길 위의 어두운 그림자'가 상징하듯이, 시적 주체는 길을 잃고 방황한다. 하지만 어둡고 폐쇄적인 미래 앞에서 주저앉아 좌절할 수는 없다. 그가 포기하지 않고 길을 걷는 것은 앞을 가로막는 '쇠문'과 '돌담' 저쪽에 "내가 남아 있는 까닭"이다. 시적 주체를 살게 하는 이유가 '잃어버린 것'을 찾기 위함이고, 그 잃어버린 것이 바로 나 자신이라는 깨달음이다.

사랑:
청춘의 정념

1938년과 1939년 사이 대학 1~2학년 때야말로 윤동주에게 청춘의 열망이 가장 활성화되던 시기였다. 이 시기의 시와 산문에서 청춘의 낭만과 연애, 이성을 사모하고 열렬하게 그리워하는 마음 등으로 설레기도 하고 혼란스러운 상태를 고백하기도 한다. 1939년 대학 2학년 때, 기숙사를 나와 북아현동과 서소문 등에서 하숙을 하며 경성에 한 발 더 들어가서 근대성과 도시의 욕망과 비참을 탐색하였다. 『문장』과 『인문평론』을 매달 구입해서 읽으며 자기의 문학과 조선의 문학장을 가늠하고, 문학 동인을 만들어 몰려다니며 합평회를 하고 동인지를 만들겠다고 동분서주하기도 하였다. 『조선일보』에 시를 투고하여 싣기도 했다. 북아현동에 살 때 시인 정지용을 방문했다는 소문도 있다. 「자화상」은 이 시기를 갈무리할 즈음에 썼다. 「자화상」은 청춘의 이상과 그리움, 열정과 자책, 미련과 망설임, 혼란 등의 정념이 휘몰아치고 있는 시이다. 그런 내면을 들여다보는 시적 주체의 시선이 성찰과 새로운 자아의 모색으로 이어졌다.

시 「이적(異蹟)」(1938.6.19)은 강렬한 정념이 폭풍과 해일처럼 파도치는 청춘의 내면을 호소하고 평정하려는 고투를 보여 준다.

> 발에 터분한 것을 다 빼어버리고
> 황혼黃昏이 호수湖水 위로 걸어오듯이
> 나도 사뿐사뿐 걸어보리이까?

내사 이 호숫가로
부르는 이 없이
불리어 온 것은
참말 이적異蹟이외다.

오늘따라
연정戀情, 자홀自惚, 시기猜忌, 이것들이
자꾸 금金메달처럼 만져지는구려

하나, 내 모든 것을 여념餘念 없이
물결에 써서 보내려니
당신은 호면湖面으로 나를 불러 내소서.

-「이적(異蹟)」(1938.6.19) 전문

"오늘따라 / 연정戀情, 자홀自惚, 시기猜忌, 이것들이 / 자꾸 금메달처럼 만져지는구려"라며, 청춘의 산란한 마음을 표현한다. 이 시의 자필 원고에는 처음에 "자긍自肯, 시기猜忌, 분노奮怒"라고 썼다가 지운 흔적이 남아 있다. 당시 윤동주가 평정되지 않는 열렬하고 복합적인 감정에 빠져 있는 상황을 보여 준다. "연정, 자홀, 시기"를 "금메달"에 비유하고 "자꾸 만져지는구려"라고 고백한 걸 보면, 그것이 매혹이면서 동시에 두려움이었던 것 같다. 청춘의 정념에 이끌려 황홀과 매혹, 두려움과 불안 사이에서 분열하고 혼란에 빠진 청년 윤동주의 내면이다.

이 시의 자필 원고를 보면, 마지막에 "걸으라! 명령命令하소서!"라는 부분이 있었는데, 지워 버렸다. 또 원고 여백에 "모욕을 참어라"는 구절이 씌어 있다.[4] 썼다 지웠다 다시 쓰고, 낙서하는 행위 자체가 갈피를 잡지 못하는 내면 풍경을 반영한다. 스스로 감당할 수 없는 내면의 충동, "내

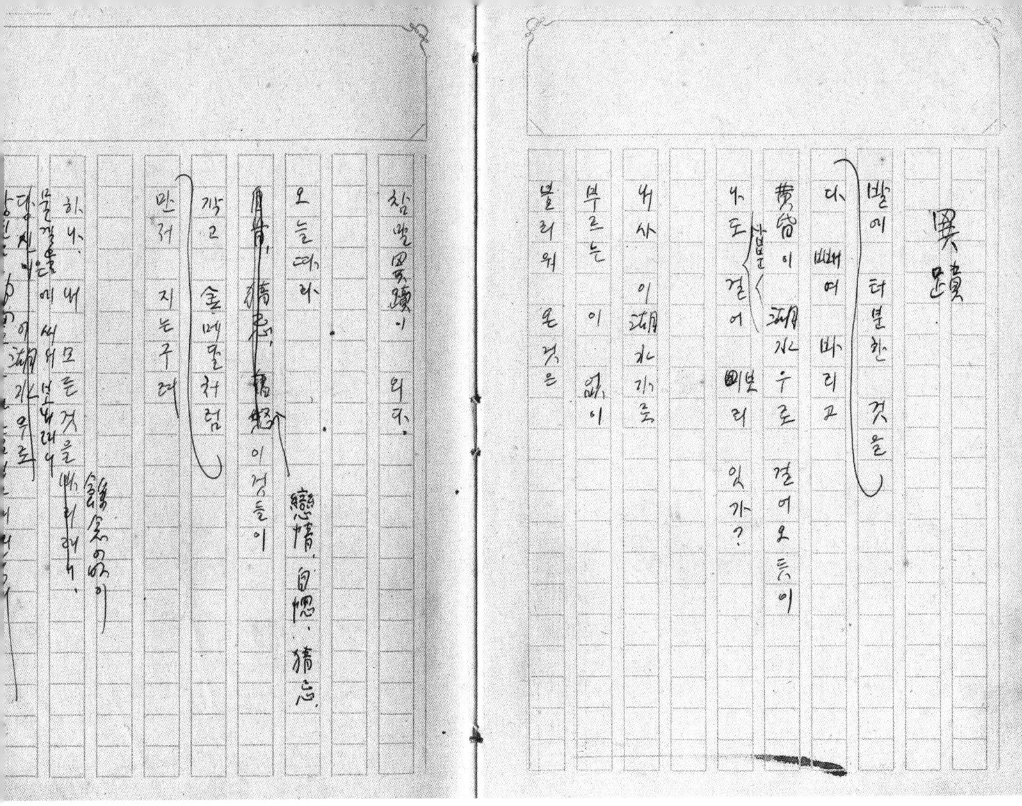

윤동주 자필 시고 「이적」(윤인석 제공)

모든 것을 여념 없이 / 물결에 써서" 절대자에게 고백하오니, 평정을 주소서라는 고백성사와도 같다. 현실에서 인간 의지로 평정할 수 없는 청춘의 정념을 신의 "이적異蹟"에 의탁하여 해결하고자 한다.

시 「이적」은, 신약성서 〈마태복음〉 14장 25~33절에 나오는 '예수와 베드로가 물 위를 걸었던 이적'의 이야기를 배경으로 삼고 있다. 갈릴리 호수에서 제자들만 배에 탄 채 풍랑에 시달리고 있을 때, 예수가 물 위를 걸어 그들에게 다가왔다. 그 모습을 보고 유령인 줄 알고 놀라서 두려워하는 제자들에게 예수가 자신임을 밝히면서 안심시키자, 베드로는 자신도 물 위를 걸어 예수께로 가게 해 달라고 청했다. 예수가 허락하자 베드로도 배에서 물 위로 내려 물 위를 걸을 수 있었다는 것이 〈마태복음〉에서 전하는 이적異蹟의 내용이다.[5] 〈마태복음〉의 기적 이야기와 윤동주의 시

「이적」에서 공통점은, 베드로와 제자들이 풍랑에 시달리며 두려움에 빠져 있었던 것과 같이 시적 주체도 "연정, 자홀, 시기" 등 청춘의 정념이라는 거친 풍랑 속에서 휘청거리고 있다는 점이다.

고백하지 못하고 제 홀로 간직한 채 고민하고 희망하는 사랑은 더욱 열렬하고 안타깝고 애가 탄다. 윤동주에게 사랑은, 이렇게 갈피를 잡지 못하고 들끓는 혼란을 동반하며 나타났다.

윤동주의 시에서 사랑의 감정은 수줍고 부끄러운 마음, "달처럼 외로운 사랑"에서부터 에로스적인 열정과 욕망의 표현, 영원한 사랑에 대한 매혹과 열망까지 다양하게 나타난다. 산문 「달을 쏘다」에는, 연희전문학교 기숙사에서 사랑스러운 아가씨를 연모하는 아름다운 상상과 고향을 그리워하는 향수가 결합하기도 한다.

> 나의 누추陋醜한 방房이 달빛에 잠겨 아름다운 그림이 된다는 것보담도 오히려 슬픈 선창船艙이 되는 것이다. 창살이 이마로부터 콧마루, 입술, 이렇게 하여 가슴에 여민 손등에까지 어른거려 나의 마음을 간지르는 것이다. 옆에 누운 분의 숨소리에 방房은 무시무시해진다. 아이처럼 황황해지는 가슴에 눈을 치떠서 밖을 내다보니 가을 하늘은 역시 맑고 우거진 송림松林은 한 폭의 묵화墨畫다. 달빛은 솔가지에 솔가지에 쏟아져 바람인 양 솨 — 소리가 날듯하다. 들리는 것은 시계소리와 숨소리와 귀또리 울음뿐 벅적거리던 기숙사도 절간보다 더 한층 고요한 것이 아니냐?
>
> 나는 깊은 사념思念에 잠기우기 한창이다. 딴은 사랑스런 아가씨를 사유私有할 수 있는 아름다운 상화想華도 좋고, 어린 적 미련을 두고 온 고향에의 향수鄕愁도 좋거니와 그보담 손쉽게 표현表現 못할 심각深刻한 그 무엇이 있다.
>
> -「달을 쏘다」(1938.10) 부분

산문 「달을 쏘다」는 1938년 9월 말의 어느 달밤 연희전문학교 교정과 기숙사를 배경으로 하고 있다. 환한 달빛이 스며드는 시인의 누추한 기숙사 방은 '슬픈 선창船艙'이 된다. '슬픈 선창'이라고 명명한 것은 현실 속에 부재하는 님을 향한 그리움과 외로움에서 나온 슬픔으로 보인다. 창살에서 들어온 달빛이 이마, 콧마루, 입술을 거쳐 "가슴에 여민 손등"까지 고루 비추며 시인의 마음을 간질이고 있다. 환한 달빛에 이끌려 깊은 사념에 잠기는데, 그 사념은 여성에 대한 아름다운 상화想華나 고향에 대한 향수이거나 "손쉽게 표현 못할 심각한 그 무엇" 이기도 하다. 결국 시인은 달빛에 이끌려 기숙사를 나와 코스모스 핀 교정을 배회한다.

시 「코스모스」는 「달을 쏘다」의 상념을 이어 받아서 가을밤의 고독과 사랑을 펼쳐 보이며, 한 소녀를 향한 그리움을 고백하고 있다.

청초淸楚한 코스모스는
오직 하나인 나의 아가씨,

달빛이 싸늘히 추운 밤이면
옛 소녀少女가 못 견디게 그리워
코스모스 핀 정원庭園으로 찾아간다.

코스모스는
귀또리 울음에도 수줍어지고,

코스모스 앞에선 나는
어렸을 적처럼 부끄러워지나니,

내 마음은 코스모스의 마음이요

코스모스의 마음은 내 마음이다.

-「코스모스」(1938.9.20) 전문

이 시의 화자는 "달빛이 싸늘히 추운 밤이면 / 옛 소녀가 못 견디게 그리워"진다고 고백한다. 그 소녀는 "청초한 코스모스"로 표상되어 애절하고 간절하게 다가와 못 견디게 그리워진다. 이런 감정의 파동이 부끄럽기도 하다. 그런데 서로를 향한 마음을 표현하지 못한 채 수줍어하고 부끄러워할 뿐이다. 이것은 성숙한 청년의 사랑이 아니라 "어렸을 적"의 것이다. 그렇기에 순수하고 안타깝게 느껴진다.

시 「달같이」에서는 '달'을 매개로 연모의 감정을 표현하고 있다.

연륜年輪이 자라듯이
달이 자라는 고요한 밤에
달같이 외로운 사랑이
가슴 하나 뻐근히
연륜年輪처럼 피어 나간다.

-「달같이」(1939.9) 전문

윤동주가 이 시를 쓰던 무렵은 연희전문 2학년에 다니면서 서소문 혹은 아현동 근처에서 하숙할 때이다. 시에서 외로움과 사랑이 '달'과 함께 커지고 환해지는 형상은, 윤동주의 시에서 특징적인 감각이다. 달은 윤동주에게 "하늘과 바람과 별"과 같은 표상체계로서, 고향 북간도와 그곳의 어머니를 환기하는 기호이기도 하다. 시 「달같이」에서 외로움은 한 여성에 대한 그리움 때문인데, 그 사랑을 드러낼 수 없는 마음은 슬픔으로 표현된다. "연륜이 자라듯이 / 달이 자라는" 상황에 비유하여, 자신의 외로운 사랑도 "연륜처럼 피어 나간다."라고 말한다.

윤동주의 시에서 사랑의 감정 또는 사랑하는 여성의 형상이 육체성을 갖고 구체화되는 것은 드물다. 21살에 쓴 「명상」은, 이성을 사모하고 그리워하는 마음이 온몸으로 스며드는 느낌을 감각적인 언어로 표현하고 있다. 이 시는 북간도 광명중학교에 재학 중일 때 쓴 것으로 '서분하다', '골골히' 같은 지역의 방언을 적절하게 사용하였다. 그래서 현대 표기로 읽는 것보다 창작 당시의 원래 표기로 읽는 것이 시의 맛을 더 살려준다.

가츨가츨한 머리칼은 오막사리 처마끝,
쉬파람에 콧마루가 서분한양 간질키오.

들창(窓)같은 눈은 가볍게 닫혀,
이밤에 연정(戀情)은 어둠처럼 골골히 스며드오.

- 「명상(瞑想)」(1937.8.20)[6] 전문

이 시는 연모하는 여인의 형상을 감각적인 표현과 비유를 사용하여 그려 내고 있다. "가츨가츨한" 머리카락은 오막살이 처마 끝처럼 아련하고, 콧마루가 살에 닿아 스치는 것처럼 간질거리며, 들창 같은 눈은 살포시 가볍게 감겨져 있는 모습이다. 마치 어둠이 땅 위에 서서히 내려앉듯이, 그녀의 머리칼과 콧마루와 감은 눈이 시적 주체의 마음과 육체에 "서분한양 간질키"며 "골골히 스며" 들어온다. '서분하다'는 평안북도 지역의 방언으로 '서운하다'의 뜻이다. '서분하다'는 유성마찰음 ㅸ에 대응하는 ㅂ을 유지하고 있는 몇몇 어휘가 평북 방언에 남아 있는 사례이다.[7]

실제로 윤동주가 여성을 만나서 데이트를 했다는 기록이 있다. 북간도 은진중학교 후배 장덕순은 용정 해란강가에서 윤동주가 한 여학생과 데이트하는 것을 보았다고 했다.

「용정의 해란강가海蘭江岸가 산책 코스로서는 좋았어!」

동주의 말이다.

「난 좋은 줄 모르겠오. 강기슭엔 돌 하나 없고 강물은 흐리고 돛단배 한 척 떠 있지 않은 삭막한 그 해란강이 무엇이 좋아요.」

이것은 나의 말이다. 해란강의 이름은 아름답다. 그러나 이름처럼 아름답지 못한 강이다. 동주가 좋아하는 이유는 그가 시인이었기에 그 마음속으로 이미 승화시켜 놓았기 때문이라고 나는 생각했다. 그리고 방학 때 용정에 오면 나와 함께 종종 이 강기슭을 산책도 했으나, 그는 당시 이화여전에 재학 중인 여학생과도 거닐었던 것으로 기억한다. 오히려 여학생과 거닐던 추억이 동주로 하여금 해란강을 미화시켰던 것이리라. 해란강 옆에는 통칭 '연애공원'이란 숲이 있다. 버드나무와 비수리나무가 제법 우거진 그윽한 숲이다. 그곳은 「버들방천」이라고도 불렀는데, …(중략)… 요새 말로 젊은 「데이트」족이 곧잘 이 숲에 모여들기 때문인데, 그 이름이 퍽 저속하다고 내가 얘기했더니, 동주는 제법 선배답게 그것을 시정해줬다.

「연애가 아니라 여래如來이어야 한다」고.

과연 그 숲속엔 고풍이 깃든 중국인의 사찰이 하나 있었다. 석가여래의 「여래」를 따서 「여래공원」이, 「연애」로 와전된 것이라는 이 이름은 점잖게 수긍이 된다. 그러나 용정 시민들은 한결같이 「연애공원」이란다. 여래보다는 연애가 역시 매력이 있어서인 것 같았다.

- 장덕순, 「간도 이야기」8

장덕순의 기억에 따르면, 윤동주는 당시 이화여전에 재학 중이던 여학생과 북간도 용정의 해란강을 거닐며 데이트를 했다. 그들의 해란강 기슭 산보의 '뉘앙스'는 '연애'였다. 장덕순이 보기에 아름다울 것 하나 없는 해란강을 윤동주가 "산책 코스로 좋았어!"라고 강조하는 사실에서, "여학생과 거닐던 추억이 동주로 하여금 해란강을 미화시켰던 것"이라고 짐작한다.

윤동주가 혼자서 연정을 품고 애태우던 여성이 있었다는 기록은, 『하늘과 바람과 별과 시』(정음사, 1948) 초판본에 실린 강처중의 회고를 통해서도 확인할 수 있다.

> 그(윤동주-인용자)는 한 여성을 사랑하였다. 그러나 이 사랑을 그 여성에게도 친구들에게도 끝내 고백하지 안했다. 그 여성도 모르는, 친구들도 모르는 사랑을 회답도 없고, 돌아오지도 않는 사랑을 제 홀로 간직한 채 고민도 하면서 희망도 하면서 — 쑥스럽다 할까 어리석다 할까? 그러나 이제 와 고쳐 생각하니 이것은 하나의 여성에 대한 사랑이 아니라 이루어지지 않을 '또 다른 고향'에 대한 꿈이 아니었던가. 어쨌든 친구들에게 이것만은 힘써 감추었다.
>
> - 강처중, 「발문」[9]

잘 알려진 대로 강처중은, 윤동주가 일본 유학 중에 편지를 써서 시와 마음을 전하던 절친한 친구이자 후견인이었다. 강처중의 회고에 따르면, 윤동주는 "그 여성도 모르는, 친구들도 모르는 사랑을 회답도 없고, 돌아오지도 않는 사랑을 제 홀로" 했다고 한다. 그것은 시 「코스모스」에서 못 견디게 그립지만 수줍고 부끄러워서 표현하지 못하는 사랑, 시 「달같이」에서 가슴 빠근한 외로운 사랑이었다. 힘써 감추었음에도 불구하고 강처중이 알아챌 수 있을 정도로 윤동주의 사랑은 열렬하였던 것 같다.

연희전문학교 시절에 함께 하숙을 했던 정병욱은, 윤동주가 사모했던 여성을 더 구체적으로 기록하고 있다.

> 그리고 여기서 또 하나 밝혀둘 것은 신촌의 기숙사에서 시내로 하숙을

'바이블 클라스' 단체 사진(윤인석 제공) 뒷줄 오른쪽 첫 번째가 윤동주

얻어서 들어왔다가 하필이면 교외인 신촌으로 나가는 것도 아니고 그렇다고 시내라고도 할 수 없는 북아현동으로 왜 하숙을 옮겼느냐는 문제이다. 실은 이 북아현동에는 동주 형의 아버님 친구로서 전에 교사를 하다가 전직을 하여 실업계에 투신하고 있는 지사志士 한 분이 살고 계셨다. 동주 형은 그분을 매우 존경했고 가끔 그분 댁을 찾기도 했었다. 그런데 그분의 따님이 이화여전 문과의 같은 졸업반이었고, 줄곧 협성교회와 케이블 목사 부인이 지도하는 바이블 클라스에도 같이 참석하고 있었다. 동주 형은 물론 나이 어린 나에게 그 여자에 대한 심정을 토로한 적은 없었다. 그러나 그 여자에 대한 감정이 결코 평범하지 않았다는 것만은 피부로 느낄 수 있었다. …(중략)… 이런 일도 혹시 이 무렵의 작품을 이해하는 데 도움이 될 수 있을까 하여 여기 처음으로 동주

의 여성 관계를 공개하여 두는 바이다.

- 정병욱, 「잊지 못할 윤동주의 일들」[10]

이 기록에 따르면, 윤동주가 대학 시절 초기부터 혼자 연모했던 여성이 아버지 친구의 따님이었고, 그 집을 인사차 가끔 방문하면서 그녀를 연모하는 마음이 시작되었다. '바이블 클라스', 즉 성경을 공부하는 모임에 그 여성과 같이 참석했다는 사실은, 어쩌면 윤동주의 염결성을 더욱 긴장하게 만들어서 사랑의 감정을 절제하고 숨기는 계기로 작용했을 수 있다.

정병욱은 이어서, 그 여성과 "매일 같은 기차역에서 차를 기다렸고 같은 차로 통학했으며, 교회와 바이블 클라스에서 서로 건너다보는 정도에서 그쳤지마는 오가는 눈길에서 서로 마음만을 주고받았는지 모를 일이라 하겠다."[11]라고 회고하였다.

하숙집을 옮겨서까지 사랑하는 여성에게 가까이 가려고 했던 절실한 연모의 마음과 그리움. 하지만 솟아오르는 사랑의 감정과 달리 그것을 절제하려는 노력으로 젊은 윤동주의 마음은 버겁고 힘겨웠을 것이다. 종교적 성격을 덧입은 '순결한' 사랑에 대한 강박이 그의 사랑을 더욱 안타깝고 외롭고 괴로운 것으로 만들었다. 이런 심리적 번민과 안타까움, 혼란한 마음이 그의 시와 언어로 표현되었다.

'순順이'라는 이름

윤동주의 시에서 '순順이'는 특별한 위치를 갖는다. 「사랑의 전당」, 「소년」, 「눈 오는 지도」에서 공통적으로, 사랑하는 여성을 '순이'라고 호명하였다. 청춘이 경험하는 사랑의 전당에서 '순이'와 영원한 사랑을 꿈꾸었으며(「사랑의 전당」), '순이'는 슬프고 아름다운 사람의 얼굴로 기억되었다가(「소년」), 사랑 또는 이별의 말 한마디 없이 가는 곳도 가르쳐주지 않고 떠나버린 사랑(「눈 오는 지도」)이었다.

순順아 너는 내 전殿에 언제 들어왔던 것이냐?
내사 언제 네 전殿에 들어갔던 것이냐?

우리들의 전당殿堂은
고풍古風한 풍습風習이 어린 사랑의 전당殿堂

순順아 암사슴처럼 수정水晶눈을 내려감아라.
난 사자처럼 엉클린 머리를 고루련다.

우리들의 사랑은 한낱 벙어리였다.

청춘!

성聖스런 촛대에 열熱한 불이 꺼지기 전前
순順아 너는 앞문으로 내달려라.

어둠과 바람이 우리 창窓에 부닥치기 전前
나는 영원永遠한 사랑을 안은 채
뒷문으로 멀리 사라지련다.

이제 네게는 삼림森林 속의 아늑한 호수湖水가 있고
내게는 준험峻險한 산맥山脈이 있다.

-「사랑의 전당(殿堂)」(1938.6.19) 전문

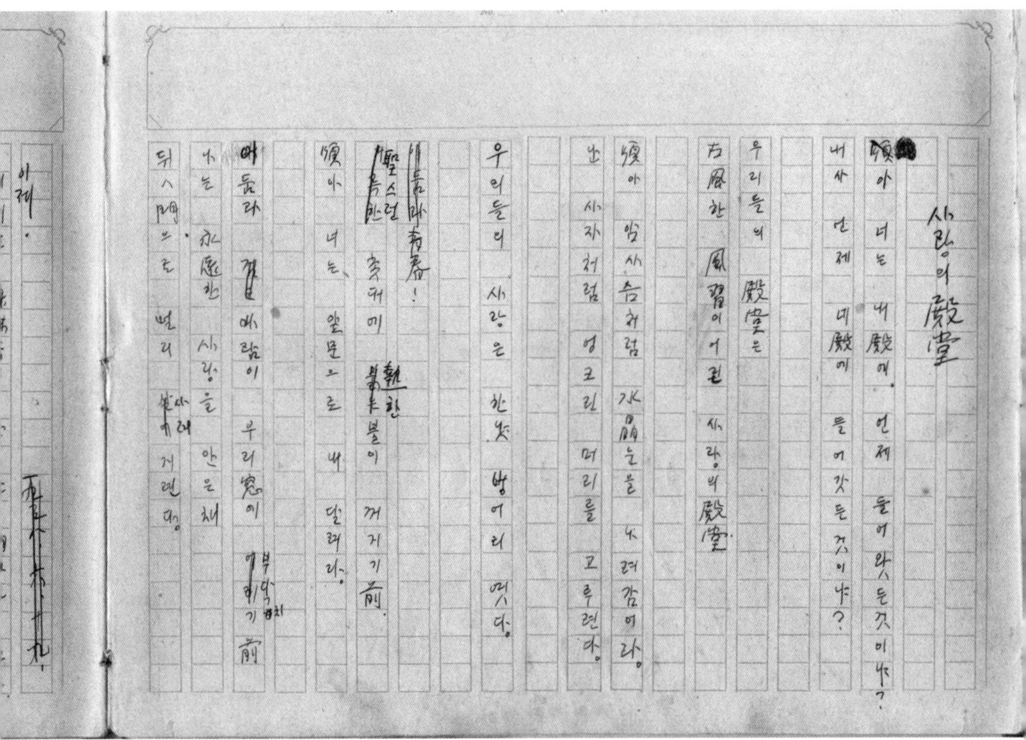
사랑의 殿堂

順아 너는 내殿에 언제 들어왔든것이냐?
내사 언제 네殿에 들어갓든것이냐?

우리들의 殿堂은
古風한 風習이 어린 사랑의 殿堂

順아 암사슴처럼 水晶눈을 나려감어라.
난 사자처럼 엉크린 머리를 고루련다.

우리들의 사랑은 한낱 벙어리였다.

聖스런 촛대에 熱한 불이 꺼지기 前
順아 너는 앞문으로 내달려라.

어둠과 바람이 우리 窓에 부닥치기 前
나는 永遠한 사랑을 안은채
뒤ㅅ門으로 멀리 사라지련다.

이제.

윤동주 자필 시고 「사랑의 전당」(윤인석 제공)

시 「사랑의 전당」은 「이적」(1938.6.19)과 같은 날 쓰였다. 시는 "순順아 너는 내 전殿에 언제 들어왔던 것이냐?"라는 질문으로 시작한다. 이것은 의식하지도 못한 채 사랑에 빠진 자의 당혹감이며, "청춘!"의 사건이다. 거부하려고 제어하려고 해도 막무가내로 쳐들어온 "사랑" 앞에서 당황하며 어떤 자세를 취해야 할 것인가를 묻는다.

이 시의 원작 노트에는 '순하다'는 뜻의 '순順'이 아니라 '잡물이 섞이지 않아서 순수하다'는 뜻의 '순純'으로 썼다가 지운 흔적이 있다.[12] '順순'과 '純순'은 뉘앙스가 다르지만 그 성격과 지향은 유사하다. 실제로 「사랑의 전당」에서 시적 화자가 사랑하는 여성을 표상하는 단어로는 '순順'보다 '순純'이 더 가까울 수 있다.

「사랑의 전당」에서 '순이'는 "암사슴처럼 수정눈"을 가진 모습으로, '나'는 "사자처럼 헝클린 머리"를 가진 모습으로 대비되어 있다. 사자와 같이 헝클어진 머리처럼 혼란하고 어두운 '나'의 열정과 욕망, 예측할 수 없는 '나'의 야성이 암사슴과 같이 수정처럼 순(수)한 '순이'를 다치게 하거나 오염시킬지도 모른다는 두려움이 긴박한 어조로 표현되고 있다. 두 사람의 '영원한 사랑'을 완성하는 방법은, "어둠과 바람이 우리 창에 부닥치기 전"에 '순이'는 앞문으로 내달려 우거진 숲에서 보호받는 아늑한 호수로 나가고, '나'는 뒷문으로 사라져서 준험한 산맥에 들어가 고통을 받는 것뿐이다. 이러한 슬픈 사랑의 서사는 「사랑의 전당」에 이어서 「소년」, 「눈 오는 지도」에서도 반복해서 나타난다.

윤동주의 시에서 '순이'라는 형상이 나타나게 된 배경은 무엇일까? 당대의 시와 상호텍스트적인 관점에서 살펴보자. 윤동주의 스크랩북 중에는 장만영의 시 「순이順伊와 나와」가 들어 있다.

푸른 잔디를 깔고
순이順伊와 나란히 앉았다

순이順伊의 어깨로 나의 팔이 오른다
나의 어깨로 순이順伊의 팔이 오른다

순이順伊 너는 내가 좋으냐?

순이順伊의 눈이 수정水晶처럼 맑아진다
순이에 얼골이 나의 가슴을 파고든다

솔바람이 바다처럼 시원스런
언덕
봄
순이順伊와 나는
먼 산맥山脈들처럼 고요한 내일來日을 생각하며
행복幸福하다.

- 장만영, 「순이(順伊)와 나와」(『조선일보』 1938.6.7) 전문

장만영의 이 시를 윤동주가 스크랩하고 며칠 뒤에 「사랑의 전당」을 창작하였다. 윤동주의 「사랑의 전당」과 장만영의 「순이와 나와」는 공통적으로, 사랑하는 여성을 '순이'로 호칭하고 '수정'처럼 맑은 눈을 가진 모습으로 형상화하였다. 이 점에서 「사랑의 전당」이 장만영의 「순이와 나와」에서 촉발되었을 가능성이 크다.

그런데 두 시에서 사랑을 표현하는 언어와 방법은 사뭇 다르다. 장만영의 시에서 '순이'와 '나'는 봄날 솔바람이 바다처럼 시원하게 불어오는 언덕 위의 풀밭에 나란히 앉아 있다. 두 사람은 언어와 육체로 자신들의 사랑을 스스럼없이 자연스럽게 표현한다. "너는 내가 좋으냐?"라며 사랑을 고백하여 확인하고, 서로의 어깨를 어루만지고 가슴에 안겨서 밀월을

즐긴다. 이와 달리 윤동주의 「사랑의 전당」에서 '순이'와 '나'는 언제부터 인지 모르게 서로의 마음에 들어가 '사랑의 전당'을 만들었지만, 그 사랑을 고백해서 말할 수 없기에 "우리들의 사랑은 한낱 벙어리였다."라고 한다. '지금 여기'에서 함께 사랑을 나눌 수 없어서, 미래의 영원한 사랑을 기약하며 '순이'와 '나'는 앞문과 뒷문, 서로 반대 방향으로 달려갈 수밖에 없다. 이렇게 「사랑의 전당」은 어찌할 수 없는 사랑의 애타는 감정과 힘겨운 이별을 예감하고 있다.

한편, 「사랑의 전당」에는 윤동주의 시에서 보기 드물게, 열렬한 사랑의 표현과 고백이 나타난다. 「사랑의 전당」이 구사하는 사랑의 언어와 심상은 또 다른 시를 떠오르게 하는데, 이상화의 「나의 침실로」이다. 「사랑의 전당」에서 '순이'를 반복해서 부르는 장면이, 「나의 침실로」에서 매 연마다 "마돈나"를 애타게 부르며 사랑을 하소연하는 화법을 연상시킨다.

— 가장 아름답고 오랜 것은 오직 꿈속에만 있어라.

'마돈나' 지금은 밤도, 모든 목거지에 다니노라 피곤하여 돌아가려는도다,
아, 너도, 먼동이 트기 전으로, 수밀도水蜜桃의 네 가슴에, 이슬이 맺도록 달려오너라.

'마돈나' 오려무나, 네 집에서 눈으로 유전遺傳하던 진주眞珠는, 다 두고 몸만 오너라,
빨리 가자, 우리는 밝음이 오면, 어딘지도 모르게 숨는 두 별이어라.

'마돈나' 구석지고도 어둔 마음의 거리에서, 나는 두려워 떨며 기다리노라,
아, 어느덧 첫닭이 울고 — 뭇개가 짖도다, 나의 아씨여, 너도 듣느냐.

- 이상화, 「나의 침실로」(1924.9) 부분

「나의 침실로」와 「사랑의 전당」은 사랑이 존재하는 시간과 공간, 사랑하는 대상의 표상, 시의 화자와 사랑하는 대상이 맺는 관계 등에서 유사성을 찾을 수 있다. 「사랑의 전당」은 사랑이 존재하는 시간을 "성스런 촛대에 열한 불이 꺼지기 전", "어둠과 바람이 우리 창에 부닥치기 전"으로 한정하고 있으며, 「나의 침실로」는 "먼동이 트기 전", "사원寺院의 쇠북이, 우리를 비웃기 전", "안개가 사라지기 전"의 어둠과 밤의 시간으로 제한하였다. 두 시의 화자는 제한된 시간 안에 사랑을 완성하기 위해, 연인의 이름을 초조하고 애타게 부르며 사랑을 호소한다. 한계를 의식하는 사랑은 그 절박함만큼 밀도가 높다.

또한 두 시에서 사랑은 닫힌 공간, 제한된 공간에서 실현된다. 「나의 침실로」에서 "마돈나"를 호명하고 만나고자 하는 공간은 내가 손수 닦아서 마련한 "나의 침실"이며, 그곳은 두 사람이 사랑으로 새롭게 태어나게 될 "부활의 동굴"로 의미화된다. 「사랑의 전당」도 "고풍한 풍습이 어린", "성스런 촛대에 열한 불"이 켜져 있는 전당에서 사랑이 이루어진다. 김흥규는 두 시의 관계를 포착하여, "'순이'는 이상화의 '마돈나'와 흡사한 상징적 존재다. 주목되는 것은 「나의 침실로」에서 이상화가 외계와 차단된 생명의 밀실로 '마돈나'를 불러들이는데 비해, 위의 작품(「사랑의 전당」-인용자)에 보이는 윤동주의 지향은 상반되는 의지를 보인다는 점이다."[13]라고 설명하였다.

두 시의 차이점도 분명하다. 「나의 침실로」는 '마돈나'와 합일을 통해 사랑의 완성을 갈망하는 관능적인 이미지와 격정적인 호흡이 두드러지는데, 「사랑의 전당」에서 '순이'는 순수하고 순결한 존재이며 '고풍스럽고 성스러운' 사랑을 지향한다. 이러한 차이를 고려하더라도, '마돈나'와 '순이'는 사랑을 위해 온몸으로 달려오는 또는 달려가는 존재의 표상이라는 공통점이 두드러진다.

장만영의 「순이와 나와」, 이상화의 「나의 침실로」를 겹쳐 읽으면, 「사랑의 전당」이 복합적인 텍스트라는 것을 알 수 있다. 표면적으로 「사랑의 전당」이 지향하는 사랑은, '순이'가 본래의 모습인 "아늑한 호수"처럼 평정을 찾도록 하는 것이다. 그것이 영원한 사랑을 실현하는 방법이라고 믿기에, 이별의 슬픔을 "준험한 산맥"처럼 감내하는 것은 '나'의 몫이었다. 하지만 시의 중반에서 화자의 어조와 언어가 바뀐다. "청춘!"과 "열한 불"을 배경으로 하여 "내달"리는 역동적인 '순이'의 이미지가, "암사슴처럼 수정눈"을 가진 순수한 '순이'의 이미지와 충돌하며 균열을 일으킨다. 이 균열을 통해, 순결하고 영원한 사랑을 이상화하는 태도, 한 여성과의 사랑을 감당할 수 없을 것이라는 두려움에 가려져 있던 '청춘의 열정적인 사랑을 향한 갈망'이 드러난다. '전당殿堂'이라는 제의적 공간과 '청춘'이라는 정념의 파토스가 '사랑'을 두고 갈등하며 부딪치고 분열하는 것이다.

그러나 「소년」과 「눈 오는 지도」의 '순이' 이미지에서 이러한 균열은 더 이상 나타나지 않는다. 슬프고 아름다운 '순이'의 얼굴, '순이'와 아름답고 영원한 사랑을 꿈꾸지만 이별할 수밖에 없는 슬픈 사랑의 서사가 중심을 이룬다.

> 여기저기서 단풍잎 같은 슬픈 가을이 뚝뚝 떨어진다. 단풍잎 떨어져 나온 자리마다 봄을 마련해 놓고 나뭇가지 위에 하늘이 펼쳐있다. 가만히 하늘을 들여다보려면 눈썹에 파란 물감이 든다. 두 손으로 따뜻한 볼을 씃어보면 손바닥에도 파란 물감이 묻어난다. 다시 손바닥을 들여다본다. 손금에는 맑은 강물이 흐르고, 맑은 강물이 흐르고, 강물 속에는 사랑처럼 슬픈 얼굴—아름다운 순이順伊의 얼굴이 어린다. 소년少年은 황홀히 눈을 감아본다. 그래도 맑은 강물은 흘러 사랑처럼 슬픈 얼굴—아름다운 순이順伊의 얼굴은 어린다.
>
> -「소년」(1939) 전문

「소년」은 한 편의 동화 같은 시다. 단풍잎이 뚝뚝 떨어지는 가을, 가만히 가을 하늘을 들여다보면 눈썹에 파란 물이 들고, 얼굴을 씻어낸 손바닥에도 파란 물감이 묻어난다. 그 손금에 맑은 강물이 흐르고, 흐르는 강물 속에 '아름다운 순이의 얼굴'이 어린다. '순이의 얼굴'은 아름다운 가을의 풍경― 파란 하늘, 단풍잎, 맑은 강물이 조성하는 아름다운 풍경 속에 배치된다.

「사랑의 전당」과 「소년」에서 '순이'는 같은 이름을 가졌지만, 다른 사랑을 한다. 시의 주체가 달라졌기 때문이다. 「사랑의 전당」에서 '암사슴처럼 수정눈'을 가진 '순이'를 사랑하여, 청춘의 열정으로 들끓으며 벙어리 같은 사랑에 괴로워하던 '청년'은 사라졌다. 대신 풍경처럼 아름답고 슬픈 '순이'를 사랑하는 '소년'이 남았다. 「소년」에는 청춘의 열정이나 욕망이 들어설 자리가 없다. 미학적 "황홀"이 있을 뿐이다. '단풍잎―하늘―강물―순이'로 연결되는 자연의 순환적 완결성이 「소년」의 구조를 생성한다.

> 순이가 떠난다는 아침에 말 못 할 마음으로 함박눈이 내려, 슬픈 것처럼 창밖에 아득히 깔린 지도 위에 덮인다. 방 안을 돌아다보아야 아무도 없다. 벽과 천정이 하얗다. 방 안에까지 눈이 내리는 것일까. 정말 너는 잃어버린 역사처럼 홀홀히 가는 것이냐, 떠나기 전에 일러둘 말이 있던 것을 편지를 써서도 네가 가는 곳을 몰라 어느 거리, 어느 마을, 어느 지붕 밑, 너는 내 마음속에만 남아있는 것이냐, 네 조그만 발자국을 눈이 자꾸 내려 덮여 따라갈 수도 없다. 눈이 녹으면 남은 발자국 자리마다 꽃이 피리니 꽃 사이로 발자국을 찾아 나서면 1년 열두 달 하냥 내 마음에는 눈이 내리리라.
>
> -「눈 오는 지도」(1941.3.12) 전문

「눈 오는 지도」는 '순이'를 사랑하는 공간과 시간을 북간도의 함박눈이 오는 아침으로 옮겨 놓았다. 사랑의 서사는 '순이'가 떠나는 장면에서 시작하여, 내 마음속에 남아 있는 '순이'를 잊지 못하고 그리워하게 될 미래의 시간으로 이어진다. 함박눈이 오는 풍경, 눈으로 덮여서 떠나는 '순이'의 발자국을 따라갈 수 없는 상황, 눈이 녹은 뒤에도 '순이'의 "발자국 자리마다 꽃이 피"어서 내 마음에는 "1년 열두 달 하냥" 눈이 내린다는 이야기가 가슴 시리도록 아름답다. 하얀 눈은 정화된 사랑의 상징이며, '순이'의 부재가 주는 텅 빈 상태를 "벽과 천정이 하얗다"라는 감각으로 표현하였다. '순이'가 "잃어버린 역사처럼 홀홀히 가는 것"은 어떤 의미가 있을까? "잃어버린 역사"는 되돌릴 수 없는 것으로서의 '사건'이며, 상실된 것으로서의 '사건'이다. 따라서 '순이'의 떠남은 돌이킬 수 없이 무정한 사건, 환원불가능성으로서 이별을 나타낸다. 그렇기에 '나'는 '순이'가 가는 곳을 모르고 "따라갈 수도 없"으며, "내 마음속에만" 간직할 수밖에 없다.

이 시의 마지막 문장에서 '순이'가 남긴 눈 위의 발자국이 꽃으로 전환되는 장면은, 사랑의 체험이 이별의 고통을 넘어 아름다움으로 승화될 수 있다는 통찰을 보여 준다. 떠나간 사랑을 잊지 않고 기억하리라는 다짐과 예감은, 봄-여름-가을-겨울의 순환을 거슬러 계속 겨울에 머무르는 비극적인 숙명을 시적 주체에게 부여한다. 이로써 '나'와 '순이'의 사랑은, 시인이 창조한 상상의 시공간인 "눈 오는 지도", 즉 함박눈이 쏟아지는 북간도의 아침에 영원히 갇히게 된다. 그 지도 안에서 두 사람의 사랑과 이별은 반복되고, 눈은 계속 내린다. 황홀하도록 아름답고 비극적인 사랑이다.

경성 청년의 감수성

'청년' 윤동주를 이해하는 또 하나의 중요한 키워드는 '경성'이다. 북간도 출신의 '소년' 윤동주는 1938년 경성에 와서 '도회의 아이', '경성의 청년'으로 다시 태어났다. 경성 청년의 감각과 시선을 몸으로 익히면서, 자신의 내면을 성찰하고 세계를 탐색했다. 자선 시집『하늘과 바람과 별과 시』에 묶은 시들은, 경성 청년으로서 그의 신체와 의식이 재구성되는 것과 깊은 관련이 있다. 고향 북간도가 경성 청년의 시선과 감각으로 재발견될 때, 윤동주의 시에서 새로운 언어와 표상, 함축적인 의미가 생성되었다. 경성이라는 근대 도시가 윤동주의 삶과 시에 어떤 영향을 주었는지, 그의 감각과 신체는 도시 문명에 어떻게 반응하고 변화했는지 따라가 보자.

윤동주가 입학했을 당시, 연희전문학교는 도회라고 할 수 없을 정도로 변두리 외딴 숲속에 있었다. 신입생 시절에 그는 학교 안의 기숙사에서 생활했는데, 기숙사의 3층 지붕 밑 방에서 윤동주, 송몽규, 강처중과 함께 지냈다. 기숙사 생활에 대한 그의 회고를 살펴보면,

> 일찍이 서산대사西山大師가 살았을 듯한 우거진 송림松林 속, 게다가 덩그러니 살림집은 외따로 한 채뿐이었으나 식구食口로는 굉장한 것이어서 한 지붕 밑에서 팔도八道 사투리를 죄다 들을 만큼 모아 놓은 미끈한 장정壯丁들만이 욱실욱실하였다. 이곳에 법령法令은 없었으나 여인금납구女人禁納區였다. 만일萬一 강심장强心臟의 여인女人이 있어 불의不意

의 침입侵入이 있다면 우리들의 호기심好奇心을 저으기 자아내었고 방房마다 새로운 화제話題가 생기곤 하였다. 이렇듯 수도생활修道生活에 나는 소라 속처럼 안도安堵하였던 것이다.

-「종시」(1941)

이 글은 연희전문학교 4학년 때인 1941년 4월에서 9월 사이의 어느 날에 쓴 것으로, 당시 그는 기숙사를 나와서 종로 누상동에서 하숙하고 있었다. 윤동주는 연희전문학교의 기숙사를 서산대사 같은 스님들이 절을 짓고 살았을 듯한 "우거진 송림 속"의 외딴곳에 비유하고, 함께 생활했던 동료들을 가리켜 팔도 사투리를 쓰는 미끈한 장정들만 "욱실욱실"한 곳으로 해학적으로 표현하였다. 애초에 연희전문학교는 경기도 고양군高陽

연희전문학교 기숙사 핀스관(1927) (연세대학교 박물관 제공)

郡 연희면延禧面에 속해 있다가 1936년 '경성 시가지 계획과 경성 토지 구획 정리 지구' 발표에 따라 경성 관할구역으로 확정되어 경성부 연희정延禧町이 되었다. 실제로 윤동주의 회고처럼, 연희전문학교 기숙사는 깊은 숲속에 단독으로 덩그러니 세워져 있었다. 윤동주는 기숙사에서, 마치 "수도 생활"을 하듯 "소라 속처럼 안도"하며 1년을 살았다. 이 시기는 경성으로 유학을 왔지만, 아직 도회인이라고 할 수 없는 때였다.

대학 입학 무렵에 쓴 시 「새로운 길」은 당시 그의 감각과 정서를 잘 보여준다.

> 내를 건너서 숲으로
> 고개를 넘어서 마을로
>
> 어제도 가고 오늘도 갈
> 나의 길 새로운 길
>
> 민들레가 피고 까치가 날고
> 아가씨가 지나고 바람이 일고
>
> 나의 길은 언제나 새로운 길
> 오늘도…… 내일도……
>
> 내를 건너서 숲으로
> 고개를 건너서 마을로
>
> -「새로운 길」(1938.5.10) 전문

이 시의 화자는 밝은 미래와 희망찬 기대를 안고 자신의 앞에 놓여 있는 '새로운 길'을 상상하며 걷는다. '새로운 길'에는 북간도에서 경성으로 유학 온 대학 신입생 윤동주의 포부가 고스란히 담겨 있다. 그런데 화자가 걸어가는 '새로운 길'과 그의 시선에 포착된 풍경은 '내-숲-고개-마을-민들레-까치-바람'과 같은 자연 풍경과 서정이다. 이 시가 뿜어내는 명랑한 언어와 기운은, 봄날 자연이 빚어내는 생명력과 조화롭고 유기적인 리듬에서 온 것이다. 이 시의 리듬은 자연의 시간에 맞추어 움직인다. 어제에서 오늘로, 또 오늘에서 내일로, 내를 건너 숲으로, 고개를 넘어 마을로 순조롭게 이동한다. 이와 달리, 도회의 시간과 맥락은 난폭한 속도와 불규칙한 운동, 현란한 인공세계로 구축되어 있다. 「새로운 길」을 통해, 윤동주의 생활 영역은 경성으로 바뀌었지만, 감각과 정서는 북간도의 연장선상에 있음을 알 수 있다. 그의 이성적 의지는 미래를 향해, 근대 문명의 신지식과 사상을 향해 뻗어 나가는데, 그의 언어와 신체 감각은 북간도의 감각과 코드가 지배하고 있는 것이다.

하지만 윤동주의 내면에서는 북간도 생활과 경성 생활, 자연의 정서와 도시의 감각이 충돌을 일으키기 시작했을지 모른다. 경성이라는 대도시에서 경험하는 속도감, 문화적 충격, 불규칙성 등으로 인해 지금까지 그가 유지해 온 자연의 시간과 리듬이 휘둘리고 깨져 나가고 있었다. 「새로운 길」과 비슷한 시기에 쓴 「어머니」에서, 슬픔과 괴로움에 빠진 시적 주체는 평화와 안정을 상징하는 '어머니'를 부르며 퇴행적 욕망을 드러낸다. 「어머니」는 윤동주의 자필 시고 노트 『창』(1937~1939)에 실린 작품으로, 원본 전체를 가위표해서 지운 흔적이 있다. 이런 이유로 인해 오랫동안 윤동주의 시집에 수록되지 않았다.

어머니!
젖을 빨려 이 마음을 달래어주시오.
이 밤이 자꾸 서러워지나이다.

이 아이는 턱에 수염자리 잡히도록
무엇을 먹고 자랐나이까?
오늘도 흰 주먹이
입에 그대로 물려 있나이다.

…(중략)…

철비가 후누주군이 내리는 이 밤을
주먹이나 빨면서 새우리까?
어머니! 그 어진 손으로
이 울음을 달래어주시오.

-「어머니」(1938.5.28) 부분

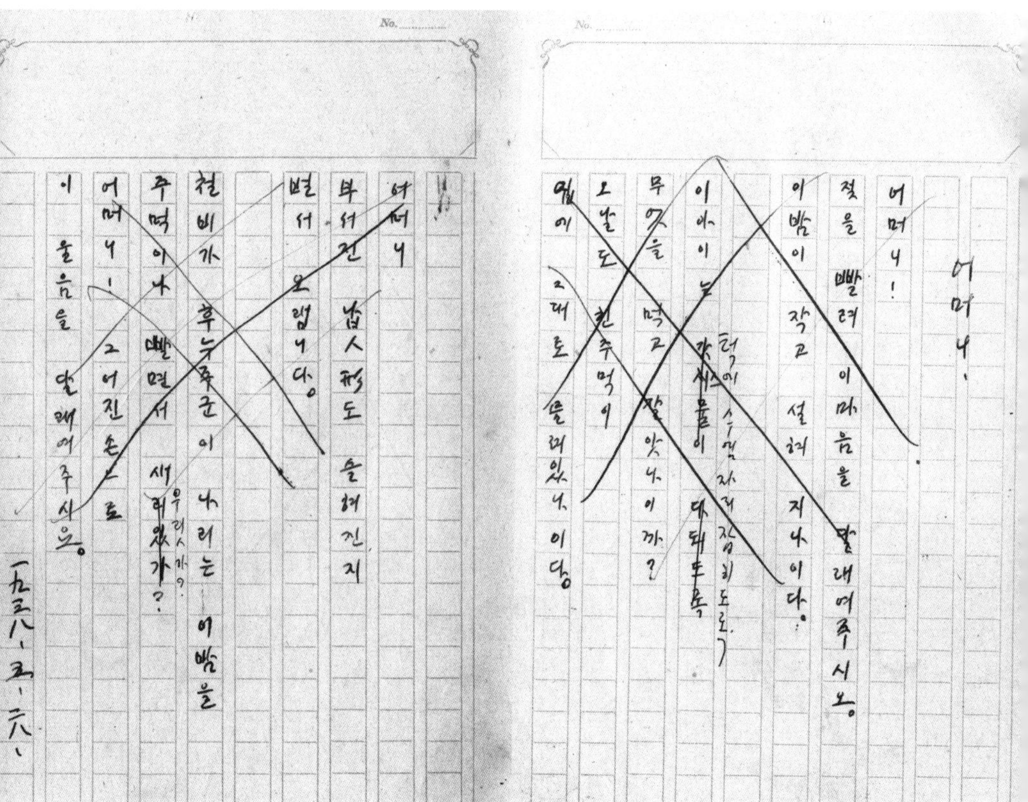

윤동주 자필 시고 「어머니」(윤인석 제공)

"아이"는 이미 "턱에 수염자리 잡"힌 어른이 되었지만 어머니의 젖을 빨던 시절, 어머니가 "그 어진 손으로" 울음을 달래 주던 유아기로 돌아가고 싶은 욕망을 표출한다. 이것은 북간도의 안정적이고 유기적인 공동체 속에서 순탄하게 살았던 어린 시절로 돌아가고 싶다는 욕망이다. 낯설고 외로운 대도시 경성에 던져진 시적 주체의 소외와 혼란이 본능적으로 어머니의 보호를 구하게 되는 위기감의 표현이라고 할 수 있다. 도시라는 새로운 공간에서 근대 주체로 태어나는 과정은 이처럼 자기 분열과 소외와 불안이 따르게 된다. 서울에 온 지 두 달 정도 지난 시점, "철비가 후누주군이 내리는" 도시의 밤은 시적 주체를 외로움과 두려움으로 몰아갔던 것 같다.

윤동주는 2학년으로 진급하면서 1939년 4월에 외딴 숲속의 기숙사를 나와 북아현동, 서소문 등지에서 혼자 하숙을 했다. 1930년대 초부터 서소문과 북아현동은 번화한 지역으로 바뀌고 있었다. 신문기사에 따르면, "서대문 밖 편으로 고양군 연희면 연희전문학교를 비롯하여 신촌과 아현리 등지로 주택은 늘어감으로 이에 교통의 편의를 고려 중이던 용산 철도국에서는" 서소문, 아현, 연희 역을 신설하였다.[14] 3학년 때는 기숙사로 돌아왔다가 4학년이 되던 1941년에 다시 기숙사를 나와 사대문 안 종로 인왕산 밑의 누상동에서 하숙을 했다. 여름방학이 끝나고 9월부터는 북아현동으로 하숙을 옮겼다. 사대문 안에서의 하숙 생활과 통학은 경성의 면모를 직접 체험하는 계기가 되었다.

1946년부터 연희전문학교 구내에 살았던 이상섭은, 자신의 경험을 바탕으로 윤동주의 기숙사 생활과 이동 경로를 재구성하였다.

> 연희전문학교에 갓 들어온 북간도 출신의 이 청년(윤동주-인용자)은 산책을 좋아해서 기숙사에 숙소를 정하고는 근처 동네를 두루 돌아다녔던 모양이고 문안 나들이를 하기 위해 신촌역에서 기차를 타거나 지금의

> 세브란스 병원 앞 굴다리를 통해 신촌역 앞을 지나 큰고개(대현)를 넘어 아현동(애오개)를 지나 서소문으로 해서 시내를 가거나 내와 숲을 지나 이화여전 교정을 통해 고개를 넘어 북아현동, 서대문으로 해서 시내에 갔을 것이다.[15]

윤동주가 기숙사 시절에는 주로 근처 동네를 산책하는 정도였고, 시내에 들어갈 때는 신촌역을 지나 아현동에서 서소문, 또는 이화여전과 북아현동에서 서대문을 거쳐야 했다. 그런데 서촌 누상동으로 하숙을 옮긴 뒤부터 매일 시내 한복판을 거쳐 연희동의 대학교까지 전차와 기차로 통학하면서, 경성 시내를 관찰하고 느끼고 산보하며 본격적으로 도시의 풍경과 감각에 접촉하게 되었다. 경성의 끓어넘치는 욕망도 경험하였다. 이렇게 하여 도시의 신체와 감각을 덧입고 '경성의 청년'으로 자신의 정체성을 새롭게 구성해 갔다.

정병욱은 1940년 연희전문학교에 입학하면서 처음 서울에 올라왔을 당시, 2년 선배인 윤동주 덕분에 시골뜨기의 때를 벗었다고 말한다.

> 시골뜨기 때가 동주로 말미암아 차차 벗겨져 나갔었다. 책방에 가서 책을 뽑았을 때에도 그에게 물어보고야 책을 샀고, 시골 동생들의 선물을 살 때에도 그가 골라주는 것을 사서 보냈다. …(중략)… 그러는 가운데 나는 지난날 몰랐던 전혀 새로운 세계를 발견할 수 있었고, 새로운 영혼의 우주를 찾아 언덕 저쪽을 바라다볼 수 있는 기회를 얻기도 했다.
>
> - 정병욱, 「잊지 못할 윤동주의 일들」[16]

정병욱은 윤동주를 따라다니면서 서울을 알고 '경성 청년'이 될 수 있었다고 한다. 경성은 "전혀 새로운 세계"였으며 거기에 적응하는 것은 "새로운 영혼"의 획득이었다고 놀라워했다. 지리산 기슭의 산골에서 올라온 '시골뜨기' 정병욱에게 윤동주가 도시의 문화와 소비 상품, 새로운 세계를 열어주는 경성의 안내자 역할을 했던 것이다. 경성 생활을 시작한 지 2년 만에 윤동주는 세련된 '경성의 청년'이 되어 있었다. 그 자신이 몇 년 전까지 북간도 용정에서 올라온 '시골뜨기'였던 사실을 기억하면 놀라운 변화였다.

윤동주가 체험했던 근대 도시 경성은 어떤 모습이었을까? 그가 경성에서 보냈던 1930년대 말에서 1940년대 초는 제국주의 주도로 경성에 자본주의 근대의 인프라가 구축되고, 이에 따라 형성된 대중이 소비와 욕망을 키워가기 시작하던 때였다. 한편에서는 전체주의적 군국주의가 이런 대중의 욕망을 억압하여 왜곡시키기도 했다. 당시 경성의 문학청년들은 "1930년 전후 '몽파르나스'를 중심으로 새로운 예술운동이 활발히 움직이고 인민전선이 세력을 펼치고 있었으나 한편으론 제2차대전의 불안"[17]에 휩싸여 보헤미안적 유럽 사조에 매혹되고 있었다. 윤동주도 이러한 세계의 문예 조류와 시대의식, 예술 감각과 문화생활에 젖어 들었다.

> 그때 그들(윤동주와 정병욱 등-인용자)은 학업이 끝나면 신촌에서 통근 열차를 타고 서울역에 내려 충무로의 신간서점을 한 바퀴 돌고 '남풍장'이란 다방에서 차 한 잔에 음악을 즐기다가 관훈동 고서점을 돌아본 후 안국동을 지나 누상동 집으로 돌아오고는 했다. 술이라면 중국집에서 배갈 몇 잔 정도, 일단 하숙집에 돌아오면 외출하는 일은 드물었다.[18]

윤동주와 일행은 학교가 끝나고 하숙집으로 돌아오는 길에, 경성의 책방을 순례하고 다방에서 음악을 듣고 영화관에서 영화를 보고, 차와 술을 마시며 도시의 감각과 코드를 내면화해갔다. 이러한 경성의 도시 생활과 문화 체험을 통해 윤동주는 '경성 청년'으로 근대의 문화적 감수성과 자기 정체성을 만들어갔다.

1930년대 중반, 경성의 모습을 적나라하게 보여 주는 작품으로 오장환의 장시 「수부首府」(1936)가 있다. '수부首府'는 수도首都라는 뜻이다. 오장환(1918년생)은 충청북도 보은 출신으로 경기도 안성을 거쳐 휘문고등보통학교에 다니면서 경성을 체험하고, 일본 도쿄의 메이지대학明治大學에서 짧은 유학생활을 마친 뒤 귀국하여 1936년에 '시인부락' 동인으로 참여하였다. 「수부」는 근대도시 경성이 보여주는 식민지 자본주의의 특성—욕망, 허위, 물질, 광고, 저널리즘 등으로 거품처럼 비만해져 가는 현실과 그 안에서 살아가는 사람들의 무감각한 모습과 절망 등을 거대한 스케일로 묘사한 작품이다.

> 수부首府는 어느 때 시작되고 어느 때 끝이는 것이냐!
> 카페와 빠—는 나날이 늘어가고
> 제비처럼 날씬한 예복禮服—
> 대체 이놈의 안조화폐雁造貨幣들은 어데서 만들어내는 것이냐!
> 사기詐欺—음모陰謀—횡령橫領—매수買受—중혼重婚……
> 돌이킬 수 없는 회한悔恨과 건질 수 없는 비애悲哀
> 퇴패한 절망에 젖은 대학생大學生들—
>
> …(중략)…
>
> 대체 저널리즘이란 어째서 과부처럼 살찌기를 좋아하는 것인가!
> 광고廣告—광고廣告—광고廣告—화장품化粧品, 식료품食料品
> 범람氾濫하는 광고廣告들
> 메인·스트리트 한낮을 속이는 숙난한 메인·스트리트
> 이곳을 거니는 신상紳商들은
> 관능官能을 어금니처럼 아낀다.
> 밤이면 더더더욱 열난熱亂키를 바라고

당구장撞球場—마작구락부麻雀俱樂部—베비, 골프
문門이 마음대로 열리는 술막—
카페— 빠— 레스토랑—다완茶宛—
젊은 남작男爵도 아닌 사람들은 왜 그리 야윈 몸뚱이로 단장을 두르며
비만肥滿한 상가商街, 비만肥滿한 건물建物, 휘황한 등燈불 밑으로 기어들기를 좋아하느냐!

— 오장환, 「수부首府」(1936)[19] 부분

식민지 조선의 수도 경성은, 안조화폐('위조화폐'라는 뜻)가 횡행하고 모든 것이 상품으로 소비되는 세상이다. 가짜와 진짜가 혼재하는 자본주의, 날렵하고 상쾌하고 화려한 외양에 감춰져 있는 "사기—음모—횡령—매수"가 횡행하고, 욕망과 관능이 양면의 한 몸으로 번성한다. 그곳에서 대학생들은 "돌이킬 수 없는 회한과 건질 수 없는 비애 / 퇴패한 절망"에 빠져들었다. 수부의 메커니즘에서 학문, 진리, 문학 등은 다만 외설로 치부될 뿐이었다. 욕망과 관능, 사기와 부패, 선전과 허위로 나날이 비만해지는 도시, "시체가 타오르는 타오르는 그을음은 맑은 하늘을 어질어 놓"지만 "시민들은 기계와 무감각을 가장 즐겨한다."라고 비판하였다. 이렇게 오장환은 비판자·고발자의 시선으로 경성의 부정적인 모습을 폭로하고 있다. 이와 달리, 윤동주는 산책자·순례자의 시선과 사유로 경성을 관찰하고 체험하였다.

산책자의
시선

연희전문학교 기숙사에서 지내고 있을 때, 윤동주에게 사대문 안의 '진짜' 도시 생활을 체험할 필요성을 일깨워준 사건이 있었다.

> 눈 온 날이었다. 동숙同宿하는 친구의 친구가 한 시간 남짓한 문門 안 들어가는 차시간까지를 낭비하기 위하여 나의 친구를 찾아 들어와서 하는 대화였다.
>
> "자네 여보게 이 집 귀신이 되려나?"
>
> "조용한 게 공부하기 작히나 좋잖은가."
>
> "그래, 책장이나 뒤적뒤적하면 공분 줄 아나, 전찻간에서 내다볼 수 있는 광경, 정거장에서 맛볼 수 있는 광경, 다시 기차 속에서 대할 수 있는 모든 일들이 생활生活 아닌 것이 없거든, 생활生活 때문에 싸우는 이 분위기에 잠겨서, 보고, 생각하고, 분석하고, 이거야말로 진정眞正한 의미의 교육이 아니겠는가. 여보게! 자네 책장만 뒤지고 인생人生이 어드렇니 사회社會가 어드렇니 하는 것은 십육세기十六世紀에서나 찾아볼 일일세. 단연 문門안으로 나오도록 마음을 돌리게."
>
> 나한테 하는 권고는 아니었으나 이 말에 귀틈이 뚫려 상푸둥 그러리라고 생각하였다. 비단 여기만이 아니라 인간을 떠나서 도道를 닦는다는 것이 한낱 오락娛樂이요, 오락娛樂이매 생활生活이 될 수 없고, 없으매 이 또한 죽은 공부가 아니랴. 하야 공부도 생활화生活化하여야 되리

라 생각하고 불일내에 문門 안으로 들어가기를 내심으로 단정해 버렸다. 그 뒤 매일같이 이 자국을 밟게 된 것이다.

-「종시」(1941)

윤동주는 기숙사에서 함께 지내는 동료를 찾아왔던 한 친구의 말에 크게 공감하였다. 그 말은 전찻간과 정거장의 광경, 기차 속에서 대할 수 있는 모든 일들, "생활 때문에 싸우는 이 분위기에 잠겨서, 보고, 생각하고, 분석"하는 것이 "진정한 의미의 교육"이라는 말이었다. 그것을 계기로, 생활에서 동떨어진 "죽은 공부"가 아니라 "공부도 생활화하여야 되리라."라고 생각하였다. 그리고 사람들이 북적거리는 생활 속으로 들어가기 위해, 조만간 은둔처와 같은 외딴 기숙사를 나와서 사대문 안으로 들어갈 것을 결심하게 된다.

한편, 정병욱은 당시 윤동주와 자신이 기숙사를 나와 시내에서 하숙을 하게 된 이유가, 태평양 전쟁의 발발로 기숙사 식사가 부실해지고 당국의 감시도 삼엄해졌기 때문이라고 기억했다.

태평양전쟁이 벌어지자 일본의 혹독한 식량정책이 더욱 악화되었다. 기숙사의 식탁은 날이 갈수록 조잡해졌다. 학생들은 맹렬히 항의를 했으나 막무가내였다. 당국의 감시가 철저하기 때문에 어쩔 수 없는 일이었다. 동주가 4학년으로, 내가 2학년으로 진급하던 해 봄에 우리는 하는 수 없이 기숙사를 떠나기로 작정을 했다. 마침 나의 한 반 친구의 알선으로 누상동 마루터기에 조용하고 조촐한 하숙방을 쉽게 얻을 수 있었다. 우리는 매우 명랑하고 유쾌한 하숙생활을 한 달 동안 즐길 수 있었다. 그러나 한 달이 지난 뒤 하숙집 형편으로 그 집을 떠나야 할 신세가 되었다. …(중략)… 1941년 5월 그믐께 우리는 소설가 김송 씨의 식구로 끼어들어 새로운 하숙생활이 시작되었다.

- 정병욱,「잊지 못할 윤동주의 일들」[20]

1941년 4월부터 9월까지 윤동주는 종로 인왕산 밑의 누상동에서 하숙을 시작했다. 매일 아침저녁으로 전차와 기차를 갈아타고 등하교하면서, 살아 움직이는 도시와 사람들의 생활을 보고, 생각하고, 분석하고, 고민했다. 그는 도시의 겉모습만을 훑어보는 구경꾼이 아니라 도시의 내부를 사유하고 분석하는 산책자가 되었다. 발터 벤야민(Walter Benjamin, 1892~1940)은 도시의 산책자와 구경꾼(또는 여행객)을 구분한 뒤, 산책자는 도시에서 자신의 개성을 확보하고 있는 사람이며 구경꾼은 외부 세계에 열광하고 도취하는 사람으로 정의하였다. 벤야민의 이론에 따르면, 윤동주는 근대 도시 경성의 산책자였다.

> 벤야민은 산책자와 구경꾼Badaud 또는 여행객을 동일한 주체로 보지 않았다. 즉 이 둘을 구별했던 것이다. 그에게 산책자는 도시 공간에서 개성을 확보하고 있는 자이며, 여행객 또는 구경꾼은 외부세계에 열광하고 도취하는 사람이다. 그렇기 때문에 구경꾼은 자신의 개성을 확보하지 못하고, 개성을 외부에 빼앗겨 버린다.[21]

경성 생활 4년 차에 접어든 윤동주는 더 이상 도시의 현란하고 신기한 풍경에 매혹되어 자신의 개성과 정체성을 빼앗긴 채 열광하고 도취하는 구경꾼이 아니었다. 그는 닫힌 책장을 열고 나와서 스스로 도시의 내부, 대중의 생활 속으로 걸어 들어갔다. 도시의 익명성에 묻힌 채 부유浮游하는 대중 속에 섞여 있으면서, 대중과 자신을 동시에 객관화하고 탐구하는 시선. 그것은 산책자의 눈이다. 산책자는 대중의 표정에서 도회의 생활과 시대의 정황을 읽고, 세계의 본질을 보고, 사상을 사유한다. 그리고 이러한 탐색과 사유를 바탕으로 자신의 위치와 처지를 파악하고, 자의식을 심화한다. 산책자의 시선과 사유는 예술가의 것이기도 하다. 산책자와 예술가는 도시의 풍경을 하나의 텍스트로 읽으면서, 매혹과 환멸이라는 이중적 감각으로 도시와 접속한다.

산문 「종시」를 자세하게 읽으면서, 윤동주가 도시 산책자로서 마주쳤던 경성의 모습이 어떠했는지, 그의 감각과 사유는 도시의 풍경과 문화에 어떻게 반응하고 변화했는지 살펴보자. 아침 통학을 위해 윤동주는 누상동 하숙집에서 효자정역(종점)이나 통의정역까지 걸어 나와서 전차를 탔다. 이른 아침이었지만 전차 안은 벌써 많은 사람들로 어수선했다.

> 나만 일찍이 아침 거리의 새로운 감촉感觸을 맛볼 줄만 알았더니 벌써 많은 사람들의 발자국에 포도鋪道는 어수선할 대로 어수선했고 정류장에 머물 때마다 이 많은 무리를 죄다 어디 갖다 터뜨릴 심산心算인지 꾸역꾸역 자꾸 박아 싣는데 늙은이, 젊은이, 아이 할 것 없이 손에 꾸러미를 안 든 사람은 없다. 이것이 그들 생활生活의 꾸러미요, 동시에 권태倦怠의 꾸러미인지도 모르겠다.
>
> 이 꾸러미를 든 사람들의 얼굴을 하나하나씩 뜯어보기로 한다. 늙은이 얼굴이란 너무 오래 세파世波에 찌들어서 문제도 안 되겠거니와 그 젊은이들 낯짝이란 도무지 말씀이 아니다. 열이면 열이 다 우수憂愁 그것이요 백이면 백이 다 비참悲慘 그것이다. 이들에게 웃음이란 가물에 콩싹이다. 필경 귀여우리라는 아이들의 얼굴을 보는 수밖에 없는데 아이들의 얼굴이란 너무나 창백蒼白하다. 혹시 숙제를 못해서 선생한테 꾸지람 들을 것이 걱정인지 풀이 죽어 쭈그러뜨린 것이 활기活氣란 도무지 찾아볼 수 없다.
>
> -「종시」(1941)

윤동주는 전차에 탄 사람들의 모습과 그들의 표정을 관찰하는 동시에 자신을 본다. 늙은이, 젊은이, 아이들 모두 손에 생활의 꾸러미를 들었다. 일터로 나가는 노동자, 사무원 그리고 학생들의 얼굴은 우수와 비참에 가득 차서 활기라고는 찾아볼 수 없다. 윤동주는 그 사람들의 얼굴이 곧 자신의 얼굴("내 상도 필연 그 꼴일 텐데")이라는 자각으로 마음이 괴로워진다. 시선을 돌려 차창 밖을 내다보면 전차가 지나가는 도회의 풍경이 파노라마처럼 펼쳐진다. 하지만 창밖으로 보이는 풍경도 그의 기대를 만족시키지 못한다.

> 기대는 언제나 크게 가질 것이 못 되어서 성벽城壁이 끊어지는 곳에 총독부總督府, 도청道廳 무슨 참고관參考官, 체신국遞信局, 신문사新聞社, 소방조消防組, 무슨 주식회사株式會社, 부청府廳, 양복점洋服店, 고물상古物商 등 나란히 하고 연달아 오다가 아이스케이크 간판看板에 눈이 잠깐 머무는데 이놈을 눈 내린 겨울에 빈집을 지키는 꼴이라든가 제 신분身分에 맞지 않는 가게를 지키는 꼴을 살짝 필름에 올리어 본달 것 같으면 한 폭의 고등풍자만화高等諷刺漫畫가 될 터인데, 하고 나는 눈을 감고 생각하기로 한다. 사실 요즈음 아이스케이크 간판看板 신세를 면免치 아니치 못 할 자 얼마나 되랴.
>
> -「종시」(1941)

윤동주가 매일 타고 다니던 전차는 효자동에서 출발해서 경성역까지 연결하는 노선이었다. 효자정역에서 출발한 뒤 진명여고-통의정-(영추문)-적선정-총독부전-체신국전-광화문-부청전-태평통2-남대문역-남대문통5-경성역으로 향했다. 이 노선의 중간에 조선총독부와 경성부청, 경기도청, 경찰 참고관, 체신국, 신문사 등 식민지 조선을 통치하고 관리하는 핵심 기관과 언론사를 두루 통과하게 되어 있었다. 효자동 전차선은 1917년 광화문통에서 경복궁 내 조선총독부 신청사 공사를 위해 전차 궤도가 부설되었다. 1918년에 여객용으로도 운행되고 1923년에는 경복궁에서 개최된 조선부업副業공진회에 맞추어 영추문까지 연장되었다.

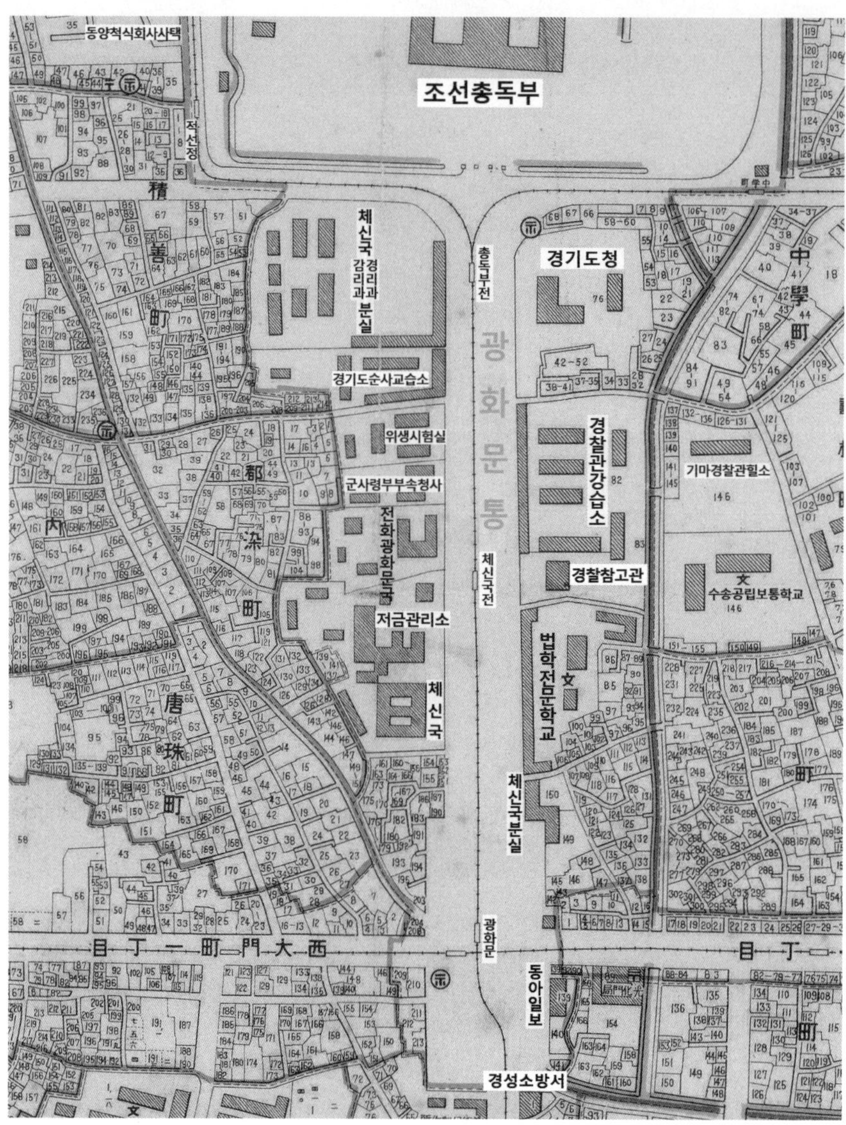

총독부 앞 광화문통 지도
「지번구획입 대경성정도 제5호」(1936년)(서울역사박물관 제공, 한진일 편집)

1927년 효자동까지 전차 궤도가 복선으로 부설되면서 효자동선이 완성되었다. 이 전차는 총독부, 동양척식회사의 사택, 총독부 관사 등을 지나갔다. 처음엔 효자동—광화문통을 왕복하는 지선이었는데, 태평통 도로

가 개수되자, 효자동에서 총독부, 경성부청-경성역-신용산까지 잇는 전차 노선이 개통되었다.[22]

광화문통은, "총독부總督府, 도청道廳, 무슨 참고관參考官, 체신국遞信局, 신문사新聞社, 소방조消防組, 무슨 주식회사株式會社, 부청府廳"으로 이어진다. 거대한 총독부가 중앙에서 버티고 지휘하는 위치에 있고 좌우로 각종 헌병, 군, 관청들이 버티고 서서 조선을 통치 관리하는 모양새를 취하고 있었다. 조선총독부에서 남쪽을 보고 우측으로 조선보병대, 헌병대관사, 조선군사령부 부속청사, 체신국 등이 있고, 좌측으로는 조선군사령부청, 경기도청, 경찰참고관 등이 배열되어 있었다. 광화문통은 식민 권력의 위용을 전시하는 상징적 거리였다. 그 거리를 지나는 피식민지인은 위압감에 주눅이 들 수밖에 없었다. 광화문통은 이러한 구조를 건축적으로 연출하고 있었다. 그래서인지 박태원의 「소설가 구보씨의 일일」(1934)에서 구보 씨는 광화문 사거리까지 와서 초라한 비각을 보고는, 광화문통으로 들어가지 않고 발길을 돌렸다.

식민지배자의 통치와 통제, 규율 권력이 총집결된 거리를 지나는 기분이 어떠했을까? 윤동주는 매일 전차를 타고 광화문통을 통과하며 전차가 지나가는 장소들을 눈으로 좇는다. "총독부, 도청, 무슨 참고관, 체신국, 신문사, 소방조, 무슨 주식회사, 부청, 양복점, 고물상 등 나란히 하고 연달아 오"는 것을 바라본다.

여기서 '무슨 참고관', '무슨 주식회사'로 호명한 장소들은 어디일까? '무슨 참고관'이란 "경찰 참고관"을 말한다. 경찰 참고관警察參考館은 1936년 광화문통 82번지 일대의 경찰관 강습소 남쪽(현 주한미군대사관 부지)에 준공된 일제강점기 경찰 조직의 전시 시설로, 3층 철근콘크리트 혼용 벽돌조 건물이다. 경찰 참고관은 조선시대 치안 관련 사료, 독립군으로부터 빼앗은 소총 등의 노획물과 같은 전시물을 상설 전시하면서 경찰조직의 선전과 홍보를 수행하였다. 경찰 참고관을 "무슨 참고관"으로 표현한 것에서 윤동주의 결벽한 성격과 정치의식을 엿볼 수 있다.

당시 신문 기사를 보면, "옛날의 내장원 자리는 우리 조선일보사의 크다란 건물이 자리를 잡고 있고 내장원경內藏院卿 고 이용익李容翊 씨의 관사 자리에는 조선화재보험회사의 높다란 건물이 서 있다. 석가래와 벽에 푸른 칠 붉은 물로 표 나게 시선을 끌던 전 이왕직미술관도 기울어져 가는 형태조차 불원에 없어지게 되고 동양척식회사가 대신으로 들어서게 되기로 되었다."라고 기록되어 있다.[23]

광화문통에서 경성부청까지 이어지는 거리에서, 조선 사회와 경제를 통치하고 관리하는 언론사와 소방서, 부민관 등을 보며 윤동주는 숨이 막힐 정도로 압박감을 느꼈던 것 같다. 부민관 옆에 있던 경성소방서는 전시체제로 돌입하면서 방공법에 의해 1939년 수방단과 통합되어 경방단으로 재조직되었다.

또한, 전차가 지나가는 광화문통과 태평통은 근대 미디어의 중심지였다. 부민관 뒤로 경성방송국이 있고 부민관의 앞과 옆에는 동아일보사, 조선일보사, 경성일보사, 매일신보사 등이 자리 잡고 있었다. 그 현대식 건물들의 마지막에 고물상이 있는데, 실제로 경성부청 광장과 대한문 아래 태평통 2정목은 고물상이 즐비한 거리였다.

제국주의의 위용과 통제와 권력을 과시하는 거리 뒤에 곧바로 이어지는 태평통에서 조선인의 삶은 "고물상"으로 표상된다. 고물상은 헐거나 낡아서 더 이상 쓸모가 없는 물건을 흥정하며 사고파는 곳이다. 박태원은 「소설가 구보씨의 일일」(1934)에서 태평통의 거리 풍경과 고물상을 보면서, "그 살풍경하고 또 어수선한 태평통의 거리는 구보의 마음을 어둡게 한다. 그는 저 불결한 고물상들을 어떻게 이 거리에서 쫓아낼 것인가를 생각"[24]했다고 썼다. 도시 문명의 첨단을 보여 주는 언론사의 현대식 건물들과 낡고 불결한 고물상의 부조화는 언제나 사람들의 시선을 끌고 마음을 불편하게 하였다. 그 불편함은 도시의 세련된 풍경을 훼방하는 고물

남대문에서 바라본 태평통 2정목. 길 끝에 보이는 흰색 건물은 경성부청

상에 대한 부정적인 시선에서 오는 것이었다. 당시 언론들도 "덕수궁 앞을 조금만 지나 태평통 이정목에만 발을 디디게 되면 좌편 우편으로 게딱지 같은 나지막한 집들이 부끄러운 줄도 모르고 그냥 난쟁이 같이 앉아있는데 거기다가 벌여 놓은 상점들은 케케 때 묻은 고물들뿐이다."[25]라고 부정적인 시선을 드러낸다.

윤동주도 태평통 고물상 거리를 통과하며 심란하고 답답했던 것 같다. 이 상황을 압축적이고 상징적으로 보여 주는 것이 한겨울의 '아이스케이크' 가게이다. 윤동주는 고물상들 속에서 아이스케이크 간판에 눈길이 머문다. 그 간판을 보며 "한 폭의 고등 풍자만화"를 떠올린다. 한겨울의 "아이스케이크 간판 신세를 면치 아니치 못"하는 처지에서 그는 경성의 불경기와 살림살이의 팍팍함을 읽어 내려는 것 같다.

전차 안에서 탑승객들의 모습과 바깥 풍경을 보며 이런저런 생각을 하는 사이에, 불현듯 지금 자신의 모습으로 시선이 향한다.

> 눈을 감고 한참 생각하노라면 한 가지 거리끼는 것이 있는데 이것은 도덕률道德律이란 거추장스러운 의무감義務感이다. 젊은 녀석이 눈을 딱 감고 버티고 앉아있다고 손가락질하는 것 같아 번쩍 눈을 떠 본다.
>
> -「종시」(1941)

사색에 빠져 있던 윤동주의 눈을 번쩍 뜨게 한 것은 "젊은" 녀석이 갖추어야 하는 "도덕률"과 "의무감"이다. 비록 그것이 거추장스러운 의무감일지라도 사회 안에서, 대중 안에서 비난받지 않고 거리낌 없이 어울려 살아가기 위해서는 무시할 수 없는 것이다. 이 부분은 도시의 산책자로서 대중에 대한 인식과 관계를 보여 준다. 대중과 산책자의 문제를 정의한 심혜련의 논문을 참고할 수 있다.

> 대중이 새로운 공간에서의 새로운 집단의 형태라면, 산책자는 새로운 개인의 형태다. 이 대중과 산책자는 서로 상호작용한다. 때로는 대중이 산책자에게 하나의 새로운 풍경과 배경 또는 대상이 될 수도 있고, 산책자 자신이 이에 통합되어서 스스로가 다른 산책자에게 배경이 될 수 있는 것이다. 이렇듯 대중은 그 정체가 모호하다. 단지 도시 공간에서 익명성을 중심으로 형성된 집단이라는 점만 분명하다. 또한 이 대중들은 도시의 일정 장소에 머무르지 않는다. 마치 너울처럼 도시 공간 곳곳을 부유할 뿐이다.[26]

산책자는 독립적인 개인이면서, 또 한편으로 대중과 연결되고 상호작용한다. 산책자의 정체성은 대중의 배경이 되기도 하고, 대중의 시선을 의식하고 반응하면서 자의식과 개성을 형성하게 되는 것이다. 윤동주가 그러했듯이, 도시 산책자는 도시의 풍경과 대중 속에서 자신과 타인을 관찰하고, "도덕률"과 "의무감"을 의식하고 실현하며 주체가 된다.

이제 전차가 경성역에 도착하고, 윤동주는 전차에서 하차하여 의주행이나 교외선 기차를 갈아타야 한다. 경성역 대합실을 거쳐 기차를 타러 가는 사이, 또다시 온갖 사연을 가지고 모여든 서로 목적지가 다른 많은 사람들을 마주치게 된다.

경성역에서 수많은 사람을 지나치며 윤동주는 '피상성'과 '휴머니티' 사이에서 갈등한다. 사람들의 기쁨과 슬픔과 아픈 데를 측량할 수 없어서, 그들에게 휴머니티를 발휘할 수 없어서 "너무나 피상적이" 되어 버린다고 말한다.

> 이 짧은 순간 많은 사람 사이에 나를 묻는 것인데 나는 이네들에게 너무나 피상적皮相的이 된다. 나의 휴머니티를 이네들에게 발휘해 낸다는 재주가 없다. 이네들의 기쁨과 슬픔과 아픈 데를 나로서는 측량한다는 수가 없는 까닭이다. 너무 막연하다. 사람이란 횟수가 잦은 데와 양이 많은 데는 너무나 쉽게 피상적皮相的이 되나 보다. 그럴수록 자기 하나 간수하기에 분망奔忙하나 보다.
>
> -「종시」(1941)

도시라는 공간에서 서로 마주치지만, 익명성 속에서 무심하고 막연하게 흘려보내는 타자들, 그 비인간적이고 피상적인 관계가 윤동주의 감각과 사유를 건드린다. 대도시에서 대중과 개인은 전차와 기차, 자동차에 실려서 또는 자신에게만 집중한 걸음으로 거리를 흐른다. 개성적인 주체가 아니라 어스름한 안개처럼 뭉개지고 지워지며 막연하게 흘러가는 것이다.

윤동주는 학교로 가기 위해 경성역에서 경의선 방향의 기차를 갈아탔다. 매일 기차를 탈 때마다 가슴이 설레는 건 "고향으로 향한 차"를 떠올리기 때문이다. 물론 고향으로 가기 위해서는 반대 방향인 경원선을 타야 했지만 말이다.

> 시그널을 밟고 기차는 왱—떠난다. 고향으로 향한 차도 아니건만 공연히 가슴은 설렌다.
>
> -「종시」(1941)

윤동주는 방학 때마다 고향 북간도로 갔다. 경성역에서 경원선을 타고 의정부, 철원을 거쳐 원산까지 간다. 드넓은 평야를 지나서 깊고 빼어난 금강산 기슭을 넘어 푸르게 펼쳐진 동해 바다를 끼고 원산에 도착한다. 원산까지 234㎞의 기찻길은 한국의 들판과 산과 바다의 가장 아름다운 풍경이다. 다시 원산에서 함경선으로 갈아타고 고원, 함흥, 길주, 청진, 회령을 지나 함경북도의 북단 국경 상삼봉上三峰역에서 하차한다. 장장 667㎞의 단선철도는 숨차하는 승객들과 함께 고준산령高峻山嶺을 넘는다. 함경선의 상삼봉역에 내려, 두만강 다리를 건너 중국의 개산툰진으로 와서 중국 협궤철도로 갈아타고 용정에 도착하는 것이다. 이 개산툰진이 바로 윤동주의 증조부 윤재옥이 1886년 식솔을 끌고 함경북도 종성을 떠나 두만강을 건너 정착한 북간도 자동(紫洞 혹은 子洞)이다. 그의 조부 윤하현은 자동에서 성실하게 일하여 부를 일구고 1900년 북간도 명동으로 이주하였다. 윤동주의 아버지 윤영석이 태어난 곳도 바로 자동, 개산툰진이었다.[27]

나중에 윤동주의 주검도 상삼봉역을 통해 고향 북간도로 갔다.

> 동주 형의 유해가 돌아올 때, 우리는 용정에서 2백 리 떨어진 두만강변의 한국 땅인 상삼봉역까지 마중을 갔었다. 그곳에서부터 유해는 아버지 품에서 내가 받아 모시고 긴긴 두만강 다리를 걸어서 건넜다. 2월 말의 몹시 흐린 날, 두만강 다리는 어찌도 그리 길어 보이던지—. 다들 묵묵히 각자의 울분을 달래면서 한 마디 말도 없었다. 그것이 동주 형에게는 사랑하던 고국을 마지막으로 하직하는 교량이었다.
>
> - 윤일주, 「윤동주의 생애」[28]

윤동주는 방학 때마다 경성역-원산-상삼봉-북간도 개산툰진-용정으로 이어지는 긴 구간을 왕복하였다. 이 여정 동안에 보았던 자연과 도시, 항구, 풍경은 그의 신체와 언어가 되었을 것이다. 고향으로 가는 기차 안에서 그의 머리를 떠돌던 많은 상념은 망망대해와 수평선 너머까지 이르렀으리라. 그의 고향 후배 장덕순의 용정행 기록도 유사하다.

> 원산, 함흥, 청진 등을 거쳐 국경도시인 상삼봉에 내린다. 그러나 여기까지 오는 동안 차 중 낭만은커녕 왜놈 형사들의 싸늘한 눈초리만이 오락가락한다. 상삼봉에서 장난감 같은 경편철도輕便鐵道를 따라 북간도에서도 한국인의 서울이라는 용정역에서 내린다.[29]

다시 경성의 산책자 윤동주로 돌아가자. 윤동주가 경성역에서 갈아탄 기차는 '가정거장', 즉 간이역에도 섰다. 경성역 다음 정거장인, 아현 터널에 진입하기 이전의 정거장은 서소문 간이역이다.

> 우리 기차는 느릿느릿 가다 숨차면 가정거장에서도 선다. 매일같이 웬 여자들인지 주룽주룽 서 있다. 제마다 꾸러미를 안았는데 예의 그 꾸러미인 듯싶다. 다들 방년된 아가씨들인데 몸매로 보아하니 공장으로 가는 직공들은 아닌 모양이다. 얌전히들 서서 기차를 기다리는 모양이다. 판단을 기다리는 모양이다. 하나 경망스럽게 유리창을 통하여 미인 판단을 내려서는 안 된다.
>
> -「종시」(1941)

서소문 간이역에는 "방년된 아가씨들"이 나름 몸매를 가꾸고 저마다 꾸러미를 안고 얌전히 서서 기차를 기다린다. 윤동주는 "도덕률"을 발휘하여 창밖의 아가씨들에 대해 "미인 판단"을 금지한다.

윤동주가 탄 기차는 교외순환선일 가능성이 크다. 1930년에 경성역-서소문-아현-신촌-연희-서강-공덕-미생정-원정-용산을 잇는 교외순환선이 개통되어 신촌 지역의 궤도교통 연결성이 대폭 개선되었다. 이 노선은 용산 — 당인리선 상의 서강역과 연희전문학교 부근의 장래신호소를 접속하는 연결선을 건설하고, 장래신호소 부근에 연희 간이역을 개설하였다. 연희역 개설로 연희전문학교로의 접근이 편리해졌다.

당시 『동아일보』에 실린 기사에 따르면, "서대문 밖 편으로 고양군 연희면 연희전문학교를 비롯하여 신촌과 아현리 등지로 주택은 늘어 감으로 이에 교통의 편의를 고려 중이던 용산철도국에서는" 서소문, 아현, 연희 역을 신설하였다. 아래의 지도에서 서소문, 아현, 연희역을 잇는 교외순환철도 구간을 확인할 수 있다.[30] 당시 연희역까지 요금은 10전이었다.

경성 시절의 윤동주에게 전차, 기차, 정거장은 생활의 중요한 부분이

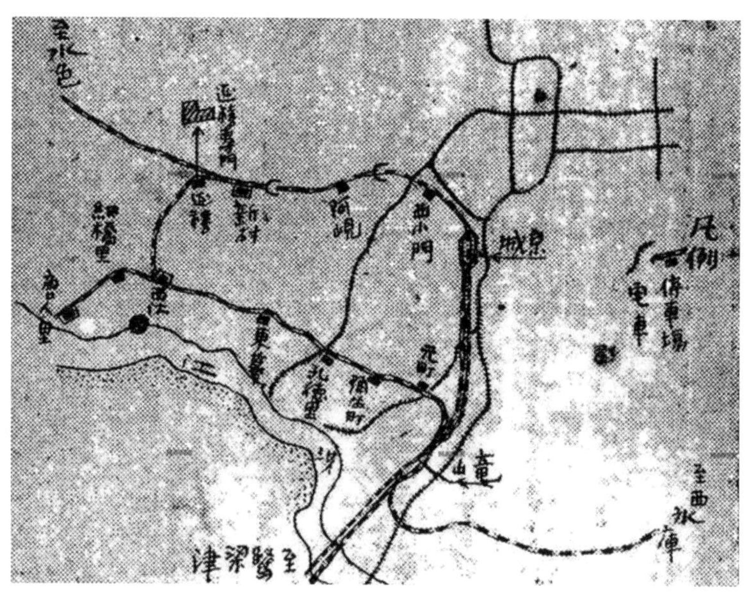

「교외 순환 철도 구간」(『동아일보』 1930.12.25)

자 세계를 감각하고 소통하는 매개였다. 그는 나중에 일본 동경으로 유학한 뒤에도, 서울에서 기차를 타고 다니던 시절을 사랑스럽고 아름다운 추억으로 그려 낸다.

> 봄이 오던 아침, 서울 어느 조그만 정거장停車場에서
> 희망希望과 사랑처럼 기차汽車를 기다려,
>
> 나는 플랫폼에 간신한 그림자를 떨어트리고,
> 담배를 피웠다.
>
> -「사랑스런 추억」(1942.5.13) 부분

윤동주가 이 시를 쓴 것은 동경의 릿쿄대학[立敎大學]에 다니던 시절이었다. 낯선 도시에서 그는 봄날 아침 "서울 어느 조그만 정거장에서" "담배를 피"우며 "희망과 사랑처럼 기차를 기다"리던 때를 떠올린다. 기차가 도시의 내부로, 사람들의 생활 속으로, 꿈꾸는 미래로 그를 이끌어 갈 것을 기대하는 심정이 잘 나타나 있다.

탈주의
꿈

경성역을 출발한 기차는 서소문역을 지나서 계속 달리다가 아현 터널을 통과하였다. 서소문역과 아현역 사이에 아현 터널이 있고, 아현역과 신촌역 사이에 의영 터널이 있다. 이 터널은, 이태준이 1941년에 발간한 산문집 『무서록』에서 「작품애」의 배경으로 등장한다.

윤동주는 기차를 타고 터널을 지나며 암흑과 광명이 교차되는 광경을 시대의식에 비유하였다.

> 이윽고 터널이 입을 벌리고 기다리는데 거리 한가운데 지하철도地下鐵道도 아닌 터널이 있다는 것이 얼마나 슬픈 일이냐. 이 터널이란 인류人類 역사歷史의 암흑시대暗黑時代요, 인생행로人生行路의 고민상苦悶相이다. 공연히 바퀴소리만 요란하다. 구역 날 악질惡質의 연기煙氣가 스며든다. 하나 미구未久에 우리에게 광명光明의 천지天地가 있다.
>
> -「종시」(1941)

터널은 "인류 역사의 암흑시대", "인생행로의 고민상"이며, "공연히 바퀴소리만 요란한" 소음과 "구역 날 악질"의 매연으로 가득 차 있다. 터널 속은 그가 살아가고 있는, 또는 지나가고 있는 어두운 현실에 대한 비유이다. 산문 「종시」를 쓰던 1941년의 상황은, 전쟁과 총동원으로 모든 것이 통제되고 선전과 선동으로 시끄러우며 개성과 자유가 불온시되던 시대였다. 따라서 지금 여기는 터널과 같은 암흑 속에 있지만, 기차가 터널을 벗어나듯이 이 어두운 현실이 끝나면 "미구에 우리에게 광명의 천지가 있"을 것이라는 기대를 나타내고 있다.

이러한 믿음은, 실제로 기차가 터널을 벗어났을 때 그가 보았던 장면을 통해 더욱 현실성을 갖게 된다.

> 터널을 벗어났을 때 요즈음 복선공사에 분주한 노동자들을 볼 수 있다. 아침 첫차에 나갔을 때에도 일하고 저녁 늦차에 들어 올 때에도 그네들은 그대로 일하는데 언제 시작하여 언제 그치는지 나로서는 헤아릴 수 없다. 이네들이야말로 건설의 사도들이다. 땀과 피를 아끼지 않는다.
>
> [※칼로 도려낸 부분]
>
> 그 육중한 「도락구」를 밀면서도 마음만은 요원한 데 있어 「도락구」 판장에다 서투른 글씨로 신경행新京行이니 북경행北京行이니 남경행南京行이니라고 써서 타고 다니는 것이 아니라 밀고 다닌다. 그네들의 마음을 엿볼 수 있다. 그것이 고력苦力에 위안이 안 된다고 누가 주장하랴.
>
> -「종시」(1941)

터널 바깥에는 선로의 복선공사에 분주한 노동자들이 있다. 아침 등굣길에 보았던 노동자들이 저녁 하굣길에도 여전히 똑같은 노동을 하고 있다. 그들의 노동은 언제 시작해서 언제 끝나는 것인지, 노동이 멈춘 것을 본 적이 없다. 그들의 생은 고된 노동의 연속이다. 하지만 노동자들이 자신의 삶을 통째로 구속하고 있는 노동의 현실에 무기력하게 끌려다니는 것만은 아니다. 노동자들은 자신들의 노동 도구인 "도락구"(짐차)의 널빤지에 서툰 글씨로 만주 "신경행", 중국 "북경행" 혹은 "남경행"이라 써 붙여서 밀고 다닌다. 이 모습을 보면서 윤동주는 고된 노동에서 해방되고 싶은 노동자들의 마음을 읽어 낸다. 그들은 고된 노동의 삶에서 탈출을 꿈꾸

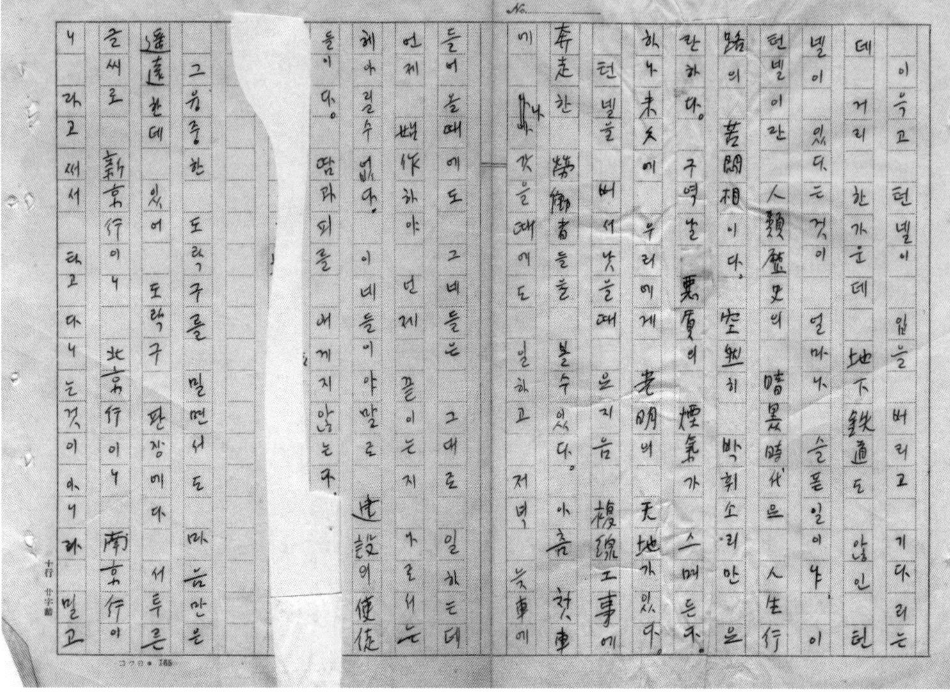

이우고 터널이 입을 벌리고 기다리는
데 거리 한가운데 地下鐵道도 아닌 터
널이 있다는 것이 얼마나 슬픈 일이냐 이
터널이란 人類歷史의 暗黑時代요 人生行
路의 苦悶相이다. 空然히 박휘소리만 요
란하다. 구역날 惡質의 煙氣가 스며든다.
하나 未來의 우리에게 光明의 天地가 있다.
터널을 빠져 나왔을때 요지음 複線工事에
奔走한 勞働者들을 볼수 있다. 아츰 첫車
에 갈때에도 일하고 저녁 늦車에
들어올때에도 그네들은 그대로 일하는데
언제 始作하야 언제 끝이는지 나로서는
헤아릴수 없다. 이네들이야말로 建設의 使徒
들이다. 땀과 피를 아끼지 않는구나.
그육중한 도락구를 밀면서도 마음만은
遙遠한데 있어 도락구 판장에다 서투른
글씨로 新京行이니 北京行이니 南京行이
니 라고 써서 타고 다니는 것이 아니냐 밀고

윤동주 자필 원고 「종시」(윤인석 제공), 칼로 도려낸 부분이 선명하게 보인다.

며, 그 해방의 염원을 널빤지에 서툰 글씨를 쓴 것처럼 구체화하는 행위를 통해, 지금의 고통스러운 노동을 위로하고 견뎌 내고 있었던 것이다.

한편, 「종시」의 인용부분은 원고지 27칸 정도에 해당하는 2행의 글자가 칼로 도려져 있다. 윤동주 원전 연구자인 홍장학은, 칼로 도려내서 삭제된 것이 『하늘과 바람과 별과 시』 재판본(정음사, 1955년)의 편집과 발행을 즈음해서 일어났을 것으로 추정한다. 「종시」의 원고지의 외곽선은 상당히 닳아 있는데, 도려진 부분의 외곽선은 원고지 자체에 비해 선명한 것으로 보아 원래의 원고와 도려진 부분은 상당한 시간 차이가 있다는 것이다. 따라서 원고지를 칼로 도려낸 장본인은 윤동주가 아니라고 보았다.[31] 『하늘과 바람과 별과 시』 초판본(정음사, 1948년)에는 산문 「종시」가 실리지 않았는데, 1955년 재판본을 편집하는 과정에서 필화를 입을까 걱정이 되어 원고의 일부를 칼로 도려낸 것으로 추측하고 있다. 실제로 증보 재판본은 편집자들이 내부적으로 자기 검열을 한 바 있다. 『하늘과 바람과 별과 시』 초판본(1948)에 있었던 정지용의 「서문」과 강처중의 「발문」이 재판본(1955)에는 없다. 이런 정황을 미루어 볼때 한국전쟁 직후 극심한 냉전 분위기 속에서 좌익적 언술로 오해받을까 봐서 재판본 편집자 중에서 누가 자체 검열을 통해 칼로 도려낸 것 같다.

윤동주는 전차의 종점에 도착하고는, 그곳이 끝이 아니라 새로운 곳을 향한 시작점이기를 기원한다. 탈주를 꿈꾸는 노동자들의 바람에 기대서 윤동주 자신도 신경행·북경행·남경행을 타고 이곳에서 탈주하기를 고대한다.

> 이제 나는 곧 종시終始를 바꿔야 한다. 하나 내 차에도 신경행新京行, 북경행北京行, 남경행南京行을 달고 싶다. 세계일주행世界一周行이라고 달고 싶다. 아니 그보다 진정한 내 고향이 있다면 고향행故鄕行을 달겠다. 다음 도착하여야 할 시대時代의 정거장停車場이 있다면 더 좋다.
>
> -「종시」(1941)

'지금 이곳'의 불모성과 압박감으로부터 해방되어 '다른 곳'을 향해 탈주하고 싶어 한다. 그곳이 신경이거나 북경이나 남경이었으면 좋겠다. 아니 더 멀리 세계일주를 떠나고 싶다. 그보다도 "진정한 내 고향이 있다면" 그곳에 가고 싶다고 한다. 윤동주에게 '내 고향'은 특별한 의미를 갖는다. 동생 윤일주의 회고를 보자.

> 그(윤동주-인용자)는 답답할 때면 좋은 목청은 아니었으나 구성지게 노래 부르기도 잘 하였다. …(중략)… 그중에서도 〈내 고향으로 날 보내 주〉가 많이 불려진 것 같다.[32]

윤일주는 형이 〈내 고향으로 날 보내주〉를 부르는 모습을 자주 보았고, 동생들에게도 가르쳐 주었다고 한다. 여동생 윤혜원도 오빠를 회고할 때면 〈내 고향으로 날 보내주〉를 부르고 가르쳐 주던 장면을 떠올렸고, 인터뷰 때마다 반복해서 추억했다.

> "서울 이야기도 해 주고 노래도 가르쳐 주고 …… 흑인 영가 「내 고향으로 날 보내 주」도 그때 오빠에게서 처음으로 배웠지요."[33]

동생 윤혜원에게 대학생 오빠는 자랑이자 우상이었다. 그녀에게 오빠는 〈내 고향으로 날 보내 주〉라는 노래와 함께 연상된다. 왜 이 노래가 윤동주의 애창곡이 되었는지 궁금하다. 그가 노래를 부르면서 떠올리는 '내 고향'은 어디이며, 실제로 자신의 고향인 북간도에 돌아와서도 '내 고향'을 그리워하는 이유는 무엇일까?

〈내 고향으로 날 보내주Carry me back to old Virginny〉는 한 늙은 흑인 노예가 그의 고향인 버지니아를 잊지 못해 부른 노래로 알려져 있다. 이 노래는 미국의 민스트럴(minstrel, 유랑예인)인 J. 블랜드(James Bland, 1854~1911)가 1911년 작곡했고, 1914년 에디슨 축음기 SP판으로 발매되었다고 한다.

> 내 고향으로 날 보내 주 오곡백과가 만발하게 피었고
> 종달이 높이 떠 지저귀는 곳 이 늙은 흑인의 고향이로다
> 내 상전(생전) 위하여 땀 흘려가며 그 누른 곡식을 거둬들였네
> 내 어릴 때 놀던 내 고향보다 더 정다운 곳 세상에 없도다
>
> 내 고향으로 날 보내 주 이 몸이 다 늙어 떠나기까지
> 그 호숫가에서 놀게 하여 주 거기서 내 몸을 마치리로다
> 미사와 마사는 어디로 갔나 찬란한 동산에 먼저 가셨나

자유와 기쁨이 충만한 곳에 나 어서 가서 쉬 만나리로다

윤동주는 이 노래를 부르면서 자신과 늙은 흑인 노예를 동일시하고, 그가 가고 싶어 하는 '내 고향'을 함께 그리워한다. "오곡백화가 만발하게 피"어 있고 "자유과 기쁨이 충만한 곳". 그곳은 '북간도'였을까? 윤동주는 평양이나 서울, 일본 등지의 타향에서 '어머니의 땅' '북간도'를 그리워했고, 다시 북간도에 와서는 또 다른 '고향'을 꿈꾸었다. 그에게 '내 고향'은 마음속에 있는 유토피아, "땀 흘려 일하고", "오곡백과"가 풍족하고, 자유와 기쁨이 충만한 곳이다. 윤동주는 「종시」의 마지막 부분에서 "진정한 내 고향이 있다면 고향행故鄕行을 달겠다. 다음 도착하여야 할 시대의 정거장이 있다면 더 좋다."라고 말한다. 그가 가고 싶은 "진정한 내 고향"은 "도래하여야 할 시대의 정거장"이다. 그곳은 지배-피지배 관계나 전체주의가 없고 자유와 평등, 민주주의, 개성이 충만하고 노동이 해방되고 물질적으로도 풍족한 세상일 것이다.

문화 순례

윤동주는 수업을 마치고 연희전문학교에서 종로의 하숙집으로 돌아오는 하굣길에 경성 시내의 문화 순례를 일상으로 삼았다. 정병욱은 당시 그들이 습관처럼 행했던 일련의 문화 순례 과정을 아래와 같이 기록하였다.

> 하학 후에는 기차 편을 이용했었고, 한국은행 앞까지 전차로 들어와 충무로 책방들을 순방하였다. 지성당, 일한서방, 마루젠, 군서당 등. 신간 서점과 고서점을 돌고 나면 '후유노야도冬の宿'나 남풍장南風莊이란 음악다방에 들러 음악을 즐기면서 우선 새로 산 책을 들춰보기도 했다. 오는 길에 명치좌에 재미있는 프로가 있으면 영화를 보기도 했다.
>
> 극장에 들르지 않으면 명동에서 도보로 을지로를 거쳐 청계천을 건너서 관훈동 헌책방을 다시 순례했다. 거기서 또 걸어서 적선동 유길서점에 들러 서가를 훑고 나면 거리에는 전깃불이 켜져 있을 때가 된다. 이리하여 누상동 9번지로 돌아가면 …(중략)…
>
> 가끔 영화관을 들렀다가 저녁때가 늦으면 중국집에서 외식을 했는데 그때 더러는 배갈을 청하는 일이 있었다. 주기가 올라도 그의 언동에는 그리 두드러진 변화는 없었다. 평소보다는 약간 말이 많을 정도였다.
>
> - 정병욱, 「잊지 못할 윤동주의 일들」[34]

학교에서 나오면, 먼저 연희역이나 신촌역에서 기차를 타고 경성역까

조선은행 앞 정거장과 선은광장, 본정 입구

지 온 뒤, 경성역에서 전차로 남대문통5역-남대문역-미창정米倉町역을 거쳐 선은전鮮銀前역에서 하차하였다. 선은(조선은행) 광장에는 미쓰코시 백화점이 있었다. 이상의 소설 「날개」(1936)의 장소로 잘 알려진 미쓰코시 백화점 옥상정원은 경성 사람들이 사랑하는 나들이 장소였다.

윤동주와 정병욱은 조선은행 앞에서 전차를 내린 뒤 본격적으로 충무로의 책방 순례를 시작했다. "충무로 입구, 그때는 이 동네를 혼마치本町라고"[35]했는데, 혼마치를 어슬렁거리며 감상하는 이들을 '혼부라'라고 불렀다. 당시 일본 도쿄 긴자銀座거리는 대표적인 소비와 유흥 공간으로 다방, 카페, 댄스홀 등이 즐비한 곳이었다. 이 긴자거리를 헤매며 산보하는 이들을 '긴부라'로 부른 것에 빗대어 혼마치를 산보하는 것을 '혼부라'라고 했다. 윤동주도 '혼부라'의 일원이었다. 혼마치에서 지성당, 일한서방, 마루젠, 군쇼도서점 등 신간서점과 고서점을 돌아보며 지식과 사상과 예술을 섭취하고 책을 구입했다.

당시에 본정(지금의 충무로)은 유명 서점들이 한곳에 모여 있는 서점 거리

였으며, 이곳에서 최첨단의 문화 트렌드와 사상, 지식이 직수입되어 판매되었다. 본정 1정목에는 금성당서점, 오사카야고, 분코도 등의 서점이 있었고 2정목엔 마루젠, 일한서방, 지성당, 군쇼도서점, 가네코서점金子書店, 세이분도서점誠文堂書店, 문명당서점文明堂書店, 벤쿄도서점勉強堂書店 등이 있었다. 3정목, 4정목까지 서점들의 행렬이 이어졌고 명치정에도 몇몇 서점이 있었는데 금강당서점金剛堂書店이 대표격이었다. 당시 서정주는 박용철과 함께 "마루젠丸善이란 양서洋書 집엘 들러, 몇 권의 영어와 독일어로 된 시집과 시론집을 골라"[36] 사기도 했다. 이 중에서 분코도, 군쇼도, 가네코, 지성당, 문명당, 벤쿄도 등은 모두 고서점, 즉 헌책방이었다. 일본 서점들이 본정에 경성지점을 두고 도매까지 하는 상황에서, 국내의 서점들은 헌책을 통해 승부를 거는 것 이외에는 다른 방법이 없었다. 일한서방과 오사카야고는 본정에 매장이 있고 명치정 2정목에는 도매를 두고 있었다. 일한서방은 한일합방 이전에 창업한 오래된 서점으로 인천에 지점이 있었고, 지성당은 1914년 개업한 서점이었다.

윤동주는 이렇게 서점들을 순례하며 책을 사 모았다. "방학 때마다 이 불짐 속에 한 아름씩 넣어 오는 책은 8백 권 정도 모이었고, 그것은 우리 동생들에게 참으로 좋은 자양이 되었다."[37]라고 동생 윤일주는 기억했다.

윤동주는 본정에서 서점 순례가 끝나면 명치정(지금의 명동)으로 걸음을 옮겨서 음악다방에 들렀다가 극장에서 영화를 보곤 했다. 연희전문학교의 절친한 문우였던 유영柳玲은 추도시를 쓰면서 윤동주와 시내를 함께 거닐고 차를 마시며 음악을 듣고 담소를 나누던 추억을 회고했다.

> 게다소리 하까마 칼자루에 빠가고라 소리마저 사라졌다.
>
> 너와 함께 즐겨 거닐다
> 한잔 차에 시름 띠어

뭉킨 가슴 풀어보던
여기가 바로 다방茶房 허리욷이다.
그렇다 피의 분출噴出을 가다듬어
원수怨讎의 이빨을 빼려다
급기야 강아지 발톱에 찢긴
여기가 바로 다방茶房

- 유영, 「창 밖에 있거든 두다리라-동주 몽규 두 영靈을 부른다」[38] 부분

유영은 "너와 함께 즐겨 거닐"던 거리, 시름과 번민을 나누던 "다방"을 기억한다. 이들이 "원수의 이빨과 같은" 전체주의를 회피하며 문화를 나누던 "다방 허리욷"이었다. 다방 허리우드는 1938년 『청색지』에도 문학예술가들이 모이는 장소로 소개되고 있다.

> 이 사이에 조선은행 뒤 장곡천정 대가大街에 유치진 씨가 '프라타느'를 개점하여 극연회劇硏會원, 신문기자, 해외파 문사들이 많이 모여 융성하더니 모 내지인 손으로 넘어가고 그 뒤 현재 조선빌딩 자리에 신건설 극단의 이상춘 씨가 설계한 다점茶店이 생겼다 없어지고 전기前記 이상李箱의 '무기'가 다방 명치정 집중의 효시를 지었다.
>
> 그 뒤 음악평론가 김관金管 씨가 '엘리자'를 열어 수년간 인기를 독점하였고, 뒤이어 '하리우드', '노아노아'가 생기고 '미야지마', '백룡', '따이나' 기타 수처數處가 생기고, 경성에 다점 전성시대가 전개되고 명치정은 당연 다방문화의 중심인 관觀이 있다.[39]

윤동주는 본정에서 서점 순례가 끝나면 명치정(지금의 명동)으로 걸음을 옮겨서 음악다방에 들렀다가 극장에서 영화를 보곤 했다. 그가 즐겨 다녔던 음악다방 후유노야도冬の宿와 남풍장南風莊은 명치정 2정목에 있

던 다방이다. 윤동주는 고전음악 애호가여서 명곡을 들으러 평양에 있는 음악다방 세르팡까지 원정을 갔었다고 한다. 1940년 『모던 일본』(조선판)에 실린 기사 「경성 번화가 탐방기」에 따르면, 후유노야도冬の宿는 명곡을 자주 듣는 음악 애호가와 문학청년들이 자주 모이는 곳이었다.[40] 후유노야도冬の宿는 원래 이름이 '휘가로'였다. 당시 오장환, 이육사, 이성범, 서정주, 김광균과 함께 이봉구도 이곳에 자주 들렀는데, "휘가로 다방은 왜정의 사나운 폭풍이 몰아칠 무렵 우리 지나간 시절의 정신과 육체의 기항지寄港地이었다."[41]라고 회상했다. 하지만 이 시절은 오래 지속되지 못했다. 얼마 지나지 않아 "우리가 마음껏 음악을 즐기던 후유노야도는 술집으로 변하고, 장환이 남만서방이라는 책가게를 하다 동경으로 가고, 그해 겨울에는 군국주의 일본의 침략전쟁인 소위 대동아전쟁이 일어났다."[42]라며 이봉구는 안타까워했다.

명치좌

휘가로 다방이 후유노야도로 바뀐 사정은 1940년대 초반 군국주의가 팽배해지는 시대상황과 관련이 있었다. 1930년대 급격하게 생겨났던 다방이나 카페 이름은 대부분 서양식 외래어였다. 그런데 1940년 들어서 일본 정부는 '적성敵性 단어 사용 금지' 명령을 내린다. 영어 사용을 금지하고 바꾸도록 명령했으며, 가게 이름뿐 아니라 영어 예명을 쓰는 연예인의 이름도 바꾸게 했다.[43] 플랫폼은 '승차장', 삐라는 '전단', 럭비는 '투구', 파마는 '전발'電髮, 페니실린은 '벽소'碧素, 미식축구는 '개구'鎧球, 스키는 '설정'雪艇, 스트라이크는 '잘했어', 볼은 '안 됨'이라고 바꾼 것은 유명한 이야기이다.[44] 이 시기에 휘가로 다방도 '후유노야도'冬の宿가 되었다. 일본 정부가 '적성 단어 사용 금지' 명령을 내린 이유는 "태평양전쟁이 임박해 있던 때라 반영미 사상이 풍미해 영어를 쓰는 일 자체를 죄악시하는 것이었다. 그래서 레코드판도 자기들 식으로 원반이라고 바꿔 부르는 게 애국적인 것으로 인식되던 시기"[45]였기 때문이다. 실제로 1940년대부터 "중국침략전쟁은 '대동아성전'으로 불렸고, 온 거리에 '귀축영미 격퇴鬼畜美英 擊退'라고 쓰인 대자보가 가득 붙어있었으며 '1억 국민 총단결'이라는 구호 아래 내선일체, 동조동근同祖同根 등의 선전 문구가 나오고 있었다."[46] 1938년에서 1941년 사이에 서양식 외래어 간판을 일본어로 바꾸게 했던 배경에는, 이처럼 군국주의적 전체주의가 팽배해 가면서 문화 통제를 강화했던 사정이 있었다.

윤동주는 '휘가로'가 군국주의의 강압으로 '후유노야도冬の宿'로 변화하는 것을 목격하였다. 영문학도로서 '귀축영미 격퇴鬼畜美英 擊退' 구호를 들으며 자괴감을 느꼈을 것이다. 또 당시에는 일본 정부의 주도로 건전하고 명랑한 국민정신이 선전되고 있었다. 이런 시대상황 속에서 그는 제국주의가 선전하고 강제하는 '건전한 국민'과 군국주의에 대응하며 드러나지 않게 불화하고 있었다.

하교 후에 극장에서 영화를 보지 않는 날에는 본정에서 을지로와 청계천을 지나 관훈동 헌책방을 순례하였다. 본정의 상점 주인이 대부분 일본인이었던 것과 달리, 관훈동(지금의 인사동)은 주로 조선인들의 영역이었다. 그리고 관훈동에는 시인 오장환이 운영하던 남만서점(1938~1940)이 있었다. 그는 관훈동 헌책방을 순례한 뒤, 안국동 쪽으로 해서 총독부 앞을 거쳐 적선동의 유길서점에 다시 들러 서가를 훑어보고 누상동 하숙집으로 가며, 하루의 산책을 마무리했을 것이다.

문익환은 윤동주에 대해 "그의 지성은 「모던」이었다. …(중략)… 양복은 언제나 구김살이 없었고 머리가 헝클어지는 일이 별로 없었다."[47]라고 했다. 윤동주는 모더니스트이면서 멋쟁이 댄디스트dandist로서 풍모도 있었다. 그는 근대와 모던의 중심, 경성의 명치정과 본정(혼마찌)을 횡단하며 서점에 들러 최신의 지식과 사상을 검색하고, 다방에 들러 음악을 들으며 감각과 예술 그리고 "가슴에 뭉킨 시름"을 풀어내기도 했다. 영화나 연극, 전시회를 보고 가끔은 술을 마시기도 했다.

1930년대 경성의 산책자로 자처했던 문화예술인들은 본정의 서점을 순례하면서, 근대의 첨단 지식과 문화의 향취를 탐닉하였다. 이들에게 서점은 도시 문명의 빛나는 액세서리였다. 당시 도시 산책자들의 다른 기호들로는 카페, 커피의 맛과 향, 웨이트리스, 축음기, 음악, 인테리어, 영화관, 백화점, 술집, 맥주와 배갈, 거리와 신식 건물들이 있었다. 채만식의 소설 「종로의 주민」에는 본정의 산책과 서점 순례, 그리고 도시의 다른 기호들을 향유하는 장면이 나온다.

> 경성우편국 앞인데 벌써, 고소한 커피 냄새가 홍건하다. 미쓰꼬시에 올라가서 한 잔씩 먹고, 내려와서는 본정통을 어귀에서부터 천천히 더듬어 들어간다. 광문당을 거쳐, 대판옥을 들러, 가네보오로 다리 마루젱까지. 마루젱에서는 강선필 군이 신간을 한 권 사는데 얹혀서 송영호 군도, 마침 눈에 뜨인, 모랑의 『밤이 열리다』를 샀다. 심히 관능적이란 이야기를 들었기 때문에, 어떤가 하고 읽어보잤던 것이다.
>
> 명치정을 빠져나오다가는 ×××에 들앉아서 덴뿌라로 점심을 먹었다. ××다방에 들러서는, 커피와 음악으로 기름지게 먹은 점심을 삭였다. 드디어 남부일주의 여행을 마치고 둘이가 정자옥 앞에서, 다시 종로를 향하여 걷기 시작한 것이 그럭저럭 오후 네시.
>
> - 채만식, 「종로의 주민」(1941.2.20)[48]

채만식의 소설은 1930~40년대 지식인들이 근대 도시 경성을 어떻게 소비하고, 향유했는지 잘 보여 준다. 단골 서점에서 신간 서적을 사고, 기름진 음식을 먹고, 다방에서 커피를 마시며 음악을 듣고, 가로등이 휘황한 거리를 걷는다. 이들이 소비하고 향유하는 근대도시 경성의 거리는, 일본의 화려하고 빛나고 선진적인 문명과 문화가 만개하는 거리였다. 이 거리에서 조선인들은 제국의 힘과 문화에 위압당하기도 하고 그 문명과 문화에 매혹되기도 하고, 반대로 자본주의가 빚어낸 속악한 세상에 대해 위화감과 거부감을 나타내기도 했다.

시 「돌아와 보는 밤」에는 경성의 산책자, 문화 순례자로서 윤동주가 느꼈던 감각과 사유가 잘 나타나 있다.

> 세상으로부터 돌아오듯이 이제 내 좁은 방에 돌아와 불을 끄옵니다. 불을 켜 두는 것은 너무나 피로롭은 일이옵니다. 그것은 낮의 연장延長이옵기에—
>
> 이제 창窓을 열어 공기空氣를 바꾸어 들여야 할텐데 밖을 가만히 내다보아야 방房안과 같이 어두워 꼭 세상 같은데 비를 맞고 오던 길이 그대로 빗속에 젖어 있사옵니다.
>
> 하루의 울분을 씻을 바 없어 가만히 눈을 감으면 마음속으로 흐르는 소리, 이제, 사상思想이 능금처럼 저절로 익어 가옵니다.
>
> -「돌아와 보는 밤」(1941.6) 전문

아침부터 시작된 긴 일과를 마치고 "내 좁은 방에 돌아와 불을 끄"지만, 세상에서 맞고 오던 비와 어둠이 방 안에까지 따라 들어온다. 피로와 "하루의 울분"을 씻을 바 없다. 집에 돌아와서 밤인데도 "낮의 연장"처럼, 낮에 보고 경험하고 느낀 것들이 계속해서 시적 주체의 사유와 감각에 묻어서 작동한다. 그가 산책하고 순례하고 걸었던 길, "비를 맞고 오던 길이 그대로 빗속에 젖어 있"다. 내 좁은 방에서도 세상의 어둠과 비를 벗어나지 못하는 것은 피로한 일이지만, 이런 경험과 사유 속에서 "사상이 능금처럼 저절로 익어 가"는 것을 느낀다. 세상과 시대를 관찰하고 사유하고 내면화하는 경험. 시대의 모순으로 피로와 울분을 감내하면서도 세상의 어둠과 분리되지 않고 연결되어 있는 상태. 윤동주의 시와 사유는 그 과정을 통해 자연스럽게 성숙해 갔던 것이다.

「병원」과 욕망하는 자아

윤동주는 1939년 9월 이후 대학 3학년 내내 시를 쓰지 않다가 1940년 12월 「위로」, 「병원」, 「팔복」 세 편을 썼다. 「병원」의 최초 습작 원본은 「팔복」과 함께 「위로」의 뒷면에 씌어 있다. 처음에 시 제목을 「병」으로 생각했었는지, "病병"이란 제목도 함께 적혀 있다.

> 살구나무 그늘로 얼굴을 가리고, 병원病院 뒤뜰에 누워, 젊은 여자女子가 흰옷 아래로 하얀 다리를 드러내 놓고 일광욕日光浴을 한다. 한나절이 기울도록 가슴을 앓는다는 이 여자女子를 찾아오는 이, 나비 한 마리도 없다. 슬프지도 않은 살구나무가지에는 바람조차 없다.
>
> 나도 모를 아픔을 오래 참다 처음으로 이곳에 찾아왔다. 그러나 나의 늙은 의사는 젊은이의 병病을 모른다. 나한테는 병病이 없다고 한다. 이 지나친 시련試鍊, 이 지나친 피로疲勞, 나는 성내서는 안 된다.
>
> 여자女子는 자리에서 일어나 옷깃을 여미고 화단花壇에서 금잔화金盞花 한 포기를 따 가슴에 꽂고 병실病室 안으로 사라진다. 나는 그 여자女子의 건강健康이—아니 내 건강健康도 속速히 회복回復되기를 바라며 그가 누웠던 자리에 누워본다.
>
> -「병원」(1940.12) 전문

정병욱의 회고에 따르면, 「병원」은 당대 식민지 조선의 현실을 '병원'으로 은유화한 시이며, 이것이 빌미가 되어 스승 이양하가 시집 출간을 반대했다고 한다. 이 회고에 근거하여 이후 연구자들에게 「병원」은 병든 식민지 현실을 고발한 정치적인 성격을 띤 불온한 작품이자, 식민지 지식인으로서 현실 참여의 윤리적 주체를 표상하는 작품으로 꼽혔다. 문학평론가 신형철은 "이 풍경에서 당대 식민지 조선의 모습을 읽어 내는 일은 자연스럽다. 말하자면 1연의 병원과 질병은 정치적 은유로 읽힐 수 있다. 이 정치적 은유를 '윤리적 은유'로도 읽을 수 있을 것 같다."[49]라고 평가하였다.

이에 앞서, 정지용은 윤동주의 유고시집 『하늘과 바람과 별과 詩』(정음사, 1948)의 「서」를 쓸 때, 무명 시인 윤동주의 시고 중에서 「병원」을 제일 첫머리에 뽑았다. 이 글에서 정지용은 윤동주의 「병원」이 충분히 '시 됨'을 인정했고, 시인으로서 그의 자질과 '시인 됨'의 특성을 간파하였다. 그리고 매우 인상적인 작품으로 추천하였다. 실제로 「병원」은 윤동주가 시집을 내면서 표제작으로 삼을 생각을 했을 정도로, 메시지와 서정을 잘 드러내면서 나름의 완성도를 갖춘 작품으로 자부했던 작품이다.

「병원」을 분석한 두 편의 비평을 보자.

> 윤동주는 타자와 근원적으로 동일할 수 없다는 비동일성으로 타자를 이해합니다. 그러면서도 끊임없이 타자의 곁으로 가고 싶어합니다. 그래서 타자가 '누웠던 자리에' 누워 연대하고 싶어합니다. 여기에 타자와의 연대를 통한 자기해방을 꿈꾸는 과정이 나타납니다. 타자가 떠났던 자리에 누워보며, 타자의 아픔을 공유하는 윤동주의 타자 인식에 대해 신형철은 '서정의 아름다움'이라 표현했습니다.
>
> - 김응교, 「곁으로」[50]

서정은 언제 아름다움에 도달하는가. 인식론적으로 혹은 윤리적으로 겸허할 때다. 타자를 안다고 말하지 않고, 타자의 고통을 느낄 수 있다고 자신하지 않고, 타자와의 만남을 섣불리 도모하지 않는 시가 그렇지 않은 시보다 아름다움에 도달할 가능성이 더 높다. 서정시는 가장 왜소할 때 가장 거대하고, 가장 무력할 때 가장 위대하다. 우리는 그럴 때 '서정적으로 올바른'이라는 표현을 쓸 수 있다. 서정적으로 올바른 시들은 자신이 있어야 할 자리를 안다. 그것은 '그가 누웠던 자리'다.

- 신형철, 「그가 누웠던 자리」[51]

위의 비평들은, 「병원」에서 윤리적 주체의 겸손한 연대, '올바른 서정'에 대해 치밀하게 분석하고 있다. 이 분석에 따르면, 윤동주의 서정시는 윤리적 주체가 타자와 섣불리 동일화하지 않는 겸손한 자세의 연대를 통해 자기해방을 꿈꾸는 지점에서 빛난다. "그가 누웠던 자리에 누워본다"라는 구절에서, 타인의 아픔에 가까이 가려고 하는 태도, 나아가 시대와 민족이라는 대大자아의 아픔과 슬픔을 인지하고 동참하려고 애쓰는 그의 간절함이야말로 우리 시문학이 낳은 소중한 결실이고 자산으로 평가한다. 그리고 식민지 시대 말기 '암흑기'라고 명명하는 시대에 윤동주의 이러한 태도와 시가 없었다면 한국문학사는 얼마나 난처하고 황량할 뻔했는가라고 질문한다.

하지만 「병원」은 좀 더 다양한 관점에서 분석할 여지가 많은 작품이다. 시 「병원」은 마치 추상화 같다. 이 시에는 욕망의 정동이 번뜩이고, 윤리적 주체와 대립하는 청춘의 분열적인 시선이 어른거린다.

윤동주는 산문 「종시」에서 젊은이들의 병적 우울과 비참, 날개 꺾임에 대해 번민하고 있다.

늙은이 얼굴이란 너무 오래 세파世波에 짜들어서 문제도 안 되겠거니와

> 그 젊은이들 낯짝이란 도무지 말씀이 아니다. 열이면 열이 다 우수憂愁 그것이요, 백이면 백이 다 비참悲慘 그것이다. …(중략)… 너무나 창백蒼白하다. …(중략)… 풀이 죽어 쭈그러뜨린 것이 활기活氣란 도무지 찾아볼 수 없다. 내 상도 필연코 그 꼴일 텐데 내 눈으로 그 꼴을 보지 못하는 것이 다행이다. 만일 다른 사람의 얼굴을 보듯 그렇게 자주 내 얼굴을 대한다고 할 것 같으면 벌써 요사夭死하였을는지도 모른다.
>
> -「종시」(1941)

윤동주는 당대 젊은이들의 병적 처지(우울, 비참, 창백, 무기력)가 "요사夭死" 직전의 상태였으며, 자기는 이를 똑바로 직시할 용기가 없음을 고백하였다. 그 자신도 우울·비참·창백·무기력·권태라는 젊은이의 병에서 자유롭지 않기 때문이다. 고석규는 이런 점에 주목하여 윤동주의 시를 "〈두려움〉을 청산하기 위한 내면의식"[52]의 표현이라고 설명한 바 있다.

젊은이들의 아픔과 고통이 어디에서 연유하는지 자기 생각을 밝힌 대목이 있다.

> 우리 화원 속에 모인 동무들 중에, 집에 학비를 청구하는 편지를 쓰는 날 저녁이면 생각하고 생각하던 끝 겨우 몇 줄 써 보낸다는 A군, 기뻐해야 할 서류(통칭 월급봉투)를 받아든 손이 떨린다는 B군, 사랑을 위하여서는 밥맛을 잃고 잠을 잊어버린다는 C군, 사상적 당착撞着에 자살을 기약한다는 D군…… 나는 이 여러 동무들의 갸륵한 심정을 내 것인 것처럼 이해할 수 있습니다.
>
> -「화원에 꽃이 핀다」(1941)

'화원花園'은 대학 캠퍼스의 은유이다. 여기서 윤동주가 호명한 A군, B군, C군, D군은 각각의 인물이면서 동시에 윤동주 자신이기도 하다.

한편, 윤동주는 「종시」에서 스스로 "눈을 감고 한참 생각하느라면 한 가지 거리끼는 것이 있는데 이것은 도덕률道德律이란 거추장스러운 의무감義務感이다."라고 말한 적이 있다. 또 한편으로 불시에 침입하는 욕망과 호기심, 그리고 이를 엄금하려는 금욕적 자아 사이에서 갈등하였다. 윤리적 강박에서 해방되고자 하는 욕망과 그것을 자제하고 제어하려는 강박 사이의 충돌 싸움, 이 복잡하고 혼란스러운 내면을 좀 더 입체적으로 해석할 필요가 있다.

그런 점에서 「병원」에 대한 민족주의적 독해는 윤동주의 내면과 감각을 단순화하거나 왜곡하는 결과를 초래할 수 있다. 대표적인 예로 「병원」에서 "한나절이 기울도록 가슴을 앓는다는 이 여자", "흰옷"을 입고 있는 여자를 '백의민족의 수난 표상'으로 설명하는 것은,[53] 사실상 시와 문학을 민족적 윤리의식의 재현물로 해석하고자 하는 비평가의 자의적이고 주관적 욕망에 의한 독법이다.

윤동주의 「병원」은 문제적 텍스트이다. 「병원」에서는 한 청춘이 알 수 없는 아픔에 시달리며 갈등하고 동요하는 정직한 떨림을 타전하고 있다. 「병원」의 세계를 이해하기 위해 먼저 「위로」를 살펴보려고 한다. 윤동주가 「위로」를 쓴 종이 뒷면에 「병원」을 썼다는 사실은, 두 작품이 연속적이거나 동시적同時的이라는 것을 의미하기 때문이다.

> 거미란 놈이 흉한 심보로 병원 뒤뜰 난간과 꽃밭 사이 사람 발이 잘 닿지 않는 곳에 그물을 쳐 놓았다. 옥외요양을 받는 젊은 사나이가 누워서 치어다 보기 바르게—
>
> 나비가 한 마리 꽃밭에 날아들다 그물에 걸리었다. 노—란 날개를 파득거려도 파득거려도 나비는 자꾸 감기우기만 한다. 거미가 쏜살같이 가더니 끝없는 끝없는 실을 뽑아 나비의 온몸을 감아 버렸다. 사나이는

긴 한숨을 쉬었다.

나이보담 무수한 고생 끝에 때를 잃고 병을 얻은 이 사나이를 위로할 말이—거미줄을 헝클어 버리는 것밖에 위로의 말이 없었다.

-「위로」(1940.12.3) 전문

「병원」과 「위로」는 여러모로 유사한 부분을 가지고 있다. 시의 배경이 '병원'이라는 점, 그리고 병원 뒤뜰과 꽃밭, 옥외 요양하는 젊은 사람에게 초점을 맞추고 있다. 「위로」는 "젊은 사나이", 「병원」은 "젊은 여자"가 주인공이며 두 시에서 나비가 핵심 기제로 배치되어 있다. 두 작품의 구조도 각 연이 산문형이면서 3연으로 이루어져 있어서 대칭을 이룰 정도로 유사하다. 그리고 병원에서 마주친 한순간을 관찰자 시점에서 스케치한 것처럼 그리고 있다.

「위로」는 병원 뒤뜰에서 '옥외요양'을 하는 '젊은 사나이'를 위문하러 간 시적 화자의 관찰로 이루어져 있다. 사건은 두 가지로 나눌 수 있다. 하나는, 거미가 한적한 병원 뒤뜰에 거미줄을 치고, 마침 나비 한 마리가 거미줄에 걸려 파닥거리는데, 이를 거미가 집요하게 압박해 가는 상황을 그렸다. 다른 하나는 병을 앓고 있는 젊은 사나이를 위로하는 행위이다. 이 젊은 사나이도 「병원」의 젊은 여자처럼 옥외요양, 일광욕을 해야 하는 것으로 보아서 결핵을 앓고 있는 것으로 짐작된다. 시의 화자는 젊은 사나이가 하늘을 쳐다보기 쉽게 거미줄을 헝클어 버린다.

지금까지 연구는 「병원」과 마찬가지로 「위로」에서 거미가 나비를 거미줄로 옭아매서 잡아먹으려는 장면에 주목해서 일본 제국의 억압에 대비하여 식민지 조선 민중의 수난을 형상화한 작품으로 해석하는 것이 일반적이었다. 나아가 시적 주체가 거미줄을 헝클어버리는 행위를 일제 식민지 시스템에 대한 파괴 및 저항으로 해석하기도 한다. 그러나 이것을 지

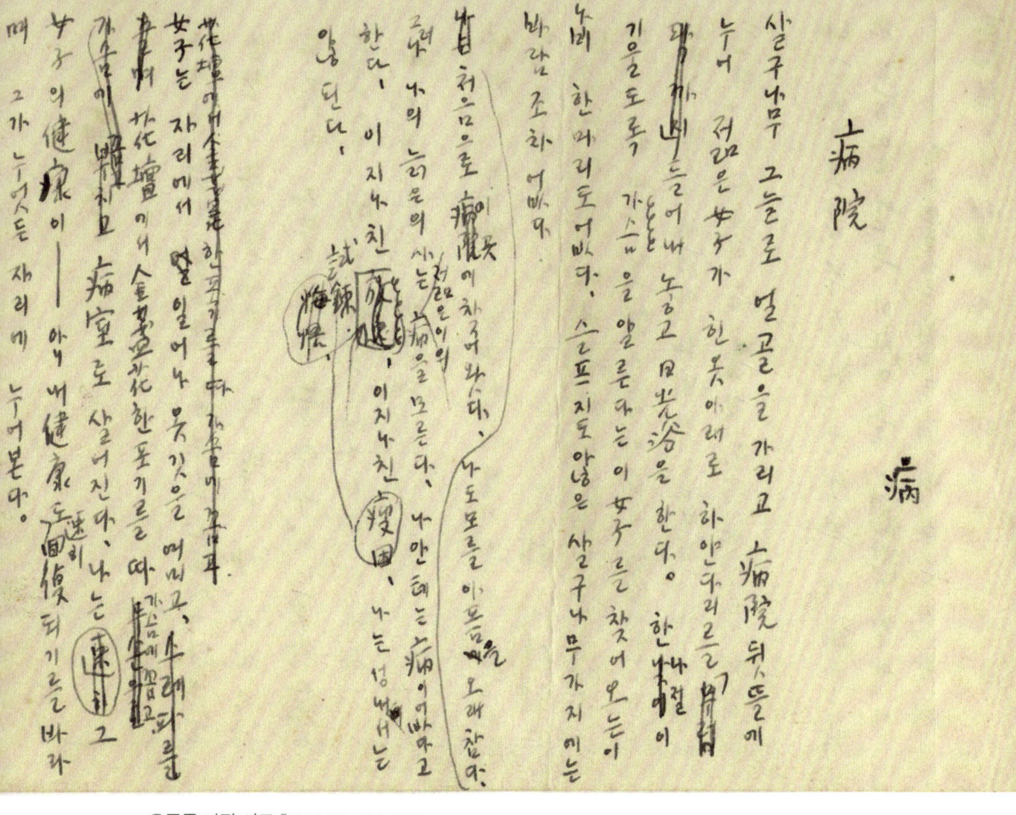

윤동주 자필 시고 「병원」(윤인석 제공)

나치게 평면적이고 도식적인 설명이다. 오히려 「위로」는 시적 화자의 눈에 띈 상황을 담백하게 스케치한 작품으로 읽는 것이 적절하다.

한편 「위로」가 배경이 되어 탄생한 작품이 「병원」이라고 짐작할 수 있다. 「병원」의 육필 원고에는 여러 차례 수정의 흔적이 남아 있다.

> 살구나무 그늘로 얼굴을 가리고 病院뒷뜰에누어 젊은女子가 힌옷아래로 하얀다리를 (~~무릎파까지~~ 삭제) 들어내 놓고 日光浴을 한다. 한나절(~~낮에~~ 삭제)이 기울도록 가슴을알른다는 이女子를 찾아오는이 나비 한마리도 없다. 슬프지도않은 살구나무가지에는 바람조차없다.
>
> ~~나는~~(삭제) 처음으로 이곳(病院)을찾어왔다. 나도모를아픔을(~~애~~ 삭제) 오

> 래참다. 그러나 나의 늙은의사는 (젊은이의-끼워넣기) 病을 모른다. 나안테는 病이없다고한다. 이 지나친 試錬(*放逸로 했다가 試錬으로 함), 이지나친 疲困(*悔悟로 하려고도 했음), 나는성내서는 않된다.
>
> ~~花壇에서金盞花한포기를 따 가슴에 꼽고~~(한 줄 삭제)
> 女子는 자리에서 (얼/멀/덜-삭제) 옷깃을 여미고, ~~스래파를끌며~~(부분 삭제)
> 花壇에서金盞花한포기를 따 가슴에 꼽고(~~두손으로 가슴에 부치고 꼽고~~: 삭제)
> 病室로살어진다. 나는 (速히-삭제) 그 女子의 健康이―아니 내 健康도 속히(삽입) 回復되기를바라며 그가누엇든 자리에 누어본다.(괄호 안의 설명은 인용자가 붙임)

「병원」 육필 원고의 도입부에서 "하얀다리를 무렴팍까지 들어내 놓고"라는 구절은 시적 주체의 무의식과 욕망을 이끌어 낸다. 당시 여성의 다리는 매혹적인 성적인 기호였다. 이효석의 「북국점경」(1932, 3)과 노자영의 『반항』(1923)에서 유사한 대목을 보자.

> 단발 밑으로 가늘게 흰 목덜미, 은초록색 스커드 밑으로 밋밋한 다리, 현대 미인의 제일 조건인 고운 다리― 향기 높은 회령 미인이다.
>
> - 이효석, 「북국점경」[54]

> 조금 부끄러워하면서도, 오히려 애교가 죽죽 흐르는, 정다운 말을 하며, 다시 자리 편 곳으로 가서, 구두를 벗고, 양말을 벗고, 겉치마를 벗은 후에, 도로 물밑으로 뛰어온다. 그리하고, 물가에, 철병~ 들어서면서,
> "에그! 시원해! 에그! 시원해……"
> 하며, 오리같이 뛰논다. 경순은
> "아, 참, 잘 노십니다 그려"

하고, 혜자의 발과, 또는 그의 종아리를, 가만히 바라보았다. 발은 흰 두부모같이, 도톰하고 얌전하며, 종아리는, 옥기둥같이, 통통하고, 어여뻤다. 경순은

"아, 참 혈색 고운 여자로다"

하고, 그의 발과, 종아리를 바라보는 순간에, 그만 그의 육체미에 취해 버렸다. 그리하고 저러한 여성에게, 영원히 사랑을 받는다면, 그는 세상에서, 더할 수 없는 만족이라 하였다.

- 노자영, 『반항』[55]

1920~30년대 글과 화보에서 각선미脚線美에 대한 탐미를 심심찮게 발견할 수 있다. 이효석의 심미안에 의하면 "고운 다리"는 "현대 미인의 제일 조건"이라고 한다.

「병원」의 육필원고와 수정 흔적을 보면, '무릎팍까지 올라온 하얀 다리'는 인상적인 환영으로, 시의 전체적인 장면과 사건을 주도하고 있다. 그러나 윤동주는 시를 퇴고하면서 "무럼팍까지"를 삭제해 버렸다. 그는 '무럼팍까지' 보이는 하얀 다리의 육감적 이미지와 상상력은 잘라 내거나 표백해야 할 불순한 욕망이라고 생각했던 것 같다.

"화단에서 금잔화 한 포기를 따 가슴에 꼽고"라는 구절도 여러 번 삭제와 수정을 거쳤다. 꽃을 가슴에 꽂는 행위도 성적 이미지를 산출한다. "금잔화 한 포기를 따 가슴에 꼽고"라고 썼다가 전체를 지우고 "화단에서 금잔화 한 포기를 따 두 손으로 가슴에 부치고"라고 수정했다가 다시 "화단에서 금잔화 한 포기를 따 가슴에 꼽고"라고 결정했다. 이 머뭇거림과 망설임은 자기의 시선을 검열하고 의식한 때문이다. 이 시를 읽을 타인의 눈으로 자신의 욕망을 검열하고 삭제하고 조정한 것이다. 이 망설임과 머뭇거림은 무의식의 효과 또는 자기 검열의 결과일 수도 있다.

텍스트의 무의식은 사람의 무의식이 신체적 증상을 통해 식별되는 것과 같이 어떤 텍스트적 징후를 통해 감지된다. "텍스트의 어떤 부분이 지나치게 강조되거나 갑자기 생략되어 침묵할 때, 논리의 공백이나 틈이 생길 때, 작품 속에 동기화되어 있지 않은 병리적 현상이 드러날 때, 앞뒤가 맞지 않는 모순점이나 애매모호성이 발견될 때, 혹은 텍스트가 이해할 수 없이 경련하거나 광기를 띨 때, 바로 이럴 때 텍스트의 무의식이 감지된다는 것이다. 이러한 현상을 '탈문자 현상'lacunary phenomenon이라고 한다.[56]

윤동주가 「병원」을 수정하고 확정하는 과정에는 내부에서 올라오는 욕망의 시선을 제어하고 규율하고 검열·삭제하고 정돈하는, 또 하나의 자아가 개입하여 갈등하고 있다. 숨어서 보는 자아가 있고, 그 숨어서 보는 자아를 관찰하며 제압하는 자아가 있다. 이들이 갈등한 흔적이 바로 「병원」에서 삭제와 수정을 반복하는 과정이다. 충동을 욕망하는 자아와 윤리적 자아, 심미적 자아가 서로 갈등하며 다툰 결과, 삭제와 수정과 재기입, 대체 등의 낭자한 흔적으로 남았다.

"女子는 자리에서 (얼/멀/덜-삭제) 옷깃을 여미고"에서 '얼'은 '얼른'으로 쓰려다 만 것일 수도 있다. '얼른 옷깃을 여미다'는 옷깃 속이 슬쩍 보였다는 것일 수도 있고, 그것을 훌끔 보았다는 것일 수도 있다. '일어나 옷깃을 여미고 화단에서 금잔화 한 포기를 따 가슴에 꽂고 병실 안으로 사라진다.'는 행위. 나비 한 마리 없는 공간, 봄 햇살 속의 정적, 옷깃을 여미고 꽃을 따 가슴에 꽂는 행위는 실루엣처럼 몽환적이기만 하다. 봄날의 아지랑이처럼 그녀는 비현실적, 비물질적 환영 속에서 사라져 버렸다. 병원 뒤뜰에서 "나비 한 마리 없는", "바람조차 없는" 적막한 정지된 공간에서 "젊은 여자"를 대면하는 것은 숨이 막히는 긴장감을 동반한다. 정지된, 은밀한 공간에서 매혹적인 젊은 여자를 대면하는 상황 자체가 어쩌면 "지나친 시련, 지나친 피로"이다. 욕망과 상상력을 제어하고 감당하는 "젊은이의 병"은 판명되지 않고 존재하지 않는 병이지만, 확실한 실재이다. 이 병에는 자칫 파멸할 수도 있다는 위기감과 모험감이 내재되어 있다. 그것은 전염성이 강한 결핵 환자와 접촉을 감행하는 것과 같은 정도의 파멸적 도발로서 "그가 누웠던 자리에 누워 보는" 것이다.

여러 정념과 서정, 윤리들이 혼재된 가운데 「병원」의 마지막은 "그 여자의 건강이—아니 내 건강도 속히 회복되기를" 바란다는 고백으로 끝난다. 결국 병은 나에게 있다는 진단이다. 마지막 문장에서 '그 여자의 건강'과 '내 건강' 사이에 '아니'라는 '미묘한 머뭇거림'[57]이 「병원」의 서정을 뛰어나게 하고 입체적이게 한다.

「병원」 2연의 마지막 문장 "이 지나친 시련試鍊(放逸방일→ 시련試鍊), 이 지나친 피곤疲困(회오悔悟로 하려고도 했음), 나는성내서는 않된다."에도 비슷한 형태의 수정과 확정, 머뭇거림의 흔적이 나타난다. 욕망하는 젊음의 "방종放縱"과 "방일放逸"을 "회오悔悟"하는 자아는 "피곤疲困"하고 그 위태로움의 경계는 "시련試鍊"이다. 이것은 '젊은이(청춘)'의 피곤이자 시련이고 병일 수도 있다. 윤동주에게 이 성찰 과정의 욕망과 혼란과 절제와 자기 규율의 정립은 그 자체로 '피곤'한 일이었다.

「병원」의 창작과 수정작업에서 윤동주가 보여주는 혼란과 절제와 자기 규율의 정립은 식민지민의 상황과도 연결되어 있었다. 이것을 한기형은 '강요된 절제'라고 명명하였다.

> 식민지민은 자신의 상상과 사유를 '인쇄'할 수 있는 결정권을 갖고 있지 않았다. 식민지 조선 안에서 무엇인가 표현하려는 이들은 먼저 검열관의 허락을 받아야 했다. 허가받지 못한 말들은 세상 속에 나갈 수 없었다. 이를 통해 식민지는 표면적으로 외설적인 문화도, 정치적인 과격함도 존재하지 않는 무미건조한 세계가 되어 버렸다. 나는 그것을 '강요

된 절제'라고 부르고 싶다. 따라서 식민지 문학은 존재하는 것과 존재하지 않는 것의 혼재로 구성된다. 그러한 이중성을 상상하는 것이야말로 한국의 근대문학 연구자들이 견지해야 할 특별한 태도가 아닐까?[58]

한기형은 식민지 시대가 외적 검열과 내적 검열에서 허락받은 상상과 사유들만 인쇄될 수 있었다고 규정하면서, 이것을 '강요된 절제'라고 불렀다. 그리고 "인쇄되지 않은 것", "존재하지 않는 것"을 상상하는 것이 중요하다고 말한다.

최재서는, 식민지 시대 말기의 문학이 인간의 자유로운 발달과 개성의 표현을 제한하였으며 그 대표적인 사례로 '연애 묘사'를 들었다.

연애의 묘사는 이제 씨가 말랐다고 종종 이야기되지만, 개성 표현 역시 더 이상 여지가 없다고 보아도 지장이 없다. 개성이라는 것은 결코 무진장의 밭은 아니다. …(중략)… 시인 작가들의 개성 표현열이 얼마나 말초화되었는가를 보는 것은 사회학적으로도 극히 흥미 있는 제목이겠지만, 결론만을 말하면, 기교한 개성, 병적인 개성 또는 반항적인 개성만이 현대문학 속에 범람하기에 이르렀던 것이다. …(중략)… 현재 가장 문제되는 것은 문학에 나타나는 병적 개성의 문제이다. 예전에 영국의 비평가 스토니어Stonier G.W가 제1차 구주대전 후의 구라파 문학을 통관通觀한 『고그 마고그Gog Magog』 속에서 "현대문학 속에는 병실의 악취가 떠다닌다"고 말했지만, 현대 구라파 문학 속에 진지한 것은 거의 전부라고 해도 좋을 정도로 병적인 개성을 주제로 삼고 있다. …(중략)…

신체제 하 문학의 임무를 어렵게 생각할 필요는 없다. 요컨대 작가는 개인의식의 옛 껍질을 깨고 국민 생활 속으로 뛰어들어 몸으로써 국민의식을 획득하는 것이다. 그것은 국가에 공헌하는 길인 동시에 자기의 예술을 살리는 길이기도 하다.[59]

최재서는 이 글을 쓰던 1941년 당시의 문학에서 "연애의 묘사는 씨가 말랐다."라고 말한다. 이것은 자연스런 현상이라기보다 풍기 단속을 통한 '사회 정화'에 따른 압력의 결과였다. 하지만 최재서는 당시 문학에서 "개성 표현열이 얼마나 말초화되"었는지 비판하며, 이를 경계해야 한다고 압박을 가했다. 최재서가 말하는 '신체제하의 문학'이란 '국민문학'이다. 1940년대 전시체제 아래 국민문학의 열풍 속에서 문학은 개인주의와 자유주의를 박탈당하고 있었다. 특히 문학에서 개성의 표현으로서 연애를 제재로 삼는 것은 사회문화적으로 지탄받는 행위가 되었다. 최재서에 따르면, 연애와 개성은 "대중의 저급한 홍미를 부추키는" 상업주의 문학이거나 "편협한 예술적 결벽성에 의해 왜곡된 개인 본위"의 문학으로 낙인찍혀서 씨가 말라 버렸다. "연애를 묘사"하거나 "개성을 표현"하는 문학을 두고 "병실의 악취가 떠다닌다."라고 저주하였다.

최재서의 평론과 윤동주의 「병원」은 3개월의 시차를 두고 있다. 최재서의 주장처럼 이성異性과 연애가 풍기를 문란하게 만드는 말초화된 타락이며, 낭만주의적이고 개인주의적 방일放逸로 치부되는 시대에 윤동주는 「병원」을 창작하였다. 그가 「병원」의 창작과 수정과정에서 보여준 자기검열과 머뭇거림은, 그의 내면에서 욕망하는 자아와 윤리적 자아, 심미적 자아가 갈등하는 양상이기도 하지만, 더 넓게는 신체제하의 '국민문학'에 대한 경계와도 연결해서 생각할 수 있다.

제
7
장

일본 유학

봄은 다 가고— 동경 교외東京 郊外 어느 조용한 하숙방下宿房에서,

옛 거리에 남은 나를 희망希望과 사랑처럼 그리워한다

-「사랑스런 추억追憶」

전쟁하는 국가

1942년에 윤동주와 송몽규는 일본으로 건너갔다. 윤동주는 동경의 릿쿄대학立敎大學 영문과에 입학했고, 송몽규는 교토제국대학[京都帝大] 사학과에 입학했다. 고향 후배 장덕순은 윤동주가 "경도제대에 가겠다."[1]라고 했던 것을 기억한다. 그런데 집안 친척인 김신묵(문익환 어머니)은, 윤동주가 교토제국대학 입학시험에서 낙방했다고 회고하였다.

> 실은 동주도 처음엔 몽규와 함께 경도제대에 가서 입학시험을 쳤으나 몽규만 붙고 동주는 떨어졌기 때문에 다시 입교대에 가서 입학시험을 쳐서 붙은 거라더라.[2]

그동안 이런 회고에 의해, 윤동주는 교토제국대학에 응시했다가 실패한 것으로 알려져 왔다.

그런데 교토대학 미즈노 나오키 교수가 교토대학 대학문서관에 보관된 문학부 교무과 『쇼와 17년 1월 입학관계철』과 『입학원서 쇼와 17년 4월』을 살펴본 결과, 선과입학지원자로 송몽규의 이름은 있는데, 윤동주의 이름은 찾을 수 없었다. 교토대학 측의 기록에 의하면 윤동주는 애초에 교토제국대학 문학부 입학시험에 응시하지 않았던 것으로 확인된다.[3]

윤동주는 도쿄에 와서 처음 얼마 동안 YMCA 조선인회관에 머물렀다. 윤동주의 릿쿄대학 4월 2일자 입학 학적부를 보면 거주지가 '간다구神田區

사루가쿠초猿樂町 2초메町目 4의 3 히라누마영춘平沼永春'으로 기재되어 있다. 이 주소는 도쿄 재일본 조선인 YMCA가 있던 곳인데, 조선인 유학생 숙박 시설로도 사용되었다. 윤동주의 당숙인 윤영춘平沼永春이 그곳에 살고 있었는데 잠시 동안 함께 기거했던 것 같다. 그 당시 윤동주의 외사촌 김정우는, YMCA회관 윤영춘의 방에서 윤동주를 만났던 것을 기억하였다. "내가 도쿄에서 공부하던 1942년 봄, 동주의 당숙인 윤영춘 선생으로부터 동주와 몽규가 YMCA회관의 자기 방에 투숙하고 있다는 소식을 받고 급히 뛰어가 만났다. 동주는 도쿄에 있는 릿쿄대학에 편입할 예정이었"[4]다고 했다. 교토제국대학 시험이 끝나고 송몽규도 도쿄에 와 있었던 것 같다.

윤동주는 임시로 윤영춘의 숙소에 거처하면서 릿쿄대학 근처에 하숙을 알아보았다. 그리고 4월이나 5월 중에 릿쿄대학 근처로 하숙을 옮긴 것으로 생각된다. 짧은 시간이지만 윤동주와 함께 지냈던 윤영춘은, 당시 그의 모습을 이렇게 회상한 바 있다.

> 내가 도쿄에서 교직에 머물러 있을 때다. 당시 동주의 고종사촌인 송몽규와 동주는 연전을 졸업하고 도동渡東하여 …(중략)… 둘은 도쿄에 있는 나를 찾아 놀러 왔다.
>
> 나는 둘의 손목을 마주 잡고 우에노 공원과 니혼바시[日本橋]를 내 집 뜨락처럼 쏘다녔다. 문학과 인생에 대한 이야기를 하는 가운데서 동주는 벌써 물욕을 떠난 하나의 메타피지컬한 철학적 체계를 갖춘 단계에 이르렀다는 것을 보여주었고, 말할 적마다 시와 조선이라는 이름은 거의 말버릇처럼 동주의 입에서 자주 튀어나왔다. 아무쪼록 때가 때이니만큼 늘 몸을 보중하여 학업에만 정진하라고 나는 각별히 말해주었다.[5]

윤영춘의 회고는, 일본에서 유학생활을 시작한 윤동주에 대해 두 가지의 중요한 사실을 알려준다. 첫째, 그가 "말할 적마다 시와 조선이라는 이름"을 언급했다는 점이다. 이것은 윤동주가 일본 유학을 위해 창씨개명과 도항증 준비과정을 겪으면서 '조선인'으로서 자신의 위치를 더욱 심각하게 확인한 사실, 그리고 「참회록」에서 나타나듯이 '시인'으로서 자신의 존재를 정립하게 된 사실을 보여 준다. 덧붙여서 윤영춘의 회고는, 윤동주가 "물욕을 떠난 하나의 메타피지컬한 철학적 체계를 갖춘 단계"라고 말한다. 즉, 이 시기의 윤동주는 형이상학적이고 철학적인 차원, 존재의 진리라는 차원에서 시를 탐구하고 있었던 것이다. 둘째, 윤영춘은 "때가 때이니만큼 늘 몸을 보중하"라고 당부하는데, 당시 전쟁 국면에 들어선 일본의 상황이 특히 조선인들에게 신변의 안전을 지키기에 매우 위험한 장소였기 때문이다.

1941년 12월 7일 일본이 하와이의 진주만에 있는 미국 태평양함대 전진기지를 기습 공격한 것을 계기로 일본과 미국 간의 태평양전쟁이 시작되면서, 군국주의 광풍이 일본을 휩쓸고 있었다. 윤동주가 체류했던 1942년 봄, 일본은 태평양 전쟁에서 승승장구하고 있었다. "일본은 완전히 흥분의 도가니였"고, "하늘을 찌를 듯 기세가 올라 있었"[6]다. 일본의 수도 도쿄는 대승리에 취한 만세소리와 환호, 호전적인 구호, 전쟁 동원을 촉구하는 플래카드와 포스터, 행진 대열 등이 넘쳐 났고, 일본 국민들은 스스로 '충량한 황국 신민-되기'에 열광하고 있었다. 일본의 지식인과 문화예술인들도 마찬가지였다.

당시 일본 문학계도 전시상황에 편승하고 있었다. 이상李箱과 구인회 동인들이 영향을 받았던, 일본 신감각파로 모더니즘의 정점을 이루었던 작가이자 비평가 요코미쓰 리이치(横光利一, 1898~1947)와 문예비평가 고바야시 히데오(小林秀雄, 1902~1983)도 내셔널리스트로 변모하였다.

> 전쟁은 드디어 시작되었다. 그리고 대승을 거두었다. 선조를 신이라고

믿었던 민족이 이긴 것이다. 나는 불가사의함 이상의 무언가를 느꼈다. 나와야 할 것이 나온 것이다.(요코미쓰 리이치)[7]

전쟁은 사상의 여러 가지 불순물들을 일거에 없애주었다. 쓸데없는 생각들이 많으면 그로 인해 쓸데없는 말들을 해야 하기 때문이다.(고바야시 히데오)[8]

요코미쓰 리이치는 이 전쟁에서 "선조를 신이라고 생각한 민족이 이긴 것"이라며 '신국神國' 일본 승리의 필연을 구가하였다. '탈아입구脫亞入歐'를 신조로 삼아 서구의 근대적인 제도와 사상, 문화를 배우기에 급급했던 일본이, 태평양전쟁을 계기로 그동안의 서구에 대한 열등감을 떨쳐 버리려는 욕망을 표출하였다. 고바야시 히데오도 전쟁에의 동일화 혹은 자발적 동원에 투항하는 지식인의 몰락을 보여 준다. 문화는 전쟁에 열광하며 흡수되어 갔다.

윤동주가 입학한 직후, 릿쿄대학은 재학생들을 대상으로 단발령을 시행하였다. 1942년 4월 10일자 『릿쿄대학신문立教大學新聞』에는 〈학부 단발령 4월 중순 실시〉라는 기사가 실렸다. 태평양전쟁의 전시체제 하에서 '질실강건質實剛健'한 기풍을 진작하려는 목적으로 학생들의 머리를 스님처럼 빡빡 깎게 한 것이다.[9] 신입생 윤동주도 머리를 빡빡 깎였다.

군국주의 파시즘이 일본 사회뿐 아니라 대학 내에까지 들어와서 개입했다. 릿쿄대학 〈연표〉를 보면 "태평양전쟁 발발, 외국인 교원 본국 송환"[10]을 실시했다. 원래 릿쿄대학은 미국 성공회가 재단을 맡아 1874년에 설립된 대학으로, 일본에 서양의 지식을 전파하는 역할을 하며 서구적이고 자유주의적 분위기를 특징으로 하고 있었다. 릿쿄대학은 미국 성공회 재단이었기 때문에 외국인 교원이 많았다. 그런데 태평양전쟁 와중에 일본은 미국과 영국 등 적성국가 외국인 교원과 교육방식을 추방했던 것이다. 문화와 학술계의 상황도 유사했다. 프랑스문학자 나카지마 겐조(中島健蔵, 1903~1979)는 태평양전쟁의 의의를 "이것은 유럽문화에 대한 일종의 전쟁이라고 생각한다."[11] 라고 규정하였다. 그는 태평양전쟁을 유럽문화에 대한 초극으로 인식하고 유럽문학 전공자로서 자신의 열등감을 해소하는 듯했다. 이것이 윤동주가 일본 유학 초기에 마주했던 상황이었다. 그는 일본의 사회와 대학, 문화예술계 전체를 장악하고 있는 군국주의의 광풍을 체감하고 불안했을 것이다.

'존재의 진리'를 드러냄

「흰 그림자」는 윤동주가 일본 유학 중에 처음 쓴 것으로 알려진 작품이다. 창작날짜를 보면, 이 시는 릿쿄대학교에 입학한 지 12일 만에 쓴 것이다. 일본이라는 국가와 사회 체제, 그리고 대학 생활에 대해 윤동주가 느낀 감상과 반응이 나타나 있다.

> 황혼黃昏이 짙어지는 길모금에서
> 하루 종일 시들은 귀를 가만히 기울이면
> 땅거미 옮겨지는 발자취 소리,
>
> 발자취 소리를 들을 수 있도록
> 나는 총명했던가요.
>
> 이제 어리석게도 모든 것을 깨달은 다음
> 오래 마음 깊은 속에
> 괴로워하던 수많은 나를
> 하나, 둘 제 고장으로 돌려보내면
> 거리모퉁이 어둠 속으로
> 소리 없이 사라지는 흰 그림자,

흰 그림자들
연연히 사랑하던 흰 그림자들,

내 모든 것을 돌려보낸 뒤
허전히 뒷골목을 돌아
황혼黃昏처럼 물드는 내 방으로 돌아오면

신념信念이 깊은 으젓한 양羊처럼
하루 종일 시름없이 풀포기나 뜯자.

-「흰 그림자」(1942.4.14) 전문

이 시의 화자는 일본에 와서 "어리석게도 모든 것을 깨달"았다고 고백한다. 이렇게 깨달은 다음에 "괴로워하던 수많은 나를" "제 고장으로 돌려보내"고, "뒷골목을 돌아 / 황혼처럼 물드는 내 방"으로 돌아온다.

"흰 그림자"는 역설적인 표현이다. 그림자는 빛을 받아서 물체의 뒷면에 생기기 때문에 검은 색이어야 한다. 정병욱은 아호雅號를 '백영白影'이라 지었는데, 윤동주의 '흰 그림자'에서 차용한 것이라고 말했다. "원래 그림자란 검은 것인데 흰 그림자라니 그림자가 없다는 뜻이 되기 때문에 역설적이어서 현대적인 감각을 풍긴다"라는 설명과 함께, 사람들이 자신의 호에 대해 너무 허전하다거나 지나치게 맑아서 좋지 않다고도 비판하기도 한다고 소개한 바 있다.[12]

이 시에서 '흰 그림자'는 단수로도, 복수로도 쓰였다. "소리 없이 사라지는 흰 그림자"와 "연연히 사랑하던 흰 그림자들"은 무엇을 가리키는 것일까. "괴로워하던 수많은 나를" 돌려보내면 함께 "흰 그림자"가 사라진다고 말하는 것으로 보아 "흰 그림자(들)"는 "나(들)"이다. 복수複數의 '흰 그림자들'은 내 안의 다른 '나(들)'이다. 시인은 "오래 마음 깊은 속에/

괴로워하던 수많은 나"들의 소리를 듣는다. 그것은 성공을 위한 압박과 욕망과 아집, 유학의 기대와 실망, 가족의 기대를 짊어진 나와 시 쓰는 나 등이 잡거하는 지점이다. '수많은 나(들)', 그 '존재의 진리'를 정직하게 마주하였을 때, 비로소 모습을 보이며 말을 걸어 오는 "흰 그림자"들. 시인의 마음속에서 오랫동안 "괴로워하던 수많은 나", "연연히 사랑하던 흰 그림자들"은 「자화상」의 "그 사나이"다. '미워졌다가, 가엾어졌다가, 다시 미워지고, 그래도 그리워서' 떨쳐 버릴 수 없었던 자아와 동일한 표상이다.

시인이 내 안의 너무 많은 나들을 "하나, 둘 제 고장으로 돌려보내면" 비로소 '흰 그림자'도 사라진다. '흰 그림자'는 세계를 자아화하는 메커니즘과 나르시시즘의 표상으로서 '나'이다. '흰 그림자'는 서정적 자아의 동일성을 뜻하기도 한다. 그리고 '나들'을 돌려보낸다는 것은, 순환적이고 자아 회귀적 메커니즘과 자기 반영의 회로를 끊어 낸다는 의미이다. 「자화상」에서 '미워하고 가엾어하고 다시 미워하고 그리워하기'를 반복하며 떨쳐 버릴 수 없었던, 그렇게 "연연히 사랑하던" 자아를 이제는 돌려보내야 한다는 것을 깨닫는다. "내 모든 것을 돌려보"내는 행위는 완전히 새로운 주체로 재탄생하겠다는 의지이며, 단독자로서 이 세계와 대응하겠다는 결의다. '복수의 나'에 대한 정직한 응시와 '균열된 자아'를 통과해서만 새로운 '나'의 생성이 가능해진다. 윤동주는 「흰 그림자」를 통해, 새롭게 시작한 도쿄 생활에서 기존의 자아와 결별하고 새로운 주체—새로운 생활, 새로운 사유체계와 문학관, 시 세계—를 재구축해야 한다는 절박함을 표현한 것이다.

도쿄에서 윤동주는 소리로 세계를 지각하고 있었다. 이국의 거리에서 윤동주를 타자로 밀어내는 것은 우선 말이자 언어였다. 그를 둘러싼 언어는 온통 일본어뿐이었다. 일본어로 모든 것이 소통되는 공간에서 낯섦과 긴장을 느끼고, 매 순간 이질적인 타자로서 자신의 정체성을 실감했을 것이다. 더욱이 1942년 당시 일본 사회는 전시체제의 웅변과 선전 구호 같은 언어와 담론으로 들끓고 있었다. 환호와 만세와 흥분으로 과열된 언어들, 오직 자신의 이념과 욕망을 발화하는 것이 목적인 언어들로 가득 차 있었다. 이렇게 낯설고 과열된 언어에 하루 종일 노출된 윤동주는 당혹스럽고 피로하였을 것이다. 「흰 그림자」의 화자는, 이 폭력과 같은 소음으로 인해 "하루 종일 시들은 귀"를 호소한다.

윤동주의 시 세계에서 시인은 '말하는 자'가 아니라 '귀 기울이는 자'이다. 시인은 자신의 이념이나 욕망을 성급하게 웅변조로 설파하는 자가 아니라, 진리가 말 걸어오는 고요한 울림에 귀 기울여서 듣는 자이다. 이것은 하이데거가 『숲길』에서 다음과 같이 말한 바와 같다.

> 언어에 대한 올바른 개념이 필요하다. 널리 유포된 통념에 따르면, 언어는 전달의 한 방식으로 간주된다. 언어는 상의하고 협의를 이끌어내기 위해, 즉 일반적으로는 이해소통을 위해 사용된다. 그러나 언어는 단지 일차적으로 '전달되어야 할 그것'의 음성적, 문자적 표현으로 그치는 것이 아니다. 언어(언어 이전의 존재의 언어)는 개방될 수 있는 것과 은폐된 것을 그렇게 생각된 것(전달되어야 할 것의 음성적, 문자적 표현이라고 생각된 것)으로서 비로소 낱말들 속에 담고 문장들 속에 담아가도록 촉구할 뿐 아니라, 존재자를 하나의 존재자로서 비로소 처음으로 존재의 열린 장 안으로 데려온다.[13]

하이데거는, 언어가 이해소통과 전달의 방식이라는 통념을 비판하며, 언어는 '전달되어야 할 그것'의 음성적, 문자적 표현에 그치는 것이 아니라고 말한다. 언어는 "은폐된 것", 존재의 진리를 "낱말들 속에 담고 문장들 속에 담아 가도록 촉구"하는 것이다. 그 언어의 작용을 통해 존재자는 "하나의 존재자로서 비로소 처음으로 존재의 열린 장" 안에 드러나게 된다.

철학자 김용규가 하이데거의 시론을 풀어서 설명한 것을 보면, 은폐되어 있지만 마땅히 전달되어야 할 '존재의 진리'를 열어 밝히는 것은 '일상 언어'가 아니라 '존재의 언어'이다. 이 존재의 진리는 '자발성'을 가지고 있으며, 또 인간에 대해서는 '선행성'을 가진다. 즉, 존재의 진리는 말을 걸어오고, 인간은 이에 응답하는 존재이다. 존재 사건이란 존재하는 본래적 의미가 스스로 드러나는 현상—생기生起, 발현發顯—이며, 인간이 이에 맞대응하여 자신의 사유나 언어, 그리고 예술이라는 양식으로 표현하는 현상을 의미한다. 이러한 현상에 대해, 하이데거는 존재의 언어가 존재의 의미를 스스로 열어 밝힌다고 말한다. 존재의 언어는 커다란 물리적 소리로 오는 것이 아니라, 고요의 울림으로 우리에게 다가온다. 진리가 스스로를 열어 밝히는 고요의 울림을 듣고 그것에 담긴 사물과 세계의 참모습과 그것들의 근원적 존재방식, 근원적 상호관련을 낱말과 문장 속에 담는 일을 탁월하게 하는 사람이 바로 시인이다.[14]

윤동주는 「흰 그림자」에서 존재의 진리가 열어 밝히는 고요한 울림을 귀 기울여서 듣고 받아 적는 시적 주체를 정립시키고 있다. 가만히 귀 기울여 "땅거미 옮겨지는 발자취 소리"와 같은 미세한 소리를 듣고, 그 안에 담긴 사물과 세계의 참모습을 이해하고, 언어와 형상으로 그것을 담아내려고 애쓰는 것, 그것이 곧 시 쓰기이다. 이러한 시 쓰기를 통해 시인은 존재의 진리로서 사물과 세계의 참모습뿐 아니라 자기 자신의 참모습까지 열어 밝힐 수 있었다. 그리고 오랫동안 망설이고 서성거리며 "괴로워하던 수많은 나를" 돌려보내고 "황혼"의 "허전한 뒷골목을 돌아" "내 방으로" 돌아온다. 그가 돌아온 "육첩방은 남의 나라"이면서, 시인으로서의 "내 방"을 구축하는 곳이다. 이제 윤동주는 새로운 시를 통해 '나의 나라'를 생성해 가게 된 것이다. 그곳에서 대낮의 거리, 일상의 언어와 사건들을 벗어나 비로소 '나'에게 말을 걸어오는 '존재의 진리'와 마주하는 것이다.

윤동주는 도쿄 거리의 한복판에서 '공영共榮', '세계평화', '근대 초극'

등의 사상과 메시지, 웅변과 만세 속에서 은폐되는 죽음과 파괴와 비참을 보고 들었다. 존재의 진리를 은폐하고 흡수하는 비상시 전시체제를 온몸으로 감각하면서, 그는 "이제 어리석게도 모든 것을 깨달"았다고 탄식하듯이 고백하였다. 이렇게 전쟁의 판타지에 열광하고 참전을 부추기면서 진리를 은폐하는 세계를 직시하는 한편으로, 자기 안의 상상적 자아가 갖는 또 다른 허상과 은폐의 메커니즘을 동시에 성찰하는 것이 윤동주 시의 특징이며, 그가 보여주는 윤리적 존재의 진리이다.

「흰 그림자」는 "신념이 깊은 으젓한 양처럼 / 하루 종일 시름없이 풀포기나 뜯자."라는 문장으로 마무리되면서, 혼란스럽고 요동치는 시국에서 '신념'을 단단히 하고 '의젓하게' 흔들림 없이, 애초에 일본 유학에서 목적했던 바를 지켜 나가겠다는 각오를 보여 준다. 이것은 낯선 곳에서 이질적인 타자로 존재하면서, 혼란 속에서 균열하는 자아를 단단하게 잡으려는 의지의 표현이다. 시 「흰 그림자」가 친구 강처중에게 보낸 편지에 들어 있었던 사실을 기억하면, 이 시의 마지막 문장은 강처중에게 자신의 근황과 포부, 의지를 드러낸 것임을 알 수 있다.

윤동주가 도쿄에서 마주친 조선인 유학생의 현실은 혹독한 것이었다. 전쟁하는 제국 수도의 한가운데서 미래를 가늠할 수 없는 불안한 시간을 보내야 했다. 그는 일본에서 「흐르는 거리」(1942.5.12)와 「사랑스런 추억」(1942.5.13)도 썼다.

> 으스름히 안개가 흐른다. 거리가 흘러간다. 저 전차電車, 자동차自動車, 모든 바퀴가 어디로 흘리워가는 것일까? 정박定泊할 아무 항구港口도 없이, 가련한 많은 사람들을 싣고서, 안개 속에 잠긴 거리는,
>
> 거리 모퉁이 붉은 포스트상자를 붙잡고, 섰을라면 모든 것이 흐르는 속에 어렴풋이 빛나는 가로등街路燈, 꺼지지 않는 것은 무슨 상징象徵일까?

사랑하는 동무 박朴이여! 그리고 김金이여! 자네들은 지금 어디 있는가? 끝없이 안개가 흐르는데,

「새로운 날 아침 우리 다시 정情답게 손목을 잡아 보세」 몇 자字 적어 포스트 속에 떨어트리고, 밤을 새워 기다리면 금휘장金徽章에 금金단추를 삐었고 거인巨人처럼 찬란히 나타나는 배달부配達夫, 아침과 함께 즐거운 내임來臨,

이 밤을 하염없이 안개가 흐른다.

-「흐르는 거리」(1942.5.12) 전문

이 시는 온통 안개로 자욱하다. 시의 첫 문장 "으스름히 안개가 흐른다."로 시작해서 마지막 문장 "하염없이 안개가 흐른다."로 끝난다. 거리도, 자동차도, 사람도, 모든 것이 안개에 잠겨서 "흐른다". 흐르는 안개 속의 세상은 선명한 것이 하나도 없고, 그저 어렴풋할 뿐이다. '흐르는 안개'는 시적 주체와 상황을 압도할 정도로 거대한 위력을 발휘한다. 안개는 전체주의적 집단이 압박하는 동일성의 위협과 같이, 시의 분위기와 시적 주체를 장악하고 있다. 안개로 덮인 세상 속에서 시적 주체는 외롭고 혼미하고 불안하다.

이 시에서 '안개'는 윤동주가 도쿄 교외에서 체험한 날씨를 그대로 표현한 것일 수 있다. 그런데 '정박할 항구'나 '가련한 많은 사람들'과 같은 표현은, '안개'를 불투명하고 유동하며 불안을 야기하는 시국에 대한 메타포 혹은 알레고리로 읽게 한다. 즉, 안개 가득한 거리는 어디로 흘러가는지도 모른 채 일률적이고 집단적으로 흘러가는 세상에 대한 메타포이다. 또한 세상을 뒤덮고 압도하며 흘러가는 '벡터'로서 안개는, 전시체제를 통치하는 전체주의적 분위기의 알레고리로 읽을 수 있다.

시적 주체는 이런 '안개'의 상황에 대응하여, 자기를 찾으려고 고투한다. 그 자신도 "안개 속에 잠긴 거리"에 있기에 불안과 공포를 느낀다. 자기 균열의 크레바스에 빠질지도 모른다는 공포와 싸우면서, 그가 붙잡고 서 있는 것은 오직 "붉은 포스트상자"이다. "붉은 포스트상자를 붙잡고" 서 있는 시적 주체의 행위는 "모든 것이 흐르는 속에 어렴풋이 빛나는 가로등, 꺼지지 않는 것은 무슨 상징일까?"라는 질문으로 연결된다. 그 "상징"은 탈주와 구원, 해방의 출구를 의미하였을 것이다. 어디로 흘러가는지도 모른 채 난파하여 표류하는 시적 주체에게 "정박할 항구"를 알려 주는 등대의 역할이었다. 또한 "붉은 포스트상자"는 시적 주체와 "사랑하는 동무"들을 연결하는 유일한 매개이다. 시적 주체는 안개 속에 흐르며 동무들의 이름을 부르고, "자네들은 지금 어디 있는가?"라고 절박하게 SOS를 보낸다. 동무들이 있어서 "새로운 날 아침"을 함께 꿈꾸고 다짐할 수 있기 때문이다.

이렇게 동무들에게 구조 신호를 타전하고, 밤을 새워 희망의 답장을 기다린다. "아침과 함께 즐거운" 희망의 메시지를 갖고 올 사람, "금휘장에 금단추를 삐였고 거인처럼 찬란히 나타나는 배달부"를 기다린다. 그러나 시적 주체가 놓인 시간과 공간은 여전히 밤이며, 하염없이 안개가 흐르고 있을 뿐이다. 낙관적인 전망에 대한 기대를 안고 있지만 급강하하는 절망적인 현실을 재배치하고, 시적 주체가 감내해야 할 외로움과 불안, 공포를 피하지 않고 직면하게 하는 것. 이것이야말로 윤동주의 시가 보여 주는 지독한 현실주의적 감각이다.

윤동주는 1941년 6월에 「흐르는 거리」라는 제목의 시를 쓴 적이 있다. 이 작품은 평소 윤동주가 썼던 시작 노트에 포함되지 않고 낱장 형태로 발견된 '습유拾遺작품'이다. 그는 몇 달 뒤 자선 시집 『하늘과 바람과 별과 시』를 엮을 때, 이 시의 제목을 「돌아와 보는 밤」으로 바꾸고 시의 행과 연, 시어를 다듬어서 실었다. 『하늘과 바람과 별과 시』에 수록된 「돌아와 보

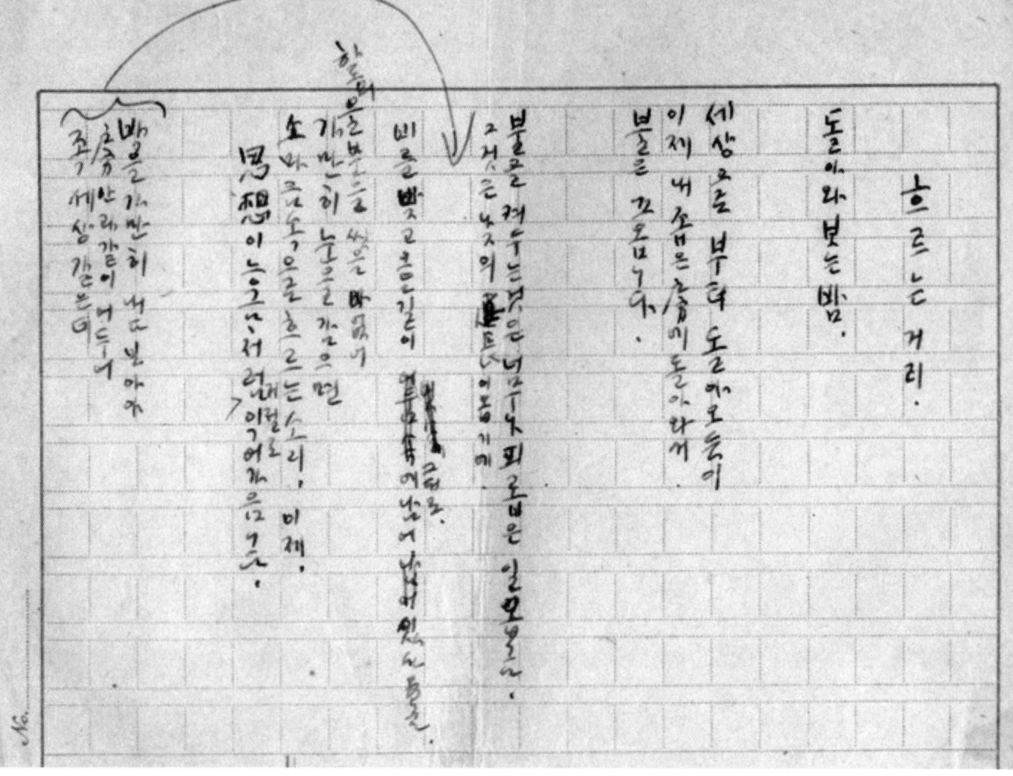

윤동주 자필 시고 「흐르는 거리」(1941.6, 습유작품)(연세대학교 윤동주기념관 제공)

는 밤」은 “세상으로부터 돌아오듯이 이제 내 좁은 방房에 돌아와서 불은 끄옵니다”로 시작해서 “하루의 울분을 씻을 바 없어 가만히 눈을 감으면 마음속으로 흐르는 소리, 이제, 사상思想이 능금처럼 저절로 익어 가옵니다.”라고 끝을 맺는다. 시적 주체는 일상에서 돌아와 방에 누워 하루의 울분을 씻을 바 없어, 눈을 감고 마음속으로 흐르는 소리를 듣는다. 이렇게 자신을 성찰하고 사유하면서 “사상이 능금처럼” 익어 간다고 말한다. 「돌아와 보는 밤」은 낮의 세상, 공적公的인 일상세계에 대한 울분과 내적 자아의 균열을 성찰하며, 주체를 재구축하기 위한 치열한 탐색을 담고 있는 작품이다. 심상은 다르지만 시의 주제 —세계와 대결, 자기 탐구와 재구축이라는 점에서 「돌아와 보는 밤」과 도쿄 유학 중에 쓴 「흐르는 거리」는 서로 연결되는 바가 있다.

윤동주는 「흐르는 거리」를 쓴 다음 날에 「사랑스런 추억」을 썼다. 이 시는 봄날 아침의 활기차고 희망찬 풍경으로 시작하는 작품이다.

봄이 오던 아침, 서울 어느 조그만 정거장停車場에서
희망希望과 사랑처럼 기차汽車를 기다려,

나는 플랫폼에 간신한 그림자를 떨어트리고,
담배를 피웠다.

내 그림자는 담배 연기 그림자를 날리고
비둘기 한 떼가 부끄러울 것도 없이
나래 속을 속, 속, 햇빛에 비춰, 날았다.

기차汽車는 아무 새로운 소식도 없이
나를 멀리 실어다 주어,

봄은 다 가고— 동경東京 교외郊外 어느 조용한 하숙방下宿房에서, 옛 거리에 남은 나를 희망希望과 사랑처럼 그리워한다.

오늘도 기차汽車는 몇 번이나 무의미無意味하게 지나가고,

오늘도 나는 누구를 기다려 정거장停車場 가차운 언덕에서 서성거릴 게다.

— 아아 젊음은 오래 거기 남아 있거라.

-「사랑스런 추억」(1942.5.13) 전문

이 시를 구성하는 시간과 장소는, 서울과 동경, "봄이 오던 아침"과 "봄은 다 가"버린 사이에 있다. 시적 주체가 지금 있는 곳은 "봄이 다 가"버린 "동경 교외 어느 조용한 하숙방"이다. 그리고 "봄이 오던 아침"과 "서울 어느 조그만 정거장"의 기억을 소환한다. 시의 앞부분은 과거 서울에서의 사연을, 뒷부분은 현재 도쿄에서의 처지와 마음을 그리고 있다. 시의 주요 심상은, 서울 어느 정거장에서 기차를 기다리던 봄날 아침의 "사랑스런 추억"에 집중된다. 그 추억 속에는 봄과 아침, 희망과 사랑, 그리고 기차가 있다. 기차가 '나'를 희망과 사랑이 있는 곳으로 데려다줄 것이라는 기대감이, 날개를 펴고 자유롭고 경쾌하게 "속, 속, 햇빛에 비춰, 날아"가는 비둘기 떼처럼 부풀어 오른다.

앞서 「흰 그림자」에서 핵심 키워드였던 '그림자'의 형상이, 「사랑스런 추억」에도 반복해서 나타난다. "플랫폼에 간신한 그림자를 떨어트리고" 담배를 피우는 '나'의 모습, 그리고 "내 그림자"가 "담배 연기 그림자를 날리"는 장면이다. '간신艱辛한'은 '가냘픈'의 연변 방언이며 '힘들고 고생스러움'이라는 뜻으로도 쓰인다. 「흰 그림자」에서 '그림자'는 복수複數의 '나'들, 내 안의 다른 '나'들, 나의 마음속에서 오랫동안 괴로워하던 수많은 '나'들을 의미했다. 그리고 이러한 복수의 '나'들과의 결별, '흰 그림자들'과의 헤어짐을 통해 존재의 진리를 드러내고, 새로운 주체를 재구축할 가능성을 만들어 냈다.

「사랑스런 추억」에서 봄날 아침의 희망과 사랑 가득한 풍경에 드리워진 '그림자들'의 형상은 어딘지 불안감을 불러일으킨다. 기차는 "나를 멀리 실어다 주"었고, 지금 여기에서 나는 "옛 거리에 남은 나를 희망과 사랑처럼 그리워한다." 즉, 과거의 시간과 공간에 존재하던 '나'를 '희망하고 사랑하고 그리워한다.' 그런데 '희망'은 어떤 일이 앞으로 잘 될 수 있는 가능성이나 그 일이 이루어지기를 바라는 마음이며, 미래의 시간에 해당하는 정념이다. 서울의 "옛 거리에 남은 나를 희망"하는 행위는, 과거에다가 미래를 기투하는 방식이며, 전도轉倒된 시간 의식이다. 이러한 전도된 시간 의식은, 지금 여기에 안착하지 못하고 불안하게 부유하는 시적 주체의 상황을 표현한 것이다. 또한 현실에서는 의미와 가치를 발견할 수가 없고, 미래도 열려 있지 않고, 오직 과거의 "옛 거리에 남은 나"를 기다리겠다는 의지의 표명이다. 여기에는, 그가 일본 유학에서 꿈꾸었던 예술과 학문과 사상과 진리 탐구를 전시 총동원체제와 군국주의 파시즘으로 전환한 일본에서는 실현하기 어렵다는 절망적인 인식이 깔려 있다. 그래서인지 옛날의 거리에서 기차는 희망과 사랑처럼 '나'를 멀리 도쿄까지 데려다주었지만 "오늘" 이곳에서 "기차는 몇 번이나 무의미하게 지나" 갈 뿐이다.

'나'는 무의미하게 지나가는 기차를 바라보며 "정거장 가차운 언덕에서 서성거릴" 것이라고 말한다. '서성거린다'는 것은 초조하고 간절한 마음으로 어슬렁거리는 태도이며, 중심에 참여하지 않고 바깥에서 지켜보는 것이다. 근대사회에서 '서성거리는 자'는 위험한 대상으로 취급되었는데, "'길'에서 서성거리는 자들을 '위험'한 것으로 간주하여 가두고 처벌하고자 하는 시도가 끝없이 이루어져 왔다."[15] 특히, 전시의 총동원체제에 매진하고 있는 일본의 수도에서 중심의 이데올로기와 제도에 참여하거나 동화되지 않고 주변에서 서성거리는 것은 '불량하고 불온하고 위험한 자'로 간주되어 처벌받을 수 있었다. 시적 주체의 서성거림은 그런 위험을 감수한 것이다. 그의 서성거림이 불온한 것은, 희망과 '사랑스런 추억'을 간직한 채 '기다림'을 멈추지 않기 때문이다.

이 시의 마지막 문장 "— 아아 젊음은 오래 거기 남아 있거라."는 시적 주체의 정념과 의지를 함축하고 있다. '젊음'은 꿈과 희망으로 주체를 생성하고 밀고 나가게 하고 뛰어들게 하는 동력이다. 봄이 오던 서울의 거리에서 '나'는 미래를 기획하고 추진하고 참여하는 주체로서 존재하였다. 그런데 지금 생명력 넘치던 "봄은 다 가고" 희망과 사랑도 사라져 버리고

"옛 거리에 남은 나"를 그리워한다. 젊음은 '지금 여기'가 아니라 "거기"에 남아 있다. 「사랑스런 추억」의 마지막 문장은 '지금 여기'의 것이 아닌 젊음, 그 젊음을 보내는 비장한 언어이다. 문장의 처음에 발화한 "아아"는, 젊음을 보내야 하는 자의 탄식으로도, 또는 '지금 여기' 나의 위치에 대한 깨달음으로도 들린다. '지금 여기'에서 '청춘을 통과한다'는 회한과 다짐을 바탕으로, 새로운 지평에서 생을 열어 밝혀야 할 것이라는 예감과 결의를 함께 보여 주고 있는 것이다.

타자로 살아남기

윤동주의 일본 유학 시절을 대표하는 작품이면서 대중적으로 많이 알려진 것이 「쉽게 씌어진 시」(1942.6.3)이다. 8·15해방 이후 정지용은, 강처중의 주선으로 1947년 2월 13일자 『경향신문』 4면에 윤동주의 「쉽게 씌어진 시」를 발굴해서 추천함으로써, '시인 윤동주'라는 이름과 시를 처음으로 세상에 알렸으며 그것은 문학사적 사건이 되었다.

「쉽게 씌어진 시」는 제목과 달리, 복잡한 구조와 내용으로 얽혀 있으며 다층적인 해석이 필요한 작품이다.

> 창窓밖에 밤비가 속살거려
> 육첩방六疊房은 남의 나라,
>
> 시인詩人이란 슬픈 천명天命인 줄 알면서도
> 한 줄 시詩를 적어볼까,
>
> 땀내와 사랑내 포근히 품긴
> 보내주신 학비 봉투學費封套를 받아
>
> 대학大學 노-트를 끼고
> 늙은 교수敎授의 강의講義 들으러 간다.

생각해 보면 어린 때 동무를
하나, 둘, 죄다 잃어버리고

나는 무얼 바라
나는 다만, 홀로 침전沈澱하는 것일까?

인생人生은 살기 어렵다는데
시詩가 이렇게 쉽게 씌어지는 것은
부끄러운 일이다.

육첩방六疊房은 남의 나라
창窓밖에 밤비가 속살거리는데,

등불을 밝혀 어둠을 조금 내몰고,
시대時代처럼 올 아침을 기다리는 최후最後의 나,

나는 나에게 작은 손을 내밀어
눈물과 위안慰安으로 잡는 최초最初의 악수握手.

-「쉽게 씌어진 시」(1942.6.3) 전문

이 시에서 가장 인상적인 부분은 1연의 "육첩방은 남의 나라"이다. '육첩방'이라는 구체적이고 물질적인 실감 위에 '남의 나라'라는 정치사상적 지평을 결합하여 강렬한 구절을 만들어 냈다. 이 구절은 시의 중반에 한 번 더 반복되면서 독자에게 강한 인상을 남긴다.

1942년 봄에 문익환이 윤동주의 하숙방을 방문했을 때, "그 집은 이층집이었고, 동주의 방도 이 층에 있었다. 6조방(다다미 6장짜리 방)이었던 것으로 기억한다. 동주는 내가 갔을 때 경도로 옮겨 가려고 이삿짐을 싸고 있었다."[16] 라고 회고하였다. 이 회고는 「쉽게 씌어진 시」의 '육첩방'이 릿쿄 대학에 다니면서 윤동주가 살았던 "동경 교외 어느 조용한 하숙방"(「사랑스런 추억」)의 실제 모습이라는 사실을 알려준다. 첩疊은 일본에서 다다미를 세는 단위로, 1첩이 다다미 한 장이라는 뜻이다. 지역마다 다다미 크기에 차이가 있지만, 대체로 다다미 한 장은 175~180cm×90cm로 1첩이 약 반 평 정도이다. 윤동주가 살았던 '육첩방'은 대략 3평 정도의 작은 방이었다.

"육첩방은 남의 나라"는 지금 이곳에 몸담아서 살고 있지만 '나는 이 나라 사람이 아니다'라는 진술 또는 선언이다. 이렇게 "육첩방은 남의 나라"로 선언하는 의미를 알기 위해, 「쉽게 씌어진 시」를 썼던 1942년 6월 3일은 어떤 시기였는지 알아보자. 당시 일본은 1941년 12월 진주만공격 후 태평양전쟁의 승전 소식으로 나라 전체가 들떠 있었다. 영국, 호주, 네덜란드가 나치 독일과의 전쟁으로 인적·물적 자원 부족의 어려움을 겪을 때 일본은 미얀마, 뉴기니, 솔로몬 제도, 필리핀, 말레이시아, 싱가포르, 인도네시아를 차례차례 점령하였다. 조선에서 발행된 『춘추』 1942년 5월호 〈춘추회람판〉을 보면, 미나미 지로南次郎 조선 총독이 「승리는 우리의 것」[17]이라는 담화를 실었다. 같은 잡지 10쪽과 12쪽에는 일본군이 미국과 필리핀 연합군을 무찌르고 필리핀 바타안 반도를 점령한 사진을 게재했다. 그 일본군 사진에는 "백기를 들고 아군에 투항하는 바타안 반도의 미비군(米·比軍, 미국과 필리핀 연합군이라는 뜻) 패잔병", "코레히 도-루島를 향하는 우리 자동차 부대"라는 설명을 덧붙였다.[18]

당시 일본 매체에서 전쟁 소식을 전달하거나 전쟁 참여를 독려할 때 주로 사용하던 단어는 '아등我等', '우리', '아군我軍' 등이었다. 전쟁 시기에 개인은 '우리'라는 집단으로 적극 호명되고 창출되고 동원되었다. 이는 개인에게 '총후국민銃後國民'으로서 정체성을 부여하여 동원하는 어법

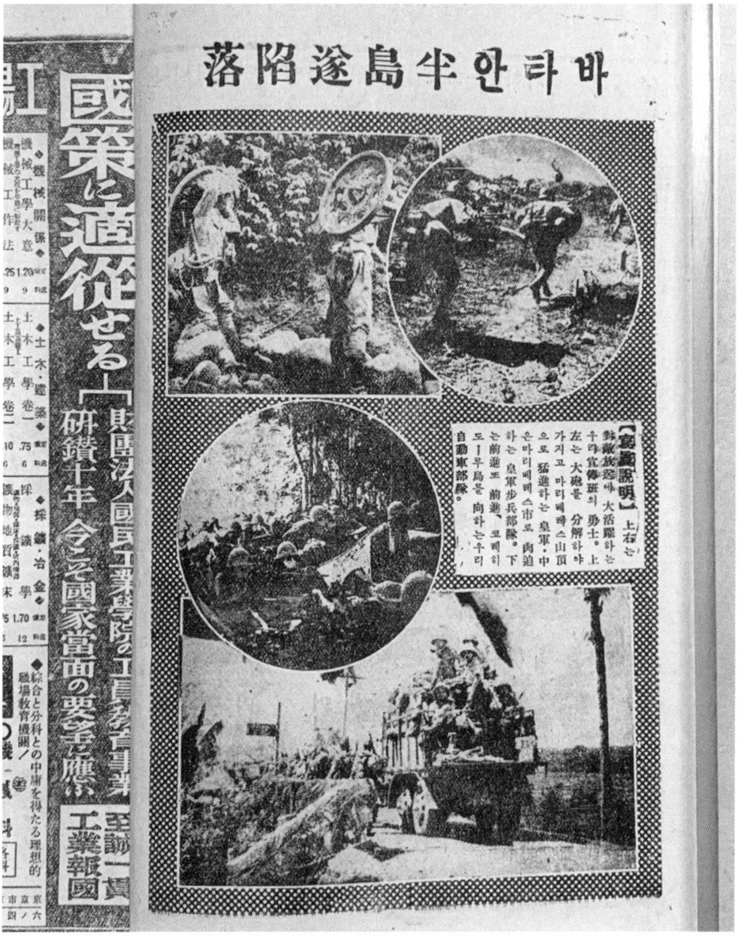

國策に適從せる
財團法人國民工業學院の工員教育事業
研鑽十年 今こそ國家當面の要望に應ふ
至誠一貫
工業報國
바타안半島遂陷落
【寫眞說明】 上右는 敵陣放送에 大活躍하는 우리 宣傳班의 勇士。上左는 大砲를 分解하야 가지고 마리베레스山頂으로 猛進하는 皇軍·中은 마리베레스市로 肉迫하는 皇軍步兵部隊。下는 前進또 前進、코레히도ㅣ루島를 向하는 우리 自動車部隊。

「바타안 반도 드디어 함락」(『춘추』 1942.5)(현담문고 제공)

이었다. 『춘추』 1942년 6월호 〈화보〉에 실린 「지원병의 일일」 사진 설명에는 "우리 지원병들은 매일 훈화를 받아 황국신민으로서의 연성練成을 쌓고 있다."라고 소개하면서 "우리 지원병들"을 강조하였다. 전쟁터의 현장 사진이 갖는 시각적인 효과와 함께 개인을 "우리"로, 또 "지원병들"로 호명하는 언어를 구사함으로써, 후방의 독자들이 "우리"의 일원으로 포

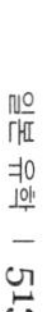

섭되어 전쟁에 참여하는 효과를 연출했던 것이다.

또한 '우리', '아군'과 같은 언어는, '우리'에 포함되지 않는 타자를 구별하여 경계하고 배척하는 어법이기도 하다. 실제로 전쟁 담론은 '아군'과 '적군'의 이분법으로 나누어지며, 중간지대는 없다. 전쟁터와 일상생활을 구분하지 않고 모든 상황에서 '우리'와 '아군'에 속하지 않으면, '적군'으로 간주되었다. '우리'에 속하지 않는 모든 타자는 명시적이거나 잠재적인 '적군'이었으며 '비국민'이었다. 전쟁하는 나라의 총동원체제는 언제 어디서나 모든 일상이 전쟁터였고, 거기엔 아군과 적군, 또는 스파이가 있을 뿐이다. 전선이 일상생활에까지 침투해 들어오고 전시체제가 강화될수록 적 또는 타자에 대한 '구분 짓기'는 더욱 노골적으로 이루어졌고, 적개심과 증오심도 심화되었다. '적군'으로 간주된 타자와 비국민은 '우리'의 영역에서 구분되어 배제되고 공격받고 추방되었다. 이러한 메커니즘을 통해 '국민'의 영역이 더욱 공고해지고 '애국주의'가 확장되었다.

일본에서 조선인이 당했던 배제와 차별은 태평양전쟁을 계기로 그 강도가 더욱 심해졌다. 1939년부터 1943년까지 와세다대학早稲田大学 철학과를 다녔던 안병욱은 당시 일본 유학 생활의 괴로움을 '우리'에 끼지 못하고 주변을 도는 '고아의 운명'에 우울한 나날이었다고 회상했다.

> 암울과 번민과 희망, 나의 유학시절은 이 세 단어로 요약된다. …(중략)… 망국민과 고아의 운명이다. …(중략)… 하늘은 어둡고 땅은 슬프고 마음은 괴롭고 생활은 힘들었다. …(중략)… 나의 대학시절은 너무나도 우울했고 너무도 괴로웠고 너무도 슬펐다.[19]

1940년 일본 도쿄의 메이지학원明治學院 영문학부에 다녔던 강원용(姜元龍, 1917~2006)의 회고를 보자. 강원용은 윤동주와 동년배로 용정의 은진중학교를 졸업한 뒤 일본으로 유학하였다. 그는 1939년 봄 도쿄에 도착하여 생활하면서 심한 차별과 멸시를 겪었다. 특히 조선인에 대한 배척이 심해서 하숙을 구하는 것부터 매우 힘들었다.

> 고향에서는 일제의 영향력을 거의 느끼지 못했었고, 용정에서도 비록 괴뢰정권이긴 했지만 만주국 소속인데다 주민의 대다수가 한국인이어서 심각한 민족차별을 경험하지는 못했는데, 일본에서는 그야말로 모든 게 딴판이었다. 겉으로는 내선일체니, 동조동근이니 하는 말들이 설쳐댔지만 실제로는 엄청난 차별이 견딜 수 없이 따라 다녔다.
>
> 우선 하숙을 구하는 일부터가 쉽지 않았다. 신문에서 하숙생을 구한다는 광고를 보고 그 집을 찾아가면 한국인이라는 것을 알고 벌써 방이 나갔다고 도리질을 하는 것이었다. 밖에 하숙생을 구한다는 쪽지가 붙어 있는데도 그들은 태연히 거짓말을 하곤 했다.
>
> 일본 사람들은 한국 사람들을 자기네들끼리 부를 때는 '무꼬오노 히토'라고 불렀다. '저쪽 사람'이라는 뜻인데, 자기들은 내지인內地人이고 한국인들은 저쪽 반도에 있는 사람이라는, 멸시와 차별의 감정이 담겨 있는 기분 나쁜 말이었다. '조센징'이라는 말은 그에 비하면 점잖은 호칭이었다."[20]

강원용은 '무꼬오노 히토'가 '조센징'보다 더 심한 말, 더 철저한 배제의 언어라고 기억하였다. "겉으로는 내선일체內鮮一體니, 동조동근同祖同根"이라며 조선인을 '일본 신민'으로 대우하는 것처럼 보이지만, 실제로 조선인이 '우리'에 포함되는 것은 전쟁 동원을 위해 포섭할 때뿐이었다. 일상에서 조선인은 '우리'가 아닌 '저쪽 사람'으로, 타자로 배척당하고 멸시받고 있었다.

일본에서 태평양전쟁 이후 전시상황에서 '우리'가 아닌 '저쪽 사람'으로 특정되는 것은 배척과 차별의 차원을 넘어 생존의 문제가 되었다. '우리'에서 분리되는 상황은, 위화감을 넘어 공포감으로 다가왔다. 예컨대 소설가 김사량이 태평양전쟁 기간에 쓴 소설 「천마」는 바로 그런 재일조선인의 생활과 처지, 조선인으로서 감내해야 하는 차별과 거부를 그리고 있다. 김사량은 일본에서 고등학교를 졸업하고, 도쿄제국대학 독문학과를 다니며 소설을 발표하여 일본 문단의 주목을 받았던 작가이다. 1940년에 쓴 단편소설 「빛 속으로」가 일본의 '아쿠타가와상芥川賞' 후보에 오르기도 하였다.

> 동경에서 지낸 십오 년간의 생활이란 그야말로 바로 불쌍한 들개 같은 생활 그것이었다. 특히 안 좋은 것은 자기가 아무리 조선인이라는 것을 감추려 해도 그의 골상이나 면모가 틀림없는 조선인으로 생겨서 하숙을 얻으려 해도 제일 먼저 얼굴이 문제이고 너덜너덜한 바지 차림으로 오니까 손도 못 써보고 거절하는 것이다.[21]

「천마」의 주인공 현룡은 도쿄에서 15년간 살았지만, 조선인이라는 이유로 차별과 멸시를 벗어나지 못한다. 스스로 조선인이라는 것을 감추려 해도 생김새와 행색 때문에 바로 들키고 만다. 하숙을 얻지 못해서 기본적인 숙식도 해결하기 어렵다. 그는 도쿄에서 지낸 생활을 "그야말로 바로 불쌍한 들개 같은 생활"이라고 표현한다. 일본 사회와 문화에 편입되려고 발버둥을 쳐도 받아들여지지 못한 채 밖으로만 배회하는 '들개'와 같은 존재였다는 고백이다. 현룡은 차별과 멸시를 받는 조선인에서 벗어나기 위해 열렬한 애국주의자, 충량한 일본인이 되려고 노력한다. 그러기 위해 조선인과 조선 문단을 무시하고 비난한다. '우리'에 들어가기 위해 '자기'를 부정하고 깎아 버리는 일에 매진하는 것이다.

윤동주가 「쉽게 씌어진 시」에서 "육첩방은 남의 나라"라고 말한 것은 이런 상황을 배경으로 한다. 이 말의 숨은 뜻은, '나'는 '우리'가 아니라는 선언이며, 그들이 강제하는 '우리'와 '아군'으로 '동일화될 수 없다' 또는 '동일화되지 않겠다'는 의지의 표명이다. 지금 여기에서 일어나는 모든 것이 '나의 사건이나 영역'이 되지 않는다는 고백이다. 일본인들이 조선인을 '무꼬오노 히토', 즉 '저쪽 사람'으로 부르며 배척하는 현실에서 '나'는 기꺼이 자발적으로 '남의 나라 사람', '저쪽 사람'이 되겠다는 선언이다.

시인이라는
'슬픈 천명天命'

「쉽게 씌어진 시」에서 "남의 나라"에 동화되지 않고 자기 정체성을 탐색하며 살아가는 일, 스스로 타자의 존재를 수용하는 것은 곧 "시인이란 슬픈 천명"과 연결되어 있다. "남의 나라"에 상대되는 '나의 나라'는 "시(인)의 나라"인 것이다. 일반적으로 민족주의적 관점에서 윤동주의 시를 해석할 때 "남의 나라"에 상대되는 개념으로 "식민지 조선" 또는 "민족 독립"으로 내세우는 것과 다르다. 「쉽게 씌어진 시」는 시인으로서의 자기 선언을 보여 주는 작품이다.

윤동주에게 시를 쓰는 일, 시인으로서 "슬픈 천명"을 받아들이는 것은 단순한 선택의 문제가 아니었다. "시인이란 슬픈 천명"은 "땀내와 사랑내 포근히 품긴 / 보내 주신 학비봉투"를 받아 가족의 기대와 헌신에 응답하여 입신출세하는 것과는 다른 길이었다. "대학 노-트를 끼고 / 늙은 교수의 강의"를 들으며 학문과 지식의 장에서 안정된 미래를 기획하고 싶은 욕망을 포기하는 길이기도 했다.

깊은 고독과 고민 속에서 시적 주체는 질문한다. "나는 무얼 바라 / 나는 다만, 홀로 침전沈澱하는 것일까?" 사전적 의미에서 '침전沈澱'은 녹아서 용해溶解되지 않고, 이물질로 가라앉은 상태이다. 즉, 주어진 상황에서 용해 혹은 동화되지 못하고 이질적 불순물로 주체의 성질을 유지하는 상태이다. 당대의 상황에 비겨서 말하자면, 전체주의적 상황에 동화되지 않고 이질적 타자로 버티는 행위다. 그것이 전쟁 상황에서 보여 주어야 할 시의 언어이고 시인의 태도이다. 시인은, 승리자로서 전쟁에 환호하는 일상 언어들을 오염된 언어로 인식하고, 스스로 타자의 위치를 지키면서 '존재의 언어'를 열어 밝히는 자이다. 시인은 타자의 위치에서 타자의 시선으로, 제국주의 파시즘과 전쟁 담론으로 은폐되어 있는, 그러나 마땅히 전달되어야 할 존재의 진리와 언어를 드러낸다. 숨 막히게 배타적이고 폐쇄적인 시대 분위기, 군국주의 파시즘의 총동원체제 속에서 자신과 세계를 조금이라도 열어 밝히는 양식으로서 '시'와 '시인-되기'를 탐색하는 것이 「쉽게 씌어진 시」의 주제이다.

윤동주에게 '시'와 '시인-되기'란 어떤 것이었을까? 「쉽게 씌어진 시」는 이 질문에 대한 몇 가지의 해답을 담고 있다. 첫째, "다만, 홀로 침전하는 것" 즉, 주어진 상황에 동화되거나 용해되지 않고 타자로서의 주체성을 유지하는 것이다. 둘째, "등불을 밝혀 어둠을 조금 내몰고, / 시대처럼 올 아침을 기다리는" 행위이다. 윤동주에게 '밤의 시간'은 침전하는 자신을 탐색하며 시대를 가늠하는 '시'의 시간이었다. 시는 어둠의 언어이고, 시인은 어둠 속에서 고요한 울림을 듣고 빛을 말하는 자이다. 셋째, "나는 나에게 작은 손을 내밀어 / 눈물과 위안으로" 수용하는 것이다. '우리'라는 집단 안에 동화되지 못한 이질적 존재로서, 외롭고 불안하고 두려워하는 '나'를 "눈물과 위안으로" 손잡아 줄 수 있는 자는 '나'뿐이다. 그 위로와 수용의 언어적 표현과 양식이 바로 '시'이다. 윤동주의 동생 윤일주는 "동경과 경도에서의 그의 고독은 절정에 달했습니다. 태평양전쟁에서는 전화戰火가 들끓고"[22]라며, 일본 유학시절에 윤동주가 겪었던 극한의 고독을 안타까워했다.

정지용은, 윤동주 유고집 초판본 『하늘과 바람과 별과 시』(정음사, 1948)의 출판을 위해 그의 시를 모두 읽은 다음에 이렇게 말했다.

청년 윤동주는 의지가 약하였을 것이다. 그렇기에 서정시에 우수한 것이겠고, 그러나 뼈가 강하였던 것이리라. 그렇기에 일적日賊에게 살을 내던지고 뼈를 차지한 것이 아니었던가? 무시무시한 고독에서 죽었구나! …(중략)… 시와 시인은 원래 이러한 것이다.[23]

『문장』에서 신진시인을 추천하고 시론을 쓰며 수많은 작품을 오랫동안 읽고 평가해 왔던 정지용이었기에 "'시'로써 그의 '시인'됨을 알기는 어렵지 않은 일이다."라고 말할 수 있었다. 정지용이 시를 통해 시인 윤동주를 평가하기를, 내성적이고 포용적이며, 앞장서 나서는 성격이 아니지만, 한번 마음먹으면 강철 같은 그 심지를 어느 누구도 꺾을 수 없는 사람이라고 하였다. 외유내강형이며, 자기 존재에 대한 치열한 성찰을 바탕으로 시대의 진실과 자기 존재를 일치시키려 노력하고, 존재의 진리에 끝까지 정직하려는 사람, 그랬기에 "무시무시한 고독에서 죽었구나!"라고 탄식하였다. 또한 그런 '시인-됨'으로 이런 시대를 버티며 살았기에 "무명無名 윤동주가 부끄럽지 않고 슬프고 아름답기 한이 없는 시를 남기지 않았나?"라고 묻는다.

실제로 윤동주가 연희전문학교를 다니던 시절에 쓴 「무서운 시간」과 비교해 보면, 1년 반 정도의 시간이 지났을 뿐인데 '시'와 '시인'에 대해 변화된 의식이 나타난다.

거 나를 부르는 것이 누구요,

가랑잎 이파리 푸르러 나오는 그늘인데,
나 아직 여기 호흡이 남아 있소.

한번도 손들어 보지 못한 나를
손들어 표할 하늘도 없는 나를

어디에 내 한 몸 둘 하늘이 있어
나를 부르는 것이오.

일을 마치고 내 죽는 날 아침에는
서럽지도 않은 가랑잎이 떨어질 텐데……

나를 부르지마오.

-「무서운 시간」(1941.2.7) 전문

「무서운 시간」에서 시적 주체는 "거 나를 부르는 것이 누구요"라며, 자신이 호명되는 상황을 되묻고 주저하는 태도를 보인다. "한번도 손들어 보지 못한 나", "손들어 표할 하늘도 없는 나"를 누가 부르는가. 청춘을 마음껏 펼쳐 보지도 못했고, 청춘의 시절이 제대로 주어지지도 않았는데, 누가, 왜, 나를 호명하는가. 하지만 시적 주체는 끝내 "나를 부르지마오"라며 호명을, 자신에게 주어진 소명을 거절한다. '무서운 시간'이 뜻하는 바는 그가 처한 시대나 시국이 무섭다는 것인지, 시대의 호명을 당하는 상황이 무섭고 망설여지는 것인지, 아니면 호명에 응답하지 못하는 '나'가 밉고 무서운 상태인지 알 수 없다. 갈피를 잡지 못하고 혼란 속에서 방황하며 망설이고 주저하는 상황 전체가 무서운 것인지도 모를 일이다. 치열하게 대면하는, 정직한 시적 주체의 공포가 전율처럼 전해진다.

그런데 「쉽게 씌어진 시」에서 시적 주체는 "등불을 밝혀 어둠을 조금 내몰고, / 시대처럼 올 아침을 기다리는 최후의 나"로서 자기를 의식한다. 그리고 '망설이는 나'에게 '주저하는 나'가 손을 내밀어 "눈물과 위안으로 잡는 최초의 악수"를 결행한다. 시인으로서 자신의 소명을 인식하고 수용하는 것은 단순하고 쉬운 일이 아니었다. 여기서 '시가 쉽게 씌어진다'는 것은 역설이자 반어이다. 윤동주에게 "시인이란 슬픈 천명"을 수락하는 것은, 수없는 성찰과 망설임과 회의와 고뇌, 두려움과 용기를 통과하여 이루어진 것이다.

일반인들뿐 아니라 시인들에게도 '존재의 진리'에 직면하는 것은 두렵고 무서운 일이다. 그것은 자기의 온 존재를 내던지는 일이기 때문이다. 존재의 언어는 주체가 의도적으로 만들어내는 것이 아니라, 존재가 먼저 자발적으로 고요한 울림을 내며 다가온다. 시인은 이 고요한 울림을 경청하는 자이다. 존재의 진리가 스스로를 열어 밝히는 고요의 울림을 듣고, 그것에 담긴 사물과 세계의 참모습과 그것들의 근원적 존재방식, 근원적 상호 관련을 낱말과 문장 속에 담는 일을 탁월하게 하는 사람이 바로 시인이다.[24] '시'는, 지금 여기에 은폐되어 있지만 마땅히 전달되어야 할 '존재의 진리'를 열어 밝히는 것이다.

1942년 당시 일본의 분위기는 군국주의와 태평양전쟁 승전 소식으로 전체가 들떠 있었다. 진주만 공격 후에 일본은 미얀마, 뉴기니, 솔로몬 제도, 필리핀, 말레이시아, 싱가포르, 인도네시아를 점령해 나갔다. 하지만 하와이 점령을 위해 1942년 6월 5일 미드웨이를 공략하였다가 크게 패배한 사실은 일본에서 공표되지 않았다. 일본은 오히려 '미드웨이에서도 이겼다'라고 선전하며 전세를 낙관하였다. 덩달아 일본 국민들도 전쟁 승리에 고무되어 있었다. 미드웨이 해전 직후 1942년 6월 18일, 일본의 문학자들은 대동단결하여 〈일본문학보국회〉를 만들었다. 이 단체에는 대부분의 문학자들이 가입했고 학생들도 참가했다. 소설, 단가, 평론 수필, 하이쿠, 시 부문 대표가 선출되었으며 "총 뒤에 있는 우리 …(중략)… 문예 문화정책의 사명은 크고 끝이 없다. …(중략)… 필승 완수의 대업을 우리에게 부여하도록 명했다."라고 결의했다. 일본의 문학은 점점 전쟁 구가謳歌, 전의戰意 고양을 위한 문학이 되어 갔다.[25]

하지만 승리를 구가하고 태양에서 햇살이 퍼져 나가는 욱일승천기를 휘날리며 행진하고 만세 부르는 도쿄의 분위기 속에 동화되지 못하고, 윤동주는 '어두운 창밖, 비가 내리는 거리, 뒷골목, 짙은 안개 속에 잠긴 도시'와 같이 이질적인 목소리를 낸다. 전쟁을 구가謳歌하고, 전의戰意를 고양하며 승리에 환호하는 목소리에 가려지고 은폐되어 있는 존재의 언어를 열어 밝히는 것이, 윤동주가 생각하는 시인으로서의 천명天命이었다. 시는 단순한 개인적 고독이나 저항의식, 의지의 발화가 아니다. 화해하지 못하고 동화하지 못하는 세계와 모순 대립하고, 버티고 견디면서 대항하는 내적 구조의 발현이다. 윤동주는 "홀로 침전"하는 타자의 고투, 불화하는 세계의 꿈틀거림과 모순적 욕망들이 상호 대립하고 균열하는 가운데 발현되는 진리의 언어로서 시가 씌어진다는 것을 보여 주었다. 이것은 보편 세계 혹은 합리성의 횡포와 동원에 포획되지 않고 현실세계의 식민화에서 탈주하는 양식으로서 예술 혹은 시의 존재에 주목한 것이다. 시인은 시를 쓴다기보다 존재의 진리가 스스로를 열어 밝히는 고요의 울림을 듣고 받아 적는 자, '슬픈 천명天命을 수락하는 자'인 것이다.

봄의
노래

현재까지 전해지는, 윤동주가 도쿄에서 쓴 시는 5편이다. 이 시들은 서울에 있는 친구 강처중에게 보낸 편지에 들어 있는 것이었다. 강처중은 어떤 문제로 인해 편지 부분을 폐기하고 5편의 시만 남겼다. 그중에서 「봄」은 편지 부분이 폐기될 때 시 뒷부분까지 함께 잘려 나갔다. 윤동주는 시를 쓸 때 마지막에 창작한 날짜를 기록하는 것이 대부분인데, 이 시에는 창작날짜가 없는 점에서 뒷부분이 잘려 나간 것으로 추측할 수 있다. 이 시도 릿쿄대학교 엠블럼이 있는 원고지에 쓴 것이다.

봄이 혈관血管 속에 시내처럼 흘러
돌, 돌, 시내 가차운 언덕에
개나리, 진달래, 노―란 배추꽃,

삼동三冬을 참아온 나는
풀포기처럼 피어난다.

즐거운 종달새야
어느 이랑에서나 즐거웁게 솟쳐라.

푸르른 하늘은
아른, 아른, 높기도 한데………

-「봄」

RIKKYO UNIVERSITY

등불을 밝혀 어둠을 조금 내몰고,
時代처럼 올 아침을 기다리는 最後의 나,
나는 나에게 적은 손을 내밀어
눈물과 慰安으로 잡는 最初의 握手。
一九四二、六、三。

봄、

봄이 血管 속에 시내처럼 흘러
돌、돌、시내 가차운 언덕에
개나리、진달레、노―란 배추꽃、
三冬을 참어온 나는
풀포기 처럼 피여난다。
즐거운 종달새야
어느 이랑에서나 즐거웁게 솟처라。
푸르른 하늘은
아른、아른、높기도 한데……

윤동주 자필 시고 「봄」(연세대학교 윤동주기념관 제공)

「봄」은 도쿄에서 쓴 5편의 시 중에서 그 정조와 분위기가 사뭇 다르다. 시는 화사하게 약동하는 '봄'의 기운과 즐거운 마음으로 가득 차 있다. 어둡고 춥고 외로운 "삼동을 참아온 나"는 봄의 꽃들과 풀포기처럼 피어나고, 종달새처럼 즐겁게 솟구친다. 마치 봄의 생기가 '나'의 "혈관 속에 시내처럼 흘러"가는 것 같다. 이러한 생명의 하모니와 약동과 환희 속에 높고 "푸르른 하늘"을 바라본다. 다른 시에서 '도쿄의 밤비 내리는 어두운 뒷골목', '가득 찬 안개'로 표현되던 어둡고 무겁게 가라앉은 정서와는 확연히 달라졌다.

이 시에서 주목되는 부분은 '하늘'이란 시어와 이미지의 재등장이다. "푸르른 하늘은 / 아른, 아른, 높기도 한데……"라는 구절이다. 윤동주 시에서 '하늘'은 중요한 시어로서 이상과 그리움, 북간도 등을 환기해 왔다.

그런데 '별'이 떨어지는 「참회록」의 시간을 지나며 '하늘' 이미지도 잘 나타나지 않았다. 「봄」에서 "하늘", "푸르른 하늘"이 재소환되었다는 것은 시인 자신의 본래적인 미적 구조(하늘과 바람과 별과 시), 청춘의 코드에 접속한 것을 의미한다.

이러한 새로운 희망과 의욕이 나타나는 것은 무엇 때문일까? 그 이유를 윤동주가 도쿄에서 만났던 한 여성에게서 조심스럽게 찾아본다.

> 오형범(윤동주 매제-인용자) 님은 윤동주 시인이 결혼 상대로서 처음으로 마음에 품었던 여성일 뿐만 아니라, 1942년 여름방학 때에 가족들에게 그 사진을 돌려 보여 주기도 했던 한 여성의 이야기를 들려주었다. 박춘혜朴春惠라는 예쁜 이름을 가졌던 여인에 관해서였다. 그 여성은 뒤에 다른 남성과 정혼함으로써 윤동주 시인과의 인연에 마침표를 찍게 되었다는 것이 그 이야기의 아쉬운 매듭이었다.[26]

> 일본 유학 중에 만난 박춘애(박춘혜-인용자)라는 이름의 여학생 사진을 가져와서 할아버지께 보여 드린 적이 있습니다. 할아버지께서 좋다고 하셨기 때문에 그 여성과 결혼했을 가능성이 높습니다. 대학교 전공을 선택할 때 말고는 어른들의 뜻을 거스른 적이 없거든요.(윤혜원의 말)

> 우리가 해방 이후에, 그러니까 윤동주 시인 사후에 박춘애를 만난 적이 있습니다. 옌볜에서 남쪽으로 내려오던 중에 청진에서 잠시 머문 적이 있는데 그때 성가대에 서 있는 박춘애를 보았고, 나중에 함께 식사도 했습니다. 그런데 나중에 알아보니 윤동주 시인이 마음속으로만 좋아했을 뿐 프로포즈도 못 했답니다.(오형범의 말)[27]

윤동주는 1942년 7월 릿쿄대학교 1학년 여름방학을 맞아 송몽규와 함

1942년 8월 4일 용정 사진관에서 친구, 친지들과 찍은 사진. 이때 윤동주는 어머니의 병간호를 하다가 도호쿠제국대학(東北帝國大學)의 편입 준비를 위해 보름 정도 만에 일본으로 돌아갔다고 한다. (연세대학교 윤동주기념관 제공)

께 북간도 용정으로 귀향했다. 방학 때 도쿄에서 가져온 어떤 사진을 가족에게 보여 주며 한 여성에 대해 호감을 표했다고 한다. 여동생 윤혜원은 그 사건을 아주 자세히 기억하고 있었다. 한 명의 여자가 앞에 앉고 두 명의 남자 대학생이 그 여자 뒤에 서서 찍은 사진인데, 그녀는 함북 온성 박 목사의 막내딸 박춘혜라고 알고 있었다. 박춘혜는 오빠와 함께 도쿄에 유학 와 있었고, 윤동주는 그녀의 오빠와 친구로서 자주 그들의 집에 드나들었다. 이들은 서로 호감을 가지고 있어서, 윤동주가 가족에게 사진으로 먼저 소개를 했고 집안 어른들은 '가문 좋고 참 좋다. 잘 추진해 보라'고 격려했다는 것이다.

그러나 도쿄로 돌아간 오빠 윤동주가 윤혜원에게 보낸 편지에는 '그 여자가 이번 여름방학에 집에 갔다가 약혼을 하고 왔더라'는 안타까운 내용이 있었다.[28] 나중에 윤혜원·오형범 부부는 1947년 남쪽으로 내려오

던 중 청진에 머물다가 박춘혜와 김윤립을 만나게 된다. 그들은 윤동주가 후쿠오카福岡 감옥에서 시 한 편을 적어 보낸 엽서를 갖고 있다고 말했다는데[29] 윤동주가 박춘혜에게 시를 써서 보낸 것은 무슨 마음이었을까 궁금해진다.

윤동주의 시 「봄」은 어둡고 외롭던 도쿄 유학 시절에 피어난 청춘의 열정, 연애 감정, 설렘 등을 표현한 것이었다. 비록 그 사랑이 뜻한 대로 이루어지지는 않았지만, 한참 설레는 사랑의 감정이 싹틀 때 「봄」으로 발화된 것이리라. 참혹한 전쟁 시국 속에서 사랑은 탈주와 구원의 서정이었다. 사랑의 감정이 그를 고독한 "침전"의 시간에서 이끌어 내어, "푸르른 하늘"을 다시 열어 주었다. 그 뒤에 윤동주는 후쿠오카 감옥에서 다시 어둡고 고독한 울분의 시간에 갇혀서, 이전에 사랑했던 그녀에게 시 한 편을 엽서에 적어서 보냈다. 그것은 어쩌면 시 「봄」의 감정, 청춘의 밝은 하늘을 환기하며 희망을 충전하고 싶었던 염원의 표현일지도 모른다.

보론: 백인준의 회고

윤동주의 시에 그려진 "동경 교외 어느 조용한 하숙방"(「흐르는 거리」), "허전히 뒷골목을 돌아 / 황혼처럼 물드는 내 방"(「흰 그림자」), "육첩방"(쉽게 씌어진 시」)은 실제로 어디였을까? 그 방은 윤동주가 몸과 영혼을 뒤척이며 쓴 시들의 산실이었기에 궁금증이 더해진다. 현재 유력하게 제시되는 장소는 신주쿠新宿 와세다대학早稲田大學 근처이다. 이곳이 윤동주의 하숙방 위치가 맞다면, 「사랑스런 추억」에서 "누구를 기다려 정거장 가차운 언덕에서 서성거"렸던 장소는 다카다노바바高田馬場 역이 될 것이다. 이는 일본의 야나기하라 야스코楊原泰子 선생이 추적 조사한 것[30]으로, 백인준의 회고에 근거한 것이다. 백인준의 회고는, 1989년 남한의 소설가 황석영이 방북했을 때 전해 들은 내용이었다.

황석영은 1989년 3월에 북한 조선문학예술총동맹의 초청에 응해서 한국민족예술인총연합 대변인 자격으로 방북하였다. 일본과 중국을 경유해서 평양 순안 비행장에 도착한 그를 맞아준 사람이 조선문학예술총동맹 위원장 백인준이었다.

> 백인준 선생은 금년에 일흔둘이며 연희전문과 와세다를 나왔고 시인 윤동주와 동경 시절에 같이 하숙을 했다고 한다.[31]

백인준(白仁俊, 1920~1999)은 북한의 대표적인 시인이자 예술행정 총책임자이며 최고인민회의 부의장을 역임했다. 그는 1985년 9월 21~22일 남북적십자 고향방문단 및 예술단장으로 한국을 방문하기도 했다. 황석영이 서술한 위의 기록에서 백인준을 와세다대학 출신으로 쓴 것은 오류이다. 백인준은 실제로 평양고보를 졸업하고 윤동주와 같이 연희전문학교 문과를 다녔으며, 일본 도쿄의 릿쿄대학 철학과에 진학하였다. 1938년도 연희전문학교 문과 본과 「입학시험합격자」 명단에 윤동주와 함께 백인준白仁俊의 이름이 보인다.[32] 릿쿄대학에 다니던 백인준은 일제 말기에 학병으로 징집되어 중국에 갔다가, 1945년 해방이 되자 귀국하여 고향 평양에서 결성된 북조선문화예술총동맹(1946.4)에 가입하였다. 작가동맹 시분과위원회와 평론분과위원회에서 활동하면서 『조소朝蘇문화』 창간호(1946.8)에 시 「씨를 뿌린다」를 발표하는 등 사회주의 문화건설을 지지했다. 1946년 원산문학가동맹의 시집 『응향』에 실린 작품들을 제국주의 문화잔재라고 비판한 평문 「문학예술은 인민에게 복무하여야 할 것이다」를 써서 소위 '응향사건'의 주역이 되기도 했다.[33] 백인준은 해방 후 북한 문화예술계의 핵심인물로 활동했던 까닭에, 윤동주의 이력과 교우관계에서 거의 주목받지 못했다.

연희전문학교 시절에 백인준은 문학을 전공하고 시를 쓰면서 윤동주, 송몽규, 강처중 등과 함께 문학 동인으로 의기투합해서 어울렸다. 이후 세 사람은 같은 시기에 일본으로 유학해서 관계를 지속해 나갔다. 1943년 윤동주와 송몽규가 일본 경찰에 체포된 뒤, 송몽규 조서에 백인준의 이름이 보인다.

> 1939년 2월경, 연희전문학교의 동급생인 윤동주·백인준·강처중 등 수명과 함께 조선문학의 동인지를 출판할 것을 모의하여 동년 8월에 이르기까지 학교 기숙사 또는 다방에서 수차에 걸쳐 민족적 작품의 합평회를 열어 서로 민족의식의 앙양과 조선문화의 유지에 힘썼고[34]

연희전문학교 2학년이던 1939년에 송몽규가 윤동주, 백인준, 강처중 등과 조선어 문예동인지 발간을 목표로 의기투합하여 작품 합평회도 하면서 몰려다녔다고 일본 특별고등경찰은 기록하고 있다. 백인준은 〈윤동주에 대한 교토 지방재판소의 판결문〉에도 등장한다. 쇼와昭和 19년(1944년) 3월 31일 교토 지방재판소 제2형사부 판결문에 의하면, 윤동주는 송몽규, 백인준과 회합하여 전시하의 일본 제국주의를 비판하고 민족 독립을 모의한 것으로 기록되었다.

> 동년 4월 하순경 경도京都 시외에 있는 야세八瀨 유원지에서 동인(송몽규-인용자) 및 마찬가지로 민족의식을 품고 있던 릿쿄立敎대학 학생 시라야마 마사토시白山仁俊(백인준-인용자)과 회합하여 조선에 있어서의 징병제도를 비판하고, 조선인은 종래로 무기를 모르고 있었는데 징병제도의 실시에 의하여 새로이 무기를 쥐고 군사 지식을 체득하여 장래에 대동아전쟁에서 일본이 패배에 봉착할 즈음, 반드시 우수한 지도자를 얻어 민족적 무력봉기를 결행하여 독립을 실현해야 한다는 취지로 민족적 입장에서 이 제도를 구가하고35

위의 조서에 따르면, 1943년 4월 하순 도쿄에서 릿쿄대학에 다니는 백인준이 송몽규와 윤동주를 만나러 교토에 왔고, 이들은 교토 시외에 있는 야세八瀨 유원지로 놀러 갔다. 거기서 이들은 징병제를 비판하였고, 징병제를 피할 수 없다면 적극적으로 활용하는 방안을 논의했다. 징병에 나가서 무기와 군사 지식, 지휘능력을 체득하고 그것으로 민족적 무력봉기를 결행하여 독립을 실현하자고 결의했다. 이렇게 위험하고 비밀스러운 논의를 할 정도로 세 사람은 돈독한 우정과 동지적 관계를 맺고 있었다. 도쿄와 교토를 왕래하며 교류할 정도로 가까웠던 관계임을 알 수 있다.

안병욱의 회고에는, 1942년 윤동주와 송몽규가 처음으로 일본에 왔을 때 도쿄의 백인준 하숙을 찾아 며칠을 보냈다는 내용이 있다. 안병욱은 1920년 평안남도 용강 출생으로 평양고보를 졸업하고 1939년 일본으로 유학하여 1943년 와세다대학 문학부 철학과를 졸업했다.

> 시인 윤동주는 백인준 군과 연전延專 시대의 막역한 친구지간이었다. 동주는 연전을 마치고 일본 경도의 동지사대학 영문과로 왔다. 1941년 겨울 방학이라고 기억한다. 동주가 그의 사촌인 송몽규 군과 같이 백인준 군을 찾아와서 며칠간 동경에 묵었다. 우리는 백 군의 하숙방에서 처음으로 만났다. 초면이지만 이심전심, 혼과 혼이 통했고 인격과 인격이 서로 포옹했다. 동주는 그때에 이미 신진 시인으로서 시단에 이름을 날리고 있었다. 우리는 만나자마자 10년의 지기知己처럼 서로 친해졌다. 밤늦게까지 문학을 이야기하고 철학을 논하고, 인생을 말하고, 민족을 걱정하고, 젊음과 꿈을 나누었다. 맥주를 마시면서 젊은 유학생들은 담소에 시간 가는 줄을 몰랐다. 송몽규는 다감하고 격정적이었다. 윤동주는 조용하고 내성적이고 차분했다. 그는 우리들의 열띤 이야기를 빙그레 웃으면서 조용히 듣고 있었다. 말이 적은 편이었다. 나는 그에게서 순수한 혼과 성실한 시인을 발견했다. 며칠 동안 한데 어울려 돈독한 우정과 깊은 친교를 서로 나누었다. 동주는 경도로 돌아갔다.[36]

안병욱의 회고에는 사실과 어긋나는 부분이 있다. 그가 백인준의 하숙방에서 윤동주를 만났다는 1941년 겨울 방학(1942년 2~3월) 즈음에 윤동주는 아직 학적이 없거나 릿쿄대학에 입학할 예정이었다. 그리고 당시 "신진시인으로 시단에 이름을 날리고 있었다"는 것도 사실과 다르며, 나중의 기억에 의한 것이다. 그렇지만 1942년 2~3월경에 윤동주와 송몽규가 도쿄에 있는 백인준의 하숙방을 찾아왔고, 안병욱을 포함하여 네 사람이 며칠 동안 어울리며 문학과 인생, 민족과 이상을 논했던 일은 사실이다.

당시 안병욱은 와세다대학 철학과에 다니고 있었고 백인준은 릿쿄대학 철학과에 재학하며 와세다대학 근처에서 하숙하고 있었다. 안병욱과 백인준은 평양고보를 함께 다닌 절친한 사이였다. 안병욱은 백인준을 통해 윤동주와 송몽규를 만났고, 며칠 동안 친교를 나누면서 이들의 성격과 면모에 대해 깊은 인상을 받았다.

백인준과 윤동주의 관계는 오랫동안 알려지지 않았다. 1989년 3월 북한을 방문한 황석영에게 백인준이 처음으로 도쿄 유학 시절에 윤동주와 하숙을 함께했다는 이야기를 하였다. 황석영의 말을 듣고 〈시인 윤동주를 기념하는 릿쿄회 회장〉 야나기하라 야스코楊原泰子 씨는 릿쿄대학 학적부 등을 통해 백인준의 도쿄 하숙집을 찾아냈다. 그 결과 "백인준 씨의 예과 시대의 주소는 요도바시구 스와초209 키쿠스이칸(淀橋區 諏訪町 209 菊水館), 백인준 씨의 릿쿄대학 학적부에 기재되어 있는 주소는 요도바시구 스와초 212 이시가미 댁(淀橋區 諏訪町 211 石神方) 이 두 개의 주소 중 어느 쪽에선가 백인준 씨와 윤동주 씨가 함께 하숙을 했을 것이라고 생각된다."[37]라고 추정하였다. 이 두 곳 사이는 걸어서 5분 거리로 와세다대학 근처에 있다. 백인준의 하숙은 야마노테선山手線 전철의 다카다노바바高田馬場 역 가까이 있었고, 야마노테선은 1925년에 순환선으로 완결되었다. 백인준의 하숙에서 릿쿄대학까지는 전철로 두 정거장, 걸어서는 약 30분 거리였다.

그런데 황석영이 전해준 내용에서, 백인준이 도쿄 시절에 윤동주와 같이 하숙을 했다는 점에는 의문이 있다. 릿쿄대학 다니는 백인준이 와세다대학 근처에 하숙집을 정한 것은 당시 와세다대학에 다니던 안병욱과의 관계를 고려한 것으로 추정된다. 만약 백인준의 하숙집에서 윤동주가 함께 지내고 있었다면, 무시로 그 하숙방을 드나들었던 안병욱이 윤동주를 자주 보았을 것이다. 그런데 앞서 회고에서 안병욱이 윤동주를 "1941년 겨울방학"(1942년 2~3월)에 처음 보았고 교토의 도시샤대학의 학생으로 기억하는 것으로 보아, 윤동주가 릿쿄대학를 다니는 동안에 두 사람은 만나지 않은 것 같다. 실제로 윤동주는 릿쿄대학 재학 시기에 적극적으로 대외활동을 하거나 사람들과 활발하게 교류를 하지 않은 것으로 보인다. 릿쿄대학에서 수업도 두 과목을 수강하는 정도였다. 유학생들하고도 널리 왕래하지 않고 독서와 내면 성찰에 몰두하며, 시 공부 및 시 쓰기에 주력했던 것 같다.

도쿄에 있는 동안 윤동주는 릿쿄대학에서 가까운 이케부쿠로 역 근처에 홀로 하숙을 했을 가능성도 있다. 아우 윤일주는 〈윤동주 연보〉를 작성하면서 "일시 동경 한인 YMCA 숙소에 기거하다가 개인 집에 혼자 하숙하다."[38]라고 적었다. 문익환이 도쿄 시절 윤동주의 하숙에 방문했던 기록[39]에 의하면 동료와 함께 하숙했다는 내용은 없다. 다른 가능성으로, 황석영이 전한 "시인 윤동주와 동경 시절에 같이 하숙을 했다."라는 백인준의 회고를, 윤동주가 도쿄에서 하숙을 구하는 동안 백인준의 하숙에 잠시 머물렀다는 의미로 추정해 볼 수도 있다.

교토 시기

윤동주는 도쿄 릿쿄대학에서 교토 도시샤대학同志社大学 영문과로 편입했다. 윤동주의 학적부에는 1942년 10월 1일 문학부 문화학과 영어영문학 전공(선과)으로 기재되어 있다. 아마 8월이나 9월에 교토로 와서 편입시험을 보았고 그해 10월 1일에 편입이 결정된 것으로 보인다. 윤동주의 도시샤 대학 성적표에 의하면 필수 4과목과 선택 1과목을 수강했다. 필수과목으로 영문학사 65점, 영문학연습 85점, 영작문 80점, 또 다른 영작문 75점이고, 선택과목으로 신문학新聞學 75점을 수강했다. '신문학'을 선택 수강한 것이 눈에 띈다. 윤동주는 명동소학교 때부터 『새명동』이라는 등사판 잡지를 만들고, 숭실중학교 때 『숭실활천』, 연희전문학교 때 『문우』 등의 잡지를 편집하고 또 동인지와 시집을 내려고 기획했다. 이런 활동에서 보듯이 그는 매체에 관심이 많았던 것 같다.

도시샤대학 영어영문학과는 시인 정지용이 다녔던 곳이다. 정지용은 휘문고등보통학교 교비 장학생으로 1923년 도시샤대학 영어영문학과에 입학해서 1929년 졸업하였다. 대학에 다니는 동안, 정지용은 조선과 일본의 문예지에 많은 시를 발표하면서 시인으로서 능력을 인정받고 이름을 떨쳤다. 또 윤동주의 연희전문학교 스승이자 국어학자인 외솔 최현배가 교토제국대학京都帝國大學 문학부 철학과에서 교육학을 전공하였고, 대학원까지 수학(1922~1928)하였다. 그리고 송몽규가 교토제국대학 서양학과를 다니고 있었다.

정병욱은 윤동주의 교토 유학 시기를 정지용과 연결해서 설명한 바 있다. 연희전문학교 시절부터 좋아했던 정지용의 시 「압천鴨川」과 「카페·프랑스」가 윤동주의 교토 생활과 심정을 대변해 주는 '나의 시'로 읽혔을 것이라는 의미이다.

> 그(윤동주-인용자)가 가장 존경하던 선배 지용의 뒤를 이어 압천鴨川 강변을 거닐면서 「카페 프랑스」를 연희 숲속에서, 인왕산에서 읊던 때처럼 읊었을 것이다.[40]

정병욱은, 윤동주가 서울에서 읊고 다녔던 「카페·프랑스」를 실제로 교토 현장에 와서도 예전처럼 읊었을 것으로 추측한다. 윤동주가 유학할 당시에 교토에는 압천鴨川에서 가까운 곳에 '카페 프랑스'가 실제로 있었다.

> 옮겨다 심은 종려棕櫚나무 밑에
> 빼뚜루 선 장명등,
> 카페·프랑스에 가자.
> 이놈은 루바시카
> 또 한 놈은 보헤미안 넥타이
> 뺏적 마른 놈이 앞장을 섰다.
>
> 밤비는 뱀눈처럼 가는데
> 페이브먼트에 흐늑이는 불빛
> 카페·프랑스에 가자.
>
> 이 놈의 머리는 빗두른 능금
> 또 한 놈의 심장心臟은 벌레 먹은 장미薔薇

제비처럼 젖은 놈이 뛰어간다.

※

「오오 패롯(鸚鵡, 앵무) 서방! 굿 이브닝!」

「굿 이브닝!」(이 친구 어떠하시오?)

울금향鬱金香 아가씨는 이 밤에도
경사更紗 커-튼 밑에서 조시는구려!
나는 자작子爵의 아들도 아무것도 아니란다.
남달리 손이 희어서 슬프구나!

나는 나라도 집도 없단다
대리석大理石 테이블에 닿는 내 뺨이 슬프구나!

오오, 이국종異國種 강아지야
내 발을 빨아다오.
내 발을 빨아다오.

- 정지용, 「카페 · 프랑스」[41] 전문

이 시는 피식민지 유학생의 결락缺落되고 훼손된 존재로서 자조自嘲적인 열망을 표현하고 있다. "심장은 벌레 먹은 장미", "머리는 빗두른 능금"으로 표상되듯이 이들에게 청춘의 열정은 벌레를 먹은 것처럼 훼손되었거나 비뚤어진 불구의 상태일 수밖에 없다. 이들의 "심장은 벌레 먹"고, 존재는 "빗두루"고, "뻣적 마"르고, "흐늑이"고, "젖"고, "슬프"게 묘사된다. 자기 자신을 "이국종 강아지"와 동일시할 정도로, 이질적이고 천대

받는 타자로 위치시킨다. 카페라는 폐쇄된 공간에서 이들이 소통하는 것은 앵무새뿐이며 여급조차 별 관심을 보이지 않는다. '나'는 결국 "나라도 집도 없단다."라고 고백한다. 제국주의 본국에서 공부하고 있는 피식민지 유학생의 우울과 냉소적인 자기 존재 확인이 「카페·프랑스」의 주조를 이룬다. 이들의 우울한 열정은 데카당스하게 표출된다. "이놈은 루바시카"로 표상되는 러시아 혁명의 열망을 품고, "한놈은 보헤미안"으로서 문학과 예술을 통한 자유와 탈주를 꿈꾼다. 그 열망을 작동시키려고 애쓰지만 '카페 프랑스'라는 유폐된 공간에서 그것은 퍼포먼스에 그치고, 다시 갇혀서 슬픈 존재가 되어 버린다.

정지용이 「카페·프랑스」를 쓰고 6~7년 뒤에, 윤동주도 교토의 '카페 프랑스'에 들러 이 시를 다시 음미하지 않았을까? 그리고 당시 "이국종 강아지"에 동일시되던 피식민지 타자의 자의식과 우울한 열정에 젖고 "나는 자작의 아들도 아무것도 아니란다.", "나는 나라도 집도 없단다."라는 상실감과 타자의식을 실감하였을 것이다.

교토에서 윤동주가 살았던 하숙집은, 교토 사쿄쿠左京區 다나카다카하라초田中高原町 27번지 다께다武田 아파트이다. 송몽규는 사쿄쿠左京區 기타시라카와北白川 히가시히라이초東平井町 소스이도리疎水通 60번지 시미즈에이치清水榮一 방에서 하숙했는데, 윤동주의 하숙집과 5분 거리에 있었다. 윤동주의 하숙집인 다께다 아파트는 1936년 지어진 현대식 아파트로서 교토대학과 도시샤대학 학생 약 70명이 입주해 있었다고 한다. 지금은 교토조형예술대학이 그곳에 자리 잡고 있다.[42] 윤동주가 하숙했던 곳은 교토의 북동쪽 지역으로 도시샤대학까지는 3.5㎞, 걸어서 40~50분 정도 걸린다. 하숙집에서 도시샤대학으로 가는 길에 '압천鴨川'이 있으며, 윤동주는 등하교 때마다 여기를 건너다녔다.

교토를 남북으로 흐르는 가모가와(鴨川, 압천)는 정지용에게 서정적 장소였다. 그는 압천 둑을 걸으며 유학 시절의 외로움과 향수를 달랬다.

압천鴨川 십리十里ㅅ벌에
해는 저물어…… 저물어……

날이 날마다 님 보내기
목이 자졌다…… 여울 물소리……

찬 모래알 쥐여 짜는 찬 사람의 마음,
쥐어짜라. 바시여라. 시원치도 않아라.

여뀌풀 우거진 보금자리
뜸부기 홀어멈 울음 울고,

제비 한 쌍 떠ㅅ다,
비맞이 춤을 추어.

수박 냄새 품어오는 저녁 물바람.
오렌지 껍질 씹는 젊은 나그네의 시름.

압천鴨川 십리十里ㅅ벌에
해는 저물어…… 저물어……

- 정지용, 「압천(鴨川)」[43] 전문

정지용의 이 시는 「카페·프랑스」와 달리 향토적인 언어와 정서가 주조를 이루며, 유학생으로서 "젊은 나그네의 시름"을 절절하게 표현했다. 연희전문학교 시절의 윤동주는 정지용의 「압천」을 즐겨 외우고 다녔다고 한다.

「찬 모래알 쥐여 짜는 찬 사람의 마음 / 쥐여 짜라. 바쉬어라. 시원치도 않어라」 이는 그(윤동주-인용자)가 항상 입버릇처럼 외던 정지용의 「압천鴨川」의 한 구절이다.44

북간도 출신의 윤동주에게 경성은 타지였다. 그는 경성 유학시기의 외로운 심정을 정지용이 교토에서 체험한 "젊은 나그네의 시름"에 동일시했을지도 모른다. 윤동주가 소장하고 있던 『정지용시집』에는 「압천」 끝부분에 "걸작傑作!"45이라고, 느낌표까지 붙여 감탄을 표시해 놓았다. 이후 윤동주는 교토에서 직접 '압천'을 마주하고 '북간도—경성—교토'로 중첩된 자신의 타자적 실존을 감당했던 것이다.

도시샤대학의
문학수업

윤동주가 도시샤대학에서 첫 학기를 보내고 맞은 겨울방학 기간에, 그의 당숙 윤영춘은 도쿄에서 북간도 고향으로 가는 길에 윤동주를 만나러 교토에 들렀다. 윤영춘은 1942년 섣달 그믐날(음력 12월 31일, 양력으로는 1943년 2월 5일)에 윤동주를 만났다. 송몽규는 겨울방학을 맞아 북간도에 가고 없었으며 윤동주만 홀로 교토에 남아 있었다.

> 그해(1942년-인용자) 겨울 섣달 그믐날, 귀가 도중에 나는 교토에 들렀다. 밤늦게 거리에 나가서 야시장의 노점에서 파는 오뎅과 삶아놓고 파는 돼지고기와 두부, 참새고기를 실컷 먹었다. 그날 밤 집에 돌아와 밤이 깊도록 시에 대한 이야기로 일관했다. 독서에 너무 열중해서 얼굴이 파리해진 것을 나는 퍽이나 염려했다. 6조 다다미방에서 추운 줄 모르고 새벽 두 시까지 읽고 쓰고 구상하고…… 이것이 거의 그날그날의 과제인 모양이다. 그의 말을 종합해 보면 프랑스 시를 좋아한다는 이야기와, 프랑시스 잠의 시는 구수해서 좋고 신경질적인 쟝 콕토의 시는 염증厭症이 나다가도 그 날신날신한 맛이 도리어 매력을 갖게 해서 좋고, 나이두의 시는 조국애에 불타는 열성이 좋다고 하면서, 어떤 때는 홍에 겨워서 무릎을 치기도 했다.[46]

윤영춘과 윤동주는 교토 시내를 산책하고 히에이잔比叡山 등을 구경하며, 맛있는 것도 풍성하게 먹고 정담을 나누며 밤이 깊도록 문학에 대해 논의했다.

당시 윤영춘의 눈에 비친 윤동주는 독서와 문학, 특히 시의 세계에 흠뻑 빠져 있었다. 마치 시마詩魔에 빠진 사람처럼 매일 새벽 두 시까지 책을 읽고 시를 구상하고 쓰는 것이 일상이었다. 그런 상태가 몸을 상하게 할 정도였다고 윤영춘은 염려하였다.

윤영춘의 관찰은 예리하고 신빙성 있는 것이었다. 5촌 당숙 윤영춘은 시와 소설을 쓰는 한편, 당시 도쿄의 메이지대학明治大學과 니혼대학日本大學에서 영문학을 강의하는 강사이자 문학 연구자로서 당대 문학에 대해 깊고 넓은 전문성을 갖고 있었다.[47] 그런 윤영춘이 윤동주의 문학적 식견과 열정에 감탄하였다.

윤영춘의 기억을 종합하면, 도시샤대학에서 윤동주의 문학 수행은 치열했으며 시적 스펙트럼은 넓고 현대적이었다. 프랑시스 잠(Francis Jammes, 1868~1938)에서 장 콕토(Jean Cocteau, 1889~1963), 인도의 시인 사로지니 나이두(Sarojini Naidu, 1879~1949)까지 그의 독서와 사유와 감각은 넓고 깊고 날카로워졌다. 이 시기에 윤동주의 시 세계는 현대성과 세계성, 미학성 그리고 사상성까지 자유롭게 확장되고 있었고 상당한 깊이에 도달했을 것으로 생각된다.

장 콕토는 첨단의 현대성을 구가하는 예술가로서 한국과 일본 문단의 주목을 받고 있었다. 윤동주도 "신경질적인 장 콕토의 시는 염증厭症이 나다가도 그 날신날신한 맛이 도리어 매력을 갖게 해서 좋"다고 하였다. 도시샤대학 시기에 장 콕토의 시에 매혹되고 깊이 탐색하고 있었다는 점은 중요한데, 윤동주가 서정시인의 범주를 넘어서 동시대적이며 현대적인 예술 감각의 소유자였다는 사실을 보여 주기 때문이다.

장 콕토는 프랑스의 전위적인 예술가로서 다다이즘 시인으로 출발했다. 그는 1920~30년대 발레 기획자 디아길레프, 작곡자 스트라빈스키, 화가 피카소, 시인 아폴리네르 등 첨단의 예술가들과 교유하면서 초현실주의적이고 전위적인 작품으로 예술계를 당혹스럽게 만들었다. 장 콕토의 시집 『포에지 Poesie』(1920)는 새로운 감각과 참신한 형식으로 문단에 충격을 주었다. 그는 시가 희망 없는 종교이며 도덕이고, 작품은 영혼의 수련장이라고 생각했다. 1930년 〈시인의 피〉라는 전위적인 극영화를 제작하고 초상화를 그리고 유명 예술가의 사진을 찍는 등, 시·소설·평론·음악·무용·회화·영화·사진 등 다양한 영역에서 전위성 넘치는 작품을 발표했다.

장 콕토는 1930년대 일본에서 가장 인기 있는 예술가 중의 한 명이었다. 『장 콕토 모음』, 『콕토 예술론』, 『장 콕토 시 모음』 등 일본에서 장 콕토의 작품들은 거의 완역되다시피 하였다. 장 콕토 작품의 번역은 대부분 호리구치 다이카쿠(堀口大學, 1892~1981)가 맡았고, 호리 타쓰오堀辰雄와 사토 사쿠佐藤朔 등 〈시와 시론〉 동인들이 활발하게 장 콕토를 번역 소개했다. 1936년 5월 장 콕토는 일본을 방문하였고, 일본 펜클럽 주최로 환영회를 열었다. 일본의 문예 잡지 『세르팡』은 1936년 7월호를 〈장 콕토 특집〉호로 꾸몄다.

조선에서도 이상과 김기림이 장 콕토의 문학을 적극적으로 수용하였다. 이상은 1936~1937년 발표한 글에서 장 콕토를 자주 인용하였다.[48] 1930년대 모더니즘 문학을 대표하는 정지용, 박태원, 오장환 등이 장 콕토의 예술에 깊은 관심을 보였다.

아우 윤일주의 회고에는, 윤동주가 연희전문학교 시절에 즐겨 읽었던 잡지를 소개한 내용이 있다.

> 그(윤동주-인용자)가 전문학교 시절 읽던 잡지로는 『문장』, 『인문평론』이 있었고, 일본잡지로는 『세르빵』, 시지詩誌 『사계四季』, 『시와 시론』, 수필과 판화 전문지 『흑과 백』 등이었다.[49]

당시 윤동주가 읽었던 일본의 문예 잡지 『세르팡』, 『詩と詩論』에도 장 콕토의 글이 실렸을 것이다. 이 시기부터 윤동주는 장 콕토의 전위적이고 모던한 예술세계에 접하고 있었던 것으로 짐작된다.

인도의 여성 시인 사로지니 나이두에 대해, 윤동주는 "조국애에 불타는 열성이 좋다"[50]라고 평가했다. 사로지니 나이두는 인도에서 태어나 영국에서 대학을 다녔으며, 1905년부터 영어로 쓴 시집을 발표하였다. 그녀는 인도의 여성해방운동에 참여하였고 반영反英민족운동에서 활약하였으며, 1925년 인도국민회의에서 최초로 여성 의장을 역임하였다. 영국 문단의 인정을 받았고, 이후 인도 독립을 위해 싸우는 대중운동의 지도자가 되었다는 특이한 이력 때문에, 1920년대 초반부터 조선의 시인들에게 주목을 받았다.

김억이 1922년 사로지니 나이두의 시를 처음 번역하면서 조선에 소개되었다. 당시 김억은 '서정시인'으로서 사로지니 나이두의 면모에 집중했는데, 1924년 신경향파 문학이 대두하는 시점에서는 '운동가 또는 혁명가 시인'의 면모가 부각되었다. 1930~1931년 사로지니 나이두가 간디와 함께 영국의 식민 지배에 맞서는 소금 행진을 지도하면서 여성이 정치 운동을 지도한다는 점에 주목한 각종 보도 기사가 쏟아졌다. 그리고 이러한 민족주의적 정치활동에 대한 관심이 그녀의 민족주의적인 시 세계에 대한 소개로 이어졌다.[51]

사로지니 나이두는 간디의 동반자로서 인도국민회의가 주최하는 여러 집회에서 자치를 요구하는 연설을 하고, 인도인의 민족의식을 고양하는 자작시를 낭송했다. 그녀의 세 번째 시집 『부러진 날개』(1917)는 각종 정치적 행사에서 낭송한 시, 인도의 민족운동가인 고칼레, 진나, 간디 등에게 바치는 기념시 등 '민족주의자'로서 쓴 시가 수록된 마지막 작품집이다. 사로지니 나이두는 한 연설에서 "시인의 기능은 단순히 장미꽃밭에 있는 꿈의 상아탑에 고립되어있는 것이 아니며, 시인의 자리는 민중과 함께 있기 때문입니다. 도로의 먼지 속에, 전투의 어려움 속에 시인의 운명이 있습니다."[52]라며, 민중운동의 현장 속에서 시인의 위치를 강조하였다.

정인섭은 「인도의 여시인 사로지니 나이두」에서 "현실에 입각하여 그의 시로 하여금 인도의 가두에 나오게 하고 신음하는 환경의 희생자에게 위안과 용기와 광명을 던져준다"[53]라고 소개하였다. 정인섭은 1930년 간디가 투옥된 뒤 간디를 대신해 투쟁을 지휘하며 시를 낭송하는 나이두를 재조명하기도 했다.[54] 1943년 윤동주가 일본에 있을 때, 일본을 배경으로 인도 독립운동을 지휘하던 찬드라 보스에 대한 관심과 함께 인도의 여성 시인 사로지니 나이두가 주목을 받았다.

윤동주는 도시샤대학에서 당대 세계사의 변화를 예의 주시하고 새로운 문예사조에 대한 폭넓은 관심과 공부를 진행하였다. 1943년 새해를 윤동주와 함께 맞이한 윤영춘은, 어떤 상황에서도 시 쓰기를 최선에 두고 전력을 다하는 윤동주의 모습과 전시체제에 돌입한 일본의 비상非常한 현실을 대비하고 있다.

> 다음날인 새해 첫날, 우리들은 비파호로 산책을 떠났다. …(중략)… 풍경이 하도 좋아 내가 연방 감탄사를 섞어 가며 떠들어도 동주는 이에 대한 반응이 더디었다. 시 한 편이 되어 나오기에 전 심령心靈을 집중시켜 부심하고 있다는 것을 그 당장에서 나는 알았다.
> 그 당시 전국戰局을 말한다면, 태평양전쟁으로 도처에서 전선으로 나가는 출정군인과 부상을 입고 후방으로 이송되어 오는 병정과 전몰군인의 유골이 상자 속에 안치되어 제 고향으로 돌아가는 광경은 어디서든지 볼 수 있었다.[55]

교토에서 윤동주는 한편으로 아름다운 풍경과 산책, 청춘의 꿈과 치열한 독서에 몰두하고 다른 한편으로 전쟁의 확산과 동원, 제국의 팽창적 욕망과 침략, 그리고 죽음과 비참, 민족적 차별과 압박, 존망 위기에 놓인 조선의 상황, 타자로서의 소외감과 고향을 향한 그리움 등을 시의 주제로 삼아 집중했다. 당시 그의 시는 소재와 주제에서 복합적이고 다층적이며 사상 미학적으로는 깊고 성숙되어 있었을 것이다. 자신이 그토록 원했던 문학 공부를 하면서 윤동주가 쓴 시는 그 미적 특성과 완성도가 매우 높았을 것으로 짐작된다. 그러나 안타깝게도 교토 시절에 윤동주가 쓴 시는, 지금 전해지는 것이 없다.

1943년 7월 윤영춘은, 윤동주와 송몽규가 교토경찰서에 검거되었다는 소식을 듣고 부랴부랴 급행차로 도쿄에서 교토로 내려갔다. 그가 시모가모下鴨 경찰서에서 본 광경은 시사하는 바가 크다.

> 취조실에 들어가 본 즉 형사는 자기 책상 앞에 동주를 앉히우고 동주가 쓴 조선말 시와 산문을 일어로 번역시키는 것이다. 이보다 훨씬 몇 달 전에 내게 보여준 시 가운데서 가장 좋은 것이라고 생각되어진 시들은 거의 번역한 모양이다. 이 시를 고르케라는 형사가 취조하여 일건 서류와 함께 후쿠오카福岡 형무소로 넘긴 것이다. 동주가 번역하고 있던 원고 뭉치는 상당히 부피가 큰 편이었다. 아마도 몇 달 전에 내게 보여주었던 원고 외에도 더 많은 것이 든 것으로 생각된다.[56]

윤동주는 일본에서 조선어로 상당한 양의 시를 써서 갖고 있었다. 윤영춘이 1943년 초에 윤동주와 며칠을 보내면서 그가 쓴 많은 원고를 직접 보았다. 그리고 투옥 이후에 "상당히 부피가 큰", "조선말 시와 산문" 원고 뭉치가 있었고, 취조실에서 일본 형사가 그것을 윤동주에게 "일어로 번역시키"고 있었다고 한다. 동생 윤일주도 일찍이 윤영춘에게 비슷한 말을 들었다.

압천서鴨川署에 미결未決로 있는 동안 당시 동경에 계시던 당숙 영춘永春 선생이 면회했을 때 '고오로기'란 형사의 담당으로 일기와 원고를 번역하고 있었으며, 매일 산책이 허락된다고 하더랍니다.[57]

일본의 특고경찰은 '국어=일본어 상용' 체제에서 조선말로 시와 산문을 쓰는 행위 자체가 내선일체를 거역하는 불온한 증거라고 인식하고 있었다. 그랬기에 윤동주가 조선어로 쓴 시와 산문을 일본어로 번역하도록 지시했을 것이다.

윤동주에게 조선어로 시와 산문을 쓰는 것은 특별한 의미가 있었다. 1939년 〈제3차 조선교육령〉에 따라 조선의 모든 학교에서 조선어가 폐지되고 '국어=일본어 전용'이 실행되었을 때에도, 일본의 대학에서 일본어로 수업을 듣고 시험을 볼 때도 윤동주는 끈질기게 조선어 글쓰기를 수행하고 있었다. '시인-되기'를 열망했던 자신의 삶과 존재의 정체성을 증명할 수 있는 유일한 방법이 '조선어로 시 쓰기'였기 때문이다.

제
8
장

'시'라는 망명정부

시인詩人이란 슬픈 천명天命인 줄 알면서도

한 줄 시詩를 적어볼까,

-「쉽게 씌어진 시詩」

교토의 유학생운동

교토에는 일찍부터 조선인들이 이주하여 살아왔다. "교토의 한국인은 1927년 1만 1천 명, 1933년 3만 2천 명, 1937년 5만 명, 1941년 8만 명으로 가파르게 증가했다."[1] 교토 동남부의 히가시쿠조東九條가 조선인 거주지로 지금까지 대표적인 곳이지만, 윤동주가 등하교하는 부근인 교토의 북동쪽에도 조선인들이 집단적으로 살았다.

> 교토의 한국인은 일본인 속에 섞여 살지 못하고 집단부락을 이루었다. 교토 동남부의 히가시쿠조[東九條]가 대표적인 곳이다. …(중략)… 식민지 백성으로서 차별을 받을 때는 천민 거주지 같은 취급을 받았다. 인프라도 없었다. 오죽하면 일본인들이 '돈구조'(豚九條-한국인 노동자가 모여 살던 지역인 히가시쿠조와 한자 음독의 발음이 같다), '돼지우리'라고 멸시했겠는가. 1941년 한국인 교회의 장로와 신도가 치안유지법 위반으로 검거되었다. 한국어로 찬송가를 부르고 설교했다는 혐의였다.[2]

정지용이 교토에서 유학할 당시에 쓴 산문 「압천 상류」에는 조선인 노동자들의 마을이 그려져 있다. 1920년대 당시 히에이잔比叡山 케이블카 공사와 하천공사에 조선인 노동자들이 많이 쓰였다. "평坪뜨기 흙 져 나르기 목도질 같은 일은 모두 조선 토공土工들이 맡아 하였지만 삯전이 매우 헐하였다는 것이다. 수백 명씩 모여 설레는 일판에 합비 따위 노동복들은 입었지만 동여맨 수건 틈으로 날른대는 상투를 그대로 달고 온 사람들도 많았다."[3] 최근에도 윤동주가 등하교하며 걸었던 길을 따라 걷다 보면, 조선 이름으로 문패를 걸어 둔 집들을 간혹 보게 된다.

교토에는 조선인 유학생도 많았다. 교토의 조선인 유학생 수(중학생 이상)는 1926년 6월 214명(일본 전체, 2204), 1940년엔 1,700명, 1942년에는 2,096명으로 정점에 이르렀다. 일본 전체 유학생의 10%에 해당했다. 1942년 말 교토의 조선인 학생은 관·공립대학 69명, 사립대학 112명, 고등학교 179명, 중등학교 1,597명으로 합계 2,096명(여 139명)이었다.[4] 교토의 조선인 유학생은 1915년 경도京都조선유학생친목회를 조직했는데, 1920년대에 조선인 유학생학우회로 이름과 성격을 바꾸고 『학조學潮』라는 기관지를 발행했다. 교토의 리쓰메이칸立命館 대학 조선인 유학생회 '입명관立命館 우리친목회'에서는 기관지 『건설』을 발행했다. 조선인 유학생학우회는 체육과 단합대회를 통해 친목을 도모하는 한편으로, 이렇게 모인 유학생들은 민족운동과 사회운동, 공산주의운동에 활발하게 참여하였다. 1920년대 중반 교토제국대학에서 교육철학을 전공하던 최현배 등은 조선 각지를 순회하며 강연하기도 했다. 1927년 신간회 교토지회가 열렸을 때 도시샤대학 및 교토제국대학 유학생 십수 명과 노동자가 참가했다. 유학생들은 조선인 보육원과 야학을 지원했으며, 조선인 노동자들이 임금 인상과 차별 대우 철폐를 요구하는 파업을 일으킬 때 연대하기도 했다.

1936년부터 일본 경찰은 유학생이 한국어로 집회하는 것을 금지했고, 때로는 유학생, 소비조합, 신문기자단 등이 강연회, 음악회 등을 개최하는 것도 금지했다. 1939년에는 조선인 유학생학우회에 대해 '유학생'을 삭제하라고 압력을 가해, 결국 조선인학우회로 개칭하도록 만들었다.[5]

윤동주와 송몽규는 1942년 2~3월경에 교토제국대학 입학시험을 치르기 위해 교토에 와 있었다. "교토대학 문학부 사무실이 2월 15일 자로 작성한 지원자 명부에 송몽규의 이름이 포함되어 있다는 사실은 적어도 그

날에는 송몽규가 교토에 도착해 있었음을 보여주는 것이라 할 수 있다."[6] 1942학년도 교토제국대학 입학시험은 3월 2~3일, 양일간 실시되었다. 그 당시 교토의 조선인 사회는 '동아연맹운동 관계 조선독립운동' 사건으로 긴장되고 어수선한 상황이었다.

1942년 3월, 교토경찰부 특별고등경찰은 이 사건과 관련된 조은제, 조영주, 양인현을 비롯하여 핵심인물 전원을 체포하였다. 이 사건은 〈동아연맹을 이용한 재경도在京都 조선인 민족주의 그룹 사건〉이라는 이름으로 교토 검사국에 송치되었다. 조은제(趙恩濟, 경남 합천, 1913년생)는 1933년 교토 유학에 올라 고학으로 교토중학을 거쳐 1939년 교토의 리쓰메이칸立命館대학 경제학부 법과에 진학하고, 1940년에 리쓰메이칸대 조선인학우회 회장이 되었다. 이후 2년 동안 도시샤대학의 양인현梁麟鉉, 리쓰메이칸대학의 조영주(曺寧柱, 1919~1996)와 함께 교토 유학생을 대상으로 동아연맹을 이용한 독립운동을 모색하다 1942년 3월 검거되었던 것이다.[7] 양인현은 1915년생으로 본적은 함경북도 길주군 웅평면 용천동 1498번지이다. 1934년 도일하여 도시샤대학 법학부 법률과를 졸업했다.

이 사건의 판결문을 인용하면, 이들은 "도시샤 전문학교 학생 정완섭 외 5명과 여러 차례 회합"하고 "교토제국대학, 제3고등학교, 도시샤 재학생 등에 대하여 권유하여 회원을 획득"하고 "전全교토 조선학생학우회 회원 등에 대해 민족의식을 앙양"하고, "약 10회에 걸쳐 독서회를 개최하고 매회 약 10명 정도의 조선 학생 등"이 출석하고, "교토시 재주在住 조선 학생 김덕준 외 20여 명 등에 대해 동아연맹이론의 선전 계몽을 행하는 한편 우리 조선 통치의 방침을 공격 비방하여 조선 독립의 실행에 관해 선동"하였다고 기록되어 있다. 이들은 1942년 11월 기소되어 1년 6개월 형을 선고받고 복역했다. 이 사건이 기소되고 재판이 이루어질 때, 윤동주는 교토에서 도시샤대학에 다니고 있었다. 교토 지방재판소는 윤동주가 다니는 도시샤대학 바로 남쪽 어소御所, 그 아래에 있었다.

〈동아연맹을 이용한 재경도 조선인 민족주의 그룹 사건〉에서 양인현의 판결문 「양원강일梁原剛一에 대한 치안유지법 위반 피고사건 판결(동아연맹운동관계 조선독립운동)」을 보면, "본 건은 피고인이 동아연맹이론의 보급 선전을 빙자하여 조선 민족 독립운동을 전개하였기에 징역 1년 6월에 처한다."라고 판결했다. 그 이유로 제시한 내용은 아래와 같다.

> (양인현은-인용자) 도시샤전문학교 법률경제부를 마치고 도시샤대학 법학부 법률과를 졸업한 바, 동 대학 재학 때부터 향리 가까이에서 친동생이 경영하는 잡화점 매입 등의 일을 돕기에 이르게 되는 사이에 열렬한 민족의식에 불타 우리 조선 통치 방침은 조선 고유의 문화 풍속 언어의 창달을 억압하여 민족의 멸망을 기도하고 게다가 조선인에 대한 각 방면의 차별 압박 특히 내지內地 재주在住 반도인의 비참한 생활상황은 현 총독의 악정의 결과라고 보아, 이 실정을 원망 한탄하고 조선 민족의 행복을 초래하기 위해서는 적절하게 조선 민족을 해방하여 제국 통치권의 지배에서 이탈하여 독립국가를 건설하는 것 외에는 없다고 판단하여 목적 달성에 진력할 것을 결의함.[8]

동아연맹운동은 이시하라 간지(石原莞爾, 1889~1949)가 주창한 일본·중국 연대의 이론이다. 두 민족 간의 차별과 전쟁을 반대하고 일본·만주·중국의 대동단결을 내세웠다. 교토의 학생운동을 선도하던 조영주는 독립운동의 한 방법으로 교토 조선인 유학생의 사회주의 운동을 이끌었는데, 전시체제 아래 탄압이 심해지고 독립의 전망이 보이지 않자 전향하여 이시하라 간지가 이끈 동아연맹운동에 가담했다. 철저한 민족협화를 실현해야 한다는 동아연맹론에 공감했기 때문이다. 조영주는 교토에서 조선인 유학생을 대상으로 단체를 조직해 동아연맹운동을 전개했다.

동아연맹운동은 어디까지나 일본 천황을 최고 권위로 떠받들어 일본

·조선·만주·중국의 일체화·평등화를 실현하는 이념이었다.[9] 그런데 조선인 유학생 중에는 동아연맹운동의 민족협화 이념이 민족차별을 없애고 민족해방을 획득하는 독립운동이라고 인식하고, 이를 활용하려는 목적으로 연구회 형식의 비밀집회를 이어간 그룹이 있었다. 이 그룹에 교토의 리쓰메이칸대학과 도시샤대학 등의 조선인 유학생들이 참여했던 것이다.

당시 조선에서도 대동아공영론이나 범아시아적 연대를 추구하는 사상과 문예 작품들이 빈번하게 등장했다. 즉, 일제의 국책에 순응하여 제국확장론을 재현하는 것뿐만 아니라, 새로운 세계질서와 이상을 실현하는 유토피아적 공동체의 대안으로 동아연맹론이나 범아시아적 연대론이 유통되었다. 여기에서 공동체 건설이란 구舊 왕조의 복권이 아니라 완전히 새로운 제3의 이상적인 공동체의 건설을 의미했다.[10]

교토에서는 〈동아연맹을 이용한 재경도 조선인 민족주의 그룹 사건〉과 비슷한 시기에 〈김산영규金山永奎에 대한 조선독립운동 관계 치안유지법 위반 및 불경 피고 사건〉[11]도 있었다. 이 사건은 1943년 4월 15일 교토지방재판소에서 예심 종결되었다. 김영규金永奎는 1924년 경남 산청 출생으로 1939년 4월 교토중학교에 입학했는데, 1942년 3월 이 사건에 연루되어 퇴학당한 것 같다. 김영규의 조서에는 치안유지법 위반 결정의 이유를 아래와 같이 기록하고 있다.

> 위 중학교 내외에서 내지인의 모멸적 언동을 상세하게 체험함과 동시에 조선 교육제도의 결함 혹은 내지 도항제도 등을 검토하고 우리 조선 통치의 방침을 원망하고 탄식한 결과, 조선 민족의 자유, 행복을 가져오기 위해서는 조선으로 하여금 제국 통치권의 지배로부터 이탈시켜 독립국가를 건설할 수밖에 없음을 깨닫고, 이를 실현하기 위해 스스로 그 지도자로서의 실력양성에 힘쓰는 한편 널리 조선 민족의 민족의식

을 앙양하여 독립 기운을 양성하지 않으면 안 된다고 사유하게 되었으며, 특히 대동아전쟁이 발발하자 이 기회에 조선 민족이 일어나 일본 정부에 대한 광범한 불복종운동을 전개하고 이윽고 이것이 폭동화하는 것은 필연적인 것이라 보고, 그렇게 된 날에는 미국 그리고 그 외 적국의 원조를 받아 일거에 사태를 결정하고 필시 소기의 목적을 달성할 수 있다고 망단하여 그 의도를 내린 바,[12]

일본 사법부는 이상의 이유로 이 사건을 교토지방재판소 공판에 붙인다고 명시하고 있다. 두 사건은 교토의 조선인 중학생에서부터 대학생들이 당시의 정치적 상황을 예민하게 관찰하며 움직이고 있었다는 것을 보여 준다. 조선인으로서 그들이 겪은 차별과 모멸, 식민제국의 조선 통치, 태평양전쟁으로 인한 동원체제, 미국을 비롯한 연합국의 동향 등 세계정세와 민족의 현실에 대한 탐색이 유학생 사회의 중요한 이슈가 되어 있었다.

윤동주의 동생 윤일주도 당시 교토에 반전·반체제 운동의 불온한 기운이 강렬했다는 소식을 들었다고 기억하였다.

학병제가 실시되기 바로 전인 그 무렵 교토에서는 일본 학생 사이에도 반전·반체제 운동이 강렬하였다고 한다. 반정부운동인 '동아연맹' 사건도 그 무렵 교토에서 있었던 일이라고 한다.[13]

태평양전쟁의 발발로 1941년부터 교토의 공안 당국은 조선인들에 대한 감시와 압력을 강화하고 있었다. 〈동아연맹을 이용한 재경도 조선인 민족주의그룹 사건〉이나 〈김산영규에 대한 조선독립운동 관계 치안유지법 위반 및 불경피고 사건〉은 이러한 감시의 결과였다. 1943년 1월 일본 내무성 경보국에서는 산하 특고경찰의 활동지침인 〈치안대책요강〉을 내려보냈다.

내선관계 요시찰인에 대한 시찰내정을 강화하는 것은 물론 특히 학생 지식계급의 동향에 유의하고, 시찰 외 용의인물의 발견에 노력할 것. 특히 이들 분자의 모략 활동에 주의할 것[14]

실제로 이 시기에 많은 조선인 유학생들이 교토경찰부 특별고등경찰에 의해 미행과 사찰을 당하고 있었다. 사찰 대상에는 교토제국대학생 송몽규와 도시샤대학생 윤동주도 포함되어 있었다. 그리고 1942년 당시 특고경찰이 조선인 유학생의 동향을 집중 파악하고 의도적으로 독립운동 사건을 생성한 경향도 있었다. 〈김산영규金山永奎에 대한 조선독립운동 관계 치안유지법 위반 및 불경 피고 사건〉이 교토지방재판소에서 예심 종결된 날짜가 1943년 4월 15일이고, 〈동아연맹을 이용한 재경도 조선인 민족주의그룹 사건〉의 하나인 〈양원강일梁原剛一에 대한 치안유지법 위반 피고사건 판결〉이 1943년 4월 21일에 있었다. 이런 사건들의 연장선상에 윤동주와 송몽규가 연루된 〈재경도 조선인 학생 민족주의 그룹 사건〉이 놓여 있었다.

1942~43년에 연이어 발생했던 조선인 유학생 민족운동 사건들의 배후에는 '징병제도'가 있었다. 1942년 5월 일본 각의閣議에서 '조선에도 징병제를 실시한다'라고 결의했다. 그리고 1943년 3월 1일에는 징병 대상에서 제외되었던 조선인들도 징병 대상에 포함하는 징병제 법령이 공포되었고, 8월 1일부터 시행하기로 정해졌다. 이러한 징병제도 실시를 위한 사전 정지작업으로써 일본 내의 조선인 유학생 민족운동 사건들이 만들어진 측면도 있었던 것이다. 윤동주, 송몽규, 김영규 등의 판결문에서 징병제도와 조선 지원병 제도에 대해 비판한 것을 명시하고, 이를 엄벌하겠다는 강한 의지를 드러내고 있기 때문이다.

김영규의 판결문을 보면, 1942년 2월경 교토 쿠마노신사 부근에서 학우 아오노 마사오青野正夫에게 조선지원병 제도를 언급한 내용에 대해 치안유지법 제5조에 해당한다고 결정하였다.

> 각각 조선지원병 제도에 관해 동 제도는 이름은 지원병이지만 실은 강제병強制兵이라 불러야 하며 조선 동포는 조선 민족의 번영을 위해서라면 용약 지원병의 의기를 가져도 일본을 위해 함께 움직일 의사를 가지고 있지 않으므로 일본은 강제적으로 조선인을 징집하고 있는 것처럼 비방한 후에, 이러한 실정에 비추어 각자 조선 민족의 행복을 목표로 일로매진하지 않으면 안 된다고 재차 서로 역설하고 조선 독립을 위해 분기할 것을 선동함.[15]

한편, 조선인 학생들을 징병에 동원하기 위한 일본 당국의 활동도 활발하게 이루어졌다. 1943년 6월 교토에서는 조선장학회 주최로 조선인 학생 특별지원병[16]에 대해 지원을 독려하는 간담회가 열렸다. 교토의 미야코 호텔에서 열린 이 간담회에는 미나미 지로南次郎 전 조선총독, 가와기시 후미사부로川岸文三郎 조선장학회 이사장, 이사 이광수와 최남선, 교토제국대학의 하네다羽田 총장과 각 대학의 책임자 등이 참석하였다.

> 1943년 6월 20일 조선장학회 총재 미나미 지로南次郎(전 조선총독), 가와기시 후미사부로川岸文三郎 이사장을 비롯하여 이사 이광수, 최남선, 김연수 등이 교토 미야코 호텔에서 교토제국대학의 하네다羽田 총장 및 각 대학의 책임자와 간담회를 가졌다. 김연수는 교토제국대학 출신이었다. 미나미 지로 총재와 가와기시 이사장은 한 사람도 빠짐없이 특별지원병에 지원하도록 요청하고 하네다 총장 등은 협력을 다짐했다. 조선총독부는 이에 지원하지 않는 자에 대해서는 휴학 조치를 하고 징용에 나서겠다고 겁을 주었다.

교토의 한국인 유학생은 학도 동원에 저항하는 움직임을 보였다. 가

미교구上京區 공원의 화장실에서는 〈끝까지 이루자, 조선의 독립국 번영의 나라〉라는 낙서가 발견됐고, 경찰은 불온 언동에 촉각을 곤두세웠다.[17]

조선인 학생 특별지원병 지원 독려간담회는 윤동주가 체포되기 직전 열렸고, 거기엔 이광수와 최남선도 참석했다. 이러한 당국의 움직임에 대응하여 징병제도와 조선인 지원병 제도에 저항하는 조선인 유학생들의 행동이 나타났고, 교토 시내에 '조선 독립'을 요구하는 낙서가 발견되기에 이르렀다. 조선인 학생들의 '불온' 행동에 초조해진 교토의 공안 당국은 그동안 미행하고 사찰해왔던 윤동주와 송몽규 등을 검거하기에 이른다.

1943년 가을에는 문과계 학생의 군대 징집 면제가 폐지되고 '학도 출진'이 이루어졌다. 징병 대상이 아니었던 조선인과 대만인 학생에게는 특별지원병 임시채용의 형태로 학도병 징집이 실시되었다.[18]

1943년 11월 11일 오후 6시 30분부터 조선장학회가 〈반도 동포 출진의 밤〉을 개최하여 특별지원병에 지원하라고 격려했다. 조선장학회에서는 이사장 가와기시 후미사부로川岸文三郞 중장, 이사 고야마 미쓰로香山光郞(이광수 창씨명), 학도 측에서는 교토제국대학, 도시샤대학, 리쓰메이칸대학 등에 재학 중인 한국인 유학생 100여 명이 출석하였다. 이날 교토제국대학생 15명이 즉석에서 특별 지원을 했다.[19]

징병제는 시국의 문제이자 유학생들이 직면했던 절박한 문제였다. 1942~43년 일본의 조선 유학생들은 조선장학회와 일본의 대학 등에 의해 징병제 특별지원을 강요당하는 상황에 시시각각으로 내몰리고 있었다.

투옥과
취조

송몽규는 1943년 7월 10일에 검거되었고, 윤동주와 고희욱은 나흘 뒤인 7월 14일에 검거되었다. 이들은 특별고등경찰에 체포되어 시모가모下鴨 경찰서에서 취조를 받았다. 윤동주는 1943년 여름방학을 맞아 귀향하는 차표를 예매하고 짐까지 수하물로 부쳐놓은 상태에서 체포되었다. 윤동주, 송몽규, 고희욱은 약 5개월에 걸쳐 시모가모 경찰서에서 조사를 받은 다음, 1943년 12월 6일 시모가모 경찰서에서 교토 지방재판소 검사국으로 송치되었다. 그리고 교토 지방재판소 검사국에서 검사에게 취조를 받은 뒤, 1944년 2월 22일 윤동주와 송몽규는 치안유지법 제5조 위반으로 기소처분을 받았다. 고희욱은 1944년 1월 19일 기소유예로 석방되었다. 이들이 취조받은 내용은 일본 내무성 경보국警保局 보안과에서 발행하는 『특고월보特高月報』 1943년 12월분에 「재경도在京都 조선인 학생 민족주의 그룹 사건 책동 개요」라는 제목으로 실려 있다. 『특고월보』는 사상과 공안 경찰인 특별고등경찰이 연구 목적으로 내부용으로 만드는 극비문서이다.

고희욱은 교토 제3고등학교 학생으로 송몽규와 같은 하숙집에 살면서 조선 독립운동을 논하다가 이 사건에 연루되어 함께 체포되었다. 그의 회고에 따르면, 송몽규는 일찍부터 일본 경찰의 요시찰 인물이었다고 한다.

> 그 사건은 송몽규 씨가 일경의 '요시찰인'이었기 때문에 일어났던 거였어요. 그 사람을 일경이 철저하게 감시하고 있는 걸 모르고 같이 '우리

민족의 장래'니 '독립운동'이니 하는 이야기를 나눴거든요. 나중에 보니 일경이 그걸 모조리 엿듣고 미행하고 해서 사건을 만들었더군요.[20]

윤동주와 송몽규는, 조선인 유학생의 특별지원병 지원 결의 및 독려 캠페인에 대한 저항을 사전에 방지하기 위한 정지작업의 일환으로 사건화하고 체포되었을 가능성이 높다. 윤동주와 송몽규는 이러한 시국과 현안에 대해 비판하고 저항했고, 경찰과 공안 당국은 이들의 움직임에 주목했던 것이다.

교토 지방재판소의 〈윤동주에 내려진 판결문〉에 의하면, 윤동주는 1943년 4월 하순경 백인준이 교토에 방문했을 때 송몽규와 더불어 셋이 야세八瀨 유원지에 소풍 가서 징병제도를 비판한 것으로 나온다.

> 조선에 있어서의 징병제도를 비판하고, 조선인은 종래로 무기를 알지 못했지만 징병제의 실시에 의하여 새로이 무기를 쥐고 군사지식을 체득함으로써, 장래 대동아전쟁에서 일본 패전에 봉착할 즈음, 반드시 우수한 지도자를 얻어 민족적 무력봉기를 결행하여 독립을 실현해야 한다.
>
> -〈윤동주에 대한 판결문〉[21]

이 판결문에서 흥미로운 것은, 윤동주와 송몽규가 징병제도를 강력하게 비판하는 한편으로, 어차피 군대에 동원되어야만 한다면 군사지식을 배우고 무장하여 일본의 패전을 틈타 무력봉기를 결행함으로써 독립을 쟁취하는 방안을 논의했다는 점이다.

윤동주와 송몽규를 취조한 내용을 정리한 조서 「재경도 조선인 학생 민족주의 그룹 사건 책동 개요」에는 '대동아공영권' 문제도 나온다. 윤일주가 번역한 「윤동주에 대한 일경 극비 취조문서」(『문학사상』, 1977.12)에서 관련 내용을 보자.

(다) 조선도 '대동아공영권' 속의 약소민족으로서 해방되어야 한다. 그러나 이를 위해서는 조선 민족의 민족적 결점이 시정되지 않으면 안 된다.

(라) '대동아공영권'의 일원으로서 조선이 독립해야 하는 것은 일본의 역사적 필연성이다. 그러나 그렇게 되려면 조선 민족이 문화적인 자각을 가지고 적극적으로 독립을 요망하지 않으면 안 된다. 조선 독립의 선결 문제는 민족적 문화 수준의 향상에 있고 그 책임은 우리들에게 있다.[22]

대동아공영권의 결성이란 일본·중국·만주를 중축中軸으로 하여 프랑스령 인도차이나·타이·말레이시아·보르네오·네덜란드령 동인도·미얀마·오스트레일리아·뉴질랜드·인도를 포함하는 광대한 지역의 정치적·경제적인 공존과 공영을 도모하는 블록화였다. 대동아공영론은 아시아 국가들을 서양 세력의 식민지로부터 해방한다는 목적을 내세웠다. 그래서 일본은 태평양전쟁을 '대동아전쟁', 곧 서양 식민지로부터 아시아의 해방을 목적으로 하는 전쟁이라고 불렀지만, 실제로 일본은 피점령국의 주요 자원과 노동력을 수탈하고 점령지의 독립운동을 철저하게 탄압했다.

윤동주와 송몽규는 경찰 조사 과정에서 이 점을 논란하며 비판하고 있다. 대동아공영권이란 식민제국으로부터 해방과 아시아의 공존·공영을 원리로 하는 것이기 때문에 조선은 약소민족으로서 해방되어야 마땅하다고 주장한 것이다. 윤동주는 대동아공영권과 대동아전쟁의 논리적 모순과 허위를 파고 들어가면서 논쟁하고, 조선 독립의 정당성을 강조했다. 물론 이들이 일본 제국에 의해 선동되는 대동아공영권이나 대동아전쟁에 동조한 것은 아니었다. 윤동주와 송몽규는 조선의 독립이 이러한 이념이나 정책, 세계정세에 의해 주어지는 것이 아니라는 점을 명확히 알고 있었다. "조선 독립의 선결 문제는 민족적 문화 수준의 향상에 있고 그 책임은 우리들에게 있다."라고 말한 것처럼, 조선의 독립은 조선 민족이 문화적 자각을 하고 독립에 대한 요구와 열망이 절실하지 않으면 안 된다는 점을 강조하였다. 조선의 독립은 조선 민족이 스스로를 성찰하고 민족의 문화적 역량을 향상하고 투신해야 가능하다는 것이다. 그렇게 되도록 하는 것이 바로 '우리들의 책임'이라고 조선 독립에 대한 의지와 책임을 천명하였다.

윤동주와 송몽규의 공판이 언제 몇 번 열렸는지는 분명하지 않다. 1년 이상의 징역인 경우 변호사 없이 개정할 수 없고, 치안유지법의 경우 변호사를 마음대로 선임할 수 없는 조항이 있어서 두 사람의 공판에 변호사가 출정했을 텐데, 변호사의 이름이 명기되어 있지 않다. 아마 관선 변호인이 형식적으로 출정했던 것 같다. 공판에서 심리한 후, 검사는 두 사람에게 징역 3년을 구형했다. 판결은 윤동주가 1944년 3월 31일에, 송몽규는 1944년 4월 13일에, 각각 치안유지법 제5조에 의해 징역 2년이 내려졌다. 이들은 상소권을 포기하였고 징역 2년형이 확정되었다.

윤동주와 송몽규에게 적용된 치안유지법 제5조란 무엇인가? 이 문제에 대해 일본의 관련 연구자가 정리한 내용을 보자.

> 국체의 변혁을 목적으로 한 결사 및 그에 대한 지원이나 준비를 위한 협의, 선동, 선전 그리고 그 외의 방법으로 독립을 위한 행위를 한 자를 처벌한다고 하는 지극히 애매하여 얼마든지 확대 해석할 수 있는 조문이다. 윤동주에 대한 판결문에서는 구체적인 행위를 기록한 부분 앞에 윤동주의 경력이나 사상을 서술하고 있는데 그중에 '조선으로 하여금 제국 통치권의 지배에서 이탈하게 하고'라고 쓰여 있다. 이것은 치안유지법을 적용하기 위한 논리에 맞추어 기술한 것이다. 조선의 독립인즉 '제국의 통치권'의 배척이고, 그것인즉 천황 통치권의 부정이고, 그것인즉 '국체의 변혁'이라는 것이다. 윤동주의 언동이 이러한 목적을 가진 것이라고 해석하여 치안유지법을 적용하기 위한 포석으로 이 문언

文言이 적혀 있는 것이다. 그러나 윤동주의 행위는 결사를 조직하거나 그것을 지원 또는 준비하거나 한 것은 아니었기에 치안유지법 제1조, 제2조, 제3조를 적용할 수는 없었다. 조선의 독립이라는 목적을 위한 '실행에 관한 협의 혹은 선동을 했다', '선전을 한 외에 그 목적을 수행하기 위한 행위를 했다'고 해석함에 따라 제5조를 적용한다는 것이 판결의 골자이다.[23]

윤동주는 일본 경찰에 체포되어 조사를 받는 자리에서 당당하게 자기의 뜻을 밝혔다. 판결문에 기록된 대로 조선이 독립되어야 할 이유, 일본의 차별과 억압, 잘못된 통치 등을 항변하고 자신이 시를 쓰는 이유 등을 밝혔다. 자기 뜻을 굽히지 않고 당당하게 조사에 임하며 대응하는 윤동주의 모습에 담당 형사는 당황했다. 이것은, 윤동주의 외사촌 김정우가 교토 시모가모下鴨 경찰서에 면회를 갔을 때 담당 형사가 윤동주의 조사 받는 태도에 대해 힐난했다는 기록으로 남아있다.

그(김정우-인용자)가 면회할 때 담당 형사가 "괜한 영웅주의 때문에 저런다."고 비평하면서, "저것이 다 증거 서류다."라고 하면서 한 자 이상 쌓인 서류들을 가리켜 보이더란 것이다. 그 속에 아마도 윤영춘이 보았던 것, 즉 윤동주의 글을 압수하여 일어로 번역시켜놓은 것들도 들어 있었을 것이다.[24]

일본인 담당 형사가 윤동주에 대해 "영웅주의 때문에 저런다."라고 말한 것은, 변명하거나 반성하거나 고분고분하지 않고 자신의 뜻을 당당하게 펼치는 모습을 표현한 것이다. 그리고 "저것이 다 증거 서류다."라고 하며 가리켰던 "한 자 이상 쌓인 서류들"은, 그동안 윤동주가 썼던 시와 산문, 일기 등이었을 것이다.

1944년 4월 1일과 4월 17일에 각각 형이 확정된 윤동주와 송몽규는 후쿠오카福岡 형무소로 이송되었다. 선고대로라면 윤동주는 1945년 11월 30일까지, 송몽규는 1946년 4월 12일까지 징역을 살아야 했다. 후쿠오카 형무소에서는 매달 한 장씩 일본어로만 허락되던 엽서로 외부와 소식을 주고받았다. 동생 윤일주는, 매달 초순이면 어김없이 윤동주가 깨알같이 써서 보내는 엽서에 가끔 먹으로 지워 버린 곳이 있었다고 기억하였다.

> 『영일英日 대조 신약성서』를 보내라고 하여 보낸 드린 일과 '붓끝을 따라온 귀뚜라미 소리에도 벌써 가을을 느낍니다'라고 쓴 나의 글월에 '너의 귀뚜라미는 홀로 있는 내 감방에서도 울어준다. 고마운 일이다'라고 답장을 준 일이 기억된다. …(중략)…
>
> 1943년 가을 교토에서 당숙께서 면회하신 이후, 1945년 2월 16일까지 우리는 면회 한 번 할 수 없었으니 먼먼 감방에서 얼마나 외로우셨을까 생각하니 가슴이 메인다. 어머니께서 정성 들여 장만하시어 가끔 우편으로 보내드린 미숫가루며 엿이며를 받아 잡수시기나 하셨는지……[25]

윤동주는 1945년 2월 16일 오전 3시 36분, 만 27년 1개월 남짓의 생을 후쿠오카 감옥에서 마감했다. 송몽규도 얼마 지나지 않아 1945년 3월 7일 감옥에서 절명했다. 훗날 문익환은 일본 감옥에서 고독과 절망과 고통 속에서 세상을 떠난 윤동주를 애통해하여 그리워하는 노래를 불렀다.

> 후꾸오까 형무소
> 너를 통째로 집어삼킨 어둠
> 네 살 속에 흐느끼며 빠져나간 꿈들
> 온몸 짓뭉개지던 노래들
>
> - 문익환, 「동주야」[26] 부분

조선어와
시

1942년 2월부터 1945년 2월까지 일본 유학과 체포, 투옥, 죽음에 이르는 3년여 동안 윤동주의 삶에서 가장 힘쓰고 보람되고 긴요했던 일은 '조선어로 시 쓰기'였다. 1942년 3~4월경 윤영춘이 도쿄에서 윤동주와 송몽규를 만났을 때 "시와 조선이라는 이름은 거의 말버릇처럼 동주의 입에서 자주 튀어나왔다."[27]라고 기억하였다. 윤동주에게는 '시와 조선'을 결합한 것이 바로 '조선어로 시 쓰기'였다. 그는 조선에서도 일본에서도 의식적으로 조선어로 글쓰기를 실행하고 있었다. 이미 조선어로 말하는 것도 글을 쓰는 것도 금지된 상황이었지만, 일본에서 특고경찰에 검거될 때까지 조선어로 시 쓰기에 전심전력을 기울이고 있었다. 그에게 조선어로 말하기와 글쓰기를 금지하는 것은 조선 그 자체의 궤멸이자, 자신을 지켜 오던 시인으로서 평생의 보람과 기쁨이 허무하게 무산되는 사태였기 때문이다. 1940년 들어 조선에서는 『문장』과 『인문평론』, 『동아일보』와 『조선일보』 등이 폐간되고, 대부분의 매체들은 일본어를 사용하여 제국주의의 전쟁 이데올로기를 선전하는 도구로 변질되었다. 이에 따라 조선어에 기반한 문학장이 해체되고 파산되었으며, 조선의 많은 시인과 작가들이 길을 잃어버렸다. 이런 현실에서도 윤동주는 끈질기게 조선어로 시를 쓰면서 '시인-되기'를 추구했다.

윤동주에게 '조선어로 시 쓰기'가 언제부터 중요한 의미를 형성하게 되었는지 자세히 살펴보자. 1939년 연희전문학교 2학년 학생이었을 때,

〈제3차 조선교육령〉에 따라 학교 교육에서 조선어가 폐지되고 '국어=일본어 전용'이 실행되었다. 윤동주도 〈제3차 조선교육령〉을 체험했기 때문에 '조선어의 운명'을 누구보다 예민하게 실감했을 것이다.

윤동주가 연희전문학교에서 가장 인상적이고 만족스럽게 생각했던 것은 조선어로 조선문학 강의를 들을 수 있다는 사실이었다. 장덕순의 회고에 따르면, 윤동주는 1938년 연희전문학교 첫 학기를 마치고 여름방학 때 귀향하여, 당시 광명중학교를 다니고 있던 후배 장덕순에게 해란강을 거닐며 연희전문학교 문과를 추천하였다. 그 이유 중의 하나가 "일본말을 쓰지 않고, 우리말로 하는 조선문학" 강의가 있다는 것이었다.

> 당시 만주 땅에서는 볼 수 없는 무궁화가 캠퍼스에 만발했고, 도처에 우리 국기의 상징인 태극 마크가 새겨져 있고, 일본말을 쓰지 않고, 강의도 우리말로 하는 '조선 문학'도 있다는 등등…… 나의 구미를 돋구는 유혹적인 내용의 이야기를 차분히, 그러나 힘주어서 들려주었다.[28]

북간도 출신의 윤동주에게 연희전문학교에서 "일본말을 쓰지 않고 우리말로 하는 조선 문학" 강의를 듣는다는 것은, 한반도 안에서 살아온 사람들이 느끼는 것과는 다른 감각으로 체감하는 설렘이자 환희였을 것이다. 이역異域의 조선인이라는 자의식, 고국故國으로 유학을 왔다는 설렘, 그리고 우리말인 조선어로 말하고 공부하는 것에 대한 감격이 온전하게 드러난다.

연희전문학교 동급생 유영은 "외솔 선생의 〈우리말본〉 강의를 들었을 때 …(중략)… 동주 들은 얼마나 그 강의를 열심히 들었는지, 항상 앞자리에 앉던 동주의 모습이 지금도 눈에 선하게 떠오른다."[29]라고 기억했다. 윤동주의 연희전문학교 성적표에도 조선어 점수가 월등히 높았다.

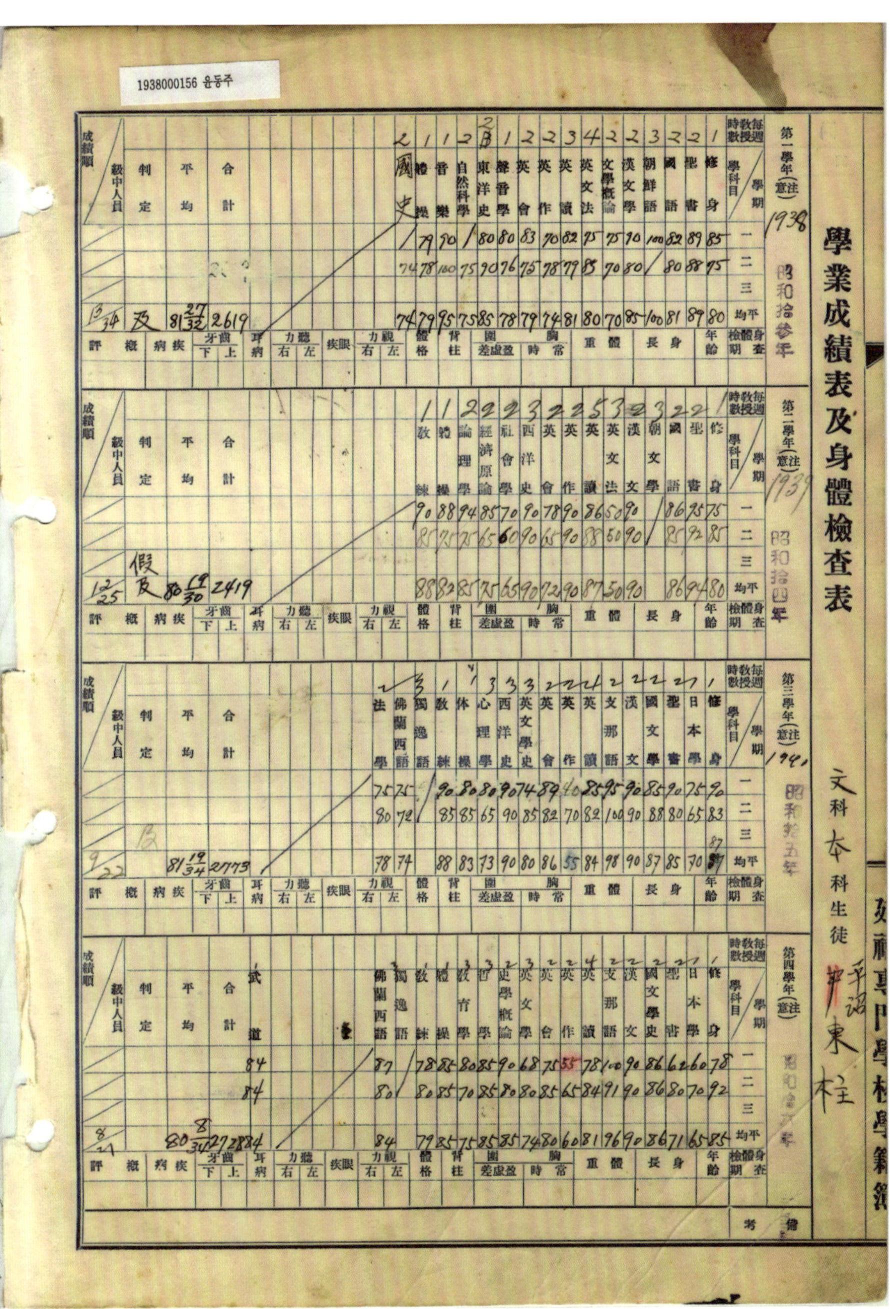

1938000156 윤동주

學業成績表及身體檢查表

文科 本科生徒 尹東柱 (平沼東柱)

延禧專門學校學籍簿

第一學年 1938 (昭和拾參年)

學科目	每週授業時數	一	二	三	平均
修身	1	85	75		80
聖書	2	89	88		89
國語	2	82	80		81
朝鮮語	3	100	/		100
漢文學	2	90	80		85
文學概論	2	75	70		70
英文法	4	75	85		80
英讀	3	82	79		81
英作	2	70	78		74
英會	2	83	75		79
發音學	1	80	76		78
東洋史	2	80	90		85
自然科學	2	/	75		75
音樂	1	90	100		95
體操	1	79	78		79
國史	2	/	74		74

合計 2619 平均 81 27/32 判定 及 級中人員 13/34

第二學年 1939 (昭和拾四年)

學科目	每週授業時數	一	二	三	平均
修身	1	75	85		80
聖書	2	95	92		94
國語	2	86	85		86
朝鮮文學	3	/	/		
漢文	2	90	90		90
英文法	3	50	50		50
英讀	5	86	88		87
英作	2	90	90		90
英會	2	78	65		72
西洋史	3	90	90		90
社會學	2	70	60		65
經濟原論	2	85	65		75
論理學	2	94	75		85
體操	1	88	75		82
敎練	1	90	85		88

合計 2419 平均 80 19/30 判定 假及 級中人員 12/25

第三學年 1940 (昭和拾五年)

學科目	每週授業時數	一	二	三	平均
修身	1	90	83	87	87
日本學	1	75	65		70
聖書	2	90	80		85
國文學	2	85	88		87
漢文	2	90	90		90
支那語	2	95	100		98
英讀	2	85	82		84
英作	2	40	70		55
英會	2	89	82		86
英文學史	3	74	85		80
西洋史	3	90	90		90
心理學	3	80	65		73
体操	1	80	85		83
敎練	1	90	85		88
獨逸語	3	/	/		
佛蘭西語	3	75	72		74
法學	2	75	80		78

合計 2773 平均 81 19/34 判定 及 級中人員 9/22

第四學年 1941 (昭和拾六年)

學科目	每週授業時數	一	二	三	平均
修身	1	78	92		85
日本學	1	60	70		65
聖書	2	62	80		71
國文學史	2	86	86		86
漢文	2	90	90		90
支那語	2	100	91		96
英讀	4	78	84		81
英作	2	55	65		60
英會	2	75	85		80
英文學	3	68	80		74
史學概論	2	90	80		85
哲學	3	85	85		85
敎育學	3	80	70		75
體操	1	85	85		85
敎練	1	78	80		79
獨逸語		/	/		
佛蘭西語		87	80		84
武道		84	84		84

合計 2728 平均 80 8/30 級中人員 8/27

評 概 病疾 牙齒(下 上) 耳病 聽力(右 左) 眼疾 視力(右 左) 體格 脊柱 胸圍(差虛盈 時常) 重體 長身 年齡 身體檢查期

備考

윤동주의 연희전문학교 성적표(연세대학교 박물관 제공)

1학년(1938.4~1939.3)

수신(80), 성서(89), 국어(81), 조선어(100), 한문학(85), 문학개론(70), 영문법(80), 영독(英讀, 81), 영작(英作, 74), 영회(英會, 79), 성음학(聲音學, 78), 동양사(85), 자연과학(75), 음악(95), 체조(79), 국사(74)

2학년(1939.4~1940.3)

수신(80), 성서(94), 국어(86), 한문(90), 영문법(50), 영독(英讀, 87), 영작(英作, 90), 영회(英會, 72), 서양사(90), 사회학(65), 경제원론(75), 논리학(85), 체조(82), 교련(88)[30]

1학년 때 윤동주의 조선어 과목 성적은 100점이었다. 2학년 때인 1939년 〈제3차 조선교육령〉에 의해 조선어 과목이 필수과목에서 선택과목으로 바뀌고 교련 과목이 새로 추가되었다. 일제는 대학을 병영화 혹은 군사훈련장으로 전환해서 학생들을 전쟁에 동원할 수 있도록 준비해 갔다. 이러한 어려움속에서도 연희전문학교는 최대한 독자적으로 조선어 강의를 유지하려고 노력했다.

당시 연희전문학교 설립자 언더우드의 아들 원일한(元一漢, Horace Grant Underwood)이 전하는 상황을 보자.

한국에 돌아와 보니(1939년 여름) 일제의 식민정책이 아주 노골화되어 있었다. 교과 내용으로 '수신과 일본어'가 강화되고 한국어를 없애기 위해 갖가지 조치를 취하고 있었다. 각급 학교에서는 한국어 사용이 금지되어 일본어 사용이 강요되었지만 연희전문학교만은 문과에서 한국어 강좌를 개설하고 있었다. 1, 2학년은 매주 3시간, 3, 4학년은 매주 2시간씩 한국어 강의를 받도록 해 일본의 소위 황국신민교육에 견딜 수 있는 데까지 지탱해보자는 방침이었다.

> 한국어 강좌는 이듬해(1940년) 봄 학기부터 일본학이라는 과목으로 바뀌고 말았다. 일본어만으로 강의하도록 강요함에 따라 일본말이 서툰 교수들의 강의시간에는 폭소를 자아내는 일이 허다했다.[31]

연희전문학교는 1939년까지 조선어 과목을 유지했지만, 결국 1940년 조선어 과목이 일본학으로 바뀌고, 모든 강의를 일본어로 하게 되었다. 유영의 회고에는, 윤동주가 수강했던 역사 관련 강의시간에 퀴리 부인(Marie Curie, 1867~1934)의 일화 때문에 통곡한 일을 전한다.

> 손 교수(손진태-인용자)께서 역사 시간에 잡담으로 뀌리 부인 이야기를 하신 것이다. 뀌리 부인이 어렸을 때 제정 러시아 하에서 몰래 교실에서 폴란드말 공부를 하던 때 마침 시학관이 찾아와 교실을 도는 바람에 모두 폴란드 말 책을 책상 속에 집어넣었다. 러시아말 책을 내놓고 떨며 있는데 시학관은 뀌리가 있는 방으로 들어왔다. 시학관은 교사에게 "너를 다스리는 원수님은 누구냐"고 질문을 하고 학생 하나에게 대답을 시키라는 것이다. 뀌리는 눈을 감고 '선생님이여, 제발 저를 지적하지 마소서' 하였으나 교사의 지목은 드디어 가장 영리한 뀌리에게 왔다. 뀌리는 가슴을 졸이던 터라 떨면서 '쯔아'라는 대답을 억지로 하였다. 시학관이 만족해 칭찬하고 교실을 나서자 교사와 함께 학생들이 모두 엎드려 울었다는 것이다.
>
> 손 선생은 이 이야기를 소개하시고 자신이 울며 손수건을 꺼내자 우리들도 모두 울음을 터뜨려 통곡을 하였다. 그 후 우리는 더욱 그분을 우러러보았고 더욱 가까이하게 되었다. 아마 동주의 시도 글도 이러한 의식의 흐름들이 있음을 나는 느끼는 바가 있다.[32]

동양문화사를 강의했던 손진태 교수의 수업시간, 모국어 폴란드어를

최현배 『우리말본』(연희전문학교출판부, 1937)

못 쓰게 하는 러시아 제국을 조국이라고 억지로 대답해야 했던 어린 퀴리의 참담하고 비통한 일화를 듣고, 식민지 조선인으로서 자신의 처지와 동일시하며 통곡했다는 것이다. 유영은 이 경험이 윤동주의 의식, 그의 시와 글에 녹아들어 있었다고 말하였다.

윤동주에게 조선어로 말하고 글을 쓰는 경험이 소중했던 만큼, 그것이 금지되었을 때의 절망과 비탄은 더욱 깊었다. 그에게 조선어는 단순한 의사전달의 기호가 아니라 자기 존재 증명의 근거였다. 윤동주는 독자적으로 조선어를 갈고닦았다. 연희전문학교 교수였던 최현배 선생의 『우리말본』(1937)과 한글 문법을 연구했다. 이러한 노력 덕분에 윤동주는 거의 완벽하고 미려한 한글 문장을 구사할 수 있었다. 윤동주의 문장은 오늘날 읽어도 언어 감각이 자연스럽고 현대적이다. 윤일주는, 윤동주가 북간도에 있는 동생 윤혜원과 편지를 주고받을 때 "고녀생高女生이던 누님의 한글 편지에 번번이 붉은색으로 문장을 다듬고 틀린 글씨를 고쳐서 회답과 함께 되돌려 보내곤 하였다."[33]라고 기억하였다. 윤동주는 동생들에게 "우리말 인쇄물이 앞으로 사라질 것이니 무엇이나, 악보까지라도 사서 모으라"[34]라고 당부했다고 한다.

윤동주의 기쁨이자 보람은 조선어로 시를 쓰는 시인이 되는 것이었다. 가족들은 그가 죽었을 때 묘비에 〈시인詩人윤동주지묘〉라고 새겨서 그를 '시인'으로 애도했다. 그의 친구들은 해방이 되자마자 윤동주 추모식을 열었고, 유고시집 『하늘과 바람과 별과 시』를 출간하여 그를 '시인'으로 세상에 알렸다. 윤동주가 '만 27년 1개월 18일', 자신의 전 생애를 무슨 기쁨을 바라며 살아왔는가를 가족과 주변 사람들이 모두 잘 알고 있었다.

조선어와
조선 문학

1943년 7월 일본 경찰에 체포되어 취조를 받을 때 윤동주에게 조선어는 가장 중요한 문제였다. 일제에 의해 조선어가 폐지되었지만, 그가 '시인'이 되는 길은 조선어로 시 쓰기를 지속하고 조선어 문학장을 형성하는 것이었다. 그 실현은 조선의 독립이 전제되어야 한다는 결론에 도달했다. 일본 경찰이 작성한 조서에 의하면, 윤동주는 1943년 2월에 김주현松原輝忠을 만나 '조선어 과목의 폐지에 대해 비판하며 조선 문화의 유지를 위해 독립이 필수적임을 역설'했다고 한다.

교토대학교의 미즈노 나오키 교수가 윤동주와 송몽규의 판결문을 정리한 방식[35]에 근거하여, 윤동주와 송몽규에 대한 사건 개요를 시간 순서로 정리하고 표로 만들어 보았다.

윤동주와 송몽규의 판결문을, 1942~3년에 교토에서 일어났던 조선인 치안유지법 위반 사건인 〈김산영규金山永奎에 대한 치안유지법 위반 및 불경 피고 사건 예심 종결 결정〉, 〈양원강일梁原剛一에 대한 치안유지법 위반 피고 사건〉과 비교해 보면 네 개의 판결문에서 이들의 범법행위를 명시한 부분이 공통적으로 유형화되어 있음을 확인할 수 있다. ① 일제의 조선인에 대한 차별과 압박을 비방하고, ② 징병제를 비판하고, ③ 일본의 패전의 필연성을 주장하고, ④ 조선 민족의 자유 행복 번영을 위해 민족의식을 항상 강화시키고, ⑤ 실력을 준비하여 일본 통치에서 이탈하고 조선의 독립을 달성해야만 한다고 협의, 선전, 선동, 결의하였다는 것이다. 이것

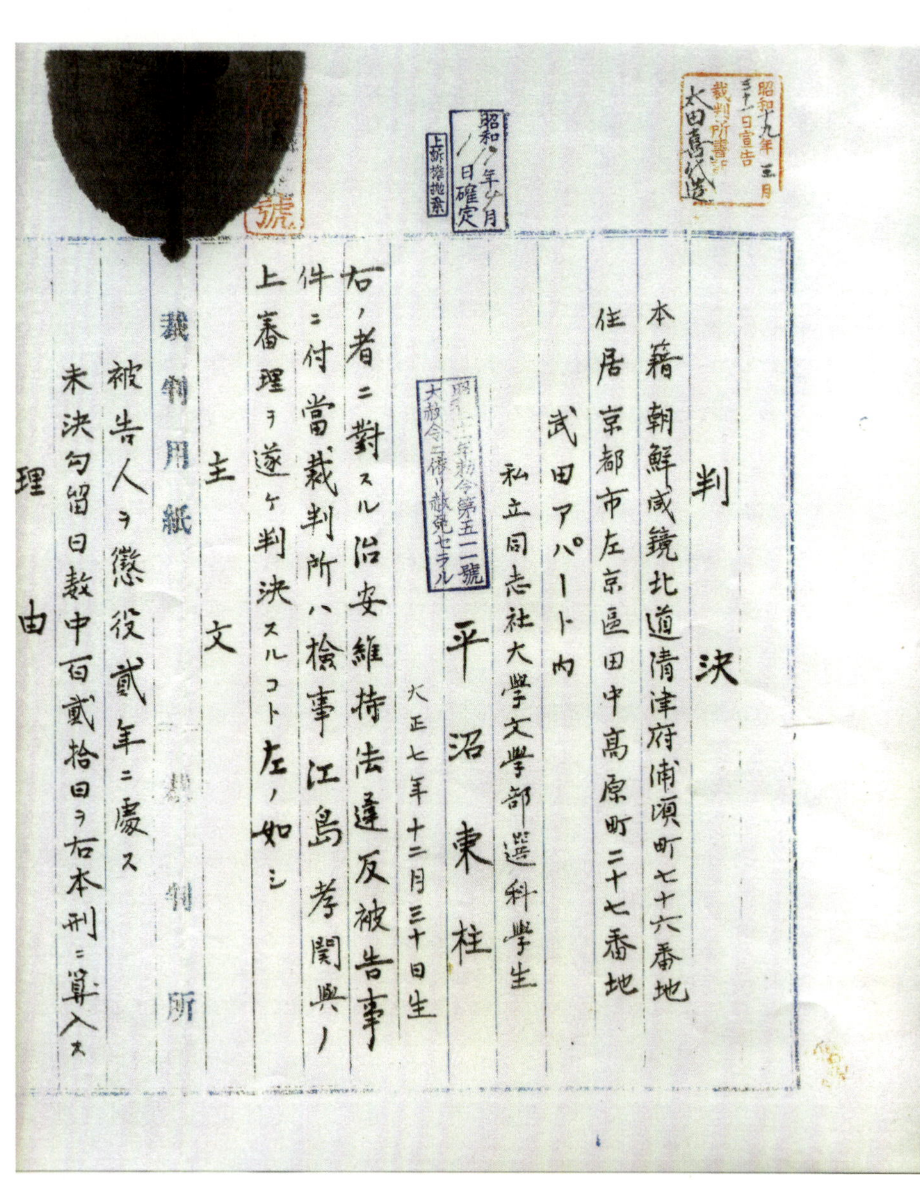
昭和十九年三月三十一日宣告
裁判所書記 太田高造

昭和19年4月1日確定

上訴權拋棄

昭和二十年勅令第五二一號
大赦令ニ依リ赦免セラル

判決

本籍 朝鮮咸鏡北道清津府浦項町七十六番地

住居 京都市左京區田中高原町二十七番地

武田アパート内

私立同志社大學文學部選科學生

平沼東柱

大正七年十二月三十日生

右ノ者ニ對スル治安維持法違反被告事件ニ付當裁判所ハ檢事江島孝關與ノ上審理ヲ遂ケ判決スルコト左ノ如シ

主文

被告人ヲ懲役貳年ニ處ス

未決勾留日數中百貳拾日ヲ右本刑ニ算入ス

理由

裁判用紙 京都地方裁判所

윤동주에 대한 판결문(윤인석 제공)

윤동주와 송몽규의 판결문과 사건의 개요

시기	윤동주 판결문	송몽규 판결문
1942년 11월 하순	장성언[白野聖彦]에게 조선어학회 검거에 대해 비판하며 민족 궤멸의 위기를 역설하고 조선 문화의 앙양에 힘써야 함을 지시.	
12월 초순	장성언에게 조선 민족은 개인적 이해를 떠나서 민족 전체의 번영을 초래하도록 마음을 써야 함을 강조.	
1942년 12월 초순		고희욱에게 종래의 조선독립운동이 확고한 이론 없이 일시적 폭동이었음을 비판하고 장래에는 학구적이고 이론적으로 전개할 방책을 논하며 독립 의지를 앙양.
1943년 2월 초순	김주현[松原輝忠]에게 조선어 과목의 폐지에 대해 비판하고 조선어 연구를 권장함. 내선일체 정책을 비방하고 조선 문화의 유지와 조선 민족의 발전을 위해 독립이 필수적임을 역설.	
2월 중순	김주현에게 조선인 학생의 취직 상황을 문제 삼고 조선인에 대한 차별 압박을 비난하고 조선 민족의 행복을 위해 독립이 급무임을 역설.	
4월 중순	송몽규가 윤동주에게 조선·만주에서의 차별·압박과 일본어 사용으로 조선어 및 조선문의 멸망 위기 상황을 말하고, 징병제도를 비판하고 징병제를 독립 실현의 일대 위력으로 역이용할 수 있다고 주장.	
4월 하순	백인준과 더불어 윤동주와 송몽규가 징병제를 비판하고, 징병제 실시에 의해 조선인은 무기와 군사 지식을 체득함으로써 일본 패전의 때는 우수한 지도자 아래 민족적 무력봉기로 독립을 실현해야 할 것, 그를 위해 강력한 군사독재체제가 필요할 것이라는 논란 끝에 각자 독립 실현에 공헌할 실력 양성에 전념할 것을 강조.	
5월 초순	장성언에게 조선 고전예술의 탁월함을 지적하고, 문화적 침체의 현 상황을 타파하고 고유문화를 발양하기 위해서는 조선독립을 실현해야 함을 역설.	
5월 하순	김주현에게 조선의 독립을 위해서는 일본이 대동아전쟁에서 패전하기를 기약해야만 한다고 주장.	
6월 하순	장성언에게 민족의식 강화를 위해 『조선사개설』을 빌려주며 조선사 연구를 종용.	
6월 하순		고희욱에게 대동아전쟁은 무력보다는 강화조약으로 종결될 것이니 조선독립의 여론을 환기시켜 세계 각국의 동정을 얻어 독립을 달성해야 함을 역설.
6월 하순	송몽규와 윤동주가 인도 독립운동의 대두에 대해 논의한 후, 일본의 전력이 피폐해지는 호기가 도래하면 인도의 찬드라 보스[36]와 같은 위대한 지도자가 출현할 것이므로 이때 독립 달성을 위해 궐기해야 한다고 서로 격려.	
7월 중순	김주현에게 문학은 어디까지나 민족의 행복을 추구하는 민족적 문학관이어야 함을 설파하며 민족의식 유발에 고심.	

이 윤동주와 송몽규에게 적용된 치안유지법 제5조 위반 '국체 변혁의 목적을 실행하기 위해 협의 또는 선전, 선동'했다는 죄목이었다.

윤동주와 송몽규의 판결문에서 유별난 특징은 조선어, 조선문, 조선문화, 민족문학 등과 관련된 부분이 자주 언급된다는 점이다. 다른 사건에 비해 윤동주와 송몽규의 판결문에는 조선어와 조선문화를 지키기 위해 조선의 독립이 필수적이라는 주장이 중요하게 부각되고 있다.

윤동주와 송몽규의 〈재경도 조선인 학생 민족주의 그룹 사건 개요〉에서 주동 인물은 송몽규라고 일반적으로 알려져 있는데 위의 판결문을 보면 이 사건이 윤동주로부터 시작되었다는 것을 알 수 있다. 요시찰 인물인 송몽규를 주시하던 특고경찰은 아마 윤동주가 송몽규와 한 몸처럼 움직인다는 점 때문에 윤동주도 요주의 인물 대상에 포함했을 것이다. 그러던 1942년 11월 하순, 윤동주가 조선어학회 검거 사건을 조선 민족 궤멸로 보고 불온한 언동을 했다는 데서 사건이 포착되기 시작했다. 이에 특고경찰은 윤동주와 송몽규를 밀착 감시했다. 12월 초순경 재차 윤동주가 "조선 민족 된 자 민족 전체의 번영을 위해 이바지해야 한다."라고 말하였고, 송몽규가 조선 독립운동의 방책에 대해 논란한 것도 특고경찰은 탐지하고 있었다.

1942년 겨울에 송몽규는 방학을 맞아 요양차 4개월간 북간도로 귀향했고, 윤동주는 교토에 남아 있었다. 이때 동료들에게 조선어 폐지 정책을 비판하며 조선어와 조선 문화의 유지를 위해 조선의 독립이 필수적임을 주장하였다. 이 사건에서 윤동주가 특고경찰에 더 많은 횟수로 포착되는데, 이것은 윤동주가 적극적으로 움직였다는 증거이다. 윤동주는 특히 조선어, 조선 문학, 조선의 고유문화, 조선 역사를 강조하고 이를 위해 조선이 독립해야 한다고 주장했다.

윤동주가 특고경찰에 처음 포착된 사건은 조선총독부의 조선어학회 검거를 두고 논란한 것이었다. 판결문에 따르면, 윤동주는 하숙에서 도시샤대학 2년 선배인 장성언에게 이 사건에 대해 언급하였다.

> 조선총독부의 조선어학회에 대한 검거를 논란한 뒤, 문화의 멸망은 필경 민족의 궤멸에 틀림없는 소이임을 역설하고 예의 조선 문화의 앙양에 힘써야 할 뜻을 지시
>
> -〈윤동주에 대한 판결문〉

윤동주는 조선어학회에 대한 검거가 조선총독부의 조선어 폐지 정책에서 마지막 수순이라고 생각했던 것 같다. 조선어학회 사건은 1942년 9월 5일 정태진의 검거로 시작해서 10월에 18명, 12월에 8명을 구속하고 1943년 3월까지 29명의 조선어 연구자들을 대대적으로 검거한 사상탄압 사건이다. 조선어학회는 〈한글철자법 통일안〉을 발표하고 1936년부터 조선어사전 편찬 작업을 하고 있었다. 일본 경찰은 이들을 체포하여 치안유지법 위반으로 투옥하였다. 최현배 등 11명이 10월 1일 서울에서 구속되어 함경남도 홍원으로 압송되었다. 함흥 지방재판소는 조선어학회 관련자들에 대한 예심종결문에서 "고유 언어는 민족의식을 양성하는 것이므로 조선어학회의 사전 편찬은 조선 민족정신을 유지하는 민족운동의 한 형태다."라고 규정하고 치안유지법을 적용하였다. 이에 의거해서 최현배에게 징역 4년이 선고되었다. 주목할 것은 조선어학회 관련자들의 검거와 구속, 판결이 윤동주의 검거, 구속, 판결과 유사한 형태로 이루어졌다는 점이다.

일제 사법 당국의 판결에 따르면 조선어학회 사건의 주범은 '조선어'였다. 윤동주도 조선어학회 사건의 본질이 일제가 조선어 자체를 검거, 투옥하고 말살하려고 했던 사건으로 이해했다. 일제는 그동안 모든 학교에서 조선어 과목의 폐지와 조선어 사용 금지를 추진해 왔고, 그 마지막 순서로 조선어 연구단체인 조선어학회에 대한 검거를 통해 조선어의 싹

까지 완전히 없애려고 하였다. 윤동주는, 조선어의 폐지는 조선 문화의 멸망이고 이는 조선 민족의 궤멸로 귀결될 것이라고 생각했다. 그래서 그는 조선어학회 사건에 대해 분노와 더불어 위기감과 공포감을 느꼈다. 이에 조선어학회 사건이 터지자 곧바로 반응했던 것이다. 윤동주는 "조선 문화의 유지와 조선 민족의 발전을 위해", 나아가 조선의 독립을 위해 어떻게 해서라도 조선어를 유지하고 발전시켜야 한다고 생각했다. 다급하고도 절박한 심정으로 만나는 사람들에게 자신의 이런 생각을 전하려고 했다.

1943년 2월경, 그는 교토제국대학 법학부 정치학과 학생이던 김주현을 자신의 하숙인 다케다 아파트로 불러서, 조선어 과목 폐지에 대해 비판하고 조선어 연구를 권장하였다.

> 조선 내 학교에 있어서 조선어 과목이 폐지됨을 논란하고 조선어의 연구를 권장한 뒤에, 소위 내선일체 정책을 비방하고 조선 문화의 유지, 조선 민족의 발전을 위해서는 독립이 필수인 소이를 강조
>
> -〈윤동주에 대한 판결문〉

윤동주는 조선어 과목 폐지라는 위기 상황에 처해 조선인은 조선어 연구에 매진해야 하며, 조선어가 폐지된 상황에서는 조선 문화와 조선 민족이 존립할 수 없다고 주장한다. 그리고 '국어'를 일본어로 일원화하고 조선어를 폐지하는 내선일체의 언어정책을 강력하게 비판했다. 이러한 논리에 따라 조선어 폐지를 막을 수 있는 방법은 조선의 독립밖에 없다는 결론에 도달한 것이다. 조선어를 바탕으로 해서만 조선 문화가 유지되고 조선 민족이 발전할 수 있다는 생각이었다. 판결문에는 윤동주가 이 문제를 논의하기 위해 1943년 2월 초순, 2월 중순, 5월 하순, 7월 중순 등 여러 차례에 걸쳐서 김주현을 자신의 다케다 아파트에 불러서 의식화했다고 기

록되어 있다.

송몽규가 1942년 겨울방학을 맞아 귀향한 동안, 윤동주는 교토에 남아 독서와 문학 공부, 시 쓰기에 매진하였다. 송몽규는 4개월간 고향에 다녀와서 조선과 만주의 정세, 조선 민족의 현실에 대해 윤동주와 이야기를 나누었다.

> 1943년 4월 중순경 전기한 하숙처에서 소학교 시절부터 친우로서 마찬가지로 민족의식을 품고 있는 동지사대학 문학부 학생 윤동주에 대하여 피고인이 병 요양 때문에 약 넉 달 동안 귀성해 있던 중에 견문見聞한 만주국과 조선 등의 객관 정세에 관하여 최근 조선에 있어서는 총독부의 압박으로 소학생과 중등학생은 거의 국어(일본어)를 사용하고 있는데 조선어와 조선문은 점차 멸망에 임박해 있다는 것 …(중략)… 등을 고지하여 서로 이를 논란 공격
>
> - 〈송몽규에 대한 판결문〉37

윤동주와 송몽규는 조선의 미래 세대인 "소학생, 중등학생이 거의 일본어를 사용하고 있고 조선어 및 조선문은 점차 멸망에 이르고 있다는 것"에 대해 심각하게 인식하고 위기감을 느꼈다. 송몽규의 판결문에는, 조선어 문제에 대한 토론 내용이 길게 판시되어 있다.

> 특히 조선 내 각 학교에 있어서의 조선어 교수 과목의 폐지와 더불어 한글에 의한 신문 잡지의 폐간 등의 사실에 접하자 제국 정부의 조선 통치 정책을 필경 조선의 모든 특이성을 몰각하고 그 고유문화를 절멸시켜 마침내 조선 민족의 절멸을 꾀하는 것이라 망단妄斷하여 깊이 그 시책을 원망한 결과 조선 민족의 자유 행복을 초래하기 위해서는 조선으로 하여금 제국 통치권에서 이탈하게 하고 독립국가를 건설할 수밖에 없

는데 그 실현을 위해서는 당면 조선인 일반 대중의 문화 수준을 앙양하고 그 민족적 자각을 불러일으켜 점차 독립의 기운을 양성하여야 한다는 결의를 굳힘에 이르러

- 〈송몽규에 대한 판결문〉[38]

윤동주와 송몽규가 논의한 바, "조선으로 하여금 제국 통치권에서 이탈하게 하고 독립국가를 건설할 수밖에 없는" 필연적 이유는 "조선의 모든 특이성을 몰각하고" 조선의 "고유문화" 곧 조선의 독자성과 민족 정체성을 절멸시킬 수 없기 때문이다. 이러한 조선의 특이성과 고유문화, 조선의 독자성과 민족 정체성은 궁극적으로 조선어를 빼고는 상상할 수 없다. 이 판결문은, "조선 내 각 학교에 있어서의 조선어 교수 과목의 폐지"와 "한글로 된 신문 잡지의 폐간", 그리고 최근 조선에서 "소학생, 중등학생이 거의 일본어를 사용하고 있고 조선어와 조선문은 점차 멸망에 이르고 있"는 상황에 위기의식을 느낀 두 사람이 마침내 독립운동에 나가게 되었음을 보여 주고 있다.

제국주의와 피식민지 국가에서 '언어'는 '국가를 떠맡는 권력' 및 '지배-종속'의 문제와 긴밀하게 연결되어 있었다.

식민지 시기에는 일본어가 권력언어로써 침투해들어갔다. 조선어가 가졌던 '국가를 떠맡는 권력'은 이제 일본어가 대신했다. 하지만 이미 조선어는 '국민적인 것으로 상상되는 공동체의 배'를 형성하고 있었고, 또한 '출판어'를 맡을 만한 기반을 가지고 있었다. 결국, 일본어와 조선어의 이중언어 환경은 국가를 떠맡는가 아닌가 하는 것은 '지배-종속'이라는 결정적 서열관계에 놓여 있지만, 실질적으로는 같이 네이션(국민/민족)을 떠맡을 수 있는 기능을 가지고 있기 때문에 다른 한편으로는 어쩔 수 없이 대립 또는 길항관계에 있을 수밖에 없었다.[39]

윤동주는 조선이 일본에 동화되는 것에 대해 위기의식과 불안을 넘어 공포를 느꼈던 것으로 보인다. 그는 조선의 독자성과 고유성을 자기 존재와 정체성의 근간으로 생각하고 있었고, 특히 조선어가 그 대표적인 기제이자 상징이라고 생각했다.

평양 숭실중학교와 연희전문학교에 유학 와서 조선어에 대한 그의 자의식과 감각이 더욱 첨예해졌다. 조선어가 일제의 동화정책에 따라 폐지되고 일본어로 일원화됨에 따라, 그는 조선어를 자유롭게 사용하고 조선어로 시를 쓸 수 있는 독립된 국가를 상상하게 되었다. 조선어는 이미 '국가'와 '국민'을 형성하는 미디어로 형성되어 있었고, '출판어'를 담당하면서 '문화 공동체'를 형성해 왔다. 조선어가 '네이션'의 기반을 떠맡는 기제로 작동하고 있었던 것이다.

북간도의 윤동주에게 조선어는 모어였다. 복합민족국가 형태를 갖추고 있는 만주에서, 조선인에게 조선어는 독자성과 고유성의 근간이었고 자기 정체성의 기제였다. 그런데 조선어가 폐지되고 사라진다는 것은 곧 자기 존재 기반의 절멸로 받아들여졌던 것이다. 조선어로 시를 써 왔던 윤동주에게 조선어와 조선문의 폐지는 생의 보람과 전망이 폐쇄되는 것과 같았다.

마침내 윤동주는 자신의 자유와 행복과 이상, 나아가 "조선 민족을 해방하고 그 번영을 초래하기 위하여서는 조선으로 하여금 제국 통치권의 지배로부터 이탈시켜 독립국가를 건설할 수밖에 없"(「윤동주에 대한 판결문」)다는 절박한 결론에 도달했다. 조선어는 해방 기획의 동인이 되었다. 조선어의 운명은 그의 운명이었다.

조선어의 운명과
'시인의 나라'

윤영춘은 윤동주를 북간도에서부터 일본의 유학생활까지 평생에 걸쳐서 지켜본 사람이다. 도쿄와 교토의 유학생활에서 윤동주의 보증인이 되었고, 나중에 후쿠오카 감옥에서 그의 주검까지 수습했다. 윤영춘이 조카 동주를 기억하며 쓴 시를 보자.

> 동주가 시를 즐기고 한글을 좋아하던 그 심정을 생각하고 그의 애처로운 운명을 나는 이렇게 읊었다.
>
> 스산한 착고소리 들려 올 제
> 민들레 웃음으로 맘 달랬고
> 창 안에 빗긴 달빛 만져 가며
> 쓰고 싶은 가갸거겨를 써 보았다.[40]

윤영춘은 윤동주의 본질을 "시를 즐기고 한글을 좋아하던" 사람, 조선어로 시를 쓰는 시인이라고 요약했다. 윤영춘은 감옥에 갇힌 윤동주가 "창 안에 빗긴 달빛을 만져 가며" 서정을 다듬어 시를 쓰려는 애처로운 몸짓을 떠올리고 이것을 "쓰고 싶은 가갸거겨"라고 표현했다. 윤동주의 시는 "가갸거겨"의 울림, 조선어의 몸짓이자 절규이기도 했다는 의미이다.

강처중은 윤동주의 유고시집 『하늘과 바람과 별과 시』의 「발문」에서

"이역에서 나고 갔건만 무던히 …(중략)… 우리말을 좋아하더니—"[41]라고 추도했다. 윤동주가 '이역異域', 곧 조선 바깥 혹은 조선어 권역 바깥에서 태어나서 생활했지만 '우리말'을 유난히 좋아했던 사람이라고 규정하였다.

대학 동창생 유영은 윤동주를 "거세지 않은 용정 사투리"로 인지한다.

> 모진 바람에도 거세지 않은 네 용정 사투리와
> 고요한 봄물결과 같이
> 또 오월 하늘 비단을 찢는 꾀꼬리 소리와 같이
> 어여쁘던 네 노래를 기다린 지 이미 3년
>
> - 유영, 「창밖에 있거든 두다리라」[42] 부분

유영이 기억하는 윤동주는 자신의 고향 말을 사랑하며 거침없이 썼다. 용정 사투리는 거세지 않고 부드러운 말씨인 것이 특징이었다.

윤동주는, 조선어를 모어로 삼고 중국어와 일본어를 자유자재로 활용하고, 영문학을 전공하여 영어도 구사할 수 있었다. 그는 다중언어 또는 혼종적 언어 정체성을 가지고 있었다. 그리고 조선어권 안에서도, 함경도 육진 방언에 기반한 용정 사투리 권역의 변방 언어를 사용함으로써 표준어에 대한 타자적 언어 감수성을 가지고 있었다. 이러한 언어 인식과 감각이 그의 정체성을 생성했다. 이방 혹은 변방, 즉 타자로서 북간도 조선인의 언어 정체성을 생성한 윤동주의 인식과 감각은 매우 독특한 것이었다. 그는 조선의 중심적인 지배 엘리트들이 체감할 수 없는 감각을 가지고 있었다. 이것이 그에게 '또 다른 고향'을 꿈꾸게 하고 저항하게 했던 원동력이었다. 윤동주는 북간도 사람으로 조선의 '밖'과 제국의 '밖'에서 독자적인 정체성을 생성했다.

> 북간도 조선인 이민자의 후손이었던 윤동주는 중화민국 시기 간도의 조선인-이주공동체와 만주국 체제하의 간도성 용정에서 성장했고, 식민지 조선의 평양과 경성을 거쳐 제국 일본으로 이동하는 생의 과정에서 두 개 혹은 세 개 이상의 언어가 비대칭적이고 위계적으로 존재하는 이중언어/다언어 상황에 놓여 있었다. 조선어와 중국어, 일본어가 이주국과 이주민의 언어, 때로 제국과 변방의 언어, 또는 식민지 종주국과 식민지 모어라는 관계 속에서 서로 간섭하고 갈등하며 각축하는 언어 상황은 그의 생에서 지속되었다.[43]

윤동주는 중화민국 시기에 간도에서 태어나 소수민족 조선인 마을의 소학교를 다니다가 만주국의 '국민'이 되었고, 동시에 일본 제국의 '신민'이면서 조선인이었다. 이러한 식민지의 혼종적 정체성 속에서 윤동주가 조선인으로서 자신의 정체성을 증명할 수 있는 유일한 근거는 언어, 곧 조선어뿐이었다. 그래서 그는 고집스러울 정도로 조선어만을 '우리말'로 세우고 갈고닦아서, '시'라는 개성 있고 고유한 문화 양식을 만들었다. 조선어는 윤동주에게 시인이자 북간도 조선인으로서 자기 존립의 필수적인 요건이었다. 그런데 윤동주가 연희전문학교에 다니면서 시에 몰두하고 시인의 꿈을 꿀 때, 조선어가 사라질 것이라는 위기감이 현실로 닥쳐왔다.

1938년 11월에서 12월에 걸쳐 「조선문화의 장래」라는 주제로 『경성일보』에서 조선과 일본의 작가들이 모여서 좌담회를 열었다. 이 좌담회는 1938년 10월 하순에 하야시 후사오(林房雄, 소설가)가 만주로 가는 도중에 경성에 들렀을 때 가진 것이다. 좌담회에는 하야시 후사오, 무라야마 도모요시(村山知義, 극작가), 장혁주, 후루카와 가네히데古川兼秀, 정지용, 임화, 유진오, 이태준, 김문집, 유치진 등이 참석했다.

> 하야시: 지금부터 제군들이 작품을 내지어로 자꾸자꾸 써주었으면 하

고 바라는 것은, 그 반향은 반드시 있을 것입니다.

이태준: 그것이 일본 문화를 위해서 입니까? 조선 문화를 위해서입니까?

하야시: 세계 문화를 위해서입니다.

유진오: 그건 좋습니다만, 조선어로 쓰지 않으면 안 된다고 생각합니다. 거기에 의견의 상위相違가 있는 것입니다.

하야시: 이미 조선어는 소학교에서도 없어졌습니다.

유진오: 그렇습니다만, 조선어는 결코 사라지지는 않을 것입니다. 단지 점점 희미해져 가는 것이지만…….

하야시: 그것은 그것으로 좋습니다. 그러니까 조선의 작가는 자꾸자꾸 내지어로 쓰면 됩니다. 그러지 않으면 아무리 써도 독자가 없어질 것입니다. 없으면 밥을 먹을 수 없습니다.[44]

이 좌담회에서 하야시는 조선의 작가와 시인이 '내지어'(일본어)로 문학을 창작하는 것이 좋겠다고 협박조로 권고하며, 그것이 세계문학으로 향하는 길이라고 강조했다. 그는 조선의 소학교에서 이미 조선어가 없어졌기 때문에 장차 조선어는 사라질 것이라고 확언하고, 그 결과로 조선어로 된 문학은 독자가 없어질 것이라고 전망했다. 이것은 조선어 문학장이 사라진다는 뜻이었다. 하야시는 장차 조선어로 창작하는 작가와 시인은 존립 기반이 없어질 것이라고 예견했다. 그러니까 차라리 일본어로 문학을 하고 일본 제국의 드넓은 문학장에서 세계문학에 참여하는 편이 좋을 것이라고 권유하였다. 조선어로 쓴 문학이 사라질 운명이라는 하야시의 주장에 대해, 조선 작가들은 소극적으로 저항하지만 그 주장의 개연성을 완전히 부정하지는 못하고 있다. "이와 같은 내선 문단의 압착과 일종의 감시 기능은 문단 외적인 강압과 함께 작용해 개인적인 수준에서라도 차별의 해소와 문학적 성공을 꿈꾸는 사람들과 불가피하게 협력의 길로 들어선 사람들을 압박·견인하기 시작했다."[45] 일군의 문인들은 조선어 해소론 곧, 제국의 신체제를 사실로 수락하고 일본어를 통해 식민 본국 혹은 세계성으로 탈출하려는 이기적 욕망을 전파하기도 했다.

비슷한 시기에 만주에서도 조선어 문제가 시빗거리가 되고 있었다. 만주지역의 조선인 작가들에게도, 조선어를 버리고 일본어로 창작하라는 제의가 노골적으로 들어왔기 때문이다.

> 1940년 4월에 있었던 「내선만 문화 좌담회內鮮滿文化座談會」에서 일본인 문인 나까 겐노리仲賢體가 조선의 문인들에게 "조선 작가들이 조선어로 대개 쓰고 있는 것은 일본어로 쓰는 것이 이단시異端視되기 때문입니까? 혹은 그것이 주류로 되어 있기 때문입니까?"고 물었다. 이 질문에 대해 이갑기는 "조선문학이기에는 위선 조선어 문학임이 제1의 조건이겠습니다. 그런 점에서 조선 작가가 조선문학을 한다는 의미에서 조선어로 쓰는 것"이라고 대답하였다.[46]

일본 문인 나까 겐노리仲賢體의 질문에 대한 이갑기李甲基의 대답은, 「조선문화의 장래」 좌담회에서 조선의 문인들이 보여 준 태도에 비해 좀 더 분명한 입장을 취하고 있다. 만주에서 조선문학은 '조선어' 문학이어야 한다는 점을 논란의 여지없이 분명하게 정의하였다. 이러한 정의는 만주국의 복합민족국가 원리에 의한 것이었다.

> 원리적으로는 만주국에서 조선은 오족협화의 독자적인 구성 분자로 인정받았다. 만주국은 민족협화 혹은 오족협화五族協和를 지배이데올로기로 내건 실험국가였다. 1920년대 거세게 몰아친 중국 민족주의의 민족자결론에 맞서기 위해 손문孫文이 '오족공화五族共和'를 의식하여 고안된 이 이데올로기는 만주국이 각 민족 간의 조화=협화를 통해 '구미적歐美的' 민족모순을 배제하고 수평적 평등을 실현한다고 하는 국가 구

성의 기본원리로서 표방되었다. 이 원리에 의해 건설·운영된다고 선전되었던 만주국은 소위 '복합민족국가'의 세계사적 모델국가로서 자리매김되었다. '동화'가 아닌 '협화'를 에스니시티ethnicity 문제에 대한 대응 가운데 용광로 유형이 아니라 샐러드 그릇 유형의 민족/인종 통합을 연상시키는데, 이 통합논리에는 왕도주의王道主義라는 '동양적' 의상이 덧씌워졌다."47

만주국은 5족-만주족·한족·조선족·일본인·몽고족이 평등하고 독립적으로 만주국민을 구성한다는 원리로 건국되었다. 그렇기 때문에 만주 문학장에서 조선문학의 독자적 위치는 보장되어야 했다. 일본은 식민지 조선에서 동화정책에 의해 조선의 독자성을 부정하고 일본문학으로 일원화하려고 강제하였지만, 만주 문학장은 '동화'가 아닌 '협화' 원리에 의해 조선문학의 독자성을 인정해야만 했다. 이런 배경에서 이갑기가 만주 문학장에서 조선문학은 '조선어'에 의해 성립된다는 점을 강조할 수 있었던 것이다.

조선 내에서 조선어 사용이 금지될 때, 만주국에서는 조선어를 조선의 핵심 표상으로 강조하는 모순적인 상황이 나타났다. 1941년 3월 조선에서는 조선어 교육이 전면 금지되었지만, 1942년 『만선일보』 편집자였던 고재기高在騏는 '재만在滿조선인문학'을 중국인 문단에 소개하면서 아래와 같이 정의하였다.

> 만주선계문학滿洲鮮系文學은 만주의 선계작가鮮系作家들이 조선어로 쓴 문학만을 가리키고 기타는 제외로 한다.…(중략)… 만주선계문학의 운명은 곧 재만 조선어의 운명이라고 생각한다.48(강조-인용자)

『만선일보』는 만주에서 1937년부터 1945년까지 조선어로 발행되었다.

1942년 만주에서 '조선문학'은 '조선작가'들이 '조선어'로 쓴 문학만을 가리킨다고 정의했다. 더 나아가 '만주에서 조선문학滿洲鮮系文學의 운명'은 곧 '조선어의 운명'이라고 명시했다. 이 말은, 만주국에서 조선 문학장은 독립적이고 자율적이며, 그것은 '조선인 작가'와 '조선어'에 의해 보장된다는 선언과 같았다. 이렇듯 만주국에서 조선인과 조선문학의 독자성은 '조선어'에 의해 보증되고 구축되었다.

윤동주는 이러한 만주 문학장의 인식과 감각으로 조선 민족문학의 독자성, 평등하고 자유로운 공존을 상상해 왔다. 재만 조선인으로서 윤동주는 '만주국인', '선계일본인鮮系日本人', '제국 신민', '황민皇民', '반도 출신', '조선족'이라는 혼란스럽고 모순적인 소속 체계 속에서 살았지만, 그의 정체성을 생성하는 물질적 근거는 '조선어'였다. '히라누마 도주平沼東柱' 라고 창씨개명을 했더라도 그를 지탱해 주는 정체성은 조선어를 모어로 사용하고 있다는 사실이었다.

윤동주는 조선어의 운명을 자신의 운명과 동일시했다. 조선어로 자신의 존재와 운명을 미학적이고 이념적으로 완성하는 길은 '시인'이 되는 것이라고 생각했다. 조선어로 시를 쓰는 행위는 조선인으로 독자적인 정체성을 정립하고 확장하는 도정이기도 했다. '조선어'는 그에게 '조선인이라는 정체성'과 '시인-됨'의 기본조건이었다.

그가 일본으로 건너가기 전에 "一만 이십사 년 일 개월을 / 무슨 기쁨을 바라 살아왔던가"(「참회록」)라고 자문했던 것은 "시인이란 슬픈 천명"(「쉽게 씌어진 시」)을 감당할 수 있을 것인가에 대한 질문과 같은 것이었다. 그는 일본 유학을 통해 문학과 '시'라는 양식을 철저하고 높은 수준에서 연구하고자 하였다. 그리고 마침내 일본에 와서 "시인이란 슬픈 천명"을 수락하였다.

(윤동주는-인용자) 밤이 깊도록 시에 대한 이야기로 일관했다. 독서에 너

무 열중해서 얼굴이 파리해진 것을 나는 퍽이나 염려했다. 6조 다다미 방에서 추운 줄 모르고 새벽 두 시까지 읽고 쓰고 구상하고…… 이것이 거의 그날그날의 과제인 모양이다.[49]

윤영춘이 1943년 2월 5일 교토의 윤동주를 방문했을 때 보고 느낀 것이다. 그 자신이 시와 소설을 쓰고 도쿄의 니혼대학日本大學에서 영문학을 가르치고 있던 유영춘이 보기에도, 문학과 시에 열중하는 윤동주의 모습이 대단하게 느껴졌다. 일본 유학기간에 윤동주는 독서와 시 쓰기에 몸을 돌보지 않고 매진하였다. 실제로 이 시기는 일본 특고경찰이 윤동주를 사찰하던 때였다.

그는 조선어학회 사건을 접하고 조선어와 조선어 연구 자체를 금지하는 이 사건이 돌이킬 수 없는 사태라고 생각했다. 조선어 폐지는 조선인으로서 존재 근거 자체가 해체되고, 조선어로 시를 써 온 시인으로서의 이상이 물거품이 되는 사태였다. 죽음과 다름 없게 느낄 정도로 자기 운명의 위기일 뿐만 아니라 공포였다. 그리고 조선어를 유지하는 길은 조선의 독립뿐 다른 방법이 없다는 결론에 도달했다.

윤동주는 이미 "육첩방은 남의 나라, / 시인이란 슬픈 천명天命인줄 알면서도 / 한 줄 시를 적어볼까"(「쉽게 씌어진 시」)라고 썼다. 일본 제국에 와서 그곳을 "남의 나라"라고 천명闡明하는 한편으로, "시인이란 슬픈 천명"을 수락했다. 그리고 "남의 나라"에 대한 '나의 나라'로서 '시인의 나라'를 상상하였다.

윤동주는 조선어 폐지 상황에서 조선어로 시 쓰기에 열중하는 모순적인 갈등을 심화하고 있었다. 문학과 시 쓰기에 매진할수록 자유와 해방, 진리에 대한 열망은 커지고, 또한 자기 존재의 위기의식은 심화되었다. 히라누마 도주平沼東柱로 창씨를 하고 도항했지만, 강제된 일본국의 국적nationality을 "남의 나라"로 거부하면서 윤동주는 '나의 나라'를 상상했다.

비록 이질적이고 모순적이지만, 만주국의 이념은 동화가 아닌 협화를 선전하고 조선인의 독자성과 조선어의 사용을 인정하고 있었다. 그러나 일본 내에서는 내선일체와 동화를 강요하고, 조선의 독자성을 인정하지 않으면서도 차별은 심화되는 모순적인 현실이 벌어지고 있었다. 이런 현실에 직면하여 그는 차별과 지배가 없는 나라, 그 주권자로 스스로를 생성하고 기획하게 되었던 것이다.

이것이 윤동주의 길이었으며 시인의 길이었다. 더 이상 조선어로 시를 쓸 수 없는 시국이 도래하자, 윤동주는 '조선어로 쓴 시'로써 망명정부를 세워 궁극적으로 '시인의 나라'를 건설하고자 했던 것이다.

주
참고문헌
찾아보기

봄이 혈관血管 속에 시내처럼 흘러
돌, 돌, 시내 가차운 언덕에
개나리, 진달래, 노-란 배추꽃,

삼동三冬을 참아온 나는
풀포기처럼 피어난다

-「봄」

주

제1장 북간도

1) 국회도서관(1974), 『대한민국 임시정부 의정원 문서』, 725쪽 참고.
2) 문영금·문영미 엮음(2006), 『기린갑이와 고만네의 꿈-문재린 김신묵 회고록』, 삼인, 29쪽.
3) 송우혜(2004), 『윤동주 평전』, 푸른역사, 70쪽.
4) 문영금·문영미 엮음(2006), 앞의 책, 377쪽.
5) 위의 책, 378쪽.
6) 위의 책, 467쪽.
7) 위의 책, 46쪽.
8) 기사(1908.3.24), 「명동교(明東校) 익진(益進)」, 『해조신문』 23호.
9) 기사(1908.5.3), 「각지 정도의 진보 상황」, 『해조신문』 57호.
10) 기사(1913.7.13), 「명동학교 하기강습」, 『권업신문』 65호.
11) 기사(1914.6.28), 「동개터에 두 학교」, 『권업신문』 117호.
12) 송우혜(2004), 앞의 책, 68쪽.
13) 문영금·문영미 엮음(2006), 앞의 책, 78쪽.
14) 춘몽(1919.11.15), 「의총(義冢)2」, 『독립신문』 28호.
15) 소양권(小洋券), 대양권(大洋券)은 1917~1931년 사이에 동북 3성 봉천 은호에서 발행한 중화민국 화폐였다.
16) 기사(1920.1.22), 「북간도(3)-독립시위운동」, 『독립신문』 39호.
17) 기사(1920.4.8), 「북간도 통신」, 『독립신문』 62호.
18) 기사(1920.4.1), 「독립전쟁의 시기」, 『독립신문』 60호.
19) 윤대원(2006), 『상해시기 대한민국임시정부 연구』, 서울대학교출판부, 154쪽.

20) 이광수(1920.12.18),「삼천의 원혼」,『독립신문』 87호.

21) 이광수(1920.12.18),「간도 동포의 참상」,『독립신문』 87호.

22) 이광수(1920.12.18~25),「간도사변과 독립운동의 장래의 방침(1), (2)」,『독립신문』 87~88호.

23) 이광수(1920.12.18),「저 바람소리」,『독립신문』 87호.

24) 기사(1921.1.15),「국무원 포고 제3호-간도 동포에게」,『독립신문』 90호.

25) 기사(1923.1.10),「순국 제씨의 약력」,『독립신문』 151호.

26) 임경석(2017.8.31),「임경석의 역사극장-일제의 돈을 갖고 튀어라」,『한겨레21』 1177호, 임경석(2017.9.21),「임경석의 역사극장-도대체 누가 밀정이었나」,『한겨레21』 1180호 참고.

27) 기사(1920.4.8),「북간도 통신」,『독립신문』 62호.

28) 고송(1922.9.30),「이순화(李舜華)(續)」,『독립신문』 141호.

29) 강원용(2003),『역사의 언덕에서』 1, 한길사, 8쪽.

30) 김기림(1930.6.22),「간도기행」 9,『조선일보』.

31) 송우혜(2004), 앞의 책, 22~23쪽.

32) 문영금·문영미 엮음(2006), 앞의 책, 380쪽.

33) 송우혜(2004), 앞의 책, 24쪽.

34) 위의 책, 24~25쪽.

35) 윤일주(1976.6),「윤동주의 생애」,『나라사랑』 23집, 외솔회, 157쪽.

36) 이현희(1993),「낙양군관학교」,『한국민족문화대백과사전』, 한국정신문화연구원, 325쪽.

37) 문익환(1973.3),「증언 ―동주, 내가 아는 대로」,『문학사상』, 304쪽.

38) 문영금·문영미 엮음(2006), 앞의 책, 380쪽. 467쪽.

39) 윤일주(1976.6),「윤동주의 생애」, 앞의 책, 153~154쪽.

40) 김형수(2018),『문익환 평전』, 다산북스, 201쪽.

41) 문익환(1976.4),「하늘·바람·별의 시인 윤동주」,『월간중앙』, 312쪽.

42) 김남석(2009),「윤동주의 내면풍경과 시적 맹아」,『한국문학이론과비평』 43집, 한국문학이론과비평학회, 167쪽.

43) 박송일(2006.12),「다문화시대의 정체성 연구를 위한 '에스니시티(ethnicity)'의 개념

화」, 『한국사회학회 2006 사회학대회 논문집』, 한국사회학회, 284쪽.

44) 金哲(1965), 『韓國の人口と經濟』, 東京:岩波書店, 28~29쪽; 김기훈(2008), 「만주의 코리안 디아스포라」, 한석정·노기식 편, 『만주, 동아시아 융합의 공간』, 소명출판, 205~206쪽 재인용.

45) 안수길(1999), 「용정·신경시대」, 강진호 엮음, 『한국문단이면사』, 깊은샘, 277쪽.

46) 오오무라 마스오(2001), 「중국 조선족 문학 연구」, 『윤동주와 한국문학』, 소명출판, 435쪽.

47) 강원용(1993), 『빈 들에서-1: 나의 삶, 한국 현대사의 소용돌이』, 열린문화, 49쪽.

48) 문익환(1976.4), 앞의 글, 312쪽.

49) 장덕순(1976.2), 「하늘 우러러 부끄럼 없이 윤동주-간도시절」, 『연세춘추』, 2쪽.

50) 문익환(1976.4), 앞의 글, 312쪽.

51) 김경일 외(2004), 『동아시아의 민족 이산과 도시』, 역사비평사, 278쪽.

52) 다나카 류이치(2008), 「만주 국민의 창출과 재만 조선인 문제」, 한석정·노기식 편, 『만주, 동아시아 융합의 공간』, 소명출판, 261쪽.

53) 박팔양(1942), 「계절의 환상」, 『만주시인집』, 신경(新京); 제일협화구락부문화부, 66쪽.

54) 박팔양(1942), 「사랑함」, 위의 책, 68쪽.

55) 「소설 콩클 응모 연기」(1940.8.13), 『만선일보』; 김장선(2004), 『위만주국시기 조선인 문학과 중국인문학의 비교연구』, 역락, 108쪽 재인용.

56) 우에하라 카즈요시 외 지음, 한철호 외 옮김(2001), 『동아시아 근현대사』, 옛오늘, 170쪽.

57) 企劃院硏究會(1941), 「基本國策要綱」(昭和十五年八月一日 閣議決定), 『國防國家の綱領』, 新紀元社.; 이종호(2009), 「출판신체제의 성립과 조선 문단의 사정」, 『사이』, 국제한국문학문화학회, 196쪽 참조.

58) 송우혜(2004), 앞의 책, 215~216쪽.

59) 이광인·박용일(2018), 『송몽규 평전』, 연길; 연변대학출판부, 198~240쪽 참조.

60) 리광인(2015), 『시인 윤동주 인생 려정 연구』, 북경:민족출판사, 63~64쪽.

61) 문영금·문영미 엮음(2006), 앞의 책, 40쪽, 447쪽의 사진들.

62) 위의 책, 38~40쪽.

63) 김정우(1976.6), 「윤동주의 소년 시절」, 『나라사랑』 23집, 외솔회, 119쪽.

64) 문영금·문영미 엮음(2006), 앞의 책, 37쪽.

65) 최일(2016.겨울호), 「이중의 디아스포라, 윤동주」, 『작가들』, 인천작가회의, 219쪽.

66) 왕신영·심원섭·오오무라 마스오·윤인석 엮음(2002), 『사진판 윤동주 자필 시고전집』, 민음사, 95쪽.

제 2장 '별'의 시인

1) 게오르그 루카치 저, 반성완 역(1989), 『소설의 이론』, 심설당, 29~30쪽.

2) 임화(1938), 「해협의 로맨티시즘」, 『현해탄』, 동광당서점, 141~142쪽.

3) 임화(1938), 「다시 인젠 천공의 성좌가 있을 필요가 없다」, 위의 책, 187~188쪽.

4) 김용성(2011), 『한국현대문학사탐방』, 국학자료원, 564쪽.

5) 왕신영·심원섭·오오무라 마스오·윤인석 엮음(2002), 『사진판 윤동주 자필 시고전집』, 민음사, 165-166쪽.

6) 홍장학(2004), 『정본 윤동주 전집 원전 연구』, 문학과지성사, 617쪽.

7) 송몽규(1938.9.12), 「밤」, 『조선일보』.

8) 꿈별(1941.6), 「하늘과 더불어」, 『문우』, 연희전문학교문우회, 92~93쪽.

9) 서정주(1941.4), 「문들레꽃」, 『삼천리』, 258쪽.

10) 서정주(1941.2), 「만주에서」, 『인문평론』, 30~31쪽.

11) 서정주(1994), 「소곡」, 『미당 시전집1』, 민음사, 1994, 84쪽.

12) 김달진(1942), 「용정」, 『재만조선시인집』, 연길: 예문당, 18쪽.

13) 김달진(1942), 「향수」, 『재만조선시인집』, 연길: 예문당, 23~24쪽.

14) 이학성(1942), 「별」, 『재만조선시인집』, 연길: 예문당, 93~94쪽.

15) 장춘식(2010), 『일제강점기 조선족 이민작가 연구』, 북경; 민족출판사, 329~331쪽 참고.

16) 권성훈(2019.9), 「일제강점기 자화상 시편에 대한 정신분석」, 『한국학연구』 42, 고려대 한국학연구소, 43쪽.

17) 조두영(1999), 『프로이드와 한국문학』, 일조각, 48쪽.

18) 서용순(2011), 「바디우 철학에서의 존재, 진리, 주체」, 『철학논집』 27, 서강대 철학연구소, 81~82쪽.

19) 이상(1939.2), 「자화상」, 『조광』, 183쪽.

20) 서정주(1939.10), 「자화상」, 『시건설』 7집, 7쪽.

21) 신민영(2014), 『내셔널리즘의 계기를 벗어나 제국의 식민지 문학 독해하기－1940년대 한반도와 타이완의 소설 작품 연구』, 연세대학교 비교문학협동과정 박사학위논문, 29~30쪽 참고.

22) 윤일주(1976.6), 「윤동주의 생애」, 『나라사랑』 23집, 외솔회, 159쪽.

23) 문익환(1973.3), 「증언－동주, 내가 아는 대로」, 『문학사상』, 305쪽.

24) 신민영(2014), 앞의 글, 36~37쪽 참고.

25) 송우혜(2004), 『윤동주 평전』, 푸른역사, 320~328쪽 참고.

26) 미즈노 나오키(2013 겨울호), 왕신영 옮김, 「윤동주는 '창씨개명'을 했는가」, 『다시올 문학』 24호, 163쪽.

27) 송우혜(2004), 앞의 책, 326쪽.

28) 윤일주(1976.6), 앞의 글, 160쪽.

29) 김용성(2011), 앞의 책, 568~569쪽.

30) 한도 가즈토시, 박현미 옮김(2011), 『쇼와사 1』, 루비박스, 336쪽.

31) 위의 책, 336~337쪽.

32) 기사(1942.10.24), 「합격자는 천 백여 명－금춘(今春) 내지 전문대학 반도인 입학 집계」, 『매일신보』.

33) 윤일주(1976.6), 앞의 글, 154쪽.

34) 송우혜(2004), 앞의 책, 224쪽.

35) 김기림(1932.2), 「별들을 잃어버린 사나이」, 『신동아』, 99쪽.

제3장 불온함

1) 「재경도조선인 학생 민족주의 그룹 사건 책동 개요」(1943.12), 『특고월보』, 동경; 내무성 경보국 보안과 발행; 윤일주 번역(1977.12), 「윤동주에 대한 일경 극비취조문서 전문」, 『문학사상』, 304쪽.

2) 임경석 편저(2010), 『동아시아 언론매체 사전 1815-1945』, 논형, 509쪽.

3) 송우혜(2004), 『윤동주평전』, 푸른역사, 300쪽.

4) 유영(1976.6), 「연희전문 시절의 윤동주」, 『나라사랑』 23집, 외솔회, 124쪽.

5) 송몽규(1941.6.5), 「편집후기」, 『문우』(박형진 번역).

6) 윤치호, 김상태 편역(2014), 『물 수 없다면 짖지도 마라－윤치호 일기로 보는 식민지 시기 역사』, 산처럼, 557쪽.

7) 김정우(1976.6), 「윤동주의 소년 시절」, 『나라사랑』 23집, 외솔회, 121쪽 참고.

8) 문익환(1976.4), 「하늘·바람·별의 시인 윤동주」, 『월간중앙』, 311쪽.

9) 정우택(2015), 「해제－오장환과 남만서점, 그리고 근대 시집의 미학」, 『아단문고 근대시집 복각본 총서2』, 아단문고; 정우택(2015.6), 「오장환과 남만서점의 시집들」, 『근대서지』 11호, 근대서지학회.

10) 정병욱(1976.6), 「잊지 못할 윤동주의 일들」, 『나라사랑』 23집, 외솔회, 140쪽.

11) 장덕순(1995), 「이양하 선생님」, 『암행어사의 회포』, 박이정, 132~133쪽.

12) 오장환은 휘문고등보통학교 시절 연작시 「카메라·룸」을 『조선일보』(1934.9.5)에 발표하였고, 「성씨보」·「역(易)」(『조선일보』 1936.10.10), 「면사무소」·「가을」·「향수」(『조선일보』 1936.10.13) 등을 발표했다.

13) 오장환(1947.1), 「조선시에 있어서의 상징」, 『신천지』, 142쪽.

14) 이봉구(1973), 『도정』, 삼성출판사, 242쪽.

15) 서정주(1972), 「조선일보 폐간 기념시」, 『서정주문학전집』 3권, 일지사, 192~193쪽.

16) 기사(1940.11), 「동아·조선 양보의 폐간 후 소식」, 『신세기』 2-5, 58~59쪽.

17) 정지용(1940.8.10), 「지는 해」, 『조선일보』, 부록 2면. 「지는 해」는 원래 '동요' 「서쪽 한울」이란 제목으로 재경도조선유학생학우회 기관지 『학조』 1호(1926.6)에 발표되었고, 『정지용시집』(시문학사, 1935.10)에 「지는 해」로 수록되었던 작품인데, 『소년조선일보』 폐간호에 재수록되었다.

18) 윤동주는 "연희전문 1,2학년 때까지도 여름방학에 하기성경학교 등을 돕기도 하였으나, 3학년 때부터는 교회에 대한 관심이 덜해졌다는 느낌을 받았다. 그때가 그의 시야가 넓어지면서 신앙의 회의기에 들었던 때인지 모른다."(윤일주(1976.6), 「윤동주의 생애」, 『나라사랑』 23집, 외솔회, 157쪽)

19) 정병욱(1976.6), 앞의 글, 138쪽.

20) 위의 글, 141쪽.

21) 정지용(1948), 「서」, 윤동주, 『하늘과 바람과 별과 시』, 정음사, 7~8쪽.

22) 앙드레·지드, 오현우 역(1966), 「사슬에서 풀려난 프로메떼」, 『앙드레·지드전집』Ⅱ, 휘문출판사, 96쪽.

23) 윤일주(1976.6), 앞의 글, 158쪽.

24) 앙드레·지드, 오현우 역(1966), 앞의 책, 80쪽.

25) 윤동주의 시 「간」을 앙드레 지드의 「잘못 결박된 프로메테우스」와 연결하여 분석한 논문은 이현우(2017.6), 「윤동주를 찾아서」(『출판문화』 618호)와 권혁일(2018.5.19), 「프로메테우스의 선택: 정의의 관점으로 읽는 윤동주의 〈간〉」(제68회 한국실천신학회 정기학술세미나, 장로회신학대학교)이 있다. 「사슬에서 풀려난 프로메테우스」의 줄거리 요약은, 1966년 국내 번역판 『앙드레 지드 전집』과 비교하면서, 이 논문들을 참고했다.

26) 앙드레·지드, 오현우 역(1966), 앞의 책, 102쪽.

27) 위의 책, 103쪽.

28) 김용규(2011), 『철학 카페에서 시 읽기』, 웅진 지식하우스, 171쪽.

29) 왕신영·심원섭·오오무라 마스오·윤인석 엮음(2002), 『사진판 윤동주 자필 시고전집』, 민음사, 393쪽.

30) 오희병 편(1936), 『을해명시선집』, 한성도서주식회사, 43쪽.

31) 윤일주(2002), 「소장 도서 목록」, 왕신영 외 엮음(2002), 앞의 책, 359쪽.

32) 서정주(1972), 『서정주문학전집』 5권, 일지사, 116쪽.

33) 수량을 형용하는 '많다'로 부피를 형용함으로써 충격을 주는 방법인, "밤은 참 많기도 하더라"(이상)를 차용하여 서정주는 시 「만주에서」 "참 이것은 너무 많은 하늘입니다."라고 하였다.

34) 김형준(1935.1), 「위기에 빠진 현대문화의 특징」, 『개벽』 신간3호, 69~70쪽.

35) 이헌구(1936.1.3), 「이 대회의 역사적 기여(하)」, 『조선일보』.

36) 한식(1937.11.25), 「문화 옹호의 열정과 의의(상)」, 『동아일보』.

37) 왕신영(2001), 「소장 자료를 통해서 본 윤동주의 한 단면」, 『비교문학』 27, 한국비교문학회, 272쪽.

38) 이상섭(2007), 『윤동주 자세히 읽기』, 한국문화사, 166쪽.

39) 송우혜(2004), 앞의 책, 24쪽.

40) 김정우(1976.6), 앞의 글, 115쪽.

41) 김성연(2020.2), 「윤동주 평전의 질료와 빈 곳」, 『한국시학연구』 61호, 한국시학회, 19쪽.

42) 인문사 편집부 편(1940.4), 『소화 15년판 조선 문예연감』, 인문사, 139쪽.

43) 윤대석(2006), 「아카데미즘과 현실 사이의 긴장-박치우의 삶과 사상」, 『우리말글』 36, 우리말글학회, 372쪽.

44) 장지영(2009), 「박치우의 사회·문화비평 연구」, 성균관대학교 석사학위논문, 1쪽.

45) 위의 논문, 2쪽 참고.

46) 위상복(2012), 『불화 그리고 불온한 시대의 철학－박치우의 삶과 사상』, 길, 766쪽.

47) 윤대석(2006), 앞의 글, 373쪽.

48) 송우혜(2004), 앞의 책, 369쪽.

49) 강원용(1993), 『빈 들에서-1; 나의 삶, 한국현대사의 소용돌이』, 열린문화, 57쪽.

50) 박치우(1938.7), 「현대 조선학생론－문화조선에 기(寄)하는 서」, 『사해공론』, 17쪽.

51) 박치우(1938.5.11), 「현대 학생 풍기론－그 사회적 근거와 변천상」, 『조선일보』.

52) 박치우(1938.7), 앞의 글, 17쪽.

53) 박치우(1938.5.10~5.14), 「현대 학생 풍기론－그 사회적 근거와 변천상」, 『조선일보』 참조.

54) 박치우(1938.7), 앞의 글, 18~19쪽.

55) 박치우(1936.5.29), 「국제 작가대회의 교훈－문화실천에 있어서의 선의지(2)」, 『동아일보』.

56) 스즈키 사다미(鈴木貞美), 김채수 역(2001), 『일본의 문학개념』, 보고사, 394~395쪽 참조.

57) 장지영(2009), 앞의 글, 1쪽.

58) 윤인석(2002), 「소장 도서 목록」, 왕신영 외 엮음(2002), 앞의 책, 360쪽 참고.

59) 왕신영(2001), 앞의 글, 265~266쪽.

60) 위의 글, 264쪽에서 재인용.

61) 박치우(1936.5.29), 앞의 글, 석간 7면.

62) 김기림(1947), 『시론』, 백양당, 1~2쪽.

63) 유영(1976.6), 앞의 글, 126쪽.

64) 김두용(1935.6.6),「전형기와 명일의 조선문학(중)」,『동아일보』.

65) 정인섭(1935.10.13),「문단시평 – 세계문단의 당면 동의」,『동아일보』.

66) 김영민(1999),『한국근대문학비평사』, 소명출판사, 465쪽 참고.

67) 기사(1939.10.24),「조선문인협회」,『동아일보』.

68) 정인섭(1939.6),「도지사절(渡支使節)의 송별」,『삼천리』, 239~240쪽 참조.

69) 정인섭(1940.1.5),「애국문학의 제창(하) – 시국과 조선문학의 장래」,『매일신보』.

70) 박중훈(2013),「일제강점기 정인섭의 친일활동과 성격」,『역사와경계』 89, 경남사학회, 191쪽.

71) 기사(1941.12.13),「폭풍 인기 중에 개막되는 결전문화 대강연회」,『매일신보』.

72) 신남철(1937.8.6),「고뇌의 정신과 현대 – 어떤 작가에게 주는 편지」,『동아일보』.

73) 신남철(1942.7.1~7.2),「자유주의의 종언」,『매일신보』.

74) 백철(1938.2.6),「구미 현대작가 군상(하) – 나의 지드관」,『동아일보』.

75) 백철(1938.12.6),「시대적 우연의 수리 – 사실에 대한 정신의 태도」,『조선일보』.

76) 김용제(1939.6),「朝鮮文化運動の當面任務-その理論·構成·實踐に關する覺書」,『東洋之光』, 78쪽.

77) 백철(1975),『문학 자서전 – 진리와 현실(후편)』, 박영사, 15~16쪽.

78) 위의 책, 25쪽.

79) 이태준(1938.1),「패강랭」,『삼천리문학』, 22쪽.

80) 위의 글, 30쪽.

81) 김병호(1999),『아산의 주역강의 상』, 도서출판 소강, 135~137쪽 참조.

82) 이태준(1946.7),「해방 전후 – 한 작가의 수기」,『문학』 제1호, 7쪽.

83) 기사(1940.2.14),「조선 예술상」,『동아일보』.

84) 김윤식(2009),「작품 해설 – 인공적 글쓰기와 현실적 글쓰기」,『한국문학전집 21 이태준 단편선』, 문학과지성사, 249쪽.

85) 백철(1975), 앞의 책, 348쪽.

86) 문영금·문영미 엮음(2006),『기린갑이와 고만녜의 꿈 – 문재린 김신묵 회고록』, 삼인, 380쪽.

87) 김병호(1999), 앞의 책, 136~137쪽.

88) 이남호(2014),『윤동주 시의 이해』, 고려대학교출판부, 52~56쪽.

89) 성은혜(2017),「윤동주 시의 상호텍스트성 연구」,『한국문학이론과 비평』 77집, 한국문학이론과 비평학회.

90) 신경숙(2012),「장미의 상호텍스트성」,『비교문학』 58집, 한국비교문학회.

91) 기사(1935.8.24),「조선공산당 재건 동맹사건 전모」,『조선일보』 호외.

92) 이효석(1938.1),「장미 병들다」,『삼천리문학』; 이효석(2016),『이효석 전집2』, 서울대학교 출판문화원, 362쪽.

93) 위의 책, 378쪽.

94) 위의 책, 377쪽.

95) 위의 책, 375쪽.

96) 서지영(2013),『경성의 모던걸』, 여이연, 16쪽.

97) 이효석(2016), 앞의 책, 367쪽.

98) 성은혜(2017), 앞의 글, 265쪽 참조.

99) 정지용(1935),『정지용시집』, 시문학사, 128쪽.

100) 신남철(1937.8.3),「고뇌의 정신과 현대-어떤 작가에게 주는 편지」,『동아일보』.

101) 기사(1938.4.2),「가경할 최근 학생계 풍기」,『조선일보』.

102) 박치우(1938.5.12),「현대 학생 풍기론(3) ―그 사회적 근거와 변천상」,『조선일보』.

103) 천정환(2011),「식민지 모더니즘의 성취와 운명―박태원의 단편소설」,『박태원 단편선―소설가 구보씨의 일일』, 문학과지성사, 465쪽.

제4장 시인, 윤동주

1) 윤일주(1976.6),「윤동주의 생애」,『나라사랑』 23집, 외솔회, 154~155쪽.

2) 권오만(2009),「윤동주 시 보존과 관련된 인터뷰와 그 정리―윤혜원·오형범 님」,『윤동주 시 깊이 읽기』, 소명출판, 419쪽.

3) 송우혜(2004),『윤동주 평전』, 푸른역사, 32쪽.

4) 위의 책, 223쪽.

5) 정지용(1935),『정지용 시집』, 시문학사, 51쪽.

6) 성병욱(1976.6),「잊지 못할 윤동주의 일들」,『나라사랑』 23집, 외솔회, 140쪽.

7) 윤일주(1976.6), 앞의 글, 159쪽.

8) 정병욱(1976.6), 앞의 글, 140쪽.

9) 기사(1947.2.13), 「집회(集會)」, 『경향신문』, 3면.

10) 정지용(1947.2.13), 「해설: 쉽게 씌워진 시」, 『경향신문』, 4면.

11) 엄동섭(2017.6), 「'가슴 속에 하나 둘씩 새겨지는 별'들의 이력서 —『하늘과 바람과 별과 시』의 판본 비정과 서지 분석」, 『근대문학』 4호, 국립중앙도서관, 91쪽.

12) 정지용(1948), 「서(序)」, 윤동주, 『하늘과 바람과 별과 시』, 정음사, 3쪽.

13) 최동호 엮음(2015), 『정지용전집1』, 서정시학, 711~714쪽 참조.

14) 정지용(1948.10), 「조선시의 반성」, 『문장』 3권 5호(속간호), 119쪽.

15) 고정일(2012), 『한국출판 100년을 찾아서』, 정음사, 345쪽.

16) 오영식(2009), 『해방기(1945~1950) 간행도서 총목록』, 소명출판, 20쪽.

17) 위의 책, 20~21쪽.

18) 조선문학가동맹(1946.2), 「제1회 전국문학자대회의 결정서」, 『제1회 전국문학자대회 자료집 및 인명록』; 최원식 해제(1988), 『건설기의 조선문학』, 온누리, 168쪽.

19) 엄동섭(2017.6), 앞의 글, 86~90쪽 참조.

20) 이은정(2005), 「한국 근현대 베스트셀러 문학에 나타난 독서의 사회사」, 『한국시학연구』 13호, 한국시학회, 223쪽.

21) 송우혜(2004), 앞의 책, 500~501쪽.

22) 유영(1980.3.3), 「높고 깊은 뜻은 어디에」, 『연세춘추』

23) 송우혜(2004), 앞의 책, 501쪽.

24) 김성연(2020.2), 「윤동주 평전의 질료와 빈 곳」, 『한국시학연구』 61호, 한국시학회, 11쪽.

25) 강처중(1948), 「발문」, 윤동주, 『하늘과 바람과 별과 시』, 정음사, 69~70쪽.

26) 유영(1976.6), 「연희전문 시절의 윤동주」, 『나라사랑』 23집, 외솔회, 126쪽 참조.

27) 유영(1948), 「창 (窓)밖에 있거든 두다리라 —동주(東柱) 몽규(夢奎) 두 영(靈)을 부른다」, 윤동주, 『하늘과 바람과 별과 시』, 정음사, 65~68쪽.

28) 강처중(1947.4.27), 「충무공 이순신」, 『경향신문』.

29) 정지용(1948.10), 앞의 글, 123쪽.

30) 유춘동(2015.6), 「남북 이데올로기로 인한 지식인의 좌절 —월북 국문학자 김삼불의 삶과 행적」, 『평화학연구』 16-3, 한국평화연구학회, 76쪽 참조.

31) 유영(1976.6), 앞의 글, 127쪽.

32) 정지용(1948), 앞의 글, 10쪽.

33) 엄동섭(2017.6), 앞의 글, 92쪽.

34) 기사(1953.10.14),「정국은 사건 군재 개정」,『동아일보』.

35) 송우혜(2004), 앞의 책, 518쪽.

36) 유종호(2004),『나의 해방전후』, 민음사, 264~265쪽.

37) 김기진(2002),『끝나지 않은 전쟁 국민보도연맹』, 역사비평사, 19쪽.

38) 위의 책, 24쪽.

39) 김철(1993),『구체성의 시학』, 실천문학사, 46쪽; 이석우(2006),『현대시의 아버지 정지용 평전』, 푸른사상사, 89~90쪽.

40) 강준만(2004),『한국현대사산책 -1940년대편 2권』, 인물과사상사, 118쪽.

41) 이봉범(2008),「단정수립 후 전향의 문화사적 연구」,『대동문화연구』 64집, 성균관대 대동문화연구원, 233쪽.

42) 기사(1949.11.5),「시인 정지용 씨도 가맹-轉向之辯 "심경의 변화"」,『동아일보』.

43) 기사(1949.12.24),「종합예술제」,『동아일보』.

44) 기사(1950.1.8),「국민예술제」,『조선일보』.

45) 기사(1950.3.30),「타공(打共) 즉 민국(民國) 흥륭(興隆), 보련(保聯)에서 타공(打共) 강조 주간 실시」,『경향신문』.

46) 기사(1953.10.14),「정국은 사건 군재(軍裁) 개정(開廷)」,『동아일보』.

47) 기사(1953.9.22),「정국은 사건 전모 발표」,『동아일보』.

48) 기사(1953.11.18),「남로당 자금으로 활동」,『동아일보』.

49) 정희상(1989),「정국은 간첩조작 사건」,『말』, 149쪽.

50) 회의록(1953.11.19),「제17회 국회임시회의속기록 제8호, 1953. 11. 19-한하운시집 사건에 대한 최원호 의원의 질문과 국무총리의 답변」; 계훈모(1993),『한국언론연표 Ⅲ』, 관훈클럽 신영기금 연구기금, 1099~1100쪽.

51) 한하운(2010),「오소백의 〈나(癩) 시인 사건〉에 부쳐」,『한하운전집』, 문학과지성사, 618~619쪽.

52) 송우혜(2017),「『윤동주 평전』에 담긴 뒷이야기」,『윤동주 평전』, 서정시학, 512쪽.

53) 기사(1953.7.15),〈윤동주 유고 특집〉「약력」,『연희춘추』, 4쪽.

54) 엄동섭(2017.6), 앞의 글, 92쪽.

55) 정병욱(1955), 「후기」, 윤동주, 『하늘과 바람과 별과 시』, 정음사, 204쪽.

56) 윤일주(1955), 「선백의 생애」, 윤동주, 『하늘과 바람과 별과 시』, 정음사, 220~201쪽.

57) 정병욱(1953.7.15), 「고 윤동주 형의 추억」, 『연희춘추』, 5쪽.

58) 이봉구(1948.2.19), 「신간평－시인의 별: 윤동주 시집을 읽고」, 『평화신문』.

59) 허윤(2019.4), 「『시연구』(1956) 동인의 윤동주 추도와 시의식의 형성」, 『한국현대문학연구』 57, 한국현대문학회, 307쪽.

60) 김윤성(1955.4.30), 「고 윤동주의 시」, 『경향신문』.

61) 좌담회(1955.12.20), 「을미년 1955년 문화계 회고. 문학 연극 미술 음악을 말하는 좌담회(2)」, 『경향신문』.

62) 정병욱(1955), 앞의 글, 199쪽.

63) 위의 글, 203쪽.

64) 심선옥(2007.6), 「1920~30년대 근대시의 정전화 과정」, 『상허학보』 20, 상허학회, 79쪽.

65) 하루오 시라네(2002), 「정전 형성의 패러다임과 비평적 전망」, 하루오 시라네·스즈키 토미 편, 왕숙영 역, 『창조된 고전』, 소명출판, 22쪽.

66) 서정주(1950), 「머릿말」, 『현대조선명시선』, 온문사, 1쪽.

67) 김형태(2018), 「윤동주 시의 교과서 수록 양상 연구－1차~7차 교육과정 교과서를 중심으로」, 『청람어문교육』 65권, 청람어문교육학회, 331~332쪽.

68) 위의 글, 311~319쪽 참조.

69) 백철(1967), 「암흑기 하늘의 별」, 윤동주(1985), 『하늘과 바람과 별과 시』, 정음사, 200~201쪽.

70) 기사(1967.6.22), 「고 윤동주 시인 시비건립 운동」, 『동아일보』.

71) 박두진(1965.3.4), 「순절(殉節)의 시인 윤동주－윤동주 시비 건립운동에 붙여서」, 『동아일보』.

제5장 1930~40년대 문학장

1) 김윤식(1976.6), 「한국 근대시와 윤동주」, 『나라사랑』 23집, 외솔회, 75쪽.

2) 김정우(1976.6),「윤동주의 소년 시절」,『나라사랑』 23집, 외솔회, 120~121쪽.

3) 왕신영·심원섭·오오무라 마스오·윤인석 엮음(2002),『사진판 윤동주 자필 시고전집』, 민음사, 359~364쪽 참조.

4) 윤일주(1976.6),「윤동주의 생애」,『나라사랑』 23집, 외솔회, 155쪽.

5) 왕신영 외 엮음(2002),「윤동주 연보」, 앞의 책, 396쪽.

6) 장덕순(1995),「나의 전반기 독서 편력」,『암행어사의 회포』, 박이정출판사, 138쪽.

7) 윤일주(1976.6), 앞의 글, 158쪽.

8) 왕신영 외 엮음(2002),「자필 서명 및 메모」, 앞의 책, 198쪽.

9) 왕신영 외 엮음(2002),「소장도서 목록」, 위의 책, 363쪽.

10) 장덕순(1976.6.7),「하늘 우러러 부끄럼 없이 윤동주－간도 시절」,『연세춘추』, 2쪽.

11) 왕신영 외 엮음(2002),「스크랩 내용 일람」, 앞의 책, 365~382쪽 참조.

12) 윤일주(1976.6), 앞의 글, 159쪽.

13) 문익환(1985),「동주형의 추억」, 윤동주,『하늘과 바람과 별과 시』, 정음사, 215쪽.

14) 정병욱(1976.6),「잊지 못할 윤동주의 일들」,『나라사랑』 23집, 외솔회, 135쪽.

15) 위의 글, 137쪽.

16) 문익환(1973.3),「증언－동주, 내가 아는 대로」,『문학사상』, 305쪽.

17) 최재서(1937.8.20),「문학·작가·지성」,『동아일보』.

18) 홍장학(2004),『정본 윤동주 전집 원전 연구』, 문학과지성사, 577쪽.

19) 왕신영 외 엮음(2002),「소장 도서 목록」, 앞의 책, 359쪽.

20) 정병욱(1953.7.15),「고 윤동주 형의 추억」,『연희춘추』, 5쪽.

21) 송우혜(2004),『윤동주 평전』, 푸른역사, 256쪽.

22) 왕신영 외 엮음(2002), 앞의 책, 365~369쪽.

23) 위의 책, 365쪽 참고.

24) 정지용(1935),『정지용 시집』, 시문학사, 7쪽.

25) 정지용(1937.6.9),「비로봉」,『조선일보』.

26) 정지용(1935), 앞의 책, 2쪽.

27) 위의 책, 6쪽.

28) 위의 책, 12~13쪽.

29) 왕신영 외 엮음(2002), 앞의 책, 243쪽.

30) 윤일주(1976.6), 앞의 글, 156쪽.

31) 문익환(1976.4), 「하늘·바람·별의 시인 윤동주」, 『월간중앙』, 317쪽.

32) 윤일주(1976.6), 앞의 글, 154쪽.

33) 김기림(1936.1.29), 「『사슴』을 안고」, 『조선일보』.

34) 백석(1936.1), 「모닥불」, 『사슴』, 선광인쇄주식회사, 14~15쪽.

35) 백석(1941.4), 「흰 바람벽이 있어」, 『문장』 3권4호, 165~167쪽.

36) 편집자(1941.4), 「謹告(근고)」, 『문장』 3권4호, 320쪽.

37) 장덕순(1995), 앞의 글, 138쪽.

38) 김기림(1935.1.4), 「신춘의 조선 시단」, 『조선일보』.

39) 오장환(1936.10.10), 「성씨보」, 『조선일보』.

40) 최재서(1940.8.5), 「시단의 3세대」, 『조선일보』.

41) 왕신영 외 엮음(2002), 앞의 책, 365~369쪽.

42) 오장환(1937), 「해수」, 『성벽』, 풍림사, 68~70쪽.

43) 이기성(2007), 「탕아의 위장술과 멜랑콜리의 시학－오장환론」, 『민족문학사연구』 33호, 민족문학사학회, 347쪽.

44) 오장환(1937), 「해항도」, 앞의책, 26~27쪽.

45) 오장환(1937), 「매음부」, 앞의 책, 37~38쪽.

46) 정병욱(1953.7.15), 「고 윤동주 형의 추억」, 『연희춘추』, 5쪽.

47) 박용철(1930.3), 「떠나가는배」, 『시문학』 창간호, 22쪽.

48) 오장환(1939), 「The Last Train」, 『헌사』, 남만서방, 16-17쪽.

49) 임화(1939.8.19), 「시단의 신세대 2－현대와 서정시의 운명」, 『조선일보』.

50) 유종호(2002), 「사회적 외방인의 낭만적 허영」, 『다시 읽는 한국시인』, 문학동네, 140~141쪽.

51) 문익환(1973.3), 「증언－동주, 내가 아는 대로」, 『문학사상』, 305쪽.

52) 윤일주(1976.6), 앞의 글, 159쪽.

53) 김광균(2014), 「30년대의 화가와 시인들」, 오영식 등 편, 『김광균 문학전집』, 소명출판, 481쪽.

54) 서정주(1991), 「뜻 아니한 인기와 밥」, 『미당 서정주 시전집』 2, 민음사, 949쪽.

55) 기사(2015.6.18), 「미당 '화사집' 특제본, 정말 있긴 있었구나」, 『한겨레』.

56) 김광균(2014), 앞의 글, 481쪽.

57) Baudelaire, Charles, Les fleurs du mal(Ornamentes graves sur bois par Alfred Latour), Helleu et Sergent, 1928; 박종주(2014), 「『화사집』의 뱀 그림」, 『근대서지』 제9호, 근대서지학회, 600쪽.

58) 서정주(1972), 「이상의 일」, 『서정주 문학전집』 5, 일지사, 87쪽.

59) 이봉구(2004), 『명동백작』, 일빛, 42쪽.

60) 서정주(1941), 「자화상」, 『화사집』, 남만서고, 9~11쪽.

61) 서정주(1941), 「문둥이」, 위의 책, 19쪽.

62) 서정주(1940.4), 「속 나의 방랑기」, 『인문평론』, 인문사, 68~69쪽.

63) 서정주(1940.3.2), 「칩거자(蟄居者)의 수기(상) - 주문(呪文)」, 『조선일보』.

64) 위의 글.

65) 김동환(1940.11.19), 「신윤리의 수립 - 국방국가의 입장에서」, 『매일신보』.

66) 정병욱(1953.7.15), 앞의 글, 5쪽.

67) 서정주(1941), 「단편」, 앞의 책, 46쪽.

68) 왕신영 외 엮음(2002), 앞의 책, 104쪽.

69) 안병용(2006), 「뚜르게네프 산문시 「거지」와 윤동주의 「트루게네프의 언덕」 - 한국 근대문학의 러시아문학 수용 문제에 부쳐」, 『슬라브학보』 21권3호, 한국슬라브유라시아학회, 200쪽.

70) 홍효민(1933.8.22), 「투르게네프 그의 생애·예술 상(上)」, 『조선일보』.

71) 홍효민(1933.8.25), 「투르게네프 그의 생애·예술 하(下)」, 『조선일보』.

72) 조용훈(1990), 「투르게네프의 이입과 영향」, 『서강어문』 7집, 292쪽 참조.

73) 김억(1918.11.12), 「비렁방이」, 『태서문예신보』 5호.

74) 이상섭(2007), 『윤동주 자세히 읽기』, 한국문화사, 29~30쪽.

75) 기사(1940.8.5), 「부랑소년 발본책 - 도(道)에서 심중 연구」, 『조선일보』.

76) 왕신영 외 엮음(2002), 「윤동주 연보」, 앞의 책, 396쪽.

77) 윤일주(1976.6), 앞의 글, 159쪽.

78) 이상(1938), 「첫 번째 방랑」, 김윤식 편(1993), 『이상문학전집 - 수필』, 문학사상사, 157~158쪽.

제6장 청춘

1) 윤동주(1985), 「화원에 꽃이 핀다」, 『하늘과 바람과 별과 시』, 정음사, 184쪽.
2) 황현산(2013), 「지성주의의 시적 서정—윤동주 시의 모순구조」, 『잘 표현된 불행』, 중앙북스, 285쪽.
3) 김우창(2012), 「시대와 내면적 인간—윤동주의 시」, 『궁핍한 시대의 시인』, 민음사, 2012, 193쪽.
4) 왕신영·심원섭·오오무라 마스오·윤인석 엮음(2002), 『사진판 윤동주 자필 시고전집』, 민음사, 91~92쪽.
5) 송우혜(2004), 『윤동주 평전』, 푸른역사, 242~243쪽.
6) 왕신영 외 엮음(2002), 앞의 책, 78쪽.
7) 권혁양(2008), 「중세국어 '더위—'(움키다, 부둥키다)의 어원 탐색」, 『알타이학보』 18, 한국알타이학회, 170쪽.
8) 장덕순(1995), 「간도 이야기」, 『암행어사의 회포』, 박이정출판사, 110쪽.
9) 강처중(1948), 「발문」, 윤동주, 『하늘과 바람과 별과 시』, 정음사, 70쪽.
10) 정병욱(1976.6), 「잊지 못할 윤동주의 일들」, 『나라사랑』 23집, 외솔회, 138쪽.
11) 위의 글, 138쪽.
12) 왕신영 외 엮음(2002), 앞의 책, 89쪽.
13) 김흥규(2017), 「윤동주론」, 권영민 엮음, 『윤동주 전집』, 문학사상사, 357쪽.
14) 기사(1930.12.25), 「경용(京龍) 교외 순환 철도-서소문, 아현리, 연희 3역 신설」, 『동아일보』.
15) 이상섭(2007), 『윤동주 자세히 읽기』, 한국문화사, 28쪽.
16) 정병욱(1976.6), 앞의 글, 134~135쪽.
17) 이봉구(2004), 『명동백작』, 일빛, 46쪽. 이봉구는 1916년생으로 윤동주와 같은 세대.
18) 김용성(2011), 『한국현대문학사탐방』, 국학자료원, 564쪽.
19) 오장환(1936), 「수부(首府)」, 민태규 편, 『낭만』, 낭만사, 64~66쪽.
20) 정병욱(1976.6), 앞의 글, 135~136쪽.
21) 발터 벤야민, 조형준 옮김(2005), 『아케이드 프로젝트 1』, 새물결, 988~989쪽.
22) 최인영(2019), 「20세기 서울 전차의 노선 확장과 도시사적 의미」, 『서울의 전차』, 서

울역사박물관, 202쪽 참고.

23) 기사(1936.8.4), 「팽창 경성 가두 변천기-태평통 편」(1), 『조선일보』.

24) 박태원(1994), 『소설가 구보씨의 일일』, 깊은샘, 37쪽.

25) 기사(1936.8.4), 「팽창 경성 가두 변천기-태평통 편」(1), 『조선일보』.

26) 심혜련(2008), 「도시 공간과 흔적 그리고 산책자」, 『시대와 철학』 19-3, 한국철학사상연구회, 124쪽.

27) 김태빈(2020), 『동주, 걷다』, 레드우드, 175~176쪽 사진 참고.

28) 윤일주(1976.6), 「윤동주의 생애」, 『나라사랑』 23집, 외솔회, 161~162쪽.

29) 장덕순(1995), 『파수병 없는 마을』, 박이정, 45쪽.

30) 기사(1930.12.25), 「경용(京龍) 교외 순환 철도-서소문, 아현리, 연희 3역 신설」, 『동아일보』.

31) 홍장학(2004), 『정본 윤동주 전집 원전 연구』, 문학과지성사, 644~645쪽 참고.

32) 윤일주(1976.6), 앞의 글, 157쪽.

33) 윤혜원 육성, 송우혜(2004), 앞의 책, 246쪽.

34) 정병욱(1976.6), 앞의 글, 136~137쪽.

35) 어효선(2003), 『내가 자란 서울 (2판)』, 대원사, 114쪽.

36) 서정주(1972), 『서정주 문학전집』 5권, 일지사, 115쪽.

37) 윤일주(1976.6), 앞의 글, 158쪽.

38) 유영(1948), 「창 밖에 있거든 두다리라-동주 몽규 두 영(靈)을 부른다」, 윤동주, 『하늘과 바람과 별과 시』, 정음사, 66~67쪽.

39) 노다객(老茶客)(1938.6), 「경성 다방 성쇠기」, 『청색지』 1호, 47쪽.

40) 홍선영·박미경·채영님(2009), 『일본잡지 모던 일본과 조선 1940: 완역 〈모던일본〉 조선판 1940』, 어문학사, 290쪽.

41) 이봉구(1973), 『도정』, 삼성출판사, 278쪽.

42) 위의 책, 242쪽.

43) 기사(1941.12.6), 「배우들 예명 금지」, 『매일신보』.

44) 한도 가즈토시, 박현미 옮김(2011), 『쇼와사1』, 루비박스, 233~234쪽.

45) 강원용(1993), 『빈 들에서-1: 나의 삶, 한국현대사의 소용돌이』, 열린문화, 86쪽.

46) 위의 책, 88쪽.

47) 문익환(1985), 「동주 형의 추억」, 윤동주, 『하늘과 바람과 별과 시』, 정음사, 213쪽.

48) 채만식(1989), 「종로의 주민」, 『채만식전집』 8, 창작과비평사, 159~160쪽.

49) 신형철(2008), 「그가 누웠던 자리」, 『몰락의 에티카』, 문학동네, 507쪽.

50) 김응교(2016), 「곁으로」, 『처럼』, 문학동네, 284쪽.

51) 신형철(2008), 앞의 글, 512쪽.

52) 고석규(1990), 「윤동주의 정신적 소묘」, 『여백의 존재성』, 지평, 162쪽.

53) 정병욱(「잊지 못할 윤동주의 일들」, 『나라사랑』 23집, 외솔회, 1976, 140쪽)의 회고에서부터 대부분의 「병원」 해석이 그러하다. 이남호(2014), 『윤동주 시의 이해』, 고려대학교출판부, 65-66쪽.

54) 이효석(1929.11), 「북국점경」, 『삼천리』, 39쪽.

55) 노자영(1923), 『반항』, 신민공론사, 8~9쪽.

56) 박찬부(2007), 『기호, 주체, 욕망 – 정신분석학과 텍스트의 문제』, 창비, 11쪽.

57) 신형철(2008), 앞의 글, 510쪽.

58) 한기형(2017.10.28), 「표현과 권력 – 식민지 경험이 주는 교훈」, 『추억의 박물관 인문학 강좌』 팸플릿

59) 최재서(1941.2), 「文學新體制化の目標」, 『녹기』; 이경훈 편역(2009), 『한국 근대 일본어 평론·좌담회 선집(1939-1944)』, 역락, 108~111쪽.

제7장 일본 유학

1) 송우혜(2004), 『윤동주 평전』, 푸른역사, 327쪽.

2) 위의 책, 333쪽.

3) 미즈노 나오키, 정한나 역(2018), 「일본 유학시절의 윤동주와 송몽규」, 연세대학교 국학연구원 연세학풍연구소, 『윤동주와 그의 시대』, 혜안, 201쪽.

4) 김정우(1976.6), 「윤동주의 소년시절」, 『나라사랑』 23집, 외솔회, 121쪽.

5) 윤영춘(1976.6), 「명동촌에서 후쿠오카까지」, 『나라사랑』 23, 외솔회, 110쪽.

6) 한도 가즈토시, 박현미 옮김(2011), 『쇼와사 1 전전(戰前)편(1926~1945)』, 루비박스, 334쪽.

7) 위의 책, 333쪽.

8) 위의 책, 333쪽.

9) 송우혜(2004), 앞의 책, 352쪽.

10) 「릿쿄대학」(2021), 나무위키(https://namu.wiki/w/릿쿄대학)

11) 한도 가즈토시, 박현미 옮김(2011), 앞의 책, 332쪽.

12) 정병욱(1999), 「나의 아호 백영」, 『바람을 부비고 서 있는 말들』, 신구문화사, 40쪽.

13) 마르틴 하이데거 지음, 신상희 옮김(2008), 『숲길』, 나남, 106쪽.

14) 김용규(2011), 『철학 카페에서 시 읽기』, 웅진 지식 하우스, 372~376쪽 참조.

15) 신지은(2009.5), 「도시 산책자: 자기 유폐와 함께하기의 경계에서 방랑/황하는 존재」, 『문화와사회』 6권, 한국문화사회학회, 58쪽.

16) 송우혜(2004), 앞의 책, 338쪽에서 재인용.

17) 미나미 총독(南總督)(1942.5), 「승리는 우리의 것」, 『춘추』, 40~42쪽.

18) 기사(1942.5), 「바타안 반도 수(遂) 함락」, 『춘추』, 10쪽과 12쪽 사진.

19) 안병욱(1985.10.26), 「나의 유학시절」③, 『매일경제』.

20) 강원용(1993), 『빈 들에서-1; 나의 삶, 한국현대사의 소용돌이』, 열린문화, 93쪽.

21) 김사량(2001), 「천마」, 『김사량 작품집－빛 속으로』, 소담출판사, 184쪽.

22) 윤일주(1955), 「선백(仙伯)의 생애」, 윤동주, 『하늘과 바람과 별과 시』, 정음사, 216쪽.

23) 정지용(1948), 「서」, 윤동주, 『하늘과 바람과 별과 시』, 정음사, 7~8쪽.

24) 김용규(2011), 앞의 책, 376쪽.

25) 한도 가즈토시 지음, 박현미 옮김(2011), 앞의 책, 343쪽.

26) 권오만(2009), 「윤동주 시 보존과 관련된 인터뷰와 그 정리–윤혜원·오형범 님」, 『윤동주 시 깊이 읽기』, 소명출판, 424~425쪽.

27) 윤여문(2007.12.30), 「호주 시드니에서 열린 윤동주 90세 생일잔치: 윤동주 여동생 '오빠는 여자친구도 없이 죽어'」, 『오마이 뉴스』.

28) 송우혜(2004), 앞의 책, 368~369쪽.

29) 윤여문(2007.2.28), 「3.1절 특집－윤동주②: 유일한 혈육 윤혜원 씨와의 13년에 걸친 인터뷰」, 『오마이뉴스』.

30) 야나기하라 야스코(2013.겨울호), 「시인 윤동주, 동경시대의 하숙과 남겨진 시」, 『다시올문학』, 178쪽.

31) 황석영(1993), 『사람이 살고 있었네』, 시와시학사, 28쪽.

32) 기사(1938, 4.3), 「입학시험합격자」, 『동아일보』.

33) 전영선(1999.1), 「북한 문화예술 행정조직의 총책임자 백인준」, 『북한』 325호.; 박민규(2013), 「응향 사건의 배경과 여파」, 『한민족문화연구』 44집, 한민족문화학회 참고.

34) 「재(在)경도(京都)조선인 학생 민족주의 그룹 사건 책동 개요」(1943.12), 『특고월보』, 내무성 경보국 보안과 발행; 윤일주 번역(1977.12), 「윤동주에 대한 일경 극비 취조 문서 전문」, 『문학사상』, 304쪽.

35) 미즈노 나오키 외(2013.겨울호), 「'시인 윤동주 기억과 화해의 비석' 건립운동의 현상과 공개된 재판자료의 의미에 관하여」, 『다시올문학』, 144쪽.

36) 안병욱(1985.11.4), 「나의 유학시절」⑨, 『매일경제』, 9쪽.

37) 야나기하라 야스코(2013.겨울), 앞의 글, 178쪽.

38) 윤일주(1985), 「윤동주 연보」, 윤동주, 『하늘과 바람과 별과 시』, 정음사, 253쪽.

39) 송우혜(2004), 앞의 책, 338쪽에서 재인용.

40) 정병욱(1953.7.15), 「고 윤동주 형의 추억」, 『연희춘추』, 5쪽.

41) 정지용(1935), 「카페·프랑스」, 『정지용시집』, 시문학사, 46~47쪽.

42) 이부끼 고(伊吹鄕)(1985.3), 「시대의 아침을 기다리며」, 『문학사상』, 351쪽.

43) 정지용(1935), 「압천(鴨川)」, 『정지용시집』, 시문학사, 34~35쪽.

44) 정병욱(1953.7.15), 앞의 글, 5쪽.

45) 왕신영 외 엮음(2002), 앞의 책, 190쪽.

46) 윤영춘(1976.6), 앞의 글, 110~111쪽.

47) 윤영춘(尹永春, 1912~1978)은 북간도 명동 출생으로 명동소학교, 숭실전문학교, 메이지학원과 니혼대학에서 영문학을 전공하고 두 대학에서 강의하였다. 1934년 3월 『신동아』 현상문예 시 부문에 당선되었고 종합지 『제일선』에 단편소설을 발표하기도 했다. 해방 후에는 『무화과』(1948), 『하늘은 안다』(1954) 등의 시집과 『현대중국시선』(1947), 『소련기행』(1949) 등을 번역하였다. 그는 시인, 영문학자, 중문학자였다. 박진영(2019), 『번역가의 탄생과 동아시아 세계문학』, 소명출판, 497~503쪽 참고.

48) 송민호(2014.8), 「아방가르드 예술의 한국적 수용(1)－이상(李箱)과 장 콕토(Jean Cocteau)」, 『인문논총』 71권 3호, 서울대 인문학연구원.

49) 윤일주(1976.6), 「윤동주의 생애」, 『나라사랑』 23집, 외솔회, 158쪽.

50) 윤영춘(1976.6), 앞의 글, 111쪽.

51) 이상경(2018.6), 「식민지 조선의 맥락에서 읽은 인도 시인 사로지니 나이두」, 『어문학』 140, 한국어문학회, 189~190쪽.

52) Sarojini Naidu(1918), "Address to the Madras Provincial Conference," at the Madras Provincial Conference in May 1918; Sarojini Naidu(1925), Speeches and Writings of Sarojini Naidu, 3rd Ed., Madaras:G. A. Natesan&Co., pp.188~189; 이상경(2018.6), 앞의 글, 196쪽 재인용.

53) 정인섭(1929.11), 「인도의 여시인 사로지니 나이두」, 『신생』 참고.

54) 정인섭(1931.1), 「혁명 여성 나이두와 인도」, 『삼천리』, 44~47쪽.

55) 윤영춘(1976.6), 앞의 글, 111쪽.

56) 위의 글, 112~113쪽.

57) 윤일주(1955), 앞의 글, 218쪽.

제8장 '시'라는 망명정부

1) 정재정(2016), 『서울과 교토의 1만 년 - 교토를 통해 본 한일관계사』, 을유문화사, 391쪽.

2) 위의 책, 395쪽.

3) 정지용(2015), 「압천 상류(상)」, 최동호 엮음, 『정지용 전집2』, 서정시학, 457쪽.

4) 정재정(2016), 앞의 책, 397쪽.

5) 위의 책, 397~402쪽 참조.

6) 미즈노 나오키, 정한나 역(2018), 「일본 유학시절의 윤동주와 송몽규」, 연세대학교 국학연구원 연세학풍연구소, 『윤동주와 그의 시대』, 혜안, 199쪽.

7) 김희주(2008), 「중일전쟁기 재경도(在京都) 조선인의 동아연맹운동과 조은제」, 『경주사학』 27, 경주사학회, 78~80쪽 참조.

8) 국가보훈처(2012), 『해외의 한국독립운동사료 36 - 일본 사법성 형사국 사상월보(思想月報)』, 국가보훈처, 756~757쪽. (박형진 번역)

9) 정재정(2016), 앞의 책, 404쪽 참고.

10) 신민영(2014), 『내셔널리즘의 계기를 벗어나 제국의 식민지 문학 독해하기-1940년대 한반도와 타이완의 소설 작품 연구』, 연세대학교 비교문학협동과정 박사학위논문, 18쪽.

11) 국가보훈처(2012), 앞의 책, 752~754쪽. (박형진 번역)

12) 위의 책, 752~754쪽.(박형진 번역)

13) 윤일주(1976.6), 「윤동주의 생애」, 『나라사랑』 23집, 외솔회, 162쪽.

14) 박경식 편(1976), 『재일조선인관계 자료집성』, 삼일서방; 이부키 고(伊吹鄕)(1985.4), 「시대의 아침을 기다리며」, 『문학사상』, 303쪽 재인용.

15) 국가보훈처(2012), 앞의 책, 752~754쪽. (박형진 번역)

16) 육군특별지원병제는 1938년 4월부터 일본 제국이 조선인과 대만인을 대상으로 시행했던 제도이다. 일본군 육군은 1938년부터, 일본군 해군은 1943년부터 실시했다.

17) 정재정(2016), 앞의 책, 403쪽.

18) 미즈노 나오키, 정한나 역(2018), 앞의 글, 225쪽.

19) 정재정(2016), 앞의 책, 402~403쪽.

20) 송우혜(2004), 『윤동주 평전』, 푸른역사, 390쪽.

21) 「윤동주에 대한 판결문」(日本京都裁判所, 1944.3.31); 윤일주 번역(1982.10), 「윤동주에 내려진 판결문 전문」, 『문학사상』, 162~167쪽. 이하 인용은 이에 의하며, 맞춤법과 표현은 현대문으로 수정하였다.

22) 「재경도 조선인 학생 민족주의 그룹 사건 책동 개요(조선인 운동의 상황 제3항)」, 『특고월보(特高月報)』, 일본; 내무성 경보국 보안과 발행, 1943년 12월분); 윤일주 번역(1977.12) 「윤동주에 대한 일경 극비 취조문서 전문」, 『문학사상』, 301~308쪽. 이하 『특고월보』 인용은 이에 의한다. 조항 표시의 イ, ロ, ハ……는 가, 나, 다……로 하였다.

23) 미즈노 나오키 외(2013. 겨울호), 「'시인 윤동주 기억과 화해의 비석' 건립운동의 현상과 공개된 재판자료의 의미에 관하여」, 『다시올문학』, 150~151쪽.

24) 송우혜(2004), 앞의 책, 419쪽.

25) 윤일주(1976.6), 앞의 글, 160쪽.

26) 문익환(1989), 「동주야」, 『두 하늘 한 하늘』, 창작과 비평사, 112~113쪽.

27) 윤영춘(1976.6), 「명동촌에서 후쿠오카까지」, 『나라사랑』 23집, 외솔회, 110쪽.

28) 장덕순(1976.6), 「윤동주와 나」, 『나라사랑』 23집, 외솔회, 144쪽.

29) 유영(1976.6), 「연희전문 시절의 윤동주」, 『나라사랑』 23집, 외솔회, 124~125쪽.

31) 원일한(1982.1.20), 「나의 이력서」, 『한국일보』, 6쪽; 송우혜(2004), 앞의 책, 260쪽에서 재인용.

32) 유영(1976.6), 앞의 글, 125쪽.

33) 윤일주(1976.6), 앞의 글, 156쪽.

34) 송우혜(2004), 앞의 책, 348쪽.

35) 미즈노 나오키, 정한나 역(2018), 앞의 글, 219~220쪽.

36) 수바스 찬드라 보스(Subhar Chandra Bose, 1897~1945)는 인도의 급진적 독립운동가. 간디 등이 주도하던 국민회의(The Indian National Congress)에 소속되어 있다가 노선상의 차이로 이탈하고 1941년 독일로 갔다. 인도를 점령한 영국과 맞서던 나치 독일의 힘을 빌려 인도 독립을 쟁취하려는 '적의 적은 친구(The enemy of my enemy is my friend)' 전략이었다. 그러나 독일 측은 그의 요청을 받아들이지 않았다.

한편, 1941년 12월 일본군은 홍콩과 싱가포르를 함락하고 6만5000명의 인도군을 생포했다. 일본군은 이들 포로를 조직하여 인도 국민군을 창설시켰다. 1942년 3월에는 인도 국민군을 중심으로 하는 인도 국외의 여러 단체가 일본 도쿄에서 회담을 열었다. 일본 측은 라쉬 비하리 보스를 의장으로 하는 인도독립연맹(Indian Independence League)을 창설시키고 인도 국민군을 그 산하에 두었다. 그러나 중국과 함께 역사적으로 세계의 중심을 자임한 인도인들은 자신들을 괴뢰로 이용하려는 일본 측에 저항했다. 1942년 12월 인도 국민군을 이끌던 모한 싱(Mohan Singh)이 일본 측과 대립하다 일본 특무기관에 의해 사령관에서 해임되고 체포되었다. 그리고 일본 정부는 국민회의 밖에서 존경을 받던 수바스 찬드라 보스를 잠수함에 태워 독일에서 일본으로 데려왔다.

1943년 5월 도쿄에 도착한 보스는 도조 히데키 총리와 회견을 가졌는데, 이때 보스에게 매료된 도조는 인도 독립을 위한 원조와 협력을 약속했다. 1943년 10월에는 보스를 수반으로 하는 자유 인도 임시정부가 발족했고 일본 정부가 이를 승인했다. 하지만 실상 일본 측은 임시정부를 일본의 '괴뢰'로 간주할 뿐이었고, 보스는 이러한 일본 측에 불신감을 지니고 있었다. 일본의 '괴뢰'라 일컬어지는 만주국의 황제 푸이가, 만주국을 일본과 동등한 위상에 놓으려 하며 일본 측과 빈번히 충돌한 것과 비슷한 상황이나. 소길태(2017), 「수바스 찬드라 보스와 인도 국민국」, 『인도 독립운동사』,

민음사 참고.

37) 박은희 번역(2013. 겨울호), 「송몽규에 대한 판결문」, 『다시올문학』, 124~125쪽.

38) 위의 글, 124쪽.

39) 미쓰이 다카시(2012), 「식민지하 조선의 언어 정치학－조선 언어정책·사회사 재고」, 『한림일본학』 20집, 한림대 일본학연구소, 86쪽.

40) 윤영춘(1976.6), 앞의 글, 113쪽.

41) 강처중(1948), 「발문」, 윤동주, 『하늘과 바람과 별과 시』, 정음사, 70쪽.

42) 유영(1948), 「창 밖에 있거든 두다리라」, 윤동주, 『하늘과 바람과 별과 시』, 정음사, 67쪽.

43) 김신정(2017), 「이중언어/다언어상황과 조선어 시쓰기의 문제－윤동주 시를 중심으로」, 『한국문학이론과 비평』 77, 한국문학이론과 비평학회, 190쪽.

44) 좌담회(1938.11.29.~11.30, 12.2, 12.6.~12.8), 「조선 문화의 장래」, 『경성일보』; 이경훈 편역(2009), 『한국 근대 일본어 평론·좌담회 선집(1939-1944)』, 역락, 290~291쪽.

45) 황호덕(2011), 「식민지말 조선어(문단) 해소론의 사정」, 『벌레와 제국－식민지말 문학의 언어·생명정치·테크놀로지』, 새물결출판사, 200쪽.

46) 김장선(2004), 『위만주국시기 조선인문학과 중국인문학의 비교연구』, 역락, 106쪽.

47) 김경일 외(2004), 『동아시아의 민족이산과 도시－20세기 전반 만주의 조선인』, 역사비평사, 278쪽.

48) 고재기(1942), 「재만선계문학」, 『신만주』 4권 6호, 92쪽; 김장선(2004), 앞의 책, 105~106쪽에서 재인용.

49) 윤영춘(1976.6), 앞의 글, 110~111쪽.

참고문헌

1. 자료

『경성일보』, 『경향신문』, 『국제신보』, 『권업신문』, 『대구매일신문』, 『독립신문』(상해), 『동아일보』, 『매일경제』, 『매일신보』, 『부산일보』, 『오마이뉴스』, 『조선일보』, 『조선중앙일보』, 『평화신문』, 『해조신문』

『가톨릭소년』, 『개벽』, 『낭만』, 『녹기』, 『동양지광』, 『문우』(연희전문학교문우회, 1941.6), 『문장』, 『문학』, 『사해공론』, 『삼천리』, 『삼천리문학』, 『시건설』, 『신동아』, 『신만주』, 『신생』, 『신세기』, 『신천지』, 『연희춘추』, 『인문평론』, 『조광』, 『청색지』, 『춘추』, 『태서문예신보』, 『학조』, 『한겨레21』

윤동주, 『하늘과 바람과 별과 詩』, 정음사, 1948.

윤동주, 『하늘과 바람과 별과 詩』, 정음사, 1955.

윤동주, 『하늘과 바람과 별과 詩』, 정음사, 1985.

윤동주, 『하늘과 바람과 별과 詩-원본 대조 윤동주 전집』, 연세대학교 출판부, 2005.

권영민 편저, 『윤동주 전집1-하늘과 바람과 별과 시』, 문학사상사, 1995.

권영민 엮음, 『윤동주 전집-윤동주 탄생 100주년 스페셜 에디션』, 문학사상사, 2017.

왕신영·심원섭·오오무라 마스오·윤인석 엮음, 『사진판 윤동주 자필 시고전집』, 민음사, 2002.

「윤동주에 대한 판결문」(京都地方裁判所 第二刑事部, 1944.3.31); 윤일주 번역, 「윤동주에 내려진 판결문 전문」, 『문학사상』 1982년 10월호.

「송몽규에 대한 판결문」(京都地方裁判所 第一刑事部, 1944.4.13); 박은희 번역, 「송몽규에 대한 판결문」, 『다시올문학』 24호, 2013년 겨울호.

「在京都朝鮮人學生民族主義그룹事件策動槪要」, 『特高月報』(1943년 12월분), 동경; 내무성 경보국 보안과 발행; 윤일주 번역, 「윤동주에 대한 일경 극비취조문서 전문」, 『문학사상』 1977년 12월호.

국회도서관, 『대한민국 임시정부 의정원문서』, 1974.

국가보훈처, 『해외의 한국독립운동사료 36—일본 사법성 형사국 사상월보』, 2012.

「제17회 국회임시회의속기록 제8호, 1953. 11. 19—한하운시집사건에 대한 최원호 의원의 질문과 국무총리의 답변」; 계훈모, 『한국언론연표Ⅲ』, 관훈클럽 신영기금 연구기금, 1993.

2. 단행본

강원용, 『빈 들에서-1: 나의 삶, 한국 현대사의 소용돌이』, 열린문화, 1993.

강원용, 『역사의 언덕에서1』, 한길사, 2003.

강준만, 『한국현대사산책—1940년대 편 2권』, 인물과사상사, 2004.

강진호 엮음, 『한국문단이면사』, 깊은샘, 1999.

고석규, 『여백의 존재성』, 지평, 1990.

고운기, 『나의 별에도 봄이 오면』, 산하, 2006.

고정일, 『한국출판 100년을 찾아서』, 정음사, 2012.

권영민, 『이상 전집4』, 뿔, 2011.

권오만, 『윤동주 시 깊이 읽기』, 소명출판, 2009.

김경일 외, 『동아시아의 민족 이산과 도시』, 역사비평사, 2004.

김기림, 『시론』, 백양당, 1947.

김기진, 『끝나지 않은 전쟁 국민보도연맹』, 역사비평사, 2002.

김병호, 『아산의 주역강의 상』, 도서출판 소강, 1999.

김사량, 『김사량 작품집—빛 속으로』, 소담출판사, 2001.

김영민, 『한국근대문학비평사』, 소명출판사, 1999.

김용규, 『철학 카페에서 시 읽기』, 웅진 지식하우스, 2011.

김용성, 『한국현대문학사탐방』, 국학자료원, 2011.

김우창, 『궁핍한 시대의 시인』, 민음사, 2012.
김윤식 편, 『이상문학전집—수필』, 문학사상사, 1993.
김응교, 『처럼』, 문학동네, 2016.
김장선, 『위만주국시기 조선인문학과 중국인문학의 비교연구』, 역락, 2004.
김조규 편, 『재만조선시인집』, 연길: 예문당, 1942.
김종길, 『시론』, 탐구당, 1965.
김주현 주해, 『정본 이상문학전집2: 소설』, 소명출판, 2009.
김철, 『구체성의 시학』, 실천문학사, 1993.
김태빈, 『동주, 걷다』, 레드우드, 2020.
김형수, 『문익환 평전』, 다산북스, 2018.
노자영, 『반항』, 신민공론사, 1923.
류양선, 『순결한 영혼, 윤동주』, 북페리타, 2015.
리광인, 『시인 윤동주 인생 려정 연구』, 북경; 민족출판사, 2015.
리광인·박용일, 『송몽규 평전』, 연길; 연변대학출판부, 2018.
문영금·문영미 엮음, 『기린갑이와 고만녜의 꿈-문재린 김신묵 회고록』, 삼인, 2006.
문익환, 『두 하늘 한 하늘』, 창작과비평사, 1989.
박경식 편, 『재일조선인관계 자료집성』, 삼일서방, 1976.
박찬부, 『기호, 주체, 욕망-정신분석학과 텍스트의 문제』, 창비, 2007.
박태원, 『소설가 구보 씨의 일일』, 깊은샘, 1994.
박팔양 편, 『만주시인집』, 신경(新京); 제일협화구락부문화부, 1942.
박헌호, 『이태준과 한국 근대소설의 성격』, 소명출판, 1999.
백석, 『사슴』, 선광인쇄주식회사, 1936.
백철, 『문학 자서전—진리와 현실(후편)』, 박영사, 1975.
서경식 지음, 임성모 외 옮김, 『난민과 국민 사이-재일조선인 서경식의 사유와 성찰』, 돌베개, 2006.
서정주, 『화사집』, 남만서고, 1941.
서정주, 『현대조선명시선』, 온문사, 1950.
서정주, 『서정주 문학전집』, 일지사, 1972.
서정주, 『미당 서정주 시선집』, 민음사, 1994.

서지영, 『경성의 모던걸』, 여이연, 2013.
송우혜, 『윤동주 평전』, 푸른역사, 2004.
신형철, 『몰락의 에티카』, 문학동네, 2008.
어효선, 『내가 자란 서울』, 대원사, 2003.
오영식, 『해방기(1945~1950) 간행도서 총목록』, 소명출판, 2009.
오영식 외 편, 『김광균 문학전집』, 소명출판, 2014.
오장환, 『성벽』, 풍림사, 1937.
오장환, 『헌사』, 남만서방, 1939.
오희병 편, 『을해명시선집』, 한성도서주식회사, 1936.
위상복, 『불화 그리고 불온한 시대의 철학-박치우의 삶과 사상』, 길, 2012.
유종호, 『다시 읽는 한국시인』, 문학동네, 2002.
유종호, 『나의 해방 전후』, 민음사, 2004.
윤대석·윤미란 편, 『사상과 현실: 박치우 전집』, 인하대학교 출판부, 2010.
윤대원, 『상해시기 대한민국임시정부 연구』, 서울대학교 출판부, 2006.
윤치호, 김상태 편역, 『물 수 없다면 짖지도 마라-윤치호 일기로 보는 식민지 시기 역사』, 산처럼, 2014.
이경철, 『미당 서정주 평전』, 은행나무, 2015.
이경훈 편역, 『한국 근대 일본어 평론·좌담회 선집(1939-1944)』, 역락, 2009.
이남호, 『윤동주 시의 이해』, 고려대학교 출판부, 2014.
이봉구, 『도정』, 삼성출판사, 1973.
이봉구, 『명동백작』, 일빛, 2004.
이상섭, 『윤동주 자세히 읽기』, 한국문화사, 2007.
이석우, 『현대시의 아버지 정지용 평전』, 푸른사상사, 2006.
이태준, 『무서록』, 깊은샘, 1994.
이효석, 『이효석 단편전집2-도시와 유령』, 애플북스, 2014.
이효석, 『이효석 전집』, 서울대학교 출판문화원, 2016.
인문사 편집부 편, 『소화 15년판 조선 문예연감』, 인문사, 1940.4.
임경석 편저, 『동아시아 언론매체 사전 1815-1945』, 논형, 2010.
임화, 『현해탄』, 동광당서점, 1938.

장덕순, 『암행어사의 회포』, 박이정, 1995.
장덕순, 『파수병 없는 마을』, 박이정, 1995.
장춘식, 『일제강점기 조선족 이민작가 연구』, 북경; 민족출판사, 2010.
정병욱, 『바람을 부비고 서 있는 말들』, 신구문화사, 1999.
정재정, 『서울과 교토의 1만 년-교토를 통해 본 한일관계사』, 을유문화사, 2016.
정종현 엮음, 『신남철 문장선집1』, 성균관대학교 출판부, 2013.
정지용, 『정지용 시집』, 시문학사, 1935.
조길태, 『인도 독립운동사』, 민음사, 2017.
조두영, 『프로이드와 한국문학』, 일조각, 1999.
조재수, 『윤동주 시어 사전』, 연세대학교 출판부, 2005.
채만식, 『채만식 전집』, 창작과비평사, 1989.
최동호 엮음, 『정지용 전집』, 서정시학, 2015.
최원식 해제, 『건설기의 조선문학』, 온누리, 1988.
한기형 엮음, 『미친 자의 칼 아래서-식민지 검열 관련 신문기사 자료1』, 소명출판, 2017.
한기형, 『식민지 문역-검열, 이중출판시장, 피식민자의 문장』, 성균관대학교 출판부, 2019.
한하운, 『한하운 전집』, 문학과지성사, 2010.
홍장학, 『정본 윤동주 전집 원전 연구』, 문학과지성사, 2004.
황석영, 『사람이 살고 있었네』, 시와시학사, 1993.
황현산, 『잘 표현된 불행』, 중앙북스, 2013.

게오로그 루카치 저, 반성완 역, 『소설의 이론』, 심설당, 1989.
다고 기치로, 이은정 역, 『생명의 시인 윤동주』, 한울, 2018.
라이너 마리아 릴케, 김재혁 옮김, 『릴케전집2-두이노의 비가 외』, 책세상, 2000.
마르틴 하이데거 지음, 신상희 옮김, 『숲길』, 나남, 2008.
발터 벤야민, 조형준 옮김, 『아케이드 프로젝트1』, 새물결, 2005.
스즈키 사다미, 김채수 역, 『일본의 문학개념』, 보고사, 2001.
앙드레 지드, 오현우 역, 『앙드레·지드전집II』, 휘문출판사. 1966
오오무라 마스오, 『윤동주와 한국문학』, 소명출판, 2001.

우에하라 카즈요시 외 지음, 한철호 외 옮김, 『동아시아 근현대사』, 옛오늘, 2001.
장자크 루소, 이용철 옮김, 『고백록①』, 나남, 2012.
한도 가즈토시, 박현미 옮김, 『쇼와사1』, 루비박스, 2011.
홍선영·박미경·채영님 역, 『일본잡지 모던 일본과 조선 1940: 완역 〈모던일본〉 조선판 1940』, 어문학사, 2009.

3. 논문

권성훈, 「일제강점기 자화상 시편에 대한 정신분석」, 『한국학연구』 42집, 고려대 한국학연구소, 2019.9.
권혁양, 「중세국어 '더위-'(움키다, 부둥키다)의 어원 탐색」, 『알타이학보』 18호, 한국알타이학회, 2008.
권혁일, 「프로메테우스의 선택: 정의의 관점으로 읽는 윤동주의 〈간〉」, 『제68회 한국실천신학회 정기학술세미나』, 장로회신학대학교, 2018.5.19.
김기훈, 「만주의 코리안 디아스포라」, 한석정·노기식 편, 『만주, 동아시아 융합의 공간』, 소명출판, 2008.
김남석, 「윤동주의 내면풍경과 시적 맹아」, 『한국문학이론과비평』 43집, 한국문학이론과비평학회, 2009.
김성연, 「윤동주 평전의 질료와 빈 곳」, 『한국시학연구』 61호, 한국시학회, 2020.2.
김신정, 「이중언어/다언어상황과 조선어 시쓰기의 문제—윤동주 시를 중심으로」, 『한국문학이론과 비평』 77집, 한국문학이론과비평학회, 2017.
김윤식, 「한국 근대시와 윤동주—비평적 심의 경향과 관련하여」, 『나라사랑』 23집, 외솔회, 1976.6.
김윤식, 「작품 해설—인공적 글쓰기와 현실적 글쓰기」, 『한국문학전집 21-이태준 단편선』, 문학과지성사, 2009.
김정우, 「윤동주의 소년 시절」, 『나라사랑』 23집, 외솔회, 1976.6.
김형태, 「윤동주 시의 교과서 수록 양상 연구—1차~7차 교육과정 교과서를 중심으로」, 『청람어문교육』 65집, 청람어문교육학회, 2018.

김흥규, 「윤동주론」, 권영민 엮음, 『윤동주전집』, 문학사상, 2017.

김희주, 「중일전쟁기 재경도(在京都) 조선인의 동아연맹운동과 조은제」, 『경주사학』 27집, 경주사학회, 2008.

문익환, 「증언—동주, 내가 아는 대로」, 『문학사상』 1973년 3월호.

문익환, 「하늘·바람·별의 시인, 윤동주」, 『월간중앙』 1976년 4월호.

박민규, 「응향 사건의 배경과 여파」, 『한민족문화연구』 44집, 한민족문화학회, 2013.

박종일, 「다문화시대의 정체성 연구를 위한 '에스니시티(ethnicity)'의 개념화」, 『한국사회학회 2006 사회학대회 논문집』, 한국사회학회, 2006.12.

박종주, 「『화사집』의 뱀 그림」, 『근대서지』 9호, 근대서지학회, 2014.

박중훈, 「일제강점기 정인섭의 친일활동과 성격」, 『역사와경계』 89집, 부산경남사학회, 2013.

박진영, 「북간도의 서사시인 윤영춘」, 『번역가의 탄생과 동아시아 세계문학』, 소명출판, 2019.

변은진, 「일제 말 비밀결사운동의 전개와 성격, 1937~1945」, 『한국민족운동사연구』 28집, 한국민족운동사학회, 2001.

서용순, 「바디우 철학에서의 존재, 진리, 주체」, 『철학논집』 27집, 서강대 철학연구소, 2011.

성은혜, 「윤동주 시의 상호텍스트성 연구」, 『한국문학이론과비평』 77집, 한국문학이론과비평학회, 2017.

송민호, 「아방가르드 예술의 한국적 수용(1)—이상(李箱)과 장 콕토(Jean Cocteau)」, 『인문논총』 71권 3호, 서울대 인문학연구원, 2014.8.

송우혜, 「『윤동주 평전』에 담긴 뒷이야기」, 『윤동주 평전』, 서정시학, 2017.

신경숙, 「장미의 상호텍스트성」, 『비교문학』 58집, 한국비교문학회, 2012.

신민영, 『내셔널리즘의 계기를 벗어나 제국의 식민지 문학 독해하기—1940년대 한반도와 타이완의 소설 작품 연구』, 연세대학교 비교문학협동과정 박사학위논문, 2014.

신지은, 「도시 산책자: 자기 유폐와 함께하기의 경계에서 방랑/황하는 존재」, 『문화와사회』 6권, 한국문화사회학회, 2009.5.

심선옥, 「1920~30년대 근대시의 정전화 과정」, 『상허학보』 20집, 상허학회, 2007.6.

심혜련, 「도시 공간과 흔적 그리고 산책자」, 『시대와 철학』 19권 3호, 한국철학사상연구회, 2008.

안병용, 「뚜르게네프 산문시 「거지」와 윤동주의 「트루게네프의 언덕」—한국 근대문학의 러시아문학 수용 문제에 부쳐」, 『슬라브학보』 21권 3호, 한국슬라브유라시아학회, 2006.

엄동섭, 「'가슴 속에 하나 둘씩 새겨지는 별' 들의 이력서—『하늘과 바람과 별과 시』의 판본 비정과 서지 분석」, 『근대문학』 4호, 국립중앙도서관, 2017.6.

왕신영, 「소장 자료를 통해서 본 윤동주의 한 단면」, 『비교문학』 27호, 한국비교문학회, 2001.

왕염려, 「백석의 '만주 '시편 연구」, 인하대학교 석사학위논문, 2010.

유병관, 「1930년대 후반 시인들의 '자화상' 」, 『반교어문연구』 5집, 반교어문학회, 1994.

유성호, 「윤동주 시의 보편성과 특수성-저항시인을 넘어서」, 『한국언어문화』 62호, 한국언어문화학회, 2017.

유영, 「연희전문 시절의 윤동주」, 『나라사랑』 23집, 외솔회, 1976.6.

유영, 「높고 깊은 뜻은 어디에」, 『연세춘추』, 1980.3.3.

유춘동, 「남북 이데올로기로 인한 지식인의 좌절—월북 국문학자 김삼불의 삶과 행적」, 『평화학연구』 16권 3호, 한국평화연구학회, 2015.6.

윤대석, 「아카데미즘과 현실 사이의 긴장-박치우의 삶과 사상」, 『우리말글』 36집, 우리말글학회, 2006.

윤영춘, 「명동촌에서 후쿠오카까지」, 『나라사랑』 23집, 외솔회, 1976.6.

윤일주, 「윤동주의 생애」, 『나라사랑』 23집, 외솔회, 1976.6.

이기성, 「탕아의 위장술과 멜랑콜리의 시학—오장환론」, 『민족문학사연구』 33호, 민족문학사학회, 2007.

이봉범, 「단정수립 후 전향의 문화사적 연구」, 『대동문화연구』 64집, 성균관대 대동문화연구원, 2008.

이상경, 「식민지 조선의 맥락에서 읽은 인도 시인 사로지니 나이두」, 『어문학』 140집, 한국어문학회, 2018.6.

이은정, 「한국 근현대 베스트셀러 문학에 나타난 독서의 사회사」, 『한국시학연구』 13호, 한국시학회, 2005.

이종호, 「출판신체제의 성립과 조선 문단의 사정」, 『사이間SAI』 6호, 국제한국문학문화학회, 2009.

이현우, 「윤동주를 찾아서」, 『출판문화』 618호, 2017.6.

임경석, 「임경석의 역사극장-일제의 돈을 갖고 튀어라」, 『한겨레21』, 2017.8.31.

장덕순, 「하늘 우러러 부끄럼 없이 윤동주—간도시절」, 『연세춘추』, 1976.2.

장덕순, 「윤동주와 나」, 『나라사랑』 23집, 외솔회, 1976.6.

장지영, 「박치우의 사회 · 문화비평 연구」, 성균관대학교 석사학위논문, 2009.

전영선, 「북한 문화예술 행정조직의 총책임자 백인준」, 『북한』 325호, 1999.1.

정명교, 「윤동주 시의 내재적 자질로서의 상호텍스트성」, 『비교한국학』 25권 2호, 국제비교한국학회, 2017.

정병욱, 「잊지 못할 윤동주의 일들」, 『나라사랑』 23집, 외솔회, 1976.6.

정병욱, 「고 윤동주 형의 추억」, 『연희춘추』, 1953.7.15.

정우택, 「재만조선인의 혼종적 정체성과 윤동주」, 『어문연구』 143호, 한국어문교육연구회, 2009.

정우택, 「윤동주에게 있어서 ' 시 '와 ' 시인-됨 '의 의미」, 『근대서지』 9호, 근대서지학회, 2014.

정우택, 「『하늘과 바람과 별과 詩』 초판본과 재판본의 사이」, 『한국시학연구』 52호, 한국시학회, 2017.

정우택, 「오장환과 남만서점의 시집들」, 『근대서지』 11호, 근대서지학회, 2015.

조용훈, 「투르게네프의 이입과 영향」, 『서강어문』 7집, 서강어문학회, 1990.

천정환, 「식민지 모더니즘의 성취와 운명—박태원의 단편소설」, 『박태원 단편선—소설가 구보씨의 일일』, 문학과지성사, 2011.

최인영, 「20세기 서울 전차의 노선 확장과 도시사적 의미」, 『서울의 전차』, 서울역사박물관, 2019.

최일, 「이중의 디아스포라, 윤동주」, 『작가들』, 인천작가회의, 2016 겨울호.

한기형, 「표현과 권력-식민지 경험이 주는 교훈」, 『추억의 박물관 인문학 강좌』 팸플릿, 2017.10.28.

허윤, 「『시연구』(1956) 동인의 윤동주 추도와 시의식의 형성」, 『한국현대문학연구』 57호, 한국현대문학회, 2019.4.

황호덕, 「식민지말 조선어(문단) 해소론의 사정」, 『벌레와 제국-식민지말 문학의 언어 · 생명정치 · 테크놀로지』, 새물결출판사, 2011.

다나카 류이치, 「만주 국민의 창출과 재만 조선인 문제」, 한석정·노기식 편, 『만주, 동아시아 융합의 공간』, 소명출판, 2008.

미쓰이 다카시, 「식민지하 조선의 언어 정치학-조선 언어정책·사회사 재고」, 『한림일본학』 20집, 한림대일본학연구소, 2012.

미즈노 나오키, 왕신영 옮김, 「윤동주는 '창씨개명'을 했는가」, 『다시올문학』 24호, 2013년 겨울호.

미즈노 나오키, 정한나 역, 「일본 유학시절의 윤동주와 송몽규」, 연세대학교 국학연구원 연세학풍연구소, 『윤동주와 그의 시대』, 혜안, 2018.

야나기하라 야스코, 「시인 윤동주, 동경시대의 하숙과 남겨진 시」, 『다시올문학』 24호, 2013년 겨울호.

이부끼 고(伊吹鄕), 「시대의 아침을 기다리며」, 『문학사상』 1985년 4월호.

콘다니노부코, 「'시인 윤동주 기억과 화해의 비석' 건립운동의 현상과 공개된 재판자료의 의미에 관하여」, 『다시올문학』 24호, 2013년 겨울호.

하루오 시라네, 황숙영 역, 「정전 형성의 패러다임과 비평적 전망」, 『창조된 고전』, 소명출판, 2002.

찾아보기

〈인명·지명 및 주요 사항〉

가

나

다

사

자

차

〈주요 작품 및 서명〉

가

나

다

마

바

사

아

자

차

총서 知의회랑 arcade of knowledge 을 기획하며

대학은 지식 생산의 보고입니다. 세상에 바로 쓰이지 않더라도 언젠가는 반드시 인류에 필요할 지식을 생산하고 축적하며 발전시키는 일을 끊임없이 해나갑니다. 오랫동안 대학에서 생산한 지식은 책이란 매체에 담겨 세상의 지성을 이끌어왔습니다. 그 책들은 콘텐츠를 저장하고 유통시키며 활용하게 만드는 매체의 차원을 넘어, 인간의 비판적 사유 능력과 풍부한 감수성을 자극하는 촉매의 역할을 충실히 해왔습니다.

이와 같은 '책을 읽는다'는 것은 단순히 지식과 정보를 습득하는 데 멈추지 않고, 시대와 현실을 응시하고 성찰하면서 다시 그 너머를 사유하고 상상함을 의미합니다. 그러므로 '세상의 밑그림'을 그리는 책무를 지닌 대학에서 책을 펴내는 것은 결코 가벼이 여겨선 안 될 일입니다.

이제 우리는 다양한 방식으로 존재하는 지식과 정보, 그리고 사유와 전망을 담은 책을 엮어 현존하는 삶의 질서와 가치를 새롭게 디자인하고자 합니다. 과거를 풍요롭게 재구성하고 미래를 창의적으로 기획하는 작업이 다채롭게 펼쳐질 것입니다.

대학의 심장부에 해당하는 도서관이 예부터 우주의 축소판이라 여겨져 왔듯이, 그곳에 체계적으로 배치된 다양한 책들이야말로 이른바 학문의 우주를 구성하는 성좌와 다름없습니다. 우리는 그 빛이 의미 없이 사그라들지 않기를, 여전히 어둡고 빈 서가를 차곡차곡 채워가기를 기대합니다.

앎을 쉽게 소비하는 시대를 살고 있지만, 다양한 앎을 되새김함으로써 학문의 회랑에서 거닙나는 지식의 필요성에 우리는 공감합니다. 정보의 홍수와 유행 속에서도 퇴색하지 않을 참된 지식이야말로 인간이 가야 할 길에 불을 밝혀줄 수 있기 때문입니다. 앞으로 대학이란 무엇을 하는 곳이며, 왜 세상에 남아 있어야 하는 곳인지 끊임없이 되물으며, 새로운 지의 총화를 위한 백년 사업을 시작하겠습니다.

총서 '知의회랑' 기획위원

안대회 · 김성돈 · 변혁 · 윤비 · 오제연 · 원병묵

지은이 정우택 鄭雨澤

충청북도 제천에서 태어났다. 성균관대학교 국어국문학과에서 수학했고 현재 성균관대학교 국어국문학과 교수 및 대동문화연구원 원장으로 있다. 국립타이완정치대학 한국어문학계 객좌교수를 지냈다.

대학에 입학하여 십여 년간 정선 인근으로 아라리 답사를 다니며 근대 한국인의 내면세계를 깊이 체험하는 행운을 얻었다. 한국 근대자유시 형성 연구를 시작으로 한국의 근대시인과 시문학 연구를 통해 한국의 시문학장을 탐색해 왔다.

그 동안 『한국 근대 자유시의 이념과 형성』, 『한국 근대 시인의 영혼과 형식』, 『황석우 연구』 등의 저서를 간행하였다.

知의회랑
arcade of knowledge
020

'시인'의 발견, 윤동주

1판 1쇄 발행 2021년 12월 30일
1판 3쇄 발행 2025년 10월 30일

지 은 이 정우택
펴 낸 이 신동렬
책임편집 현상철
편 집 신철호·구남희
마 케 팅 박정수·김지현

펴 낸 곳 성균관대학교 출판부
등 록 1975년 5월 21일 제1975-9호
주 소 03063 서울특별시 종로구 성균관로 25-2
전 화 02)760-1253~4 팩스 02)762-7452
홈페이지 http://press.skku.edu

ISBN 979-11-5550-501-4 93810

값 38,000원

⊙ 잘못된 책은 구입한 곳에서 교환해 드립니다.
⊙ 이 저서는 2017년 정부(교육부)의 재원으로 한국연구재단의 지원을 받아 수행된 연구임(NRF-2017S1A6A4A01022790).